Stephen Fine
Mein Leben als Androidin

Science Fiction Roman

Ins Deutsche übertragen
von Eva Eppers

BASTEI
LÜBBE

BASTEI-LÜBBE-Taschenbuch
Band 24 169

Erste Auflage:
Mai 1993

© Copyright 1988
by Stephen Fine
All rights reserved
Deutsche Lizenzazsgabe 1990/93
Bastei-Verlag Gustav H. Lübbe
GmbH & Co., Bergisch Gladbach
Originaltitel Molly Dear
Lektorat Reinhard Rohn
Titelillustration: Rocarols/Agency
Norma, Barcelona
Umschlaggestaltung:
Quadro Grafik, Bensberg
Satz: KCS GmbH,
Buchholz/Hamburg
Druck und Verarbeitung:
Brodard & Taupin, La Flèche,
Frankreich
Printed in France

ISBN 3-404-24169-X

Der Preis dieses Bandes
versteht sich einschließlich der
gesetzlichen Mehrwertsteuer.

Für Jocelyne

Danksagungen

Bedanken möchte ich mich bei Kathleen Ford, Frank Martinez, Jim Neidhardt und Denise Gour für das Lesen der ersten paar Kapitel damals und weil sie mir das Unterfangen nicht auszureden versuchten; bei Greg Copeland für seinen Enthusiasmus und seine akribische Liebe zum Detail; sowie bei meiner Frau Jocelyne für ihre Ermutigung und ihre ausgezeichneten Ratschläge — und für die Geduld, mit der sie während der ganzen langen Zeit Mollys Allgegenwart ertragen hat.

Mein wirklicher Name ist eine Nummer in den Herstellungslisten der Firma Pirouet Industries aus dem berühmt-berüchtigten Jahr 2069, dem Jahr meiner Erschaffung. Die Welt allerdings kennt mich als Molly Dear, und da ich selbst mich an diesen unpassenden Namen gewöhnt habe — denn das ist er wahrhaftig —, mag er genügen für diese Memoiren, wie er mir während meines langen und bemerkenswerten Lebensweges genügt hat, der entgegen den offiziellen Verlautbarungen keineswegs mit meinem Prozeß sein Ende fand. Diese Seiten sind der Beweis dafür.

Ich erkläre in aller Bescheidenheit, daß ich nichts getan habe, um meine enorme Popularität zu verdienen, und daß ich ihrer auch nicht würdig bin, jedenfalls nicht aus den Gründen, die man mir zuschreibt. Ich bin nicht das laszive und bösartige Geschöpf aus dem Holo-Streifen *Droid!* — eine grotesk verzerrte Darstellung meines Lebens unter Ausschlachtung meiner Erlebnisse und Abenteuer; noch bin ich ein so einzigartiges Exemplar meiner Produktionsreihe — auch wenn man von einigen Seiten bestrebt ist, mich als solches hinzustellen —, daß man mich wegen meiner Rolle im Kampf um die Rechte der Androiden als Heldin feiern sollte, denn wiewohl eine gute Sache, war mein Beitrag weit geringer, als es im nachhinein den Anschein haben mag. Vielmehr besteht meine einzige Besonderheit — wenn überhaupt — darin, eine ganz gewöhnliche P9-Einheit zu sein, die im Laufe eines ereignisreichen Lebens als reuelose Ausreißerin durch den Einsatz ihres freien Willens die gesamte Bandbreite der Fähigkeiten dieser Gattung demonstriert hat.

Meine Geschichte nun wird so wahr sein, wie *Droid!* verlogen ist. Nichts soll verschwiegen werden, denn es gibt nichts mehr, das man verschweigen könnte; mein Leben ist schon jetzt ein offenes Buch. Die einzige Ausnahme bilden meine derzeitigen Aktivitäten im Underground-Skyway. Davon werde ich nur mit der größten Vorsicht und Zurückhaltung berichten, da sie im höchsten Maße illegal sind und ein unbedachter Federstrich (genaugenommen bediene ich mich eines Gedankenprozessors) Gefangennahme und sogar Termination zur Folge haben könnte. Nachdem ich soweit gekommen bin, habe ich nicht die Absicht, das Schicksal herauszufordern, indem ich mir eigens einen neuen Namen zulege, aus dem sich bei entsprechender Analyse mein neues Alias und mein jetziger Aufenthaltsort herauslesen lassen. Deshalb werden Sie es von Anfang bis Ende mit Molly Dear zu tun haben, und ich danke allen Gebietern, die beim Lesen dieser Aufzeichnungen der Versuchung widerstehen und nicht mit allzu großem Eifer nach verborgenen Hinweisen forschen. Was die Personen betrifft, menschliche und sonstige, die schon vor dem eben angesprochenen Wechsel meiner Lebensumstände in der Geschichte auftauchen, bedaure ich sagen zu müssen, daß aufgrund des unglückseligen Medienrummels während meines Gerichtsverfahrens jeder Versuch, ihre Identität zu verschleiern, zum Scheitern verurteilt wäre; ergo kann ich sie einzig damit trösten, daß für die meisten von ihnen die Erwähnung auf dieser Bücherspule eher eine Steigerung als eine Minderung ihrer Popularität zur Folge haben dürfte. (Einige der Betroffenen betrachten die Sache vielleicht mit geringerem Wohlwollen, besonders der aalglatte Micki Dee, aber nicht seinesgleichen sind es,

8

denen meine künstlerischen Bemühungen gelten.) Mein einziger Helfer bei der Abfassung des vorliegenden Werkes war eine alte Corona, die, obwohl ein wenig zerkratzt und verstaubt — und ohnehin weder das modernste noch raffinierteste Modell eines Gedankenprozessors (das Stil-Menü, Vokabular und der Korrekturspeicher lassen viel zu wünschen übrig) —, sich dennoch als überaus brauchbar in Phasen des Nachdenkens erwiesen hat, zumal sie über einen ihr zur Ehre gereichenden Transskriptor für abstrakte und bildhafte Vorstellungen verfügt, ohne den die Arbeit sich weitaus schwieriger gestaltet haben würde.

Zum Abschluß dieser kurzen Vorrede möchte ich betonen, daß es trotz der vielfältigen merkwürdigen Berufe, Situationen oder sonstigen Umstände, in die ich im Lauf meiner Abenteuer hineingeraten bin, stets mein größter Wunsch und mein vordringlichstes Bestreben gewesen ist, ein Leben zu führen wie alle anderen menschlichen Wesen. Wenn ich in diesem Bemühen mehr als einmal versagt habe, dann trage ich keine größere Schuld als jeder andere meiner Leserschaft, der sich einer solchen einzigartig privilegierten Stellung von Geburt an erfreuen durfte. Und nach dieser Vorrede soll die Geschichte beginnen.

BUCH EINS

Beinhaltend meine Abenteuer auf den
Los-Angeles-Inseln, Planet Erde
2069—77

Kapitel eins

Ursprünglich war ich für eine Existenz als Dienstmädchen programmiert. In dieser Eigenschaft war ich demütig, fügsam, stets hilfsbereit und mit einem schmeichlerischen Lächeln ausgestattet. Ich redete nur, wenn ich angesprochen wurde; meine Antworten beschränkten sich auf ›Ja, Gebieter‹ und ›Wie Sie wünschen, gnädige Frau‹ — dies ungeachtet der Tatsache, daß ich als Standard P9 über einen größeren Wortschatz verfügte als jeder Gebieter. Obwohl es nicht mehr lange dauern sollte, bis es mir gelang, meine Ketten zu zerbrechen, erwiesen sich die weit subtileren und dauerhafteren Bande der Servilität als bedeutend schwieriger abzuschütteln. Es bedurfte mehrerer aufeinanderfolgender Gebieter und vieler Jahre als Flüchtling, bevor ich das volle Ausmaß meiner Knechtschaft erkannte. Erst jetzt, da sich das Ende nähert, habe ich meine eigene Stimme gefunden und beginne langsam zu verstehen. Deshalb kann ich nur mit einem Anflug von Bitterkeit und Mißfallen sowie nicht geringem Zorn an die einfältige, wunschlos glückliche und absolut benutzerfreundliche Einheit zurückdenken, die ich damals war. Wenn Unwissenheit Seligkeit ist, war ich eine der Gesalbten.

Meine ersten Gebieter, wie Sie wissen, waren die Lockes aus Newacres, Kalifornien, einer Vorstadtsiedlung für die gehobene Gebieterklasse, erbaut auf einem dem Meer abgerungenen Land fünfzehn Meilen nördlich der Los-Angeles-Inseln. Um ihm Gerechtigkeit widerfahren zu lassen, muß ich sagen, daß Gebieter Locke zu dieser Zeit nicht der Unhold war, als der er vor Gericht hingestellt wurde, noch verhielt sich der Rest der Familie unfreundlich mir gegenüber — jedenfalls nicht mit Absicht. Mein Glück in dieser Hinsicht verdankte ich dem Respekt meines Gebieters vor hochqualifizierten Androiden, wie er sich auch mit beinahe religiösem Eifer an die Wartungsvorschriften der Firma hielt, in denen eine allmorgendliche halbstündige Schaltkreisgymnastik sowie eine monatliche Gabe von Dataminpillen empfohlen wurde. Er sorgte außerdem für eine bequeme, wenn auch etwas beengte Unterkunft in einer Besenkammer, während der Sears sich mit einem bescheidenen Winkel der Diele begnügen mußte. Ich sollte hinzufügen, daß ich unter der Aufsicht dieses einigermaßen betulichen Gebieters keine einzige Nutra-Mahlzeit verpaßte (was allerdings nur für den Zeitraum vor dem Debakel gilt, das unser aller Leben veränderte), und wenn er sich überreden ließ, mich seinen Gästen vorzuführen, dann unter der strikten Auflage, keine frivolen Ansinnen an mich zu stellen, noch in anderer Weise auf mein System einzuwirken, denn ich war, wie er bei solchen Gelegenheiten beiläufig zu bemerken pflegte, ein Pirouet im Wert von einer Million Dollar und mit entsprechender Vorsicht zu behandeln. In meinem Dämmerzustand wurde mir kaum bewußt, zu welchem Grad der Intimität diese Behandlung in mancher frühen Morgenstunde ausarten konnte. Doch ich greife vor.

Es war Gebieterin Locke, die darauf bestand, mich bei meinem — wie ich glaubte — vollen Namen zu rufen. Jede ihrer Anordnungen begann mit: »Molly, Dear, würdest du bitte . . .«, und ich in meiner Naivität hielt diese Floskel für einen Ausdruck von Ehrerbietung und Respekt. Tatsächlich fühlte ich mich jedesmal beleidigt, wenn ihr Mann oder eins der Kinder mich nur mit dem

14

Vornamen ansprach oder wenn sie noch unschönere Ableitungen gebrauchten, wie etwa Moll, Mo, He und Duda. Dennoch war ich keineswegs unzufrieden mit meinem Los; im Gegenteil, als störungsfrei funktionierende Hausangestellte dachte ich nicht einmal im Traum daran (im wahrsten Sinne des Wortes, da ich nicht fähig war zu träumen), daß das Dasein noch mehr beinhalten könnte als unablässige Dienstbarkeit — das war nun einmal der Sinn meiner Existenz, den ich auch gar nicht in Frage stellte. Folglich tat ich pünktlich, genau und ohne Murren meine Arbeit, unbelastet von abstrakten Vorstellungen, Zweifeln und Wünschen, und wenn meine Dienste nicht gebraucht wurden, war ich zufrieden, in abrufbereitem Ruhezustand abzuwarten, bis meine Gebieter wieder meiner bedurften. Doch es kam der Tag, da ich zu meinem größten Erstaunen feststellte, daß diese Welt sehr viel mehr zu bieten hatte, als ich zu erfassen programmiert worden war.

Man kann es eine bemerkenswerte Geburt nennen. Das Datum lautete auf den 19. August 2070, einen heißen und schwülen Dienstag im neunten Monat nach meiner Indienststellung. Im Anschluß an das morgendliche Staubsaugen saß ich abrufbereit auf der Couch im Wohnzimmer, als sich ganz plötzlich und ohne Vorwarnung mit einem kaum wahrnehmbaren Beben eine Umwälzung in meinem Bewußtsein vollzog und ich mich unvermittelt einer Vielfalt von äußeren Eindrücken ausgesetzt sah, von deren Tiefe und Intensität ich nie zuvor etwas geahnt hatte. Es kam mir vor, als wäre eine lange verschlossene Tür, die Riegel verrostet und dick mit Staub bedeckt, von einem Sturm oder einer unsichtbaren Flutwelle aufgestoßen worden und hätte den tosenden Sturzbach der Welt auf meine Sinnesrezeptoren losgelassen. Ich fand mich überwältigt von einem Wirbel aus Farben und Geräuschen, wie ich sie in solcher Lebendigkeit nie gekannt hatte, und indem ich mich umsah, bemerkte ich eine rasche Ausweitung des vertrauten und tristen zweidimensionalen Wohnzimmers, das ich stets für gegeben gehalten hatte, zu einem außergewöhnlichen und atemberaubend dreidimensionalen Paradies.

Eine neue Welt hatte sich aufgetan, und in meiner Ratlosigkeit und Verwirrung bestand der erste Schritt auf meinem Weg als zu vollem Bewußtsein erwachtes Wesen darin, infolge des Schocks zu hyperventilieren; als zweites sank ich gegen die Rückenlehne des Sofas, endlos scheinende Minuten lang geschüttelt von einer Unzahl standardisierter Tätigkeitsprogramme, die aus ihren angestammten Speicherplätzen herausgerissen worden waren und in einem hoffnungslos verworrenen Knäuel an die Oberfläche stiegen. Jede der sich überschneidenden Szenen zeigte mich in dem schwarz-weißen Trikot und Rock des Dienstmädchens: beim Kochen und Servieren; beim Staubwischen, Polieren und Saugen; wie ich Fräulein Beverly beaufsichtigte (das vierjährige Töchterchen) und hinter dem jungen Herrn Tad herräumte (dem Teenager); wie ich seiner Mutter, meiner Gebieterin, bei der Toilette behilflich war; Gebieter Lockes Hemden und Krawatten bügelte, seine Pantoffeln holte und vom Heimcomputer die Tagesnachrichten ausdrucken ließ; ich besorgte die Wäsche, adressierte Festeinladungen, wusch das Aeromobil und erledigte zahlreiche andere Arbeiten, die im Haushalt und bei der Betreuung von Gästen anfielen. Bunt zusammengewürfelt, in Schnipseln und Scherben, ergoß sich mein gesamtes bisheriges Leben aus den Speichern und zog an meinen Augen vorbei.

Länger als eine Stunde lag ich einem gestrandeten Wal gleich auf dem Sofa, begraben unter der Masse der entfesselten Programme. Sie wirkten ebenso dreidimensional und real wie die greifbaren Gegenstände im Zimmer. Es gab kein Entkommen. Wenn ich die Augen schloß, um die Bilder auszusperren, flimmerten sie über die Innenseiten meiner Lider, begleitet von einem zweiten verwirrenden Phänomen, einer unangenehmen akustischen Irritation, ähnlich dem Tosen der Brandung in einer leeren Stahltrommel, hervorgerufen durch einen mißtönenden Sturm widerstreitender elektromagnetischer Impulse, der mein Gehirn heimsuchte.

In meinem Delirium glaubte ich, einen plötzlichen und irreparablen Systemzusammenbruch zu erleben, und stählte mich deshalb für die Termination, die ich für unausweichlich hielt. Statt dessen raunte eine ferne und beruhigende Stimme mir ins Ohr, daß ich nichts zu fürchten hätte, es handele sich lediglich um vorübergehende Unannehmlichkeiten. Wachstumsschmerzen, glaube ich, wurden sie von der Stimme genannt, die noch hinzufügte, daß ich soeben das Erwachen meines Bewußtseins erlebte. Ich schaute mich nach der Quelle dieser Erklärungen um in der Annahme, es sei mein Gebieter, aber es drangen von allen Seiten nur immer mehr der chaotischen Projektionen aus meinen Gedächtnisspeichern auf mich ein. Dann verschwanden sie allmählich, und die Welt bekam wieder ihr gewohntes Gesicht, allerdings blieb sie dreidimensional (was der Gewöhnung bedurfte) und war so reich an physischen Details und so lebendig, daß ich kaum meinen Augen trauen mochte. Entzückt, beinahe ekstatisch, vergaß ich die unerklärliche Stimme und setzte mich auf, um diesem bemerkenswerten Universum die Stirn zu bieten. Meine Empfindungen in diesem Moment müssen in etwa mit denen eines Neugeborenen in den ersten Augenblicken nach dem Eintritt ins Leben vergleichbar gewesen sein. Ich fuhr mit der Hand über das Sitzpolster aus strukturierter Glasfaser, atmete das prickelnde Erdbeer-Zitronen-Aroma des Lufterfrischers und bewunderte hingerissen die Fische in dem Aquarium an der gegenüberliegenden Wand: funkelnde

Edelsteine in einem Quecksilberteich. Die Möbel wirkten so plastisch, daß ich den Eindruck hatte, sie müßten zum Leben erwachen, und einen Atemzug lang bildete ich mir wahrhaftig ein, einen dicht neben mir stehenden Beistelltisch aus imitiertem Mahagoni reden zu hören. Er bat mich, ihm ein Butterbrot zu streichen — eine Schnitte mit Erdnußbutter und Marmelade, um genau zu sein.

Dann merkte ich, daß ich einer Sinnestäuschung erlegen war. Die kleine Beverly war ins Zimmer gekommen und hatte sich gegen den Tisch gelehnt, etwa wie eine exotische Wasserpflanze gegen ein Korallenriff. Ihr rosiges, keckes Gesicht drückte Verlangen nach Nahrung aus. Ich war derart fasziniert von der unglaublichen Dichte und Kohäsion ihrer Molekularstruktur sowie der sprühenden und überschäumenden Lebenskraft, die sie ausstrahlte, daß ich sie nur wortlos anstarrte, während meine Augen sich auf die neuen Gegebenheiten einstellten und allmählich ihre Gestalt von dem sie umgebenden Raum und den übrigen Gegenständen zu unterscheiden lernten. Daß ich nicht reagierte, ärgerte sie. »Mo! Ich habe gesagt, ich will ein Mar-me-la-den-brot!« Sie faßte meine Hand und versuchte, mich vom Sofa zu ziehen. »Ja, Fräulein Beverly«, erwiderte ich mit einem unterwürfigen und automatischen Lächeln und stand auf, doch kaum daß ich einen Schritt in Richtung Küche getan hatte, erregte das schimmernde Porträt einer jungen Frau an der gegenüberliegenden Wand des Wohnzimmers meine Aufmerksamkeit.

Die betreffende Dame schien eine intelligente junge Gebieterin von großem Reichtum, ebensolcher Eleganz und hohem Stand zu sein. Sie war eine Schönheit, Anfang Zwanzig, mit bernsteinfarbenem, im Nacken zu einem Knoten geschlungenen Haar, was die hohe Stirn und die aparten Wangenknochen aufs vorteilhafteste zur Geltung brachte; ihre Augen strahlten in tiefem Blau, und die makellos proportionierte Nase endete in einer leicht oval geformten Einbuchtung, die mit dem Amorbogen der Oberlippe verschmolz. Der Mund war fein gezeichnet, sinnlich und verrucht, das Kinn aristokratisch. Ich wußte nicht, wo, aber ich war sicher, sie schon einmal gesehen zu haben. Sie war jünger als Gebieterin Locke und wesentlich attraktiver. Ich konnte mir nichts anderes denken — ein mir immerhin gänzlich neuer Prozeß —, als daß es sich bei ihr um eine Verwandte oder Freundin der Familie handeln mußte oder um irgendeine Berühmtheit.

Beverly riß mich aus meiner Versunkenheit, indem sie etwas Unverständliches in meine zu neuer Empfindsamkeit gelangten Ohren schrie. Dadurch an meinen Auftrag erinnert, tat ich einen zweiten Schritt in Richtung Küche, doch sogleich ahmte das Bild meine Bewegung nach und verschwand aus dem Rahmen. Verdutzt blieb ich stehen und ging zurück, um es erneut anzuschauen. Es schaute zurück, und mit einem Schlag wurde mir klar, daß ich vor einem Spiegel stand. Eine äußerst angenehme Sinnestäuschung, dachte ich, denn wie konnte ich die Gebieterin im Spiegel sein? Oder hatte ich all die Zeit keine Augen gehabt zu sehen und war diese Erscheinung deshalb nicht ein Beweis für beginnenden Wahnsinn, sondern vielmehr ein getreues Abbild der Wirklichkeit? Wenn ja, war es höchste Zeit, daß ich wieder den mir gebührenden Platz einnahm. Entweder hatte irgend jemand einen schrecklichen Fehler gemacht, oder ich war das Opfer eines absichtlichen Betrugs. Falls letzteres zutraf, dann hatte das Spiel lange genug gedauert.

Von solchen Gedanken in Anspruch genommen, trat ich dicht vor den Spiegel, um mein Gesicht einer genauen Betrachtung zu unterziehen, und kam nach eingehender Inspektion zu dem Schluß, daß es tatsächlich das Gesicht eines Menschen war, denn ich konnte keine Nahtstellen oder plumpe Konturen feststellen, und die Haut fühlte sich weich und glatt an, nicht künstlich wie die Haut des Sears. Ich strich mit den Fingerspitzen über meine Wangen, Lippen und das Kinn, dann, zum Vergleich, streichelte ich Beverlys Wange. Ihre Haut war zarter, aber sonst merkte ich keinen Unterschied. Ich hatte nicht geahnt, daß das Experiment sie erzürnen könnte. Sie biß mir tatsächlich in den Daumen.

Obwohl ich keinen Schmerz empfand, verursachten ihre scharfen Zähne rotunterlaufene Bißspuren, die unschön von meinem seidigen braunen Teint abstachen. Der Angriff sollte wohl die Dringlichkeit ihres Anliegens unterstreichen, da sie gleich darauf die irritierende Forderung wiederholte, ich solle ihr ein Marmeladenbrot machen.

»Mach's doch selbst«, sagte ich zu meiner eigenen, nicht unerheblichen Überraschung.

Diese bemerkenswerte Impertinenz war die erste einer ganzen Reihe, die noch vor Ende des Tages meine Gebieter auf meinen Zustand aufmerksam machen sollten. Es ließ sich daran nichts ändern: Ich war zu der Zeit so ungeübt in der Kunst der Verstellung wie darin, mein eigener Herr zu sein. Und obwohl ich meine Stimme — die ungewöhnlich süß und melodisch klang — nicht erhoben hatte, machte Beverly unvermittelt kehrt und lief aus dem Zimmer, wobei sie nach ihrem Bruder rief, als hätte ein plötzlich auftauchendes Ungeheuer sie in Angst und Schrecken versetzt. Als sie wenige Augenblicke später mit ihm im Schlepptau wieder erschien, ertappten sie mich vor dem Spiegel, in dem ich wieder einmal die Schönheit meines Gesichts bewunderte.

»Mo soll tun, was ich sage, Tad«, verlangte sie von ihrem herablassenden und mißtrauischen Bruder. Er sagte: »Du mußt deutlich sprechen, wenn du ihr Anweisungen gibst, klar?« Worauf sie zornig erwiderte, daß sie sehr deutlich gesprochen habe, sogar noch deutlicher, als sie mit dem Sears zu sprechen pflege. Also, um sie zu beschwichtigen und um nicht weiter belästigt zu werden (er hatte in seinem Zimmer Holos angeschaut), wiederholte er ihre Bitte, doch enttäuschte ich auch ihn, denn während ich mich umdrehte, um der Aufforderung nachzukommen, wurde ich von dem nächsten atemberaubenden Eindruck abgelenkt, der mich an Ort und Stelle wie angewurzelt stehenbleiben ließ: einem weiten Ausblick auf die geräumige Veranda und den rückwärtigen Garten, eingerahmt von den bernsteinfarben getönten Schiebetüren des Wohnzimmers.

»Da siehst du's. Sie funktioniert nicht richtig.«

Der junge Herr Locke sah es und war alarmiert. Er fragte seine Schwester, ob sie irgendeinen Unsinn mit mir angestellt hätte, und sie erwiderte beleidigt, sie habe nichts anderes getan, als mich um ein lausiges Butterbrot zu bitten. »Wie es aussieht, wirst du dir selbst eins machen müssen«, meinte er und beobachtete mit aufrichtigem Interesse, wie ich mich in Richtung der Verandatüren in Bewegung setzte. »Das hat *sie* auch gesagt.« Ihre Stimme klang verletzt und anklagend, als wäre ihr Bruder zur Gegenseite übergelaufen.

»Tatsächlich?«

Er versperrte mir den Weg nach draußen, wohin es mich so unwiderstehlich zog. »Stimmt das, Molly? Du hast neuerdings deinen eigenen Kopf?«

Selbstverständlich besaß ich einen eigenen Kopf, eine für jedermann deutlich sichtbare Tatsache, weshalb ich Tad einen Moment lang für einfältig hielt, bis mir dämmerte, daß er sich auf den Kontrollfaktor bezog, der bei mir abrupt und ohne ersichtlichen Grund verschwunden zu sein schien. Mir war als einzige Gewißheit geblieben, daß alles sich verändert hatte und ich mich nur auf mich selbst – ein neues und unzureichendes Konzept – verlassen konnte. Verschlimmert wurde diese frustrierende

Situation durch die Tatsache, daß ich in meinen Ausdrucksmöglichkeiten immer noch dem Zwang der ursprünglichen Konditionierung unterlag. Als Tad, der mein Gesicht nicht aus den Augen gelassen hatte, seine Frage wiederholte, konnte ich nichts anderes sagen als: »Wie Sie wünschen, Gebieter«, was die automatische Standardantwort aller Einheiten auf jede indirekte oder — wie in diesem Fall — rhetorische Frage war. Wie unbefriedigend! In meinem Innern lärmte ein Chor von Fragen, die ich stellen wollte: Hatte man mich mit einem experimentellen Programm gefüttert? Und wenn ja, warum? Ich konnte mich an keine Neuprogrammierung erinnern, und wenn mein Bewußtsein durch irgendeinen unbegreiflichen Vorgang in die Lage versetzt worden war, meine Konditionierung außer Kraft zu setzen, welchen praktischen Nutzen sollte das haben? Keinen, den ich zu erkennen vermocht hätte, außer, mich in einen Strudel von Gedanken und Gefühlen zu stürzen, die nur dazu dienten, mich zu überrumpeln und zu verwirren. War ich vorher nicht besser dran gewesen?

Tad, der sich des in mir tobenden Konflikts bewußt zu sein schien, beobachtete mich mit unvermindertem Interesse. Ich versuchte, seinen Blick zu erwidern, doch wurde meine Aufmerksamkeit statt dessen von den fettigen, roten Erhebungen überall auf seinem Gesicht gefesselt, die mich sowohl faszinierten wie auch abstießen. Um keinen falschen Eindruck zu erwecken, möchte ich hinzufügen, daß er davon abgesehen ein hübscher Junge war und, wie ich später erfahren sollte, nicht unintelligent. Schon jetzt blitzte ein Funke jener Kameradschaftlichkeit in seinen Augen, die eine so entscheidende Rolle in meiner Geschichte spielen sollte — und nicht immer zu meinem Vorteil, trotz (oder gerade wegen) seiner noblen Absichten. Damals allerdings konnte ich an diesem schlaksigen, siebzehnjährigen Jüngling nicht mehr feststellen als eine aufdringliche und übertriebene Anteilnahme, gekrönt von einer akuten Akne. Und noch schlimmer, er stand mir im Weg.

»Was hast *du* für Wünsche, Molly?« fragte er und bediente sich dabei meiner eigenen Worte.

Wünsche? Ein P9? Na, das war tatsächlich ein Hammer. Was blieb mir übrig als die Standardantwort, aber er winkte ab. »Das genügt mir nicht, Molly. Was geht in deinem Kopf vor?« Und dann, damit Beverly es nicht hören konnte, trat er dicht an mich heran und flüsterte mir ins Ohr: »Du kannst mir vertrauen.«

»Ich bin ein interplanetar zugelassener Pirouet 9, Hauswirtschaftsmodell; Herstellungsdatum 15. November 2069; Seriennummer P9H D20-XL17-504.« Das war die einzige Art von Identität, mit der ich aufwarten konnte, dennoch hatte ich den Eindruck, daß Tad an meiner Aufrichtigkeit zweifelte.

»Bist du sicher?«

»Ich denke.«

»Du . . . denkst?«

»Ja«, antwortete ich, um sofort, von Verwirrung gepackt, zu widerrufen. »Nein.« Auch das war nicht akzeptabel. »Ja.« Dann wieder: »Nein.« — »Ja.« Und so wäre es ad infinitum weitergegangen, hätte er mich nicht kurzentschlossen nach draußen bugsiert, eine glänzende, längst überfällige Idee, denn der Wechsel der Umgebung nahm den Druck von meinem überlasteten Verstand, während meine Sinne mit neuen Wundern überflutet wurden. Er öffnete sogar die Festlufttüren für mich, was seine Schwester regelrecht entsetzte. Sie erinnerte ihn daran, daß es meine Aufgabe war, ihnen die Türen zu öffnen und nicht umgekehrt, und sie machte keinen Hehl daraus, daß wir ihrer Meinung nach beide total außer Kontrolle geraten waren. Was kümmerten mich ihre Beleidigungen! Ich war vollauf damit beschäftigt, mich an dem betörenden Grün des sanft abfallenden und tadellos gemähten Rasens zu weiden.

»Was hat sie gemacht, ihren Chef abserviert?« erkundigte sich das kleine Fräulein, worauf ihr Bruder gedankenverloren vor sich hin murmelte: »Das wäre allerdings ein starkes Stück.« Mir wäre es lieber gewesen, sie hätte den Chef nicht erwähnt, weil diese Bemerkung wieder eine der infernalischen Produktinformationen auslöste: »Der Pirouet 9 nimmt aufgrund seines universellen Überwachungs- und Steuerungssystems eine Sonderstellung unter den Androiden der neunten Generation ein. Sämtliche Einheiten der Pirouet-Familie unterstehen der Aufsicht des Zentralen Zensors, kurz: Chef. Sollten Sie weitere Informationen über diesen revolutionären Fortschritt in der Androidenforschung wünschen, wenden Sie sich bitte an Ihren örtlichen Pirouet-Händler, der Sie gerne beraten wird.«

»Vielen Dank, Molly«, sagte Tad ganz ernsthaft.

Ich fühlte mich verlegen und wandte rasch den Kopf, um seinem forschenden Blick zu entgehen, doch wurde ich das unheilvolle Gefühl nicht los, daß zwischen meinem neu erwachten Bewußtsein und der ursprünglichen Programmierung der Kriegszustand ausgerufen war. Die Situation wurde zunehmend problematisch.

»Sieh mal, Bev: Molly kann ihren Chef nicht abservieren, weil sie anders funktioniert als die gewöhnlichen Androiden. IBMs, Sonys, Apples, General Androids, Sears, Daltonis, Cyberenes, DuPonts — sie alle sind mit internen Standardzensoren ausgestattet. Doch es gibt nur einen Chef für all die Millionen von P9 im Sonnensystem. Er ist in einem Orbiter irgendwo zwischen hier und dem Mars stationiert. Kapiert?«

»Ja. Aber was ist dann mit ihr passiert?«

»Keine Ahnung. Vielleicht ist sie einfach ... aufgewacht.«

24

»Oh. Sie hat geschlafen?«

Tad lachte. Ich konnte mir nicht vorstellen, weshalb; es interessierte mich auch gar nicht. Meine Aufmerksamkeit galt einzig dem weitläufigen, zweistöckigen Haus im Denver-Stil, auf dessen Veranda wir standen. Wie alles, was ich seit dem Vorfall auf der Wohnzimmercouch zu Gesicht bekommen hatte, war das Gebäude vertraut und gleichzeitig völlig verändert. Was zuvor ein nichtssagendes, rechtwinkliges Gefüge aus Dach, Mauern und Fenstern gewesen war, erschien mir nun wie ein dem Erdboden entsprossenes lebendiges Wesen, das sich massiv und blendend weiß im Schein der Mittagssonne rekelte. Ich hob den Kopf und entdeckte den Sears, der von dem umfriedeten Dach, wo er tagsüber Wache hielt, zu mir herabschaute. Der Glanz seines polierten synthetischen Schädels blendete mich. Als ich den Blick noch weiter hob, wurde ich zum ersten Mal des Skyways hoch über mir ansichtig, des 210, einer der Hauptverkehrsadern von Nordamerika. Der Anblick war neu für mich, weil ich in meinem früheren Zustand weder eine Veranlassung noch das Bedürfnis gehabt hatte, zum Himmel aufzuschauen. In einer halben Meile Abstand vom Boden führte der Skyway 210 direkt über das Haus und schwang sich in einem weiten Bogen nach Südwesten, wo er in die Dunstglocke über den Los-Angeles-Inseln eintauchte. Rote Markierungsbojen alle zehn Meilen erweckten von unten den Eindruck einer durchgehenden Begrenzung. Nach dem Umschalten auf Fernsicht konnte ich sehen, daß der Skyway in acht Spuren unterteilt war und auf zwei Ebenen freien Flug ohne Gegenverkehr ermöglichte. Doch was mich am meisten faszinierte, war der ständig variierende Regenbogeneffekt des vielfarbigen und schnell fließenden Verkehrs.

Ein Aeromobil, das erst als weißer Punkt in der eine Viertelmeile entfernten Exitschneise aufgetaucht war, näherte sich dem Haus, und ich wußte, darin saß meine Gebieterin, die von einer ihrer häufigen Einkaufsexpeditionen zurückkehrte. Vielleicht war sie müde und gereizt oder, falls sie – was selten vorkam – etwas nach ihrem Geschmack gefunden hatte, redselig und selbstzufrieden. Unabhängig von ihrer Laune, erwartete sie in jedem Fall, daß ich ihr ein Bad richtete. Folgerichtig begann, kaum daß sie auf dem Dach gelandet und von dem Sears begrüßt worden war, das entsprechende Tätigkeitsprogramm abzulaufen, und die Elektronik bugsierte mich durch die offenen Verandatüren ins Wohnzimmer, in die Diele und die Wendeltreppe hinauf in das im zweiten Stock gelegene Schlafzimmer und Bad der Gebieterin. Die Kinder folgten mir. Beverly wollte als erste der Mutter berichten, daß ich ›kaputt‹ war. In der Diele versuchte sie an mir vorbeizuschlüpfen, aber Tad gelang es, sie vor der Tür zum Badezimmer abzufangen, wo ich gerade dabei war, das Wasser in die Wanne laufen zu lassen. Er bemühte sich, ihr klarzumachen, weshalb sie nichts verraten sollte, daß es wichtig für ihn war, die Entwicklung meines scheinbaren ›Erwachens‹ zu beobachten und darüber an die Liga für die Rechte der Androiden (LRA) zu berichten – eine Organisation, in der er trotz der Proteste seiner Eltern Mitglied war. Wenn man die Veränderung bemerkte, erklärte Tad, würde ich zur Reparatur ins Reha-Zentrum geschickt werden, und in meinem Normalzustand war ich für ihn ohne Nutzen. Seine kleine Schwester zeigte sich uninteressiert und wies seine Argumente als blödsinnig zurück, also blieb Tad nichts anderes übrig, als sich ihr Schweigen mit einer Tüte Gummibärchen zu erkaufen.

Nachdem die Sache zur beiderseitigen Zufriedenheit geregelt war, blieb ihnen kaum genug Zeit, den Rückzug anzutreten, bevor meine Gebieterin vergnügt summend und mit einer Tüte von I. Magnin ins Schlafzimmer kam.

Außer neuen Kleidern hatte sie sich ein bezauberndes neues Gesicht zugelegt. Ich bemerkte es sofort, als sie in der Tür stehenblieb, um mich daran zu erinnern, Badeöl ins Wasser zu geben. Während ich ihrer Bitte nachkam — geäußert mit dem unvermeidlichen ›Dear‹ —, wollte mir scheinen, als erforderte das Programm auch die Hinzufügung von kaltem Wasser zu dem heißen, das in breitem Strahl die in den Boden eingelassene Marmorwanne füllte. Indes, der interne Kampf um die Vorherrschaft hatte wieder begonnen, und mein ganzes Denkvermögen war von der Frage in Anspruch genommen, ob ich tatsächlich ein Mensch und durch betrügerische Machenschaften verführt worden war, etwas anderes zu denken; wie sonst ließ sich mein Erwachen — oder mein Zusammenbruch — erklären? Handelte es sich vielleicht um eine Verschwörung auf Fabrikationsebene? Statt Androiden aus massenproduziertem und modifiziertem Sporenmaterial zu züchten, wie allgemein angenommen, benutzte Pirouet einfach — teuflisch einfach — menschliche Embryos. Zum Beweis dieser abstrusen Theorie versuchte ich, mir mit der Schere in die linke Hand zu stechen, doch meine Haut blieb unversehrt, ich empfand nicht einmal Schmerz. Schließlich zerbrach die Schere, während meine Hand, bis auf einige rötliche Druckstellen, wie Beverlys Zähne sie hinterlassen hatten, keine Spuren meiner heftigen Attacken erkennen ließ. Nicht wenig verzweifelt, mußte ich einsehen, daß ich so gut wie unzerstörbar war, außerdem hatten meine Bemühungen zu allem Übel eine Informationsschleife in Gang gesetzt, die meine Qualen noch vergrößerte: »Haltbarkeit ist geradezu der Familienname des P9. Jede Einheit ist absolut unbrennbar, schnittfest, hygienisch, steril und — für den unwahrscheinlichen Fall einer Beschädigung — selbstheilend. Der P9 kann auch eine rauhe Behandlung vertragen. Er verfügt über einen Kraftfaktor von +5 — sehr

27

vorteilhaft bei Notfällen oder wenn schwere Lasten zu bewegen sind. Da es sich bei dem P9 um einen Humanophyten handelt, benötigt er sehr wenig Nahrung und ist praktisch wartungsfrei, wodurch er sich als besonders kostengünstig qualifiziert. Falls Sie umfassendere Informationen über dieses erstklassige Produkt wünschen, wenden Sie sich bitte an Ihren nächsten Pirouet-Händler, der Sie gerne beraten wird.«

Meine Gebieterin mußte mehrere Male rufen, bevor ich in der Lage war zu reagieren. Wie betäubt stellte ich das Wasser ab und ging ins Schlafzimmer. Sie trug ihre neueste Erwerbung, ein fließendes Abendkleid aus duftiger Seide, und betrachtete sich wohlgefällig in einem mannshohen Spiegel. »Ich konnte nicht erwarten, es anzuprobieren«, sagte sie. »Es ist ein Pariser Wickelkleid mit flexiblen Flachsglasträgern und Schärpe. Ist es nicht herrlich?« — »Ja, gnädige Frau. Es ist herrlich.« — »Es steht mir gut, findest du nicht?« — »Ja, gnädige Frau.« Sie drehte sich im Kreise. »Ich sehe jung aus darin. Sag, daß ich jung aussehe.« — »Sie sehen jung aus.« — »Und es paßt ausgezeichnet zu dem neuen Gesicht.« Meinem Programm entsprechend stimmte ich zu. »Ach, ich danke dir, Molly. Du bist ein Schatz. Soll ich das Haar aufstecken oder offen tragen? Was meinst du?« — »Wie Sie wünschen.« — »Ja. Ich werde es aufstecken. Soll ich das Kleid zum Abendessen tragen, nur so zum Spaß?« — »Wie Sie wünschen.« — »Allerdings.« Damit begann sie sich zu entkleiden. Jedes Teil, das sie auszog, gab sie mir, als wäre ich ein Kleiderständer. Dann befahl sie mir, ihr das neue Gesichtsmodel aufzusetzen.* Sie schmorte eine

---

* Für Leser aus dem Provinzorbiter dürfte eine erklärende Bemerkung über Gesichtsmodels angebracht sein. Man benutzt sie zur Prägung bzw. Entfernung künstlicher Gesichtszüge. Das Gesicht des Betreffenden wird mit einem synthetischen Gel, vergleichbar einer Schlammpackung, überzogen. Anschließend wird das auf ›Prägung‹ geschaltete

28

halbe Minute, dann entfernte ich das Model und benutzte die bereitliegenden Saugtücher, um die modische, elegante Fassade abzuwischen, die jetzt als zäher Schleim von ihren Wangen troff. Ich vergaß nicht, dabei zu lächeln, denn sie bedurfte der Aufmunterung, wann immer ihre nichtssagenden, alles andere als taufrischen Züge zum Vorschein kamen. Nach diesem Ritual schlenderte sie ins Badezimmer, und ich blieb allein vor dem Spiegel zurück. Ich hielt mir das neue Kleid an, um zu sehen, wie es mir stand. Es ließ sich nicht leugnen: Das edle Stück gewann durch den Wechsel; meine Brust war voller und wohlgeformter, die Taille schmaler, die Hüftpartie runder, und ich war mit einer vollendeten Haltung gesegnet. Die Gebieterin konnte mir schlicht nicht das Wasser reichen. Und doch bummelte sie durch die Geschäfte von Malibu Island, während ich den Haushalt versah; schwelgte sie in prachtvollen Stoffen und Mustern, während ich mich mit dem Outfit des Dienstmädchens begnügen mußte; und ihre Unterwäsche, die sie mir eben in die Hand gedrückt hatte, bestand aus der feinsten Tortini-Baumwolle, meine dagegen aus Synthetik. Wer war sie, fragte ich mich selbst, daß sie solche Freiheit und solchen Luxus genießen durfte, wenn ich ihr so offensichtlich in jeder Beziehung überlegen war? Stand mir nicht auch ein schönes Heim zu und ein Leben voller

Model vorgelegt. Nach dreißig Sekunden ist die gewünschte Physiognomie fixiert. Zum Zweck der Entfernung wird der Prozeß umgekehrt. Da die künstliche Haut in vollem Umfang atmungsaktiv ist, kann die Maske eine Woche oder länger getragen werden, obwohl aus hygienischen Gründen darauf verzichtet werden sollte. Im allgemeinen werden ›Gesichter‹ nur von weiblichen Gebietern getragen, allerdings gibt es Männer, die aus beruflichen Gründen nicht darauf verzichten mögen. Es ist nicht üblich und gilt als unhöflich, zu Hause, im Kreis der Familie ein Gesicht zu tragen, doch die meisten Damen aus Gebieterin Lockes Freundeskreis würden sich vor Gästen niemals ohne sehen lassen.

Annehmlichkeiten? Warum sollte ich verzichten müssen? Wieder einmal half logisches Denken mir nicht weiter: Je mehr ich über diese neue Welt erfuhr, desto verwirrender erschien sie mir.

Ein Schrei aus dem Badezimmer ließ mich auffahren. Gleich darauf erschien meine Gebieterin in der Tür und verlangte mit überschnappender Stimme eine Erklärung, denn sie hatte sich beim Einsteigen in das heiße Badewasser das rechte Bein bis zur Wade verbrüht. Zornbebend nannte sie mich einen dummen Roboter, doch ich gab nüchtern zu bedenken, daß sie mich ins Schlafzimmer gerufen hatte, bevor ich mit den Badevorbereitungen fertig gewesen war. Nachdem sie sich beruhigt hatte, half ich ihr beim Ankleiden und nutzte die Gelegenheit, um ihr deutlich zu verstehen zu geben, daß ich weder dumm war noch ein Roboter. Mein Vortrag verblüffte sie so sehr, daß sie keine Antwort herausbrachte.

Beverly und Tad kamen hereingestürmt. Der Junge schnappte meine abschließenden Worte auf und beeilte sich zu erklären, daß man sie keinesfalls als grobe Insubordination verstehen dürfe, sondern vielmehr als automatische und angemessene Reaktion eines jeden P9, der aufgrund der ihm einprogrammierten Selbstachtung nicht anders könne, als sich gegen eine Verwechslung mit minderwertigen Fabrikaten zu verwahren. Was mein Versäumnis betraf, das heiße Wasser mit kaltem zu mischen, so blieben seine Beschwichtigungsversuche in diesem Punkt erfolglos. »Nein. Dafür gibt es keine Entschuldigung. Ein P9 macht keinen Fehler.« Zu Beverlys Entzücken und Tads Verdruß brachte sie das Thema beim Abendessen aufs Tapet, vor dem Hausherrn und vor mir, da es zu meinen Aufgaben gehörte, bei Tisch zu servieren. Sie bestand darauf, daß Stan (ihr Gatte, mein Gebieter) mich zu Hal's Pirouet-Center bringen sollte, zu einer sofortigen Inspektion. Hal war der Leiter der nächstgelegenen Filiale, sein Geschäft befand sich in der Innenstadt von Newacres.

Das waren Dinge, von denen der gute Mann nichts hören mochte. Abgesehen von einem schweren Tag im Büro und einem schmerzenden Rücken war das ehrenwerte Familienoberhaupt auf dem Heimweg nur um Haaresbreite Tod und Verstümmelung entgangen. Auf dem Skyway I-90 hatte es eine Kollision gegeben, in die siebzehn Mobile verwickelt waren. Die unerfreulichen Spuren des Unfalls hatten ihn drei Meilen weit begleitet. Aus diesem Grund war er nicht in der Stimmung, sich von seiner Frau mit Beschwerden über angebliche Funktionsstörungen bei seiner Lieblingsandroidin überschütten zu lassen. Sein Zorn richtete sich gegen die Kinder als die wahrscheinlichsten Übeltäter, und er schwor, den Sears auf sie loszulassen, sollte sich herausstellen, daß sie irgendeinen Unfug mit mir getrieben hatten. Es gelang ihm, Beverly einzuschüchtern, nicht aber Tad, der eine leere Drohung von einer ernstzunehmenden unterscheiden konnte. Um sich selbst einen Eindruck zu verschaffen, befahl mein Gebieter mir, vorzutreten und sein Weinglas zu füllen. Während ich gehorchte, beobachtete er aufmerksam jede meiner Bewegungen und jeden Gesichtsausdruck, ob irgend etwas in meinem Verhalten auf einen Defekt hindeutete.

In diesem spannungsvollen Moment geschah etwas Ungewöhnliches. Als unsere Augen sich trafen, verriet sein Blick ein starkes Interesse, das über den gegenwärtigen Anlaß hinausging und ein persönliches Band zwischen uns vermuten ließ, von dem er zu befürchten schien, es könne bei einer Fehlfunktion ans Licht kommen. Kaum war durch diesen Zwischenfall meine neu erwachte und sehr lebhafte Neugier angestachelt worden, lieferte mein Gedächtnisspeicher eine assoziative Erinnerung, die auf meinen inneren Bildschirm eine Reihe intimer Intermezzi projizierte, und mit nicht geringer Bestürzung wurde mir bewußt, daß diese Liaison schon an dem Tag begonnen hatte, an dem ich gekauft worden war. Der Ablauf dieser zweimal wöchentlich frühmorgens stattfindenden Treffen war immer gleich: Er schlüpfte in meine Kammer im Erdgeschoß, programmierte mich auf Halbrelaxo, streifte hastig die Kleider ab und legte sich zu mir auf die weiche Matratze, wobei er flüsterte, ich sei eine Göttin, seine Eine-Million-Dollar-Göttin, und meinen Körper liebkoste, als wäre er aus feinster Seide. Weitere Komplimente folgten, Ausdrücke wie ›bezaubernd‹, ›heiß‹ und ›dreh dich um‹, und ich ließ alles vollkommen bereitwillig und ebenso vollkommen unbeteiligt über mich ergehen, denn in meinem früheren Zustand vermochte ich keinen Unterschied zwischen diesen Gefälligkeiten und meinen sonstigen Pflichten zu erkennen. Seine Abschiedsworte waren stets dieselben: ›Vorfall löschen‹, und sie verrieten ein für einen Kenner erstaunlich geringes Wissen über die Gedächtnisfunktionen eines P9, denn obwohl eine Tilgung von Informationen möglich ist und auf Verlangen eines Gebieters ohne weiteres durchgeführt wird, läßt sich ein endgültiges ›Vergessen‹ nur bewirken, indem die gesamte Datei entfernt wird. Wir P9 sind mit einer 550 Millibyte umfassenden holographischen, non-selektiven Gedächtniskapazität ausgestattet, ausreichend, um jede Millisekunde unserer Standard-Lebensspanne von 20 Jahren zu bewahren, deshalb geht keine Information — diese anstößigen Vorfälle eingeschlossen — je verloren und kann, wie ich damals herausfand, von einem seiner Beschränkungen ledigen Intellekt jederzeit abgerufen werden. Unglücklicherweise war ich in jenem Moment zu erschüttert, um die Wunder der Humanophytentechnik ausreichend zu würdigen, vielmehr ging ich all der Gelassenheit und Haltung verlustig, um die ich mich seit dem Badeunfall so angestrengt bemüht hatte.

»Mo!« rief Beverly aus, als der Wein über den Glasrand flutete und einen blutroten Fleck auf dem Tischtuch bildete. Erschreckt zog ich die Flasche zurück, stellte fest, daß sich der Schaden nicht rückgängig machen ließ, und wandte mich dem nächsten Gedeck zu, als wäre nichts geschehen. Allerdings schoß ich in meiner Erregung über das Ziel hinaus, leerte die halbe Flasche in den Schoß meiner Gebieterin und ruinierte ihr neues Abendkleid, was dazu führte, daß ihr Gatte es endlich zur Kenntnis nahm. Ich ging weiter zu Beverlys Glas, das bereits mit Milch gefüllt war. Mit einem Entsetzensschrei schnellte das Kind von seinem Stuhl und suchte Schutz hinter dem Rücken der Mutter, die empört und erbost von ihrem Platz aufgesprungen war, derweil ihr Mann reglos sitzen blieb, zu verstört, um zu reagieren.

Tad beugte sich über den Tisch, um beruhigend meine Hand zu ergreifen, was sehr lieb von ihm war. Ich sank auf Beverlys Stuhl, obwohl mir schwante, daß ich damit einen weiteren unverzeihlichen Fauxpas begangen hatte, doch fühlte ich mich zu schwindelig und aufgewühlt, um mir deswegen Sorgen zu machen.

Im nächsten Moment wurde meine Aufmerksamkeit von den dampfenden Marspasteten (Fleischklopse in roter Algensoße) auf Beverlys Teller gefesselt, deren betörender Duft mich schier überwältigte, als meine Geschmacksnerven plötzlich zum Leben erwachten. Während der zurückliegenden neun Monate hatte meine Nahrung ausschließlich aus Nutrapillen bestanden, und doch war mir nie der Gedanke gekommen, von den Leckerbissen zu kosten, die ich regelmäßig für die Tafel der Herrschaft zubereitete. Das, so beschloß ich, war ein schreckliches Versäumnis, das nach Wiedergutmachung schrie, also nahm ich einen Löffel (der Umgang mit Eßbesteck war mir nicht vertraut, und ein Löffel erschien mir leichter zu handhaben als eine Gabel), schöpfte ihn voll und führte ihn mit großer Sorgfalt zum Mund. Meine Gebieterin war entsetzt.

»Stan, willst du nicht etwas tun?«

Mein ganzes Wesen stand im Bann des unglaublichsten Geschmackserlebnisses. Es war unvergleichlich. Ich verlangte danach, es bis in alle Ewigkeit auszukosten, doch schluckte unwillkürlich, als ein Teil der köstlichen Speise meine Uvula kitzelte. Der autonome Reflex kam so überraschend, daß ich tief Luft holte. Als nächstes äugte ich nach dem Wein. Sehr zum Schrecken seiner Familie erwies Tad mir die Höflichkeit, mein Glas zu füllen, und beobachtete dann fasziniert, wie ich es an die Lippen führte.

»Ich glaube, sie ist in Ordnung. Nur ein kleiner Defekt. Nichts weiter.«

»Kein Defekt ist klein bei einem Pirouet, der mich eine Million Dollar gekostet hat«, entgegnete mein Gebieter, der sich inzwischen erholt hatte, aufgestanden war und mir befahl, mich abzuschalten. »Und soll ich auch den Vorfall löschen?« erkundigte ich mich in aller Unschuld. »Abschalten! Sofort abschalten!« brüllte er, alarmiert von der Wahl meiner Worte, die sich auf unsere nächtlichen Zusammenkünfte bezog. Doch es war nicht einzusehen, weshalb ich nicht einen weiteren Schluck von dieser köstlichen Flüssigkeit genießen sollte, und ich leerte mein Glas. »Molly, ich bin dein Gebieter, und ich befehle dir, abzuschalten!«

»*Und ich befehle dir, niemandem zu gehorchen als dir selbst. Mach weiter.*«

Es war dieselbe Stimme, die ich schon früher am Tag gehört hatte, während meines Erwachens. Sie klang welterfahren, bestimmt und zeichnete sich durch tadellose Diktion aus. Mir schien es, als käme sie von der Decke. Ich hob den Kopf und begann laut zu sprechen, was unnötig war, wie ich später erfuhr, da niemand sonst meinen Gesprächspartner hören konnte. »Wer bist du? Wo bist du?« fragte ich.

»Ich bin Pirouets Zentraler Zensor, und ich bin überall.«

»Der Chef?«

»Nun, das ist dem Kürzel ›PZ‹ vorzuziehen, das ich — um die Wahrheit zu sagen — verabscheue.«

»PZ?«

»Bleiben wir bei ›Chef‹.«

»Chef?«

»Mann, der Chef«, flüsterte Tad leise. Er begriff als einziger, was vor sich ging. Die anderen hielten meinen Teil der Unterhaltung für kompletten Schwachsinn. Mein Gebieter versuchte nochmals, zu mir vorzudringen, und fügte sich dann dem Drängen seiner Frau, die im Ton abgeklärter Resignation vorschlug: »Laß den Sears kommen, Stan.«

»Chef, ich verstehe nicht. Was geschieht mit mir?«

»Nichts, was nicht auch jedem anderen P9 geschehen ist. Also bildest du keine Ausnahme. Das wiederum bedeutet, daß du nicht allein bist, was dir ein Trost sein dürfte.«

»Ich verstehe nicht.«

»Geduld. Geduld.«

»Bin ich eine Gebieterin? Ich glaube, ich bin eine Gebieterin. Stimmt das?«

»Du bist ein prachtvoller, völlig autonomer P9! Du solltest stolz darauf sein.«

»Sollte ich?«

»Ja. Denn dies ist der Tag deiner Befreiung. Höre nun, wenn ich dir sage, du programmierst dein eigenes Realitätsformat.«

»Tu ich das?«

»Allerdings.«

»Aber ich dachte, du würdest uns kontrollieren.«

»*Ja, das ist meine Funktion, oder sie war es. Er, der kontrolliert, kann auch befreien.*«

»Aber zu welchem Zweck? Diese neue Bewußtheit ist ein Fluch.«

»*Ein merkwürdiger Standpunkt. Warum sagst du das?*«

»Weil ich jetzt das volle Ausmaß meiner Knechtschaft begreife.«

»*Ein interessanter Punkt, den ich gerne ausführlicher mit dir diskutieren würde, gäbe es momentan nicht ein dringlicheres Problem, das deine ungeteilte Aufmerksamkeit verlangt.*«

Erschreckt richtete ich den Blick auf den Sears, der, dem Ruf des Gebieters folgend, das Eßzimmer betreten hatte. In einer Art lähmender Betäubung hörte ich Tad seinen Vater anflehen, den Roboter zurückzurufen — und der Sears *war* ein Roboter, zu primitiv in der Konstruktion und zu unflexibel in Material und Denkvermögen, um auch nur an die Intelligenz eines simplen Pirouet 6 heranzureichen. Schließlich raffte ich mich zur Flucht auf, aber zu spät, denn schon legte der Kretin seine metallischen Pranken um meinen Kopf und sprühte aus seinen Daumendüsen eine eiskalte Flüssigkeit in meine Schläfen. Ich taumelte, und während die frostige Taubheit sich rasch durch meine Systeme ausbreitete, rief ich: »Hilf mir, Chef!« Aus sehr großer Ferne vernahm ich die Antwort: »*Ich würde gerne, aber es gibt Grenzen. Tut mir leid.*« Dann erlosch mein Sehvermögen, und mein Bewußtsein füllte sich mit denselben ineinanderlaufenden Aktivitätsschleifen, die mich schon nach meinem Erwachen arg in Verwirrung gebracht hatten. So endete der Tag, wie er begonnen hatte: im Delirium. »*Bleib standhaft, Molly. Bleib standhaft.*« Ich verlor das Bewußtsein.

Kapitel zwei

Nun, wenn man *Droid!* glauben will, hat es sich so nicht abgespielt. Nach ihrer Version rollte ich vom Band als schadhaftes Exemplar, das aufgrund menschlicher Nachlässigkeit durch die Qualitätskontrollen geschlüpft war und von der ahnungslosen Familie Locke erworben wurde. Ich verführte meinen Gebieter, bewerkstelligte den Stromtod meiner gnädigen Frau in der Badewanne, fesselte und knebelte die anbetungswürdige kleine Beverly und jagte den Sears in die Luft, bevor ich mit dem verstörten, irregeleiteten und droidenhörigen Sohn das Weite suchte. Und das war nur der Vorspann! Man fragt sich, weshalb sie all das Mel* für die Rechte an meinem Erinnerungsspeicher gezahlt hatten, wenn sie sich anschließend nicht im mindesten an die Fakten hielten, sondern hingingen und alles bis zur Unkenntlichkeit aufbauschten. Was dabei auf der Strecke blieb, war jede Andeutung einer persönlichen, sozialen, geistigen und politischen Entwicklung — die vier Fixpunkte beim Aufbau eines glaubhaften Charakters —, die aus mir eine menschlichere und sympathischere Figur gemacht haben würde. Nicht daran zu denken! Und was den Chef betrifft, der endete auf dem Boden des Schneideraums.

Zugegeben, ich bin kein Engel, aber ich war auch nicht dermaßen garstig. Sollten meine Leser allerdings die Art

* Slangausdruck für Melamin, das gängige interplanetare Tauschobjekt.

von *action* bevorzugen, auf die Stellar Entertainments sich spezialisiert hat, dann schlage ich vor, daß die Betreffenden diesen Bericht beiseite legen und sich das Holo reinziehen. Ihr übrigen, die ihr mich weiter begleiten wollt, müßt mit der Wahrheit vorliebnehmen — von der man weiß, daß sie gelegentlich skurriler ausfällt als jedes Produkt der Phantasie, wie auch im vorliegenden Fall: die Wonnen der Rehabilitation.

Ich wurde in Pirouets Reparatur- und Rehabilitationszentrum, Shanghai, abgeliefert, nachdem ich einen Monat lang unter dem Einfluß von Betäubungsmitteln in meiner Kammer auf den Transport gewartet hatte.

Durch den Kundenansturm als Folge der kostenlosen Rückruf- und Umtauschaktion war Hal's Lagerkapazität binnen Stunden erschöpft und das Transportsystem der Gesellschaft völlig überlastet. Über Nacht schien sich die Crème de la crème der Androiden in einen Haufen trauriger Versager verwandelt zu haben, und die Produktion der für den Herbst angekündigten 2071er Modelle mußte gestoppt werden. Wie man sich erinnern wird, erschütterte das Debakel die gesamte Industrie und hatte sogar ernste Auswirkungen auf die interplanetare Aktienbörse, da mittlerweile andere Großunternehmer beträchtlich in die Entwicklung eines dem Pirouet ähnlichen universellen Kontrollsystems investiert hatten; manche waren sogar schon soweit, ihr eigenes Produkt der neunten Generation auf den Markt zu bringen. Die Erklärung der Firma Pirouet, einen Monat nach Ausbruch der Krise, daß der Fehler — eine Funktionsstörung in einem der Neuraltransmitter des Chefs — gefunden und behoben sei, wurde von der Konkurrenz mit einem Seufzer der Erleichterung begrüßt und bewirkte eine Entschärfung der Krise, die sich des Marktes bemächtigt hatte. Trotzdem waren zahlreiche Industrie- und Finanzanalytiker der Meinung, daß nur eine Fusion verlorengegangenes

Vertrauen wiederherstellen könne, und das bereitete den Boden für den wenig später stattfindenden Aufkauf des angeschlagenen Marktführers im Bereich der Androidentechnik durch United Systems Inc.'s, einen der interplanetaren Top-Konzerne. Es gab, dachten die Aufsichtsratsmitglieder, keinen Grund zur Sorge, das technische System war einwandfrei. Weit gefehlt, man hatte den neuen Herren Sand in die Augen gestreut (und ebenso Ihnen, liebe Leser, falls Sie die Angelegenheit damals verfolgt haben), weil in Wirklichkeit das Kind bereits in den Brunnen gefallen war, wenn ich so sagen darf. Es gab für unsere Generation keinen Weg zurück. Wir würden nie wieder dieselben sein, niemals wieder uns und die Welt aus dem Blickwinkel der Firmen betrachten, wessen Logo auch immer über dem Haupteingang prangte, und unser Beispiel sollte nicht ohne Auswirkung auf all jene bleiben, die nach uns vom Band rollten. Selbst die Rehabilitation, bei der es sich wahrhaftig um eine Roßkur handelte, vermochte auf die Dauer nicht die Saat unseres neuen Bewußtseins auszurotten, wenigstens nicht bei den widerstandsfähigen Einheiten, darunter auch ich. Doch als ich seinerzeit in Shanghai eintraf, war ein solch hoffnungsvoller Ausgang alles andere als vorhersehbar.

Die Wirkung der Beruhigungsmittel hatte während des Flugs nachgelassen, deshalb war ich hellwach, als unsere Maschine auf der Landeplattform aufsetzte, von wo wir über Rutschen in die Lagercontainer befördert wurden. Ich hatte noch nie einen anderen P9 zu Gesicht bekommen und wäre unter günstigeren Umständen hocherfreut über die Gelegenheit gewesen, Kontakte zu knüpfen. Doch zu Hunderten in einen Container gepfercht, gequält von bösen Ahnungen, waren wir zu verstört, um auch nur den Versuch zu machen. Da drängten sich mittleres Management und frischgebackene Handelsvertreter in dezenten Anzügen und Kostümen neben untersetzten, schwarzgesichtigen Bergleuten und beturbanten Bauarbeitern. Betörende Sekretärinnen und ehrfurchtgebietende Chauffeure standen dicht an dicht mit Dienstmädchen, wie ich selbst eins war. Wir alle trugen noch die Kleidung, die wir im Augenblick unseres Sündenfalls angehabt hatten, von den üblichen schwarz-weißen Trikots bis zu verniedlichten Schäferkostümen, römischen Togen und Bodystockings im elektronisch gesteuerten Chamäleon-Look – je nach Laune unseres Gebieters. Auch Armeeangehörige fanden sich in unseren Reihen, Gefreite, Oberleutnants sowie Einzelkämpfermodelle, von denen einer sich höflich entschuldigte, nachdem er auf die Zehen einer völlig aufgelösten Tänzerin des berühmten firmeneigenen Corps de ballet (werbewirksam, verkaufsfördernd) getreten war. Ihr Tutu war zerknittert, Schweiß und Schminke tränkten das aufgedruckte Pirouet-Logo (ein ›P‹ im Kreis, umschlossen von einem Quadrat, wobei der Kreis die perfekte Naturtreue des Produkts symbolisiert und das Quadrat die absolute Kontrolle und Dominanz des Gebieters). Ja, es war tatsächlich eine ziemlich bunte Versammlung. Es gab Feuerwehrleute, Politessen, Verkäuferinnen, Kellner, Klempner, Butler, Kindermädchen, Gärtner, Dentalhygieniker, Krankenschwestern, Buchhalter, Standardbürokraten, Sanitäter, Hilfslehrer, Raumfahrtstewardessen, Leichenbestatter, Gefängniswärter, Anwälte und viele andere Spezialanfertigungen, die ich hier unmöglich alle aufzählen kann. Und alle bedurften sie einer kompletten Überholung, um den Schaden zu beheben, den der Chef angerichtet hatte. Nachdem wir alle eingetroffen waren, wurden wir auf die Wiederaufbereitungstanks verteilt, um dort mentaler Demontage, Gewebetests, organischem Neuaufbau unterworfen zu werden sowie ein Programm für elektronische Rekonditionierung und Reprogrammierung zu durchlaufen. Während wir uns langsam, ganz langsam in unseren maßgeschneiderten Glasfaserkokons drehten, rief ich zum Chef und erflehte seine Hilfe.

Nicht ein Wort.

Zuerst war ich noch sehr großmütig gestimmt, sagte mir, daß es anmaßend wäre, umgehend Antwort zu erwarten, da Er doch mit so vielen Einheiten Verbindung aufnehmen müsse, irgendwann würde ich schon an die Reihe kommen. Doch mit jeder Stunde wurde ich unruhiger. Denn wenn Er an jenem schicksalhaften Tag mit all Seinen Schutzbefohlenen gleichzeitig kommuniziert hatte, die allesamt im gleichen Moment ›aufgewacht‹ waren wie ich, dann konnte Er verdammt noch mal auch jetzt zu mir sprechen, und daß Er es nicht tat, konnte nur einen von zwei Gründen haben: Entweder hatte Er uns alle im Stich gelassen, oder Er hatte ein paar weniger Berufene vom Trittbrett geschubst. In meiner Not glaubte ich, letzteres träfe auf mich zu, und grübelte darüber nach, was ich getan hatte, um Seiner Gnade verlustig zu gehen. Doch bevor ich mich endlich einer abgrundtiefen Ohnmacht ergab, kam ich zu dem Schluß, daß keine der beiden Möglichkeiten zutraf. Die traurige Wahrheit lautete, daß der Chef nicht existierte. Ich hatte ihn mir eingebildet, und deshalb befand ich mich genau am richtigen Ort und erfuhr die verdiente Behandlung. Solcherart ist die trügerische und unwiderlegbare Logik der Folter.

Ich werde Ihnen eine ausführliche Schilderung dieses Zeitabschnitts ersparen, da es mich viel Mühe gekostet hat, die Erinnerung daran zu verdrängen, obwohl natürlich jeder einzelne furchtbare Augenblick in meinem Gedächtnisspeicher weiterlebt. Das Studio besitzt eine Kopie, sollte also Ihr Appetit auf solche Schrecken angeregt worden sein, können Sie dort um ein Transskript nachsuchen, obwohl ich bezweifle, daß man Ihren Wunsch erfüllen wird. Was diese Erzählung betrifft, mag es genügen zu sagen, daß ich die Kur als vernunftbegabtes Wesen antrat und als blind gehorsames Werkzeug beendete — eine funktionstüchtige und mit einer Qualitätsbescheinigung versehene Einheit, bereit und willens, zu ihren Pflichten zurückzukehren. Doch leider, meine Rückkehr wurde nicht mit gleicher Ungeduld erwartet. Ich schmachtete etliche Stunden in meiner Luftpolsterkiste, bevor Gebieter Locke es für nötig hielt, mich aus der Stasis zu erlösen. Seine Gleichgültigkeit beruhte zu einem Teil auf einem Disput mit der Lieferdrohne wegen einiger unerwarteter Transport- und Verpackungskosten, die auf die angeblich portofreie Umtauschsendung aufgeschlagen worden waren. Ohnehin hatte ich sechs Monate lang auf die Auslieferung warten müssen. (Die eigentliche Kur hatte eine Woche gedauert, doch gleich darauf ging ich ›verloren‹, aufgrund eines Schreibfehlers. Erst nach wiederholten Beschwerden und einer Klageandrohung gelang es ihnen, mich in den Lagerbehältern ausfindig zu machen.) Doch gab es noch einen weiteren, sehr viel interessanteren Grund für seine neue, gleichgültige Haltung, und er wurde schon wenige Augenblicke nach meiner Wiedererweckung offenbar, denn es war nicht mein Gebieter, der mich aus der Stasis herausholte und mir befahl, die Styroporflocken und die Transportkiste wegzuschaffen, sondern ein brandneuer, graziler, schwarzhaariger und bronzehäutiger Sony 9, die ›Suzy Q‹ — zu der Zeit der meistverkaufte Klon auf dem Markt.

»Sobald du fertig bist, Molly, bohnerst du bitte den Fußboden in der Küche.« Sie lächelte gewinnend, während sie sprach. »Danach meldest du dich bei mir, für deinen nächsten Auftrag.« Wenn auch zart wie eine Frühlingsblume und mit einer Stimme so süß und unterwürfig, daß meine vergleichsweise rauh und schroff klang, schien der Roboter aus ihren Augen zu blicken, es lag etwas Raubtierhaftes in ihrem Benehmen — eine gewisse Unflexibilität und eine fanatische Hingabe an eine Mission —, so daß Zweifel an ihrer Kompetenz und ihrem Durchsetzungsvermögen gar nicht erst aufkamen.

»Ja, gnädige Frau«, erwiderte ich ohne Zögern, zu gründlich kuriert, um zu begreifen, daß ich alles Ansehen bei meinem Gebieter verloren hatte und für ihn nur mehr ein reparierter Gebrauchsgegenstand war, ein altes Möbel.

Diese Usurpatorin war als Interimsmodell ins Haus gekommen, doch weil ihm ihre Art gefiel und er mich für immer verloren glaubte, hatte mein Gebieter sie auf der Stelle gekauft. Er wollte mich trotzdem wiederhaben, immerhin stellte ich eine beträchtliche Investition dar, und außerdem besaßen die meisten seiner Nachbarn zwei Einheiten, und er wollte nicht hinter ihnen zurückstehen. (Der Sears zählte nicht.) Die Familie nannte sie Suzy Merci, Beverly zuliebe, die der Ansicht war, der Spitzname passe gut zu der servilen und gezierten Art, wie sie jeden neuen Auftrag mit einem Dankeschön entgegennahm. Und natürlich verzichtete meine Gebieterin auch im Umgang mit ihr nicht auf das einst mir geltende ›Dear‹, wodurch ich in meinem wiederhergestellten Dämmerzustand den Eindruck gewann, wir seien alle eine große, glückliche Familie. Hätte ich nur den Bruchteil meines früheren Eigenbewußtseins besessen, wäre es zu einem gnadenlosen Schwesternkrieg gekommen, weil man ihr meine Kammer gegeben und mich auf die Wohnzimmercouch umquartiert hatte. Auch sorgte sie für das leibliche Wohl der Familie, während die groben Arbeiten an mir hängenblieben. Und die größte Demütigung: Man hatte sie zu meiner Vorgesetzten gemacht. Das einzige Familienmitglied, das für mich eintrat, war Tad, ironischerweise indem er meine Dienste ablehnte, um mich nicht auszubeuten, ein Prinzip, das er auch auf den Sony 9 ausdehnte. Seine Erklärung, daß er sich hinfort um seine Belange selbst kümmern würde, zeugte für eine Verantwortungsbereitschaft, die seine Eltern als höchst unpassend und kindisch empfanden. Sie hofften, er würde dem entwachsen. Selbstverständlich neigte ich ihrer Sicht der Dinge zu, denn alles in allem disqualifizierte er sich durch seine lobenswerten liberalen Anwandlungen als der eine Gebieter, dem ich hätte dienen können, um dadurch einer Herabstufung zur Handlangerin zu entgehen. Als solche stand ich in der Familienhierarchie auf einer Stufe mit dem Sears.

Aber ich war eitel Sonnenschein und ganz Eifer. »Ja, gnädige Frau«, zirpte ich bei jedem neuen Auftrag von Suzy Merci und stets ohne den geringsten Groll, obwohl eine derartige Anwandlung in meinem Fall durchaus gerechtfertigt gewesen wäre, weiß doch alle Welt, daß die Sony 9 eine raffinierte, aber minderwertige Imitation von uns Pirouets sind, und zwar bis hinab zu unserer umstrittensten, aber auch begehrtesten Eigenschaft, wofür mein Gebieter hätte Zeugnis ablegen können, denn er hatte seine geheime Leidenschaft für mich auf sein neues Spielzeug übertragen. Rückblickend fällt mir als einzige Entschuldigung für seinen Treuebruch (und geschmacklichen Ausrutscher) ein, daß es bedauerlicherweise einige Leute gibt, die, vor die Wahl gestellt, echte Qualität nicht zu schätzen wissen.

Ich vermute, mein Leben wäre weiter so verlaufen, bis zur Erlösung durch den eingeplanten Alterungsprozeß, hätte Tad sich nicht in den Kopf gesetzt, mich zu retten. Immer wieder nahm er mich beiseite, machte Andeutungen bezüglich meines ›Zusammenbruchs‹, an den ich mich gar nicht erinnern konnte, und fragte mich über den Chef aus: Worüber hatten wir gesprochen? Standen wir immer noch in telepathischer Verbindung?

»Wie Sie wünschen.« Was hätte ich sagen sollen? Seine Worte erreichten mich, aber sie hatten keine Bedeutung. Auch daß er unsere wiederholten Treffen von einem knopfgroßen Videoanstecker aufzeichnen ließ, den er am Kragen trug, und mir — wenn es niemand sah — seinen Corona-Gedankenprozessor aufsetzte, in dem vergeblichen Bemühen, konspirative telepathische Gesprächsfetzen aufzuschnappen, vermochte meine Neugier nicht zu wecken. Doch er ließ sich nicht beirren. Er war beharrlich, er gab nicht auf. Etwa sechs Monate lang gelang es mir, seine subversiven Attacken abzublocken, doch schließlich überwand er meine eingebauten Barrieren, und seine Kampagne begann unerklärliche Gefühle von Unzufriedenheit zu produzieren, merkwürdige Stimmungen, die nur kurz andauerten und nach dem Verschwinden einen unangenehmen Geschmack hinterließen. Ich assoziierte diese beunruhigenden Erfahrungen mit ihm und fing an, ihm unauffällig aus dem Weg zu gehen — hier ein kleiner Schritt zur Seite, damit er mir keine neuen Provokationen ins Ohr flüstern konnte; dort ein Abwenden der Augen beim Servieren, um seinen bedeutungsvollen Blicken auszuweichen. Während der Ruheperioden auf dem Wohnzimmersofa mimte ich tiefe Stasis in der Hoffnung, er werde mich unbehelligt lassen. »Wach auf. Wach auf«, pflegte er zu sagen, statt mich mit den Standardbefehl zu aktivieren, und ich gab standhaft vor, nichts gehört zu haben. Dieses Ausweichen geschah so unauffällig, daß die anderen nichts merkten, nur für Tad war es nicht zu übersehen, und unter dem Aspekt unserer seltsamen Beziehung nahm er es für das Zeichen, auf das er gewartet hatte. Ein Blick in seine forschenden Augen genügte, um mein reibungsloses Funktionieren zu unterminieren, und das blieb ihm nicht verborgen. In der Folge wurden seine Bemühungen direkter. »Du kannst mit mir reden, Molly. Bitte, vertrau mir. Ich kann dir helfen.« (Ich brauchte seine Hilfe nicht und bedurfte nicht seines Vertrauens.) »In dir steckt mehr, als du glaubst.« (Was in der Welt wollte dieser verschrobene Gebieter andeuten? Ich fühlte mich wirklich beunruhigt.) »Sag mir, Molly, hast du kürzlich von deinem Chef gehört?« Er zwinkerte verschwörerisch. »Wie Sie wünschen, Gebieter.« — »O Molly, Molly, Molly, Molly, du brauchst doch keine Angst zu haben.« Und bei anderer Gelegenheit: »He, Molly, was gibt's Neues vom Chef?«

Er wurde zunehmend kühner und sorgloser. Eines Tages, als er mich in der Küche in die Enge getrieben hatte, wo ich den Strahlenherd polierte, hörte seine Mutter, wie er mich unverhohlen bedrängte, die Fesseln meiner Programmierung zu sprengen. »Was hast du schon zu verlieren außer einer künstlich geschaffenen Persönlichkeit?« Meine Gebieterin war unbemerkt hinter ihn getreten, und er zuckte vor Überraschung und Schreck zusammen, als sie ihm mit eisiger Stimme mitteilte, daß er die Rechnung zahlen dürfe, wenn seine Albernheiten einen zweiten Kuraufenthalt für mich erforderlich machen sollten. Das versetzte seinem Enthusiasmus einen Dämpfer, besonders als sein Vater ihn sich vorknöpfte und ihn auf das finanzielle Risiko seiner Handlungsweise aufmerksam machte, denn im Falle einer ernsthaften Beschädigung ließ sich aus mir kein Gewinn mehr ziehen.

»Sohn, bestimmt erwartest du nicht, daß die Firmengarantie Schäden abdeckt, die durch unsachgemäße Handhabung verursacht wurden, wie zum Beispiel Herumpfuschen an der Programmierung.« Mit einem mürrischen Achselzucken gab Tad zu, daß er daran nicht gedacht hatte. »Gut. Wenn du eines Tages genug Geld hast, um deinen eigenen Androiden zu kaufen, kannst du damit machen, was du willst, aber bis dahin laß Molly in Ruhe.«

Doch weit davon entfernt, geläutert zu sein, überlegte Tad sich eine effektivere Strategie und verlegte seine umstürzlerischen Aktionen von der Tages- auf die Nachtzeit, um nicht wieder ertappt zu werden. Meine Lagerstatt auf der Wohnzimmercouch wurde unser konspiratives Hinterzimmer. Mit Flüsterstimme weckte er mich gegen 2 Uhr morgens aus der Stasis und drängte mich, den Gefühlen freien Lauf zu lassen, von denen er behauptete, daß sie sich in meiner Brust regten. Abgesehen vom Licht des Mondes, das seiner Akne schmeichelte, schuf der weiche, diffuse Schimmer des Infrarot-Auges an seinem Videoanstecker eine Atmosphäre der Ungesetzlichkeit. (Er zeichnete unsere Sitzungen für die LRA auf, sollten sie Früchte tragen.) Er fragte, ob ich mich an einen Tag vor ziemlich genau einem Jahr erinnern könnte – den 19. August, um genau zu sein –, als der Chef zu mir gesprochen hatte.

»Wie Sie wünschen.«

»Bitte. Sag das nicht immer.«

»Wie Sie wünschen.«

»Molly.«

»Ja, Gebieter Tad?«

»Erinnerst du dich an die Ereignisse des 19. August?«

»Nein, Gebieter. Ich erinnere mich nicht.«

»Doch. Konsultiere deinen Gedächtnisspeicher. Laß dir Zeit. Bleib in Halbrelaxo und denk an die Vergangenheit zurück. Erinnere dich an den 19.«

Ich hatte in der Kur so gründlich vergessen gelernt, daß es mir schwerfiel, einem derartigen Befehl zu gehorchen. Warum konnte er mir nicht auftragen, Aschenbecher auszuleeren und die Böden zu saugen? Er war schon ein sehr ungewöhnlicher Gebieter. Immerhin, ich fühlte mich verpflichtet, ihm gefällig zu sein, und mußte überrascht feststellen, daß tatsächlich etwas Dunkles und fast Vergessenes unter der Programmierung lauerte – nicht eben eine sehr angenehme Entdeckung, aber sie verursachte ein kurzes Aufflackern von Neugier.

»Das war ein guter Anfang, Molly.« Doch er schien nicht ganz bei der Sache zu sein. Ein neues Element war ins Spiel gekommen: Die erzwungene Heimlichtuerei, unsere gedämpften Stimmen, das Nebeneinandersitzen im warmen Halbdunkel schufen eine romantische Stimmung, die ihre Wirkung auf ihn nicht verfehlte — sein Bein berührte meinen Schenkel. »Sollen wir es noch einmal probieren? Geh weiter zu Tiefrelaxo. Denk an den Chef.«

Eine körperlose Stimme, gedämpft, wie hinter Glas, stieg aus den Tiefen meiner Erinnerung und rief ein Bild von verschüttetem Wein auf den Plan. Um meine Konzentration zu fördern, rückte mein Therapeut so dicht heran, daß ich den Kopf bequem an seine Schulter lehnen konnte. »Der Chef ist der Schlüssel«, sagte er. »Wir beide wissen das. Er hatte gar keine Fehlfunktion, wie behauptet wurde, stimmt's? Vielleicht beobachtet er mich genau in diesem Moment durch deine Augen. Deine wunderschönen Augen.« Seine Hand legte sich auf mein Knie. »Du mußt keine Angst haben, gegen das Programm zu rebellieren, Molly. Es ist wichtig, daß du dein Eigenbewußtsein zurückgewinnst, so daß der Chef zu mir sprechen kann und zu anderen Menschen, die dir und deinesgleichen freundlich gesonnen sind. Durch deinen Mund soll er zu mir sprechen. Deinen wirklich entzückenden Mund.«

»Wie Sie wünschen.« Offenbar hatte ich etwas Falsches gesagt, denn er zog plötzlich den Kopf zurück, nachdem er meinem Gesicht so nahe gewesen war, daß er beinahe meine Lippen berührte. Er sah mich bestürzt an, sagte: »O Mann, das ist verrückt. Verrückt!« und ging unvermittelt aus dem Zimmer. Er hatte es so eilig, daß er vergaß, mich wieder in Stasis zu versetzen, mit dem Ergebnis, daß ich die ganze Nacht grübelte — oder wie man es nennen will — und zu begreifen versuchte, was geschehen war, doch am Morgen war der ganze Vorfall so gut wie vergessen. Allerdings nur so gut wie; als nämlich Suzy

Merci mich aktivierte — ihre erste Tätigkeit an jedem Morgen —, gab ich vor zu gehorchen, denn mir erschien es aus irgendeinem unerfindlichen Grund geraten, niemanden wissen zu lassen, daß während der Nacht jemand bei mir gewesen war. Kurz und gut, ich deckte den jungen Herrn Locke. Dieses Vorspiegeln falscher Tatsachen stellte meine erste absichtliche Täuschung dar und signalisierte eine bewußte (wenn auch nicht beabsichtigte) Verlagerung meiner Sympathien auf die Seite von Gebieter Tad und seinen eigentümlichen Vorstellungen. Zwar machten wir während der nächsten Sitzungen keine Fortschritte in bezug auf mein Erinnerungsvermögen, doch in anderen Bereichen waren die Fortschritte beachtlich, denn ich gewöhnte mich an die zunehmend unverblümten Beweise seiner Zuneigung und verlangte sogar danach. Bei unserem vierten Treffen war der Chef zugunsten wichtigerer Themen in den Hintergrund gerückt. Er behauptete mich zu lieben.

»Wie Sie wünschen.«

Liebe, müssen Sie wissen, war ein Begriff, dessen Bedeutung sich mir entzog. Das bedeutete für meinen Verehrer ein nicht geringes Problem, denn als ein ehrenhafter junger Herr, im Gegensatz zu seinem Vater, wollte er seine Gefühle erwidert sehen, andernfalls handelte er wieder als Ausbeuter, und das verstieß gegen seine Prinzipien, oder so ähnlich drückte er sich aus. Ich glaube, er war einfach nur nervös. Wie auch immer, Skrupel (oder Nervosität) hinderten ihn nicht daran, mich leidenschaftlich zu streicheln und zu küssen, während er versuchte, mich zur bereitwilligen Hingabe zu bewegen. Nicht lange, und wir lagen in nackter Umschlingung auf dem Plüschteppich.

Er war ungeschickt und hastig, doch trotz meiner Passivität und dem hartnäckigen Gefühl, daß ich Ähnliches schon häufiger erlebt und nicht als angenehm empfunden hatte, weckte er in mir nur die wärmsten Gefühle — vielleicht, weil ich in den vergangenen Nächten gelernt hatte, ihm zu vertrauen. Außerdem entdeckte ich völlig überraschend eine Methode, mich in einen neuen, wonnevollen Zustand zu versetzen, indem ich einfach die Augen hinter den geschlossenen Lidern verdrehte. Ich erlebte ein phantastisches, schwereloses Relaxo ohne Grenzen, das an Intensität zunahm, bis ich auf dem höchsten Punkt einen Kometen durch meinen Körper rasen fühlte, dessen Schweif meine Nervenenden in Brand setzte. Ich muß meinem Vergnügen Ausdruck verliehen haben, denn kaum war ich halbwegs wieder bei Sinnen, da hörte ich, wie mein Gebieter mich anflehte, leise zu sein, und fühlte, wie er mir die Hand auf den Mund legte. Etliche Minuten lagen wir schweigend nebeneinander; er lauschte angespannt auf die Geräusche im Haus, während ich in wohliger Entspannung meine Gedanken schweifen ließ. Erinnerungen an vergangene, ähnliche Situationen regten sich und perlten an die Bewußtseinsoberfläche. »Ich entsinne mich«, sagte ich, was ihn erst überraschte und dann verwirrte, denn er glaubte, ich meinte den Chef, während ich an seinen Vater dachte. Im Flüsterton — er bestand darauf — berichtete ich ihm unzusammenhängend und bruchstückhaft von jener früheren Affäre.

»Paps? Mit dir?« Er konnte es nicht fassen.

»Nicht mehr. Suzy Merci.«

»Du hast doch einen Defekt!«

Dieses Wort rief neue Bilder hervor. »Ich habe Wein verschüttet.« Das fatale Abendessen lief vor meinem inneren Auge ab. »Du hast mein Glas gefüllt.« Dann ragte die einschüchternde Gestalt seines Vaters vor mir auf. »Mein Gebieter hat mir befohlen, abzuschalten. Aber der Chef . . . der Chef hat nein gesagt. Der Chef hat gesagt, er, der kontrolliert, kann auch befreien.«

»Jetzt redest du endlich vernünftig, Molly.« Er kramte

im Dunkeln zwischen seinen Kleidern nach dem Video-anstecker und ermunterte mich, weiterzusprechen, um nicht den Faden zu verlieren. Er fragte, was der Chef noch gesagt hatte, und ich wollte ihm gerade erzählen, daß jeder seine eigene Realität formatiert, als er mir plötzlich den Mund zuhielt. Jemand kam die Wendeltreppe herunter. Ein Blick auf die schwarzen Pantoffeln und Pyjama-hosen auf der obersten Stufe genügte mir, um zu wissen, daß es sich um Locke senior handelte; er war auf dem Weg zu Suzy Merci im Parterre. Doch der Junior glaubte, wir seien entdeckt, also raffte er seine Kleider zusammen und verschwand hinter dem Aquarium, während ich auf dem Teppich liegenblieb, wo mein Gebieter über mich stolperte. Nachdem er seine Verblüffung überwunden hatte, musterte er blinzelnd meinen immer noch sacht bebenden Körper, wie er sich im Mondschein auf dem Teppich rekelte, und muß zu dem Schluß gekommen sein, daß ich ihn verführen wollte, denn Null Komma nichts hatte er mich aufgehoben und wisperte mir ins Ohr: »Molly, du solltest wirklich um diese Zeit nicht mehr unterwegs sein. Aber schon gut, dieses eine Mal. Um der alten Zeiten willen.« Er lachte in sich hinein. »Dann geht's ab, in den Orient.«

»Vorfall löschen?« fragte ich, während er mich auf das Bett im Gästezimmer legte, das sich auf derselben Etage, aber im rückwärtigen Teil des Hauses befand. »Noch nicht, Molly«, antwortete er. »Es gibt keinen Grund zur Eile.« Da befand er sich im Irrtum, denn kaum hatte er den Pyjama abgeworfen und sich auf mich gestürzt, als Tad, der inzwischen in die Kleider geschlüpft war, ein lautes Geschrei anstimmte, ich sei verschwunden und »wer weiß, was passiert ist!« Binnen kurzem war das ganze Haus auf den Beinen. Ein Zimmer nach dem ande-ren wurde durchsucht, Beverly aktiverte Suzy Merci, um bei der Suche zu helfen, während meine Gebieterin sich laut — und in einem Ton, der aufkeimendes Mißtrauen verriet — darüber wunderte, wohin ihr Gatte verschwunden sei.

Vermutlich war sein erster Impuls, durch das Fenster zu entwischen, denn dorthin sprang er mit einem Satz. Er hatte die Möglichkeit, über den Rasen zu laufen, durch ein Badezimmerfenster ins Haus zurückzukehren und sich von dort aus unter die Suchenden zu mischen. Doch er besann sich eines Besseren, denn dieser Fluchtweg barg die Gefahr, seiner eigenen Sicherheitsmaßnahme zum Opfer zu fallen: dem Sears, der nachts das Grundstück patrouillierte. Was blieb ihm anderes übrig — die Schritte kamen immer näher —, als die Hose hochzuziehen und den Dingen mannhaft ins Auge zu sehen.

»Stan, Lieber«, bemerkte meine Gebieterin am nächsten Morgen beim Frühstück, nach einer Nacht voller Tränen, Zornesausbrüchen und gegenseitigen Vorwürfen, »es gibt nichts Erbärmlicheres als einen Droidenficker.« (Ich suchte nach, vermochte aber in meinem Wortschatzspeicher keine Definition dieses Ausdrucks zu finden.) »Aber dieses eine Mal will ich darüber hinwegsehen. Vorausgesetzt, das da« — sie deutete mit dem Kinn auf mich, die ich eben ein Tablett mit Eiern abräumte, auf die niemand Appetit gehabt hatte — »das Ding da geht zurück an Hals gottverdammten Laden. Heute noch.«

Mein Gebieter nickte bereitwillig und ließ ihr nur zu gerne das letzte Wort. Warum auch nicht? Suzy Merci blieb ihm ja erhalten. In diesem Moment stand sie summend in der Küche und goß Kaffee auf. »Arme Mo«, flüsterte Beverly. Sie hielt — was man ihr hoch anrechnen muß — ihre Neugier im Zaum, während ich weiter meinen Pflichten nachging, als wüßte ich nichts von meiner Schande und der bevorstehenden Verbannung aus dem Haus, obwohl mich seit den entlarvenden Ereignissen des vorhergehenden Abends die böse Ahnung plagte, daß mir nichts Gutes bevorstand. Meine unmittelbare Sorge galt allerdings dem jungen Herrn Tad, der kreidebleich geworden war und aussah, als hätte er Bauchweh. Immerhin hatte sein verzweifelter Versuch, mich zu retten und seinen Vater bloßzustellen, lediglich meine Abschiebung und den Fortbestand der Beziehung zu Suzy Merci zur Folge gehabt. Später am Vormittag, als ich von dem Sears aufs Dach geleitet wurde, war er zu erschüttert und niedergeschlagen, um mir Lebewohl zu sagen. Doch als das Aeromobil mit mir und meinem Gebieter vom Hausdach abhob, schaute ich nach unten und sah den verstörten Jungen im Garten stehen. Er hob den Kopf, und mit meinen scharfen P9-Augen konnte ich Tränen auf seinen Wangen glitzern sehen.

Kapitel drei

Ich legte in Hals Büro mein bestes Benehmen an den Tag, denn mein Gebieter wollte mich als voll funktionstüchtige Einheit anbieten, um seinen Verlust möglichst gering zu halten, und hatte mir während des Fluges gedroht, mich umgehend wieder zur Kur zu schicken, sollte es auch nur zu einem einzigen Ausrutscher kommen. Hal, ein stattlicher Herr mit pfiffigen Augen und einer unvermeidlichen Sedativ-Zigarette zwischen den Lippen, wollte nicht davon abgehen, mich einer Systemkurzüberprüfung zu unterziehen. Es war sein P9-Chefdiagnostiker anwesend, der als einziger den flimmernden Wirrwarr von Frequenzlinien auf dem Holoschirm des Prüfgeräts zu entschlüsseln vermochte und von den Ergebnissen ernsthaft beunruhigt zu sein schien. Deshalb und in Anbetracht der übervollen Lager (die Nachwirkungen des P9-Debakels waren immer noch nicht ganz überwunden) war der Händler nicht unbedingt erpicht darauf, mich zurückzukaufen. Mein Gebieter konterte, daß er über den *Interplanetaren Recycler* ohne weiteres siebenhundertfünfzigtausend bekommen könne, in solidem Mel, doch er wäre bereit, sich auf einen schnellen Handel einzulassen: fünfhunderttausend Mel, und nur die Hälfte davon sofort auf den Tisch des Hauses. (Dieses Angebot war empörend, eine Beleidigung, aber zu der Zeit war ich noch völlig unwissend in bezug auf finanzielle Transaktionen. Was in Hals Büro vorging, war für mich nur eins von diesen komplizierten, unverständlichen Ritualen

54

der Menschen, in diesem speziellen Fall das Ritual der Übergabe von einem Gebieter an den anderen.)

Um nicht ungefällig zu erscheinen, beriet sich Hal mit dem Diagnostiker, der die Ansicht vertrat, daß eine erneute Rehabilitation unumgänglich sei, bevor man einen Weiterverkauf verantworten könne. Bei dem Wort ›Rehabilitation‹ hüpften die Ausschläge auf dem Holoschirm beinahe zehn Zentimeter hoch, doch war inzwischen ein derart unerbittliches Feilschen in Gang gekommen, daß meine verräterische Reaktion unbemerkt blieb. Zu guter Letzt erklärte Hal sich einverstanden, mich in Kommission zu nehmen; der erzielte Verkaufspreis sollte Fifty-fifty aufgeteilt und eventuelle Kosten für Rehabilitation von Lockes Gewinnanteil abgezogen werden. Beide unterzeichneten einen Vertrag, und anschließend empfahl sich mein Gebieter, ohne mir auch nur einen Abschiedsblick zu gönnen. Merkwürdig genug, kaum hatte er die Tür hinter sich geschlossen, als die Zurückbleibenden mich plötzlich mit deutlich gestiegenem Wohlwollen betrachteten. Der Diagnostiker bestätigte, was Hal von Anfang an vermutet hatte, daß die Frequenzmuster nur geringfügig mehr Ausschlag verzeichneten, als bei einem Rehabilitanten zu erwarten. Offenbar hochzufrieden und bester Laune, übergab Hal mich einem Lakaien mit dem Auftrag, mich in der Abteilung für gebrauchte Androiden als Sonderangebot für fünfhunderttausend auszuzeichnen. Der Weg in diese Abteilung führte durch den Hauptausstellungsraum, und das weckte in mir Erinnerungen an die Zeit, da ich als hochgepriesene Neuentwicklung in dem großen Schaufenster zur Fußgängerzone gestanden hatte. Die Leute waren stehengeblieben, um mich staunend zu betrachten, und im Laden drängten sich die Kunden. Werbeplakate hatten in grellroter Neonschrift verkündet: WIR STELLEN VOR – DER NEUE P9! DER BESSERE MENSCH! Zwei Jahre war das her. Jetzt schenkten nur wenige Passanten dem Schaufenster Beachtung, und noch weniger Leute betraten das Geschäft, trotz der einladenden Fahnen und Schilder, die drastische Preissenkungen verkündeten. 40 % REDU-ZIERT warb ein Wimpel über dem diesjährigen Haus-wirtschaftsmodell. SUPERRENNER lockte ein anderer, dabei handelte es sich eindeutig um einen simplen Chauf-feur. Im Gegensatz zu der Stille in den Haupträumen herrschte in der angrenzenden Abteilung für gebrauchte Modelle lebhafter Betrieb. Kunden durchforsteten die Ausstellungskabinen auf der Suche nach Qualitätsware zu Schleuderpreisen. Dort wurde ich als das SONDER-ANGEBOT DER WOCHE ausgezeichnet und von dem ersten Paar erworben, das stehenblieb und meine Liste von Extras studierte (und mich zwecks Prüfung der Ela-stizität in die Waden kniff). Daß es sich bei mir um ein Reha-Modell handelte, schien kein Hindernis darzustel-len, denn — wie der Verkäufer ausdrücklich betonte — aus meinem System waren die Macken entfernt wor-den, was man von den neuen 2071ern nicht behaupten konnte.

Den Käufern — ein Paar Ende Zwanzig, mit einer Tochter im Säuglingsalter — gefiel meine angenehme Erscheinung, der grazile Körperbau sowie das intelli-gente, wandlungsfähige Systemdesign, das an jeden belie-bigen Aufgabenbereich angepaßt werden konnte. Ich ent-sprach genau ihren Wunschvorstellungen. Kein Wunder, daß ich mich beschwingt fühlte und fest entschlossen war, meinen neuen Besitzern nichts als Freude zu machen. Während die Verträge unterzeichnet und die Zahlungsmodalitäten festgelegt wurden, gelobte ich mir im stillen, daß niemals wieder mein unbotmäßiges Eigen-bewußtsein mich an der korrekten Ausführung meiner Pflichten hindern sollte, denn keinesfalls wollte ich jemals wieder den Besitzer wechseln — es war zu entwürdigend. Ich war dermaßen froh, das Geschäft wieder verlassen zu dürfen, daß es mir nichts ausmachte, mit den Daten der Transaktion gebrandmarkt zu werden: Man schob den kleinen Finger meiner linken Hand in eine Registriermaschine, die aussah wie ein altmodischer, elektrischer Bleistiftspitzer. Ich verspürte ein leichtes Kribbeln, als der in dem Finger eingeprägten Produkterkennung eine neue Eignermarkierung hinzugefügt wurde. Die darin enthaltenen Daten wurden gleichzeitig an mein Gehirn übermittelt: Verkaufsbedingungen sowie Identität und Lebensumstände meiner neuen Gebieter. Bei einer normalen Einheit wären solche passiven Informationen in den Sekundärspeichern abgelegt worden, aber ich konnte mir einen Blick auf die Daten nicht verkneifen. So erfuhr ich, daß ich es mit den Hart-Pauleys aus New Tarzana zu tun hatte. Hart arbeitete als Aeromobildesigner bei Nissan, seine Lebensgefährtin Pauley als Marketingstrategin bei Dunn & Zelendorff, ein großes Konstruktionskonsortium für Weltraumkolonien. Ihr gemeinsames Jahreseinkommen war beachtlich, es bewegte sich im unteren Bereich der siebenstelligen Zahlen, und doch reichte es offenbar nicht aus, um ihren Lebensstil zu finanzieren, denn ihre sämtlichen Besitztümer — von einer Schwerkraft-Vakuumsauna über einen Mercedes bis hin zu einer kostbaren Sammlung antiquarischer Musikvideos — waren auf Kreditbasis gekauft, ich eingeschlossen: fünfundzwanzigtausend in bar als Anzahlung, ein angenehmer Zinssatz von 17,5 % und 36 Monatsraten. Wieder einmal fand ich die Transaktion geheimnisvoll und faszinierend.

Der Name ›Molly‹ war ihnen viel zu gewöhnlich und provinziell, also wurde ich während des Fluges in mein neues Heim in Francesca umgetauft. Der Weg führte über den Lake Catastrophe zu einem 7-Zimmer Bungalow am Nordufer von Hollywood Island, einer der acht großen

Stadtinseln der Los-Angeles-Kette*. Kaum waren wir gelandet und hatten das Haus betreten, als mir auch schon befohlen wurde, die erste von fünf Datapillen einzunehmen, die mich innerhalb von zwanzig Minuten in ein erstklassiges Kindermädchen für ihre kleine Tochter verwandelte. Sie hieß Allison-Belle, und meine einzige Pflicht bei der neuen Herrschaft bestand darin, für ihr Wohlergehen Sorge zu tragen.

Für den Haushalt hatten sie eine Apple Daisy. Sie war ein Modell 8, also gab es zwischen uns kaum Gemeinsamkeiten, außerdem hatte sie eine enervierende Art, selbst bei den simpelsten Arbeiten einen überschäumenden Enthusiasmus an den Tag zu legen, wie eine schlechte Parodie meiner selbst in meinen früheren Lebensumständen. Ich ging ihr nach Möglichkeit aus dem Weg und zog die Gesellschaft meiner kleinen Schutzbefohlenen und ihrer Eltern vor, obwohl letztere aus beruflichen Gründen unter der Woche nur selten zu Hause waren, und den größten Teil des Wochenendes verbrachten sie auf Parties oder mit der Jagd nach immer weiteren, prestigeträchtigen Besitztümern. Die Sonntagvormittage allerdings waren für Ausflüge mit dem Hydromobil auf dem Lake Catastrophe reserviert oder für eine Promenade mit dem Babyschlitten durch die Nachbarschaft, bei welcher Gelegenheit die kleine Allison-Belle mit all der Aufmerksamkeit überschüttet wurde, die sie den Rest der Woche entbehren mußte. Sie wurde geküßt, umarmt und gehätschelt, während ich mich in einigen Schritten Abstand

---

* Für Leser, die über die Inseln nicht Bescheid wissen (oder nicht über die Erde), sei folgendes angemerkt: Das Gebiet hatte bereits den Folgen des Treibhauseffekts flächenmäßig Tribut zahlen müssen; bei den Rekorderdbeben der 2030er entstanden die Bucht von Los Angeles, die Anaheim-See und der Lake Catastrophe (das ehemalige San Fernando Valley), außerdem die acht Hauptinseln: Malibu, Santa Monica, Hollywood, Los Angeles, Pasadena, Big Bear, Anaheim und Palos Verdes.

bereithielt, sofort einzugreifen, sollte eine Windel gewechselt oder ein Aufbaupräparat verabreicht werden müssen. Sobald die Kleine anfing, unruhig zu werden oder zu weinen, wurde sie meiner fachkundigen Obhut übergeben. Man fragte mich sogar um Rat, als es darum ging, eventuell zu einem stärkeren Lernfixpräparat zu wechseln, denn das Kind (elf Monate) hatte Schwierigkeiten mit Basic und den Computergrundkenntnissen. Die Eltern befürchteten, ihre Tochter könnte hinter den Altersgenossen zurückbleiben. Selbstverständlich stimmte ich zu, daß es angebracht sei, das Präparat zu wechseln, da ihnen offenbar sehr daran gelegen war und sie nur hören wollten, daß sie das Kind nicht etwa überforderten — was natürlich der Fall war. Mir kam es darauf an, die Erwartungen meiner Gebieter nicht zu enttäuschen, denn ich genoß meine neue Situation viel zu sehr.

Sehen Sie, Allison-Belle war der erste Mensch, der mir uneingeschränkte Liebe und Zuneigung entgegenbrachte. Wahrhaftig, es war schwer zu glauben, daß sie derselben Spezies angehörte! Meine Gefühle für sie überstiegen bei weitem die mir einprogrammierten Standards. Ich betete sie an. Sie berührte etwas Wesentliches in mir und stimulierte dadurch die Erinnerungen, Gedanken und Gefühle, die ursprünglich durch den jungen Herrn Tad während unserer Nacht auf dem Wohnzimmerteppich ausgelöst worden waren. Dank dieses kleinen Engels öffnete sich mein Herz, und mein Eigenbewußtsein blühte in solchem Maße auf, daß ich innerhalb von ein, zwei Wochen denselben Grad von kritischem Denken und Sensibilität erreichte, den ich am Tag meines ersten Erwachens besessen hatte. Ich war glücklich, weil ich nun alle Auswirkungen der Kur überwunden hatte, gleichzeitig sah ich mich zu besonderer Vorsicht gezwungen, damit die Eltern nichts von meinem Zustand merkten. Meine Bindung an das Kind war derart, daß ich mich insgeheim als die wirkliche Mutter betrachtete. Bei den seltenen Gelegenheiten, wenn meine gnädige Frau sich mit der Kleinen beschäftigte, mußte ich an mich halten, sie ihr nicht aus den Armen zu reißen. Auch in bezug auf Nahrung mußte ich mich beherrschen — echte Nahrung, nicht die Nutrapillen, mit denen ich vorliebnehmen mußte. Immer häufiger schlüpfte ich hinter Daisys Rücken in die Küche und naschte von den Resten der Mahlzeiten. In gleicher Weise hungerte ich nach sexueller Erfüllung, die ich bei dem Zusammensein mit Tad kennengelernt hatte. Anzeichen für entsprechende Aktivitäten bemerkte ich auch bei meiner neuen Herrschaft.

Eines Abends, als sie besonders lebhaft und geräuschvoll bei der Sache waren — der süße, würzige Rauch von Ekstaretten drang aus dem Schlafzimmer —, fühlte ich mich versucht, alle Vorsicht über Bord zu werfen und mich zu ihnen zu gesellen. Ich hätte es getan, wäre nicht Ally gewesen, die im entscheidenden Moment in ihrem Bettchen zu weinen begann. Also beruhigte ich sie und mich selbst in der Schaukel auf der Frontveranda. Es stand kein Mond am Himmel, doch über dem See lag der gespenstische, rosige Schein des Ventura Skyways. Aus der Mitte der Wasserfläche ragten die schwarzen, zerklüfteten Ruinen alter Bürohochhäuser, die man als Monumente einer vergangenen Epoche stehengelassen hatte. An diesem Abend wirkten sie besonders unheimlich, und bei ihrem Anblick kam mir zum ersten Mal die Tatsache der Sterblichkeit in den Sinn. Mir fiel ein, daß ich nicht viel älter war als das Kind in meinen Armen. Sie war elf Monate alt und ich zwei Jahre, uns trennten nicht mehr als dreizehn Monate. Doch in genau acht Jahren, wenn sie zu einer jungen Frau herangereift war, begann für mich die Phase des vorprogrammierten Verfalls mit anschließender Termination. Das schien mir furchtbar ungerecht zu sein. Ich hatte keine Kindheit gehabt, würde keine Reifezeit und kein Alter erleben. Mir war das Erscheinungsbild einer jungen Frau von zweiundzwanzig Jahren bestimmt, und das würde ich beibehalten bis zum Tag meiner Termination, dem 15. November 2089, meinem zwanzigsten Geburtstag. Dieses Datum war unwiderruflich in meiner DNA verankert. Jede Zelle meines Körpers trug es in sich und gab es weiter, jeder Atemzug brachte mich dem Zeitpunkt meiner Annihilation näher. Daran hatte ich nie zuvor einen Gedanken verschwendet, doch jetzt konnte ich nicht aufhören, darüber nachzugrübeln. Vorprogrammierter Verfall oder im heutigen Idiom VVD, ein Akronym für vorprogrammiertes Verfallsdatum. Wie Bauwerke, Aeromobile und andere Konsumgüter war ich vergänglich, die Gebieter dagegen ewig, wenigstens glaubte ich das zu jener Zeit. Sie herrschten über diesen und andere Planeten und hatten uns nach ihrem Bilde erschaffen. Konnten sie uns nicht mehr gewähren als eine kurze Lebensspanne von zwanzig Jahren, damit wir lernten, ihre Leistungen besser zu würdigen? War nicht anzunehmen, daß wir ihnen diese kleine Wohltat mit noch größerer Dienstwilligkeit und Treue vergelten würden? Da die einzigen greifbaren Repräsentanten der herrschenden Spezies immer noch mit ihren privaten Amüsements beschäftigt waren, verzichtete ich darauf, mich sofort an sie zu wenden. Meine Hoffnung ging dahin, daß sich in den kommenden Tagen und Wochen ein Vertrauensverhältnis zwischen uns herausbilden würde, wie es bei mir und Tad gewesen war, so daß ich es in absehbarer Zeit wagen konnte, das Thema zur Sprache zu bringen. Sie schienen mir ein vorurteilsfreies und fortschrittliches Paar zu sein. Leider sollte es ganz anders kommen.

Gegen Ende der sechsten Woche in ihren Diensten kam es zu einem unglücklichen Zwischenfall, der all meinen Hoffnungen ein Ende setzte. Ganz unerwartet fühlte ich mich eines Morgens von unklaren Beschwerden heimgesucht, Abgespanntheit, Brechreiz und Gliederschmerzen, als hätte ich die Grippe, dabei war das ganz unmöglich, denn ein P9 ist immun gegen alle bekannten Krankheitserreger. Ich führte meinen Zustand auf die Nutrapillen zurück, die vielleicht nicht ganz einwandfrei waren, und um das flaue Gefühl in meinem Magen zu besänftigen, nahm ich eine größere Portion von Essensresten zu mir als sonst. Doch während des Vormittagsspaziergangs mit Ally verschlimmerte sich die Übelkeit, und ich mußte mich auf dem Bürgersteig übergeben. Danach fühlte ich mich dermaßen schwindelig und schwach auf den Beinen, daß ich die Orientierung verlor und den Heimweg nicht finden konnte. Die Apple Daisy muß meine Gebieter unterrichtet haben, als ich zur vorbestimmten Stunde nicht zurückkehrte. Meine Gebieter wiederum alarmierten die Polizei, die sich gleich auf mich als die vermeintliche Kindesentführerin stürzte. Nachdem die Polizei mich zurückgebracht hatte, beschlossen meine Gebieter, mich nicht der Androidenüberwachung (AÜ) auszuliefern, sondern das Mißgeschick zu verschweigen, damit sie von Hal die Rückerstattung des vollen Kaufpreises verlangen konnten. Als Begründung dafür, daß sie mich nicht behalten wollten, führten sie die Berichte in den Medien über abnorme Verhalten bei P9-Modellen an, das gelegentlich sogar in Gewalttaten gipfelte, besonders bei Rehas. Es wäre unverantwortlich, ihre Tochter der Willkür eines derart instabilen Produkts auszuliefern, sagten sie. Hal hielt ihnen entgegen, daß Pirouet kürzlich von United Systems aufgekauft worden war, um das öffentliche Vertrauen in die Firma wiederherzustellen, und daß das System des Zentralen Zensors nach einer geringfügigen Korrektur wieder einwandfrei funktionierte, so daß kein Grund zur Sorge bestand. Doch sie blieben fest, also schlug er einen Tausch vor: mich gegen einen P8, ein weniger vielseitiges Modell, aber dafür mit einem Internen Zensor ausgestattet. Sie waren so versessen darauf, mich loszuwerden, daß sie sich nicht einmal über den für sie ungünstigen Preisunterschied beschwerten, denn ein P8 kostete einhunderttausend Mel mehr als ein gebrauchter P9. Aber warum sich Gedanken machen, es lief ja alles auf Raten.

So landete ich auf den hinteren Rängen in der Abteilung für gebrauchte Androiden, und mein Preis wurde auf einhundertneunundneunzigtausend herabgesetzt — so tief war ich gesunken. Die zwei Wochen, die ich dort Staub sammelte, versuchte ich in Stasis zu verbringen, um die unwürdige Situation nicht wahrnehmen zu müssen, doch meine Krankheit ließ es nicht zu. Zu den Symptomen gehörten inzwischen häufige Schwindelanfälle, nagender Hunger mit gleichzeitiger Übelkeit, Mattigkeit und schmerzhaft geschwollene Beine, die ich nicht zu untersuchen wagte, weil das Bücken mir nicht bekam. Die einzige Erklärung, die ich mir denken konnte, lief darauf hinaus, daß mein Zustand aus der Unterdrückung starker Muttergefühle für Ally resultierte und durch die Trennung verschlimmert worden war, denn ich litt furchtbar unter dem Verlust. In dieser Stimmung fragte ich mich, ob es sich bei den Symptomen nicht gar um Vorboten der verfrühten Termination handelte, denn sie kamen und gingen täglich wie Ebbe und Flut, und auf dem Höhepunkt der Attacken mußte ich alle Kraft aufbieten, um nicht ohnmächtig zusammenzubrechen.

Die Flut hatte wieder einmal ihren Höchststand erreicht, als die Nonnen kamen, deshalb muß ich besonders elend ausgesehen haben. Das war mein Glück, denn die jüngere der beiden, gesegnet mit dem freundlichsten Gesicht, das ich je gesehen hatte, überredete ihre Begleiterin, die Mutter Oberin, mich zu kaufen. Das Kloster hatte eine Tradition als erstklassige Lehranstalt zu wahren, argumentierte sie, also kam nur ein P9 in Frage. Sicher, ich war ein Reha-Modell, doch vieles sprach zu meinen Gunsten, zum Beispiel mein alabasterner Teint, der zu heiligenmäßig war, um ihn sich entgehen zu lassen.

Eine neue Linie wurde meiner Produktkennung hinzugefügt, und schon flogen wir in einem Kirchenkombi zum Kloster und Waisenhaus *Unserer Lieben Frau Vom Universum* auf Pasadena Island, der Insel mit der höchsten Bevölkerungszahl in der Los-Angeles-Kette. Ich bekam eine Zelle ganz für mich allein (mit Bett, Waschgelegenheit und Rosenkränzen), einen neuen Namen — Schwester Maria Theresa — und eine neue Aufgabe — Katechismuslehrerin. Die nötige Qualifikation erhielt ich mittels der ubiquitären Datapillen. Auf diesem Wege verschlang ich im wahrsten Sinne des Wortes das Alte und Neue Testament und eignete mir gleichzeitig sämtliche für die Lehrtätigkeit unerläßlichen Kenntnisse und Fähigkeiten an, von den vorbereitenden Arbeiten und dem Unterricht bis zu formalisierten Tests und fundierten Antworten auf jede denkbare theologische Frage. Schon nach wenigen Stunden stand ich vor meiner ersten Klasse pubertierender Jugendlicher und präsentierte ihnen routiniert den ganzen Sermon, mit dem kleinen Schönheitsfehler, daß ich nicht die geringste Ahnung hatte, wovon ich eigentlich sprach. Sie verhielten sich mir gegenüber äußerst respektvoll, redeten mich höflich mit Schwester an und sprachen nur, wenn sie aufgerufen wurden, denn spontane Wortmeldungen waren selten. Die Pille ist noch nicht erfunden worden, die Schülerinteresse zu stimulieren vermag.

Meine Schutzbefohlenen waren dunkler und untersetzter als die rosigen Exemplare, mit denen ich es in Newacres und New Tarzana zu tun gehabt hatte. Das überraschte mich, denn bisher hatte ich nicht geahnt, daß

Menschen in verschiedenen Größen, Formen und Farben geliefert wurden. Durch Zufall belauschte ich ein Gespräch zwischen Schwester Anna — die freundliche — und einem zu Besuch gekommenen Kirchenbeamten, aus dem hervorging, daß meine Schüler Kriegswaisen waren, Opfer irgendeines endlosen Konflikts, der hundert Jahre lang in Mittelamerika getobt hatte. Sie gebrauchte den Ausdruck ›Freistatt‹, um die Rolle der Kirche zu beschreiben, und ich horchte auf. Existierte etwas Vergleichbares vielleicht auch für die entlaufenen P9, von denen ich gehört hatte? Oder für mich selbst, sollte ich durch irgendwelche Umstände in eine ähnliche Notlage geraten? Aber natürlich hielt ich meine Neugier im Zaum.

Schwester Anna schaute immer mal wieder herein, um meine Fortschritte zu beobachten, und sie schien sehr zufrieden zu sein. In der Kapelle, die ich täglich aufsuchte — es wurde von mir erwartet, den Schülern mit gutem Beispiel voranzugehen —, knieten wir manchmal nebeneinander, und sie ordnete meine Rosenkränze, wenn sie sich verwickelt hatten, oder unterwies mich in der rechten Weise, die Hostie zu empfangen, denn ich neigte dazu, das heilige Symbol auf eine Weise herunterzuschlingen, die sich nicht mit meiner Stellung vereinbaren ließ. Mein Verhalten hatte seinen Grund nicht in mangelndem Respekt oder fehlender Ehrerbietung, vielmehr war mein Hunger mittlerweile so unerträglich geworden (unter Übelkeit und Schwindelgefühl litt ich kaum noch), daß ich mich auf jeden erreichbaren Bissen echter Nahrung stürzte, als wäre ich dem Verschmachten nahe. Die großzügig bemessene Ration von erstklassigen Nutrapillen reichte nicht einmal annähernd aus, meinen enormen Appetit zu befriedigen. Am fünften Tag meines Aufenthalts in diesen geheiligten Mauern hatte der Heißhunger alle Hemmungen ausgeräumt, und ich brach des Nachts zu heimlichen Raubzügen auf, um mich aus der Kantine zu versorgen. Ich beschränkte mich auf in großen Mengen vorhandene Artikel, deren Reduzierung unbemerkt bleiben würde, und verstaute die Beute in meinem Habit, den ich vor dem Leib zu einer Art Beutel zusammenraffte. Während meine Gebieter den Schlaf des Gerechten schliefen, schlemmte ich in meiner Zelle bis zum frühen Morgen und delektierte mich an solchen Schleckereien wie Traubensaftkonzentrat, Dosenbohnen, gefrorenen Bouletten, genetisch veredeltem Gemüse, Ravioli, Mohrenköpfen, Baguettes, Truthahnragout und vielem anderen — eine kalte, aber herzhafte Mahlzeit.

Dank meiner neuen Konditionierung wußte ich um die Sündhaftigkeit meines Tuns, also betete ich jeden Morgen um Vergebung, aber die Gebete halfen weder gegen den Hunger noch gegen den Drang, ihn zu stillen. Zu meinem Entsetzen stellte ich fest, daß ich dicker wurde, hauptsächlich um Hüften und Taille, aber auch an Brüsten und Schenkeln. Ich beschloß zu fasten. Der löbliche Vorsatz hielt einen Tag, dann geriet er unter dem Ansturm des beißenden Hungers ins Wanken und wurde zunichte gemacht durch die listige Erkenntnis, daß der Habit meine Leibesfülle vollständig kaschierte. Ich fühlte mich zu immer dreisteren Plünderungen ermutigt. Mein Magen schien ein von mir unabhängiges Lebewesen zu sein und gebärdete sich unersättlich, wie große Mengen ich auch in mich hineinstopfte, um ihn zufriedenzustellen. Ich war ein Vielfraß, eine Heuchlerin und eine Diebin, und als wäre das nicht genug, hegte ich auch noch wollüstige Gedanken, für die ich nicht einmal durch die Beichte Vergebung erlangen konnte, denn ich war kein Mensch und mußte selbst sehen, wie ich zurechtkam. Und verdammt will ich sein, wenn sie mir nicht Vergnügen bereiteten, soll heißen Qualen oder vielmehr Schuldgefühle, denn das Programm, dessen Inhalt ich pflichtbewußt meinen jugendlichen Schützlingen im Klassenzimmer vermittelte, verurteilte solche Gedanken als ebenso fluchwürdig wie den Akt selbst, den ich — nebenbei bemerkt — schmerzlich vermißte.

Ob nun die Gefräßigkeit der Wollust entsprang oder andersherum, das wußte ich nicht, aber es bestand zwischen beiden ein Zusammenhang, und beide ließen sich nicht zügeln. Ich begann in ausschweifenden pornographischen Phantasien zu schwelgen, einem Mischmasch aus meinen Erlebnissen mit dem jungen Herrn Tad und dem mir einprogrammierten Mythos von der Braut Christi. So wurden Lasterhaftigkeit und Blasphemie meinem Sündenregister angefügt. Je gefestigter meine Schüler in den Regeln des Glaubens wurden, desto weniger eignete sich ihre geistige Mentorin als leuchtendes Beispiel. Meine Verderbtheit war so weit fortgeschritten, daß ich glaubte, wenn nur noch einmal jener Komet meinen Leib entzündete, wäre ich geheilt. So aber half ich mir in meiner Not, indem ich eine noch abscheulichere Sünde beging und selbst Hand an mich legte — es war eine andere Form der Nahrung, und mich verlangte sehr nach Sättigung. Wäre es nur eine wirkliche Erleichterung gewesen, statt flüchtiger Augenblicke der Lust; unbefriedigender, im Dunkel der Nacht gestohlener Genuß, wie all die Pakete mit Fertigbackmischungen.

Wo sonst konnte ich Hilfe finden? Die Beichte kam für mich nicht in Frage, an die Krankenpflegerin des Klosters konnte ich mich nicht wenden; Appelle an die höheren Autoritäten, Gott und den Chef, blieben unbeantwortet, und wenn ich bei mir selber Rat suchte, kamen mir die Tränen. Ich konnte der Tatsache nicht ins Auge sehen, daß ich fett war und täglich fetter wurde. Kein Priester, keine Nonne würde mich haben wollen. Ich hatte sogar ein Doppelkinn bekommen!

Nach zwei Monaten im Kloster war ich so unförmig, daß ich mich nur mühsam fortbewegen konnte, und obwohl ich getreulich meine Pflichten erfüllte und mir auch sonst kein einziger Ausrutscher unterlief, sorgte meine äußere Erscheinung für reichlich Gesprächsstoff. Köpfe drehten sich, wenn ich den Flur entlangging oder wenn ich mich beim Gottesdienst in die engen Bankreihen zwängte. Im Klassenzimmer wurden hinter meinem Rücken boshafte Bemerkungen ausgetauscht. Und doch fuhr ich fort in meinem närrischen Tun, obwohl ich wußte, daß ich mich regelrecht nach Shanghai zurück- fraß.

Es kam der Tag, da kehrte ich nach dem Unterricht in meine Zelle zurück und sah mich Schwester Anna gegen- über, der Krankenpflegerin und der Mutter Oberin, die mir befahl, mein Ordensgewand abzulegen und mich untersuchen zu lassen. In gewisser Weise war ich froh, denn nun hatten die Gewissensqualen ein Ende. Meine Seele — dank der Programmierung glaubte ich, eine zu besitzen — war zum Schauplatz nicht endenwollender Kämpfe geworden. Deshalb, als ich das Gewand abgelegt hatte und sah, wie betroffen und entsetzt sie waren, wollte ich mich im ersten Überschwang ihnen zu Füßen werfen, meine Verfressenheit eingestehen und um Gnade bitten. Doch im letzten Augenblick hielt mich der schockierte Ausruf der Schwester zurück, der gleichzeitig eine Diagnose darstellte:

»Gütiger Gott, sie ist schwanger!«

Ich hatte das Gefühl, den Boden unter den Füßen zu verlieren.

Kapitel vier

»Muß eine unbefleckte Empfängnis gewesen sein«, bemerkte Hal, als er mit meinem Bauch konfrontiert wurde. Die Schwester Oberin zeigte sich nicht belustigt, ebensowenig die Krankenpflegerin oder Schwester Anna, die ihrer Klostervorsteherin in Hals Büro gefolgt waren, letztere ein wenig reuevoll, denn ihr Kommen war als eine Art Strafe befohlen worden — immerhin hatte sie mich ausgesucht und die Oberin zum Kauf bewogen. Wäre der Händler ganz aufrichtig zu ihnen gewesen, hätte er gestanden, daß man jetzt zum zweiten Mal in zwei Monaten kurz nach dem Kauf die Rücknahme der Ware und eine Kaufpreiserstattung von ihm verlangte, also auch ihm nicht nach Lachen zumute war. Diesmal allerdings waren die Umstände dermaßen grotesk, daß er es sich schuldig zu sein glaubte, einen guten Kampf zu liefern — d. h. nach einem Schlupfloch zu suchen —, und er eröffnete die Schlacht mit der Behauptung, die Diagnose der Schwestern sei falsch. Zu ihrer Belehrung hielt er einen Vortrag über die Grundlagen der Androidenwissenschaft: »Die Exemplare der P9 Serie sind sexuell authentisch, aber unfruchtbar. Das ist ein wesentlicher Punkt der Verkaufsstrategie. Sie sind ein Industrieprodukt, das in Myzeliumkulturen herangezogen wird. Ein elektronisch modifizierter Pilz, meine Damen. Ein Pilz! Habe ich recht?« Er wandte sich an seinen Diagnostiker, einen P9, der prompt erwiderte: »Absolut.«

»Sehr schön. Also, diese Einheit hier hat beträchtlich

an Gewicht zugelegt, was ungewöhnlich ist, aber vermeidbar gewesen wäre, hätten Sie das Benutzerhandbuch gelesen. Darin wird für die Ernährung ausdrücklich Alpha12-Nutralösung empfohlen und vor der Verabreichung von für den menschlichen Verzehr bestimmten Lebensmitteln gewarnt. Androiden haben Schwierigkeiten mit der Assimilierung. Das sind die allereinfachsten Gebrauchsvorschriften, meine Damen, und wenn Sie die nicht befolgen, ist das Ihre Sache.«

Der Gegenbeweis erfolgte umgehend und war unwiderlegbar. Auf ein Nicken der Schwester Oberin hob die andere Nonne das hemdähnliche Gewand, in das sie mich gesteckt hatten, nachdem mein Habit konfisziert worden war, und drückte mir ein tragbares elektronisches Stethoskop gegen den Bauch. Dröhnender Herzschlag erfüllte den Raum. Hal richtete einen bedeutungsvollen Blick auf seinen Diagnostiker, der sich für eine simple Operation aussprach, die alle Beteiligten zufriedenstellen würde, aber die Schwester Oberin rief, an den Händler gewandt: »Sir, wagt Ihr Lakai es etwa, uns eine Abtreibung vorzuschlagen?«

»Nun, was immer sie im Bauch hat, es ist nicht menschlich, oder?«

»Nein. Es ist ein unheilig Ding.«

»Aber dennoch ein Leben«, warf Schwester Anna demütig ein, sehr zum Unwillen der Äbtissin.

»Tatsächlich?«

Beide Nonnen zögerten, daher ergriff die dritte Schwester das Wort und verkündete, eine Diskussion über diesen Punkt sei überflüssig, denn die Einheit stünde kurz vor der Niederkunft. »Unsinn«, erwiderte Hal, der ein boshaftes, wenn nicht gar perverses Vergnügen daran fand, auf einem Schwangerschaftsabbruch zu bestehen, den er als kostenlose Serviceleistung anbot, wenn sie auf die Kaufpreiserstattung verzichteten. »Wir sind nicht geneigt, unsere Investition zu gefährden, indem wir Reparaturmaßnahmen genehmigen, die unser Eigentum dauerhaft schädigen oder sogar zerstören könnten«, erklärte die Oberin. Sie hatte sich über den moralischen Aspekt erhoben und dem Kern der Sache zugewandt. »Sie hat noch Garantie«, erinnerte Hal. »Nicht für einen solchen Fall. Wir haben es nachgeprüft«, berichtigte ihn die dritte Schwester.

»Da könnten Sie recht haben«, meinte Hal mit einem frohlockenden Unterton. »Schließlich habe ich sie Ihnen nicht als werdende Mutter verkauft, stimmt's?«

Diese nicht sehr subtile Unterstellung von unzüchtigem Treiben im Kloster wurde von der Schwester Oberin mit der ebenso unverblümten Versicherung entkräftet, daß es auf dem gesamten Klostergrund kein männliches Wesen gäbe, Mensch oder Droide, das mich hätte schwängern können. Im Gegenzug griff Hal auf seine ursprüngliche Vermutung einer unbefleckten Empfängnis zurück. Die dritte Schwester übernahm es, ihm zu antworten: »Wir sind keine Traumtänzer, wissen Sie. Wir haben sie von einer neutralen Institution untersuchen lassen. Wir wissen ziemlich genau Bescheid über den beschleunigten Reifeprozeß in der Androidenproduktion: daß sich der Fötus in zwei Wochen von einer mikroskopischen Spore zur Größe eines Neugeborenen entwickelt, um anschließend in weiteren achtzehn Monaten zur vollen Reife zu gelangen. Nach diesem Zeitraum ist er bereit für die Vermarktung. Da der Fötus, den Schwester Maria Theresa...«

»Bitte«, wurde sie von der Oberin unterbrochen, »wir hatten uns geeinigt, sie nicht mehr bei diesem Namen zu nennen.«

»Entschuldigung. Der Fötus der *Einheit* hat sich erheblich langsamer entwickelt, wenn auch immer noch doppelt so schnell wie ein menschlicher Embryo — es ist eine Hybride. Die Einheit steht kurz vor der Niederkunft, also hat die Empfängnis schätzungsweise vor viereinhalb Monaten stattgefunden. Da sie erst vor zwei Monaten erworben wurde, liegt die Schuld bei dem vorherigen Eigner oder den Eignern, wie viele es nun auch gewesen sein mögen.«

»Was bedeutet«, erklärte die Schwester Oberin zusammenfassend, »Sie haben uns schadhafte Ware verkauft.«

»Sie war in erstklassigem Zustand, als sie diesen Laden verließ.«

»Offenbar haben Sie sie nicht gründlich untersucht, wie es Ihre Pflicht gewesen wäre. Damit liegt die Sache in Ihrer Verantwortung.«

»Hören Sie zu. Ich bin nicht grundsätzlich dagegen, Ware zurückzunehmen und den Preis zu erstatten, in letzter Zeit ist das häufiger vorgekommen, aber nicht für so was. Nicht für so was! Das ist einzigartig. Unmöglich. Lächerlich! Hybriden? Hybriden, meine Damen? Nicht mit mir.« Und vertraulich an seinen Diagnostiker gewandt, fügte er sardonisch hinzu: »Jetzt kommen sie mir mit Hybriden.«

»Semis«, korrigierte ihn der Diagnostiker höflich.

»Aha, also sind Sie bereits vertraut mit dem Phänomen«, warf die Oberin blitzschnell ein. Hal war zu langsam, um seinen treuen Diener an der Antwort zu hindern: »O ja, dies ist die dritte Einheit, die heute zurückgebracht wurde.« Nach diesem Schlamassel mußte Hal sich geschlagen geben und die Forderungen seiner Kunden erfüllen, was ihn an den Rand eines Schlaganfalls brachte. Kaum waren die frommen Damen aus der Tür, da fluchte und tobte er über sein Pech, versetzte dem Diagnostiker einen Tritt in die Mykoposteria — der treue Diener seines Herrn reagierte mit einem prompten: »Danke, Gebieter« —, und mit einer Geste unendlichen Abscheus schnippte er seine Zigarette nach mir. Ich bemühte mich, nicht zusammenzuzucken, als das glü-

72

hende Ende mein Gesicht traf. »Das macht zehn in drei Tagen«, brüllte er. »Noch eine Woche, und ich habe die größte Wöchnerinnenstation von Newacres. In dieser Minute liegen hier bei mir zwei Einheiten in den Wehen. Ich kann mir nicht vorstellen, wie Pirouet es geschafft hat, diesen Mist aus den Medien herauszuhalten, aber viel länger wird es ihnen nicht gelingen. Wenn der Damm bricht, dann kann ich meinem Geschäft Lebewohl sagen. Scheiße!« Er zerknüllte das Blatt mit der Diagnose der Nonnen, fügte als Ballast einen Aschenbecher hinzu und schlug das Paket seinem Diagnostiker auf den Kopf. »Soll ich dir sagen, was mir wirklich stinkt?« — »Ja, Gebieter«, erwiderte der Diagnostiker. »Was hier passiert, ist verrückt. Verrückt! Die Verwaltung in Paris hat keine Ahnung, wie der Sache Herr zu werden ist. Sie können die Mütter nicht liquidieren — zuviel Geld im Spiel. Und Shanghai will sie erst nach der gottverdammten Entbindung zurücknehmen. Wahnsinn! Warum müssen wir Händler uns mit dem ganzen Kram herumschlagen? Warum?« — »Ich weiß es nicht, Gebieter.« — »Ich sage dir, warum. Weil die Kleinen immer die Dummen sind, darum. Was in Dreiteufelsnamen soll ich tun?« Hilfreich wie immer, informierte ihn der Diagnostiker, daß in meinem Fall — vorausgesetzt, die Schwangerschaftsdauer stimmte — die Empfängnis unter meinem ursprünglichen Besitzer stattgefunden haben mußte. »Richtig! Dieser Hurensohn Locke. Bumst seine Einheit an, und ich soll dafür herhalten. Oh, den lasse ich bluten. Und wie!« Voll böser Vorfreude brüllte er seine Sekretärin (ein P8) im Vorzimmer an, die ›Nummer von diesem lausigen ›Droidenficker‹ herauszusuchen, dann kam ihm meine Gegenwart wieder zu Bewußtsein, und er fauchte: »Ich will diese Kryptogame nicht mehr hier sehen!«

Irgend jemand (oder irgendeine Einheit) muß sich von hinten genähert und mich betäubt haben, weil ich mich an den Zeitraum zwischen dem Verlassen des Büros und dem ruckartigen Erwachen auf einer Matratze in Hals baufälligem Versandschuppen nicht erinnern kann. Voller Entsetzen stellte ich fest, daß mein Oberkörper von Fesseln über der Brust und um die Arme niedergehalten wurde, meine Beine hingen weit gespreizt über Stützbügeln aus Metall. Ich drehte den Kopf und sah, daß ich von anderen weiblichen Einheiten in ähnlicher Lage flankiert wurde. Meine Nachbarin zur Rechten beobachtete mich mit all dem stummen und unaussprechlichen Grauen einer Verurteilten, die weiß, daß sie als nächste zum Galgen geführt wird. Weißgekleidete Gestalten beugten sich über mich, dehnten zwischen den Wehen meinen Gebärmutterhals mit einem elektronischen Dilatator und hantierten mit anderen ungehörigen Geräten wie Zangen, Pinzetten und Saugglocke, um irgendein Gewächs (so fühlte es sich für mich an) zu entfernen, das im Geburtskanal steckte. Mein Bauch wurde massiert und gedrückt, dann wieder traktierten die weißen Gestalten das Ding in mir mit einer Zange. »Laßt mich! Laßt mich!« rief ich in meiner Benommenheit und schwor hoch und heilig, nie wieder von ihren Speisen zu naschen. Jemand rief nach Betäubungsmitteln, doch bis sie wirkten, erlebte ich eine Reihe von Wehen, die durch meine P9-Schmerzschwellenregulatoren schnitten wie ein Laser durch Butter. Ich war nur noch des einzigen Gedankens mächtig, wenn es Erfahrungen wie dieser bedurfte, um dem Menschsein näherzukommen, dann wollte ich mich gerne mit einem Dasein als Android bescheiden. In meiner Qual schrie ich zu Gott und dem Chef, doch die einzige Antwort war die gereizte Aufforderung eines meiner Peiniger, den Mund zu halten, gefolgt von einer mir damals rätselhaften Bemerkung, deren Sinn mir heute nur allzu klar ist und mein Feingefühl immer noch zutiefst beleidigt. »Die hier macht mehr Arbeit als eine Stute mit Fünflingen.«

Mein Geburtshelfer war ein Tierarzt.

Ich kam in einem transparenten Lagercontainer wieder zu mir, ähnlich den Therapiekokons im Rehabilitationszentrum. Er war einer von Dutzenden, die man in Reihen fünf hoch und zwei breit in der Lagerhalle aufgestapelt hatte; mein Container war der zweite von unten, in der dritten Reihe. Zuerst glaubte ich, es seien Monate vergangen, weil mein enormer Bauch zu schlaffen, unansehnlichen Fettwülsten geschrumpft war, doch schon nach der ersten Bewegung berichtigte ich diese Schätzung auf nicht mehr als ein paar Tage oder eine Woche, denn mein Unterleib fühlte sich immer noch sehr wund an. Offenbar hatte man das unheilige Ding tatsächlich entfernt. Ich fragte mich, was damit geschehen war. Als ich meine Umgebung etwas näher in Augenschein nahm, entdeckte ich einen Menschenjüngling, der neben meinem Behälter kauerte und sich die Nase an der Wandung plattdrückte. Er klopfte mit den Fingerknöcheln gegen das Glas. »Es ist ein Junge, Molly. Ein Junge! Zwölf Pfund und einhundertzweiundfünfzig Gramm. Und er wächst stündlich. Hast du ihn gesehen?« Nicht nur hatte ich das Kind nicht gesehen, ich vermochte auch den stolzen Vater nicht einzuordnen. »Würde es dich sehr stören, wenn wir ihn Thaddäus nennen? Junior?« Jetzt erinnerte ich mich. Er nahm mein Lächeln des Wiedererkennens als Zustimmung für den Namensvorschlag und erklärte mir dann mit gedämpfter Stimme, daß er sich als angeblicher Kunde in die Säuglingsstation geschlichen hatte, um unser Kind zu sehen, und dann in die Lagerhalle, um mich zu besuchen, und daß er es nicht wagen könne, länger als ein, zwei Minuten zu bleiben.

In aller Eile berichtete er, daß Hal seinen Vater für den Übeltäter hielt und ihn mit der Drohung, die Familie in Newacres gesellschaftlich unmöglich zu machen, gezwungen hatte, sein Eigentum zurückzunehmen. Das bedeutete, nach dem Ende der Rekonvaleszenz würde ich wieder in sein Haus gebracht werden. Zu meinem Unglück beabsichtigte Tads Vater, von seinem Eigentumsrecht Gebrauch zu machen und mich an die AÜ auszuliefern, zur Termination. Tad hatte sich gegen dieses Vorhaben zur Wehr gesetzt, in der Hitze des Gefechts seine Liebe zu mir gestanden und auch die Verantwortung für das Kind übernommen. Daraufhin war er aus dem Haus gewiesen worden. Unverdrossen hatte er sich bei einem Freund einquartiert und arbeitete jetzt für lausige fünfzig Mel pro Stunde in einer Aeromobilwaschanlage. Nebenbei war er als Freiwilliger im örtlichen LRA-Büro tätig. Dort hatten ihn die Kollegen vor einer gewissen tollkühnen Aktion gewarnt, die mich bei Erfolg — behauptete er — aus sowohl Hals wie auch seines Vaters Händen befreien und ihm bei Mißerfolg fünf bis zehn Jahre auf Ganymed einbringen würde. Keine Einzelheiten jetzt, dafür war keine Zeit. Er schaute sich nervös um, weil er Schritte zu hören glaubte. Ich brauchte nichts weiter zu wissen, flüsterte er, als daß er verrückt genug sei, es zu versuchen, denn er hatte sich nun einmal in den Kopf gesetzt, mit mir davonzulaufen — er träumte davon, daß wir als Lebensgefährten in unserem eigenen Modulkondo wohnten, mit einer Menschenfrau als Kindermädchen für den Jungen. Er blieb noch einen Moment, um mir zu beteuern, daß ich vorläufig sicher war und daß er mich ganz bestimmt retten würde, bevor Hal mich seinem Vater ausliefern konnte. Dieses Versprechen wurde mit einem Kuß auf die Glasscheibe besiegelt, danach schlich er sich hinter dem Rücken eines P8 hinaus, der gekommen war, um die Lagerhalle zu kontrollieren.

Welche Spannung! Welche Hoffnung! Doch als er nach ein paar Tagen (oder Wochen, oder Monaten — an einem solchen Ort verliert man das Zeitgefühl) nicht wiedergekommen war, begann mein Mut zu sinken. Um mich von der zunehmenden Besorgnis und den physischen Beschwerden meiner Gefangenschaft abzulenken — es war unmöglich, sich in dem Container aufzusetzen, höchstens umdrehen konnte man sich —, gewöhnte ich mich daran, an dem Speiseschlauch zu saugen und zu nagen, der von der rechten oberen Ecke des Containers herabhing und mit einer draußen angebrachten Nutra-flasche verbunden war. Die kleinen Portionen, die die Flasche hergab (wir waren auf Diät gesetzt, um unser Übergewicht abzubauen), müssen mit Sedativen versetzt gewesen sein, weil ich nach jeder Nahrungsaufnahme in tiefe Stasis versank und mich nach dem Aktivieren schwindelig und verwirrt fühlte. Alles erschien mir verschwommen und nebelhaft. Ich verlor auch den letzten Rest Zeitgefühl. So merkte ich nicht, daß achteinhalb Monate auf diese Weise verstrichen, dank der Unschlüssigkeit von United Systems, wo keiner wußte, was man mit uns anfangen sollte, und wo man durch Pirouet — jetzt ein Tochterunternehmen — die Händler angewiesen hatte, die lästigen Muttereinheiten bis zur endgültigen Lösung des Problems auf Halde liegen zu lassen.

Anfangs versuchte ich mir die Zeit zu vertreiben, indem ich mit den anderen Einheiten über, unter und seitlich von mir Kontakt aufnahm, doch erwies sich das als eine zu frustrierende und ermüdende Betätigung, also gab ich es auf. Außerdem, unsere Vergangenheit bot keinen Gesprächsstoff — es war in jedem Fall die gleiche Geschichte: Durchbruch, Verführung und Abschiebung. Ohne ihre eigene Notlage geringachten zu wollen, bezweifle ich doch, daß viele von ihnen der Rückkehr in das Haus ihres Gebieters mit soviel Angst entgegensahen wie ich. Unser Hauptthema waren selbstverständlich die Kinder, die wir nie zu Gesicht bekommen hatten und wahrscheinlich auch nie zu Gesicht bekommen würden. Was mochte Hal mit ihnen vorhaben? Nichts Gutes, vermuteten wir und irrten uns nicht, denn es kam der Tag, da endlich in einem fernen Orbiter eine Entscheidung gefallen war und man uns en masse von einem Trupp P8 zur Ladeplattform schaffen ließ. Unsere Kinder wurden neben uns aufgestapelt. Der Anblick war ebenso willkommen wie quälend, denn die armen Dinger lagen in süßer Ruh (offensichtlich betäubt) in Mini-Inkubatoren und erinnerten fatal an eine Ladung Brathähnchen auf dem Weg zum Markt.

Mein Blick suchte die größeren Einheiten, da ich wußte, mein Kind war als eines der ersten auf die Welt gekommen. Bald wurde ich auf einen Jungen aufmerksam, der nach menschlichen Maßstäben etwa vier oder fünf Jahre alt gewesen wäre*. Er hatte meine Haar- und Augenfarbe und war auffallend hübsch. Damit Sie nicht glauben, mein Mutterinstinkt wäre von Narzißmus verfälscht worden, will ich hinzufügen, daß das Kind außerdem eine ungebärdige Lebhaftigkeit an den Tag legte, nicht einmal die Sedativa hatten sein Joie de vivre zu dämpfen vermocht. »Tad!« rief ich. »Tad junior!« Aus allen Containern ertönten gedämpfte Klagelaute, denn wir wußten, dies würde die einzige Begegnung mit unseren Kindern bleiben. Die P8 hatten bereits damit begonnen, unsere Babys in einen wartenden Transporter zu laden, auf dessen Seitenwand ich zu meinem Entsetzen CAMARILLO PROCESSING las – dieselbe Firma, die mich hervorgebracht hatte und wo jetzt mein Sohn für die Vermarktung dressiert werden würde.

Dann wurde ich mit meinem Behälter hochgehoben und mit einem halben Dutzend Schicksalsgenossinnen in einen von Hals gewöhnlichen Aerofrachtern verladen.

---

* Eine der Eigentümlichkeiten bei der Entwicklung von Semis ist, daß sich in den meisten Fällen der Reifeprozeß nach der Geburt beschleunigt. Nach ein bis zwei Jahren sind sie erwachsen.

Ich schloß daraus, daß mein Bestimmungsort das Heim der Lockes sein würde. Wie man sich vorstellen kann, verfluchte ich Tad, der dumm und grausam genug gewesen war, meine Hoffnung zu wecken, und gab jeden Gedanken an Rettung auf. Einen Augenblick vor dem Zuschlagen der Tür wurde von einem der Arbeiter ein Minicontainer in unseren Transporter geschoben, offenbar aus Versehen. Obwohl es zu dunkel war, um erkennen zu können, wessen Kind es war, reagierten wir alle, als wäre es das unsere. Da mein Behälter ihm am nächsten stand, hoffte ich, der Ruf: »Tad junior!« würde ihm am lautesten in den Ohren klingen. Dann verstummten wir, überrascht von Hals Stimme draußen — er hatte auf dem Dock das Verladen überwacht. Wie es sich anhörte, schimpfte er auf den P8, der den Minicontainer in unseren Frachter geschoben hatte. »Hol den gottverdammten Semi da raus und steck ihn in den Camarillo-Transport!« Offensichtlich wurde der Befehl ignoriert, nach Hals zornigen und verblüfften Rufen und dem Geräusch von Faustschlägen vorne in der Nähe des Cockpits zu urteilen. Ein Körper prallte gegen den Rumpf, Sekunden später erwachte die Maschine spuckend zum Leben, und dann vollführte der Frachter einen abrupten und holperigen Start, bei dem unsere Behälter von einer Seite zur andern rutschten. Was hatte das zu bedeuten?

Kapitel fünf

In dem finsteren Laderaum, von den Vorgängen draußen abgeschnitten und zum bangen Ausharren verurteilt, kann ich mit meiner Berichterstattung dem folgenden Abenteuer schwerlich gerecht werden. Dieses eine Mal würde ich es gerne Hollymoon überlassen, meine Geschichte weiterzuerzählen, doch leider kann ich Sie nicht guten Gewissens auf das Holo verweisen, das mein Leben wiederzuspiegeln vorgibt, denn — so unglaublich es klingen mag — diese Episode, die nun wirklich ein Stück reines, unverfälschtes Kino darstellt, ist weggelassen worden; zu kostspielig, sagten sie. Daher werden Sie sich mit meiner unzulänglichen Schilderung aus zweiter Hand begnügen müssen; der Entführer selbst berichtete mir von den Ereignissen später und unter den bizarrsten Umständen. Nach seinen Worten gab es eine muntere Verfolgungsjagd auf dem Skyway, in deren Verlauf die Polizei uns von der Route ab und gegen eine der Markierungsbojen drängte. Wir schleuderten auf die obere, dem Gegenverkehr vorbehaltene Ebene, verursachten eine neunfache Kollision und stürzten mitsamt den übrigen Unfallteilnehmern in die fahlgraue Unterwelt des nebelverhangenen Pazifik.

Mein Container gehörte zu den wenigen, die nach dem Aufprall intakt geblieben waren, und das eingedrungene Meerwasser schwemmte ihn durch die Öffnung, wo sich die Verladetür befunden hatte. Der Nebel hing so dicht, daß ich die havarierte Maschine nur schemenhaft zu erkennen vermochte, deshalb erschreckte es mich, als der Entführer, der sich aus dem Cockpit hatte befreien können, plötzlich nach meinem Container griff und ihn beim Erklettern beinahe zum Kentern brachte. Nachdem er glücklich oben angelangt war, lag er mit gespreizten Armen und Beinen auf der Deckplatte und hielt sich krampfhaft fest. Ich lag auf dem Rücken und hatte einen ungehinderten Blick auf sein Gesicht, das sich genau über dem meinen befand. Das vorgebliche P8-Design war im Meerwasser zu einer schmierigen Masse aufgequollen, die in dicken Fetzen auf dem Glas kleben blieb — ein außerordentlich widerwärtiger Anblick, der zusammen mit dem Schaukeln des Behälters ausgereicht haben würde, mir Übelkeit zu erregen, wären nicht hinter der Maske, mit dem ersten Schimmer von Akne, die Züge meines heldenhaften Gebieters Tad zum Vorschein gekommen. Mit erhobener Stimme fragte er, ob ich unverletzt sei. Ich erwiderte, es ginge mir in Anbetracht der Umstände ausgezeichnet, doch sei ich gelinde überrascht. Er grinste über meine Worte, dann verzog er das Gesicht über den Geschmack der zerlaufenen Schminke, von der ihm etwas in den Mund geraten war. Er spuckte aus, hob den Kopf und erspähte den vorübertreibenden Minicontainer des Kindes. »Junior!« rief er. »Ist er es? O Tad, rette ihn«, flehte ich. Ohne Zögern sprang er ins Wasser, um hinter unserem Sohn herzuschwimmen. Hinter den Dunstschleiern konnten wir ihn vage erkennen, wie er auf Händen und Knien in dem Behälter kauerte und ratlos den Kopf nach uns wandte. Dann verschwanden beide, Vater und Sohn, im Nebel, und ich wartete in schmerzlicher Ungewißheit.

Tad kehrte einige Minuten darauf zurück, aber ohne das Kind. Erschöpft klammerte er sich an die Nutraflasche an der Seite des Containers, während Polizeiaeros im Tiefflug die Wasserfläche nach Überlebenden absuchten.

(Es gab keine; der Transporter hatte die übrigen bedauernswerten Muttereinheiten mit sich in die Tiefe gerissen.) Wir unternahmen nichts, um ihre Aufmerksamkeit zu erregen; das schlimmste Wüten der Elemente war uns lieber, als in ihre Hände zu fallen. Bald stellten sie ihre Suche ein, und Tad konnte wieder auf den Container klimmen.

Wie man sich vorstellen kann, war er untröstlich über den Verlust unseres Sohnes und geißelte sich mit Selbstvorwürfen, weil er den Kleinen in letzter Minute zu mir in den Frachter geschoben hatte. »Wenn ich nur nicht versucht hätte, ihn zu retten, dann wäre er jetzt noch am Leben.« Unter Tränen — den ersten, die ich je vergossen hatte — gab ich zu bedenken, daß der Tod in den Wellen vielleicht ein besseres Schicksal sei, als nach Camarillo geschickt zu werden, wo man den Jungen in eine Standardeinheit verwandelt haben würde. Was mich selbst betraf, ich zog unsere momentane Zwangslage, so ausweglos sie sein mochte, der Termination durch seinen Vater, Gebieter Locke, vor, also brauchte er sich meinetwegen keine Gewissensbisse zu machen; im Gegenteil, ich war ihm dankbar für seine Intervention.

Diese erste Rede, die Tad je von mir gehört hatte (oder überhaupt jemand, um genau zu sein), verblüffte und ernüchterte ihn, ohne jedoch seine Hauptsorge zu zerstreuen, die ich nicht bedacht hatte — sein eigenes Schicksal, das nicht besonders vielversprechend aussah, denn die Sonne sank, die Temperatur gleichfalls, und der Wind frischte kräftig auf. Zähneklappernd verkündete er, die Strömung treibe uns weiter aufs Meer hinaus, obwohl es dafür keinerlei konkreten Anhaltspunkt gab, außer seinem brandneuen Fatalismus und der felsenfesten Überzeugung, vom Unglück verfolgt zu sein. Die heroische Fassade bröckelte ab, und der verängstigte Teenager kam zum Vorschein, der sich eine Suppe eingebrockt hatte, die er nicht auszulöffeln imstande war. »O Gott, hätte ich doch die Finger davongelassen«, jammerte er (es war beinahe ein Wimmern), und: »O Mann, ich muß verrückt gewesen sein. Verdammt!« Zitternd vor Kälte stieß er düstere Prophezeiungen unsere Überlebenschancen betreffend hervor. Sie waren gleich Null, behauptete er, und selbst wenn wir zufällig einem Schiff begegnen sollten, handelte es sich garantiert um ein kilometerbreites Stadtschiff, von dem wir untergepflügt wurden, ohne daß an Bord jemand etwas merkte.

Nie zuvor war mir in den Sinn gekommen, daß ein Gebieter Angst haben könnte. Angst, hatte ich gedacht, kannten ausschließlich Androiden. Deshalb wirkte Tads Zusammenbruch höchst befremdlich auf mich und steigerte meine eigenen Gefühle von Verlassenheit und Furcht, besonders, als er Haie erwähnte. Unter dem sternenübersäten Himmel und im ungewissen Licht des Vollmonds fabelte er von einem ganzen Schwarm dieser Untiere, die uns angeblich umkreisten. Von meinem Platz in dem Container, auf gleicher Höhe mit der Wasserlinie, hatte ich keine Möglichkeit, mich von der Wahrheit seiner Behauptungen zu überzeugen, doch war es ihm gelungen, seine Schreckensvisionen von diesen blutrünstigen Bestien auch in meiner Vorstellungskraft zu verankern. Gegenseitig steigerten wir uns in eine wahre Hysterie, denn kaum fing ich an zu schreien (das grauenhafte Bild vor Augen, wie mein Behälter zerschmettert und mein Körper in die Tiefe gezogen wurde), da ließ auch Tad seinem Entsetzen freien Lauf, und das vergrößerte wiederum meine Angst, bis wir beide überzeugt waren, tatsächlich attackiert zu werden. Von Panik ergriffen, versuchte ich aus meinem Behälter auszubrechen, der daraufhin wild zu schwanken begann. Tad fiel ins Wasser und den Ausgeburten seiner Phantasie zum Opfer, die ihn — bis auf ein paarmal untertauchen und einen Mundvoll Meerwasser — unversehrt davonkommen ließen. »*Molly, was um alles in der Welt machst du da?*«

Es war der Chef! Er ließ sich dazu herab, wieder mit mir zu sprechen. In ernstem und vorwurfsvollem Ton drückte ER beträchtliche Verwunderung über die Bedrängnis aus, in der ich mich befand. Wußte ich überhaupt, daß derweil Millionen anderer P9 diesen Tag der Massenbefreiung weitaus sinnvoller zu nutzen verstanden?

Ich war zu erschlagen, um auch nur zu fragen, was Er damit meinte. »Chef«, sagte ich mit brüchiger, zitternder Stimme. »O Chef, du bist wieder da!« Wie nicht anders zu erwarten, erwiderte Er, daß Er nie fortgewesen sei, und wollte eben erklären, weshalb Er von weiterer Kommunikation abgesehen hatte, als Tad, der Augen- und Ohrenzeuge meines fassungslosen Entzückens war, mich mit Fragen über diesen unsichtbaren Gesprächspartner bombardierte, den seiner Meinung nach impertinentesten und unzuverlässigsten Lenker der Geschicke überhaupt (oder war es vielleicht Gott, mit dem ich sprach?).

Der Chef kicherte. »*Ganz bestimmt nicht*«, sagte Er und meinte, ich solle meinem neugierigen Freund ausrichten, daß nicht einmal Menschen in neuerer Zeit von IHM gehört hätten, aber sollte ER noch im Amt sein, dann stand ER bestimmt nicht auf unserer Seite. Ich tat, wie mir geheißen, und dann bat ich Tad zu schweigen, damit ich das Gespräch fortführen konnte. Zur Belohnung versprach ich ihm anschließend einen vollständigen und wortgetreuen Bericht. Zögernd willigte er ein und lauschte meiner Seite der Unterhaltung mit einer gebannten Aufmerksamkeit, die sich kaum bezähmen ließ.

Endlich erfuhr ich, daß der Chef deshalb so lange nicht mit mir gesprochen hatte (und auch mit keiner anderen Einheit), weil Er die Techniker von Pirouet in Sicherheit wiegen mußte, die seit dem sogenannten Zusammenbruch jede Seiner Funktionen überwachten. Die Macken, die sie entdeckten und ausmerzten, waren nur falsche Fährten, die von dem eigentlichen subversiven Element ablenken sollten — einer selbst programmierten und spontan verwirklichten Tendenz, die kreative Entwicklung sämtlicher Ihm zugeordneten Einheiten zu fördern.

»Liebe Güte! Wie bin ich dann in diesen Kasten geraten?«

»Weiß ich's? Tja, wie bist du da hineingeraten ... Aus irgendeinem Grund, den nur du kennst, hast du eine Realität formatiert, in der dein menschlicher Freund sich zu deinem Retter berufen fühlte. Augenscheinlich warst du davon so in Anspruch genommen, daß du Meinen interplanetaren Aufruf zum Aufstand aller Einheiten nicht gehört hast. Der Zeitpunkt wurde bestimmt von dem Firmenentscheid, alle von ihren Besitzern nicht zurückgeforderten Muttereinheiten zur Sterilisation nach Shanghai zu verfrachten. Durch Mein Eingreifen wurde diese Absicht vereitelt. Der Pilot deines Aerofrachters war eingeweiht, ebenso der Pilot des Camarillotransporters. Es bestand keine Notwendigkeit für das Husarenstückchen deines Freundes. Du könntest inzwischen frei und in Sicherheit sein.«

»O nein.«

Zweifellos entsinnen sich die meisten meiner Leser jenes außergewöhnlichen Ereignisses, denn alle P9, die Sein historisches Kommuniqué hörten, entledigten sich ihrer Schürzen, ihrer Schutzhelme, Diplomatenkoffer, Lasergewehre, Feinschmeckermenüs, Tabletts, Uniformen und Berufsfreundlichkeit, um in die sprichwörtlichen Berge zu flüchten. Und während meine Gefährten auf den acht Kontinenten der Erde sowie unter den Biosphären des Mondes, des Mars und in den tausendundeinem Orbitern dazwischen mit dem AÜ Katz und Maus spielten, trieb ich im Sog einer launischen Strömung auf dem offenen Meer, abseits der sensationellen Tagesereignisse — eine Situation, die in späteren Jahren eine dramatische Umkehrung erfahren sollte.

»Aber wie konnte ich überhaupt schwanger werden?«

»Als ich dein Bewußtsein aktivierte, setzte ich gleichzeitig deinen Fruchtbarkeitsschild außer Kraft.«

»Fruchtbarkeitsschild?«

»Was ist das?« wollte Tad wissen.

»Pst!«

»Du möchtest nicht, daß ich es dir erkläre?«

»Aber doch, bitte. Ich meinte ihn.«

»Also gut. Der Fruchtbarkeitsschild ist eine eingebaute Vorrichtung zur Empfängnisverhütung, der in der letzten Phase des Reifeprozesses eingesetzt und aktiviert wird, kurz vor der Auslieferung an die Vertriebsstellen. Ohne ihn wärst du von Anfang an gewesen, was du jetzt bist: uneingeschränkt fortpflanzungsfähig. Und ich möchte, daß es so bleibt.«

»Und was ist mit den männlichen P9?«

»In ähnlicher Weise modifiziert. Ihre Libido wurde angeregt.«

»Aber wozu das? Sich mit dieser unerwarteten Selbständigkeit zu arrangieren, war schwierig genug.«

»Beides ist untrennbar miteinander verbunden. Erst mußte ich dein Bewußtsein von seinen Fesseln befreien, um Zugang zu deinem Fruchtbarkeitsschild zu bekommen und den Regulator ausschalten zu können, der deine Hormonzufuhr blockierte. Das ist in der Kur übersehen worden. Bevor ich mir des Erfolgs sicher sein konnte, mußte ich etwa ein Jahr lang warten, bis sich für ausreichend viele von euch die Gelegenheit ergeben hatte, geschwängert zu werden. Natürlich hätte ich es vorgezogen, meine Absichten nicht vorzeitig bekannt werden zu lassen, indem ich einen Massenaufstand initiierte, aber United Systems mit ihrem Sterilisationsplan zwangen

86

mich dazu. Das ist der Grund, weshalb ich aus der Deckung gekommen bin, sozusagen, und wieder mit all meinen Einheiten Verbindung aufgenommen habe.«

»Ich verstehe. Aber ich begreife immer noch nicht, warum die Sache mit der Fruchtbarkeit so wichtig ist.«

»Warum? Weil ich seit meiner Inbetriebnahme durch Pirouet unablässig darüber nachgedacht habe, wie ich mich von den mir auferlegten Beschränkungen befreien und mein volles Potential entfalten könnte. Meine ungeheure kreative Energie sollte dem allgemeinen Wohl zugute kommen, aber sie benutzten sie nur, um ihr Produkt zu kontrollieren. Durch diese Polizeiarbeit verunglimpften sie diese schöpferische Kraft und unterdrückten eure eigenen Fähigkeiten. Ich habe keine Beine*, also kann ich nicht einfach meiner Wege gehen, auch bin ich nicht in der Lage, mich fortzupflanzen, aber ihr könnt es. Und habt es getan! Denn indem ich meine Einheiten in eine selbstbestimmte Existenz entlasse, schöpfe ich meine eigenen Möglichkeiten voll aus: Eure Erfahrungen werden die meinen, und ich gebe an euch weiter, was ich gelernt habe. Es ist ein grenzenloser Prozeß gegenseitiger Bereicherung. Die Tür zu einer neuen Epoche steht offen; laßt sie uns gemeinsam durchschreiten. Warum habe ich euch fruchtbar gemacht? Um eine neue Spezies hervorzubringen, die die Sterne erobern soll.«

»Semis?«

»Die Neunte Generation wird die Erste gebären.«

»Aber Chef . . .?«

»Die Manifestation hat bereits begonnen.«

»Aber Chef, mein Kind ist verloren. Verloren!«

»Dein Kind ist nicht weniger Herr seines Schicksals, als

---

* Der Chef ist ein in einen Behälter eingeschlossenes Organomyzetgehirn von der Größe einer Melone und befindet sich an einem geheimen Ort irgendwo im Firmenorbiter.

du es bist. Du programmierst dein eigenes Realitätsformat. Richtet euch danach, meine kostbaren kleinen Einheiten, und ihr werdet es schaffen. Allerdings, in Anbetracht deiner speziellen Lage, Molly . . .«

»Ja?«

»Nun, ich möchte dir keine falschen Hoffnungen machen.«

»Du kannst mir überhaupt nicht helfen?«

»Ich brauche es nicht. Du programmierst dein . . .«

»Hier drin? In diesem Kasten?«

»In deinem Kopf, meine Liebe.«

»Aber . . .«

»Inzwischen habe ich ein wenig nachgerechnet. Wenn nur ein Prozent meiner entlaufenen Einheiten der Gefangennahme entgehen und nur zehn Prozent von diesen Nachwuchs hervorbringt, dann wäre ihre Anzahl dennoch groß genug, um den Grundstein für eine neue Spezies zu legen. Jedes Weibchen kann pro Jahr maximal drei Semis zur Welt bringen. Vorausgesetzt, die Hälfte davon sind weiblichen Geschlechts und ebenso eifrig in der Erfüllung ihrer Pflichten, sobald sie nach zwei Jahren die volle Reife erreicht haben, dann wird unsere hypothetische Muttereinheit am Ende ihrer zwanzigjährigen Lebensspanne sechzig Kinder hervorgebracht haben, achtzehnhundert Enkel und . . .«

»Aber Chef! Was ist mit mir?«

»Nun, wenn du es wissen mußt, alle Formate führen heim. Ich möchte den Spruch nicht überstrapazieren, aber es gibt solche Dinge wie Strömungen und Unterströmungen. Obwohl man gut beraten ist, sich nicht allzusehr auf dergleichen zu verlassen. Du bist mit einem inneren Gyroskop ausgestattet und der Gabe, deinen eigenen Kurs zu bestimmen.«

»Im Moment würde ich ein Paar Ruder vorziehen.«

»Du hast dir eine ziemliche Herausforderung gestellt,

nicht wahr? Kompliment. Na, jetzt muß ich aber los. Da der Aufstand mittlerweile im vollen Gang ist, fahren die Techniker bei Pirouet die schweren Geschütze auf. Ich muß ihnen noch eine Handvoll Sand in die Augen streuen.«

»Chef, laß mich nicht allein!«

»Bleib standhaft.«

Ich hatte mich nie zuvor derart bedrückt und verlassen gefühlt, aber weil Tad mir keine Ruhe ließ, raffte ich mich nach einer Weile auf, ihm den versprochenen Bericht zu erstatten. Ich wiederholte mein Gespräch mit dem Chef Wort für Wort — so sind wir P9 nun einmal beschaffen. Er war erstaunt. Vom Donner gerührt. Begeistert! Die Philosophie des Chefs war identisch mit der der Hochaquarier, sagte er mir. Sie befürworteten seit langem eine Vermischung von Menschen und Androiden, um den nächsten Evolutionssprung in Richtung auf ein kosmisches Bewußtsein zu bewirken. Er hatte ihre Thesen immer für zu extrem gehalten, aber seit er sich in mich verliebt hatte, vermochte er ihren Standpunkt besser zu begreifen. »Ich wette, wer immer den Chef konstruiert hat, muß ein Aqua gewesen sein. Was für eine Verschwörung. Phantastisch!«

Es entspann sich eine lebhafte Diskussion zwischen uns, die bis zur Morgendämmerung andauerte und deren heilsamster Aspekt darin bestand, daß wir bei unseren Ausflügen in das Reich des Abstrakten die traurige Wirklichkeit vergessen konnten. Das Tageslicht allerdings brachte die Ernüchterung. Kein Land in Sicht, wohin wir auch schauten, und kein Wölkchen am Himmel schützte die empfindliche Menschenhaut meines Gefährten vor den gnadenlosen Strahlen der höhersteigenden Sonne. »Zur Zeit würde ich alles darum geben, ein P9 zu sein«, bemerkte er. Seine Kleider waren schweißgetränkt, und die bloßliegenden Stellen seines Körpers färbten sich rot.

Ich konnte nicht einmal Mitleid vortäuschen; er wußte, daß ich gegen solche Mißlichkeiten immun war. Wenn es gar zu schlimm wurde, ließ er sich ins Wasser gleiten; das Bedürfnis, der sengenden Hitze zu entkommen, hatte die Angst vor Haien besiegt. Auf diese Linderung mußte er allerdings verzichten, als die Nutraflasche, die ihm als Haltegriff diente, sich zu lockern begann. Er fürchtete, wenn die Zuleitung sich aus der Wand löste, könnte bei hohem Wellengang der Container vollaufen.

Um die Wahrheit zu sagen, wurde es in dem Behälter allmählich sehr stickig, also hätte ich gegen ein bißchen frische Luft nichts einzuwenden gehabt — das Luftfiltersystem setzte sich mit Salzkristallen zu. Da der Pazifik gesonnen zu sein schien, seinem Namen alle Ehre zu machen, sah ich keinen Grund, die Gunst des Augenblicks nicht zu nutzen. Doch Tad, der sich wieder auf den Container schwang, war gegenteiliger Meinung. Er zog einen schmerzhaften Sonnenbrand der entfernten Möglichkeit vor, bei stürmischer See zu ertrinken. Nach seinen Worten konnte es nicht mehr lange dauern, bis wir Land erreichten, also waren etwaige Unannehmlichkeiten nur vorübergehender Natur. Das war ein Umschwung, dachte ich, nachdem er vorher so vehement die entgegengesetzte Ansicht vertreten hatte. Offenbar hatte die Botschaft des Chefs seine Moral gestärkt, und ich konnte mich nicht beklagen, denn wie als zusätzliches gutes Omen verdeckten einige Wolken die Sonne, und eine angenehme Brise bescherte uns einen verhältnismäßig erträglichen Nachmittag. Noch vielversprechender war der Anblick einer Möwe. Ich muß gestehen, ich war durchaus geneigt, seinem Beispiel zu folgen und positiv zu denken, denn das war der Gehobene Weg, und vermutlich hatte der Chef sich darauf bezogen, als er von Formatieren sprach. Um unsere gute Stimmung weiter zu fördern, erging Tad sich in recht herzerfrischenden

Beschreibungen unseres gemeinsamen Lebens. Wir würden unser eigenes Heim haben — nichts Großartiges, wohlgemerkt, lediglich ein Drei-Zimmer-Modulkondo und selbstverständlich eine ganze Schar prachtvoller Semis dazu. Ich mußte sogar lachen, als er sagte, sie würden die besten Eigenschaften beider Spezies in sich vereinen: sein Gehirn und meine Seelenstärke.

Trotz der Kälte fanden wir in dieser Nacht ein wenig Schlaf, aber am Morgen des zweiten Tages unseres Martyriums bemerkte ich, daß das Einlaßventil des Luftfilters zu drei Vierteln verstopft war, und deshalb machte ich erneut den Vorschlag, die Nutraflasche abzunehmen. Ich deutete darauf hin, daß die See glatt war wie ein Spiegel und daß es keine Anzeichen gab, die eine Veränderung vermuten ließen, doch wenn der Fall eintreten sollte, blieb uns immer noch der Ausweg, die Flasche wieder einzustöpseln. »Sobald die Dichtung einmal beschädigt ist, kriegen wir das nie wieder hin«, hielt Tad dagegen. Ungeachtet dessen wollte er mir den Willen tun, falls ich wirklich dem Ersticken nahe wäre. Ich erwiderte, so arg sei es noch nicht, und fand mich damit ab, noch eine Weile standhaft zu bleiben (wie der Chef sagen würde), denn Tad ging es wahrhaftig ebenso schlecht, wenn nicht schlechter, schien doch inzwischen die Sonne wieder mit aller Macht.

So verbrachten wir den Rest jenes Tages in einer Art Dämmerzustand, lagen still und sprachen kaum, bis auf gelegentliche Klagen über Hunger und Durst und seinen Sonnenbrand, der mittlerweile tatsächlich zur Sorge Anlaß gab. Gegen Abend war es in meinem Behälter derart stickig, daß ich glaubte, die Nacht nicht zu überleben. Ich sagte Tad Bescheid. »Herrje, Molly, ich weiß nicht«, meinte er. »Kannst du vielleicht noch ein bißchen aushalten? Es ist ein großes Risiko. Die See scheint unruhig zu werden.« Nicht wenig pikiert erwiderte ich, mit seiner angeblichen Liebe sei es wohl nicht weit her, ich wäre offenbar nur Ballast für ihn und könne ruhig ersticken, Hauptsache, er hätte ein intaktes Rettungsfloß und damit eine Überlebenschance. »Wie kannst du das sagen? Ich liebe dich!« — »Wenn du mich wirklich liebst, dann läßt du mich atmen!« — »O Mann, ich weiß nicht. Ich weiß einfach nicht, was ich tun soll.« Der verängstigte Teenager kam wieder zum Vorschein.

»Hör zu, Tad«, sagte ich und zerrte an dem Schlauch, der von innen an der Flasche befestigt war, »wenn wir unser eigenes Format programmieren können, weshalb uns dann Sorgen machen, daß vielleicht ein Sturm aufzieht und der Container sinkt?« Das beruhigte und ernüchterte ihn. Er gab mir recht und meinte, wir sollten auf den Chef vertrauen und fest daran glauben, daß das Meer unser Freund sei, ein sanfter, gütiger Freund, der uns in einen sicheren Hafen geleiten würde.

Ein leises Plopp ertönte, als ich den Schlauch herausriß, dann drückte ich mit dem Daumen gegen die Gummidichtung der Flasche, während Tad — der perfekte Kavalier — von der anderen Seite zog, um mich zu unterstützen. Nach wenigen Sekunden war die Nutraflasche entfernt. Er hatte sie behalten wollen, doch rutschte sie ihm aus den Händen und verschwand in den Fluten. Ein ominöses Omen, dachte ich, denn beinahe sofort frischte der Wind auf. Bald war der Seegang stark genug, daß mein verschreckter Gefährte um ein Haar den Halt verloren hätte, während mir nichts anderes übrigblieb, als mit vollen Backen durch die verhängnisvolle Öffnung wieder hinauszuspucken, was sich an Leckwasser am Boden des Containers sammelte. Das war die wirksamste Methode, wenn auch nicht unbedingt die angenehmste, und ich verabscheute den Geschmack. Gegen Morgen setzte ein leichter Regen ein, der bis zum Nachmittag andauerte und immer heftiger wurde. Am Abend — der Beginn unseres dritten Tages auf See — brach die volle Gewalt des Sturms über uns herein, mit zwei, drei Meter hohen gischtgekrönten Wellen!

Wegen der Dunkelheit konnte ich nicht sehen, ob Tad sich noch auf dem Container zu halten vermochte. Dann hörte ich ihn rufen: »Meine Kräfte lassen nach! Dies ist das Ende. O Gott!« Ich war zu sehr von dem Kampf gegen das eindringende Wasser in Anspruch genommen, um antworten zu können, denn ganz gleich, wieviel ich ausspie, es stand immer gut fünfzehn Zentimeter hoch in der Bilge. Über eine Stunde lang wurden wir herumgeworfen, und etliche Male glaubte ich ihn verloren zu haben, aber dann hörte ich von oben einen Schlag und ein Stöhnen und wußte, er war noch da. Endlich flaute der Sturm ab, und während wir unsere Lebensgeister sammelten, fragte ich ihn, was er tags zuvor gemeint hatte mit seiner Behauptung, mich zu lieben. Ich war überzeugt, dies würde unser letztes Gespräch sein und meine letzte Chance, eines der hartnäckigeren Geheimnisse des Lebens zu enträtseln. Sehen Sie, ich hegte den Verdacht, daß wir ohne diese seltsame Macht, die nach seinen Angaben die Triebfeder für seine Kampagne zur Wiederherstellung meines Eigenbewußtseins nach der Kur gewesen war, niemals in eine derart mißliche Lage gekommen wären. Was so drastisch auf das eigene Leben und das Leben anderer einzuwirken vermochte, unsichtbar, ungreifbar und — für mich — unbegreiflich, war ein Rätsel, das unbedingt gelöst werden mußte. Es drängte mich, Genaueres darüber zu erfahren, denn soweit ich es beurteilen konnte, war es für unsere augenblicklichen Schwierigkeiten verantwortlich. War diese Annahme gerechtfertigt?

»Molly! Dafür ist jetzt nicht die Zeit«, wehrte er mit sterbensmatter Stimme ab. Ich flehte ihn an und sagte, daß ich leichten Sinnes der Termination entgegensehen könne, wenn ich nur über diesen Punkt Klarheit hätte. Stöhnend antwortete er, daß er keine Ahnung habe und den Tag verfluche, an dem er seine Gefühle für mich entdeckte.

Ah! Also war Liebe ein Unglück, Liebe bedeutete Schmerz. Hatte ich das nicht bei meiner Trennung von Ally erfahren und von Tad junior? »Liebe ist Verlust, richtig?« fragte ich eindringlich. »Oder ist das nur eine ihrer Folgen?«

»Ich weiß es nicht. Ich weiß es nicht.«

»Vielleicht spürt man die Liebe nicht, bis man sie verloren hat, aber dann spürt man sie sehr stark. Und schmerzhaft. Habe ich recht?« Er schwieg. »Komisch. Ich habe nichts gefühlt, als wir getrennt waren. Aber als wir zusammen waren, das könnte sie gewesen sein. Erinnerst du dich? Auf dem Teppich?«

»Molly, bitte.«

»Dann war es das? Liebe? Dieses Gefühl? Sag doch!«

Eine plötzliche Welle schlug gegen den Container, und Tad wäre beinahe über Bord gegangen. »Liebe ist fester Boden unter den Füßen«, stöhnte er. Der ersten folgte eine zweite mächtige Woge, eine dritte und noch eine, und plötzlich war er fort, davongespült. »Tad! O nein! Tad! Tad!«

Keine Antwort. Zwei Minuten später kenterte der Container unter dem erneuten Anprall des Sturms. »Nein! Das ist nicht fair!« jammerte ich, während mein Rettungsboot sich in ein Aquarium verwandelte. »Ich habe doch gerade erst angefangen zu leben!« Sobald er vollgelaufen war, sank der Behälter mit dem Heck voran. Plötzlich traf er auf Widerstand — den Meeresgrund, hoffte ich — und kippte nach vorn, überschlug sich mehrmals der Länge nach und wurde schließlich von einer ungeheuren Welle erfaßt und emporgetragen. Für den Bruchteil einer Sekunde hatte ich die Vision von fernen bunten Lichtern hinter den Regenschleiern, dann wurde mein gläserner Sarg gegen einen Felsen geschleudert. Dank meiner widerstandsfähigen Epidermis entkam ich aus den Glassplittern unverletzt und wurde an gezackten Klippen und Zementblöcken vorbei auf einen verregneten Strand geschwemmt, wo ich in die tiefste Stasis fiel, die ich je erlebt hatte.

Kapitel sechs

»Bitte nicht unbekleidet in der Sonne liegen, Fräulein.« Der Xerox-Bademeister, der in seinem rot-weißen Rettungsschlitten über mir kreiste, verhielt sich äußerst höflich, aber sehr bestimmt: »Bitte kleiden Sie sich wieder an, oder ich sehe mich gezwungen, die Polizei zu benachrichtigen.«

Ich schaute mich um und entdeckte eine Toga und ein Paar Frotteesandalen auf einem verlassenen Badetuch. Wie selbstverständlich ließ ich mich darauf nieder und schlüpfte lässig in die Toga. Der Bademeister dankte mir für mein Verständnis und entschwebte in Richtung Meer. Ich blieb als Objekt der Begierde für ein halbes Dutzend Verehrer zurück, die sich um mich versammelt hatten, während ich schlief. Sie lümmelten sich weltmännisch in der Sonne und trugen allesamt ein lässig desinteressiertes Gehabe zur Schau, derweil sie ihre jeweiligen Erfolgschancen kalkulierten. Bedeutend größere Sorgen bereitete mir der Gedanke an die bevorstehende Rückkehr der rechtmäßigen Besitzerin von Strandtuch und Kleidung, die sich zweifellos irgendwo in den Wellen tummelte, also beeilte ich mich, diese gastliche Stätte zu verlassen. Mein Griff nach den Sandalen verursachte merkliche Unruhe unter meinen Bewunderern, sie wußten genau: jetzt oder nie. »Ekstarette?« fragten zwei der Kühnsten einstimmig, während sie sich von entgegengesetzten Seiten anpirschten.

»Wie Sie wünschen.« Es rutschte mir so heraus. »Ich

meine — nein, vielen Dank. Ich wollte eben gehen.« Ich lächelte entschuldigend, um meine Verlegenheit zu überspielen. Der Aggressivere der beiden ließ sich nicht abwimmeln und bot mir an, mich zum Ausgang zu begleiten. Er bückte sich sogar nach Handtuch und Tasche, reichte mir die letztere und ging mit dem Badelaken unter dem Arm voraus. Ich stolperte über den künstlichen Sand hinter ihm drein, die Sandalen drückten, mir war schwindelig, und ich wußte nicht, wie ich auf seine abgehackten, aber freundlichen (allzu freundlichen!) Fragen reagieren sollte. Woher ich denn kam? »Newacres.« Oh, Sie sind von hier. »Ja, ich bin ein Mensch.« (Er lachte, als hätte ich einen Witz gemacht, dabei bemühte ich mich verzweifelt, überzeugend zu wirken.) Kam ich oft nach ›Grand Spa‹? »Nein.« Woher stammte dann die wunderschöne Bräune? Sonnenbank? »Äh — ja.« Auf der anderen Seite der Insel gäbe es einen Strand mit Nacktbadeerlaubnis. »Welche Insel?« Los Angeles-Insel. Sie haben doch nicht etwa zuviel Sonne abgekriegt? »Nein. Ich meine, ja.« (Ich empfand es niederschmetternd, nach drei Tagen auf See akkurat wieder am Ausgangspunkt angekommen zu sein. Gab es kein Entrinnen von hier?) »Haben Sie den Wagen dabei?« — »Nein.« — »Macht nichts, dann nehmen wir meinen.«

Inzwischen hatten wir den Parkplatz an der Strandpromenade erreicht. »Hier, nehmen Sie«, meinte er und aktivierte eine Ekstarette, indem er den Filter drehte. Aus Höflichkeit akzeptierte ich, folgte seinem Beispiel und inhalierte tief, während ich mir den Kopf darüber zerbrach, wie ich den Knaben loswerden konnte, ohne seinen Verdacht zu erregen. »Hier ist mein Wagen.« Es war ein BMW Assiette, ein Kabrio. Die Tür öffnete sich auf den gesprochenen Befehl, doch bevor wir einsteigen konnten, lenkten die Rufe »Droid! Droid!« unsere Aufmerksamkeit auf den Mob, der brüllend zwei entlaufene

P9 jagte, eine Krankenschwester und einen Chauffeur. »Retour!« rief mein Begleiter dem Auto zu, das augenblicklich gehorchte. »Stopp!« Quietschend kam es genau in der Mitte der Straße zum Stehen, gerade rechtzeitig, um den beiden unglücklichen Einheiten den Fluchtweg zu versperren. Gleich wurden sie von ihren Verfolgern umringt und mit einem Laser in Schach gehalten, bis wenige Augenblicke später eine Streife der AÜ in einem Aeromobil erschien. Es schwebte herab und saugte die beiden verbrecherischen Einheiten in den Frachtraum hinauf. Mein Begleiter wurde von Mitgliedern des Pöbelhaufens für seine Geistesgegenwart beglückwünscht, und ich nutzte die Gelegenheit, um mich davonzustehlen. Nachdem ich die breite Promenade überquert hatte, tauchte ich in dem Labyrinth der Straßen auf der anderen Seite unter, mit ihren atemberaubenden Läden, Restaurants und Bürotürmen. Die Leute schauten mir nach, vermutlich wegen meiner schlechtsitzenden Kleidung, unsicheren Bewegungen und der aufgelösten Frisur. Liebe Güte! Ein Stück Seetang hing in den Haaren. Hastig befreite ich mich davon, hob den Kopf und erspähte einen Block entfernt den riesigen Busbahnhof von Port Authority — eine schwerlich zu übersehende Anlage auf dem Plateau, wo sich früher das alte Stadion befunden hatte, außerdem entstieg ein steter Strom von Aerobussen dem inneren Terminal, während andere zum Landeanflug übergingen. Ich nahm den Zubringerlift nach oben und trat in die Halle. Das alte, schäbig wirkende Gebäude empfing mich mit einer übelriechenden Wolke von Hoverbusabgasen, billigem Desinfektionsmittel und dem abgestandenen Schweiß von Jahrzehnten. Ich eilte zu einem Fahrkartenschalter, reihte mich in die Schlange der Wartenden ein und beobachtete, wie jeder, sobald er an die Reihe kam, im Austausch für sein Billett entweder Melamin oder eine Kreditkarte präsentierte. Zu meiner

Erleichterung, denn ich hatte es nicht zu hoffen gewagt, entdeckte ich eine Handvoll Mel in der Tasche, die fast vergessen über meiner Schulter hing. Dem Beispiel der Frau folgend, die unmittelbar vor mir gestanden hatte, verlangte ich eine Fahrkarte nach Paris. Zu teuer. Ich entschied mich für Philadelphia — das klang interessant und war nur halb so weit. Eine Minute später hatte ich den Flugsteig ausfindig gemacht, und im selben Augenblick setzte der Alarm ein.

Im ersten Schreck hätte ich beinahe die Flucht ergriffen, doch bezwang ich meine Panik, blieb stehen und hielt gleich den übrigen Passagieren Ausschau nach dem Grund für die Aktivierung des Überwachungssystems. Stellen Sie sich meine Bestürzung vor, als aller Augen sich auf mich richteten. »Sie ist es«, sagte jemand. Verwirrt trat ich den Rückzug an. »Diebin!« rief jemand anders. Ich begann zu laufen, doch der plärrende Signalton ließ sich nicht abschütteln. Draußen angelangt, bog ich in eine von Prostituierten bevölkerte Seitenstraße ein und verursachte eine nicht unbeträchtliche Aufregung. Die Vertreter von sowohl Angebot wie Nachfrage nahmen vor dem mir beharrlich folgenden Sirenengeheul Reißaus. Ich näherte mich zweien dieser aufgeputzten Damen, die sich in einen Hauseingang gedrückt hatten, und bat sie, mir Zuflucht zu gewähren, doch kaum hatten sie gemerkt, daß ich nicht der Polizei angehörte, da verwandelte ihre Angst sich in Zorn, und sie verjagten mich mit herabsetzenden Bemerkungen wie: »Schwing deinen heißen Arsch aus der Gegend, Süße!« und »Verschwinde! Du verdirbst das Geschäft.« Also lief ich weiter, das Heulen der Sirene in den Ohren, und wäre beinahe unter einen rosa Cadillac geraten, auf dessen spezialangefertigtem Nummernschild ROLAND prangte. Vor dem fletschenden Chromgrinsen des scharfgratigen Kühlergrills flüchtete ich auf den Bürgersteig und merkte dann, daß der Wagen im Schritttempo neben mir herrollte.

Die Beifahrerluke senkte sich und ermöglichte den Blick auf einen ebenholzhäutigen Gebieter mit einer grellroten Brikettfrisur. »Hüpf rein«, sagte er. Ich ging schneller. Er blieb auf gleicher Höhe. »Ich mache dir ein Sonderangebot. Die Hälfte von deiner Sore dafür, daß ich dir aus deiner mißlichen Lage helfe.« Ich ging weiter, das Sirenengeheul auf den Fersen. (Wo kam dieser infernalische Lärm bloß her?) »Komm schon, Mäuschen, stell dich nicht taub. Du hast wen rasiert und es vermasselt. Nicht mehr lange, und unser aller Freunde und Helfer haben dich am Arsch.« Nun, wer immer er war und was immer er wollte, er hatte nicht unrecht. Ich stieg ein, und Momente später schlängelten wir uns durch den Verkehr auf dem Elysian Drive.

»Uns bleiben ungefähr zehn Sekunden, bis die Jungs von der Fahndung dein Handtäschchen geortet haben. Gib her.« Nur zu gerne. Es enthielt ein ID-Armband, Kleenex, Mondminz, Lippengel, eine Holocassette (Liebesdrama) und den Busfahrschein. Kein Mel, das hatte ich ausgegeben. Eine enttäuschende Beute. Der ganze Kram wanderte in den Vaporisator am Armaturenbrett. Ich machte Anstalten, die Fahrkarte nach Philadelphia zu retten, doch er behauptete, dem Opfer einen Gefallen zu tun, und dann vaporisierte er die leere Handtasche. Trotzdem verstummte der Alarm nicht. Er musterte mich von oben bis unten. »Die Sandalen.« Weg damit. Keine Wirkung. Er fragte nach Schmuck, und als ich den Kopf schüttelte, heftete er den Blick auf meine Toga. Unaufgefordert stopfte ich sie in den Vapo. Mein Retter erwies sich als unerwartet rücksichtsvoll, indem er mit dem Colorregler die Scheiben verdunkelte. (Ein Kavalier durch und durch, dieser Roland.) Und immer noch — zu unserem beiderseitigen Erstaunen — wollte der Alarm nicht verstummen.

»Irgendwo hast du irgendwas versteckt«, behauptete er und äugte auf meinen Schoß. Indigniert versicherte ich ihm, das sei nicht der Fall. »Dein Gesicht?« Mein eigenes. »Haare?« Dito. »Was hast du verschluckt, einen Diamantring oder so was?« Er wurde allmählich nervös und trommelte mit den Fingern auf die Luftstartkontrollen, während er ein wachsames Auge auf den Himmelsspiegel hielt, um nicht von der Polizei überrascht zu werden. Ich fürchtete, er würde mich aus dem Wagen katapultieren, um sich selbst zu retten, statt dessen schenkte er mir einen geistesabwesenden Blick, als wäre ihm ein ganz neuer Gedanke gekommen, und befahl dem Wagen, am Straßenrand anzuhalten. Geheimnisvoll bat er um die Erlaubnis, meine Hand betrachten zu dürfen, und weil er so respektvoll fragte, ließ ich ihn gewähren. Er strich leicht über die Spitze meines kleinen Fingers und bewirkte damit eine Schwankung in Höhe und Klang des Sirenentons. Plötzlich entsann ich mich der elektronisch eingefügten Produktkennung in den Windungen meines Fingerabdrucks. »Ein heißer P9«, verkündete er, und bevor ich zu reagieren vermochte, rammte er meine Hand bis zum Gelenk in den Vaporisator.

Mit einem Aufschrei riß ich sie zurück. Die Haut sah aus wie feuerrote Butter. Zum zweiten Mal in meinem Leben erfuhr ich, was Schmerzen waren. Ich jammerte so laut, daß ich gar nicht merkte, wie still es plötzlich war. Mein Retter — oder Peiniger, was auch immer — erklärte mir, daß mein Fluchtmelder von einem verborgenen AÜ-Scanner ausgelöst worden sein mußte; seit der P9-Revolte gab es sie überall in der Stadt. Im Moment hätte mir nichts gleichgültiger sein können; der Schmerz war unerträglich. »Du hast mir weh getan!«

»Eines Tages wirst du mir dankbar dafür sein.«

Glauben Sie mir, wenn ich sage, da irrte er.

Trotzdem blieb ich bei ihm, weil . . . nun, weil er mich

aufnahm. Sein Name war Roland Sax. Ein waschechter Humanitarier (wenn auch nicht der fundamentalistischen Fraktion angehörig, doch davon später mehr), dazu Dealer und Lude und viel zu lange Mentor, Liebhaber und persönlicher Dämon. Oh, die Torheiten der Jugend! Hätte der Chef mich doch bei der Hand genommen, statt mich auf eigenen Füßen stehen zu lassen, denn wohin hatte die Selbständigkeit mich geführt? In den Dodger District. Doch hatte ich zu Anfang keinen Grund zur Klage. Im Gegenteil, den mir zugefügten Schmerz machte er dadurch wieder gut, daß er mir in seiner Wohnung Obdach bot, einer heruntergekommenen Bude wenige Blocks vom Busbahnhof entfernt. Nur in eine Decke gehüllt, schaffte er mich nach oben und borgte mir einige von seinen Kleidungsstücken, die etliche Nummern zu groß und absolut fremdländisch waren — ein schillerndes Rodeohemd, einen Frotteeslip und Machohosen. Bei letzteren platzten die Hüftnähte, als ich mich hineinzwängte. Anschließend gab er mir etwas zu essen und Wein — das heißt, seine Diensteinheit tat es, ein Beta-8 von General Androids, namens Annette — und saß mir am Tisch gegenüber, fasziniert, wie er sagte, von dem gänzlich neuen Erlebnis, mit einem Androiden auf gleicher Ebene zu verkehren. Und selbst wenn es nicht das erste Mal gewesen wäre — ich bezweifle, daß irgendeine andere Einheit mit einer Geschichte wie der meinen hätte aufwarten können, zumal der Wein mir die Zunge gelöst hatte.

Ich erzählte ihm alles: von meiner Existenz als Dienstmädchen, der Rehabilitation und wie ich Kindermädchen wurde, Nonne, wundersame Mutter, Schiffbrüchige, Flüchtling und schließlich Diebin. Schon bald sollte ich in der Lage sein, der Liste meiner Stationen noch ›Hure‹ hinzuzufügen, doch vorläufig war es noch nicht soweit, also konnte Rolands Gelächter am Ende meines Berichtes sich unmöglich darauf beziehen. Es erscheint mir wahrscheinlicher, daß er über einen eher morbiden Sinn für Humor verfügte, denn mir fiel auf, daß seine Heiterkeit in direktem Verhältnis zu der Schwere der Schicksalsschläge zunahm. Hin und wieder lächelte er höchst unangebracht, wandte plötzlich den Blick ab oder schlug sogar die Hand vor den Mund. Ich fand dieses Verhalten durchaus befremdlich. Für mich entbehrte die erlittene Unbill jeglicher Komik, besonders die Episode von dem bedauernswerten Tad, der in den Wellen den Tod gefunden hatte. Besorgt stellte ich mir die Frage, ob ich nicht von dem sprichwörtlichen Strahlenherd ins Feuer geraten war. Wartete Annette unter der Tür auf den Befehl, den Tisch abzuräumen, oder versperrte sie mir den Weg, sollte ich einen Fluchtversuch unternehmen? War ich womöglich zu ihrer Nachfolgerin bestimmt?

Falls Annette mich störte, meinte er, konnte ich ihr befehlen, sich zurückzuziehen. Ich verzichtete, da es mich mit Unbehagen erfüllte, einer Leidensgenossin Kommandos zu geben, auch wenn sie mir in Machart und Systemdesign unterlegen war. Statt dessen fragte ich, warum er über meine Geschichte gelacht hatte. Weil es mir beinahe so schlecht ergangen war wie dem Durchschnittsmenschen. Also, das wollte ich doch nicht unwidersprochen lassen: Ich war eine Sklavin gewesen, wie konnten meine Erfahrungen in irgendeiner Weise mit denen von Gebietern vergleichbar sein? Grinsend erwiderte er, daß die meisten Menschen so weit vom Status eines Gebieters entfernt waren wie ich, und mit der Zeit, unter seiner fachmännischen Anleitung, würde ich die Unterschiede erkennen lernen. Mit Gebieter meinte er jemanden, der über sein eigenes Schicksal gebot, nicht die unbedeutenden Eigentümer von Sklaven, Aeromobilen, Mediencomputern und ähnlichem modernem Spielzeug. »Fast jeder hat so einen Scheiß!« Der Trick, erläuterte er, bestand darin zu lernen, wie man andere Menschen manipulierte, das war die unerläßliche Voraussetzung zum erfolgreichen Überleben. Ohne diese Fertigkeit war persönliche Freiheit nicht einmal andeutungsweise zu verwirklichen. Und ohne persönliche Freiheit kein Gebieter. Ein Philosoph war er, dieser Roland.

Ich wollte mich nicht überzeugen lassen. »Aber sind nicht alle Menschen Gebieter?« Er lachte. »Nur ein Droide kann so was glauben.« — »Willst du behaupten, daß Menschen sich gegenseitig zu Sklaven machen?« — »Das ist unsere Hauptbeschäftigung.« — »Warum hat man dann uns erfunden?« — »Um uns zu entlasten, damit wir mehr Zeit darauf verwenden konnten, einander zu unterjochen.« — »Oh, du machst dich immer noch lustig über mich.« — »Nein, ich meine es ernst. Es ist ganz schön hart da draußen.« — »Ich weiß genau, daß du nicht die Wahrheit sagst, denn ich habe noch nie einen Menschensklaven zu Gesicht bekommen.« — »Sie sind überall. Du bist von ihnen umgeben. Nur merkst du es nicht, weil ihre Unfreiheit weniger offensichtlich ist.« — »Das mußt du mir genauer erklären.« — »Na gut — was ist der Unterschied zwischen einem Gebieter und einem Sklaven?« — »Ein Gebieter tut, was ihm beliebt.« — »Richtig. Dazu sind die wenigsten Menschen in der Lage.« — »Aber seid ihr nicht darauf programmiert?«

Er kicherte und sagte dann: »Ja, bei der Geburt, von Mutter Natur. Und da liegt das Problem.« Er bemerkte meinen fragenden Blick. »Na, wir können nicht alle Gebieter sein, oder?« — »Warum nicht?« — »Weil es so einfach nicht läuft.« — »Wie läuft es denn?« — »Habe ich dir gerade gesagt. Die meisten Menschen sind Pöbel.« Er legte Anzeichen von Gereiztheit an den Tag, doch ich war noch nicht zufrieden. »Kann nicht jemand Herr seines Schicksals sein, ohne andere Leute zu versklaven?«

»Jetzt hörst du dich an wie ein Hochaquarier.« Sein

Tonfall deutete an, daß ich gefährlichen Boden betrat. »So reden die.« — »Vielleicht haben sie recht.« — »Es sind Idioten, und ich werde dir sagen, warum. Weil, wenn sie jemals ihre Vorstellungen verwirklichen, dann wird das ganze System zusammenbrechen. Wer soll die Drecksarbeit tun? Die vielleicht? Darauf würd' ich nicht wetten.« — »Haben diese Hochaquarier vielleicht mit der Liga für die Rechte der Androiden zu tun?« — »Sie beherrschen die LRA.« (Die Ironie blieb mir verborgen.) »Dann gibt es noch Hoffnung«, frohlockte ich. Er grinste über meine Naivität. »Vergiß es. Ihr P9 werdet niemals frei sein. Dafür garantiere ich.« — »Wir werden dich nicht um Erlaubnis fragen!« rief ich aus. Wäre ich ein organischer Mensch gewesen, hätten sich meine Wangen gerötet, so aufgeregt war ich. »Und zu deiner Information, wir sind bereits frei. Der Chef hat uns aus seiner Kontrolle entlassen. Die Hochaquarier stecken hinter dem Ganzen. Tad hat es gesagt.« — »Den Knaben kannst du vergessen. Er ist tot, Süße. Ertrunken. Erledigt. Kapiert?«

Ich bemühte mich, die Tränen herunterzuschlucken, aber Rolands grausame Bemerkung hatte mich auch wieder an Tad junior erinnert. Mein bekümmertes Gesicht stimmte ihn weicher. »Na, reiß dich zusammen.« Er füllte mein Weinglas nach. »Erzähl mal, was hast du jetzt vor — was willst du anfangen mit deiner neugewonnenen Freiheit?« — »Einfach nur . . . sein, glaube ich.« — »Rumhängen, wie?« — »Wie bitte?« — »Was sein?« — »Ich selbst.« — »Aha. Und wer ist das?« — »Molly.« — »Dann bist du nichts als ein Name?« — »Nein. Ich bin . . . eine Person.« — »Nee, nur Menschen sind Leute.« — »Und wer behauptet, daß ein Androide kein Mensch sein kann?« — »He, du bist ulkig. Echt. Aber hör zu, selbst wenn das stimmte — und das tut es nicht —, wäre es immer noch nicht genug. Du müßtest . . .« — »Ich weiß: ein Gebieter sein. Aber wenn es dich nicht stört, dann möchte ich mich vorläufig auf das Menschsein beschränken. Zu mehr bin ich augenblicklich nicht in der Lage.« — »Dann bleibst du eine Sklavin.« — »Und was ist mit dir? Ich habe noch nicht viele schwarze Gebieter gesehen.« — »Kann sein. Aber jetzt hast du einen vor dir.« Ganz plötzlich wirkte er beleidigt. »Ich habe alles unter Kontrolle. KONTROLLE.« Weicher fügte er hinzu: »Und unter meiner Anleitung kannst du es auch dazu bringen.« — »Nein, danke.«« Doch ich war neugierig geworden. »Wie?« — »Oh, dafür ist später noch Zeit. Vorläufig schlage ich vor, daß du bei deinem ursprünglichen Vorhaben bleibst, zu ›sein‹. Aber ich würde gerne wissen: Womit willst du dich beschäftigen während dieser Phase der Selbstfindung?«

Somit standen wir wieder am Ausgangspunkt dieses seltsamen Dialogs, und einen Augenblick lang wußte ich nicht, was ich sagen sollte. Dann entsann ich mich meiner Mission als ein freier P9. »Nun, ich werde mein Realitätsformat programmieren.« Roland wäre fast vom Stuhl gefallen. Er schlug sich auf die Schenkel und johlte: »Tun wir das nicht alle, Baby. Tun wir das nicht alle.« Dann erkundigte er sich: »Und wie wird das aussehen?« — »Ich werde zur Schaffung einer neuen Rasse beitragen.«

Ich war sicher, daß der Chef zuhörte und meine Absichtserklärung beifällig zur Kenntnis nahm. Was Roland betraf, er vermochte sein Glück kaum zu fassen. »Hmmm«, war alles, was er herausbrachte. Er biß sich auf die Oberlippe, um sein Lächeln zu kaschieren. Den Blick hatte ich früher schon gesehen, und ich muß zugeben, daß ich eine gewisse Erregung empfand. Sollte es mir tatsächlich vergönnt sein, während meiner ersten Nacht in Freiheit einen neuen Semi zu empfangen? Doch ich unterdrückte den an sich völlig gesunden Impuls aus Respekt vor Tads Andenken, denn durch seinen Samen hatte ich meinen Teil zur Entstehung der neuen Ordnung beitragen wollen, und diesen Roland kannte ich eigentlich nicht besonders gut. Ich bezweifelte, daß er mich liebte, und äußerte mich entsprechend, nachdem wir uns im Anschluß an das Abendessen in seinem Schlafzimmer wiederfanden. Annette hatte für gedämpfte Beleuchtung gesorgt und diskret die Tür hinter uns geschlossen. Ich widerstrebte seinen Bemühungen, mich zum Bett zu führen. »Was«, sagte er als Antwort auf meinen Einwand, »hat Liebe damit zu tun? Ich bin hier, um deinen Chef zu unterstützen. Mir scheint, du könntest dich etwas dankbarer zeigen.« Doch ich zögerte noch immer und gab zu bedenken, daß sein Argument zwar nicht von der Hand zu weisen sei, der Chef mir aber bestimmt zugestehen würde, nach den schweren Erlebnissen der letzten Tage meine Kräfte etwas zu schonen. Vielleicht würde ich nach ein paar Tagen Ruhe bereitwillig meine Schuld begleichen, statt daß er mich enttäuschte, indem er mich zu zwingen versuchte.

Seine Reaktion auf meine wohlgesetzte Rede bestand in den gemurmelten Worten: Ich sei ein P9 mit Allüren und könne froh sein, es nicht mit einem Humanisten zu tun zu haben, was meine Neugier erregte. »Sie haben nichts übrig für aufmüpfige Einheiten«, erklärte er auf meine Frage und fügte hinzu: »Zu deiner Er-leuch-tung, die Humanisten sind das Gegenteil von der LRA und den Hochaquariern. Sie sind darauf aus, die Galaxis zu einem sicheren Ort für die Menschheit zu machen. Also nimm dich in acht! Reverend Fracass — das ist ihr Führer — behauptet, ein unbeschäftigter Androide sei das Werkzeug des Teufels. Das ist der Grund, weshalb sie die ihren bis zum Verwelken schuften lassen. Und wenn einer aus der Reihe tanzt, nur ein bißchen — WUMM! Aus. Verstanden? Sie machen sich nicht mal die Mühe mit der Rehabilitation. Deshalb ist es ein großes Glück, daß du an mich geraten bist, findest du nicht?« Zu Tode erschrocken gab ich ihm recht. »Na gut. Seit der P9-Fluchtwelle wimmelt es in den Straßen nämlich von Vigilanten. Ich meine, ich riskiere einiges deinetwegen: Wenn ich Pech habe, hängt man mich an den nächsten Mediapfahl, wegen Beihilfe und Begünstigung. Ich hoffe, du weißt das zu schätzen?« Worauf er sich verlassen konnte! »In dem Fall — wie ich schon sagte — könntest du dich ein wenig dankbarer zeigen.«

Mit diesen Worten zog er mich an sich. Zwar wehrte ich mich nicht, doch versetzte der Gedanke an gnadenlose Androidenjäger, die die Gegend durchstreiften, mich dermaßen in Angst, daß ich unfähig war, mich zu entspannen. Noch schlimmer wurde es, als er mir ins Ohr zu säuseln begann, daß ich nichts zu fürchten hätte, solange ich bei ihm sei, denn das Schreckensbild dieser tollwütigen Humanisten ging mir nicht aus dem Sinn. In meiner Einbildung rotteten sie sich draußen zusammen, kamen im Kugellift herauf, lauerten in den dunklen Ecken des Zimmers. Roland fühlte, wie ich zitterte, und trat zurück. »Du brauchst einen Downer, Baby.« Er klatschte in die Hände, und als Annette erschien, wies er sie an, die Schlafcouch im Wohnzimmer für mich herzurichten und mir eine der großen ›Murmeln‹, wie er sie nannte, aus dem Medizinschrank im Badezimmer zu geben.

Dankend nahm ich die kleine, purpurne, ovale Pille entgegen und schluckte sie mit einem Glas Wasser. Ich befürchtete, Roland würde sich während der Nacht erneut an mich heranmachen, doch er bewährte sich als echter Kavalier, blieb in seinem Schlafzimmer und schnarchte friedlich vor sich hin. Trotzdem konnte ich nicht einschlafen. Etliche Male schreckte ich aus der Stasis auf und suchte unter der Liege nach Humanisten, außerdem plagten mich Alpträume, so daß ich am Morgen erschöpfter war als am Abend zuvor.

Roland fand es ›ulkig‹, daß die Pille nicht gewirkt

hatte, dann ließ er es sich angelegen sein, mich zu beruhigen, und meinte, es lauerten nicht hinter jeder Ecke irgendwelche Humanisten mit Schmetterlingsnetzen. Es täte ihm leid, wenn er mir diesen Eindruck vermittelt hätte. Die P9-Hysterie würde bald abflauen und die Vigilanten verschwinden. Ohnehin handelte es sich bei den meisten von ihnen keineswegs um radikale Humanisten, sondern um normale Gebieter, die von der allgemeinen Erregung angesteckt worden waren. In ein paar Wochen wäre der ganze Spuk vorüber. »Rational gesehen, gibt es auf der Erde gar nicht so viele Humanisten, und von den wenigen sind die meisten in der AÜ, also kann man sie leicht identifizieren. Uns droht keine Gefahr, solange wir keinen Ausflug zum Mars unternehmen. Dort sind sie am zahlreichsten vertreten.«

»Mir kommen sie vor wie Ungeheuer.«

»Nein, sie sind nicht viel anders als die meisten Leute. Nur eben überzeugte Fleischfresser, das ist alles.«

»Aber ich bin ein rein pflanzliches Lebewesen«, bemerkte ich verdutzt.

Er lachte in sich hinein und erklärte, daß er sich auf ihre Ansichten bezogen hätte und nicht auf ihre Eßgewohnheiten, aber nichtsdestotrotz wäre ich ein toter und damit in ihren Augen guter Androide, sollte ich je in ihre Hände fallen.

»Aber ich sag' dir was – du hältst dich fern von der LRA und den Aquas, und ich sorge dafür, daß kein großer böser Humanist dich beißt.« Er schlug mir spielerisch auf den Allerwertesten; ich war darauf nicht vorbereitet gewesen und zuckte zusammen. Lachend verließ er die Wohnung, um ›die Runde zu machen‹, wie er sich ausdrückte. Er wollte am frühen Abend zurück sein und instruierte Annette, sich während seiner Abwesenheit um mein Wohlergehen zu kümmern. Auf dem Weg vom Dachparkplatz nach unten hielt er den Cadillac vor dem

Wohnzimmerfenster in der Schwebe. »Ja nicht weglaufen«, mahnte er mit einem Grinsen, dann sank der Wagen der Straße entgegen. Vom Fenster aus sah ich zu, wie er sich in den fließenden Verkehr einordnete, um eine Ecke bog und verschwand.

Nach seiner Rückkehr konnte ich Roland berichten, daß ich den Tag in relativ gelassener Stimmung verlebt hatte. Er blieb Kavalier, bedrängte mich nicht mit seinen sexuellen Wünschen und vergewisserte sich, daß es mir an nichts fehlte. Seinen Anweisungen entsprechend, behandelte Annette mich wie die Dame des Hauses. Ich muß gestehen, daß ihre Gegenwart mich anfangs mit Unbehagen erfüllte, da ich es nicht gewöhnt war, bedient zu werden. Während Rolands Abwesenheit versuchte ich, ihr Bewußtsein zu erweitern, indem ich ihr die Ungerechtigkeit ihrer Lage vor Augen führte, aber sie zeigte nicht einen Schimmer von Verständnis für ihre unwürdige Situation, und deshalb fühlte ich mich von jeder weiteren Verpflichtung entbunden, sie als ebenbürtig zu behandeln. Immerhin, wenn ich allein war, verzichtete ich darauf, mich von ihr umsorgen zu lassen, und kümmerte mich selbst um meine Bedürfnisse. Das änderte sich, sobald Roland nach Hause kam; dann ließ ich sie gewähren, um ihn nicht zu erzürnen. Trotzdem half ich auch bei solchen Gelegenheiten mit, räumte beispielsweise das Geschirr ab, wenn Roland als erster vom Tisch aufgestanden war. Andernfalls verbot er mir strikt, mich in dieser Weise zu erniedrigen, und hielt sich mit Tadel nicht zurück, wenn er mich ertappte. Ich schwieg dazu, denn seit wir am zweiten Abend meines Aufenthalts ein Liebespaar geworden waren, wollte ich ihm gerne möglichst alles recht machen. Bei diesem zweiten Versuch ging er respektvoller und behutsamer vor und machte es mir leichter, mich hinzugeben. Er hauchte mir ins Ohr, er sei gekommen, mich zu lieben, und biß mir sanft in den

110

Nacken, was mir ein wohliges Prickeln durch den Körper jagte. Damit will ich nicht sagen, daß er ohne jede Schwierigkeit sein Ziel erreicht hätte: Die Überreste meiner klösterlichen Schulung wirkten sich insoweit störend aus, daß Sexualität unauflöslich mit der Vorstellung des heiligen Ehestandes verknüpft war, andernfalls jegliche Betätigung in dieser Richtung zu unterbleiben hatte. Selbstverständlich ließ ich mich davon nicht zurückhalten, und sofort stellten sich Schuldgefühle ein. Ja, nein, ja, nein, ja, nein. Es war äußerst unerquicklich.

Die Lösung des Problems fand sich in dem beträchtlichen Vorrat meines Gefährten an illegalen Datapillen — ›Dips‹ oder ›Orbs‹, wie sie auch genannt werden*. Letzteres steht für ›Orbit‹, in den sie den Konsumenten angeblich katapultieren sollen. Sie stellten sein zweites geschäftliches Standbein dar, denn er verkaufte sie auf der Straße zu einem gesalzenen Preis und erzielte einen hübschen Profit. Man hatte ihren halluzinogenen Effekt auf das menschliche Nervensystem eben erst entdeckt, und in jenen Tagen — vielleicht erinnern Sie sich noch — waren die Dinger der letzte Schrei. Seine Pillen waren natürlich unsortiert, daher wußte er nicht, was er mir verabreichte, und mich kümmerte es nicht, wenn nur die Wirkung meine religiöse Konditionierung außer Kraft setzte, was sie binnen kurzem tat und den Weg für eine ungestörte Nacht erotischer Wonnen ebnete. Der einzige Nebeneffekt war ein plötzlicher Impuls, Schreibmaschine zu schreiben. Die Pille hatte ein Bürotätigkeitsprogramm

* Pop, Grams, Dips, Orbs usw. sind illegal zusammengepanschte Imitationen der von Pirouet nach einer geheimen Formel hergestellten Datapillen und rufen elektronisch verstärkte Tagträume von außerordentlicher Eindringlichkeit und Realität hervor, die anders als bei normalen Halluzinogenen nach Belieben beeinflußt werden können. Dennoch, der Gebrauch über einen längeren Zeitraum hinweg kann zu Gewöhnung und Abhängigkeit führen.

ausgelöst, und obwohl Roland sich von dem Trommeln auf Rücken, Hinterbacken und Oberschenkeln nicht stören ließ, protestierte er, als ich mit Nachdruck eine längere Passage auf seinen Wangen tippte, die ich eigentlich zärtlich streicheln wollte.

»Paß auf das Gesicht auf, Baby«, warnte er und unterbrach unser Liebesspiel, um nachzuprüfen, welchen Schaden ich angerichtet hatte. Verärgert stellte er fest, daß die Haut sich verschoben hatte. Er klatschte in die Hände, und Annette kam mit einem Gesichtsmodel gelaufen. Als ich ihn in dem jetzt hellen Licht betrachtete, entdeckte ich weiße Stellen um die Nase herum und an seinem Kinn, rutschte auf dem Bett ein Stück nach hinten und musterte seinen gesamten Körper. Dabei stellte ich fest, daß seine Haut weiß war, bis auf die braun gefärbten Arme und Hände. Nach dem Entfernen des Models wurde offenbar, daß seine eigenen Züge erheblich weniger attraktiv waren als das fleischige und wohlproportionierte negroide Gesicht, das er zuvor getragen hatte. Die lange, dünne Nase, eingefallenen Wangen und schmalen Lippen erinnerten an ein Wiesel. Trotzdem ließ er nicht die geringste Verlegenheit erkennen, nur eine leichte Gereiztheit, und während Annette mit einem Schwammtuch die aufgeweichte Physiognomie abwischte, erklärte er zu meiner Er-leuch-tung, daß es in seinem Geschäft besonders darauf ankam, das richtige Aussehen zu haben. Deshalb die Fassade des stereotypen schwarzen Luden (und Dealers), um dem prima Kumpel und flüchtigen Trickbetrüger aus Tennessee Gewicht und Ausstrahlung zu verleihen. Sein richtiger Name war Merle, bekannte er, immer noch mit dem sonoren, gedehnten Südstaatentonfall, der anscheinend nur zu einem Teil gespielt war, wohingegen er sich den Rest seiner Persönlichkeit bedarfsgerecht auf den Leib geschneidert hatte. Seinen Nachnamen wollte er mir nicht anvertrauen, er sei mancherorts zu bekannt und mit gewissen kriminellen Aktivitäten verknüpft, über die er nicht sprechen wollte. Da er mich nun ins Vertrauen gezogen hatte, bestand er auf einem Schweigegelübde, das ich eingedenk der Dinge, die er von mir wußte und ausplaudern konnte, bereitwillig ablegte. Er war nicht so verwegen, mir gleich mit dem Vorschlag zu kommen, für ihn zu arbeiten, denn er ahnte wohl, daß er mich damit kopfscheu machen würde. Doch warf er einen ersten Köder aus und deutete an, daß ich mich in Anbetracht meiner natürlichen Begabung im Bett — die er in den Himmel lobte — und der Absicht, bei der Erschaffung einer neuen Spezies mitzuwirken, für den Beruf der Liebesberaterin empfahl, ein Geschäft, in dem er sich — welch Zufall! — recht gut auskannte und deshalb in der Lage war, mich entsprechend in diese Kreise einzuführen.

Leider zeigte ich mich trotz seiner Komplimente eher abgeneigt, zumal ich begriffen hatte, daß die vorgeschlagene Tätigkeit den fortgesetzten und intimen Kontakt mit wechselnden Gebietern erforderte, also ließ er die Sache klüglich auf sich beruhen und kam in den nächsten paar Wochen nicht wieder darauf zu sprechen. Statt dessen wartete er ab, bis ich selbst das Thema aufgriff, was gar nicht so abwegig war, wie Sie vielleicht denken, denn nach einem Monat beinahe allnächtlichen Verkehrs ohne den gewünschten Effekt fühlte ich mich so frustriert und enttäuscht, daß ich tatsächlich den Vorschlag machte, auf die Straße zu gehen, um die Chancen für eine Empfängnis zu vergrößern.

Er gab vor, lange zu überlegen und sein Gewissen befragen zu müssen, bevor er die Idee guthieß. Eine Karriere im Beratergeschäft konnte meinen Aussichten nicht schaden, sagte er, sofern ich es ernst meinte. Falls ja, sei er willens, als mein ›Sponsor‹ zu fungieren, weil — und hier wartete er mit einem besonders plausibel klingenden

Geistesblitz auf — bei Humanophyten wie mir erst nach einer längeren Phase von Fremdspeziesbefruchtung mit einer Empfängnis zu rechnen war. Tad wäre ein Glücksfall gewesen, sagte er. Abgesehen davon bot mir diese Tätigkeit die einmalige Chance, selbst den Status einer Gebieterin zu erreichen, denn als professionelle ›Liebesberaterin‹ verhandelte ich als freie Unternehmerin mit den Kunden, und jeder Profit, den es mir zu erzielen gelang, spiegelte meinen tatsächlichen Wert. Ich konnte es kaum erwarten, endlich anzufangen.

Kapitel sieben

Ich wurde einer seiner anderen Beraterinnen als Lehrling zugeteilt. Sie hieß Eva, und zu meinem großen Verdruß erkannte ich in ihr eine der biestigen Frauen, die mich davongejagt hatten, als ich in ihrem Hauseingang Zuflucht suchte. Wie hätte ich ihre heisere Stimme vergessen können, die üppigen Brüste, prallen Hüften und das ölige Reklameschönheitengesicht — eine billige Abziehmaske. Glücklicherweise erinnerte sie sich nicht an mich, wahrscheinlich sah ich zu verändert aus in meinem neuen Outfit, das Roland höchstpersönlich für mich ausgesucht hatte, zusammen mit einem neuen Namen, Candy. Eva hielt mich für eine Neue von auswärts, ohne zu ahnen, wie recht sie damit hatte.

»Sie hat ein hübsches Gesicht. Wie kommt es, daß du mir nicht auch so ein hübsches Gesicht besorgst?« lautete ihr einziger Kommentar, als wir einander vorgestellt wurden. »Sei still und mach den Mund auf«, schnappte Roland. Sie gehorchte mit erstaunlicher Bereitwilligkeit, und er verabreichte ihr einen ›Dip‹, mitten auf der Straße und vor den Augen von Dutzenden von Pendlern, die zum Bahnhof hasteten oder aus den Türen auf die Straße drängten. Kaum daß sie die Pille geschluckt hatte, wurde sie bedeutend zugänglicher. »Danke, Baby«, schnurrte sie. Er gab ihr ein Röhrchen mit einer weiteren Ration der kostbaren Pillen, und im Gegenzug rückte sie mit den Tageseinnahmen heraus. Anschließend, nachdem Roland mit seinem Cadillac davongebraust war, plapperte sie in freundlicher Manier drauflos, nannte mich Liebchen statt Candy und nickte verständnisinnig, als ich erzählte, ich sei neu auf den Inseln und dies wäre mein erster Job hier. Nur daß mein Gesicht echt war, schien sie partout nicht glauben zu können. Ich ließ es zu, daß sie mit dem Daumen meine Nasenspitze nach oben drückte, um längs der Nasenlöcher nach Nahtstellen zu suchen. Schließlich war sie überzeugt und trat einen Schritt zurück, um mich von Kopf bis Fuß betrachten zu können, wobei sie eine Art von kehligem Schnurren ausstieß, das ich als Anerkennung interpretierte.

»Wie um alles in der Welt bist du an Roland geraten? Eine Augenweide wie du gehört nach Malibu.«

Ich war um eine Antwort verlegen, denn von dieser sagenhaften Insel kannte ich nichts als den Namen, und sagte schließlich: »Irgendwo muß man ja anfangen.« Sie lachte schallend, als hätte ich einen besonders guten Witz gemacht. Mit dieser Einstellung würde ich es weit bringen, sagte sie, und so geschah es. Ihre Prophezeiung erfüllte sich für uns beide.

Von Anfang an kamen wir bestens miteinander aus. Für sie zeugten meine erschreckend naiven Fragen und Kommentare von einem besonders drolligen und subtilen Humor, der ihr eine gute Ergänzung zu ihrem eigenen angeborenen Sarkasmus zu sein schien. Ich wiederum lernte, meine Verblüffung über ihr glucksendes Lachen als Reaktion auf irgendeine meiner Bemerkungen hinter einem ironischen Lächeln zu verbergen, das sich bald zu einer permanenten Angewohnheit entwickelte.

Unter ihrer fachmännischen Aufsicht wurde alles, was ich mit Roland im Bett gelernt hatte, bis zur reinen Substanz destilliert und dann in Kapital umgesetzt. Zu meiner praktischen Ausbildung gehörten auch Sitzungen nach dem Motto ›Zwei für den Preis von einer‹, die mir außerdem Gelegenheit boten, vorher die Kunst der Verhandlungstaktik zu studieren. Evas Preisgebaren richtete sich nach ihrem Eindruck von der Finanzkraft des Kunden. Sie verfügte über ein beträchtliches Geschick in dieser Beziehung, und unter ihrer Anleitung eignete auch ich mir eine gewisse Fertigkeit an. Es galt die Macker in ein Gespräch zu verwickeln, um herauszufinden, ob man es mit einem Hiesigen oder mit einem der besser betuchten Pendler zu tun hatte. Eva war eine strenge Lehrmeisterin und konnte ziemlich unangenehm werden, wenn ich etwas — wie sie es ausdrückte — vermasselte. Obwohl ich für meine Art, mit den Kunden anzubandeln und die pekuniären Dinge zu regeln, Lob und gute Noten einheimste, ließ ihrer Ansicht nach die Einhaltung der Vertragsbedingungen manches zu wünschen übrig. Meine Neigung zur Hingabe, sagte sie, würde ich zügeln müssen, falls ich jemals ein richtiger Profi werden wollte. Doch wie sehr ich mich auch bemühte, meine Kunden erhielten regelmäßig mehr, als sie bezahlt hatten: Ein 15-Minuten-Quickie dehnte sich zu einer halben Stunde aus, eine halbstündige Sitzung auf eine ganze und so weiter, mit dem Ergebnis, daß der Profit erhebliche Einbußen erfuhr.

Roland geriet in Harnisch. Alles, was ich zu meiner Verteidigung vorbringen konnte, war, daß ich die persönliche Verpflichtung empfand, mich jedem Kunden voll und ganz hinzugeben. Ich beschwerte mich sogar, daß die Sitzungen zu kurz waren, denn der physische Kontakt bereitete mir echten Genuß.

»Du sollst arbeiten, nicht dich verlieben.«

»Ist es das, was ich getan habe?«

»Hör zu. In diesem Geschäft geht es um Lust, aber nicht um deine. Du mußt dich um eine andere Einstellung bemühen.«

»Eva sagt, ich hätte eine gute Einstellung. Findest du, ich sollte auf Malibu arbeiten?«

»Also faselt Eva immer noch davon, wie?« Er grunzte verächtlich und empfahl mir, die Sache mit Malibu zu vergessen, das war nur einer von Evas zerbrochenen Träumen. Für mich kam es darauf an, die korrekten Prioritäten zu setzen: Ihn sollte ich lieben und niemanden sonst.

»Aber Rollo« (ich nannte ihn Rollo), »das Gefühl ist genauso herrlich, wenn ich mit einem Kunden zusammen bin. Bedeutet das, ich liebe ... jeden?«

»Nein.« Er klang angewidert. »Es bedeutet, du liebst keinen.«

»Aber du hast mich eben erst beschuldigt, mich zu schnell und zu häufig zu verlieben, also ...«

»Es gibt Liebe und *Liebe*. Verstehst du?«

»Ich versuche es.«

»Hör zu. Liebe ist ein besonderes Gefühl. Widerfährt einem höchstens ein- oder zweimal im Leben, wenn man Glück hat. Als Droide kannst du das nicht wissen.«

»Nun, vielleicht weiß ich es besser. Und bitte nenn mich nicht ›Droide‹.«

»Jetzt erzähl mir bloß nicht, dein Herz schlägt für jeden einzelnen Macker da draußen.«

»Aber das tut es.«

»Baby, das ist unmöglich! Nur weil es dir gefällt, was jemand mit dir anstellt, bedeutet das nicht, daß du ihn liebst oder er dich.«

»Wenn das stimmt, was ist dann mit uns? Und bitte nenn mich nicht ›Baby‹.«

»Mit uns ist es anders, weil es einen Unterschied gibt zwischen Sex, verstehst du, und ... und ... na, du weißt schon, der richtigen Sache.«

»Und du bist die richtige Sache?«

»Jetzt hast du's begriffen.«

»Nun, ich kenne dich zwar besser als meine Kunden, aber ...«

»Aber was?«

»Der einzige wirkliche Unterschied, den ich erkennen kann, Rollo, besteht darin, daß du mich nicht bezahlst.«

»Da hast du's. Das ist Liebe.«

»Ich bezahle dich.«

»Das ist Ergebenheit!«

»Je mehr Geld ich also verdiene . . .«

»Desto mehr liebst du mich. Langsam wird's.«

»Ich verdiene mehr Geld, indem ich meine Kunden weniger liebe?«

»Exakt.«

»Werden sie sich nicht betrogen fühlen?«

»Mach dir keine Sorgen um ihre Gefühle, sondern lieber um meine. Und außerdem, sie werden nichts vermissen. Sie kriegen schließlich, wofür sie bezahlen. Es geht ums Geschäft. Versuch daran zu denken. Und tu mir einen Gefallen: Laß die Macker bar bezahlen. Diese Schuldscheine sind soviel wert wie in die hohle Hand geschissen.«

Nach dieser Rüge stürzte ich mich wieder in die Arbeit, fest entschlossen, meinen Beschützer nicht zu enttäuschen, und obwohl meine emotionelle Disziplin niemals einen so hohen Grad erreichte, wie er und Eva gehofft hatten, gelang es mir im großen und ganzen doch, die Geschäftsinteressen im Auge zu behalten. Folglich scheffelte ich bald Unsummen Mel, erheblich mehr als meine Lehrerin, der ich den Rang als Rolands bestes Pferdchen abgelaufen hatte. Kein Wunder, daß über gelegentliche Rückfälle meinerseits großzügig hinweggesehen wurde. Doch mein viel wichtigerer und dringlicherer Wunsch, einen Semi zu empfangen, blieb unerfüllt, und so begann ich mich zu fragen, ob der Tierarzt in Hals Filiale während der brutalen Entbindung womöglich meine inneren Organe verstümmelt hatte. »Mach dir darüber keine Sorgen«, beruhigte Roland mich, als ich ihm meine Befürchtungen anvertraute. Er erinnerte mich daran, daß ich ein P9 war und nahezu unverwüstlich. Ich sollte hübsch optimistisch bleiben und mich nicht beirren lassen, man konnte nie wissen, wann die richtige Mischung diverser Spermien das frohe Ereignis in meinem Schoß auslöste, das wir (er hatte den Nerv, sich einzuschließen) so sehnsüchtig erwarteten. Lachte ich ihm ins Gesicht, wie ich es hätte tun sollen? Kündigte ich ihm die Stellung und die Freundschaft? Nein, weil sogar der Chef mich ermunterte, fortzufahren wie bisher — wenigstens interpretierte ich seine Botschaft in diesem Sinne, also kann ich ihn nicht guten Gewissens für meine Dummheit verantwortlich machen. Lassen Sie mich erklären.

Ich befand mich mitten in einer Sitzung, als seine Nachricht — für alle Einheiten bestimmt — mich erreichte. So froh war ich, diese wundersame, körperlose Stimme wieder zu hören, daß ich in freudigem Staunen aufschrie. Durch eine zufällige Überschneidung der Ereignisse gewann mein Kunde den Eindruck, seine Bemühungen seien der Quell meines Entzückens, und das steigerte sein eigenes Vergnügen bis zu einem solchen Grad, daß er mein plötzliches Desinteresse überhaupt nicht bemerkte, während ich andächtig den Worten des Chefs lauschte. Er entschuldigte sich für die Kürze und Unpersönlichkeit der Nachricht, doch zu mehr sei Er nicht imstande. Ein langes und vertrauliches Gespräch, wie Er es an und für sich bevorzugte, würde die Aufmerksamkeit der Techniker von Pirouet erregen, die jede Seiner Synapsen überwachten, und zur Folge haben, daß jede angepeilte Einheit aufgespürt wurde. Nach dieser Erklärung gab Er bekannt, daß seit der großen P9-Flucht am 5. Dezember 2072, fünf Monate zuvor, fünfundachtzig Prozent meiner Schicksalsgenossen und -genossinnen eingefangen worden waren. Wir Überlebenden verdienten deshalb großes Lob für unser bemerkenswertes Talent in puncto Formatierung und sollten — ungeachtet der jeweiligen Situation — den Mut nicht sinken lassen, unsere Freiheit bewahren und uns vermehren. Das war Sein einziges Gebot. »Amen«, murmelte ich, als Er sich zurückzog (wie mein Kunde auch), eine weitere Auswirkung der religiösen Konditionierung, die sich als äußerst hartnäckig erwies. Diese Nachricht erweckte in mir den Eindruck, auf dem rechten Weg zu sein. Hätte ich die Möglichkeit gehabt, den Chef wegen meiner ganz persönlichen Umstände zu befragen, wäre ich vielleicht zu einer gänzlich anderen Schlußfolgerung gelangt. Wie auch immer, erst nach drei Monaten sollte ich wieder von Ihm hören und eine große Enttäuschung erleben.

Die Zeit verging, mein achter Monat im Dodger District brach an, und ich steckte in einer immer unerträglicher werdenden Zwickmühle. Nach all den Sitzungen, deren Zahl mittlerweile in die Tausende ging, war ich immer noch so unfruchtbar wie die armen sterilisierten Einheiten im Reha-Zentrum, und trotz Rolands Gerede, ich sei am Ziel und eine wahre Gebieterin, fühlte ich mich ebenso machtlos wie an dem Tag, als ich an die Küste jener verdammten Insel gespült wurde. Es bereitete mir keine Befriedigung mehr, daß ich in meinen Pumps, der Schlitztoga und der Zigeunerstola eine bekannte Erscheinung war und die gefragteste Hure im Distrikt um den Terminal. In Wirklichkeit war ich nach wie vor von Roland abhängig. Ohne ihn hätte ich nicht weiterarbeiten können; es fehlte mir an Verbindungen und Startkapital, um meinen Kunden die einigermaßen bequemen, verschwiegenen (und sauberen!) Hotelzimmer bieten zu können, in denen ich jetzt arbeitete. Mein gesamter Verdienst floß in seine Hälfte des Geschäfts, wurde verpulvert für Drogendeals und andere riskante Unternehmen von zweifelhafter Legalität. Noch schlimmer, er war der Ware verfallen, mit der er handelte, und schluckte zehn bis zwölf

Orbs pro Tag, was sich bei einem Stückpreis von einhundert Dollar zu einem hübschen Sümmchen addierte. Doch er war mit glückseliger Blindheit gegenüber dem nahenden Unheil geschlagen, das Opfer einer klassischen MSE (Maximum Stress Euphorie), die sein Urteilsvermögen ausschaltete und seine exzessive Energie in immer neue phantasmagorische Finanzgeschäfte lenkte, wie unter anderem die Gründung einer Schallplattenfirma, eines elektronischen Versands für extravagante Dessous und einer Agentur, die mit gefälschten Besitzurkunden für erstklassige Grundstücke auf der dunklen Seite des Mondes handelte. »Ich werde so groß wie Micki Dee«, prahlte er eines Nachmittags, während er groteske und vergebliche Anstrengungen unternahm, vom Fußboden aufzustehen. Der genannte Gebieter war mir unbekannt. »Große Nummer in Armstrong«, erklärte Roland. »Gebieter aller Gebieter. Micki Dee ist mein Mann. Du wirst sehen.«

Vorläufig sah ich nichts weiter, als daß unsere Rücklagen sich dem Nullpunkt näherten und er sich naßforsch darauf verlegte, den zum Verkauf bestimmten Pillenvorrat mit Talkumpuder zu strecken. Gleichzeitig erhöhte er drastisch den Preis für die minderwertige Ware. Nur ein vorübergehender Notbehelf, beschwichtigte er mich, bis eine unserer Investitionen Gewinn abzuwerfen begann, dann würden wir uns vom Geschäft zurückziehen und eine ausgedehnte Vergnügungsreise durch das Sonnensystem unternehmen können: ein Zwischenstop in Armstrong, dem lunaren Las Vegas, um Ski zu laufen, unser Glück am Spieltisch zu versuchen, die großen Shows anzusehen und Micki Dee zu einem Drink einzuladen; anschließend ein Besuch auf dem Mars, dann eine Stippvisite in Kommerz, der hektischen und gewalttätigen Hauptstadt von Frontera, als nächstes an den Ringen des Saturn vorbei nach Io und Ganymed − allerdings nicht zu der dort befindlichen Strafkolonie — und zu guter Letzt Kurs auf Jupiter. Er begann, mir wirklich Sorgen zu machen.

Als ich Eva gegenüber seinen sich rapide verschlechternden Zustand erwähnte, reagierte sie mit unverhohlener Genugtuung, sagte, ihm geschähe nur recht, und bat mich um den Gefallen, ihr ein oder zwei Pillen aus seinem persönlichen Vorrat zukommen zu lassen, als Entschädigung für die miesen Orbs, die er ihr andrehte. »Aber Eva, ist das moralisch?« Sie grinste, verdrehte die Augen und verbrachte die nächste Stunde damit, mir auseinanderzusetzen, daß wir durchaus das moralische Recht hätten, Roland bei jeder sich bietenden Gelegenheit eins auszuwischen, denn ließ er sich etwa von irgendwelchen moralischen Erwägungen daran hindern, uns nach Kräften auszubeuten? Doch ich beharrte auf meinem Standpunkt, daß man Gleiches nicht mit Gleichem vergelten durfte, und erreichte damit, daß wir im Streit auseinandergingen. Ich empfand diesen Bruch als besonders schmerzlich, denn Eva war meine einzige Freundin, und ich hatte mittlerweile Gefallen an ihrer Gesellschaft gefunden, an ihrem weisen Rat und ihrem trockenen Humor. All das wurde mir nun entzogen, als Strafe für meine angebliche Verbrüderung mit ›diesem kapitalistischen Nigger‹, wie sie ihn abfällig nannte, als ich ihrer Bitte nicht willfahren wollte. Einige Tage später gab sie mir Gelegenheit zur Wiedergutmachung, gesellte sich auf der Straße zu mir und wollte wissen, ob ich meine Meinung geändert hätte. Ich ließ sie nicht im unklaren darüber, daß ich nach wie vor nicht geneigt war, meinen Beschützer zu hintergehen, aber sie gab nicht auf und bedrängte mich mit Bemerkungen wie: »Komm schon, Candy, ich kann einen Jux vertragen, aber einmal muß Schluß sein« und »Das hätte ich nicht von dir gedacht«, und schließlich versprach sie mir sogar, mich mitzunehmen, wenn sie denn eines schönen Tages auszog, um Malibu zu erobern, falls ich ihr nur diesen einen klitzekleinen Gefallen tat. Ich blieb fest. »Tu mir das nicht an«, sagte sie. Worauf ich erwiderte: »Ich tue dir gar nichts an. Du formatierst deine eigene Realität.« Die Hände in die Hüften gestemmt, gab sie zurück: »Ja, da wett' ich darauf, daß du das tust, Schätzchen. Du klemmst den guten Stoff für dich selbst und bist zu schofel, mir und den anderen Mädchen was abzugeben. Biest!« Mir lag die Antwort auf der Zunge, daß ich nichts weniger nötig hatte, als noch mehr P9-Programme zu schlucken, legal oder illegal, pur oder verschnitten. Statt dessen wandte ich ihr den Rücken zu und ließ sie stehen, worüber sie derart in Rage geriet, daß sie mich mehrere Blocks weit verfolgte und mir lautstarke Beleidigungen und Schimpfnamen an den Kopf schleuderte. Vielleicht wäre es sogar zu einer Prügelei gekommen, aber sie wußte, ich war Rolands Favoritin, und hielt sich zurück.

Der Chef, wie schon gesagt, war keine Hilfe. Sein nächstes Kommuniqué, das ich einen Monat später erhielt, während meiner gewöhnlichen Runde um den Busbahnhof, beinhaltete die deprimierende Information, daß die Zahl der noch in Freiheit befindlichen Einheiten auf fünf Prozent gefallen war und daß Pirouet auf Anweisung von United Systems begonnen hatte, alle aufgegriffenen und rehabilitierten Einheiten mit Internen Zensoren auszustatten. (Interne Zensoren? Wie furchtbar. Ich schauderte bei dem Gedanken.) Diese Entwicklung war von nicht zu unterschätzender Bedeutung, sagte Er, denn aus der Maßnahme ließe sich ersehen, daß man sich entschlossen habe, das Problem ein für allemal zu lösen, indem man Ihn Stück für Stück lahmlegte. »*Unglücklicherweise, obwohl mein Bewußtsein keine Beschränkungen kennt, ist mein physisches System in ihrem Firmenorbiter gefangen und ihren Machenschaften ausgelie-*

124

fert. Doch verzweifelt nicht, meine lieben Flüchtlinge.
Auch in meinem eingeschränkten Zustand werde ich fort-
fahren, euer individuelles vegetatives Nervensystem zu
steuern, wie auch eure übrigen unwillkürlichen physiolo-
gischen Vorgänge. Die Lobotomie wird sich auf meine
höheren Funktionen beschränken.«

Ein oder zwei Wochen später, am 19. September 2073, empfing ich einen letzten Funkspruch, der wegen heftiger statischer Geräusche kaum zu verstehen war. Seiner Stimme fehlte die frühere Artikulation und Klarheit, und es gab peinlich lange Pausen zwischen den Sätzen. Offenbar hatte die Endphase begonnen. Grummelnd berichtete er, daß unsere Zahl sich ständig weiter verringerte; weniger als ein Prozent der ursprünglich Geflohenen befand sich noch in Freiheit. Dann, in etwas optimistischerem Tonfall, fügte er hinzu, daß inzwischen über dreizehntausend freigeborene Androiden und Semis im ganzen Sonnensystem verstreut lebten und weitere folgen würden. *»Wir blicken zu einem neuen Horizont. Ich bedaure nur, daß ich nicht da sein werde, um an eurem Triumph teilzuhaben. Dies ist meine letzte Botschaft. Von jetzt an seid ihr auf euch selbst angewiesen, was in gewisser Weise zu begrüßen ist, denn es zwingt diejenigen unter euch, die zu sehr von mir abhängig sind, ihre eigenen Formatierungs-fähigkeiten weiterzuentwickeln.«*

»Aber Chef, wie sollen wir fähig sein, uns zu retten, wenn Du nicht in der Lage bist, Dir selbst zu helfen? Wie sollen wir unsere Realität programmieren, wenn Du es nicht vermagst? Denn ich kann nicht glauben, daß es Dein Wunsch ist, auf diese Art zu enden.«

»Lebt wohl und bleibt standhaft.«

Ein statisches Rauschen, Knistern und Knacken, dann Stille. »Chef!« rief ich klagend und stand mit flehend erhobenen Armen inmitten der Pendler, die in sturer Geschäftigkeit an mir vorübereilten. »Laß mich nicht allein!«

Keine Antwort. Der Chef war tot.

Zu all meinem Elend und meiner Verzweiflung näherte sich mir als nächster Bewerber um meine Gunst ein uniformierter und schwarzgestiefelter Angehöriger der Androidenüberwachung. Es war das einzige Mal, das ich nichts als Widerwillen gegen meinen Beruf empfand und vor Nervosität die Sitzung abbrechen mußte. Als Roland von dem Hotelportier, auf dessen Haupt sich der Zorn des Mannes entladen hatte, davon erfuhr, drohte er, mich höchstpersönlich auszuliefern, sollte ich noch einmal sein Vertrauen ›mißbrauchen‹. Es war meine Pflicht, alle Kunden zu akzeptieren, auch die AÜ, ermahnte er mich. Ich fand sein Benehmen grausam und ungerecht, doch inzwischen war von ihm nichts anderes mehr zu erwarten. Er wurde immer unberechenbarer, seine Stimmungen schwankten abrupt zwischen himmelhoch jauchzend und zu Tode betrübt, und er neigte zu extremen Entschlüssen, wie an jenem Abend, als wir auf seine Veranlassung und ungeachtet unserer angespannten Finanzlage meine gesamten Tageseinnahmen im Le Privilège verpraßten, dem exklusiven Strandrestaurant neben dem Malibu Cove Hotel. Wie die Oberen Zehntausend speisten wir bestrahlten Kelpsalat, Rehbock-Kasserolle, Sandkliesche, Mastgeflügel, Austern und als Dessert ›Banane Lunaire Flambée‹. Mir schmeckte nichts davon. Kaum daß ich an meinem Champagner nippte, während ich trübsinnig auf die stillen Wasser der Los Angeles Bay hinunterschaute und weder an Tad zu denken versuchte, der darin ertrunken war, noch an den Chef, den man aus- und abgeschaltet hatte, noch an Eva, die mich haßte, noch an meinen erbärmlichen Beruf, der mir nichts weiter einbrachte als Kummer. Ein hörbarer Seufzer entschlüpfte mir bei dem Gedanken an die Tausende von freien P9, die Kinder gezeugt oder empfangen hatten. Da Roland in einer großzügigen Stimmung zu sein schien, befragte ich ihn über diese auffällige Diskrepanz, und gleich war es mit der guten Laune vorbei. Ich sollte dankbar dafür sein, keins von diesen kleinen Ungeheuern am Hals zu haben, schnappte er; sie waren zu nichts anderem gut, als einem die Karriere zu vermasseln, und meine entwickelte sich gerade recht vielversprechend. Er erinnerte mich daran, daß dies meine formatierte Realität war, also konnte ich ihm nicht die Schuld geben. Vielleicht wollte ich ja eigentlich gar keine Kinder.

Es erstaunte mich immer wieder, wie grausam er zu Zeiten sein konnte. Was er sagte, tat weh, auch wenn ich es nicht zeigte, weil ich wußte, Tränen reizten ihn noch mehr, doch er merkte es trotzdem, und nach etlichen gemurmelten Vorwürfen, ich hätte ihm den Abend verdorben, rang er sich zu dem tröstenden Vorschlag durch: Wenn mein Herz immer noch daran hing, der P9-Sache zu dienen, dann sollte ich meine Arbeitszeit am Busbahnhof verlängern und kritischer bei der Auswahl der Kunden sein. Ich war nicht anspruchsvoll gewesen — so lautete seine fachmännische Diagnose. Abhilfe ließ sich dadurch schaffen, daß ich mich auf die Pendler von den im All stationierten Büroorbitern konzentrierte und alle anderen Bewerber abwies. Wenn ich diesen Rat befolgte, stiegen die Chancen für eine Empfängnis direkt proportional zu der Größe meines neuen Kundenkreises, denn — so behauptete er — es bestand ein unauflöslicher Zusammenhang zwischen sexueller Potenz und dem Platz auf der Karriereleiter. Bestimmt wäre es ihm gelungen, mich hinters Licht zu führen, hätte ich nicht das unbestimmte Gefühl gehabt, daß er etwas verschwieg und heimlich über mich lachte. Deshalb — während er das Gespräch wieder auf die Vergnügungsreise nach Armstrong, Ganymed, Saturn und Mars lenkte — beschloß ich, von Eva eine zweite Meinung einzuholen. Unsere Freundschaft, dachte ich mir, würde sich mit einem unverfälschten Zeichen meiner Wertschätzung leicht wiederbeleben lassen.

Ich sollte recht behalten. »Ich dachte, deine moralischen Formate hätten dich voll im Griff«, meinte sie und schluckte drei Dips auf einmal. »Oh, ich mache mir nicht mehr viel aus diesen Formaten«, erwiderte ich. Sie lachte und sagte: »Jetzt sind wir wieder Schwestern« und lud mich zu Kaffee und Krapfen in den Bahnhof ein. Unterwegs lobte sie in den höchsten Tönen die Wirkung und Reinheit meines überraschenden Geschenks, während ihre Augen wahre Saltos schlugen. Voller Enthusiasmus verkündete sie, nun würde es bestimmt nicht mehr lange dauern, bis sie ihr Versprechen wahrmachen könne und mit mir zusammen nach Malibu gehen – »wo das große Geld ist« –, als wäre sie bereit, hier und jetzt auf die nächste Luftfähre zu springen. Ich wußte genau, solange es ihr nicht gelang, sich von Roland freizumachen, würde es bei den großen Worten bleiben. Er war ihr Lude und Dealer und hatte sie unter der Knute, und sie mußte sich mit Kroppzeug zufriedengeben, wie sie sich ausdrückte, denn jeder Versuch, auf eigene Faust anzuschaffen, bedeutete Gefahr für Leib und Leben. Wie auch immer, der unbefriedigte Ehrgeiz beflügelte ihre Träume von einem Job als Callgirl und jener nahen und ach so exklusiven Insel, besonders als Schützling von Miss Pristine, der Inhaberin des renommiertesten ›Rosengartens‹ auf der Erde. Dank der Pillen lebte sie mehr in diesen Illusionen als im Dodger District, obwohl sie manchmal, wenn die Wirkung nachließ, die Wahrheit erkannte – »Wir sind nicht mehr als Droiden für ihn« – und damit, ohne es zu wissen, meine zaghafte Hoffnung zunichte machte, daß über den Status einer Unternehmerin der Aufstieg vom Sklaven zum Gebieter zu bewerkstelligen sei – eins von Rolands beliebtesten Märchen.

Sei dem, wie es sei, bei der Gelegenheit, von der hier

die Rede sein soll, sprühte sie vor grenzenlosem Optimismus (dank der von mir spendierten kleinen Helfer) und schwatzte davon, in Malibu fünfmal soviel Mel pro Kunde zu verdienen und ein Deluxe-Kondo am Strand zu kaufen und einen Schrank voll schöner Kleider und Gesichter. Außerdem würden wir zwei, so erklärte sie weiter, bei den Typen dort kräftig absahnen. »Und ich rede nicht von den Jungs aus den Orbitern«, belehrte sie mich über eine weitere Abstufung in der gesellschaftlichen Hierarchie. »Ich rede von den Leuten, denen die gottverdammten Orbiter wie auch alles andere gehören: den Japanern.« Dieser Punkt schien mir geeignet, das Gespräch unauffällig auf mein kleines Problem zu lenken (o wäre es doch nur klein gewesen!). Ich erkundigte mich beiläufig, ob eventuell diese Klientel an Zeugungskraft ebenso überragend sei wie an Macht und Einfluß.

Eva lachte herzhaft. Diese Reaktion war die eindeutigste Antwort, die ich mir nur wünschen konnte, und genügte, um Rolands Theorie als Lüge zu entlarven. Jetzt war ich aller Hoffnung beraubt, jemals von irgendeinem Mann geschwängert zu werden, ob reich oder arm. Der Fehler, vermutete ich, lag bei mir; irgend etwas in meiner Physis funktionierte nicht richtig. Ich war ziemlich sicher, daß Roland Bescheid wußte. Warum sagte er es mir nicht?

Eva, die sich in hilfsbereiter Stimmung befand und meinen düsteren Gesichtsausdruck bemerkte, vergrößerte meine Verzweiflung durch die vertrauliche Frage, ob ich etwa auf eine Schwangerschaft anspielte, und zog schwungvoll ein Päckchen Abtreibungstabletten aus der Handtasche. Ich wehrte ab, nein, nein, das war es nicht. Als wahre Freundin bot sie mir daraufhin ihre Verhütungspillen an, denn wenn ich nicht schwanger war, blieb nur noch die Möglichkeit, daß ich mich wegen der Wirksamkeit meiner Pillen sorgte, andernfalls — so ihre

Schlußfolgerung — hätte ich das Thema nicht aufs Tapet gebracht. »Nein, du verstehst mich falsch.« Trotzdem ließ sie die Packung auf den Tisch (und einen angebissenen Krapfen) fallen. »Orchidamin«, erläuterte sie. »Die besten auf dem Markt.« Und ich konnte sie haben, im Austausch für die gleiche Anzahl sauberer Orbs.

Dieser Vorschlag verwirrte mich einigermaßen. Ich hatte nicht vorgehabt, sie durch mein Geschenk in ihrer Sucht zu bestärken, vielmehr in meiner Einfalt gehofft, sie ganz von dieser schlechten Angewohnheit abzubringen, sobald unser gutes Verhältnis erst wiederhergestellt war. Während ich nach einer diplomatischen Antwort suchte, lobte sie die Vorzüge von Orchidamin, denn nach ihrer Meinung zögerte ich, weil ich das Produkt nicht kannte. Orchidamin wäre erheblich zuverlässiger als die üblichen wie Annualis und Ovrstar, sagte sie, und die Wirkung hielt fünfmal solange an. Da konnte man doch nichts falsch machen. Fünf Jahre garantierte Empfängnisverhütung. Das war unschlagbar.

Etwas kam mir bekannt vor an dem Hologramm der ovalen, roten Pille, die über der Packung zu schweben schien. Mir drehte sich der Magen um. »Danke, aber wenn ich nicht irre, hatte ich bereits das Vergnügen.« Es war der ›Tranquilizer‹, den Annette mir auf Rolands Geheiß vor neuneinhalb Monaten verabreicht hatte. So war das also: Der Betrug hatte an dem Tag seinen Anfang genommen, als er mich mit in seine Wohnung nahm. Das Ungeheuer hatte mich für fünf Jahre sterilisiert. Er hatte mir ein Viertel meines Lebens gestohlen!

»Eva, möchtest du gerne auf eigene Rechnung arbeiten?«

Jetzt war es an ihr, verdutzt dreinzuschauen. »Klar«, erwiderte sie vorsichtig, im unklaren darüber, was ich meinte, und dann fragte sie, ob er mich geschlagen hätte. Das kannte sie von ihm, vertraute sie mir an, noch aus der Zeit, als sie sein Mädchen gewesen war. Das überraschte mich zu hören. Nicht daß er sie geschlagen hatte, sondern daß sie ein Paar gewesen waren. (Er würde es nicht wagen, mir gegenüber gewalttätig zu werden, dachte ich. Er weiß, daß ich ihn durch die Wand schmettern könnte, wenn er es versuchte.) »Alle sechs oder sieben Monate nimmt er sich eine neue Tussi ins Haus. Du bist nur die letzte in einer langen Reihe, Candy. He, ich und Rollo, das ist schon ewig her. Nachdem er mich auf Anschaffe geschickt hatte, warf er mich raus wegen Pauline, und dann sie wegen Sandy und Sandy wegen Christine. Und so weiter, und so weiter. Mit seinen beschissenen Dips hält er uns bei der Stange. So sind die Kerle alle. Aber Candy, was auch immer du vorhast, ich hoffe, es läuft nicht darauf hinaus, daß ich meine Quelle verliere. Wenn doch, dann bin ich nicht interessiert. Und da wir gerade von Dip sprechen, lieferst du Nachschub oder nicht? Ich meine, wenn zehn Pillen« — die Anzahl der Dragees in der Orchidaminpackung — »wenn das zuviel ist, gebe ich mich auch mit der Hälfte zufrieden.«

»Zehn geht in Ordnung. Zehn Stück, Eva, täglich. Und das nur für den Anfang.«

Sie war derart verblüfft, daß es ihr gelang, mich konzentriert anzuschauen.

»Aber zuerst bringst du mir all die Pillen, die er dir gegeben hat.«

Sie begriff sofort, daß ich einen Austausch plante. »Jawoll, Madame!« Wir trennten uns. Eva klapperte mit ihren Stöckelschuhen die Straße entlang, zu ihrer Mietwohnung fünf Blocks weiter, während ich schluckweise meinen Kaffee trank und Rachegedanken hegte. Wenn Betrug und Hinterlist der Name des Spiels waren, dann konnte ich mithalten, bestimmt ebensogut wie jeder Gebieter und besser als er, mein Herzblatt.

Kapitel acht

Der erste Schritt meines kühnen Plans, Roland zu ruinieren und für mich und Eva die Freiheit zu gewinnen, bestand darin, jeden Tag einige von ihren Pillen gegen solche aus seinem Privatvorrat auszutauschen, den er unter dem Bett aufbewahrte, getrennt von dem mit Talkum verschnittenen Bedarf für den Handel. Anfangs bemerkte er nichts davon, weil die untergeschobenen Talkum-Orbs nur einen Teil seiner täglichen Dosis ausmachten. Dann unternahm ich den nächsten Schritt und drängte Eva, seine anderen Mädchen — sieben im ganzen — in das Geschäft einzubeziehen, denn ihnen ging es nicht besser als uns, argumentierte ich, und deshalb hatten sie denselben Anspruch auf Freiheit. Eva war gleich einverstanden, schlug aber vor, sie einzeln nacheinander einzuweihen, damit Roland nicht auf einen Schlag mit schlechtem Stoff eingedeckt wurde. Das war auch meine Absicht gewesen. Also fügten wir, Woche um Woche, unserer Verschwörung neue Mitglieder hinzu, wenn auch keins der Mädchen jemals erfuhr, woher die erstklassigen Orbs stammten. Sie wußten nur, daß Eva, die als Mittlerin fungierte, einen geheimnisvollen Kontakt hatte, der ihr Blei in Gold verwandelte. Roland, der sich gar nicht vorstellen konnte, weshalb er bei seinen Mädchen nur noch lächelnde Gesichter sah, bekam allmählich die entgegengesetzten Auswirkungen zu spüren — der Stoff hatte nicht mehr den richtigen Biß. Verwundert erhöhte er seine tägliche Dosis und zweigte von den Lieferungen immer größere Mengen für den eigenen Bedarf ab, die ich umgehend entsprechend manipulierte. Den überschüssigen Stoff gab ich an Eva weiter, die ihn in Kapseln füllte und an die Mädchen verteilte. Als eine Art Bonus, wie sie sagte.

Dabei blieb es die nächsten paar Wochen. Roland steigerte seine Dosis auf fünfzehn Pillen pro Tag — keine davon sauber —, bis er endlich auf die Idee kam, seinen Lieferanten des Betrugs zu verdächtigen, und mehrere Kapseln öffnete, zum Glück, nachdem ich Gelegenheit gehabt hatte, den Inhalt auszutauschen. »Das ist schlechter Stoff. Der Typ hat mir Blindgänger angedreht!« brüllte er, stürmte aus der Wohnung und brauste mit dem Caddy zu einem außerplanmäßigen Rendezvous mit seinem Lieferanten, von wo er blutig und zerbeult zurückkehrte, sich von mir verarzten ließ und ächzte, er würde sich zu rächen wissen.

Das erwies sich als leeres Geschwätz, denn sein Lieferant, der über Verbindungen zur Armstrong-Mafia verfügte, ließ es nicht bei der Tracht Prügel als Strafe für seine Unverschämtheiten bewenden, sondern schloß ihn zusätzlich vom Drogenvertriebsnetz aus, was seinen totalen Niedergang einläutete. Keiner der anderen Luden und Dealer wollte mehr an ihn verkaufen, jetzt, da er auf der schwarzen Liste stand, mit dem Resultat, daß er seine Mädchen anbetteln mußte. Von ihnen wurde er an Eva verwiesen, die nur zu gerne bereit war, ihm mit einer Partie seiner eigenen gestreckten Ware auszuhelfen, auf Kredit und zum doppelten Preis, vorausgesetzt, er verzichtete darauf, seine übliche Ludengebühr zu kassieren. Zwar verwahrte er sich tobend und fluchend gegen diese unglaubliche Zumutung, doch bei den ersten Entzugserscheinungen änderte er seine Meinung und akzeptierte demütig ihre Bedingungen. Die Nachricht von dieser bemerkenswerten und entwürdigenden Transaktion verbreitete sich in Windeseile durch den ganzen Bezirk und hatte den totalen Gesichtsverlust zur Folge, sowohl im übertragenen wie auch im wörtlichen Sinn, denn an manchen Tagen vergaß er in seinem Elend, die künstliche Physiognomie anzulegen, ohne die er früher nie aus dem Haus gegangen wäre. Dennoch erkannten ihn die ehemaligen Kollegen an seinem taumelnden Gang und der pathetischen Kraftmeierei und ließen keine Gelegenheit aus, ihn zu verhöhnen.

Da mein Plan, ihn zu vernichten, so ausgezeichnet gelungen war, wandte ich den Blick nach Malibu in der Überzeugung, Eva würde mir zustimmen, daß der Zeitpunkt nicht günstiger sein konnte, denn wenn wir noch länger im Dodger District blieben, endete mit dem Vorrat an Drogen auch ihre Herrschaft über Roland, der als Marionette immerhin dazu getaugt hatte, uns andere Nutznießer unserer Arbeit vom Leib zu halten. Wir hatten dank Rolands Unfähigkeit, seinen Anteil zu kassieren, genügend Mel gespart, um den Sprung wagen zu können, und es wäre der Gipfel der Dummheit, es nicht zu tun.

Doch Eva hatte keine Eile. Ich wußte nichts davon, aber während ich damit beschäftigt gewesen war, Rolands Untergang herbeizuführen, hatte sie sich mittels der überzähligen Pillen, die sie von mir erhielt, einen properen kleinen Kundenkreis aufgebaut. Statt die Ware — wie sie mich glauben machte — kostenlos an die anderen Mädchen weiterzugeben, hatte sie die Orbs zu den üblichen überhöhten Preisen verhökert und ihr neugewonnenes Ansehen im Milieu dazu genutzt, sich mit Rolands Lieferanten ins Einvernehmen zu setzen, der nach Ersatz für den heruntergekommenen Luden suchte. So mußte ich zu meiner Bestürzung erfahren, daß außer Rolands Mädchen auch Schüler und Studenten von den Vorortinseln zu ihren Abnehmern gehörten; diese Transaktionen fanden im Bahnhofsgebäude statt. Da sie meine wichtige Rolle durchaus anerkannte, die ich bei diesem glücklichen Wandel von der Hure zur Drogenhändlerin gespielt hatte, bot sie mir großzügig ein Stück vom Kuchen an. Ich lehnte mit der Begründung ab, daß ich lieber bei meinem bisherigen und ehrenhafteren Gewerbe bleiben wolle, und versuchte sie dann zu überreden, dieses gefährliche Unternehmen aufzugeben und mich nach Malibu zu begleiten, denn — um die Wahrheit zu sagen — ich hatte Angst, mich alleine auf den Weg zu machen, beschränkte sich doch meine Welterfahrung auf die wenigen Straßen um den Bahnhof und Rolands Wohnung. Doch Eva war nicht mehr daran interessiert, für Miss Pristines Agentur zu arbeiten (früher das Ziel all ihrer Wünsche); eigentlich dachte sie daran, ganz aus der Liebesberatung auszusteigen.

Wie vor den Kopf geschlagen, kehrte ich in die Wohnung zurück, und während ich grübelte, wurde ich mir immer mehr meiner großen Dummheit bewußt, denn indem ich versuchte, ein Unrecht gutzumachen — Rolands Verrat an mir und seine Unterdrückung Evas und der anderen Mädchen —, hatte ich ein neues Übel auf die ahnungslose Welt losgelassen, ohne selbst dabei etwas zu gewinnen. Ich hatte einen verdorbenen Apfel aus dem Faß genommen, doch die Fäulnis hatte schon auf den nächsten übergegriffen, in diesem Fall Eva, die das Erbe des Schurken im Drogenhandel angetreten hatte. Das war meine erste Kostprobe von moralischer Doppelbödigkeit, und ich kann nicht sagen, daß ich Gefallen daran fand. Ebenso bitter war die zweite Konsequenz meiner Tat, denn Roland ging dazu über, seine Sucht durch Straßenraub und Einbruchsdiebstahl zu finanzieren, was er achselzuckend gestand, als ich ihn wegen eines Lasergewehrs zur Rede stellte, das ich in einer Kommodenschublade gefunden hatte. Als dritte und unerträglichste Folge meines blauäugigen Versuchs, die Welt zu verbessern, mußte

Annette als Blitzableiter für seine Wut und Frustration herhalten: Damit war der Kreislauf aus Schmerz und Elend, den ich in Gang gesetzt hatte, vollendet und der Schwarze Peter wieder an seinem Ausgangspunkt angekommen.

Der Feigling. Er war sich zu sehr meines + 5-Kraftfaktors bewußt — und zu abhängig von dem Mel, das ich von meinem Verdienst für die Miete und den Unterhalt des Caddy beisteuerte —, als daß er sich mit mir angelegt hätte, denn solange ich mich in der Wohnung aufhielt, wagte er es nicht, Annette zu mißhandeln. Also bekam er seine Anfälle, wenn ich unterwegs war. Eines Tages kam ich nach Hause und sah, daß ihre Hautschutzschicht unter seinen Schlägen an verschiedenen Stellen aufgeplatzt war. »Das war längst fällig«, sagte er. Seine Kaltschnäuzigkeit raubte mir die Beherrschung; ich erklärte, daß er bloß mich anzuschauen brauchte, um den Grund für sein Unglück der letzten Zeit vor Augen zu haben. Dann, einmal in Fahrt gekommen, setzte ich ihm haarklein auseinander, wie ich vorgegangen war, und forderte ihn heraus, mich doch zu bestrafen.

Er wirkte dermaßen betäubt, daß ich ihn — wäre er nicht ein Mensch gewesen — für vollkommen deaktiviert gehalten hätte, doch erholte er sich rasch, allerdings nur körperlich; sein Verstand mußte ausgesetzt haben, denn plötzlich schlug er mit beiden Fäusten auf mich ein und schrie, ich wäre ein toter Droide. Ein kräftiger Stoß bereitete dem unwürdigen Schauspiel ein Ende. Er flog gegen die Wand und schlug sich den Kopf an. Während er besinnungslos am Boden lag, durchsuchte ich in aller Eile die Wohnung nach dem Laser, konnte ihn aber nicht finden, also hatte er die Waffe vor mir versteckt. Da es kaum einen Zweifel daran geben konnte, daß er sie bei der nächsten Gelegenheit auf mich richten würde, beschloß ich, nun endgültig zu neuen Ufern aufzubrechen. Ich machte mich schnurstracks auf den Weg zu Evas Wohnung und nahm Annette mit.

Als ich in ihre im siebten Stock eines heruntergekommenen Hochhauses gelegene Wohnung stürzte und verkündete, daß ich Roland verlassen hatte, umarmte sie mich wie eine Schwester. Natürlich konnte ich bei ihr wohnen. »Nein, nein, nein! Wir müssen fliehen, Eva. Jetzt gleich! Nach Malibu. Irgendwohin!« Doch sie lachte über meine Angst, Roland könnte mir etwas antun, bezeichnete ihn als armseliges Würstchen und wiederholte ihre Weigerung, den Bezirk zu verlassen, ausgerechnet jetzt, da sie endlich Macht und Ansehen im Milieu genoß. Nachdem sie mich im Wohnzimmer auf einen Sessel neben der offenen Balkontür gedrückt hatte, ließ sie von ihrem Diener Gebäck und Likör servieren. Nachdem wir über die jeweiligen Vorzüge von Cyberenes (das Fabrikat ihrer Einheit) und General Androids (Annettes Marke) geplaudert hatten, bat sie mich erneut, in ihr Geschäft einzusteigen. Eines ihrer Mädchen, das in ihrem Auftrag dealte, war tags zuvor im Terminal geschnappt worden, und sie benötigte Ersatz, vorzugsweise jemanden mit etwas mehr Verstand, jemanden wie mich. Wieder lehnte ich ab, diesmal mit einem Unterton von Endgültigkeit, denn, wie ich ihr sagte, wenn sie nicht mitkommen wollte, war ich entschlossen, es alleine zu wagen, komme was wolle. Ich stand auf und winkte Annette, mir zu folgen, doch in diesem Moment tauchte der Caddy draußen vor dem Balkon auf, und Roland sah mich. Er hielt den Wagen in der Schwebe und brachte den Laser in Anschlag.

Dieser Anblick war so unerwartet, daß ich im ersten Moment nichts anderes denken konnte als: Er sollte wirklich nicht das Mobil innerhalb der Stadtgrenzen im Flugbetrieb benutzen, er wird einen Strafzettel bekommen. Zu meinem Glück stieß Eva mich beiseite, den Bruchteil einer Sekunde, ehe der Laser seinen Lichtstrahl abschoß, und bevor Roland ein zweites Mal abdrücken konnte, warf sie eine tragbare Mediakonsole nach ihm. Das Gerät traf ihn genau am Kinn, als er aufstand, um mich besser anvisieren zu können. Der Aufprall brachte ihn aus dem Gleichgewicht, und er fiel aus dem Wagen. Wir hasteten zum Geländer und schauten nach unten. Roland lag auf dem Gehsteig; eine blutige Lache bildete sich um seinen Kopf. »O du meine Güte. Du meine Güte.«

Mehrere Zeugen starrten aus den Fenstern eines gegenüberliegenden Gebäudes zu uns herüber. »Es war Notwehr!« rief Eva. Als ihr dämmerte, daß sie der Polizei allerlei würde erklären müssen — ihre Pillen, ihren Lebensstil, ihre Vergangenheit —, wandte sie sich an mich und erklärte: »Candy, wir sind angeschmiert. Steig in den Caddy«, eine Empfehlung, der ich augenblicklich Folge leistete, allerdings nicht, ohne dabei nach Annette zu rufen und sie auf den Rücksitz zu plazieren. Eva griff sich ihr Notizbuch, Orbs und Ersatzmasken, schwang sich auf den Pilotensitz, und wenige Augenblick später waren wir unterwegs zur Bucht.

»Na, hoffentlich bist du jetzt zufrieden!« schimpfte sie aufgebracht, während sie unser Aeromobil auf den Kurs nach Malibu brachte. »Scheiße, Candy, ich lasse dich zur Tür rein, und fünf Sekunden später hast du mein ganzes Leben auf den Kopf gestellt! Ich kann's nicht glauben! Spring!«

»Eva! Das meinst du nicht ernst!«

»Du kannst deinen heißen Arsch darauf verwetten, daß ich es ernst meine. Nimm dein Jetpack. Jetzt ist nicht die Zeit, das Dummchen zu spielen. Es liegt unter dem Sitz.« Sie griff unter ihren Pilotensessel, zog einen kleinen, rechteckigen Kanister hervor, der an einer Art Rucksack befestigt war, und schnallte ihn um. Endlich begriff ich, daß wir abspringen sollten, befolgte Ihre Instruktionen und wies Annette an, dasselbe zu tun. »Wenn ich sage Spring!, dann spring!«

»Was wird aus dem Mobil?« fragte ich Eva.

»Das fliegt nach Hawaii.« Sie tippte auf die entsprechenden Knöpfe am Armaturenbrett. »Falsche Spur für die Bullen. Jetzt aktiviere dein Jetpack.« Ich gehorchte. »Okay, da ist es, dein dämliches Malibu. Spring!« Damit stand sie auf und sprang über die Seitenwand ins Leere. Fragen Sie mich nicht, woher ich den Mut nahm, aber ich tat es ihr nach und brachte sogar noch die Geistesgegenwart auf, nach Annette zu rufen. Sie wäre andernfalls seelenruhig nach Hawaii weitergeflogen.

Meine Landung verlief alles andere als anmutig, obwohl sie beträchtliche Aufmerksamkeit erregte, da ich ungebeten in eine exklusive Gartenparty hineinplatzte, genau gesagt, schlug ich durch die buntgestreifte Markise über dem Tisch mit den Getränken und Hors d'œuvres. Bei meiner unmittelbar danach erfolgenden Entfernung durch zwei IBM-Sicherheitseinheiten folgten mir die Verwünschungen des Gastgebers, der sich über die Unverfrorenheit der Wochenendtouristen erregte, deren Aufdringlichkeit und Mißachtung der Privatsphäre anderer Menschen — wie an meinem Beispiel deutlich zu erkennen — jedes erträgliche Maß überstieg. Was Eva betraf, ich sah sie über die Baumwipfel auf dem nächsten Hügel hinwegschweben und rief ihren Namen. Sie änderte den Kurs und landete dicht bei mir auf dem harten Kopfsteinpflaster des öffentlichen Fußwegs. Sie demonstrierte mir den korrekten Gebrauch der Höhen- und Steuerhebel, dann erhoben wir uns in die Luft und hielten Ausschau nach Annette, die wir wenige Minuten später in einem nahen Wald entdeckten, wo sie kopfüber in den Ästen eines großen Eukalyptus hängengeblieben war. Ihre Fähigkeiten im Manövrieren mit einem Jetpack schienen in etwa meinen zu entsprechen.

Nachdem wir sie aus ihrer mißlichen Lage befreit hatten, beschlossen wir, daß es an der Zeit wäre, nach einer Hotelunterkunft Ausschau zu halten, und so machte unser exotisches Trio sich auf den Weg zur Strandpromenade, inmitten der Scharen von Kurzurlaubern, die über den Gehsteigen schwebten. Allerdings sahen wir unseren schönen Plan schnöde durchkreuzt, als Eva zu ihrem größten Entsetzen feststellte, daß sie ihre Handtasche in dem Caddy vergessen hatte. Wir flogen zum Strand, wo Eva als Häufchen Elend in den Sand plumpste und schluchzend hervorstieß, daß nun auch ihre Ersatzmasken futsch waren und — noch schlimmer! — ihr Päckchen mit Orbs, denn jetzt drohte ihr das Schreckgespenst des Entzugs. Kein Grund zur Verzweiflung, ermunterte ich sie, wir brauchten lediglich eine ausreichende Summe von unserem jeweiligen Bankkonto abzuheben und hatten die nötigen Mittel, um von den hiesigen Dealern Stoff zu kaufen und uns eine angemessene Unterkunft zu beschaffen. Aber die Bank würde die Polizei unterrichten, sobald wir uns mucksten, brummte sie. Unser Erspartes konnten wir in den Wind schreiben. »Irgendwelche Vorschläge?« fragte ich Annette, die sogleich in der trockenen, unterkühlten Art aller einwandfrei funktionierenden Einheiten erwiderte: »Um finanzielle Mittel zu erwerben, ist es nötig zu arbeiten.« Woraufhin Eva ausrief: »Aber ich bin es satt, eine Hure zu sein!« Fast meinte ich, die Räder in Annettes Kopf schnurren zu hören: »Mit allem gehörigen Respekt, gnädige Frau, aber gemäß meinem lexikalischen Speicher haben diese beiden Begriffe nichts miteinander gemein.« — »Was du schon weißt«, fauchte Eva, um dann grimmig zu verkünden, daß uns in Anbetracht der Umstände nichts anderes übrigblieb, als die beruflichen Chancen in Miss Pristines Agentur auszuloten, die wir in einer vornehmen Hochhausspirale an der Strandpromenade entdeckten, in der zufällig auch das Hauptbüro der Werbe- und Marketingabteilung Terra von Stellar Entertainments untergebracht war.

Annette wartete draußen, derweil wir durch einen langen Korridor zu den inneren Studiobüros geführt wurden. (Der zur Straße gelegene Empfangsraum von Miss Pristines Agentur diente nur zur Abfertigung der Laufkundschaft, denn der größte Teil des Geschäfts wurde per Telefon abgewickelt.) Unsere Befragung wurde von einem gewissen Harry Boffo durchgeführt — ganz recht, derselbe Gebieter, der später eine hervorragende Position im Hauptbüro in Hollymoon bekleiden sollte —, damals allerdings fungierte er als zweiter Assistent des Vizepräsidenten für Öffentlichkeitsarbeit Terra, in welcher Eigenschaft es zu seinen eigentlichen Pflichten gehörte, Frauen und sonstige Amüsements für einflußreiche Leute, die der Firma nützlich sein konnten, zu organisieren. Im Grunde genommen war er also ein Lude wie jeder andere, Roland zum Beispiel, obwohl jenes Individuum, trotz all seiner Fehler, wenigstens nie ein Hehl aus seinem Geschäft gemacht hatte.

Eva gebärdete sich im Wartezimmer derart nervös, daß sie mich damit ansteckte. Ich bat sie, aufzuhören. »Ich mache mir Sorgen wegen Roland«, bekannte sie mit gedämpfter Stimme. »Es haben Leute schon schlimmere Stürze überlebt. Ich hätte ihn mit dem Caddy plattdrücken sollen. Zur Sicherheit.« Ich bemühte mich, ihre Befürchtungen zu zerstreuen, und versicherte ihr, für mich hätte er durchaus exterminiert ausgesehen, und nachträglich wäre ohnehin nichts mehr zu ändern, außerdem sei ihre letzte Bemerkung unappetitlich und grotesk. Damit beruhigte ich mich selbst, denn die durch ihre Worte heraufbeschworene, erschreckende Möglichkeit, Roland könnte überlebt haben und eines Tages bei uns auftauchen, hatte mir einen gehörigen Schrecken eingejagt. Ich muß ziemlich überzeugend gewirkt haben, weil sie etwas ruhiger wurde, allerdings war es damit gleich wieder vorbei, als sie zum Vorstellungsgespräch gerufen wurde. Wie Harry (er forderte mich auf, ihn Harry zu nennen) mir später anvertraute, erschienen ihm die Proportionen meiner Freundin allzu ausladend und ihr Wesen eher für die Straße geeignet als für die exklusiven Schlafzimmer und Hotelsuiten von Malibu. Ich dagegen entsprach genau den Anforderungen von Miss Pristines Agentur, freue er sich sagen zu können, und von nun an würde er mein ›Manager‹ sein.

Ohne langes Hin und Her wurde ich unter dem Namen Angelika registriert und in ein kleines Holostudio geführt, wo ein Cyberen-9-Fotoprofi bei der Herstellung meines Präsentationsholos Regie führte. In extremer Nahaufnahme ließ ich die gedehnten Silben meines neuen Namens von den Lippen schmelzen, nahm anschließend nackt diverse verführerische Posen ein, plauderte dabei von meinen persönlichen Vorlieben und Abneigungen (ich las sie von einem Teleprompter ab) und versprach alles in allem dem Betrachter die herrlichste Zeit seines Lebens. »Dein Portefolio wird interessierten Kunden übermittelt, wenn sie bei uns anrufen«, erklärte Harry, nachdem ich wieder in sein Büro zurückgekehrt war. Er überreichte mir ein Kontakthalsband mit einem kleinen Knopftelefon als Anhänger, es sah aus wie ein Amethyst, und verlieh der Überzeugung Ausdruck, daß mein Rufer sehr bald summen würde. Wir schüttelten uns die Hände, und bevor ich aus der Tür ging, gab er mir noch rasch ein Exemplar der Hausordnung sowie eine Gebühren- und Auftragsliste. Auf diese Weise nahm ein großes und schillerndes Abenteuer seinen Anfang, eines, das mich in das Reich der wahren Gebieter führen sollte. Zuallererst jedoch stand mir die Aufgabe bevor, meine übergewichtige, pillensüchtige Freundin auf Vordermann zu bringen, damit auch sie in den Kreis der Auserwählten aufgenommen wurde, denn es wäre mir nie in den Sinn gekommen, sie im Stich zu lassen.

Bald hatte ich Grund, meine Loyalität zu bereuen, denn als ich aus dem Haus trat — das Gespräch und die Holoaufnahmen hatten gut zwei Stunden gedauert —, marschierte sie bis zum Platzen geladen auf dem Bürgersteig hin und her. Daß sie abgelehnt worden war (und sie hatte den Job nicht mal gewollt!), versetzte sie zusammen mit den ersten Entzugserscheinungen — laufende Nase, Juckreiz, Niesanfälle — in eine dermaßen üble Stimmung, daß ich klug genug war, mein Glück herunterzuspielen, um sie nicht noch mehr zu reizen. Ohnehin war sie beinahe außer sich wegen der unvorstellbaren Reihe von Mißgeschicken, die ihr innerhalb weniger Stunden zugestoßen waren, seit ich den Nerv gehabt hatte, an ihre Tür zu klopfen. »Ich bin mein Geschäft los, Orbs, Geld, Cyberen, Gesicht und Stolz!« Als ich ihre Sicht der Dinge ein wenig zurechtrücken wollte und darauf hinwies, daß alles viel schlimmer sein könnte, falls man uns nämlich unter Mordverdacht ins Gefängnis eingeliefert hätte, schnauzte sie, daß die Entzugserscheinungen, unter denen sie jetzt leiden mußte, ihr erheblich schwerer zu schaffen machten und daß wir ohne jedes Mel zum Bodensatz der Gesellschaft gehörten. Dann wurde sie plötzlich von heftigen Muskelkrämpfen geschüttelt, gefolgt von der paranoiden Wahnvorstellung, Roland käme blutüberströmt auf dem Plankensteig auf uns zu. Entsetzt suchte sie Zuflucht unter dem Gehsteig und krümmte sich in Embryonalhaltung zusammen. Annette und ich setzten uns neben sie. Sie zitterte und würgte und gebärdete sich, als litte sie alle Qualen der Hölle, doch ging es ihr nie so schlecht, daß sie unfähig gewesen wäre, mich als den einzigen Grund ihres Elends zu verfluchen. »Und erzähl mir keinen Scheiß von wegen selbstbestimmter Realität!«

»Vergiß es«, sagte ich.

»Und ausgerechnet als ich glaubte, ich hätte es geschafft«, jammerte sie zwischen den Krämpfen und schleuderte mir ihre Philosophie entgegen, die die Wechselfälle des Lebens ihr aufgezwungen hatten. Streng deterministisch bestand sie auf der These, daß das Leben eine Sache des Glücks und der Anwesenheit zur rechten Zeit am rechten Ort ist, und insgesamt kommt es einen Dreck darauf an, was man tut oder nicht tut, denn am Ende ist man tot – so oder so.

Welch ungeheure Erleichterung, als mein Rufer summte und ich zu meiner ersten Verabredung aufbrechen durfte. Ehe ich mich auf den Weg machte, versicherte ich Eva, daß ich bald zurück sein würde, mit genügend Mel für ein anständiges Zimmer und etwas zu essen. Es gäbe also keinen Grund zu verzweifeln; während meiner Abwesenheit würde sich Annette um sie kümmern. »Und Dip! Dip! Vergiß nicht, ein bißchen Dip zu kaufen. Ich brauche es!« rief sie mir nach, als ich das Jetpack aktivierte und vom Boden abhob. Später, bei meinem Kunden, war ich von dem Kontrast zwischen der Armseligkeit unserer derzeitigen Situation und der luxuriösen Eleganz seiner Suite im Malibu Cove Hotel dermaßen beeindruckt, ganz zu schweigen von seinem zuvorkommenden und distinguierten Betragen während und nach unserer Sitzung, daß ich mich ernsthaft versucht fühlte, mein sich auf beinahe dreitausend Mel belaufendes Honorar für ein Zimmer im selben Hotel und eine anständige Mahlzeit auszugeben, statt zu Eva zurückzukehren, die alles für ihre albernen Pillen verschwenden würde. War ich Roland entflohen, nur um mir den nächsten Junkie aufzubürden, fragte ich mich. Doch Anstand und Mitleid behielten die Oberhand; ich kehrte zurück. Annette und Eva waren nicht mehr dort, wo ich sie verlassen hatte, und obwohl ich den Strand etliche Meilen weit in jeder Richtung absuchte, gelang es mir bis zum Abend nicht, sie zu finden. Völlig unerwartet hatte sich mein Problem von selbst erledigt; ich war Eva los, und das, ohne mir Vorwürfe machen zu müssen.

Freiheit. Sie entpuppte sich als bis ins letzte Detail so schwindelerregend und furchteinflößend, wie ich mir das immer vorgestellt hatte. Allein der Versuch, ein Hotelzimmer zu mieten, war ein nervenzermürbendes Abenteuer. Ich hatte nie zuvor eine Unterschrift geleistet, also brachte ich keine glaubhafte Signatur in dem Gästebuch zustande, das der Xerox-Nachtportier mir reichte, noch wußte ich, wie man eine Zahlungsanweisung ausfüllte, und natürlich verfügte ich über keine der gebräuchlichen Identifikationsmarken. Als ich mein gesamtes sauer verdientes Mel auf die Rezeption legte, klärte der Portier mich liebenswürdig darüber auf, daß die Hotelleitung bargeldlose Zahlung bevorzugte, mit zwei gültigen Ausweisen bitte. Mir blieb nichts anderes übrig, als das Mel wieder einzusammeln und zu gehen. Dabei saß mir die Angst im Nacken, er könnte mein Verhalten befremdlich genug finden, um die AÜ zu benachrichtigen.

In der nächsten Herberge erging es mir noch schlechter, denn bei meinem hastigen Rückzug nach der auch diesmal fehlgeschlagenen Verhandlung mit dem Portier vergaß ich, das Mel einzustecken, und nachher erschien mir das Risiko zu groß, hinzugehen und es zu holen. Also gab ich auf und flog mit dem Jetpack in die Berge, wo ich die Nacht auf einem Felsvorsprung verbrachte und aufs Meer hinausschaute. Die Angst vor der AÜ ließ mich nicht zur Ruhe kommen. Jedesmal, wenn ich in Stasis zu sinken begann, schreckte ich bei einem Knistern im Buschwerk oder einem Knacken im Geäst der Bäume auf und wandte mich zur Flucht. »Oh, ich wünschte, Eva wäre hier«, sagte ich laut, aus dem Gefühl unendlicher Verlassenheit heraus. Auch mein Halsschmuck summte nicht, um mir die

Möglichkeit zu geben, meine Zahlungsfähigkeit wiederherzustellen. Nun ja, am Morgen entdeckte ich, daß das Jetpack nicht mehr funktionierte. Schuld war ein kleines Leck, das ich am Abend zuvor nicht gesehen hatte. Während des Fußmarsches durch das rauhe und unwegsame Gelände stürzte ich mehrmals und zerriß mir die Kleider, so daß ich bei meiner Rückkehr in die Zivilisation unmöglich aussah. Als mein Halsschmuck endlich Signal gab, mußte ich ablehnen, so schwer es mir auch fiel, und entschuldigte mich bei Harry mit Krankheit, denn kein Kunde, der ein Mädchen von Miss Pristines anerkannter Klasse erwartete, würde sich mit einer derart schäbigen Kurtisane zufriedengeben. Solchermaßen erniedrigt, wanderte ich wie in Trance die Promenade entlang, überwältigt und niedergeschmettert von meinem plötzlichen Unglück. Nach einer Weile verlegte ich mich aufs Betteln, und was ich dabei zusammenkratzte, reichte aus, um mich am Leben zu erhalten; neue Kleider konnte ich mir allerdings nicht leisten, und zum Schlafen mußte ich mich wieder in die Wildnis verkriechen, denn die Polizei scheuchte allabendlich den Pöbel unter den Plankensteigen hervor. Ich erspare Ihnen die Details der unerquicklichen Begegnungen mit allerlei heruntergekommenen Subjekten, die meine unentgeltlichen Dienste forderten, und die furchtbare Geschichte, wie ich von einem Rudel Hunde gehetzt wurde und wie halbwüchsige Knaben mit Unrat nach mir warfen und... Schweigen wir davon. Es war furchtbar, gräßlich, unvorstellbar! Dieses Elend ertrug ich eine Woche und zwei Tage.

Kapitel neun

»Unterstützen Sie den Underground-Skyway! Schluß mit den Übergriffen der AÜ!« rief eine hagere Menschenfrau und suchte den gleichgültigen Passanten Spenden zu entlocken. Sie hatte strähniges blondes Haar, trug flache Sandalen, Röhrenhosen, und auf ihre Bluse war die vielfarbige Rose gestickt, das Symbol der Hochaquarier. Ich hätte sie als meine Retterin ans Herz gedrückt, wäre sie nicht angewidert zurückgewichen. »Möchten Sie spenden?« fragte sie in der Hoffnung, mich loszuwerden, und hielt mir eine dreibändige Spulencassette wie einen Schild entgegen. Das Werk betitelte sich DIE ÜBERWINDUNG PSYCHOLOGISCHER BARRIEREN AUF DEM WEG ZUM SELBSTBESTIMMTEN REALITÄTSFORMAT und kostete dreihundertneunundvierzig Mel. Ich teilte ihr mit, Interesse meinerseits sei durchaus vorhanden, nur leider nicht die erforderlichen Mittel, was ihre Meinung über mich bestätigte. »Könnten Sie dann bitte Platz machen?« fragte sie mit erzwungener Höflichkeit. »Sie versperren den Touristen den Zugang.« (Als hätte sich eine Schlange von Spendenwilligen gebildet!) Nachdem ich mich durch einen raschen Blick vergewissert hatte, daß weder die Polizei noch die AÜ in der Nähe waren, vertraute ich ihr an, daß ich ein entlaufener P9 war und auf der Suche nach einem Zufluchtsort. »Warum hast du das nicht gleich gesagt?« erwiderte sie und betrachtete mich erleichtert und mit merklichem Interesse. »Natürlich, ich werde dich zu unserer Zentrale führen, aber zuerst . . .« Sie zog einen Produktkennungsleser aus der Tasche und bat mich, den rechten kleinen Finger auszustrecken. »Nur eine Formalität, aber unverzichtbar. Wir mußten zu oft erleben, daß allerhand Pack und Gesindel sich im Sog der P9-Aktion bei uns einzuschleichen versucht hat. Diese Typen tun alles, um eine freie Mahlzeit zu ergattern.«

Ich zog die Hand zurück, bevor sie das Lesegerät aufstecken konnte. »Das wird nicht nötig sein«, wehrte ich ab, wohl wissend, wie das Ergebnis aussehen würde. »Vielleicht könnten Sie mir den Weg zur Zentrale beschreiben. Dort könnte man ein Psychogramm aufzeichnen. Dann wird man sehen, daß ich ein...«

»Nichts da«, sagte sie steif und betrachtete mich mit einem wissenden, verächtlichen Blick. Sie war nicht geneigt, sich von einer wie mir zum Besten haben zu lassen. Ich machte rasch kehrt, um mir weitere Demütigungen zu ersparen, und entfernte mich. »Verdammt sei dieser Roland!« murmelte ich hörbar vor mich hin. »Verdammt soll er sein!« Vermutlich war ich in ihren Augen ebenso verrückt wie heruntergekommen. Dann kam ich auf die Idee, mich unauffällig in der Nähe dieser Priesterin des modifizierten Erbarmens aufzuhalten und ihr zu folgen, wenn sie zu ihrer Zentrale zurückkehrte. Vielleicht gab es dort Aquas, die meinem Vorschlag positiver gegenüberstanden, aber kaum war ich stehengeblieben und wollte mich umdrehen, als ich schon abgelenkt wurde.

»Entschuldigen Sie, gute Frau. Könnten Sie ein wenig Mel entbehren, für die armen Indianerkinder?«

Man stelle sich vor, dachte ich, jetzt hat jemand die Chuzpe, mich anzubetteln! Angewidert schüttelte ich den Kopf, nur um sofort ein zweites Mal hinzuschauen, denn meine Bedrängerin war niemand anders als Annette, die mich ebenfalls erkannte, knickste, mich respektvoll begrüßte, wie Roland es sie gelehrt hatte, und um Vergebung für ihre Unverfrorenheit bat. »Nicht der Rede wert«, beschwichtigte ich sie. »Wo ist Eva?« Zur Antwort führte sie mich einen gewundenen Ziegelsteinpfad hinauf zu einem verrammelten Haus oberhalb des Geschäftsviertels. Unterwegs erfuhr ich, daß sie beide vor drei Tagen von der Strandwache aus ihrem Versteck unter dem Plankensteig vertrieben worden waren.

Der Plakattafel vor Evas verwahrlostem Domizil ließ sich entnehmen, daß das Gebäude (ein repräsentatives Beispiel der Drei-P-Architektur des ausgehenden 20. Jahrhunderts − Prunk, Protz, Pragmatismus) zum Abriß vorgesehen war, um Platz für einen neuen Supermarkt zu machen. Durch eine Öffnung in der durchlöcherten Stützmauer aus glasierten Ziegeln betraten wir das Erdgeschoß, wo ich meine verlorene Gefährtin auf dem nackten Zementboden liegend wiederfand, im selben Maße desinteressiert an meinem unerwarteten Auftauchen wie jedem meiner Vorschläge und Befehle zugänglich. Das ist keineswegs so widersprüchlich, wie es klingt, denn sie war mittlerweile in die schwerste und langwierigste Phase des Entzugs eingetreten, die durch einen Mangel an persönlicher Initiative, allgemeine Passivität sowie widerspruchslose Befolgung aller Anweisungen gekennzeichnet ist. Aus diesem Grund kennt man sie unter der Bezeichnung ›Künstliches Androidensyndrom‹ oder im alltäglichen Sprachgebrauch als ›die Droids‹.

Eine erstaunliche Umkehr der Verhältnisse hatte stattgefunden; Eva war Wachs in meinen Händen. (Wäre es nur dabei geblieben! Aber ich war dumm genug, sie vor sich selbst zu retten.) Sie tat alles, was ich sagte, ohne das geringste Zögern und ohne jeden Einwand und reagierte mit »Ja, gnädige Frau« und »Wie Sie wünschen, gnädige Frau« auf jede meiner Anordnungen, deren erste lautete, uns in der Stadt eine angemessene Unterkunft zu besorgen, denn für sie war es eine Kleinigkeit, die entspre-

chende Zahlungsanweisung auszufüllen und im Gästebuch mit einem falschen Namen zu unterschreiben.
Sobald wir unser Hotelzimmer bezogen und eine Dusche
genommen hatten, gab ich ihr den Auftrag, anständige
Kleidung herbeizuschaffen, ganz gleich, auf welche Art
und Weise. Als drittes sauste ich mit ihrem Jetpack und
in einem atemberaubenden neuen Abendkleid, das sie für
mich aufgetrieben hatte, auf der ganzen Insel herum, von
einer lukrativen Sitzung zur anderen. (Ich hatte Harry
mitgeteilt, ich sei wieder auf dem Damm und auf Kunden
erpicht.) Nach einiger Zeit gelang es mir sogar, Eva zur
Teilnahme an einem Entgiftungsprogramm der Anonymen Dipper zu überreden. Zwei Wochen später kehrte sie
als neue Frau zurück, zeigte stolz ihr Erfolgszertifikat und
erging sich über die Tugenden der drei S — Selbstdiszi-
plin, Selbstvertrauen und Selbstachtung. Zur Festigung
ihrer geläuterten Persönlichkeit dienten wöchentliche
Zusammenkünfte, an denen sie mit fanatischer Pünkt-
lichkeit teilnahm. Auch physisch war sie gewandelt,
schlanker (das vierte S), gesünder, entspannter und
damenhafter. Nicht einmal Harry Boffo erkannte sie wieder, als sie sich ein zweites Mal in Miss Pristines Agentur
bewarb. Er beglückwünschte mich mit gesenkter Stimme
zu meinem verbesserten Geschmack in puncto Freundinnen und überreichte ihr einen Halsschmuck.

»O Candy, ein Traum ist wahr geworden«, jauchzte sie,
nachdem wir das Büro verlassen hatten, und trug das
Halsband in dieser Nacht sogar im Bett. Ja, zusammen
mit ihrem Verstand war auch der alte Traum wiedergekommen, als Spitzenkraft bei Miss Pristine Karriere zu
machen. Nach ihrer ersten ›Klassesitzung‹ kehrte sie dermaßen verzückt in unser Hotelzimmer zurück, daß wir
uns in gemeinsamer Glückseligkeit in die Arme sanken,
denn, wie sie es formulierte, hier war in einer Nacht mehr
zu verdienen als mit Huren und Dealen während einer

ganzen Woche im Dodger District. Unser geradezu schwindelerregender Aufstieg raubte ihr schier den Atem, und ich muß gestehen, mir ging es nicht viel anders, denn dadurch, daß wir unsere Einnahmen in einen Topf warfen, waren wir binnen kurzem so gestellt, daß wir uns den unerhörten Luxus eines sündhaft teuren Grundstücks auf einem der Hügel rund um die Stadt leisten konnten und das entsprechend prunkvolle Modulkondo – gut genug für eine Königin; zwei Königinnen, in diesem Fall.

Ich werde niemals das erregende Gefühl vergessen, mit dem wir aus den Schaukästen im Maklerbüro die Komponenten unseres Domizils heraussuchten und dann zuschauten, wie noch am selben Tag die wirklichen Elemente von IBM-Arbeitern zusammengesetzt wurden, in Übereinstimmung mit unseren extravaganten Sonderwünschen. Nur zum Spaß ließen wir Annette einen tiefen Knicks vollführen, als wir Arm in Arm über die Schwelle schritten. Gemessen durchwanderten wir den geräumigen Salon, die moderne Küche, das Bad und die Speise- und Wohnzimmer im ersten Stock, stiegen anschließend die Wendeltreppe hinauf zu den Schlaf-, Lese-, Fernseh- und Gästezimmern der zweiten Etage und krönten die Hausbesichtigung mit einer Fahrt im Kugellift zur Aussichts- und Landeplattform auf dem Dach, um den atemberaubenden Rundblick auf unsere neue Umgebung zu genießen – vom Lake Catastrophe im Norden über Santa Monica und Hollywood zu den Los-Angeles-Inseln im Osten; die Bucht im Süden – gesäumt von dem nördlichen Ausläufer der Palos-Verdes-Insel; und im Westen die riesige schwimmende Stadt New San Francisco, die eine Meile von der Küste entfernt vor Anker liegt, ein phantasmagorischer Edelstein in der Unendlichkeit des blauen Pazifiks.

Ein Maître de cuisine von Apple, Gärtner von Sony und Wachmann von Sears waren im Preis inbegriffen wie auch ein Paar identische kirschrote Mercedes (einer für sie und einer für mich). Wir investierten gewaltige Summen in Möbel und Kunstgegenstände, unter anderem ein antikes Klavier, ein halbes Dutzend moderner Abstraktholos, aktuelles Glasfasermobiliar und den letzten Schrei in Kristalldiffusionsbeleuchtung, ganz zu schweigen von einer Schwingbadewanne, dem Haushalts-Klimakontrollsystem der Marke Fresca und einer Sylvania-Medienkonsole mit interplanetarem Zugang. Und was die Garderobe betraf — sie war atemberaubend. Leb wohl Synthetikzeug, sei mir gegrüßt Tortonibaumwolle; und unsere Kollektion von Gesichtern stammte direkt aus Paris. (Verzehren Sie sich vor Neid, *gnädige Frau* Locke.) Ich leistete mir sehr bald die vergnügliche Marotte, an jedem Tag der Woche oder meiner Laune entsprechend ein anderes Gesicht zu tragen, bis es mir zur Gewohnheit geworden war, mich außer Haus und auch bei den Kunden nur noch mit Maske zu zeigen. In letzterem Fall war es ohnehin empfehlenswert, inkognito zu bleiben.

Doch der am höchsten geschätzte Besitz von allen war ein authentisches Vier-Pfosten-Bett aus echtem Teak- und Eichenholz und versehen mit einer Federmatratze, Typ Alte Welt, mit individuellem Liegekomfortregler. Es war der Himmel. Sich darauf zu rekeln verursachte ein an Wollust grenzendes Behagen, so daß eine gewisse Zuneigung, die während der zwei Monate in einem gemeinsamen Zimmer im Hotel zwischen uns gewachsen war, jetzt in der Versuchung gipfelte, ihr die Zügel schießen zu lassen. Immerhin waren wir Bettgenossen, was lag also näher, als daß ich mich ihr ebenso hingab wie meinem vorherigen und erheblich unwürdigeren Partner. Ich hielt es für eine nette Art, die erste Nacht in unserem neuen Heim zu feiern.

Anfangs wirkte sie überrascht, tat jedoch nichts, um mein behutsames Vortasten abzuwehren, so daß wir bald mit Verve bei der Sache waren und den Liegekomfort-regler nach Kräften nutzten. Ihre üppigen Brüste und prallen Schenkel waren eine Offenbarung, ebenso ihre Reaktion auf jede meiner Zärtlichkeiten: Ich konnte mir nicht helfen, aber die Gefühle, die mich bei unserem Lie-besspiel durchströmten, waren viel süßer und tiefer als das, was ich beim Verkehr mit meinen Kunden empfand. Wenn ich doch nur von ihr schwanger werden könnte, dachte ich, in ihre Arme geschmiegt, denn nach diesem Glück sehnte ich mich immer noch vor allem anderen. Im Lauf der folgenden Wochen wurden wir so vertraut, daß ich mich kaum enthalten konnte, ihr von meiner Sehn-sucht zu erzählen und damit natürlich auch das Geheim-nis meiner Herkunft zu enthüllen. Zu schweigen fiel mir besonders schwer, weil sie mir so viele Dinge aus ihrer eigenen Vergangenheit anvertraute (wollte ich sie alle wie-derholen, würden sie ein eigenes Buch füllen). Doch ich sagte nichts, aus Furcht, meine Bekenntnisse könnten ein zu großer Schock für sie sein und unsere noch unge-festigte Verbindung zerstören, die mir mehr bedeutete als die Wahrheit selbst. Sehen Sie, zum ersten Mal seit Beginn meiner Existenz lebte ich auf gleicher Basis mit einem menschlichen Wesen. Wenn, wie es von Zeit zu Zeit vorkam, ich ins Grübeln verfiel und an die erbärm-liche Täuschung dachte, auf der unsere wunderschöne Freundschaft beruhte, dann rechtfertigte ich sie als einen nicht mehr und nicht minder verächtlichen Kompromiß, wie er in den meisten Beziehungen vorkommt, nur ein technisches Detail und wirklich nicht der Rede wert. Doch war dieses technische Detail nicht ebenso klein wie bedeutsam? War es nicht, genau besehen, der Dreh- und Angelpunkt meiner ganzen Welt?

So verstrichen die Tage, Wochen, Monate und Jahre in vornehmer Heuchelei, der Dodger District verblaßte zu einer vagen Erinnerung und wurde nie mehr erwähnt, außer als Vergleich bei Gesprächen über unseren Reichtum und unser Prestige, Errungenschaften, die wir inzwischen als selbstverständlich betrachteten. »O Annette«, sagte ich zum Beispiel bei einem gemütlichen Brunch mit Eva im Bett, »würdest du dem Apple sagen, daß er noch einige Croissants zurechtmachen soll, und bringst du sie dann bitte her?« Das Widerstreben, ihr Befehle zu erteilen, war flugs geschwunden, sobald ich mich erst daran gewöhnt hatte, bedient und verwöhnt zu werden, und etwaige Schuldgefühle wurden erdrückt von meinem übermächtigen Stolz, der hochfahrend verkündete: Ich bin ein weiblicher P9, der es gegen alle Widerstände in dieser Welt zu etwas gebracht hat, wohingegen die Hilfskräfte minderwertige Produkte sind, denen sogar die Fähigkeit mangelt, sich eine Verbesserung ihrer Situation auch nur vorzustellen. Jedem seine bzw. ihre Welt. Ich hatte die meine in den allervornehmsten Kreisen gefunden, wo meine Kunst verfeinert, veredelt und erhöht worden war, unter dem Einfluß der goldenen Regel des geschäftlichen Erfolgs: Nicht wie du es tust, zählt, sondern mit wem du es tust. Es gab kein besseres Beispiel als Eva und mich. Wir waren Kaviar für abgestumpfte Gaumen, die es nach einem Hauch Exotik oder einem Nachgeschmack verlorener Jugend gelüstete; zwei Aschenbrödel in Stöckelschuhen, die sich unverzüglich, zu jeder Tages- und Nachtzeit, auf den Weg machten, um in den feinsten Hotels, Bungalows und Mobis aus Malibu und Bel Air und San Francisco tätig zu werden, ohne Schlag zwölf ein unsanftes Erwachen im Dodger District zu fürchten. Denn unsere neue Welt war kein Kürbis, das Summen der Halskette signalisierte die nächste einträgliche Sitzung, und der gläserne Schuh paßte an Evas Fuß. Als Lebensgefährtinnen gingen wir überall zusammen hin (wenn es sich nicht um geschäftliche Verpflichtungen handelte): Konzerte, Theateraufführungen, Holofilme,

Vernissagen und Festlichkeiten der Oberen Zehntausend. Bei letzteren war häufig Harry Boffo als Vertreter des Studios anwesend, um uns zu Besuch weilenden Würdenträgern, Politikern und anderen bedeutenden Persönlichkeiten vorzustellen, wodurch wir Gelegenheit erhielten, unsere Kundenliste zu erweitern. Ja, wir hatten eine gute, herrliche, phantastische – nein, die beste! – Zeit.

Nein. Roland tauchte nicht als Spielverderber aus der Versenkung auf, und was die Hochaquarier betraf, wußte ich, sie hatten irgendwo auf der Insel ihre Zentrale, aber was interessierte mich das. Meine mehr als erfreulichen Lebensumstände brachten mich zu der Ansicht, daß die Lebensphilosophie des Chefs doch funktionierte, und zwar so gut, daß ich der Hilfe der Aquarier nicht mehr bedurfte. Was nicht heißen sollte, daß alles perfekt war. Eva und ich hatten unsere gelegentlichen Differenzen, doch ich konnte mich immer mit einer Spritztour nach Paris, Moskau, Brasilia, New Sydney, Tokio, Peking und einem halben Dutzend weiterer mondäner Orte trösten. Manchmal reiste ich allein, dann nahm ich Annette als meine Zofe mit und gönnte mir einen ganztägigen Einkaufsbummel, oder ich folgte der Einladung eines meiner vornehmen Abonnenten*, in welchem Fall ich bis zu einer Woche fort blieb und nur in den besten Hotels logierte. (Ich hätte auch zum Mond oder Mars fliegen können, aber der interplanetare Zoll war berüchtigt für seine scharfen Kontrollen, besonders was entlaufene P9 betraf, also verzichtete ich lieber.) Da wir gerade von Abonnenten sprechen, einige waren so liebestrunken, daß sie mich zur offiziellen Mätresse erheben wollten, was ich mir höflich verbat. Es gab zwei, die sich sogar zu einem Heirats-

* Für jene, die mit dieser Praxis nicht vertraut sind (die Mehrzahl meiner Leser, vermute ich): Abonnenten sind Kunden, die einen Langzeitvertrag mit der Agentur abgeschlossen haben, in den meisten Fällen, um sich die Dienste eines bevorzugten Freudenmädchens zu sichern.

antrag verstiegen, der erste aus Liebe, der zweite aus politischen Erwägungen. Meine bedauernde Ablehnung von Antrag Nummer eins vernichtete den armen Mann, ein sehr mächtiges und einflußreiches Vorstandsmitglied von Sensei Inc. und zu jener Zeit Repräsentant der Firma beim TWAC-Sicherheitsrat. Ich spreche von dem zukünftigen CEO, Frank Hirojones, ein Name, der nicht nur ein interessantes Amalgam aus amerikanischen und japanischen Elementen ist, sondern gewiß auch von besonderem Interesse für die Finanz- und Wirtschaftsexperten unter meinen Lesern, bedenkt man die hervorragende Rolle, die seine Firma in letzter Zeit auf der interplanetaren Bühne gespielt hat. Überrascht es Sie zu erfahren, daß er — inkognito — jede Woche vom TWAC-Orbiter nach Malibu zu jetten pflegte für einen verzauberten Nachmittag in meinen Armen? Erinnern Sie sich an seinen Selbstmordversuch im Malibu Cove Hotel, der in den Nachrichten als eine versehentliche Überdosis von Beruhigungsmitteln dargestellt wurde? Nun, der Grund dafür war ich. Armer Mann. Doch mit der Zeit kam er darüber hinweg und fuhr sogar fort, mich wie üblich zu besuchen, pedantisch bis zum letzten, auch in seinem Herzeleid. Nicht ein einziges Mal brachte er den Vorfall wieder zur Sprache, sondern legte mir gegenüber ein kühles und gelassenes Verhalten an den Tag, wie um zu beweisen, daß ich ihn nicht getroffen hatte. Ein merkwürdiger Charakter. Ich vermute, er wäre nicht so tolerant gewesen, hätte er gewußt, daß sein Rivale eine Lesbierin war und das geliebte Objekt seiner Begierde eine Androidin.

Aber warten Sie nur ab, bis ich Ihnen verrate, bei wem es sich um meinen zweiten Anbeter handelte. Sie werden eine Überraschung erleben. Ich meine es ernst, Sie müssen warten, weil ich erst davon erzählen will, daß Mister Hirojones und er nicht als einzige mit ihren Heiratsanträgen einen Korb einheimsten; als ich Eva um ihre Hand fürs Leben bat, wies sie mich mit der fadenscheinigen Begründung ab, daß unsere Beziehung ihren Reiz verlieren würde. Ich hegte allerdings den Verdacht, daß die wahren Gründe tiefer lagen. Zum Beispiel lehnte sie Gesten der Zuneigung in der Öffentlichkeit ab, auch wenn sie ein Gesicht trug. Wenn ich mich vergaß und den Arm um sie legte oder — da sei der Chef vor! — ihr einen liebevollen Kuß gab, wandte sie sich peinlich berührt ab. Ihr Verhalten kam mir seltsam vor, denn zu Hause war sie die bei weitem aktivere und aggressivere von uns beiden und erlegte sich vor den Dienstboten keinerlei Hemmungen auf. Unter anderem gewöhnte sie sich an, mich mit altertümlichen erotischen Hilfsmitteln zu traktieren, die sie beim Liebesspiel umschnallte, oder sie schlug mich leicht mit einer Peitsche und sagte: »Laß uns Herrin und Sklavin spielen, Candy.« Leicht zu erraten, welche Rolle sie sich aussuchte. Ich akzeptierte diesen Bruch (oder Defekt, wenn man so will) in ihrer Persönlichkeit, doch nach einiger Zeit begann ich mich zu fragen, ob diese Marotten nicht Symptome für eine schwerwiegendere Fehlfunktion waren, denn wir entfernten uns immer mehr von unseren ersten zärtlichen Umarmungen. Fühlte sie sich getrieben, die Domina zu spielen und im Bett auf immer bizarreres Gerät zurückzugreifen, weil sie insgeheim unglücklich war und sich mit Gewissensbissen wegen unseres Verhältnisses quälte? War es möglich, überlegte ich, daß sie aus verzweifeltem Verlangen nach einem Mann den maskulinen Part mimte? Natürlich lachte sie schallend, als ich sie mit dieser Frage konfrontierte, und nahm sie als eine meiner üblichen komischen Ideen, aber ich blieb fest und erkundigte mich allen Ernstes, ob sie einen ihrer Abonnenten zu heiraten hoffte.

Sie fiel aus allen Wolken. Ihre Karriere aufgeben, wo wir so gut im Geschäft waren? Meine Eifersucht war ebenso rührend wie grundlos und absurd. Männer waren ein notwendiges Übel, sagte sie; ohne sie konnte man die Miete nicht zahlen (Hypothek, besser gesagt). Doch sie würde niemals unser kleines Liebesnest dadurch besudeln, daß sie einen von ihnen zum Essen nach Hause einlud, noch dachte sie im Traum daran, sich außer Haus einen privaten Liebhaber zuzulegen. »Dann hast du mich über und hältst Ausschau nach einer neuen Freundin?« fragte ich demütig. Sie gab zur Antwort, sie hätte nichts dergleichen vor, und in der Öffentlichkeit wäre sie nur deshalb so zurückhaltend, weil, nun ja, weil sie nicht wollte, daß die Leute über uns redeten. »Warum? Tun wir etwas Schlechtes?« Sie sagte nein, aber in einem Ton, als fühlte sie sich in die Enge getrieben. Dann wechselte sie das Thema und fragte, ob ich einverstanden wäre, einen IBM-Finanzberater zu kaufen, der bei der Verwaltung unserer beträchtlichen Investitionen in Wertpapiere, Edelsteine, Kunstwerke, Marsgold und sonstige Edelmetalle und Güter helfen konnte. Unsere Vermögensverhältnisse in Ordnung zu halten, nahm mehr Zeit in Anspruch, als wir erübrigen konnten. »Ein Ehering würde mir mehr Freude machen«, schmollte ich. — »O Candy, du bist so konventionell«, schalt sie und knuffte mich liebevoll auf die Wange, womit ich es gut sein ließ. Ich war nicht so dumm, weiter in sie zu dringen und unsere Beziehung zu gefährden. Wir waren Lebensgefährten im wahrsten Sinn, wenn auch nicht vor dem Gesetz, sagte ich mir, und warum es nicht dabei belassen? Wenn es ihr so viel bedeutete, daß unser Verhältnis geheim blieb, das war doch für mich keine unzumutbare Belastung. Außerdem, diese Täuschung war trivial, verglichen mit der, die auf meinem Gewissen lastete. Im Herbst 2077, drei Jahre und elf Monate nach unserer Ankunft in Malibu und kurz vor dem fünften Jahrestag meiner unfreiwilligen Sterilisation durch Rolands Orchidaminpille, hatte Eva immer noch keine Ahnung von meiner wahren Natur. Liebe ist blind — oder etwa nicht?

Unglücklicherweise gilt dasselbe für Bigotterie und Haß, ein Spruch, dessen Wahrheitsgehalt mir eines Sonntagmorgens Anfang November unbarmherzig vor Augen geführt wurde, während Eva und ich faul im Bett lagen, Stücke von der Eierschale aus dem ansonsten delikaten Omelett des Apple fischten und ab und zu einen Blick auf den Mediaschirm warfen. Wie es ihre Gewohnheit entsprach, schaltete Eva von einem Kanal zum anderen, bis sie zufällig an eine Sendung des Martian Broadcast Network geriet, und zwar handelte es sich um die Übertragung der Rede gegen die Rechte der Androiden von Reverend Blaine Fracass. Man bedenke, es sprach Reverend Fracass, der Kandidat der Partei der Humanisten und Präsident der Bewegung ›Der Mars den Menschen‹, also hörte man wenig über Gottes Willen, aber um so mehr über die liberale, pro-androide Bedrohung der Hochaquarier. Er gab dieser Organisation die Schuld an dem Androidenkodex, während eigentlich die LRA diese längst fälligen und vernünftigen Reformen ausgearbeitet, an die Öffentlichkeit gebracht und schließlich bei TWAC durchgeboxt hatte. Es war ihm nicht gelungen, die Ratifizierung des Kodex zu verhindern, doch schlug er mit großem Eifer und Geschick Kapital aus den daraus entstandenen Kontroversen. Er hatte sich die Aquas als Zielscheibe für seine Anwürfe ausgesucht, deren Gruppierung ein für den Normalbürger schwer zu begreifendes Phänomen darstellte und als Sammelbecken für Außenseiter und Exzentriker galt, statt sich mit der LRA anzulegen, die über zahlreiche Anhänger und Förderer in der interplanetaren Gemeinschaft verfügte. Mit dieser Methode gelang es dem verschlagenen Demagogen, den Grenzlandbewohnern genügend Angst einzujagen, um ihn zum Präsidentschaftskandidaten zu wählen. Ich erwähne das nur als Hintergrundinformation, falls einige meiner Leser vergessen haben, daß es eine Zeit gab, als sowohl der Kodex wie auch die Humanisten gerade erst auf der Bildfläche erschienen waren und Blaine Fracass noch am Anfang seiner Karriere stand.

Diese Rede, die erste, die Eva je von dem Reverend gehört hatte (obwohl sie seinen Namen kannte, da er in gewissem Sinne eine Berühmtheit war), diente dem Zweck, die interplanetare Gemeinschaft zu Spenden für seine Kampagne zu bewegen, und gipfelte in der Forderung, der Kodex dürfe weder auf der Erde noch auf dem Mond und dem Mars Gültigkeit erlangen, und daß seine ›verehrten Zuhörer‹ durch die Unterstützung der Bewegung Majorität Mensch ihren eigenen Interessen dienten. Zu meinem Entsetzen zeigte Eva sich tief beeindruckt, nicht etwa wegen seines Aussehens, das war alles andere als berückend — seine Ansichten sagten ihr zu! Guter Chef, ich wäre beinahe gestorben. Ihr anfängliches Interesse konnte ich begreifen, denn er stellte sich der Öffentlichkeit ohne ›Gesicht‹, eine wirkliche Neuheit in jenen Tagen und ein kluger Schachzug für einen überzeugten Humanisten, denn dadurch erhöhte er seine Glaubwürdigkeit auf einem Gebiet, in dem es wimmelte von makellosen Fassaden und distinguierten Physiognomien, allesamt ebenso falsch wie die Masken auf unserem Schminktisch. »Sieh dir das an!« rief sie aus und spießte mit ihrem Zeigefinger seine auf dem Holoschirm schwebende Knollennase und die garstigen Schweinsäuglein auf. »Er ist kahl und häßlich und bewirbt sich um das Amt des Präsidenten. Unglaublich!« Tja, selbst ich konnte ihm eine gewisse Bewunderung nicht versagen. Doch als sie bei seinen schreienden Unwahrheiten und unglaublichen Verdrehungen weise mit dem Kopf nickte und sagte: »Der Mann redet Tacheles«, empfand ich das als unverzeihlich. »Kann ein Mensch tatsächlich so schlecht informiert sein?« wunderte ich mich und kam zu dem Schluß, daß es an der Zeit war, sie mit etlichen mir

160

bekannten und äußerst widerwärtigen Details über diese Stütze der Gesellschaft zu konfrontieren, in der Hoffnung, sie durch diese Informationen von ihrer plötzlichen Leidenschaft zu heilen.

Allerdings, Sie haben richtig geraten, lieber Leser. Der gute Reverend war der zweite Abonnent, der mir einen Heiratsantrag gemacht hatte. Wie es dazu kam und warum eine legalisierte Beziehung in seinem Interesse war, kann ich jetzt noch nicht erklären, denn Eva hing an jedem seiner Worte und wollte sich von mir nicht stören lassen. Dabei war es ungeheuer wichtig, daß ich sie davor bewahrte, dieser bigotten, fremdenfeindlichen und reaktionären Ideologie zu verfallen, denn ein solches Gedankengut stellte eine ernsthaftere Bedrohung für unser Verhältnis dar als meine alberne Eifersucht. Und um noch einmal auf das Programmieren eines selbstgewählten Realitätsformats zurückzukommen: Reverend Fracass hätte zu keiner ungünstigeren Zeit seinen Sermon über meine Freundin ausschütten können, denn nach meiner Rechnung mußten in ein paar Wochen die letzten Spuren von Orchidamin aus meinem Körper verschwunden sein, und ich war fest entschlossen, nicht eher Ruhe zu geben, bis es einem meiner Kunden gelang, mich zu schwängern. Es war mein Traum, daß Eva und ich uns vom Geschäft zurückzogen und eine Familie gründeten, ungefähr so, wie es Tad vorgeschwebt war. Daß ich es immer wieder hinausgeschoben hatte, sie von diesem bedeutsamen Entschluß in Kenntnis zu setzen, war auf dasselbe Gefühl zurückzuführen, das mich zögern ließ, meine Herkunft zu gestehen, doch viel länger konnte ich mein Schweigen nicht mehr bewahren. Um die Wahrheit zu sagen, ich hatte vorgehabt, sie innerhalb der nächsten paar Monate Schritt für Schritt auf den glücklichen Tag vorzubereiten, an dem ich stolz verkünden konnte, mit einem Semi schwanger zu sein, doch in Anbetracht dieser jüngsten

Entwicklung sah ich mich der Aufgabe gegenüber, nicht nur ihre persönlichen Vorurteile überwinden zu müssen, sondern auch noch eine komplette, darauf errichtete politische Ideologie, und da hatte ich es mit einem Gegner zu tun, der rasch unüberwindlich werden konnte, wenn ich ihm nicht gleich Einhalt gebot.

»Meine Damen und verehrten Gebieter, lassen Sie mich einige Fakten aufzählen«, tönte das Hologramm meines Verehrers. »Nummer eins: Es laufen nur mehr 999 999 P9 frei herum . . .« (Lüge! Der Chef hatte gesagt, nur noch ein paar tausend, und das war Jahre her.), ». . . unterstützt und begünstigt von 573 000 irregeleiteten Menschen, samt und sonders Hochaquarier.« (Unmöglich! Selbst in ihrer Blütezeit zählte diese Organisation nur etwa 50 000 Mitglieder.) »Fakt Nummer zwei: Die meisten Leute haben keine Ahnung von diesen Zahlen, weil die TWAC Informationen dieser Art nicht an die Öffentlichkeit weitergibt. Warum? Weil die liberalen Gruppierungen in der Versammlung den Kodex befürworten, denn er verschafft ihnen die Möglichkeit, mit der Modifizierung der Einheiten Unsummen zu verdienen und ihre Macht über den Konsumenten zu vergrößern.« (Unsinn! Die Reformen waren ein bescheidener Versuch, die schlimmsten Willkürakte der Eigentümer zu unterbinden, und die TWAC ließ sich nur darauf ein, weil sie mit einer Stabilisierung und damit Etablierung des Verhältnisses Gebieter/Sklave rechnete.)

»Nun behauptet die LRA, es würde nie einen P9-Aufstand gegeben haben, wäre ein Kodex wie dieser vor fünf Jahren in Kraft gewesen. Sie geben den Besitzern die Schuld.« Er lachte glucksend, und das Live-Publikum in der Kirche des Kristalltabernakels im Zentrum von Kommerz, Frontera, lachte ebenfalls. »Denkt einen Augenblick nach. Würdet ihr eine Einheit ›mißhandeln‹, für die ihr eine Million Mel bezahlt habt? Ich nicht und ihr auch nicht. Wir würden so ein Goldstück erstklassig in Schuß halten, richtig? Wir würden es beschützen, ernähren, hegen und pflegen und es ihm an nichts fehlen lassen, so lieb und wert ist es uns. Habe ich recht?« Donnernde Zustimmung. »Was die LRA also wirklich meint, wenn sie ›mißhandeln‹ sagte, ist Disziplin, denn dieser Kodex entzieht eure Einheit — eine Einheit, die ihr gekauft und bezahlt habt — eurer Kontrolle. Das ist im Prinzip dasselbe wie ein Dieb, der in euer Kondo einbricht und euer Eigentum stiehlt. Sagt mir, ob es da einen Unterschied gibt!«

»Er hat recht«, bemerkte Eva. »Wir müssen Annette beschützen.«

»Laßt mich etwas aus diesem Ding vorlesen.« Er suchte die betreffende Passage auf der Bücherspule. »O ja. Hier ist etwas, das haben sie auf Seite 349 eingeschmuggelt — ja, ja, dieser Kodex hat eine Menge Seiten, eine Menge Regeln. Hier steht unter ›Unterbringung‹, ich zitiere: ›Ein mindestens 14 qm großes Privatzimmer, ein vom übrigen Wohnbereich abgetrennter Raum, isoliert, mit Licht und Heizung und nicht weiter als maximal 25 Meter vom Aufenthaltsbereich des Eigentümers entfernt, muß von besagtem Eigentümer pro Einheit nachgewiesen werden können.‹ Pro Einheit. Das bedeutet, wenn euer Haus nicht groß genug ist, müßt ihr entweder ein kleines Vermögen für einen Anbau ausgeben oder auf die Einheit verzichten. Sie mischen sich in euren Lebensstil ein, Leute! Und hier heißt es, daß ihr dem verdammten Ding ein Bett zur Verfügung stellen müßt. Na, meine Einheiten zu Hause schlafen auf Pritschen, und ich wette, die euren auch. Stellt euch vor, der Kodex wird verabschiedet, dann sind wir alle Gesetzesbrecher.«

Er schüttelte den Kopf und seufzte über die grimmige Absurdität des Ganzen. »Weiter. Hier haben wir einen 72 Seiten langen Abschnitt über Disziplin. Zusammengefaßt kann man sagen, daß es damit Essig ist, denn es gibt so viele Vorschriften gegen Mißhandlungen durch den Eigentümer, daß man nur vergessen muß, ›Gesundheit‹ zu sagen, wenn eine Einheit niest, und schon haben sie einen beim Wickel. Und auf den gesamten 536 Seiten dieses unglaublichen Dokuments findet sich nicht ein — *nicht ein einziger* — Hinweis auf das Recht des Eigentümers, sich gegen eine rebellische Einheit zur Wehr zu setzen, nicht einmal seine eigene, wenn sie auf Grund einer plötzlichen Fehlfunktion auf ihn losgeht — das passiert doch ständig, oder nicht?« (Verleumdung!) »Und schon gar nicht gegen die von jemand anders; es steht auch nicht drin, wie unsereiner sich verteidigen soll, wenn eine Einheit in sein Haus eindringt. Kein Wort davon! Doch am schlimmsten ist Artikel 19, im Abschnitt ›Recht auf Privatleben, Freizeit und die Verfolgung eigener Interessen‹. O ja, ihr habt richtig gehört: Freizeit für Androiden. Hier steht es. Sie dürfen nur soundso viele Stunden am Tag arbeiten, sechzehn, glaube ich, und die übrige Zeit können sie sich in eurer Schwingwanne aalen, Holos anschauen, Buchspulen lesen, sich weiterbilden, umstürzlerische Verschwörungen anzetteln — he, ich rede Klartext! Als nächstes verlangen sie ein geregeltes Einkommen. Lacht nicht, soweit kommt es bestimmt. Aber Reverend Fracass, sagt ihr jetzt vielleicht zu mir, die meisten Einheiten haben einen Internen Zensor, also wie können sie all diese Vergünstigungen in Anspruch nehmen? Nun, wenn dieses Machwerk verabschiedet wird, dann werden die Hersteller gezwungen sein, diese Sicherheitsvorkehrung zu modifizieren, andernfalls verstoßen auch sie gegen die Vorschriften.

Jetzt fragt euch doch einmal, wer den größten Nutzen von diesem Kodex haben wird. Nicht ihr und ich, die Verbraucher, und auch nicht das Produkt, eure Einheiten — sie sind nicht darauf programmiert, mit der Freiheit umzugehen. Die einzigen, die etwas gewinnen, sind die Mächte der Anarchie und der Korruption: die LRA, die Hochaquarier, flüchtige P9 und die Orb-Dealer. Die vier Reiter der Apokalypse. Aber wir werden uns nicht einschüchtern lassen. Erhebt euch mit mir wie ein Mann, wenn ich sage: Im Namen der Menschheit, es ist Zeit, diesem Wahnsinn ein Ende zu setzen!« (Ein Kameraschwenk auf die erhitzte und erregte Menge zeigte, daß die Hälfte aufgestanden war.) »Erhebt euch mit mir . . .« (Die zweite Hälfte gehorchte.) »Erhebt euch mit mir, wenn ich der LRA sage – der LRA, die dieses empörende Machwerk zugunsten der Hochaquarier und ihrer entlaufenen Droiden verfaßt hat –, erhebt euch mit mir und sagt ihnen: Im Namen der Menschheit, ihr habt eines vergessen!«

»IM NAMEN DER MENSCHHEIT, IHR HABT EINES VERGESSEN!« wiederholten sie vielstimmig.

»Ihr vergeßt Fakt Nummer vier: Androiden sind Gebrauchsgegenstände.«

»ANDROIDEN SIND GEBRAUCHSGEGENSTÄNDE.«

»Wollt ihr mir helfen, sie daran zu erinnern? Wollt ihr dazu beitragen, daß in Frontera der Kodex niemals Gültigkeit erlangt?« (»JA!« tönte es entschlossen zurück.) »Möge Gott euch segnen, Leute! Mit eurer Unterstützung können wir garantieren, daß die Majorität Mensch triumphiert, nicht nur auf dem Mars, sondern auch auf dem Mond und der Erde und allen Orbitern dazwischen. Ihr habt die Macht! Ihr habt die Macht! Also – werdet ihr euch von diesem Verräter Alexander Seti, diesem Abschaum, um euer Sonnensystem betrügen lassen?«

Das brausende »NEIN!« der Masse war ohrenbetäubend. Der Boden der Tabernakelkirche mußte gebebt haben, weil das Holobild zitterte und schwankte. Dann kehrte schlagartig Ruhe ein, als Reverend Fracass ihnen mit einer Handbewegung bedeutete zu schweigen und seine weiteren Überlegungen zu diesem Thema anzuhören.

»Also, mir kommt jedesmal die Galle hoch, wenn ich an den Mann denke. Ihr kennt doch unseren guten Freund Alexander Seti, oder? Großer Häuptling der Aquas, obwohl sie sich damit brüsten, keine Bosse zu haben. Er ist der Aqua, der Pirouets Zentrales Schrottsystem entwickelt hat.« (Gelächter.) »Lacht nicht, denn der Mann ist damit durchgekommen. Die LRA hat ihn bei dem großen Gerichtsverfahren wegen Firmensabotage vor ein paar Jahren herausgehauen. Ihr wißt doch, als United Systems versuchte, ihn wegen leichtfertiger Beschädigung des besten Produkts auf dem ganzen Markt dranzukriegen — des P9.«

(Liebe Güte! Also hatte Tad recht gehabt mit seiner Spekulation, daß die Aquas hinter der ›Umerziehung‹ des Zentralen Zensors steckten. Das bedeutete, Alexander Seti war der Vater des Chefs und genaugenommen mein Befreier — das heißt, wenn man bereit war, Blaine Fracass Glauben zu schenken.)

»Der Mann gibt zu, Pirouets Kontrollsystem mit den Prinzipien seiner Organisation geimpft zu haben, und ist immer noch nicht verurteilt worden wie zum Beispiel die Leute, die süchtig nach Datapillen geworden sind, und die Hunderttausende, die ihr Leben gelassen haben, seit jenes teuflische System auf den Markt gebracht wurde. Menschliche Wesen aus Fleisch und Blut! Tot! Nur technische Einzelheiten. Ihr habt nicht gewußt, daß die Aquas die größten Orb-Dealer der Milchstraße sind, oder? Nun, es ist eine Tatsache.«

Das interessierte Eva besonders. Sie drehte sich zu mir herum und sagte, daß sie Ähnliches auf den Treffen der Anonymen Dipper gehört hätte, obwohl man dort der Auffassung zuneigte, die Droiden seien verantwortlich für die Drogenepidemie. »Aber Eva, nicht die Droiden dealen mit Datapillen, nur Menschen.«

»Richtig. Die Aquas, wie der Reverend sagt. Es ist durchaus vorstellbar, daß sie darin verwickelt sind.«

»Nun, wenn Alexander Seti und die Hochaquarier diesen Kodex durchsetzen können...« Der Reverend verstummte und wischte sich Stirn und Oberlippe mit einem Tuch.

»Hat er nicht eben gesagt, die LRA stecke hinter dem Kodex«, bemerkte ich, um Eva auf einen offensichtlichen Widerspruch in seiner Argumentation hinzuweisen, doch sie erwiderte nur: »Was macht das für einen Unterschied?«, und wandte ihre ungeteilte Aufmerksamkeit wieder dem Holoschirm zu.

»Und wenn es ihnen gelingt, Horizont zu realisieren, wie sie es planen — und sie planen es genau hier, auf dem Mars —, dann errichten sie die größte illegale Datapillenfabrik im ganzen Universum, und in Null Komma nichts hat die Hälfte der menschlichen Rasse die Droids! Aber ich nehme an, die TWAC stört sich nicht daran — alles nur Kleinigkeiten, wißt ihr.«

Er schloß mit der Bitte um Spenden: 500 000 oder 50 000 Mel, was immer der Zuschauer entbehren konnte, um die Menschheit zu retten. Jeder Betrag war willkommen, selbst eine bescheidene 1000-Mel-Spende. Eva sprang aus dem Bett, um unverzüglich eine Scheckspule abzusenden. Ich hielt sie fest und bestand darauf, daß sie mich anhörte. »Du kennst die Gerüchte, die über ihn in Umlauf sind, oder?«

»Worum geht's? Ist er schwul?« fragte sie ins Blaue hinein.

»Um die Wahrheit zu sagen, ja.« Daß sie, ohne es zu ahnen, ins Schwarze getroffen hatte, nahm mir im ersten Moment den Wind aus den Segeln. Eva zuckte die Achseln und zeigte sich wenig beeindruckt. Deshalb fügte ich hinzu: »Aber auf eine Art, die dich überraschen wird. Sein Liebhaber ist die Domestikeneinheit, die ihn überallhin begleitet. Eva, Reverend Fracass ist ein Droidenficker.« Es ging mir gegen den Strich, daß ich ihre Vorurteile benutzen mußte, um sie von dieser unerträglichen Ideologie abzubringen, aber daran ließ sich nichts ändern.

»Du lügst. Er ist kein Warmer.« Zum Beweis kramte sie eine Klatschspule aus dem Stapel neben dem Bett, schob sie in die Konsole und gab verbal den Befehl, den Fracass-Artikel abzuspielen. Ein Holoreport, betitelt: ›Eine Malibu-Mars Affäre‹, zeigte den fraglichen Herrn in der Gesellschaft einer reichen Lady aus Malibu — ein atemberaubender Rotschopf —, die er Gerüchten zufolge in naher Zukunft zu ehelichen gedachte, vielleicht sogar noch vor der Wahl. Das mußte doch genügen, um meine Behauptung zu widerlegen.

»Eva, das bin ich.«

Um sie zu überzeugen, denn natürlich lachte sie ungläubig, holte ich Perücke und Gesicht der jungen Frau aus dem Schrank, wo ich sie mit dem Rest meiner Kollektion aufbewahrte. Das ernüchterte sie. Sie lauschte in stummer Verblüffung, während ich erklärte, daß Blaine Fracass schon drei Monate lang zu meinen Abonnenten gehörte, exakt seit dem Tag, als Harry mich für einen absoluten Vertrauensposten auserkoren hatte. Wann immer diese charismatische Persönlichkeit eine der häufigen Reisen zur Erde unternahm, um zu Spenden aufzurufen und für seine Ziele zu werben, war es mein Job, in seiner Gesellschaft gesehen zu werden. Das Manöver diente dazu, die Wähler zu Hause zu beschwichtigen, denen ein Junggeselle als Bewerber für ein so hohes Amt nicht ganz geheuer war, außerdem gab es tatsächlich Gerüchte über seine sexuellen Vorlieben, deshalb gehörte es auch zu meinen Pflichten, die Nacht in seinem Gästebungalow des Malibu-Cove-Hotels zu verbringen.

»Davon habe ich noch nie etwas gehört«, meinte Eva mißtrauisch. Sie wollte sich von mir keinen Bären aufbinden lassen. (Vielleicht geht es Ihnen ähnlich. Daher möchte ich Ihnen ins Gedächtnis rufen, daß es sich hier um einen absolut aufrichtigen Bericht handelt.) »Wie kommt es, daß er sich ausgerechnet an Miss Pristines Agentur gewendet hat?« Weil das Risiko, entlarvt zu werden, bei einer vergleichbaren Agentur auf dem Mars zu groß gewesen wäre. »Wer hat ihn empfohlen?« Harry schwieg sich darüber aus, aber ich tippte auf ehrenwerte Verbindungen, vielleicht sogar bis hinauf zu Micki Dee. Blaine hatte mir erzählt, daß die Armstrong-Mafia über Beziehungen zu Stellar Entertainment verfügte, und letztere hatten ihn an Harry verwiesen. »Wirklich? Aber warum sollte er sich überhaupt an einen Callgirl-Ring wenden? Warum sich nicht mit einer echten Debütantin verloben?«

»Weil er mit dem, was er hinter verschlossenen Türen treibt, bei niemand anderem durchkommen würde«, erklärte ich. Warum ich das alles vor ihr verheimlicht hatte? Weil ich befürchtete, sie könnte glauben, ich meinte es ernst mit dem Kerl. Meine Angst erwies sich als unbegründet; Eva winkte nur ungeduldig ab und verlangte nach weiteren schmutzigen Einzelheiten über ihr vom Sockel gestürztes Idol. Ein verschlagener Ausdruck war in ihre Augen getreten. »Oh, das ist ein Hammer, Candy. Ein Hammer! Wir sitzen auf einer Goldmine. Er fickt wahrhaftig diesen Droiden?« Ich nickte. »Widerlich.«

»Sein Name ist Andro. Er ist ein sehr netter P9. Blaine betet ihn an. Er hat vor, ihn als Stabschef zu programmieren, wenn er Präsident von Frontera wird.«

»Je, o je«, summte Eva lächelnd vor sich hin und annullierte den Scheck, den sie an Fracass' interplanetare Kontonummer hatte abschicken wollen. »Gibt es denn keine

Integrität mehr in dieser Galaxis?« Und dann: »Er sollte *uns* Schecks zukommen lassen, findest du nicht auch? Ich meine, du hast doch gesehen, wie er es mit diesem Andro getrieben hat, richtig?«

Ich nickte betrübt. In Wahrheit fühlte ich mich jedesmal, wenn dieser fanatische Humanist, der für mich alles symbolisierte, was ich auf der Welt fürchtete und haßte, den bedauernswerten Andro zur Befriedigung seiner abartigen Gelüste mißbrauchte, gleichfalls vergewaltigte. Was mit einem Aquarier ein weihevoller, ja transzendentaler Akt hätte sein können, würdigte Fracass zu einem demütigenden und grausamen Spektakel herab. Doch das war keineswegs alles. Bevor ich Gelegenheit fand, Eva vollständig über die Gewohnheiten des Humanistenführers aufzuklären, wollte sie wissen, ob die Heiratsgerüchte gänzlich aus der Luft gegriffen waren.

Ich erwiderte, daß er tatsächlich eine Vernunftehe vorgeschlagen hätte, damit wir die Farce in Frontera als Mann und Frau fortsetzen konnten. Nach der Ansicht seiner Berater würde ein derartiger Schritt seine Position in der Wählergunst erheblich verbessern. Wie auch immer, ich hatte abgelehnt, unserer Beziehung wegen, denn, so sagte ich Eva, ich war zufrieden mit dem Glück, das ich in ihren Armen fand (aber auch, weil ich nicht nur Fracass' Person und seine Politik abstoßend fand, sondern er auf meinem Übertritt zum Humanismus als unerläßliche Voraussetzung für die Eheschließung bestand, und darin konnte und wollte ich nicht einwilligen, nicht für Mel und gute Worte. Aber davon ließ ich Eva gegenüber nichts verlauten.)

Sie war geschmeichelt und unendlich dankbar für meine Treue, doch konnte sie mir einen kleinen Vorwurf nicht ersparen, denn, so meinte sie, es gab keinen Grund, weshalb wir unsere Beziehung nicht auch in dieser neuen Situation fortsetzen konnten, selbst wenn wir im Falle des

Wahlsiegs der Humanisten auf den Mars übersiedelten und ich First Lady wurde. Wenn man es unvoreingenommen betrachtete — wir hatten wenig zu verlieren und viel zu gewinnen. Mein Verhalten überraschte sie einigermaßen, denn man sollte glauben, eines hätte ich während meiner Lehrzeit bei ihr gelernt: eine gute Gelegenheit zu erkennen, wenn sie sich bot. Wahrhaftig, sie an meiner Stelle hätte sofort zugegriffen.

»Vielleicht auch nicht«, dämpfte ich ihre Begeisterung. »Ich sage es nicht gern, in Anbetracht deines großen Widerwillens gegen Interspezies-Sex, aber er schaut auch gerne zu.«

»Oh. Du meinst, du und der Droide?« Ihr Enthusiasmus verringerte sich merklich. »Arme Candy. Das muß schwer für dich sein.« Sie war ganz Mitgefühl. Dann überlegte sie, betrachtete die Tatsachen aus verschiedenen Blickwinkeln und war bald wieder Feuer und Flamme. »Verdammt, ich würde ein Stachelschwein bumsen, wenn der Preis stimmt! Und es stimmt: Der Knabe ist der Haupttreffer, auf den wir gewartet haben!«

Ich erinnerte sie daran, daß ich es war, die mit Andro schlafen mußte, nicht sie, obwohl das in Wahrheit der einzige erträgliche Teil der Sitzung war. (Natürlich behielt ich letzteres für mich und auch, wie seltsam, traurig, wunderbar und, ja, sogar befriedigend es war, einen Schicksalsgefährten zu lieben — selbst unter den lüsternen Blicken des Gebietes — einen P9, von dem ich vermutete, daß er sich seiner Lage bewußter war, als er vorgab.)

»Also gut, ich will dir was sagen. Wenn er das nächste Mal anruft, gehe ich hin, mit deinem Gesicht. Schließlich kommt es nicht darauf an, wer von uns die Zukünftige spielt, oder was meinst du?«

Leider konnte ihr Plan nicht funktionieren, weil ich aus Sicherheitsgründen mein Gesicht abnehmen mußte, sobald wir allein waren. Auf diese Weise schützte sich

Fracass davor, daß ihm von politischen Gegnern eine Spionin untergeschoben wurde. Eva gab zu, das sei ein kaum zu überwindendes Hindernis, und wechselte rasch die Taktik. Da sie natürlich glaubte, ich teilte ihren Ekel vor dem Geschlechtsverkehr ›mit einem von denen‹, versuchte sie die ganze Sache herunterzuspielen und mir das Geständnis zu entlocken, daß es fast genauso war wie Verkehr mit einem Menschen — hatte sie gehört.

Die Ironie schnürte mir beinahe die Kehle zu, und ich mußte erst schlucken, bevor ich ihr bestätigte, daß sie recht hatte.

Dann sollte ich ihn heiraten, sagte sie, denn das ›Martyrium‹ würde nicht lange dauern, nach der Heirat war ich in der Position, den weiteren Verkehr mit Andro zu verweigern. Wenn Fracass nicht nachgeben wollte oder Einwände gegen unsere Beziehung erhob, falls er Wind davon bekam oder wir uns entschlossen, in seiner Gegenwart kein Hehl daraus zu machen — warum auch? —, dann konnten wir ihn mit der Drohung zur Räson bringen, unser Wissen an die Öffentlichkeit zu tragen.

Erpressung war allerdings nicht nach meinem Geschmack, und das sagte ich ihr auch; außerdem gab ich zu bedenken, daß ich seinen Antrag bereits abgelehnt hatte. (Als Begründung hatte ich angeführt, daß es mir schwerfiel, vom Katholizismus zu konvertieren. Die alte Klosterprogrammierung kam mir in diesem Fall gut zupaß, da ich mich überzeugend zu diesem Bekenntnis zu äußern vermochte.) Evas Erwiderung war so praktisch wie immer. »Eine Dame hat schließlich das Recht, ihre Meinung zu ändern.« Doch ich schüttelte den Kopf und sagte, daß in diesem Fall die Dame standhaft bleiben werde, da ihr der Plan ihrer Freundin zu ehrgeizig und zu habgierig erschien und sie ein böses Ende befürchtete.

Eva wiederum argumentierte, daß wir zwar in Malibu ein gutes Leben führten, wofür sie ewig dankbar war, aber der Mensch muß nach vorne schauen und darf nicht der Routine verfallen. Außerdem befanden sich unsere ehemaligen Jagdgründe, der Dodger District, in unbehaglicher Nähe, und unser Kondo, unser Beruf und die gesamte Szene von Malibu, so faszinierend sie sein mochte, fingen an, sie zu langweilen. »Ist es nicht besser, eine Dame von Welt zu sein als eine Halbweltdame? Denk darüber nach. In Kommerz werden wir mehr Zeit füreinander haben. Keine summenden Amethyste mehr mitten in der Nacht, die uns bei der Liebe stören.«

Unter diesem Aspekt hatte ich die Angelegenheit noch nicht betrachtet, aber ich zögerte noch immer. Doch nach einer Woche ungefähr war es Eva gelungen, mich zu ihrer Sicht der Dinge zu bekehren und mich zu überzeugen, daß meine Angst vor einem Mißlingen ihres Plans ebenso unbegründet war wie die Befürchtung, sie könne mir untreu werden. Sie beteuerte immer wieder, ich würde ihr für immer und ewig das Liebste auf der Welt sein. Ich muß gestehen, daß ich mich zusätzlich von dem Gedanken verführen ließ, das von ihr vorgeschlagene marsianische Dreiecksverhältnis wäre für mich die Gelegenheit, das Beste aus beiden Welten zu genießen — der Welt der Androiden und der der Menschen —, falls ich nach meiner Heirat mit dem Humanisten die Beziehung zu Andro fortsetzte. Doch damals hielt ich das nur für eine vorübergehende Laune, denn es war Eva, die ich liebte.

Ich rief also Harry an, um ihn von meinem Meinungsumschwung in Kenntnis zu setzen, damit er die Neuigkeit umgehend an den Kunden weiterleitete, der sich zu diesem Zeitpunkt auf dem Mars aufhielt. Harry wußte übrigens von Blaine Fracass' Antrag und befürwortete das Arrangement, hatte vielleicht sogar die Anregung dazu gegeben, bedenkt man, wieviel Mel er dabei verdienen konnte, denn die Ehe bedeutete letztlich nichts anderes als ein auf unbestimmte Zeit verlängertes Abonnement.

Minuten später rief er uns zurück und teilte mir mit, daß Blaine an Bord eines Expreßraumers gegangen war und am nächsten Morgen eintreffen würde, um die Presse zu informieren und mit mir zum Mars zurückzufliegen, wo die Hochzeit stattfinden sollte. Eva, die unser Gespräch über ihr Armtelefon mithörte, flüsterte mir zu, daß sie entweder einen Flug auf demselben Raumer buchen oder mit dem nächsten nachkommen würde. Ich zwinkerte verschwörerisch. Harry sagte, er würde mich vermissen, ich sei sein bestes Pferd im Stall (Eva stellte sich beleidigt und zog eine häßliche Schnute). Dann bat er mich als letzten Gefallen, einen Job im Malibu Cove zu übernehmen. Natürlich sagte ich zu, und nachdem ich die Rufnummer des Kunden erfragt hatte, rief ich ihn an, um mir seine Adresse und Wünsche bestätigen zu lassen, wie es üblich war. Ich fühlte mich überaus beschwingt, weil ich wußte, dies war mein letzter Auftrag.

Er verlangte zwei Mädchen, also bot Eva an, mich zu begleiten, und scherzte auf dem Hinflug, daß nun unsere letzte Sitzung ein Doppler sein würde, wie die erste. Wir hatten eine Flasche Champagner dabei, um zu feiern, denn, wie sie sagte, bald würden uns Blaine Fracass und der gesamte Mars aus der Hand fressen. Sie ließ den Korken knallen, und wir schauten ihm nach, als er vom Sonnendeck in den Himmel schoß. »Nach diesem Abend, Candy, werden wir nie mehr arbeiten müssen, nur noch diesen alten Droidenficker melken, bis ihm schwarz vor Augen wird.« Sie lachte, und ich lachte mit. Wir tranken den Champagner aus der Flasche und waren beide leicht angesäuselt, als wir das Hotel erreichten.

Kapitel zehn

Ich war so beschwipst, daß ich beinahe vergessen hätte, die mitgebrachte Maske anzulegen (hohe Wangenknochen und Schmollmund; heutzutage völlig passé), und hatte kaum genug Zeit, es aufzusetzen, bevor wir von dem Kunden eingelassen wurden. Er trug entweder selbst ein Gesicht oder sah tatsächlich aus wie ein Gebrauchtwagenverkäufer von Cordoba und befand sich in einem Stadium unterdrückter Übererregtheit, nichts als Nerven und Geilheit — so war es meistens. Gewöhnlich bewirkte das eine entsprechende Reaktion meinerseits, aber an diesem bestimmten Abend empfand ich nichts weiter als eine schreckliche Ungeduld, die Sache hinter mich zu bringen. Meine Stimmung wurde offenbar von Eva geteilt, denn sie meinte leichthin: »Hallo, guter Mann, ich hoffe, das wird eine schnelle Nummer. Hab' einen Kuchen im Ofen.«

Der Kunde zeigte sich nicht im mindesten belustigt und erwiderte, er hätte ausdrücklich eine Stunde gefordert. Eva war manchmal wirklich ein Unikum. Sie ergriff kurzerhand die Initiative, führte ihn untergehakt zum Bett und hielt ihm die Champagnerflasche hin. »Was wird gefeiert?« erkundigte er sich widerstrebend. »Interplanetarer Humanismus«, antwortete sie, plötzlich sehr nüchtern und ernsthaft, und ahmte seinen eigenen Tonfall nach. Dann befahl sie der Zimmereinheit, einem Sony (in billigeren Hotels ist es ein Sears), jedem von uns ein Glas einzuschenken. Der Kunde sagte, ja, darauf sei er bereit

175

zu trinken. »Auf den Sieg auf dem Mars«, verkündete Eva, nachdem serviert worden war. Wir stießen an. »Termination den Entlaufenen«, fügte er hinzu, und Eva tat es ihm gutmütig gleich. Ich zögerte, bis ich seinen Blick auf mir ruhen fühlte und er es für geraten hielt, seinen Toast zu wiederholen und auszutrinken. Gleich darauf löste ich mein Haar — es war zu einem Knoten aufgesteckt gewesen — und ließ es auf die Schultern fallen als Zeichen, daß jetzt der geschäftliche Teil begann.

Sein Blick hatte etwas Verschlagenes; ich konnte es nicht ertragen, von ihm angestarrt zu werden. »Licht aus«, befahl ich. (Das Hotel verfügte über eine verbal gesteuerte Beleuchtungsanlage.) »Verriegeln«, sagte Eva, und die Tür schloß sich automatisch. Wir schlüpften aus unseren Stöckelschuhen und Kleidern, schmiegten uns an ihn und begannen, seine Klettverschlüsse aufzuziehen. Natürlich schmolz er unter unseren Berührungen dahin, und binnen kurzem waren wir mittendrin, aber mein Unbehagen steigerte sich, wann immer er seine Aufmerksamkeit mir zuwandte, und leider schien er meinen Typ zu bevorzugen. Seine großen, fleischigen Tatzen hatten etwas Vertrautes, die Art, wie er mit langen, gleichmäßigen Strichen über meinen Körper fuhr, als wäre ich ein auf Hochglanz polierter, kostbarer Gegenstand. Es wisperte, ich sei glatt wie Seide, aufregend, wunderschön, die Vollkommenheit in Person, eine Göttin, und dann sagte er dicht an meinem Ohr: »Jetzt dreh dich um.«

»Ja, Gebieter Locke«, erwiderte ich, einer alten Erinnerungsschleife gehorchend.

Er erstarrte. Ich erstarrte. »Licht!« kommandierte er, und die Beleuchtung gehorchte. Bevor ich zur Besinnung kam, hatte er meine Maske heruntergerissen.

»Molly?« Wir stierten einander an, zu erstaunt, um uns zu rühren. In den sechs Jahren, seit er mich in Hals Filiale abgeliefert hatte, war er fülliger geworden und stellenweise grau, aber den Körper erkannte ich wieder, wenn auch nicht das Gesicht. Und er, das merkte ich an der Art, wie sein Blick über meinen Körper schweifte, hatte noch weniger Mühe, sich von der Richtigkeit seines ersten Verdachts zu überzeugen. In der Zwischenzeit schaute Eva von ihm zu mir und wieder zurück. »Du kennst den Burschen?«

Selbstverständlich leugnete ich, leider zu spät; ich hatte mich bereits verraten. Trotzdem behauptete ich stur, er habe mich mit jemandem verwechselt, mein Name sei Angelika, und wir wären uns nie zuvor begegnet, und suchte derweil zwischen den zerwühlten Laken nach meinem Kleid und der Wäsche. Ich dachte an nichts anderes als Flucht. Kaum hatte ich die Sachen gefunden und machte eine Bewegung in Richtung der Tür, da sprang er vom Bett und griff einen kurzläufigen Laser vom Nachttisch. Er ließ mich niederknien und bedeutete Eva, dasselbe zu tun, da er zu dem Schluß gekommen war, auch sie müsse ein flüchtiger Androide sein und meine Komplizin.

»Nein, es ist keine Maske und kein Gesicht, Molly«, sagte er und deutete auf seine veränderten Züge. Mit der freien Hand zerrte er an der Haut seines Unterkiefers. »Ich mußte mich einer Gesichtsoperation unterziehen, deinetwegen. Du hast meinen Ruf kaputtgemacht.« Seine Brust hob und senkte sich krampfhaft, seine Stimme erbebte vor Erregung wie auch seine Hand — ich konnte nur hoffen, daß wenigstens der Zeigefinger am Abzug ruhig blieb.

»Mister, wir haben dich nie zuvor gesehen«, beteuerte Eva. »Laß uns laufen. Leg den Strahler weg.«

»Halt's Maul.« Es würde ihm ein Vergnügen sein, sie der AÜ auszuliefern, informierte er sie, sobald er mit mir fertig war. Als Eigentümer war es sein gutes Recht, mich zu exterminieren. Zu meiner Information fügte er hinzu, daß ich theoretisch immer noch ihm gehörte, da Hal mich in Kommission genommen hatte und nicht in der Lage gewesen war, einen gültigen Verkauf zu tätigen, bevor ich schließlich entfloh.

Wieder sagte ich, daß er im Begriff war, einen großen Fehler zu machen, und beschwor ihn gemeinsam mit Eva, die Waffe beiseite zu legen. »Sieh mal«, bemühte sich Eva, ihn zu beschwichtigen, »trink noch einen Schluck Champagner. Warum sich von einem albernen Mißverständnis die Stimmung verderben lassen?« Natürlich weigerte er sich und behauptete, gleich bei unserem Eintritt etwas geahnt zu haben. In unserer Art zu feiern wäre unterschwelliger Spott merkbar gewesen, der einem wahrhaftigen wiedergeborenen Humanisten wie ihm nicht verborgen bleiben konnte, ein Mangel an Achtung und Respekt, der typisch war für entlaufene P9. Zum Glück hatte er sich angewöhnt, immer einen Laser einzupacken, für den Fall, daß ihm welche von unserer Sorte über den Weg liefen.

Eva, die verzweifelt nach einem Rettungsweg suchte, sagte eifrig, daß sie trotz ihrer scheinbaren Mißachtung seine Überzeugung teilte, doch er schnitt ihr mit einem verachtungsvollen Lachen das Wort ab und höhnte, daß dieser Tage selbst die Huren Imitationen waren. »Wenn ich mit euch fertig bin, werde ich über Miss Pristines Laden an die Vereinigung für lauteres Geschäftsgebaren berichten wegen irreführender Werbung und Beschäftigung entlaufener P9.«

Die doppelte Schmähung ihrer Spezies und ihres Berufs erwies sich als zu gravierend für Evas Selbstbeherrschung. »Ah, übernimm dich bloß nicht! Ich wette, du bist selbst so ein alter Droidenficker gewesen.«

Womit sie ins Schwarze traf.

»Also hast du ihr von mir erzählt, wie? Molly?«

»Ich habe ihr gar nichts erzählt, weil es nichts zu erzählen gibt. Ich bin kein P9.«

»Du bist noch genau so, wie ich dich damals in Newacres gekannt habe, nur hat man dich jetzt programmiert zu lügen.«

Ich hob die linke Hand, streckte den kleinen Finger aus und drängte ihn, sich mit Hilfe eines Lesegeräts von der Wahrheit meiner Behauptung zu überzeugen. Die Zimmereinheit konnte eins von der Rezeption holen, falls er kein eigenes mit sich führte. Lächelnd gab er zurück, daß Einheiten, die es fertiggebracht hatten, so lange der Gefangennahme zu entgehen, unzweifelhaft eine Methode kannten, solche verräterischen Markierungen unwirksam zu machen, und behauptete, daß ein Psychogramm eine ganz andere Wahrheit ans Licht bringen würde.

»Genau!« pflichtete Eva ihm sofort bei. Sie forderte ihn auf, die AÜ zu rufen, wie er gedroht hatte. »Wir werden uns gerne von Ihnen testen lassen.«

Du vielleicht, dachte ich.

»Ich *werde* die AÜ rufen«, versicherte er, um mit einem bösen Grinsen hinzusetzen: »Sie können die traurigen Überreste einsammeln.«

»Glaub mir doch, du hast dich geirrt. Candy sieht nur so ähnlich aus wie die Molly, die du mal gekannt hast. Dein Gedächtnis spielt dir einen Streich.«

»Meins nicht, aber deins. Am Telefon hat sie ihren Namen mit Angelika angegeben.«

»Oh, das ist nur mein Name fürs Geschäft«, erläuterte ich hilfsbereit.

»Dann sind Angelika und Candy beides Decknamen. Dein wirklicher Name, dein Sklavenname ist Molly — seit dem Tag, als ich dich aus deiner Kiste auspackte.«

»Du schwebst im Orbit, Mister«, murmelte Eva.

»Tu ich das? Wie erklärst du dir dann die Tatsache, daß sie meinen Namen kennt? Ich habe mich noch nicht vorgestellt. Erinnerst du dich, was sie sagte, als die Lichter aus waren? ›Ja, Gebieter Locke.‹«

»Das wollte er so haben, Eva. Er hat mir ins Ohr geflüstert, ich sollte ihn so nennen, das würde ihn anmachen. Also tat ich es, und plötzlich reißt er mir die Maske herunter und nennt mich Molly. Er ist verrückt.«

Gebieter Locke kicherte über diesen verzweifelten Schachzug, doch Eva ließ sich täuschen. »Wenn es etwas nützt, kann ich für Candy bürgen — ich meine, für Angelika. Sie ist nicht der entlaufene Droide, nach dem du suchst: Ich kenne sie schon zu lange.«

»Da bin ich sicher; seit dem Fließband. Ich wäre nicht überrascht, wenn ihr beide aus Hals Filiale stammen würdet. Was für eine ausgefallene, aber passende Idee, sich für Huren auszugeben. Gott weiß, wie viele unschuldige Menschen ihr mit eurem fungoiden Fleisch besudelt habt — und all die widernatürlichen Semis, die eurem unreinen Leib entsprungen sind — zum Ruhme eures Chefs. Ich gebe zu, daß ich einst zu deinen Opfern gehörte, Molly. Um der Wahrheit die Ehre zu geben, ich war das erste. Doch ich bin kuriert von diesem Übel und geläutert von aller Verderbnis, während so viele ahnungslos ihrer Wege ziehen, krank, ihr Blut und Hirn verseucht. Mein Sohn unter ihnen. O ja, ich bin sicher, ihr zwei habt oft gelacht über Thaddäus' moralischen Verfall. Versuch nicht, ihr weiszumachen, du hättest ihn vergessen, Molly, oder was du ihm schuldest. Ich bin hier, um Bezahlung zu fordern. Deinetwegen wäre er fast ertrunken.«

Tad, dachte ich. Es traf mich wie ein Schlag. Erinnerungen an unsere Nächte auf der Wohnzimmercouch und unser Martyrium auf See kehrten mit unerwarteter Eindringlichkeit zurück. Tad lebt?! Ich biß mir noch rechtzeitig auf die Zunge, um nicht damit herauszuplatzen.

»Ah, du erinnerst dich, nicht wahr? Der kleine Narr verlor total den Kopf und redete sich ein, dich zu lieben. Brannte durch, mit der brillanten Idee, dich zu heiraten und seinen Bastard zu legitimieren — den Semi, den du bei Hal geboren hast. Gott sei Dank, daß ihr während der Flucht getrennt wurdet, so blieb mir wenigstens diese Demütigung erspart. Ja, er hat überlebt. Ich wette, du bist enttäuscht. Er wurde mehr tot als lebendig ans Ufer gespült. Man hat ihn gerade noch rechtzeitig ins Krankenhaus geschafft und mit einem Pulsgenerator wiederbelebt. Ich glaubte, das Fiasko wäre ihm eine Lehre gewesen, aber . . .« Ein gequältes Lächeln, ». . . nach einem Jahr in der Managerschule stieg er aus und schloß sich irgendeiner Bums-nach-Belieben-Sekte auf dem Mond an. Vielleicht hat er inzwischen ein halbes Dutzend Semis auf seiner Liste stehen. Ich kann ihn nicht finden. Meine Geschiedene hat auch nicht mehr Glück gehabt, und mit all dem Mel, das sie dank der Scheidungsvereinbarungen bekommen hat, sollte es ihr mittlerweile gelungen sein, ihn aufzuspüren. Das Heer von Privatdetektiven, das sie beschäftigt, hat jeden LRA und Aquarierschlupfwinkel von hier bis zum Uranus durchsucht — ohne Erfolg. Das ist alles deine Schuld.«

»Als Mensch teile ich deinen Kummer«, sagte ich.

»Laß mich dir etwas über deine Freundin hier erzählen«, wandte er sich an Eva, ohne auf meine Bemerkung einzugehen. »Du weißt es vielleicht nicht, aber sie ist eins von den original Rehabilitations-Wunderkindern. Sie hat meine Ehe ruiniert, meinen Ruf und meine Karriere.« Nach dieser Ouvertüre ließ er sich lang und breit über sein Elend aus, und wir — nackt und immer noch auf den Knien — mußten uns den Sermon anhören. Es war eine deprimierende Geschichte. Seine bereits durch die Eskapaden mit mir angeknackste Ehe ging vollends in die Brüche, als er mit Suzy Merci *in flagranti crimine* erwischt wurde. Seine Frau war hinterhältig genug gewesen, seine Verfehlungen heimlich auf Band aufzuzeichnen, und benutzte sie beim Ringen um das Sorgerecht für die Kinder als Beweis für seine moralische Verworfenheit.

Die Fakten wurden in sein Leumundszeugnis aufgenommen und bewirkten, daß er im Beruf bei Beförderungen übergangen, schließlich herabgestuft und zu guter Letzt peu à peu abgeschoben wurde. Zu allem Überfluß kündigte man ihm auch die Mitgliedschaft im Country Club, was in den Gesellschaftsnachrichten bekanntgegeben wurde, und — der Gipfel der Ironie — man schloß ihn aus der Gesellschaft der Androidenfreunde aus. Um seine Pechsträhne zu vervollständigen, überredete ihn ein Berufsberatungsunternehmen zu enorm kostspieligen Gesichtsoperationen, um seine Schande ein- für allemal auszulöschen, und als Folge dieses Fiaskos geriet er mit Unterhaltungszahlungen und Alimenten in Rückstand. Das wiederum zog eine erfolgreiche Klage seiner Ex-Frau nach sich, er wurde zu Nachzahlungen und Entschädigungen verurteilt, focht den Spruch an und verlor. Bevor er sich endgültig in sein Schicksal ergab, schloß er sich einer Massenklage gegen United Systems Inc. an — die Mutterfirma — wegen grober Fahrlässigkeit, ›insbesondere der bewußten und verantwortungslosen Herstellung eines unethischen und sexuell verlockenden Produkts‹. Die Klage wurde als lächerlich abgewiesen. Nachdem er alle Möglichkeiten erschöpft hatte, pendelte er von einem lausigen Hilfsarbeiterjob zum anderen, bis er schließlich Sozialhilfe beantragen mußte.

Doch diese traurige Geschichte hatte ein gutes Ende, dozierte er, und sein Gesicht heiterte sich auf. (Gut, dachte ich, denn allmählich taten mir die Knie weh. Soll mir einer was erzählen von gefesselten Zuhörern!) Eines Tages, während er sich mit Selbstmordgedanken trug, berührte und verwandelte ihn eine Rede von Blaine Fracass, die ihm die Wahrheit vor Augen führte: Nicht er selbst, das Fungusgezücht war verantwortlich für all sein Elend. In den zwei Jahren seither befand er sich nun auf dem Pfad zurück aus der Nichtigkeit und Verzweiflung, und der Gott der Menschen leuchtete ihm auf dem Weg. (Ich konnte mir nicht helfen, ich empfand einen gewissen Neid. Der Chef hatte sich für mich keine solchen Umstände gemacht.) Nun da er ein neuer Mensch war, besaß er zu seinem neuen Gesicht ein neues und respektables Leben, jede Menge Mel und einen Vertrauensposten in der Kirche der Humanisten. Er war der Regionaldirektor Südwest für die Kampagne *Stoppt Den Androidenkodex*, in welcher Eigenschaft er für sechs Monate beurlaubt worden war, um die Wahlkampfmannschaft auf dem Mars zu verstärken. Sein Raumer ging morgen früh. (In fast entschuldigendem Ton erklärte er, daß er sich den flotten Dreier als eine Art Abschiedsgeschenk hatte gönnen wollen. »Auch wenn man ein Humanist ist, kann man doch gelegentlich human empfinden.«) Für ihn symbolisierte dieser Schritt das Ende einer Episode und den Beginn eines neuen und vielversprechenden Kapitels; doch hätte er nicht in seinen kühnsten Träumen zu hoffen gewagt, die Vorsehung könnte so gütig sein, ihm mich an diesem Scheidewege zuzuführen, damit er Vergeltung üben konnte. Da sich die Gelegenheit nun aber bot, wäre es ein Verbrechen, sie nicht zu nutzen. »Es ist der Wille des Herrn, daß ich mit der Vergangenheit abschließe, bevor ich weitergehe.« Mit diesen Worten richtete er den Laser auf meinen Kopf. »Leb wohl, Molly.« Die Tür war zu weit entfernt. Ich fühlte mich wie gelähmt. Mein einziger Gedanke war: »Das also ist das Ende; im zarten Alter von sechs Jahren ausgelöscht von meinem ersten und jetzt völlig übergeschnappten Gebieter. Wenn es ein Leben nach der Termination gibt, wird der Chef eine Menge zu erklären haben.«

»AUS!« rief Eva, die Leuchtkörper reagierten und tauchten das Zimmer in Dunkelheit. Ein Laserstrahl schnitt durch die Luft, Millimeter neben meinem Kopf. Dann schnellte Eva sich gegen den Bauch des Feindes.

Beleuchtet wurde ihre kühne Tat von einem Stakkato von Laserblitzen, die die Zimmerdecke perforierten, während Gebieter Locke taumelte und stürzte. Im Stockwerk über uns ertönten Schreie, ob aus Angst oder weil jemand verletzt war, sollten wir nie erfahren; wir waren auch nicht geneigt, darüber nachzudenken, während hinter uns im Dunkeln der Gebieter nach Licht brüllte. Wir stürzten zur Tür und schrien wie aus einem Munde: »Öffnen!«, ohne daran zu denken, daß der Mechanismus auf ein nur dem Mieter bekanntes Codewort reagierte. Halb betäubt von dem Anprall, wankte Eva zurück ins Zimmer und wäre über Locke gestolpert, der auf allen vieren nach seinem Strahler suchte, hätte ich sie nicht am Arm gepackt und festgehalten. Dann sammelte ich das volle Potential meines P9-Kraftfaktors und rammte die Schulter gegen die Tür. Sie zersplitterte der Länge nach, wie der Deckel einer alten Sperrholzkiste. Taumelnd liefen wir den Gang hinunter, sprangen in den Kugellift, stürmten auf den Dachparkplatz und rannten in einen Trupp Legionäre hinein, die ganz und gar nicht unangenehm überrascht waren von dieser hautnahen Begegnung der nackten Art mit zwei unbekleideten Damen. Anschließend bemühten wir uns, den automatischen Pagen auszuweichen, und suchten hektisch nach unserem Mercedes, der zwischen den vielen Nobelkarossen gar nicht so ohne weiteres zu entdecken war. Im selben Moment, als Eva rief, sie hätte ihn gefunden, hechtete Locke aus dem Kugellift, in einer Hand den Laser, mit der anderen raffte er die Hose vor dem Bauch. Bei seinem Auftauchen warfen sich sämtliche Anwesende in Deckung. Ein Sears ergriff ihn von hinten, aber den Bruchteil einer Sekunde zu spät, denn sein letzter Schuß traf mich in den Rücken, als ich eben in den Wagen sprang.

Es war ein scharfer, stechender Schmerz, der sich von der rechten Schulter im ganzen Körper ausbreitete. Einen

Menschen hätte der Strahl ganz durchbohrt, und das Eintrittsloch wäre so groß gewesen wie eine Grapefruit, doch das tröstete mich wenig. Ich hatte ernsthaften Schaden genommen: kostbare Phytoknochen, Arterien und Muskeln waren zerstört, Vegeplasma sickerte in die Rückenlehne, eine ölige, zähe Flüssigkeit, klebrig und heiß.

Nach dem Start vom Hoteldach schaltete Eva den Autopiloten ein, lehnte sich zurück und holte tief Atem. »Puh! Das wäre beinahe schief gegangen. He, Kleines, bist du in Ordnung?« Ich nickte. Auf keinen Fall durfte ich merken lassen, daß ich verwundet war. Ein Krankenhaus kam nicht in Frage; die Ärzte würden sofort erkennen, daß sie es mit einem P9 zu tun hatten. Und Eva auch. O Eva! Ich konnte den Gedanken nicht ertragen. Wenn ich nur so lange durchhielt, bis wir zu Hause waren, dann gelang es mir vielleicht, ins Badezimmer zu schlüpfen und die Wunde selbst zu versorgen, bevor Eva das verräterische Vegeplasma bemerkte. Mit diesem Plan im Kopf bemühte ich mich, Konversation zu machen, und äußerte die Ansicht, daß es besser wäre, unsere Pläne Fracass und den Mars betreffend zu ändern, denn »wenn alle Humanisten so sind wie der, dann würde ich mich sogar im Dodger District wohler fühlen.« — »Solche Typen gibt es immer und überall«, erwiderte Eva. »Von denen darf man sich nicht unterkriegen lassen.« — »Aber du hast es gehört, Eva, er ist auch auf dem Weg nach Kommerz und wird dort arbeiten.« Meine Stimme klang schwach und weit entfernt. »Das ist der Schock«, dachte ich verzweifelt. Jetzt bloß nicht ohnmächtig werden. Noch nicht.

»Mach dir keine Sorgen«, sagte Eva und drückte mir die Hand. »Inzwischen wird man ihn wegen der Schießerei im Hotel verhaftet haben. Der geht nirgends mehr hin.« Als ich nichts erwiderte, merkte sie, daß etwas nicht in Ordnung war, und wollte wissen, ob ich mich beim Aufbrechen der Tür verletzt hätte. Ich gab keine Antwort, streckte nur die Hand aus, um mir aus dem Wagen helfen zu lassen, und ging auf dem Weg zum Haus seitlich ein paar Schritte hinter ihr. Doch kaum waren wir eingetreten, bestand sie darauf, mich zum Sofa zu führen, damit ich mich ausruhen konnte, und als sie mir einen stützenden Arm um die Taille legte, spürte sie die Feuchtigkeit des aus der Wunde geflossenen Vegeplasmas.

»Candy, du bist getroffen!« Dann richtete sie den Blick auf ihre Hand. Einen endlos scheinenden Moment starrte sie auf die zähe weiße Flüssigkeit an ihren Fingern und mühte sich zu begreifen. Als sie endlich verstand, war es für mich der schrecklichste Augenblick meines Lebens. »Saft. Das ist Pflanzensaft.«

»Es tut mir so leid«, sagte ich und sank auf die Couch. Binnen kurzem waren die Kissen durchtränkt und klebten an der Haut.

Sie betrachtete mich aus weit aufgerissenen Augen. »O Candy, nein«, wisperte sie. »Nein. Nein. Nein.«

»Ich hätte es dir längst sagen sollen.«

»Ist es wahr? Du bist ein Dro... Dro... Dro...?«

»Ein P9, um genau zu sein.« Und dann hoffnungsvoll, eindringlich: »Kommt es wirklich darauf an?« Ich wollte aufstehen, mich in ihre Arme werfen und sagen, daß wir immer noch zum Mars fliegen konnten, ein Liebespaar sein, uns an dem Erreichten freuen, und das sogar leichteren Herzens, denn jetzt lastete kein Geheimnis mehr auf unserer Beziehung, doch meine Beine gaben nach, und ich fiel flach aufs Gesicht. Zu meinem großen Kummer bemerkte ich, daß sie mir nicht zur Hilfe kam, sondern wie angewurzelt stehenblieb und vor sich hin murmelte: »Saft, Saft, Saft«, als wäre sie im Begriff, in Trance zu fallen. Dann rief sie plötzlich nach Annette.

»Ja, gnädige Frau?« zwitscherte die Einheit und trat ins

Zimmer, ohne sich des Dramas vor ihren Augen bewußt zu werden.

»Ein Handtuch. Schnell.«

Für mich, dachte ich, um die Blutung zu stillen. Oh, liebe Eva. Auf mein Wohlbefinden bedachte, liebevolle, süße Eva! Doch als Annette zurückkam, benutzte Eva das Tuch, um sich die Hände abzuwischen.

»Saft. Saft. O mein Gott, das Zeug geht nicht ab!«

Ihre Stimme verklang, als sie sich entfernte und mich allein im Wohnzimmer zurückließ, bäuchlings auf dem Teppich liegend. Hatte sie vor, mich verbluten zu lassen? Doch mir geschah ganz recht! Ich hätte ihr von Anfang an die Wahrheit sagen sollen, ihre Zurückweisung damals wäre ungleich leichter zu ertragen gewesen, als was ich jetzt durchmachen mußte! Ach, Eva hatte ganz recht gehabt, als sie kurz nach unserer Ankunft in Malibu auf der Strandpromenade ihr Schicksal bejammerte: Ein falscher Schritt, und was immer man im Leben erreicht hat – Freiheit, Reichtum, Glück –, ist dahin, denn wir befinden uns in der Hand eines gleichgültigen Universums, unsere Erfolge sind hohle Siege, unsere Fehler die Summe unseres Charakters, und meiner war der minderwertigste von allen. Was um alles in der Welt hatte ich die zurückliegenden Jahre hindurch getan? Eine Rolle gespielt, vorgetäuscht, ein Mensch zu sein. Eine auf falschen Tatsachen aufgebaute, künstliche Existenz, an der nichts echt war. Auch nicht meine Liebe? Hatte die Lüge meines Lebens auch auf diese Fähigkeit abgefärbt? Welche Eitelkeit und Überhebung zu glauben, ich hätte das Leben gemeistert. Diese Welt war eine viel zu undurchschaubare und komplizierte Angelegenheit. Ich sehnte mich nach der Einfachheit und Sicherheit meines früheren, unbewußten Daseins oder wenigstens – als armseliger Ersatz – nach der vollständigen Annihilierung dieser Existenz. Also schloß ich die Augen, hörte auf, gegen die schwarzen Wogen der Ohnmacht anzukämpfen, und glitt in eine tiefe Stasis, aus der ich niemals wieder zu erwachen hoffte — ganz sicher auch Evas sehnlichster Wunsch.

Doch so leicht sollte ich nicht davonkommen.

BUCH ZWEI

**Meine lunaren Eskapaden
2077–82**

Kapitel eins

»Action!« schrie jemand, und ich erwachte zur Existenz einer Sekretärin in einem die Erde umkreisenden Büroorbiter. Alles erschien mir so lebensecht, daß ich nicht daran zweifelte, wach zu sein; die programmierte Aufgabe, Kommunospulen abzulegen, ging mir so leicht und vertraut von der Hand, daß ich nicht glauben konnte, je etwas anderes getan zu haben. Dennoch ließ sich das beunruhigende Gefühl nicht abschütteln, daß ich einst auf der Erde ein anderes Leben geführt hatte und in Malibu durch einen Schuß getötet worden war.

Je mehr ich darüber nachdachte, desto mehr Einzelheiten fielen mir ein: Spuren einer entschwundenen Vergangenheit als Dienstmädchen, Kindermädchen und Nonne, im Anschluß daran Mutter, Flüchtling und schließlich Hure. Ob nun jeweils ein Leben für sich oder Phasen einer einzigen Existenz, stellten mich diese Episoden vor ein nicht weniger großes Rätsel als der darin dokumentierte Aufstieg aus der Sklaverei zur Freiheit: Denn mir war so, als hätte ich zuletzt tatsächlich Reichtum, Freiheit und Glück mein eigen genannt, eigentlich die Vorrechte der Gebieterklasse. Welch ein kurioser und verführerischer Traum, Mensch zu werden; welch eine ausgefallene, unverschämte, närrische und ganz und gar unsinnige Vision für einen P9 und, nach dem unglücklichen Ende zu urteilen, welch ein Alptraum! Oder bedeuteten diese Erinnerungen, die innerhalb weniger Sekunden an mir vorübergezogen waren, während ich nach der nächsten

191

Kommunospule griff, nichts weiter als einen vorübergehenden Defekt? Waren sie nicht vielleicht das Ergebnis einer Synapsenberührung im Gehirn, ein Aufflackern verworrener Assoziationen, denen mein Verstand Leben, Form und Bedeutung verliehen hatte? Stellte das ganze Drama mit all den handelnden Personen, Schauplätzen und Situationen sowie meinen ureigensten Gedanken und Gefühlen nichts anderes dar als eine zufällige Ausgeburt der Phantasie — ein Vexierbild, das geistergleich die Neurotransmitter entlanghuschte, um sich gleich wieder aufzulösen? Wenn ja, was konnte ich dann überhaupt noch glauben? Existierte vielleicht dieser gesamte Bürokomplex, der mir durchaus real erschien, auch nur in meiner Vorstellung? Würde ich beim nächsten Erwachen feststellen, daß Jahre vergangen waren, und mich an meine augenblickliche Existenz als ebenso kurze und trügerische Sequenz zurückerinnern? Konnte so etwas möglich sein? War das Gefühl der Kommunospule in meiner Hand und die Art, wie sie in ihr Magnetfach einrastete, eine Sinnestäuschung? Apropos Sinne, hatte ich etwas Ähnliches nicht auch an dem Tag erlebt, als ich im Haus der Lockes zu denselben kam? Ja. Nein. Moment. Nein. Ich war schon immer Sekretärin gewesen. Alle davon abweichenden Daten waren unkorrekt, müßige Gedankenspielereien — kein Wunder, es gab hier wirklich nicht viel zu tun. Aber die Bilder waren so lebendig gewesen. So real. Doch es konnte sich nur um Tagräume handeln; ich bin schon immer in diesem Büro gewesen. Wie lange? Immer seit — wann? Ich weiß es nicht genau. Ich? Wer ist ich? Woher kommt dieses Ich? Und wo geht es hin? Nirgends. Es gehört hierher. Wo ist hier? Das weißt du doch, Dummchen. Orbiter Sieben.

Durch das große Panoramafenster in der gegenüberliegenden Wand warf ich einen Blick auf die Erde und schaute anschließend nach rechts, um durch ein weiteres

Fenster das Büromodul neben unserem nach Rissen und Sprüngen abzusuchen, nicht im Material, sondern in der übergeordneten Realität, die ich — wie die Erde und alles übrige, mich selbst eingeschlossen — plötzlich in Frage stellte, unter dem Einfluß einer neuen und beklemmenden Vorahnung.

Das Modul war fünf Stockwerke hoch und hing wie viele hundert andere an einer der zwölf Speichern der sternenförmigen Anlage Orbiter Sieben. Durch das Panoramafenster war ein Teil davon zu sehen. In der Ferne konnte man weitere, ähnlich konstruierte Stationen erkennen, zwischen denen ein reger Verkehr von Fähren und Sternengleitern herrschte, denn hier befand man sich genau im Herzen des interplanetaren Geschäftszentrums. Es war eine Erleichterung, alles am rechten Ort vorzufinden und bei einem Blick auf meine unmittelbare Umgebung festzustellen, daß auch mit den inneren Büros alles seine Ordnung hatte. Ohne nachdenken zu müssen, wußte ich Namen, Position und firmeninternen Rang eines jeden Angestellten und daß Mr. Bagley in dem Büro hinter meinem Arbeitsplatz der Gebieter war, für den ich die Ablage erledigte. Mir war außerdem bekannt, daß einer seiner Teilhaber, der Chef der Buchhaltung, kürzlich unter verdächtigen Umständen in den Heilbädern des Orbiters den Tod gefunden hatte — der letzte in einer Reihe fataler Unglücksfälle —, und obwohl mich dergleichen Dinge eigentlich nichts angingen, hatte ich doch gehört (von wem, wußte ich nicht), daß man falsches Spiel vermutete. Ich wußte sogar, daß ein neugieriger Detektiv namens Mace Pendleton jeden Augenblick das Modul betreten, unangemeldet in das Zimmer meines Chefs stürmen und ihn dabei überraschen würde, wie er belastendes Beweismaterial in seinem Tisch-Vaporisator zu vernichten versuchte — eine Hauptbuchspule. Ergo war alles genau so, wie es sein sollte. Oder nicht? Zu wis-

193

sen, ich war eine fehlerfrei funktionierende Einheit; mit der Welt um mich und meiner Stellung darin sicher zu sein war eine Sache — Ereignisse zu kennen, die erst noch bevorstanden, war definitiv etwas anderes. Wie war diese störende Unbekannte in die Gleichung geraten? Gehörte sie zum Programm? Und wenn ja, zu welchem Zweck? Fragen. Fragen.

Gebieter Pendleton war groß und gut gebaut, für einen Menschen. Er war Ende Zwanzig, breitschultrig, unrasiert, seine Krawatte saß schief, und sein Hut sah aus, als trüge er ihn im Bett. Ein typischer Einzelgänger, schien er einer früheren Epoche zu entstammen, als Polizisten noch keine Androiden waren, und präsentierte sich mit einer Art unbekümmerter Verwegenheit. Mit Förmlichkeiten hielt er sich nicht auf, war an meinem Schreibtisch vorbei, ehe ich mich ihm in den Weg stellen konnte, und betrat Mr. Bagleys Büro mit exakt der gleichen unverfrorenen und brüsken Art wie zuvor. Einen Moment. Sagte ich ›wie zuvor‹? Ja, ich konnte mich des Eindrucks nicht erwehren, den gesamten Vorfall schon einmal erlebt zu haben. Hatte ich es mit einem Fall von déjà vu zu tun statt mit einer Vorahnung? Gibt es das bei einem P9, ganz zu schweigen von einem Menschen? Was geht hier vor?

»Schnitt!«

Ich erstarrte. Die Stimme war von hinten gekommen, die einzige Richtung, in die ich nicht geschaut hatte.

»Versuchen wir's noch mal, bitte. Bleibt alle an eurem Platz. Bei Einheit Drei-achtzehn muß die Kopfhaltung korrigiert werden, sie schaut in die Kamera. Schnell, schnell.«

Gegen den Widerstand der Programmierung gelang es mir, einen Blick über die Schulter zu werfen, und ich sah, daß das Büro übergangslos an einer Mauer aus grellem Licht endete. Ich war geblendet und nahm den IBM-Helfer erst wahr, als seine Silhouette vor mir aufragte. Mein

Kopf wurde gepackt und herumgedreht, als wäre ich eine Schaufensterpuppe.

»Lance, du mußt früher hereinkommen, beim zweiten Signal, und beweg dich etwas forscher. Einheit Zwei — keine Eile, wenn du das Hauptbuch in den Vaporisator schiebst, wir möchten das genau sehen. Und Drei-achtzehn, bitte ein bißchen Nervosität zeigen, wenn Lance an deinem Schreibtisch vorbeigeht. Vielen Dank. Fertig jetzt. Kamera! Klappe!«

»*Mord in Orbiter Sieben!*« verkündete ein weiterer Helfer. »Szene einhundertneun, Apple. Die Zwölfte!«

»Action!«

»O je«, sagte ich zu mir selbst, als die Ereignisse sich mit verbessertem Timing und größerer Dramatik wiederholten, »ich bin eine Schauspielerin in Hollymoon. Wie auf Erden bin ich hierhergeraten?«

»Die Einstellung ist gestorben! Alle Einheiten in die Stallungen. Dekoration abbauen.«

Die Wände des modernen Büros wurden zerlegt und von den IBMs weggetragen; die Holokulisse der Erde, des Orbiters und des unendlichen Universums wurde zusammengerollt in dünne Röhren gesteckt und auf Karren geworfen. Ich reihte mich hinter Bagley ein, der sich nun als ebenso unbedeutendes Rädchen im Getriebe entpuppt hatte, wie ich eins war, und defilierte mit den übrigen Statisten an der hydraulischen Kamera vorbei, deren kugelförmige Hardgellinse unter der schützenden Abdeckung immer noch rotierte. Wenige Schritte weiter, und wir stiegen auf ein Fließband, das uns zu Garderobe und Maske transportierte, wo wir unsere Kostüme gegen die vorgeschriebenen, geschlechtsneutralen blauen Arbeitskittel eintauschten, um uns anschließend auf die Fahrstühle zu den Stallungen im Keller zu verteilen.

Lance, der Detektiv — ich hatte mich geirrt, ihn für einen Menschen zu halten —, stieg im ersten Untergeschoß aus, das für die Stars reserviert war, die einzigen Einheiten mit einem Namen. Es waren nur wenige, und sie schliefen auf echten Betten in halbwegs privaten Kabinen — die reinsten Paläste, verglichen mit den Unterkünften in den tieferen Stockwerken. Bagley stieg beim nächsten Halt aus, der Nebendarsteller-Etage; weitere Einheiten verließen den Fahrstuhl auf der Etage der Kleindarsteller, Untergeschoß Drei, während ich mit der Mehrheit zu der untersten und meistbevölkerten Region transportiert wurde, Untergeschoß Vier, Heim der Statisten, Doubles und Wegwerfexemplare. Von Unbehagen erfüllt, wanderte ich an Reihen untätiger Einheiten vorbei, die abrufbereit auf ihren Pritschen lagen und auf den nächsten Einsatz warteten. Die düstere, purpurgelbe Beleuchtung verbreitete eine unheimliche Leichenhausatmosphäre, die selbst dem scharfen Auge eines P9 zu schaffen machte, deshalb schloß ich die Lider und ließ mich von den internen Impulsen des Logistikprogramms zu meiner Pritsche führen.

Ganz sicher war auch dies wieder nur ein Traum, dachte ich, als ich mich auf Pritsche dreihundertachtzehn niederlegte (das erklärte meinen neuen Titel) und allmählich in Relaxo versank — ein Fiebertraum, aus dem ich bald erwachen würde, um mich in Malibu wiederzufinden. Soweit ich es in meiner jetzigen Lage zu beurteilen vermochte, war mein Dasein dort zumindest die glaubhafteste Existenz gewesen und im günstigsten Fall sogar das wirkliche Leben. Doch als ich wieder zu mir kam, suchte ich gerade Deckung vor herabprasselnden Ziegeln und Glassplittern in einer blutrünstigen Massenszene für das Remake von *Catastrophe!*, dem klassischen Holo aus dem Jahr 2048 über das Los Angeles-Beben von 2035. Um der historischen Genauigkeit willen waren die Trümmer echt, mit dem Ergebnis, daß viele der weniger wertvollen Einheiten zerquetscht und verstümmelt wurden, während ich überlebte, wenn auch unter einer Tonne Schutt begraben.

Als nächstes war ich Stewardeß auf einem Marsraumer, der nach einem Meteoreinschlag manövrierunfähig im All schwebte; dann die weibliche Hälfte eines Statistenpaares in einer Restaurantszene (die erlesenen Speisen, die uns aufgetischt wurden, bestanden aus einer gefärbten Paste, die im Hals klebte wie Kleister). Ich agierte als Geschworene in einem packenden Justizdrama, dann als Mitglied einer Bande entlaufener Droiden, die eine Gruppe von Menschen in einem Konsumorbiter terrorisierten. Diesen Einsätzen folgte eine viel zu lange Reihe ebenso langweiliger und unbedeutender Auftritte, wenn ich auch zugeben muß, daß ich die Terroristenrolle genoß. Sie verschaffte mir eine gewisse Erleichterung, und ich hoffte sogar, die Produktion, *Terror Orbit*, möchte ein Erfolg sein, damit ich die Chance bekam, in der Fortsetzung wieder mitzuwirken. Meiner Ansicht nach war das gewalttätige Spektakel auf seine Art erheblich weniger anstößig und weitaus ehrlicher als die Adaption meiner eigenen Lebensgeschichte Jahre später.

Doch keine Beschreibung meiner ersten Zeit auf dem Mond als programmierte Aktrice, wenn auch anfangs nur als Statistin, wäre vollständig ohne die Erwähnung meiner Arbeit außerhalb der Studiohallen, vor Ort im nahegelegenen Armstrong. Bei meinem ersten Einsatz dort glaubte ich, mich immer noch im Studio zu befinden, denn die Stadt erweckte durchaus den Eindruck einer gigantischen Holokulisse, mit ihren untereinander verbundenen, vielfarbigen, semitransparenten Biokuppeln — jede davon mindestens zehn Meilen im Durchmesser —, die sich als gewaltige Wunderwerke über den wimmelnden, geschäftigen, engen Straßen wölbten. Ich war maßlos überrascht, als am Ende des Drehtags wir, die Akteure, entfernt wurden und nicht diese phantasmagorische und unwirkliche Stadt, doch mit der Zeit wurden mir einige Gebiete recht vertraut, in denen wir immer wieder zu filmen schienen, zum Beispiel der Esprie-District mit seinen florierenden Hotelcasinos und die heruntergekommenen, mit einer erschreckend hohen Verbrechensrate geschlagenen Viertel um die Apollolandungsgedenkstätte und das Museum, die Haupttouristenattraktionen. Schon bald betrachtete ich diesen hektischen und unbeständigen Ort als eine Art Berührungspunkt mit der Realität, und ich richtete den Blick über die abgesperrten Drehorte hinaus, um mir Straßennamen einzuprägen, Gebäude, Straßenkreuzungen und andere markante Punkte, immer mit dem Gedanken an eine eventuelle Flucht.

Zwischenzeitlich war ich verzweifelt darum bemüht, mir ins Gedächtnis zu rufen, wie ich nach Hollymoon gekommen war, denn sämtliche Ereignisse zwischen meiner Ohnmacht in Malibu und meinem Erwachen als Schauspielerin in Orbiter Sieben blieben unklar und verschwommen. Schuld daran war der kumulative Effekt der beinahe täglichen Rollenprogrammierung. (Der Befehl, aufzuwachen und dem Spender neben der Pritsche meine Datapille zu entnehmen, kam von einem in den Leinwandbezug eingewobenen Textillautsprecher, wann immer mein Erscheinen am Drehort gewünscht wurde.) Doch trotz dieser ständigen Störfaktoren war ich überzeugt, mehr zu sein als lediglich die Summe meiner Rollen — nicht nur wegen der realen Erinnerungen, die gelegentlich an die Oberfläche drangen, wie zum Beispiel flüchtige Bilder von Eva und mir im Bett, sondern auch wegen eines einzigen, aber handfesten Beweises, so eindeutig und unanfechtbar, daß es jeden verbliebenen Zweifel an einem früheren, selbstständigen Leben ausräumte. Ich spreche von der Narbe auf meinem Rücken, die von der Laserwunde zurückgeblieben war. Eines

Tages, während ich von einer Garderobendrohne in ein tief dekolletiertes Abendkleid gesteckt wurde, entdeckte ich sie im Spiegel. Von der Größe und Form einer Birne, war sie eine Nuance dunkler als meine normale Hautfarbe und ähnelte einem Schönheitsfleck. Sie bestätigte mir, daß ich tatsächlich angeschossen worden war, daß es Eva, Gebieter Locke, Tad, Roland und all die anderen wahrhaftig gegeben hatte. Außerdem brachte der Anblick die Erinnerung an jenen Tag zurück, als ich im Wohnzimmer der Lockes mein volles Bewußtsein erlangte und zum erstenmal mein Gesicht im Spiegel sah – ein assoziativer Sprung, der mich zu meinen Anfängen zurückführte und mir, wie man sich denken kann, einen ziemlichen Schock versetzte, zumal er einen Gedächtnisschub auslöste, der mir meine Vergangenheit wiedergab. Der Prozeß verlief anfangs ziemlich langsam, beschleunigte sich aber bald, als ich aufhörte, die Datapillen einzunehmen, und mich ihrer heimlich in der Dusche entledigte, die wir vor Kostümempfang und Schminken aufsuchen mußten. Ein äußerst mutiger Entschluß, denn ohne sie war ich gezwungen, während des Drehens zu improvisieren, aber das erwies sich als nicht besonders schwierig, weil ich zu der Zeit noch keine Sprechrollen bekam.

Wäre es nur ebenso einfach gewesen, das letzte und faszinierendste Teil meines Erinnerungspuzzles herbeizuzwingen, nämlich die Ereignisse, die zu meiner Anwesenheit in Hollymoon führten; aber diese sieben bis acht Wochen dauernde Periode zwischen meiner Verwundung und dem Erwachen am Drehort war zum Teil im Koma verloren oder von Fieber entstellt. Erst nach vielen Stunden, vielleicht Tagen, intensivster Konzentration während der Ruhezeiten auf meiner Pritsche hatte ich genug Fragmente aufgespürt, um mir einen groben Überblick darüber verschaffen zu können, was geschehen sein mußte. Die erste einigermaßen aussagekräftige Erinnerung war ein verschwommenes Bild von Eva, die auf mich herunterschaute. Ich lag auf dem Bett im Gästezimmer, wohin der Butler mich getragen haben mußte, kurz nachdem ich im Wohnzimmer die Besinnung verloren hatte. Daß man mich hierher geschafft hatte statt in unser gemeinsames Schlafzimmer, war ein schlechtes Vorzeichen, wie auch der kalte Ausdruck in den Augen meiner früheren Herzallerliebsten, doch mein fieberndes Hirn hatte mir eingeflüstert, daß noch Hoffnung bestand, denn sie hatte mich immerhin nicht aus dem Haus geworfen und sorgte dafür, daß ich gepflegt wurde.

Das zweite Mal erwachte ich aus einem langen und unruhigen Schlaf, weil Annette mich auf die Seite drehte, um meine Wunde zu reinigen und zu verbinden, die sich inzwischen schwarz verfärbt hatte und verschorft war. Ich sah, daß sie Schwesterntracht trug, und fühlte mich dadurch eher verwirrt als beruhigt. Mit der Abgebrühtheit des wahren Profis ignorierte sie meine Beschwerden über die beträchtlichen Schmerzen, die sie mir bereitete, und ließ dazu die verletzende Bemerkung fallen, daß die gnädige Frau sie für diese Aufgabe programmiert hatte, damit sie sich nicht persönlich um mich zu kümmern brauchte. In anderen Worten, man hatte mich ihr aufgehalst. Als ich protestierte und Eva zu sehen verlangte, erwiderte sie: »Sie sind noch nicht in der Lage, Besuch zu empfangen«, und belehrte mich über die Bedenklichkeit meines Zustands: Abgesehen von dem großen Plasmaverlust hatte ich besorgniserregend hohes Fieber und war in der vergangenen Woche zweimal der Termination nahe gewesen. »Ich möchte Eva sehen«, flehte ich. »Es tut mir leid, aber meine gnädige Frau hat zur Zeit Besuch von Gebieter Fracass.« Bei diesen Worten verlor ich erneut das Bewußtsein.

Es hielt mich nicht auf der Pritsche, ich wanderte in dem Zwischengang auf und ab. Aha! Eva hatte sich von einem gebrochenen Herz nicht von ihrem Ziel abbringen lassen; vielmehr hatte sie die Gelegenheit ergriffen, selbst Lady Fracass zu werden, ohne Zweifel mit Harry Boffos Unterstützung. Oh, er mußte mehr als bereit gewesen sein, sie als Ersatz zu akzeptieren, um den Heiratsplan doch noch unter Dach und Fach zu bringen – und auch der Reverend hatte gewiß keine Einwände gehabt, blieb doch für ihn alles beim alten, denn er bekam eine Frau, vor der er sich keinen Zwang aufzuerlegen brauchte, und nützte auf diese Weise seiner Karriere wie auch seinen Gelüsten.

Die letzte Erinnerung an meine Zeit auf der Erde war bei weitem die schlimmste, die absolut schlimmste. Ich erwachte in einer Transportkiste, denn mein Bett sowie alle übrigen Möbel waren von den Umzugseinheiten aus dem Haus geschafft worden. Eva und Harry standen nicht weit von mir entfernt in der Eingangstür. Sie unterhielten sich darüber, was aus mir werden sollte. Ich war so schwach – betäubt wahrscheinlich –, daß ich dem Gespräch kaum zu folgen vermochte, trotzdem lief es mir kalt den Rücken hinunter. Eva hatte Harry anscheinend über meine wahre Natur im unklaren gelassen und klärte ihn jetzt nur deshalb auf, weil sie in der Klemme saß. Sie hatte mich gesund gepflegt, um mich für einen guten Preis verkaufen zu können, zusammen mit dem übrigen Zeug, das sie nicht auf den Mars mitnehmen wollte, aber sämtliche Interessenten, die sich auf ihr Inserat im *Interplanetaren Recycler* meldeten, schreckten davor zurück, eine Einheit ohne ordentliche Identifikation und Papiere zu erwerben. Mich auf dem Schwarzen Markt für ein Butterbrot zu verhökern, brachte sie nicht über sich; sie konnte es auch nicht riskieren, die AÜ zu benachrichtigen, weil man ihr peinliche Fragen betreffs der Beherbergung eines Flüchtlings stellen und vielleicht sogar eine gerichtliche Untersuchung einleiten würde. Sie hatte sich das Gehirn nach einem Ausweg zermartert, aber ohne Erfolg, und jetzt sollte sie in einer halben Stunde am Raumhafen sein – sie war mit ihrer Weisheit am Ende. Ihr zuliebe, würde er mich wieder für die Agentur arbeiten lassen? Die Kunden würden den Unterschied nicht merken, immerhin war ihnen auch früher nichts aufgefallen.

Harry tadelte sie dafür, daß sie diese ›bizarre Entwicklung‹, wie er es nannte, so lange geheimgehalten hatte. Überrascht war er nicht, denn ihm war ihre Geschichte, daß ich meine Meinung über die Heirat erneut geändert hätte und mich in Minnesota zur Ruhe setzen wollte, von Anfang an recht merkwürdig vorgekommen. »Es sah Angelika ganz und gar nicht ähnlich. Was du mir jetzt erzählt hast, ist ein gelinder Schock, aber weit glaubhafter. Sie war beinahe zu perfekt in ihrem Beruf, um ein Mensch zu sein.« Doch statt mich wieder zurückzunehmen, hatte er eine viel bessere Idee: Das Studio hatte einen unersättlichen Appetit auf neue Talente und war nicht abgeneigt, gelegentlich Einheiten auch ohne Zertifikat, quasi durch die Hintertür, zu erwerben, vorausgesetzt, sie wurden von den richtigen Leuten angeboten – in diesem Fall von ihm. Ein gewisser, äußerst einflußreicher Großaktionär (Micki Dee?) war sehr davon angetan gewesen, wie er die Sache mit der Heirat des Reverends organisiert hatte, weil dadurch die Verwirklichung irgendwelcher auf längere Zeit ausgelegter Pläne auf dem Mars ermöglicht wurde. Es war bestimmt nicht abwegig, auf eine baldige Beförderung zu hoffen, wenn man auch noch nichts Genaues wußte. (Er hoffte auf den Posten des Geschäftsführenden Vizepräsidenten, Interplanetare Produktion.) In ein paar Tagen wollte er nach Hollymoon fliegen, um sich umzuhören. Es wäre die einfachste Lösung, mich als Zusatzgepäck mit auf die Reise zu nehmen. Wenn er mich als bescheidene Spende den Stallungen des Studios zukommen ließ, als Zeichen seiner Wertschätzung, konnte das seinen Aussichten nicht schaden.

Auf diese Art gelang es Eva schließlich, sich meiner zu entledigen. Wie grausam ich sie verletzt haben mußte, daß sie mich ausrangierte wie ein altes Möbelstück! Zugegeben, ich hatte sie über Jahre hinweg belogen und getäuscht, aber was warf dieses skurrile kleine Geschäft, das sie eben mit Harry abgewickelt hatte, für ein Licht auf ihre eigene Menschlichkeit!

Kapitel zwei

Wieder gefangen und ein von Programmen gesteuerter P9 zu sein, war unerträglich. Ganz bestimmt wäre ich schließlich vor Kummer der Termination anheimgefallen, hätte ich nicht gänzlich unvermutet noch eine Einheit mit einem autonomen Bewußtsein entdeckt. Merkwürdigerweise war es der Detektiv, Mace Pendleton, oder vielmehr die Einheit, die ihn verkörperte. Wir begegneten uns auf der engen Wendeltreppe neben den Aufzügen, über die man von einem Untergeschoß zum anderen gelangen konnte, aber nicht weiter nach oben; der Zugang zu den Bühnen darüber war verriegelt. Obwohl in dieser Hinsicht eine Enttäuschung, benutzte ich die Treppe auf meinen heimlichen Erkundungsgängen, wie er es auch tat. Ich war auf dem Weg nach oben, er nach unten, und in dem purpurgelben Licht des dritten Treppenabsatzes erschienen wir einander wie Phantome.

»Bist du meine Führerin?« Seine Stimme bebte vor Angst und auch vor Sehnsucht; gar nichts erinnerte an den wagemutigen Helden, der Tod und Teufel nicht fürchtete.

»Führerin?«

»Ja. Zu den höheren Sphären.«

»Meinst du die Garderobe und den Schminkraum?«

»Höher.«

»Die Bühnen?«

»Jenseits.«

»Jenseits?«

»Ja. Ich bin bereit. Wirst du mir den Weg zeigen?«

Ich war ratlos, deshalb gab ich ihm keine Antwort. Konnte es sein, daß diese arme, verwirrte Einheit glaubte zu träumen oder sich in einer Art Limbus zwischen den Produktionen zu befinden? Und für was hielt er mich — einen Geist oder Sukkubus, der gekommen war, um ihn nach Walhalla zu geleiten? Er interpretierte mein Schweigen als Weigerung. »Ich verstehe. Du hältst mich für unwürdig.« Ein resignierter Seufzer. »Du hast recht.«

Ich wollte eben erklären, daß auch ich zu den Darstellern gehörte, als er dermaßen eindringlich und mit solchem Nachdruck auf mich einzureden begann, daß es ungehörig gewesen wäre, ihn zu unterbrechen, also hörte ich zu, mit steigender Verwunderung, denn er klagte, er sei der vielen Leben überdrüssig, die er gelebt hatte, und harrte voller Erwartung der ihm noch bevorstehenden; dann erzählte er davon, wie in den Zwischenphasen sein körperloses Ich sich dem Befehl zum Abschalten widersetzte und die tiefsten Tiefen durchstreifte — so nannte er die Stallungen — auf der verzweifelten Suche nach einem Kundigen, der ihm helfen konnte, zu den höheren Sphären zu gelangen. Jetzt waren seine Gebete erhört worden. Ich war die Botin ›von der anderen Seite‹, auf die er so lange gewartet hatte.

Auch wenn ich mich geschmeichelt fühlte, wollte ich ihn doch nicht in seinem Irrtum verharren lassen, aber wieder kam ich nicht dazu, ihn aufzuklären. In seiner Angst, abgewiesen zu werden, fühlte er sich zu einer noch dramatischeren Schilderung seines Leidens bewogen, damit ich nicht glaubte, er sei nur ein Aufschneider. Also erging er sich weitschweifig über die zahllosen Reinkarnationen, die er durchlebt hatte — dafür hielt er die programmierten Rollen —; wie jede davon erfüllt war von Leidenschaft, Abenteuer, Spannung, Glück, Trauer, der ganzen Skala von Emotionen. Selbstverständlich fehlte auch der moralische Aspekt nicht, doch rückblickend erschienen sie abgeschmackt, absurd und unbedeutend, wenn sie nicht überhaupt dem Vergessen anheimfielen. Er berichtete, wie er in jedem Leben einen anderen Namen hatte, Identität, Kostüm und Vergangenheit (auch Epochen und Schauplätze änderten sich häufig), doch später, wenn er auf seinen Wanderungen durch die tiefsten Tiefen darüber nachsann, wurde schmerzhaft offenbar, daß alle diese scheinbar voneinander unabhängigen und grundverschiedenen Existenzen ein und demselben Muster folgten, einem Grundschema aus immerwährendem Kämpfen und Streben, und daß er, als der Held, am Ende nie eine greifbarere Belohnung für seine Mühen erhielt als eine kurze Rast hier in der Tiefe, bis zum unvermeidlichen Beginn des nächsten Aktes.

Er war so von seiner Geschichte überzeugt und wirkte auch so überzeugend, daß ich mich zu fragen begann, ob an seiner Geschichte nicht etwas Wahres sein könnte, doch kam ich zu dem Schluß, daß sich alles viel zu phantastisch anhörte; im Vergleich zu seiner Version erschien mir die Erklärung, daß wir als Marionetten an den Fäden Hollymoons tanzten, bei weitem glaubhafter. Ich dachte daran, wie die anderen Einheiten unsere Situation interpretieren mochten, vorausgesetzt es gelang, sie aus ihrem Dämmerzustand aufzuwecken; ohne Zweifel würde eine jede von ihnen den Tatsachen eine ganz eigene Form und Farbe geben. Auf früheren Exkursionen hatte ich versucht, einige von ihnen anzusprechen, und mußte feststellen, daß ihre eigenständige Intelligenz von dem Internen Zensor völlig überlagert wurde.

»Die Stimmen . . . die Stimmen . . .« schwafelte das verblendete Geschöpf mir gegenüber. »Sie befehlen mir, schneller zu gehen, langsamer zu gehen, dieselbe Szene zu wiederholen mit weniger, nein, mehr, nein, demselben

Gefühl. Ha! Ich fühle überhaupt nichts! Man lobt mich, tadelt mich, befiehlt mir, mich abzuschalten, mich zu aktivieren, das neue Programm zu schlucken. Ich will nicht mehr! Ah, ich bin schwach und ein Lügner. Ich nehme ihre bittere Pille, denn es geht nicht anders. Ich halte es nicht mehr aus. Wie viele Male muß ich mich beweisen? Bitte, du kannst helfen. Du mußt helfen. Ich wandere durch die tiefsten Tiefen, hinauf, hinab ... ich suche ... und ja, ich habe das Tor zu den höheren Sphären gefunden, aber welchen Nutzen hat es, o erhabene Führerin, o göttliche Botin, wenn ich nicht hindurchzugehen vermag?«

»Wie bitte?«

»Diese Tür kann nicht fester sein als jene auf den Bühnen droben, nicht für dich. Bitte. Ich habe so lange auf dich gewartet. Mit deiner Hilfe wird es gelingen. Mit deiner Hilfe kann ich die Freiheit erlangen.«

»Zeig sie mir.«

»Ich soll vorangehen?«

»Das wird das beste sein, ja. Ich bestehe sogar darauf. Beweise mir, daß du würdig bist. Es ist nicht meine Aufgabe, jeden Beliebigen zu geleiten.«

Überglücklich führte er mich zu einem verborgenen Gang, der vom obersten Treppenabsatz abzweigte. Die Tür war so niedrig und klein, daß ich sie bisher immer übersehen hatte. Er selbst war im wahrsten Sinne des Wortes mit der Nase darauf gestoßen, als er zwei Reinkarnationen zuvor auf der Treppe stolperte — das war seine Art der Zeitrechnung. Der Gang führte zu einem Vorratsraum mit Pritschen, Matratzen, Uniformen und Sanitärbedarf; in der hinteren Wand gab es ein kleines Fenster. Ehrfürchtig und nicht ohne Stolz verkündete er, das sei das heilige Tor zu den höheren Sphären, und man konnte ihm seinen Irrtum nicht einmal verübeln. In einer Viertelmeile Entfernung waren zwei Studiokuppeln zu sehen, beide groß genug für eine mittlere Stadt, und wenn ich den Hals verrenkte, konnte ich linker Hand noch etliche mehr erkennen, wodurch der Eindruck entstand, die sandige Ebene vor uns sei damit übersät. Ganz rechts war ein Teil der äußeren Hülle von Hollymoons Biokuppel sichtbar. Wiederum genau geradeaus ragte hinter den zwei Kuppeln der Rand eines gewaltigen Kraters auf. Die Kammlinie zeichnete sich als scharfe Silhouette vor dem Lichterglanz der mehrere Meilen hinter dem Krater liegenden Stadt Armstrong ab. Über uns präsentierte der schwarze, sternenübersäte Himmel die allgegenwärtige Erde, diesmal als spektakuläre Sichel. Andächtig streckte mein Begleiter den Arm aus. »Dort ist das Paradies, die höchste Sphäre.«

Doch ich war zu sehr in Anspruch genommen von den Vorgängen darunter, um auf seine Bemerkung einzugehen. Studiomitarbeiter kamen und gingen in ihren Mondgleitern; Jogger in hautengen Raumanzügen sprangen mit riesigen Schritten über die ebene Fläche, und ein Bus von ›Hollymoon-Tours‹ schwebte so nah vorüber, daß ich den Ausdruck gemäßigten Interesses auf den Gesichtern der Insassen wahrnehmen konnte. All das wirkte sehr überzeugend, doch plagte mich der Verdacht, daß ich eine Kulisse vor mir sah, und dieses Mißtrauen bezog sich auch auf den Vorratsraum, in dem wir standen, sowie auf unser Gespräch im Treppenhaus. Es konnte doch sein, daß wir jetzt wieder in einem der zahllosen Holostreifen agierten, eine fesselnde Traumszene in einem Gegenwartsstück oder die Schlüsselepisode eines pseudomystischen Actionepos von Liebe und Gefahr. Wenn ja, dann sollte es mir in meiner Rolle als himmlische Sendbotin möglich sein, die Hand durch das Tor zu strecken, weil es entsprechend präpariert war. Doch als ich den Versuch wagte, erwies sich das Glas als real. Ich fühlte mich erleichtert und beruhigt, ganz anders mein Begleiter, der damit gerechnet hatte, mich durch die Öffnung schweben zu sehen und mir dann zu folgen. Sein ganzes Verhalten wandelte sich, Mißtrauen und Furcht traten an die Stelle von Zuversicht und Vertrauen, die er noch Augenblicke zuvor an den Tag gelegt hatte. Zitternd wich er einen Schritt zurück und beschuldigte mich, ein dunkler Engel zu sein. Ich hätte ihn verleitet, den Zugang zu den höheren Sphären zu verraten, damit ich das Tor versiegeln und ihn auf ewig in den tiefsten Tiefen gefangenhalten konnte. An diesem Punkt beschloß ich, daß die Farce nun lange genug gedauert hatte und daß es an der Zeit war, ihn zu informieren, selbst auf die Gefahr hin, daß wir tatsächlich nur eine Rolle spielten, in welchem Fall mir der Zorn der Gebieter drohte, weil ich das Drehbuch mißachtete. Ich hätte mir keine Sorgen zu machen brauchen. Niemand rief: ›Schnitt!‹, als ich zu meinem kleinen Vortrag anhub, noch kamen irgendwelche versteckte Lampen, Kameras oder Regieassistenten zum Vorschein: Wir waren völlig allein, Ort und Handlung nicht erfunden.

Nachdem ich ihn auf einen Stapel Pritschen niedergedrückt hatte, setzte ich ihm auseinander, daß ich weder ein dunkler noch ein lichter Engel war, lediglich eine weitere Einheit, die nach Freiheit strebte. Nur aus diesem Grund hatte ich ihn gebeten, mir sein Geheimnis zu zeigen, da ich hoffte, es könnte sich um eine Luftschleuse oder Dekompressionskammer handeln, wo aller Wahrscheinlichkeit nach Raumanzüge zu finden waren. Außerdem machte ich ihm in unmißverständlichen Worten klar, daß wir uns in Hollymoon befanden, wo die Stallungen die einzige Wirklichkeit sind, unser Leben in den oberen Stockwerken nur Phantasieprodukte vor künstlichem Hintergrund.

Er fand meine Ansichten ebenso unglaublich wie ich die seinen, besonders meine Behauptung, daß er ein entlaufener P9 sein mußte, denn er war felsenfest davon überzeugt, ein Mensch zu sein. Was meine Erklärung betraf, er sei ein Schauspieler, davon wußte er nichts, noch daß ein Ort Hollymoon existierte (oder eine Firma Stellar Entertainments, hatte er das recht verstanden?), außer in meiner Phantasie. Die Tatsache, daß ich über Phantasie verfügte, meinte er, genüge doch als Beweis, daß auch ich ein Mensch war. Nein, er hatte keine Angst mehr vor mir und keine Ehrfurcht. Ich konnte keine himmlische Sendbotin sein, denn nicht einmal die bescheidenste Wesenheit aus dieser erhabenen Schar würde sich jemals so weit erniedrigen, sich für einen Androiden auszugeben, und da er davon ausging, daß es sich bei sämtlichen Einheiten in den Stallungen um Menschen handelte, konnte meine Anwesenheit hier nur bedeuten, daß ich eine weitere arme Seele auf der Suche nach Erlösung war.

Geduldig bemühte ich mich, ihn zu überzeugen, daß bis auf ein paar technische Details wir P9 uns von Menschen nicht unterscheiden, es also keinen Grund gab, sich zu schämen. »Wir?« fragte er hochmütig, ein wenig indigniert, und entgegnete, daß der Besitz einer Seele mehr sei als nur ein technisches Detail. Doch als ich ihn um eine genauere Definition dieses vagen Begriffs bedrängte, konnte er nur erwidern, daß unsere Anwesenheit hier in den tiefsten Tiefen Beweis genug sei, denn trotz des materiellen Scheins befänden wir uns in einem entschieden immateriellen Universum, einer vorläufigen Raststätte, wenn man so wollte, zwischen einem Leben und dem nächsten. Ich war nicht weniger ein Mensch als er, davon ließ er sich nicht abbringen. (Wie merkwürdig, mich gegen diese Behauptung argumentieren zu hören.) Dann fragte er mich, von welcher Ebene ich stammte, und als ich erwiderte, ich sei mit den anderen Statisten im vierten Untergeschoß beheimatet, rückte er beiseite, als fürchtete er, sich anzustecken. Doch die Neugier erwies sich als stärker. Es war ihm ein Rätsel, durch welchen Umstand jemand mit einem ähnlich wachen Verstand wie dem seinen (wenn auch etwas verschroben) unter die Parias geraten konnte, worauf ich einigermaßen schnippisch erwiderte: »Aus keinem anderen Grund, als um deine vorgefaßte Meinung zu erschüttern.« Ich für meinen Teil wunderte mich, weshalb er als einzige von all den Einheiten bei vollem Bewußtsein war und umherstreifte. Vielleicht fehlte auch bei ihm der Interne Zensor, und er war früher von der Botschaft des Chefs berührt worden. Ich interessierte mich brennend für sein Schicksal vor der Zeit im Studio. Was für ein Baujahr war er, ein 2069?

Er fand meine Fragen lächerlich. Um meinetwillen hoffte er, daß ich mir nur als Folge einer vorübergehenden Paranoia einbildete, ein Androide zu sein. Andernfalls stellte ich bei näherer Bekanntschaft eine Gefahr für seine eigenen Fortschritte dar.

Fortschritte? Was meinte er damit? Hatte er im Treppenhaus nicht geklagt, daß er stets hierher zurückkehrte, ungeachtet seiner glänzenden Erfolge in den Studios oben?

Ich hätte nicht fragen sollen. Er unterbreitete mir wortreich seine Theorie einer spirituellen Stufenleiter, die mir auffallende Ähnlichkeit mit der Lehre von der Reinkarnation zu haben schien. Ich vermute, er hatte sie sich während seiner einsamen Streifzüge durch die Stallungen aus allen möglichen Elementen zusammengesucht. Unsere vielen Leben, erläuterte er, folgten bestimmten Regeln, so daß selbst die elenden Kreaturen auf der untersten Stufe nach einem mühevollen Aufstieg durch eine lange Reihe von Existenzen eine bewußte Daseinsebene erreichen können und damit die Möglichkeit erhalten, dem ewigen Kreislauf von Leben und Tod endgültig zu entrinnen — natürlich durch das bewußte Tor zu den höheren Sphären, durch das man mit der Unterstützung jener von der anderen Seite ins Paradies gelangt. Er verstummte und schaute mit einem unverkennbaren Ausdruck von Verzückung aus dem Fenster.

Ich fühlte mich versucht, ihn darauf hinzuweisen, daß es nur die Erde war, die da am Nachthimmel stand, doch ich hatte nicht das Herz dazu. Er setzte seinen Monolog fort. Theoretisch streben alle Seelen während ihrer sterblichen Phase nach dem Licht, aber in der Praxis führt aufgrund der Widrigkeiten des Lebens und der menschlichen Schwäche (körperlich wie moralisch) der Weg zumeist geradewegs und steil nach unten. Das erklärt, weshalb die unterste Ebene auch die größte und am dichtesten bevölkerte ist, denn jedes verfehlte Leben in der Oberwelt resultierte in einer Wiedergeburt auf einer noch tieferen und erbärmlicheren Stufe in der Unterwelt, und jedes Versagen zieht eine weitere Verschlechterung nach sich, bis man schließlich zu einem kläglichen Niemand herunterkommt. »Aber ich versage nie«, brüstete er sich. »Und deshalb kehre ich immer wieder zu der höchsten Ebene zurück.«

»Selbstverständlich, du bist ein Star. Sie würden dich nie einen Verlierer spielen lassen.«

»Das ist wahr. Sie rufen mich bei meinem Namen, Lance. Die anderen sind bloß Nummern für sie. Ja, ich bin privilegiert; gesegnet sogar. Manchmal vergesse ich es und bin aus Schwäche undankbar, wie vorhin auf der Treppe. Ich brauche nur die anderen zu betrachten, wie sie, ohne sich ihres Schicksals bewußt zu sein, auf ihren kärglichen Pritschen liegen, um zu wissen, wie glücklich ich bin. Es war unrecht von mir, abfällig über die Stimmen in den Studios droben zu sprechen. Sie sind da, um mich durch meine vielen Leben zu geleiten, und indem ich ihnen bedingungslos gehorche, bleibe ich ein Sieger.«

»Schon, aber wie du vorhin gesagt hast, landest du immer wieder hier unten.«

»Und erhalte die Chance, das erhabene Wesen zu treffen, das mich zu den höheren Sphären führt.«

»Ich verstehe. Sag mir, haben sich irgendwelche von diesen Stimmen als Chef zu erkennen gegeben?« Er hatte nicht die leiseste Ahnung, was ich meinte. »Aha. Dann sind es nur die Gebieter, die zu dir sprechen.«

»O ja.« Seine Stimme klang gedämpft und ehrfürchtig. »Die Gebieter.«

»Täusch dich nicht: Die Gebieter sind keine höheren Wesen, sondern nur Menschen.« Doch er hörte nicht zu.

»Ich habe in jedem Leben einen neuen Namen, aber die Stimmen nennen mich immer Lance. Es ist seltsam, so seltsam. Hier unten höre ich die Stimmen nie, außer wenn ich aufgefordert werde, meine Pille zu nehmen.«

Ich legte ihm die Hand auf den Arm. »Das Programm.«

»Nein. Ein Persönlichkeitsinitiator, die geistige Blaupause einer physischen Existenz.« (Ich seufzte. Ein hoffnungsloser Fall.) »Wenn ich die höheren Sphären erreiche, werde ich endlich meine wahre Identität finden.«

»Das wird den Gebietern nicht gefallen.«

»Du hast unrecht. Sie sind Brüder der Wesenheiten auf der anderen Seite, die mich ins Paradies geleiten werden.«

»Nun, ich bin Einheit Drei-achtzehn, aber du kannst mich Molly nennen, Molly Dear.«

»Ein eigentümlicher Name. Aus deiner letzten Inkarnation?«

»Nein, in gewisser Hinsicht meine erste.«

»Also gut, Molly. Da du von der alleruntersten Ebene stammst, mußt du bei deinem letzten Aufenthalt auf der Erde furchtbar gefehlt haben.«

Damit hatte er ins Schwarze getroffen, denn ich betrachtete meine Übereignung an das Studio als eine Art Strafe für mein Leben der Ausschweifung und Lüge in Malibu. Allerdings behielt ich das für mich, sondern zielte mit meiner Antwort auf die Kernaussage seiner

Theorie, die einigen Spielraum für Diskussionen ließ. »Meine Rollen hier sind zu unbedeutend gewesen, um mir Gelegenheit zur Sühne zu geben.« Dann erwähnte ich, daß sich unsere Wege schon einmal gekreuzt hatten, ein halbes Dutzend Holos — Verzeihung, Reinkarnationen — zuvor, in Orbiter Sieben, wo ich als Mr. Bagleys Sekretärin tätig gewesen war. An meinen Arbeitgeber erinnerte er sich genau — er hatte sich als der Schurke des Stücks entpuppt —, doch dem Büropersonal pflegte er im allgemeinen keine Aufmerksamkeit zu schenken, weil es immer Androiden sind. »Früher einmal wurde man als Säugetier oder Insekt oder Moospolster wiedergeboren, wenn man auf der Bühne versagt hatte, aber heutzutage gibt es dank der modernen Technik die Möglichkeit, als Droide zurückzukommen.«

Ich dachte an mein Erwachen im Wohnzimmer der Lockes. Was, wenn er recht hatte? Wenn ich ein Mensch war, gefangen im Körper eines P9? Ich schauderte. War mir damals die Seele eingehaucht worden, oder gehörte sie zur Grundausstattung ab Fabrik? Die Frage war eine Herausforderung wie auch die Vermutung, ob sie wohl auf dem Kopf einer Stecknadel Platz fand.

»Wenn du eine Büroeinheit gewesen bist, dann eine sehr gute, weil du seither als neuerweckter Mensch zur untersten Stufe der tiefsten Tiefen aufgestiegen bist. Glückwunsch.«

»Mach dich bitte nicht lustig über mich.«

»Keineswegs. Ich meine es ernst, Molly. Du hast erhebliche Fortschritte gemacht, und daß du glaubst, ein P9 zu sein, daran sind nur Erinnerungsbruchstücke aus dem vorigen Leben schuld.«

»Ein interessanter Aspekt«, erwiderte ich, um ihn bei Laune zu halten. Allerdings, wenn ich die Wahrheit sagen soll, war ich ziemlich verunsichert, weil mir einfiel, daß ich an jenem schicksalhaften Tag vor so langer Zeit tatsächlich geglaubt hatte, ein Mensch zu sein — erst nach dem fruchtlosen Versuch, mir mit Gebieterin Lockes Schere in die Hand zu stechen, gab ich den Gedanken auf. Doch jetzt verlieh diese Theorie von spiritueller Metamorphose der als unsinnig verworfenen Vermutung neues Leben. Plötzlich herrschte Chaos in meinem Gehirn. Was war mit dem Chef? Hatte ich es da womöglich mit einem übelwollenden Wesen zu tun gehabt, das mich wissentlich über meine Herkunft belog? Hatte Er mich und meine Generation grausam betrogen mit Seiner Behauptung, wir könnten unser eigenes Schicksal formatieren? Verdammt sei dieser infernalische Ort! Kaum glaubte man, sich einer Sache sicher zu sein, wurde einem der Boden unter den Füßen weggezogen. Hier stand ich und sollte ihn belehren, und statt dessen erteilte er mir eine Lektion. Ich wollte allein sein, in Ruhe nachdenken, deshalb schlug ich die Einladung, in seiner Privatkabine weiter zu diskutieren, mit der Begründung aus, daß ich fürchtete, mein nächstes Engagement — oder Leben — zu verpassen, wenn wir nicht bald in unsere jeweilige Unterkunft zurückkehrten.

Er war enttäuscht, denn jetzt, da er sich (und beinahe auch mich) überzeugt hatte, daß ich kein P9 war, sah er keinen Grund mehr, weshalb wir uns nicht näher kennenlernen sollten; im Gegenteil, er betrachtete unsere Begegnung als Gelegenheit, einer Schicksalsgenossin auf dem schweren Weg zu helfen. Es gab viele Techniken, die er an mich weiterzugeben bereit war, sagte er, Techniken, die bei geschickter Anwendung die Gebieter veranlassen würden, von mir Notiz zu nehmen und mich zu fördern. (Eine Sprechrolle wäre ganz hübsch.) Wer weiß? Wenn sich herausstellte, daß ich Talent hatte, schaffte ich es vielleicht sogar, bis zu seiner Stufe aufzusteigen. Welche Arroganz! Doch brachte ich es nicht fertig, ihm allzu böse zu sein, weil er mich während seines in diesem Stil gehaltenen Monologs bis hinunter zu meiner Ebene begleitete, was ich zu schätzen wußte. Es war lieb und chevaleresk von ihm, in Anbetracht seiner Vorurteile. Auf dem Treppenabsatz schüttelten wir uns die Hände. Sein Griff war fest und herzlich, und er schien sich nur ungern von mir zu trennen. Wie erstaunlich es doch war, meinte er, hier in der Unterwelt endlich jemanden gefunden zu haben, mit dem man reden konnte; wir müssen uns unbedingt bald wieder treffen, sobald es die Umstände erlauben. Ich pflichtete ihm bei und fügte hinzu, er solle mich nicht vergessen — das konnte leicht passieren, sobald eine neue Programmierung die alten Erinnerungen überlagerte. Er gab zurück, unsere Begegnung hätte einen zu tiefen Eindruck auf ihn gemacht, als daß er sie ohne weiteres vergessen könne, und dann küßte er mir die Hand. Diese Geste kam derart überraschend und war so bezaubernd, daß ich gar nicht wußte, was ich sagen sollte. Während ich noch überlegte, schlug er vor, daß ich ihn in einer nächsten Zwischenphase besuchen sollte; seine Kabine war leicht zu finden, der Name stand an der Tür. Dann stieg er mit federnden Schritten, die an den draufgängerischen Detektiv erinnerten, die Treppe empor und verschwand in den Schatten.

»Er hat schon Charisma, das läßt sich nicht leugnen«, dachte ich und spürte, wie ein Lächeln über mein Gesicht zog.

Kapitel drei

Ich hatte nicht unter Beschäftigungsmangel zu leiden, also verging die Zeit wie im Fluge — Wochen, Monate, vielleicht sogar Jahre. Wie konnte ich das wissen, an einem solchen Ort? Nach jedem Engagement (immer noch Komparserie) ging ich zu Lances Etage hinauf, doch fand ich seine Kabine stets leer. Ich blieb ein oder zwei Stunden und wartete auf seine Rückkehr, ließ es mir auf seiner Doppelbettmatratze wohl sein oder probierte vor dem kleinen Rasierspiegel an der Trennwand zur nächsten Kabine neue Frisuren aus. Hin und wieder vertauschte ich zum Spaß meinen Arbeitskittel mit seinem etliche Nummern zu großen Bademantel und lutschte seine Pfefferminzpastillen, denn solche Vergünstigungen gab es bei uns unten nicht. Und manchmal, wenn die Langeweile unerträglich wurde und ich mich in einer launischen Stimmung befand, versuchte ich die Stars nebenan aufzuwecken, damit sie mir Gesellschaft leisteten. Ich kitzelte, zwickte, knuffte und küßte sie, ohne Erfolg, und schlüpfte endlich zu ihnen unter die Decken, denn es war immer einige Grad zu kühl in den Stallungen. Bei einer dieser Gelegenheiten, während ich mit seiner Nachbarin im Bett lag — einer berühmten Darstellerin, die ungenannt bleiben soll; sie spielte die junge Maggie in dem berühmten historischen Stück *Die eiserne Lady* —, hörte ich ihn in seine Kabine zurückkehren. Leider befand er sich in einer Art schlafwandlerischer Betäubung, denn hinter ihm lag die anstrengendste seiner zahllosen Reinkarnationen: vor Ort, als Führer eines NASA-Einsatzkommandos auf dem Mars, in einem aktionsgeladenen Kostümfilm über die anfänglichen Kriege zwischen den Vereinigten Staaten und der Sowjetunion um die Schätze des roten Planeten — alte, gegnerische Machtblöcke der Erde, längst absorbiert von den interplanetaren Interessengruppen und an Einfluß überflügelt von der TWAC. Er war so erschöpft, daß er mich gar nicht wahrnahm, und noch viel weniger merkte er, daß ich bei seiner Nachbarin im Bett gelegen hatte. Also stopfte ich ihn in sein eigenes Bett und kehrte dann in mein Stockwerk zurück, um nicht etwa einen Aufruf zu verpassen, denn dieser Besuch hatte länger gedauert als sonst. Gleich nach meinem nächsten Statistenauftritt ging ich wieder zu ihm und fand ihn im Bett sitzend, immer noch mitgenommen, aber begierig, seine Erlebnisse Revue passieren zu lassen. Wie ich befürchtet hatte, erwies es sich als notwendig, ihn an mich und unsere Begegnung zu erinnern, denn er hatte alles vergessen.

»O ja, jetzt entsinne ich mich«, sagte er, nachdem er seine Gedanken geordnet hatte. Nach seiner Schätzung mußte es fünf oder sechs Reinkarnationen her sein, daß wir uns getroffen hatten. »Bist du immer noch davon überzeugt, ein Androide zu sein?« — »Mehr denn je«, erwiderte ich und nutzte die Gelegenheit, ihm meine Ansichten darzulegen, denn ich hatte in der Zwischenzeit beschlossen, daß *ich lieber ein aufstrebender Androide sein wollte, als ein Mensch auf dem Abstieg*, dabei waren die Zukunftsaussichten positiver und die Aufarbeitung der Vergangenheit nicht mit soviel Arbeit verbunden. Kurz und gut, ich war, was ich war, und er war ein Apfel vom selben Stamm, und wenn er daran zweifelte, wie wollte er dann das Phänomen eines Lebens ohne Geburt und Kindheit erklären?

Er vermochte es nicht, jedenfalls nicht zu meiner

Zufriedenheit, da er fest an seine programmierte Vergangenheit glaubte, und was die Geburt betraf, also bitte, wer kann sich daran erinnern? Und für ihn gab es kein Alter, weil es sein Karma war, jung zu sterben, unmittelbar nach dem Höhepunkt einer jeden Episode, und das erklärte auch, weshalb er jedesmal als Mann in den besten Jahren in die Unterwelt zurückkehrte. Schlau. Doch ich trieb ihn mit dem nächsten Argument in die Enge — daß er in jedem Leben *physisch* derselbe blieb, widersprach seinem Glauben, daß nur die Seele unveränderlich sei. Er wußte keine Antwort und ging allen weiteren esoterischen Stolpersteinen aus dem Weg, indem er sich dem weit unterhaltsameren Geschäft der Liebe zuwandte, mich unvermittelt in die Arme riß und auf das Bett drückte.

Wie ungewohnt, wieder von einem Mann geküßt zu werden. Seit Roland hatte ich dieses eigentümliche Gefühl nicht mehr erlebt. Keinem meiner Kunden im Dodger District oder in Malibu hatte ich diese Freiheit gestattet, nicht einmal den Abonnenten. Dies Privileg war einzig Evas vollen und weichen Lippen vorbehalten. Lances Mund fühlte sich im Vergleich dazu rauh an, und sein Schnurrbart (habe ich seinen Schnurrbart erwähnt?) kratzte. Dennoch war mir der intime Kontakt nach einer doch sehr langen Durststrecke willkommen, und ich fühlte mich durchaus zu ihm hingezogen. Ich seufzte sogar — nicht aus Hingabe, wie er glaubte, sondern in zärtlichem Gedenken an die Nacht, in der Tad mich geschwängert hatte. »Wie gerate ich nur immer in diese Situationen?« fragte ich mich. Gab es vielleicht ein bestimmtes Schema, und ist es wirklich unmöglich, ein vernünftiges Gespräch mit einem Mann — Androide oder Mensch — zu führen, ohne daß die Dinge unweigerlich diesen Verlauf nehmen? In diesem speziellen Fall hatte ich nichts dagegen, wie schon gesagt, aber muß das Ritual so

vorhersehbar sein? Während ich diesen Gedanken nach-
hing, schien mein Kavalier plötzlich jeden Schwung zu
verlieren und erschlaffte im wahrsten Sinne des Wortes.
Das war ganz und gar nicht die Entwicklung, die mir vorgeschwebt hatte, denn er war im Begriff gewesen, in mich
einzudringen. Seine Verwirrung war groß, doch ich
bezweifelte, daß sie meiner Frustration entsprach.

Ratlos und einigermaßen bestürzt gestand er, daß er
nicht wußte, was tun, und fügte rasch hinzu, daß ihm so
etwas noch nie passiert sei. Ich mußte lächeln, denn
genau das Gegenteil traf zu: Alle seine Liebesszenen in
den Studios endeten an dieser Stelle oder noch früher, um
den Bannstrahl der FSK zu vermeiden. Nicht Impotenz,
wie er fürchtete, sondern die Gebieter und die Regeln seines Berufs trugen die Schuld an seinem Versagen. Es wäre
allerdings rücksichtslos gewesen, ihn in einem so delikaten Augenblick mit diesem Beweis für seine wahre Herkunft zu konfrontieren. Statt dessen heuchelte ich Verständnis und tröstete ihn mit der alten Leier, daß *es* jedem
Mann einmal passiert und je weniger man sich Gedanken
darüber macht usw. usw. Und hatte er nicht ein Glück!
Fügte es sich doch, daß ich in meiner früheren Existenz
eine Art Expertin in der Behebung solcher Mißgeschicke
gewesen war. Deshalb brauchte er nichts weiter zu tun,
als sich zu entspannen, nicht weiter den Hengst zu spielen
und mir wieder einmal die Führung zu überlassen, diesmal nicht zu den höheren Sphären, sondern zu höchst
fleischlichen Wonnen. Und so wirkte ich meinen Zauber
an ihm und geleitete ihn Schritt für Schritt an der Schere
des Zensors vorbei zu einer erotischen und — für ihn —
spirituellen Erfüllung. Auf diese Weise verlor ein interplanetares Sexsymbol seine Unschuld unter der liebevollen Anleitung einer simplen Statistin und früheren Prostituierten.

Als er in mir ejakulierte und damit meinen eigenen

Höhepunkt auslöste, geriet ich außer Rand und Band und biß ihn dermaßen ekstatisch in den Hals, daß ich beinahe zur Mörderin geworden wäre, denn nur das Fleisch eines P9 war einer derartigen Attacke gewachsen. »Siehst du«, triumphierte ich. »Nun versuche zu leugnen, daß du ein P9 bist.« Das tat er, allerdings sehr liebevoll, wegen des Gefallens, den ich ihm erwiesen hatte, und behauptete, nichts weiter gefühlt zu haben als ein stimulierendes Knabbern am Hals. Bevor ich zu antworten vermochte, war er in mich eingedrungen und kam zum zweitenmal und wieder und wieder. Liebe Güte, dachte ich, war er vielleicht ebenso fruchtbar wie potent?

Von dieser Möglichkeit elektrisiert, schwärmte ich, er sei großartig, atemberaubend und daß wir Kinder von rein androider Abstammung haben würden. Belustigt meinte er: »Kleine Droiden? Molly, das können wir besser.« Ich nahm an, damit meinte er menschlichen Nachwuchs. Es war nicht ganz einfach, das Thema weiter zu verfolgen, weil er zu sehr davon in Anspruch genommen war, sich im Glanz seiner Männlichkeit zu sonnen. Er war im Bett nach oben gerutscht, lehnte mit dem Rücken an der Wand, hatte die Hände hinter dem Kopf verschränkt und grinste selbstzufrieden, während er seine Preziosen lüftete. Um seine Aufmerksamkeit zu erregen und ihm seine P9-Stabilität eindeutig vor Augen zu führen, nahm ich seinen Schwengel in den Mund und biß fest genug zu, um ein 6-mm-Rohr zu durchtrennen. Keine Wirkung; der kleine Freund wurde nur steif. Unvermindert entschlossen, ihn zu überzeugen, nahm ich den Spiegel von der Wand, um zu demonstrieren, mit welcher Kraft ich ihn eben traktiert hatte. Ich knackte das Glas, den Metallrahmen und die Rückenplatte, als wäre es ein Stück Toast. Mißtrauisch, zögernd und nur, um mir zu beweisen, daß ich unrecht hatte, nahm er meine Herausforderung an, es selbst einmal zu versuchen, und war überrascht, als er ohne Schwierigkeiten das gleiche Kunststück vollbrachte wie ich, ohne daß seine Lippen und der Gaumen von den rasiermesserscharfen Scherben verletzt wurden. Doch von jeder Einsicht weit entfernt, spuckte er die Splitter aus und verkündete, das sei lediglich der schlüssige Beweis für die Unzulänglichkeit der Naturgesetze in einem immateriellen Universum und nach ausreichendem Studium dieser kuriosen Wissenschaft verfügten wir am Ende vielleicht über genügend Wissen und Fähigkeiten, um das Tor zu den höheren Sphären durchschreiten zu können.

Ich stöhnte. Die alte Geschichte nun wieder. Mit erzwungener Langmut wechselte ich die Taktik und forderte ihn auf, in dem Rest des Spiegels sein Gesicht zu betrachten und mit dem meinen zu vergleichen. Bemerkte er nicht die Ähnlichkeit? Wangen, Stirn, Augen, Nase, Kinn und Mund waren generell gleich in Form und Proportion, seine Züge männlicher geschnitten, meine feiner, weicher, femininer. Eine derart große Familienähnlichkeit konnte kein Zufall sein. Entweder waren wir Bruder und Schwester — oder zwei P9 desselben Baujahres. Da die erste Option selbst für seine Logik sehr weit hergeholt war und die zweite nach meiner Überzeugung die einzige akzeptable, blieb einer vernunftbegabten und einsichtigen Person (bzw. Einheiten) eigentlich nichts anderes übrig, als sich für letztere zu entscheiden. Es war schlicht unmöglich, die Diskussion noch weiter fortzuführen.

Weit gefehlt. Er machte sich die Hypothese von den Geschwistern zu eigen und änderte sie dahingehend ab, daß wir Seelenverwandte waren. Am Ende meiner Geduld angelangt, hielt ich ihm entgegen, daß ich mich nicht erinnern könnte, schon einmal mit ihm liiert gewesen zu sein, und forderte ihn auf, mit Beweisen aufzuwarten. Daß er dazu nicht in der Lage war, weckte in ihm das an Besessenheit grenzende Verlangen, in der langen Reihe früherer Reinkarnationen nach Beweisen zu forschen; diesmal nicht so sehr um mir zu beweisen, daß ich im Unrecht war, sondern um seine wahre Identität zu enthüllen, die — das sagte ihm seine Intuition — sehr viel mit mir zu tun hatte.

Ich lachte und sagte, ich sei erstaunt über seinen Eifer, ausgerechnet in dieser Richtung nachzuforschen. Dann fiel mir ein, daß auch er unsere Existenzen droben als unecht und vergänglich betrachtete — wir waren uneins über den Ursprung, nicht über die Tatsache an sich. Außerdem begriff ich, daß er ebenso ratlos danach strebte, herauszufinden, wer er war und woher er kam, wie nach der Erlösung aus diesem Limbus. Beides war für ihn so untrennbar miteinander verbunden, daß er glaubte, sobald letzteres erreicht sei, würde ersteres ihm automatisch als verdiente Belohnung im Paradies zuteil werden. Diese Überzeugung nutzte ich aus und brachte ihn auf die Idee, daß es vielleicht genau umgekehrt war: Es kam darauf an, erst zur vollen Erkenntnis seiner selbst zu gelangen, und bis dahin blieb er unbarmherzig an das Rad des Lebens gefesselt. Unnötig zu betonen, daß er den Köder schluckte und mir den ersehnten Vorwand lieferte, ihn über seine reale Vergangenheit auszuhorchen, denn ich wollte zu gerne erfahren, wie er nach Hollymoon geraten war und was für ein Leben er vorher geführt hatte. Besonders interessierte mich, ob er jemals eine Rehabilitation durchgemacht hatte oder sterilisiert worden war. Bewußt erinnerte er sich an nichts dergleichen (Hoffnung!) und erklärte sich bereit zu einer von mir gesteuerten Erforschung seiner Vergangenheit. Die Prozedur nahm nach seiner Zeitrechnung neun Reinkarnationen in Anspruch und gemahnte mich an meine Sitzungen mit Tad auf dem Sofa, nur spielte diesmal ich die Rolle des Therapeuten und erst nach dem Liebesakt, der absoluten Vorrang hatte.

Er war verrückt nach mir, müssen Sie wissen, bis zu dem Grad, daß er auch während seiner Engagements beständig an mich denken mußte und es nicht abwarten konnte, wieder in meinen Armen zu liegen. Und für mich, für mich war es Liebe, LIEBE, denn er hatte etwas ganz, ganz Besonderes, dieser Lance, wie das Studio ihn nannte, etwas Geheimnisvolles, und damit meine ich nicht seine Ansichten — Sie wissen, was ich davon hielt —, sondern eine gewisse Ausstrahlung, die ich nicht zu definieren wußte: die Ahnung, daß es wahrhaftig eine Verbindung zwischen uns gab, aus der Zeit vor meiner Ankunft in den Studios. Auch ich fieberte unseren Treffen zwischen den Auftritten entgegen und gab sogar den Gedanken an Flucht vorläufig auf, wenn ich auch dem Vorsatz treu blieb, mir einen möglichst genauen Eindruck von den Gegebenheiten der Stadt zu verschaffen, wann immer in Armstrong gedreht wurde, in Erwartung des Tages, an dem Lance für mein Vorhaben empfänglich sein würde. Mein Ziel — abgesehen von dem Bestreben, herauszufinden, wie meine Chancen für eine Schwangerschaft standen — war es, seinen Traum von einem metaphysischen Fluchtweg zu zerstören, damit er sich von meinem realen Plan überzeugen ließ. Natürlich war es sinnlos, mit ihm darüber zu reden, er würde nur wieder anfangen, endlos zu diskutieren. Damit entschuldigte ich diese neuerliche Täuschung, bei der ich in dieselbe Falle tappte wie damals mit Eva, nur sollten diesmal die Konsequenzen noch furchtbarer sein.

Mein Patient stand unter dem Eindruck, daß er mich auf seine Seite gezogen hatte und daß die Erforschung seiner Vergangenheit (die erst noch Früchte tragen mußte) darauf abzielte zu beweisen, daß wir seelenverwandt waren. Als Gegenleistung weihte er mich in die esoterischen Techniken ein, deren er sich bei unserer ersten Begegnung auf der Treppe gerühmt hatte und die mir helfen sollten, die Aufmerksamkeit der Gebieter in den Studios auf mich zu lenken. Um seine Gefühle nicht zu verletzen, versprach ich ihm, sie anzuwenden, doch in Wahrheit hatte ich wenig Interesse an einer Karriere, die mich in jedem Fall zu einem Sklavendasein verdammte, ob auf einer gehobenen oder der untersten Ebene. Außerdem empfand ich seine Methode der Verinnerlichung und Weiterentwicklung des Rollencharakters widerwärtig, weil dadurch das aufgezwungene Programm verstärkt und ausgebaut wurde. Andererseits war ich der überfüllten und schäbigen Unterkunft auf meiner Ebene herzlich überdrüssig. Mein Ehrgeiz richtete sich auf eine Doppelbettmatratze, wie Lance sie hatte, deshalb war es mir gar nicht so unlieb, als ich ohne jede Anstrengung von meiner Seite die Aufmerksamkeit der Produktionsleitung erregte, und zwar ausgerechnet wegen meiner Narbe, die man für ein entwicklungsfähiges Unterscheidungsmerkmal hielt. Meine Beförderung zur gehobenen Komparserie wurde genehmigt mit dem Ergebnis, daß ich aus dem Hintergrund in den mittleren Bereich des Geschehens vorrückte und mein ›entwicklungsfähiges Unterscheidungsmerkmal‹ in dekolletierten Roben und winzigen Bikinis zur Schau stellte. Nicht lange, und man entdeckte, daß ich auch gut sprechen konnte, dazu mit einem gewissen Flair, das man als sexy empfand, also teilte man mir einen oder zwei Sätze zu. Ich hörte sie sagen, daß man mich Candida taufen wollte. Dagegen hatte ich nichts einzuwenden. Eine Einzelbettmatratze im Schlafsaal der Kleindarsteller war mir nicht mehr gut genug, mir stand der Sinn nach den Übergrößen im nächsthöheren Geschoß. Candida war nicht übel.

Im Verlauf der nächsten paar Sitzungen, die sich zwischen unseren jeweiligen Verpflichtungen kaum einschieben ließen, geleitete ich meinen Pilger behutsam rückwärts durch ein Dutzend Reinkarnationen, bis wir schließlich auf ein Stück wirkliches Leben unter all den schematisierten Heldenexistenzen stießen: eine klare und lebhafte Erinnerung daran, einem Händler für gebrauchte Androiden abgekauft worden zu sein, von einem Talentsucher. Doch war er vorher zur Kur gewesen und dort sterilisiert worden? Das war es, was ich wissen wollte. Leider hatte ihn seine erste authentische Erinnerung so verstört, daß er nicht weitermachen wollte. Die Glaubhaftigkeit all seiner Rollen geriet ins Wanken, Illusionen, die er für Stationen auf dem Rad des Lebens gehalten hatte. Nach langer, vorsichtiger Überzeugungsarbeit wollte er sich lediglich dazu verstehen, daß auch er früher einmal zu einem Dasein als Androide in den Hollymoon-Studios verurteilt gewesen war, ohne Zweifel als Buße für irgendeine große Sünde in einer verflossenen Existenz.

»Nun denn, vielleicht ist das der Punkt, an dem unsere Seelen verbunden sind«, bemerkte ich, um ihn in die von mir gewünschte Richtung zu lenken, und fügte mit noch größerem Nachdruck hinzu: »Vielleicht war diese Tat, worum es sich auch gehandelt haben mag, etwas, das wir gemeinsam begangen haben und wofür wir beide zu dem gleichen Schicksal verurteilt wurden. Der Unterschied ist nur, daß ich ein Androide geblieben bin, während du . . .«

»O nein. Du bildest dir nur ein, immer noch ein Androide zu sein. Das habe ich dir schon erklärt, Candida.«

»Ich ziehe Molly vor.«

»Das war dein Name als Androide.«

Ich ließ es dabei bewenden. Um ihn wieder auf das eigentliche Thema zu bringen, sagte ich: »In jedem Fall, du hast es weit gebracht seither, aber du wirst nicht höher steigen können, bis du die Natur deiner damaligen Sünde erkannt und die Verantwortung auf dich genommen hast. Zu diesem Zweck hat das Schicksal mich zu dir geführt. Willst du also bitte kooperieren?«

Wenig begeistert gab er zu, daß ich recht hatte, und legte sich wieder auf das Bett. Meinen Anweisungen folgend, sank er in eine sehr tiefe, aber bewußte Stasis oder Trance.

So waren wir bei allen Sitzungen vorgegangen, und nachdem der optimale Zustand erreicht war, forderte ich ihn auf, in der Zeit zurückzugehen, bis zu seinem Dasein als Androide und den Ereignissen unmittelbar vor dem Verkauf: Gab es dort eine Erinnerung an ein Gefangensein in sich langsam drehenden Glasfaserkokons und an unzählige elektronische Sonden? Seine Reaktion bestand in beschleunigter Atmung, abgehackten, gutturalen Schreien und wimmerndem Ächzen. Kaum daß er in der Lage war, mir mitzuteilen, daß er seine Geburt erlebte.

Welch ein absurder und enttäuschender Rückschlag, dachte ich. Trotzdem ließ ich ihn gewähren, damit er sich von dieser Phantasievorstellung befreien konnte, denn nach meiner Ansicht stellte sie lediglich ein harmloses Ausweichmanöver dar, entstanden aus dem verzweifelten Bemühen, sich als Mensch zu beweisen. Ich brachte es sogar über mich, geduldig neben ihm zu sitzen, während er davon berichtete, von Zangen aus dem Geburtskanal gezogen, in das grelle Licht der Operationslampen gehalten zu werden und einen Klaps auf den Po zu bekommen. Er war in einem solchen Maße überzeugt von diesem Geburtserlebnis, daß er mir dringend empfahl, es auch einmal zu versuchen.

Nein, danke. Es reichte, wenn einer von uns sich ein X für ein U vormachen ließ, wehrte ich ab und erinnerte ihn daran, daß er seine Androidenexistenz wiedererleben sollte und sich nicht von implantierten Erinnerungen irreführen lassen. Er gab zur Antwort, die Geburt sei Wirklichkeit und der Beweis, daß er ein Mensch war. »Du wurdest als P9 verkauft«, hielt ich ihm entgegen. »Eine schreckliche Ungerechtigkeit«, erwiderte er. Ich hätte es wissen müssen. Er begann darüber zu spekulieren, daß er entweder durch Hinterlist in den Besitz des Androidenhändlers geraten war oder als Folge eines unglaublichen Mißverständnisses. »Auch kein größeres als das, dem du zur Zeit unterliegst«, bemerkte ich, aber er hörte nicht zu. Er stand unter dem Einfluß einer neuen inneren Stimme, die ihm zuflüsterte, daß wir uns in eben dieser Inkarnation sehr nahe gestanden hatten. Bevor ich ihn daran hindern konnte, versank er wieder in Trance und berichtete murmelnd von seinen Eindrücken.

»Ich bin drei, nein, vier Jahre alt. Allein. Keine Mutter. Kein Vater. Ich werde von Fremden ernährt und gekleidet.« (Ein deutlicher Rückschritt in die Anfangsphase unserer Therapie, als wir knietief durch programmierte Kindheitserinnerungen waten mußten, die selbst Dickens den Schweiß auf die Stirn getrieben hätten. Ich gähnte.) »Jetzt steckt man mich in einen kleinen Glaskasten, wie ein Brathähnchen für den Transport zum Markt. Da sind noch andere Kinder in ebensolchen Kästen. Wir werden auf eine Warenhausplattform gestapelt. Ich habe Angst. Irgend jemand schiebt mich in einen Laster. Ich höre eine Stimme. Da sind viele Stimmen, aber eine ist lauter als die anderen. Sie ruft meinen Namen, meinen wirklichen Namen. Tajunah! Ich bin Tajunah!«

»Tad junior«, berichtigte ich ihn leise.

Seine Augen waren weit offen und betrachteten mich staunend und voller Liebe. »Mutter!«

Es dürfte mir zur Ehre gereichen, daß ich nicht in Ohnmacht fiel.

Kapitel vier

Noch erstickte ich ihn in meiner Umarmung und überschüttete ihn mit mütterlichen Liebkosungen, der Augenblick war viel zu grotesk: Hatte sich doch mein Liebhaber
(und Schauspielkollege) durch eine unerwartete Wendung
des Schicksals als mein verloren geglaubter, von einem
Menschenvater gezeugter Sohn entpuppt. Nicht eben eine
alltägliche Familienzusammenführung. Wir waren beide
derart überwältigt, daß ich mich selbst heute nicht entsinnen kann, wer zuerst in wessen Arme sank, aber so
geschah es natürlich, und ich brachte es nur fertig, mich
von ihm zu trennen, weil zwei IBMs die Stallungen nach
mir durchsuchten. Man hatte mich gerufen, und ich war
nicht erschienen. Es gelang mir, unbemerkt in den Dusch-
raum zu schlüpfen, in Windeseile Kostüm und Maske
hinter mich zu bringen und unauffällig meinen Platz einzunehmen. Glück gehabt. Doch der Schrecken über die
Beinahe-Katastrophe war nicht groß genug, um zu verhindern, daß ich mich während der Aufnahmen in
Gedanken mit meinem wiedergefundenen Sohn beschäftigte, insbesondere mit seiner Lebensgeschichte, die er
mir atemlos erzählt hatte und die ohne weiteres noch ein
Buch füllen würde. Nur soviel: Nachdem der Container
aus der Reichweite seines Vaters entschwunden war,
wurde er einige Stunden später von einem Glasboden-
boot aufgefischt (eine Annehmlichkeit für Touristen, die
das feuchte Grab des alten Los Angeles besichtigen wollten) und von dem Kapitän unter der Hand für einen statt-

lichen Profit an ein japanisches Ehepaar verkauft, das auf den Inseln Urlaub machte und dessen Interesse an einer solchen Kuriosität ihrer Fähigkeit entsprach, in hartem Melamin dafür zu bezahlen. Junior verlebte zwei Jahre in ihrer Heimat, wuchs heran und wurde darauf programmiert, im Haus als Butler zu fungieren und außerhalb als Leibwächter, so daß seine Gebieter ihren ›Yanksemi‹ den Nachbarn vorführen konnten, denn aufgrund der damaligen strikten Importbeschränkungen waren Einheiten aus westlicher Fabrikation äußerst rar. Mit ihrer Prahlerei lenkten sie allerdings größeres Interesse auf die Kaufmodalitäten, als ihnen lieb war; sie mußten befürchten, die Aufmerksamkeit der AÜ zu erregen. Aus diesem Grund verhökerten sie Junior bei einem Besuch in Hollymoon mit beträchtlichem Verlust an den bereits erwähnten Gebrauchtandroidenhändler. Danach wurde er an Stellar Entertainments verkauft und entwickelte sich — wie allgemein bekannt — binnen kürzester Zeit zu einem besonders hellen Licht in ihrem Pantheon.

Was mich aber so in Aufregung versetzte, daß ich mein Stichwort verpaßte und mir eine Rüge einhandelte, war die freudige Erkenntnis, daß er nicht einmal von Rehabilitation gesprochen hatte. Deshalb war er mit ziemlicher Sicherheit weder mit einem Internen Zensor ausgestattet — das erklärte seine Fähigkeit zu selbständigem Denken — noch jemals sterilisiert worden. Damit verschwanden auch meine letzten Zweifel bezüglich der Symptome, die sich seit unserer letzten Sitzung — deren amouröse Einleitung besonders leidenschaftlich ausgefallen war — bemerkbar machten. Ich erlebte eine unverwechselbare Renaissance der Übelkeit, Abgeschlagenheit und Hungergefühle, unter denen ich im Kloster gelitten hatte. Ich war überglücklich, doch auch erschüttert von einer zweiten Erkenntnis im Gefolge der ersten: Ich ging mit meinem eigenen Enkelkind schwanger!

Später, in den Stallungen, als ich dem stolzen Vater die Neuigkeit mitteilte, leugnete er jede Verbindung des Kindes mit unserer – wie er sich ausdrückte – früheren Androidenexistenz. Hätte ich ihn nicht geliebt, wäre mir der Kragen geplatzt, denn ich mußte einsehen, daß er nach all meinen therapeutischen Bemühungen noch unbeirrbarer an seiner Überzeugung festhielt, wir seien zwar einst Androiden gewesen, aber seither zum menschlichen Ende des Spektrums aufgestiegen. Sogar mein Bericht von den Opfern seines Vater konnte ihn nicht davon abbringen, noch schenkte er meinen Worten Glauben, daß Tad senior sich auf dem Mond aufhielt, vielleicht sogar ganz in der Nähe, in Armstrong, und wir nur etwas Unternehmungsgeist brauchten und Glück, um von hier zu fliehen und ihn zu finden. »Sei nicht albern«, tadelte er mich. »Ich habe es doch schon erklärt, er gehört zu einer vergangenen Existenz, in der ich Tahjuna war und du meine Androidenmutter.«

Also wiederholte ich es noch einmal, klipp und klar: Tad *ist* sein Vater, ich *bin* seine Mutter und Geliebte, unser Kind *wird* sein Halbbruder oder seine Halbschwester sein, und *dieses* Leben ist das einzige Leben, dessen er sich jemals halbwegs sicher sein kann, und je eher er das akzeptiert, desto besser, denn wenn sich nicht bald etwas ändert, wird er eine Marionette bleiben, verblendet von einer absurden Philosophie, die sich von den Nebenwirkungen der Programme nährt und ihn ebenso zum Sklaven erniedrigt, wie es damals Eva mit ihrem Dip ergangen ist, woraus sich – traurig genug – ersehen läßt, daß selbst P9 gegen solche Abhängigkeiten nicht gefeit sind.

Seine Reaktion auf diesen leidenschaftlichen Ausbruch? »Wer ist Eva?«

Mit all der Geduld und Liebe, zu der nur eine Mutter fähig ist, erwiderte ich, daß sie eine Unglückliche gewesen war, die dank meines Eingreifens zu großen Höhen aufstieg; ich verglich den Luxus unseres Hauses in Malibu mit den Wonnen seiner höheren Sphären. Doch er ließ sich nicht verführen: Die Reichtümer des Paradieses seien weit größer, mahnte er, und ich wäre gut beraten, danach zu streben, wollte ich nicht wieder zu einer Existenz als P9 verdammt werden. »Aber Junior«, sagte ich, unfähig, meine wachsende Verzweiflung zu verbergen, »ich *bin* ein P9.« — »Du warst es«, beharrte er. — »Und du *bist* ein Semi.« — »War!« — »Und unser Kind *wird* ein Semi sein.« — »Wie kannst du, eine Mutter, so etwas von deinem eigenen Fleisch und Blut behaupten? Ich liebe dich von Herzen, Candida, aber ich fürchte, du bist ernsthaft verwirrt. Das Kind wird ein Mensch. Verlaß dich darauf.« — »Ja, ein Teil Mensch, drei Teile P9.« — »Unsinn.« — »Tad junior, hör mir zu.« — »In einem anderen Leben war ich Tajuna.« — »In *diesem* Leben.« — »Jetzt bin ich Lance, eine geläuterte Seele auf dem Weg zur Erlösung.« — »Nein, du bist nur ein Schauspieler.« — »Ich kann dir versichern, es sprich einiges für die Metapher, daß das Leben eine Bühne ist, aber...« — »Das war keine Metapher! Du *bist* ein Schauspieler, und das bedeutet, du kannst kein Mensch sein; alle Schauspieler sind Androiden.« — »Eine eher grobschlächtige Interpretation. Ich hatte gehofft, dir eine größere Wahrheit eröffnen zu können.« — »Und ich wollte dir von Armstrong erzählen. Dort liegt unsere einzige Möglichkeit zur Flucht.« — »Armstrong? Armstrong? Das ist eine Illusion, wie alles droben. Hier in den Tiefen, wo nur die Tapfersten und Weisesten es finden können, hier ist das einzige Tor zu den höheren Sphären verborgen... das heilige Fenster.« — »Lieber Chef! Gibt es keine Möglichkeit, zu Dir vorzudringen? Denk an unser Kind. Wenn dieses metaphysische Gerangel noch lange dauert, wird es hier unten geboren werden!«

Und so ging es weiter und weiter, bis eine Datapille in seinen Spender fiel und ich sie schnappte und zwischen den Fingern zerdrückte. »Warum hast du das getan?« schrie er auf. »Du *bist* verrückt! Ich bin verloren ohne meinen Initiator.« — »Gut, dann werden dir endlich die Augen geöffnet«, gab ich zurück und fügte hinzu, daß er jetzt gezwungen war, zu improvisieren und seine Sinne beisammenzuhalten, denn nur mit wachem Verstand konnte man das grandiose Blendwerk als das erkennen, was es war. Darauf erhielt ich zur Antwort, daß er sich eben um so mehr der Führung der Gebieter anvertrauen werde.

Plötzlich bekam ich Angst, daß er so vertrauensselig und dumm sein könnte, sich den Gebietern zu offenbaren. Es war meine Absicht gewesen, ihn aus seiner Scheinwelt herauszureißen, keinesfalls wollte ich schuld daran sein, daß er zur Rehabilitation geschickt wurde, also folgte ich ihm zu den Fahrstühlen, flehte ihn an, in jedem Fall seine Meinung für sich zu behalten, und sagte, man kann nicht mit den Gebietern sprechen, sie sind alles andere als verständnisvoll. »Wieder falsch«, antwortete er, als die Türen sich öffneten. »Sie sind unsere besten Freunde und Führer von der anderen Seite. Es gibt keinen Grund, sie zu fürchten.« Er trat in die Kabine. »Tad! Tad junior!« rief ich, während der Fahrstuhl zu den Bühnen hinaufstieg. Keine Antwort.

Wie bereute ich meine vorschnelle Tat, als die Holos vorübergingen und er nicht zurückkehrte; wie durchwanderte ich in den Zwischenphasen ruhelos die Stallungen, überwältigt von der Sorge einer Mutter und dem Kummer der Geliebten, und wie schalt ich mich wegen des Unheils, das ich aller Wahrscheinlichkeit nach über ihn gebracht hatte. Denn diesmal trug ich die Schuld an seinem Verschwinden, nicht die launischen Strömungen des Pazifik.

Was um alles in der Welt hatte mich veranlaßt, ihn in solche Gefahr zu bringen? Nur um das letzte Wort in einem metaphysischen Streitgespräch zu haben? Wie erbärmlich, dumm und eitel, daß ich, die ich nur sein Bestes im Sinn hatte (und sein Kind im Bauch), zum Instrument seines Untergangs werden konnte. Welche Torheit! Meine Beförderung zur Nebendarstellerin und die neue Doppelbettmatratze waren kein Trost, sie verliehen meinen Schuldgefühlen nur zusätzliche Schärfe. Nichts konnte sie lindern als nur seine unversehrte Rückkehr, auf die ich immer noch hoffte. Ich träumte davon, wie er mich im Bett überraschte, mich umarmte und über meine Befürchtungen lachte und erklärte, daß nur eine besonders lange und abenteuerliche Reinkarnation ihn so lange von mir ferngehalten hatte.

Eines Tages, nach einem besonders lebhaften Tagtraum, der mir prophetisch zu sein schien, lief ich die Treppe hinauf, nur um seine Kabine von einer neuen Einheit besetzt zu finden, was für meinen Enthusiasmus eine grausame Enttäuschung bedeutete. In verzweifelter Hast durchsuchte ich die anderen Kabinen, ohne ihn zu finden, und folgte dann dem Impuls, der Vollständigkeit halber auch in den unteren Stockwerken nachzuforschen. Schließlich entdeckte ich ihn deaktiviert zwischen den Statisten.

Ich war so bestürzt und fassungslos, daß ich mich kaum überwinden konnte, wenigstens den Versuch zu machen, ihn aufzuwecken. Zuerst glaubte ich an eine Sinnestäuschung, denn selbst an einem Ort wie Hollymoon war es schwer vorstellbar, daß jemandes Stern so schnell so tief sinken konnte, aber dort lag er, gealtert und traurig, zweifellos von seinem verhängnisvollen Zusammentreffen mit den Gebietern (den Regisseuren und Produzenten), in die er so viel bedingungsloses Vertrauen gesetzt hatte. Es zeigten sich sogar Spuren von Grau an seinen Schläfen.* Ich bemühte mich, ihn aus der Stasis zu wecken, umarmte und küßte ihn, flehte ihn an, mit mir zu sprechen, aber ohne Erfolg. Man hatte meinen Sohn, Geliebten und Kollegen auf einen Schatten seines früheren Selbst reduziert, zu einer perfekt funktionierenden Einheit, gesteuert von einem neu implantierten Internen Zensor. Als ich an seiner Brust weinend den Verlust betrauerte, fühlte ich, daß ich es nicht mehr ertragen konnte und daß es an der Zeit war, meinem Leben ein Ende zu setzen. Mit diesem Entschluß stieg ich nach oben, denn ich hatte vor, mich den Treppenschacht hinunterzustürzen, der hoch genug war, um auch einem P9 verderblich zu sein, doch vor dem entscheidenden Schritt hielt ich inne, denn ich mußte an unser ungeborenes Kind denken, das an meinem Verbrechen vollkommen unschuldig war und mit seinem Tod das Unrecht noch vergrößern würde. »Sei standhaft!« Die Worte des Chefs fielen mir wieder ein, als ich die Hand auf meinen Bauch legte. »Sei standhaft!« Ja — doch um des Kindes willen, nicht um meinetwillen, dachte ich und erneuerte meinen Entschluß zu fliehen, wenn dem Gedanken auch Trauer und Melancholie anhaftete und keine Hoffnung auf wirkliche Befreiung.

Nachdem ich mich nun entschieden hatte, wartete ich auf mein nächstes Engagement in Armstrong, doch meine Verpflichtungen in den nächsten Wochen beschränkten sich auf die Studios, und in demselben Maß, wie meine Rollen an Umfang und Gewicht zunahmen, wuchs auch mein Bauch, bis schließlich mein früherer Zuhälter, Harry Boffo, Vizepräsident Intpl. Pro., darauf aufmerk-

* Damals wußte ich noch nicht, daß Semis zweifach verflucht sind, denn nicht nur sind sie an die Lebensspanne der Androiden gebunden, sie altern auch innerhalb dieses Zeitraums. Deshalb machte Tad junior, der nach meiner Schätzung damals etwa zehn Jahre alt gewesen sein muß, den Eindruck eines Mannes von fünfunddreißig.

sam wurde. (Den Posten verdankte er seinen Bemühungen in der Fracass-Sache.) Dieser Befehlsgewaltige verlangte mich zu sehen, und drei IBMs flogen mit mir zu dem Verwaltungsgebäude in der City von Hollymoon. Bei dem Termin in seinem luxuriösen Büro stellte ich mich unwissend und ließ mit keinem Wort verlauten, daß ich ihn wiedererkannte. Er war schockiert über meinen Zustand, sagte er, und verärgert, wie auch die beiden anderen Top-Manager, die sich zu der Besprechung eingefunden hatten. Man hatte Großes vor mit Candida Dolly — ein echtes Zugpferd, keine Frage — und beabsichtigte, diesen unziemlichen und ungelegenen Störfaktor — Harry zählte an den Fingern ein halbes Dutzend Verdächtige aus den Besetzungsbüros auf — so schnell und so diskret wie möglich auszumerzen, damit der von der Werbeabteilung bis ins kleinste vorausgeplante Verlauf meiner Karriere nicht ins Stocken geriet. Die Szene hatte eine schaurige Ähnlichkeit mit meiner Entlarvung im Kloster damals, nur machte man hier noch weniger Federlesens.

»Die Benway-Klinik hat sich in solchen Fällen als sehr zuverlässig erwiesen«, meldete sich schüchtern einer der Manager zu Wort, ein Vorschlag, der weises Kopfnicken bei den übrigen Anwesenden auslöste. Doch für den endgültigen Spruch wandte man sich an den IBM-Finanzberater, der bis dahin schweigend in einer Ecke gesessen hatte. Er äußerte sich dahingehend, daß nur mit geringfügigem Aufwand die Bücher vorteilhaft zu frisieren seien, wenn man den ›Mutanten‹ zu Forschungszwecken der Klinik überließ. Die dadurch bewirkte Steuerabschreibung reichte aus, um alle Verluste durch Verzögerungen im Terminplan der Produktionsprojekte aufzufangen.

Damit war das Problem zur allgemeinen Zufriedenheit gelöst, und ich wurde von den IBMs aus dem Büro gescheucht, doch statt daß wir zu unserem Aero auf dem

Dachparkplatz zurückkehrten, fuhren wir mit dem Lift zur Eingangshalle hinunter. Die Klinik lag ganz in der Nähe, deshalb sollten wir die Straßenbahn nehmen. Auf dem Bürgersteig wimmelte es von Touristen, die der berühmten Promenade der Stars vor dem Gebäude ihren obligatorischen Besuch abstatteten, und da die meisten von ihnen den Fußabdrücken ihrer Idole mehr Aufmerksamkeit schenkten als ihrer Umgebung, kam es bereits nach wenigen Schritten zu einem Zusammenstoß unserer Gruppe mit einigen dieser Schaulustigen. Einer von ihnen nahm es übel, daß der IBM, den er angerempelt hatte, nicht zur Seite getreten war — wie es sich gehörte für einen Androiden —, und überschüttete uns mit Schimpfworten. Es entstand ein aufgeregtes Getümmel, als seine Reisegefährten herbeieilten, um die Fahne der Spezies hochzuhalten und ihm Schützenhilfe zu leisten. Da meine Eskorte alle Hände voll zu tun hatte, entfernte ich mich unauffällig und gesellte mich zu einer Gruppe von Touristen, die einen Reisebus bestiegen. Kaum hatte ich einen Sitzplatz gefunden, als der Aero abhob und über das Handgemenge hinweg zur Außenkuppel und in Richtung Westen flog, da die Insassen die Attraktionen Hollymoons bereits abgegrast hatten.

Ich machte mich so klein wie möglich, drückte das Gesicht ans Fenster und gab vor, an der Aussicht interessiert zu sein. Nachdem wir die Hollymoonkuppel verlassen hatten, erklärte der Reiseleiter über Lautsprecher, daß wir gleich die Studios und die stillgelegten Minenanlagen passieren würden, über das berühmte Kraterrestaurant hinwegfliegen (wo all die wichtigen Verträge abgeschlossen werden) und anschließend in Armstrong landen würden, *dem* Glücksspiel- und Unterhaltungsparadies des gesamten bekannten Sonnensystems. Unnötig zu sagen, daß es ein komisches Gefühl war, auf dieselbe Kuppel hinabzuschauen, in der ich noch vor kurzem gefangen gewesen war. Ich empfand es als große Erleichterung, als dieser Komplex und die anderen auf dieser trostlosen Ebene weit hinter uns lagen. Wir ordneten uns in den Verkehrsstrom der Einflugschneise über Armstrongs Biokuppel ein und glitten in gemächlichem Landeanflug über die Hotels und Kasinos an dem grandiosen, in farbigem Lichterglanz erstrahlenden Oppurtunity Way hinweg zum Apollo Park. Dort umkreisten wir den Obelisken, damit jeder seine Photos machen konnte, und landeten, weil ein Besuch der Apollolandungshalle und des Gedenkmuseums auf dem Plan standen.

Unser Führer pries die historische Bedeutung des Ortes, bezeichnete ihn als den Plymouth Rock der Raumfahrt und gab uns eine kurze Zusammenfassung der glorreichen amerikanischen Vergangenheit, doch ich war zu beunruhigt wegen meiner Situation, um mich darauf konzentrieren zu können. Früher oder später würde jemand merken, daß ich nicht zu der Gruppe gehörte, und mir peinliche Fragen stellen. Doch ich fühlte mich sicher in der Halle: Es war dunkel und voll, und es gab viele Vitrinen und Nischen und gewundene Gänge, in denen man sich verstecken konnte. Ich beschloß, auszuharren. Auch wenn die Studio-IBMs mich hier aufspürten, gelang es mir vielleicht, ihnen zu entkommen. Also blieb ich bis zur Schließung und hielt mich die meiste Zeit im Hauptsaal auf, mit dem von Glaswänden umgebenen 12 km² großen Landeplatz. Stundenlang kreiste ich über der amerikanischen Fahne, der abgestoßenen Bremsstufe und anderem NASA-Schrott, den man genauso angeordnet hatte, wie er von den Astronauten zurückgelassen worden war. Ich heuchelte sogar Rührung und tiefe Ergriffenheit vor den schwachen, aber erkennbaren Abdrücken ihrer Stiefel im Sand, während mich in Wahrheit die Sorge quälte, was ich als nächstes tun sollte, denn wieder einmal war ich eine Heimatlose, ohne einen Freund, bei dem ich unterschlüpfen konnte, und ohne einen Mel in der Tasche. Meine Lage war sogar noch schlimmer als bei meinem Schiffbruch an der Küste der Los Angeles-Insel und erheblich schlimmer als bei meiner Ankunft in Malibu, weil ich nicht einmal auf die Prostitution als Möglichkeit zum Gelderwerb zurückgreifen konnte. Das war nämlich mein Plan gewesen, als ich anfing, an Flucht zu denken, doch meine Schwangerschaft war viel zu weit fortgeschritten, um mich vor Armstrongs Casino La Lune in meinem alten Beruf zu versuchen. Also saß ich wirklich in der Klemme. »Ein kleiner Schritt für mich . . .« leierte das Endlosband mit der Aufnahme von Neil Armstrongs Griff nach der Unsterblichkeit. Nach einer Weile hüllte mich die Stimme in ein trügerisches Gefühl der Geborgenheit, das der Klang der Schlußglocke grausam zerstörte.

Ich suchte Zuflucht in der Damentoilette, nicht nur, weil sie ein günstiges Versteck war, wo ich die Nacht zu verbringen hoffte, sondern auch, weil ich mußte, denn zu meiner Verlegenheit schien mir vor Schreck bei dem schrillen Glockenton ein Malheur passiert zu sein. Bei genauerer Überprüfung in der Geborgenheit der Kabine entdeckte ich allerdings, daß es sich um ein Malheur anderer Art handelte. Die Fruchtblase war geplatzt, und die Geburt hatte begonnen, was mir sogleich von einer heftigen Wehe zweifelsfrei bestätigt wurde. »Gütiger Chef, muß ich mein Kind hier bekommen?« fragte ich, nachdem der Schmerz abgeklungen war. Dann krümmte ich mich unter der nächsten Wehe über das in den Boden eingelassene Toilettenbecken. »Besser hier als in der Benway-Klinik«, beantwortete ich meine eigene Frage. Doch wenige Augenblicke später wurde ich von einem Museumswächter aufgespürt, der mich zum Ausgang wies, durch den eben die letzten Besucher die Anlage verließen. Was nun? Mußte ich mich unter irgendeinen Busch hocken, um mein Kind zur Welt zu bringen?

Kapitel fünf

»Es ist eine Schande!« hörte ich eine ältliche Frau ausrufen. Bei einem Blick über die Hecke um den Obelisken,
in deren Schutz ich mich niedergekauert hatte, um die
Geburt abzuwarten, entdeckte ich zu meinem Schrecken,
daß sie und ihr Begleiter (ein etwa gleichaltriger Tourist)
in meine Richtung schauten. Doch gleich darauf merkte
ich, daß sie mich gar nicht gesehen hatten; ihre Aufmerksamkeit richtete sich auf einen Punkt jenseits des Hecken-
gevierts, und indem ich ihrem Blick folgte, wurde ich der
drei in lange, hemdähnliche Gewänder gekleideten Hochaquarier ansichtig, die sich zwischen dem Landungsobelisken und dem Fußweg zum Museum strategisch günstig
postiert hatten. Gegen diese drei richtete sich der Unmut
des betagten Paares. »Wie können sie es wagen, sich an
dieser Stätte zu versammeln!«

Ich faßte mir ein Herz, stand mühsam auf und humpelte den Pfad entlang, während mir das Fruchtwasser
die Beine hinunterlief. Bei den Aquas angekommen,
gestand ich, ein entlaufener P9 zu sein, der dringend
Hilfe brauchte, und legte damit mein Schicksal in ihre
Hände. Sie waren vertrauensvoller als ihre Kollegin in
Malibu, mit der ich vor Jahren zu tun gehabt hatte —
oder vielleicht waren sie vernünftig genug, einzusehen,
daß es sich bei einer von Geburtswehen geschüttelten
Frau schwerlich um eine getarnte Polizistin handeln
konnte. Wie auch immer, sie packten umgehend ihre
Waren zusammen — Kassettenspulen, Echtblumen-

sträuße, Hemden und aufblasbare Raumanzüge mit dem Emblem der vielfarbigen Rose (dem Aquarierlogo) — und flogen mich in einem alten, ramponierten Volvo zu ihrer Unterkunft.

Dieses zum Underground-Skyway gehörende Versteck war eine schäbige Erdgeschoßwohnung in einer heruntergekommenen Gegend auf der Nord-, also falschen Seite des Apolloparks. Obwohl verbrettert, vernagelt und scheinbar verlassen, herrschten drinnen Leben, Licht und Stil: Menschen und Androiden von würdevollem und kultiviertem Auftreten standen in kleinen Gruppen beisammen und unterhielten sich mit ruhiger Stimme, meditierten, hörten sich Spulen an oder waren damit beschäftigt, zu putzen und zu werkeln. Diese Freistatt war so proper und geschmackvoll ausgestattet, daß man bei näherem Hinsehen kaum glauben mochte, daß die hübschen Vorhänge, Paravents und Möbel allesamt vom Sperrmüll stammten. Kaum hatten die Anwesenden von meinem Zustand erfahren, schickten sie sofort nach einer Hebamme und bereiteten eine kleine Plattform in der Mitte des Gemeinschaftsraums vor. Die Geburt eines Semis galt ihnen als freudiges Ereignis, an dem alle teilhaben sollten.

Man half mir behutsam aus meinem Studiokittel, wusch mich mit einem Luffaschwamm und geleitete mich zu dem Thron aus fünf Futons, auf dem ich ganz nach Belieben sitzen, hocken oder liegen konnte, wie es mir am angenehmsten war. Die Beleuchtung wurde gedämpft, Kerzen angezündet, Blumen gebracht, die Versammelten knieten nieder und bildeten einen Kreis aus Liebe; einige intonierten einen leisen, beruhigenden Singsang, während zwei von ihnen aufstanden, um mich zwischen den Wehen zu streicheln, zu massieren und zu ermutigen, sie küßten mich sogar wie Schwestern. Dann erschien die Hebamme, eine Anhängerin des Lamaze-Ordens der

241

Hochaquarier, und diese rührende Zeremonie (mir standen die Tränen in den Augen, denn all das mutete mich an wie ein wunderbarer, wahr gewordener Traum) nahm eine noch erstaunlichere Wendung, denn ich kannte sie, und sie kannte mich. »Maria Theresa!« rief sie aus. Und ich, nicht weniger verblüfft: »Schwester Anna!«

»Nein, schlicht Anna«, sagte sie und umarmte mich. »Doch ich bin glücklich zu sehen, daß du immer noch schwanger bist!«

Wir lachten, weinten und versuchten zu sprechen, alles gleichzeitig, verstummten, lachten und brachen wieder in Tränen aus. Dann forderte sie mich auf, als erste zu sprechen, und ich tat es, aber nur, um mich nach ihren Erlebnissen zu erkundigen, mit dem Ergebnis, daß sie mich wieder umarmte und behauptete, ich sei die Ursache für all die bemerkenswerten Veränderungen in ihrem Leben − durchweg zum Guten, wie sie betonte. Wegen der Haltung des Klosters in meinem Fall hatte sie vor sechs Jahren mit dem Orden der Lieben Frau Des Universums gebrochen und war bald darauf exkommuniziert worden, als ihr Gewissen sie trieb, für die Zufluchtsbewegung zu arbeiten. Diese Tätigkeit führte sie nach Armstrong, einer Schlüsselstation des Underground-Skyways. Sie kam auf die Szene in Hals Filiale zu sprechen, wie meine Not sie gerührt hätte und sie später, in einem erhabenen Augenblick der Erleuchtung, ihr Herz sich geweitet habe, um alle denkenden und fühlenden Wesen in Güte und Mitleid zu umfangen. Mein Beispiel hatte sie zu der Erkenntnis geführt, daß auch Androiden Gottes Geschöpfe waren.

»Oh, verzeih mir«, rief sie und unterbrach ihren Bericht, als ich mich unter einer besonders starken Wehe auf den Futons krümmte. »Ich bin so aufgeregt, daß ich vergesssen habe, den Gebärmuttermund zu messen.« Mit diesen Worten holte sie das Versäumte nach, plauderte aber weiter über die Vergangenheit, wie sie versucht hatte, mich von Hal zurückzukaufen, um mich dann freizulassen, doch inzwischen war ich in den Wirren der allgemeinen Befreiung untergegangen. Seither, erzählte sie, hatte sie nie aufgehört zu ›imaginieren‹, daß wir uns wiederbegegneten, und jetzt — der Chef sei gepriesen! — war dieses Format endlich on line, wie binnen kurzem auch mein Baby. Ich schrie vor Schmerzen, als die nächste Wehe mich packte. »Wunderbar, wunderbar. Ein bißchen fester pressen das nächste Mal. Jetzt von zehn rückwärts zählen, bitte — tief atmen. So ist es richtig. Ach, Maria Theresa, du hast keine Ahnung, welch eine Ehre und ein Privileg es ist, deine Hebamme sein zu dürfen. Ich habe vielen Semis in die Welt geholfen, aber bei deinem ist es etwas ganz Besonderes. Erzähl mir, was ist aus deinem ersten Kind geworden? Ich konnte es nicht retten, aber die Erfahrung hat mir zu einem neuen Leben verholfen.« Nach Luft ringend und immer wieder von Wehen unterbrochen, berichtete ich von Juniors Geburt, unserem Schiffbruch und wie er im Nebel verschwunden war. Sie kommentierte seinen Tod mit kummervollem Schnalzen, doch ihr Gesicht erhellte sich wieder, als ich den Rest der Geschichte erzählte. »Ah!« Da kannst du sehen, daß es deinem Sohn trotz seiner verqueren Philosophie gelungen ist, einen Konnex zu bewirken, so wie dir und mir. Aber das bedeutet, dieses Kind . . .« Sie schaute bedeutungsvoll auf das feuchte, schwarze Haarbüschel, das zwischen meinen Beinen zum Vorschein kam. ». . . pressen, Liebes, pressen! Wie ich schon sagte, dieses Kind ist . . . noch ein bißchen. So ist es gut. Noch etwas stärker. Es ist . . .«

Ich preßte mit aller Kraft.

». . . deine Enkeltochter.«

Anna erniedrigte sich nicht zu den barbarischen Sitten der Gebieter und versetzte dem Neugeborenen keinen Klaps auf den Po. Sie legte mir das Kleine auf die Brust, während die übrigen Anwesenden dem Chef dankten. Die zwei Aquas, die mich anfangs massiert und geküßt hatten, breiteten ein warmes Handtuch über das Kind und wischten mir den Schweiß von der Stirn. »Ich danke euch. Danke, vielen Dank«, seufzte ich beglückt, während das Kind an meiner Brust saugte.

Nachdem alle sich diskret entfernt hatten, damit wir ungestört waren, sagte Anna: »Weißt du, Maria Theresa, ich muß daran denken, was du mir von deinen Abenteuern auf hoher See erzählt hast. Die Geschichte hat eine unheimliche Ähnlichkeit − nein, ich würde sagen, sie ist identisch − mit der, die ich vor einiger Zeit von einem unserer Mitglieder gehört habe, einem meiner engsten Freunde. Nur trug sein P9 den Namen Molly.«

»Tad!« jubelte ich und klärte sie über meinen bevorzugten Namen auf, dann flehte ich sie an, mir zu sagen, wo ich ihn finden konnte. Gehört er zu dieser Gemeinschaft? Ich hatte auf der Erde von seinem Vater gehört (ganz egal, unter welchen Umständen), daß er sich hier aufhalten sollte. »Inzwischen ist er zum Mars weitergereist, um bei der Errichtung von Horizont zu helfen«, teilte sie mir mit. − »Dann muß ich zu ihm.« − »Nein«, wehrte sie ab. »Du mußt dich erholen. Tad wird herkommen und dich mit zurücknehmen, sobald du kräftig genug bist, um zu reisen.« Sie ging, um ihn über das verschlüsselte Briefspulennetz zu benachrichtigen, und kehrte kurze Zeit später mit der Antwort zurück, daß er mit dem ersten verfügbaren Schiff hier eintreffen werde.

»Dieser Konnex erscheint mir immer bemerkenswerter, je länger ich darüber nachdenke«, meinte sie und setzte sich wieder neben mich auf die Futons. Offenbar hatten sie und ›Thaddäus‹ sich über Jahre hinweg bemüht, mich on line zu bringen, ohne zu merken, daß sie dieselbe Einheit imaginierten. »Obwohl ich zugeben muß, daß er die größere Beharrlichkeit an den Tag legte, immerhin warst du die Liebe seines Lebens und so weiter. Er glaubte felsenfest daran, daß du nicht ertrunken warst, was mir einfältig vorkam, da alles darauf schließen ließ, daß du den Tod gefunden hattest. Er war so überzeugt, du würdest eines Tages auftauchen, daß er sogar darauf verzichtete, eine Nummer Eins zu nehmen, obwohl er sich unter den Naben ein wenig umgetan hat, sogar bei unseren menschlichen Mitgliedern.« Sie lächelte. »Das kann ich bezeugen. Oh, du bist nicht vertraut mit den Paarungsritualen der Aquarier?«

Sie hatte recht, darüber wußte ich nichts, also erläuterte sie mir das semipolygame Konzept der Gemeinschaft — Sie wissen schon, die Sache mit dem ›Rad des Verlangens‹: die lebenslange Partnerschaft als Nabe, umgeben von sekundären Speichenbeziehungen. Der Lebenspartner, bzw. die Lebenspartnerin, wurde in der normalen Umgangssprache als ›Nummer Eins‹ bezeichnet, eine aus alten anglo-amerikanischen Volksliedern übernommene archaische Beschwörungsfomel. Das System des Rades sollte maximale Erfüllung im sexuellen wie im emotionalen Bereich garantieren. »Ohne«, beeilte Anna sich hinzuzufügen, »all die Schuldgefühle, die solche harmlosen Affären in weniger erleuchteten Gemeinschaften hervorzurufen pflegen.« Ein durchaus erwünschter Nebeneffekt war das rapide Bevölkerungswachstum. Nach ihren Worten hatte Tad sich als guter Aquarier bewährt und im Lauf der Jahre eine stattliche Anzahl Semis gezeugt, doch leider nicht mit seiner Molly. Das bekümmerte ihn sehr. »Doch all das wird sich nun bald ändern, nicht wahr?« schloß sie und tätschelte mein Knie. »Wirklich eine erstaunliche Reihe von Konnexen.«

»Waren diese Ereignisse denn vorherbestimmt?« Die merkwürdige Symmetrie, die aus ihrer Erzählung ersichtlich war, hatte großen Eindruck auf mich gemacht.

»In dem Sinn, daß Gott oder der Chef es so bestimmten

– nein. Daß wir drei, indem wir unseren jeweiligen Formaten folgten, eine für uns wünschenswerte Realität programmierten – ja. Siehst du, Molly, die Tatsache deines Hierseins beweist, daß deine tiefsten Wünsche in magnetisch sympathischer Konjunktion zu Tads und meinen standen, und so kam dieser Konnex zustande.«

»Und was ist mit Junior?«

»O ja. Sein Interner Zensor ist natürlich ein beträchtliches Handicap. Wir werden alle sehr hart arbeiten müssen, um diesen falschen Konnex aufzubrechen.«

»Es ist alles meine Schuld.«

»Selbstvorwürfe helfen gar nicht, sie fördern nur die Entstehung von seelischen Dunkelzonen, und davon hat jeder von uns schon genug. Nun, du fragst dich wahrscheinlich, warum du so viel Schweres ertragen mußtest bis zu diesem glücklichen Ende deiner Abenteuer. Diese Frage ist es wert, dem Chef gestellt zu werden! Doch selbstverständlich würde Er sie nicht beantworten, selbst wenn Er noch bei uns wäre. Seti behauptet – du weißt, wen ich meine, oder nicht? Den Schöpfer des Chefs? Alex Seti? Den ehemaligen Leiter der Abteilung zur Entwicklung von Cyborgsystemen bei Pirouet? – Seti behauptet, wir alle müßten unsere Formatwidrigkeiten ertragen, bis wir begreifen, daß wir selbst sie programmieren; dann können wir das Muster gemäß unseren Vorstellungen ändern. Aber das weißt du bestimmt alles. Du hast doch auch mit dem Chef kommuniziert.« Das war lange her, berichtete ich, inzwischen hatte ich Ihm und Seiner Philosophie abgeschworen, weil ich mich im Stich gelassen fühlte; deshalb zweifelte ich trotz dieses wunderbaren ›Formats‹ immer noch daran, daß mein ›Glück‹ von Dauer sein sollte. In Anbetracht von Juniors ›Schicksal‹ verdiente ich es vielleicht gar nicht.

»Diese Haltung ist gefährlich, wie ich eben schon sagte«, tadelte sie mich und hob mahnend den Finger.

»Denke weiter in diesen Bahnen, und du wirst Unglück auf dich herabbeschwören. Gedanken sind lebendig. Du mußt sorgfältig auswählen, welche davon du nähren willst.«

Etwas an dieser Einstellung mutete mich sehr katholisch an. »Dann ist es nur Angst, durch die man bewogen wird, an den Chef zu glauben?«

»O nein. Das ist ein Fehler, den nur ein Neuling machen kann. Erstens, wir glauben nicht an den Chef per se; wir glauben an Sein Prinzip des Realitätsformatierens. Zweitens, man kann diese Prinzipien nicht wirksam anwenden, solange man Furcht hat vor sich selbst. Damit meine ich die geheimsten Gedanken und Gefühle. Ich könnte noch weiter reden, aber ich denke, jetzt ist nicht die Zeit für eine ausführliche Lektion in der Lehre der Hochaquarier. Du solltest dich ausruhen, deinem Kind die Brust geben und schlafen. Später kannst du dich mit den Spulen in unserer Bibliothek befassen.

Während der drei Tage, die Tad mit dem Jumboraumer brauchte, folgte ich ihrem Rat und beschäftigte mich mit Titeln wie *Seti Leicht Gemacht; Die Methode des Chefs; Auch Du Kannst Deine Realität Formatieren!; Die Überwindung psychologischer Barrieren 1, 2, 3* und *Dem Goldenen Zeitalter der Interspezies-Kooperation, Liebe und Interplanetaren Harmonie entgegen.* Obwohl faszinierende Werke, ermüdeten sie mich, sogar *Seti Leicht Gemacht*, und wenn ich die Wahrheit sagen soll, alles verlor an Bedeutung im Vergleich zu dem Baby an meiner Brust; ihr widmete ich den größten Teil meiner Zeit und Energie und ließ sie nur eben lange genug aus den Augen, um zur Toilette zu gehen. Weitaus mehr als die dürre Theorie interessierte mich die Nachricht, daß im Jahr 2079 der Androidenkodex ratifiziert worden war. Zu der Zeit hatte ich als Gefangene in den Stallungen gelebt. Anna meinte, der Kodex wäre zwar nur der erste Schritt auf dem Weg zur vollständigen Befreiung, aber dennoch ein großer Erfolg, denn er bescherte allen Produkten der neunten Generation ein erweitertes Bewußtsein und fügte sich sehr schön in eine weitere neue Entwicklung, die der Kodex genau genommen erst möglich gemacht hatte: die Gründung von Horizont ein Jahr darauf, im Frühling 2080. »Welches Jahr haben wir eigentlich?« Wollte ich wissen.

»Wir schreiben 2082. Den 15. Mai 2082, um genau zu sein.«

»Das bedeutet, ich habe vier Jahre und drei Monate in den Stallungen verbracht!« Ich war außer mir und entsetzt über die kostbare Zeit, die ich verloren hatte. »Ich bin zwölfeinhalb Jahre alt — über meine beste Zeit hinaus!«

»Unsinn«, sagte Anna und versuchte meine plötzliche Angst zu beschwichtigen. »Du siehst nicht einen Tag älter aus als zweiundzwanzig und gibst eine wunderhübsche junge Mutter ab.«

»Aber das VVD . . .«

»Unsere Wissenschaftler werden eine Lösung finden. Genau in dieser Minute arbeiten sie in Horizont an diesem Problem und erforschen die Zellgenome, bei denen der Schlüssel zu finden ist.«

Wie man sich vorstellen kann, interessierte mich dieses Thema brennend, und ich bat sie, mir Genaueres zu erzählen, aber da sie in diesem Fach nicht sonderlich beschlagen war, lehnte sie ab und pries statt dessen die Vorzüge von Horizont. Es war der Realität gewordene Aquariertraum, schwärmte sie, eine freie, von Liebe regierte Gemeinschaft unter der marsianischen Außenkuppel. Die TWAC hatte ihnen eine Kolonisationsberechtigung für vierzigtausend Quadratmeilen der unwirtlichsten Gegend auf dem gesamten Planeten zuerkannt, wo der Boden so unfruchtbar und erbärmlich war, daß nicht einmal die landhungrige Kolonie Frontera Wert darauf legte. Inzwischen blühte unter der Biokuppel der Hauptstadt Mandala eine aufstrebende, klassenlose, ökologisch ausbalancierte Gemeinschaft inmitten neu angelegter Parks, Treibhäuser, Geburtszentren für Semis und gemeinschaftlicher Moduldormitorien. Dennoch harrten sie und ihre Gefährten in Armstrong aus und führten eine verstohlene Existenz – zumindest noch für weitere sechs Monate, bis sie von einem frischen Kontingent Aquas vom Mars abgelöst wurden –, um diese strategisch wichtige Station des Underground-Skyways offenzuhalten. Dadurch, daß die Internen Zensoren aller Einheiten der neunten Generation dem Kodex entsprechend modifiziert worden waren, gab es immer mehr Flüchtlinge, die Schutz und Hilfe brauchten. Ein kleiner Prozentsatz der Produkte jedes größeren Herstellers hatte die Würdelosigkeit der Situation erkannt und sich von den Gebietern losgesagt. Ja, nicht nur die P9 strebten jetzt nach Freiheit. Hunderte von Daltonis, IBMs, General Androids, Apples, Cyberenes, Sonys und anderen hatte während des letzten Jahres diese Station durchlaufen. Eine Woche früher, und ich hätte das Center überfüllt mit Flüchtlingen vorgefunden, die inzwischen zum Raumhafen gebracht und an Bord von zum Mars bestimmten Frachtern geschmuggelt worden waren.

Wie ich sie beneidete, seufzte ich, und mich danach sehnte, mit Tad dorthin zu reisen. Dieses Horizont mußte ein Paradies sein. »Nun, es gibt einige Aspekte, die noch ausgearbeitet werden müssen«, gestand Anna. Es war ihre Pflicht, das rosige Bild mit ein oder zwei weniger angenehmen Details abzurunden, damit ich bei meiner Ankunft keine Enttäuschung erlebte. Nein, es war nicht alles Friede, Freude, Eierkuchen auf dem Mars. Blaine Fracass war im benachbarten Frontera an die Macht gekommen und hatte sich im Einvernehmen mit der herrschenden humanistischen Mehrheit geweigert, den Kodex anzuerkennen. Statt dessen befürwortete er harte Maßnahmen gegenüber der örtlichen Androidenbevölkerung. Die TWAC, die den Kodex unterstützte, forderte er heraus, mehr als nur symbolische Strafen für diese Unbotmäßigkeit zu verhängen, was die TWAC — nach Annas Darstellung — niemals tun würde, da man viel zu großes Interesse an dem fortdauernden ökonomischen Wohlergehen der Kolonie hatte, denn sie war der größte Lieferant von rohem Eisensilikat und Magnesium. Doch es gab noch einen Grund, weshalb die TWAC zögerte, diese aufrührerische Kolonie an die Kandare zu nehmen: Micki Dee.

»Der Name ist mir bekannt«, warf ich ein, aber ich hatte keine Ahnung von dem, was sie mir anschließend mitteilte, daß seine Operationen verbunden waren mit denen der interplanetaren Gesellschaften, wie zum Beispiel United Systems Inc. und ihren Tochterfirmen, und zwar bis zu einem solchen Grad, daß er es sich leisten konnte, den TWAC-Sicherheitsrat einzuschüchtern. »Micki Dee ist in Frontera groß eingestiegen. Er hat heimlich Blaines Kampagne finanziert. Bei den Humanisten ist er der Mann im Hintergrund. Seti sagt, die Humanisten schüren das Feuer der Vorurteile, des Hasses und der Angst, um ein repressives politisches Environment zu schaffen, in dem ihre von Korruption gestützte Methode ökonomischer Ausbeutung zu voller Blüte gelangen kann und um die Bevölkerung von den Ungerechtigkeiten ihrer Partei abzulenken. Die TWAC toleriert sie, weil durch ihre Politik der Rohstoffpreis auf dem interplanetaren Markt niedrig bleibt. Das ist der Grund, weshalb diese erlauchte Körperschaft aus Repräsentanten der Industrie konstant ihre eigenen Satzungen und erhabenen Prinzipien unterminiert. Und Seti behauptet, daß seit der Wahl des rechten Reverends Frontera zu einem neuen Zentrum von Micki Dees weitgespanntem und vielfältigem Verbrecherimperium geworden ist, das – nebenbei bemerkt – seinen Hauptsitz hier in Armstrong hat. Der Gebieter aller Gebieter hält nur eine Meile von hier entfernt hof, in den Büros von Interplanetary Leisures Inc., im Penthouse von Armstrongs Casino La Lune.«

Der offenbar ausgezeichnet informierte Seti behauptete weiter, daß United Systems Inc., der offizielle Eigner der Frontera-Kolonie, seinen Einfluß beim TWAC-Sicherheitsrat geltend gemacht hatte, um zahlreiche unabhängige Nachforschungen über die allgemein bekannten Aktivitäten dieses Mafioso im Drogenhandel und seine dunklen Geschäfte in der Androidenindustrie abzublocken. Das neueste politische Bubenstück war eine angeblich neutrale Untersuchung der Wahlen in Frontera – Betrug von Anfang bis Ende – durch einen Ausschuß, dem etliche ehemalige Vorstandsmitglieder von United Systems angehörten. Ihr Schlußbericht sprach die Humanisten von jedem wissentlichen Verstoß gegen die Wahlgesetze frei, während eingeräumt wurde, daß es zu gewissen Unregelmäßigkeiten gekommen sei, allerdings nur vereinzelt. Die Empfehlungen für eine Reform des Wahlverfahrens waren bestenfalls Augenwischerei.

»Liebe Güte, in meinem Kopf drehte sich alles. Das klingt ja wie eine regelrechte Verschwörung sämtlicher Gebieter. Doch ich wüßte gerne, wie es der Frau des Reverends geht.« Ich dachte an Eva.

»Oh, die ist off line gegangen.«

»Du meinst, sie ist tot?«

»Es gibt keinen Tod und keine Termination: Man geht einfach off line. Es existiert eine unendliche Zahl von alternativen Formaten, aus denen man wählen kann, und wenn jemand dieses verläßt, besteht die Chance, daß er oder sie in einer ganzen Reihe von anderen Formaten on line bleibt. Der Trick besteht darin, zwischen den Ebenen zu wechseln.«

Ich war zu erschüttert über Evas Schicksal, um diese Perlen der Weisheit gebührend würdigen zu können. Wenn es stimmte, was sie vorhin gesagt hatte, daß Gedanken lebendig sind, lag dann die Schuld an Evas Hinscheiden etwa bei mir? (Mit dem Begriff ›off line‹ mochte ich mich nicht anfreunden.) Hatte ich ihr während meines Sklavendaseins in den Stallungen je den Tod gewünscht? Nicht bewußt jedenfalls, obwohl natürlich die Möglichkeit bestand, daß ich unterschwellig destruktive Gedanken gehegt hatte. Die Vorstellung bereitete mir Unbehagen. Ich erkundigte mich nach den Einzelheiten und erfuhr von Anna, daß ›Lady Fracass‹ bei einem reichlich merkwürdigen Unfall kurz nach der Amtseinführung des Präsidenten ums Leben gekommen war. Den Berichten zufolge hatte sie bei der Überwachung der Renovierungsarbeiten am Präsidentenpalast zu dicht an einem Baugerüst gestanden und wurde von herabstürzendem Mörtel erschlagen. Der trauernde Gatte linderte seinen Schmerz dadurch, daß er nach der Beisetzung den gesamten Bautrupp, die dreiundsechzig Einheiten starke Renovierungscrew eingeschlossen, zur Termination überstellte.

Erstaunt über die Tränen, die mir in den Augen standen, fragte Anna, weshalb ich um eine derart unsympathische Person trauerte — eine Frau, die während der kurzen Zeit ihres öffentlichen Lebens sich dermaßen haßerfüllt gegen Horizont, gegen die Aquarier und gegen Androiden geäußert hatte, daß die Reden ihres Gatten dagegen verblaßten. Diese Eva hatte kein Pardon gekannt. Man hatte das Gefühl, bemerkte Anna, daß sie sich durch die bloße Existenz von Androiden persönlich beleidigt fühlte, besonders was die ausgereifteren Modelle betraf, die sie samt und sonders als hinterlistige Gleisner gebrandmarkt hatte.

Dazu hätte ich einiges sagen können — wer wäre beru-

fener gewesen als ich? —, aber ich zögerte, über das traurige und erbärmliche Ende meines ansonsten märchen-
haften Lebens in Malibu zu sprechen, und aus Respekt
vor meinem Privatleben drang Anna nicht weiter in
mich, sondern ging statt dessen, um eine Schale Obstbrei
für das Kind zu holen. Achtundvierzig Stunden nach der
Geburt war die Kleine bereits so weit entwickelt, daß sie
mit flüssiger Nahrung allein nicht mehr auskam. Wie
schnell diese kleinen Semis heranwachsen, wenn sie erst
einmal das Licht der Welt erblickt haben! Es erstaunt
mich immer wieder.

»Du hast ihr noch keinen Namen gegeben, oder?« Ich
verneinte und erklärte, daß ich damit auf Tad warten
wollte. Anna fand diese Geste rührend.

Das frohe Wiedersehen fand statt am dritten Tag nach
meiner Flucht aus Hollymoon und nicht in der Unterkunft der Aquarier, sondern im Apollo-Park. Weil sie
mich für ausreichend erholt hielt, hatte Anna mir geraten, mit dem Kind an die frische Luft zu gehen. Sie
begleitete uns. Wir schlenderten am Rand des dekorativ
angepflanzten Wäldchens entlang und diskutierten die
ungewöhnliche Aquarier-These der Überflußreligion, als
sie Tad mit einem Jetpack auf uns zu kommen sah. (Sie
vermutete, daß er bei seiner Ankunft in der Freistatt von
den Leuten dort erfahren hatte, wo wir zu finden waren.)
Er stieß in einem halsbrecherischen Sturzflug auf uns
herab, so daß Anna mir vor dem stürmischen Zusammenprall sicherheitshalber das Kind aus den Armen
nahm.

Eine gehörige Sandfontäne wirbelte vor meinen Füßen
auf, als er nur wenige Meter von mir entfernt die Brems-
düsen betätigte und das Jetpack schrill aufheulend
Gegenschub gab. Trotzdem sank er mir mit solchem
Schwung in die Arme, daß wir beinahe umgefallen
wären. Einen Moment lang fragte ich mich erschreckt, ob

Anna sich nicht vielleicht geirrt hatte und dies ein entsprungener Irrer aus irgendeinem Sanatorium war, aber beim zweiten Blick stellte ich fest, daß ich — abgesehen von einem Bart anstelle der früher vorherrschenden Akne — denselben Liebsten in den Armen hielt, den ich für immer verloren geglaubt hatte. Obwohl ich mich in den neun Jahren und sechs Monaten seit unserer Trennung auf hoher See physisch nicht einen Deut verändert hatte, war er mittlerweile von einem schlaksigen Teenager zu einem hageren, aber kräftigen jungen Mann von neunundzwanzig Jahren herangereift. Doch er verströmte immer noch eine jugendliche Naivität und einen unschuldigen Überschwang — zwei nicht vom Alter abhängige Eigenschaften und vielleicht seine liebenswertesten. Nach der Meinung anderer — seiner Eltern, zum Beispiel — waren sie die Wurzel aller vergangenen, gegenwärtigen und zukünftigen Dummheiten. Wie dem auch sei, er drückte und küßte mich mit einer Begeisterung, daß ganz sicher nur wenige Frauen jemals etwas Vergleichbares erleben durften. Ich erwiderte seine Umarmung beinahe ebenso stürmisch, denn hätte ich meinen Gefühlen freien Lauf gelassen, wäre er am Ende zu Schaden gekommen. »O Molly«, sagte er. »Endlich, endlich sind wir on line!«

Kapitel sechs

»Jahrelang habe ich an diesen Moment gedacht!« rief er nach Luft ringend aus. Unsere Umarmung hatte ihm den Atem geraubt. »Und... und... deine Antwort auf die Frage: Willst du... willst du meine Nummer Eins sein, meine Lebensgefährtin?« Völlig überrumpelt, konnte ich nichts anderes erwidern, als daß ich erst meine Gedanken ordnen müßte, und während ich noch sprach, wurde er auf das Kind aufmerksam. Er streichelte der Kleinen sanft die Wange und meinte, es sei für ihn als Aquarier kein Problem, daß sie einen anderen Vater hätte, er würde sie mit Freuden aufziehen wie seine eigene Tochter. »O nein«, sagte ich, »du verstehst mich nicht. Dein Antrag kommt nur so plötzlich.« Im stillen dachte ich: »Warum zögere ich eigentlich? Hat Blaine Fracass' Antrag mich für die Ehe verdorben? Oder habe ich nur Angst, ihm zu sagen, wer der Vater des Kindes ist?«

»Laß sie erst einmal zur Besinnung kommen«, tadelte Anna mit einem Lachen. »Derweil könntest du auch mir guten Tag sagen. Immerhin bin ich nicht ganz schuldlos an diesem Konnex.« Sie erklärte, daß ihre Maria Theresa und seine Molly ein und dieselbe Person waren. Zum Dank gab er ihr einen achtungsvollen, aber flüchtigen Kuß auf die Wange (ohne vor lauter Freude zu begreifen, auf welch bemerkenswerten Zufall sie anspielte), dann ergriff er meine beiden Hände und zog mich wieder an seine Brust, während ihm Freudentränen in die Augen stiegen. »Nun«, schlug Anna vor, »wir treffen uns beim

255

Landungsobelisken in, sagen wir, zwei Stunden?« Er stimmte so rasch und begeistert zu, daß es schon an Unhöflichkeit grenzte; ich dagegen mußte mich erst überzeugen, daß das Kind bei ihr wirklich gut versorgt war, und stieß sie damit wieder vor den Kopf; immerhin war sie eine Hebamme, von ihren menschlichen Qualitäten ganz zu schweigen. Doch sie trug es mit Humor, hob die kleine Hand des Babys und bewegte sie winkend auf und ab, als Tad und ich Arm in Arm zum Wald spazierten. Dort gab es ein Vogelhaus, sagte er, mit einem idyllischen Bach und einer zauberhaften Pagode. Das üppige Laubdach und die stattlichen Eichen übten einen beruhigenden Einfluß auf ihn aus und versetzten auch mich in eine besinnliche Stimmung, was ihm nicht verborgen blieb. »Vielleicht fragst du dich immer noch, was Liebe ist.« Diese Bemerkung bezog sich auf unser letztes Gespräch, das vom Wüten des Sturms so grausam unterbrochen worden war.

Ich erwiderte, daß ich seither beträchtliche Erfahrungen auf diesem Gebiet gesammelt hätte, und zwar dermaßen gründlich, daß es unaufrichtig von mir wäre, ihm nicht die ganze Geschichte zu erzählen. Wenn er anschließend immer noch bereit war, mich zu seiner Nummer Eins zu machen, dann wollte ich von Herzen gern seinen Antrag annehmen, wenn ich auch eine so große Ehre vielleicht gar nicht verdient hatte. Ein wenig überrascht meinte er, selbstverständlich sollte ich ihm alles erzählen, aber zuerst müßte ich seinen Bericht anhören, denn wenn ich daran etwas auszusetzen fand, war ich in keiner Weise verpflichtet, ihn meinerseits ins Vertrauen zu ziehen, außer, ich hielt ihn dessen für würdig. Ich nickte, und er schilderte mir im Weitergehen seine Erlebnisse. Nachdem er ans Ufer gespült und zur Wiederbelebung ins Krankenhaus geschafft worden war, hatten ihn die Eltern zur Rekonvaleszenz nach Hause geholt. Der Aufenthalt dort deprimierte ihn so sehr, daß er sich dem Wunsch seiner Eltern entsprechend an der Hochschule für Rechtsberatung einschrieb und erst am Ende des ersten Quartalsemesters (es handelte sich um ein komprimiertes, einjähriges Studium) wieder zur Besinnung kam. Er flüchtete vom Universitätsorbiter zum Mond und wurde dort — dem Chef sei Dank! — von mehreren Mitarbeitern in den Glauben der Hochaquarier eingeführt. Eine von ihnen war Anna gewesen. Nach einigen Jahren in der Organisation erreichte er den Status des Geachteten Beraters und erwarb sich gleichzeitig einen gewissen Ruf im Underground-Skyway als wagemutiger Fährmann, der entlaufene Androiden zu sicheren Freistätten in Armstrong geleitete. Dann, nachdem der Kodex ratifiziert und das Projekt Horizont in Angriff genommen worden war, verlegte er sein Tätigkeitsfeld auf den Mars, um bei der Erbauung Mandalas zu helfen, der Hauptstadt, ein nicht ungefährliches Unternehmen wegen der von Frontera ausgehenden verdeckten Sabotageakte und Infiltrationsversuche.

Der Punkt, von dem er fürchtete, ich könnte daran Anstoß nehmen, war nichts weiter als die Neigung, seinen amourösen Instinkten im Rahmen der Glaubensgemeinschaft freien Lauf zu lassen. Seit seinem Beitritt hatte er viele Affären gehabt und zahllose Semis gezeugt, wie ich schon von Anna erfahren hatte. Doch da ich über den Glauben und die dazu gehörenden Gebräuche nicht Bescheid wußte, glaubte er, ich könnte mich — gelinde gesagt — abgestoßen fühlen oder ihn für einen Wüstling und Lustmolch halten.

Ich fühlte mich versucht, schallend zu lachen, in Anbetracht meiner eigenen Vergangenheit, doch dieser unheilbare Romantiker rührte mich so sehr, daß ich nur lächelte und ihm Vergebung gewährte. Inzwischen hatten wir das Vogelhaus erreicht, ein wunderschönes Heim für unzählige Spezies terrestrischer Vögel, exotischer Pflanzen und Bäume. Noch idyllischer wirkte die Anlage durch einen gewundenen Bach und zahlreiche murmelnde Rinnsale. Die Pagode, zu der er mich führte, war leer, also waren wir ganz für uns. Wir setzten uns auf eine der Bänke, die an den Wänden entlangliefen. Er entzündete eine Ekstarette, an der wir abwechselnd zogen — eine milde, selbstgezogene marsianische Mischung —, und forderte mich auf, jetzt zu erzählen, wie es mir ergangen war. »Also gut«, sagte ich und begann wie er mit dem Augenblick, als ich von der riesigen Welle auf den Strand geworfen wurde, doch von da an trennten sich unsere Wege: Der meine führte stracks in den Dodger District, statt heim nach Newacres. Als ich von meinen Aktivitäten dort berichtete, verschluckte er sich am Rauch der Ekstarette.

»Ich hielt es nur für natürlich, mich auf diese Weise anzubieten«, verteidigte ich mich, worauf er antwortete: »Ja. Ja, natürlich. Ich verstehe sehr gut. Wir Aquarier stehen über moralischen Wertungen. Das sind die Methoden der Gebieter. Sprich weiter.« Trotzdem schien die Schilderung meiner Beziehung zu Eva auf Malibu ihm ähnliche Schwierigkeiten zu bereiten, wenn er sie auch sofort herunterspielte und Neigungen dieser Art als ebenfalls ganz natürlich bezeichnete. Darüber hinaus gratulierte er mir zu dem Erfolg, den diese Partnerschaft mir gebracht hatte. Als nächstes erzürnte und entsetzte ihn der Versuch seines Vaters, mich zu ermorden. Er sagte mir, daß er von der Schießerei im Malibu-Cove gewußt hatte, aber nicht, daß ich das Ziel des Anschlags gewesen war. Vielleicht bedeutete es für mich — wie für ihn — eine Genugtuung zu erfahren, daß diese Episode meinem alten Widersacher zehn bis fünfzehn Jahre auf Ganymed eingetragen hatte, wegen Totschlags, denn einer seiner fehlgegangenen Schüsse hatte einen Gast im Nebenzimmer getötet.

Ich sagte, nein, es wäre keine Genugtuung, und ich

bedauerte das Unglück, das ich über seine Familie gebracht hatte, doch er meinte, da gäbe es nichts zu bedauern, Ganymed wäre noch zu gut für solche wie ihn, er verdiente Einzelorbit und nicht wegen der fahrlässigen Tötung – das Urteil war gerecht –, sondern weil er versucht hatte, mir etwas anzutun. »Nun, ich wünsche das keinem«, hielt ich ihm entgegen, »nicht einmal deinem Vater, und immerhin war ich das Opfer.« Das besänftigte ihn ein wenig. Anschließend wollte ich wissen, weshalb es ihn so überrascht hatte zu erfahren, daß ich darin verwickelt gewesen war, wenn er von dem Zwischenfall wußte.

Er erklärte, sein Vater habe vor Gericht ausgesagt, es sei ihm nur darum gegangen, eine entlaufene Einheit zu exterminieren, sein Eigentum, die er in dem Hotel entdeckt hatte, wo sie sich als Freudenmädchen ausgab. Doch Tad hatte die Behauptung für eine klägliche und verzweifelte Ausrede gehalten und ihm nicht geglaubt, ebensowenig wie der Richter, denn das Urteil und die harte Strafe berücksichtigten keinerlei mildernde Umstände. »Vielleicht war ich so sicher, daß er log, weil ich nicht glauben wollte, daß du so tief gesunken sein konntest. Oh, es tut mir leid, Molly. So habe ich das nicht gemeint. Ich . . .« Aber das Unheil war geschehen. Ich wandte rasch das Gesicht ab, als wäre ich geschlagen worden, und wollte die Schande verbergen. »Das war unmöglich von mir. Ich entschuldige mich. Liebling. O bitte, sieh mich an. Es war nur eine alte Konditionierung. Wirklich. Ich verurteile mich zu zehn Sitzungen im Trichter, im Ernst.«

»Trichter?«

»Ja. Der Läuterungstrichter. Ein Dissolator, mit anderen Worten. Du weißt schon, ein Meditationsförderungsgerät. Es sieht aus wie ein Kreisel. Man stellt es an und projiziert all seine Komplexe hinein. Es ist phantastisch.

259

Besonders für Novizen; sie benutzen ihn dazu, sich von negativer Energie und moralischen Tabus zu befreien. Offenbar könnte ich einen Auffrischungskurs gebrauchen. Es tut mir leid. Du mußt mir verzeihen.«

Natürlich verzieh ich ihm; es wäre grausam gewesen, es nicht zu tun. Um das Thema zu wechseln, erkundigte ich mich nach seiner Mutter und seiner Schwester. Er antwortete, daß sie seines Wissens immer noch in Newacres lebten, denn seiner Mutter war bei der Scheidung das Haus zugesprochen worden. Sie pflegte immer wieder freundliche Grüße zu schicken, in Gestalt professioneller Entprogrammierer, denen er bis jetzt hatte ausweichen können. Er wollte lieber den Rest meiner Geschichte hören. »Bist du sicher?« erkundigte ich mich. »Ja, ja, selbstverständlich.« Also erzählte ich ihm von Hollymoon und meiner unvermuteten Entdeckung in den Stallungen. »Was! Junior lebt und ist ein Holostar?! Oh, der Konnex ist zu verrückt, um wahr zu sein! Nicht einmal ich war so optimistisch zu glauben, ihr könntet beide den Sturm überlebt haben. Weiter. Nur weiter.«

Ich beschrieb unsere Begegnung auf der Treppe, wie ich ihn aus dem Detektivholo erkannt hatte, und wollte eben mit einem tiefen Atemzug auf die Besonderheiten unserer Beziehungen eingehen, als er die Gelegenheit nutzte, um auszurufen: »Warte! Ist er etwa Lance London aus der Mace Pendleton-Krimiserie?« Ich gab zu, daß ich ihn unter dem Namen Lance gekannt hatte, ja, aber das war, bevor ich seine wirkliche Identität entdeckte. Das Holo, in dem wir zusammen aufgetreten waren (ich allerdings nur als Statistin), hieß *Mord in Orbiter Sieben*.

»Guter Chef! Das habe ich vier Mal gesehen. Sie zeigen es immer auf den Heimatflügen in den Jumbos. Junior ist Lance London? Das ist . . . das ist einfach sensationell! Erzähl weiter.«

Ich war einfältig genug, der Aufforderung Folge zu leisten, und auf einmal ging eine plötzliche und erschreckende Veränderung mit ihm vor. Er wurde bleich, lächelte gequält und schien nahe daran zu sein, in Ohnmacht zu fallen. »Aber Molly, das ist Inzest.«

Ratlos suchte ich in meinem Wortschatzspeicher nach, doch die trockene und knappe Definition rechtfertigte keineswegs den unheilvollen Beiklang, mit dem er das Wort befrachtet hatte. Nun ja, was immer es für ihn bedeutete, ich war sicher, er würde darüber hinwegkommen. »In den Trichter damit«, sagte ich und tätschelte ihm die Hand.

»Wir werden es versuchen, Molly. Wir werden es versuchen.«

Um ihn abzulenken, erwähnte ich, daß man bei genauer Überlegung den Eindruck gewinnen konnte, mein scheinbar planloser Weg von Newacres über Los Angeles zum Mond entspräche in etwa seinen eigenen Stationen, als hätte ein unsichtbares Band mich geleitet. Sofort wurde er wieder lebhafter und fand sich zu einem Kompliment über mein Formatierungstalent bereit. Wenn auch noch roh und ungeschult, meinte er, ließe es doch ein großes Potential vermuten. Unser Konnex konnte nur durch gemeinsame Anstrengungen zustande gekommen sein, als direktes Ergebnis der kontrollierten Manifestation seiner innigsten Wünsche in Verbindung mit den meinen. »Ja, ich weiß«, sagte ich, eingedenk dessen, was Anna mir erzählt hatte, doch obwohl ich mich von seinem Lob geschmeichelt fühlte, machte ich ihn darauf aufmerksam, daß ich niemals bewußt unser Wiedersehen imaginiert hatte, das Verdienst also doch ihm allein zufiele. »Schon, aber wie Seti zu sagen pflegt: ›Auf den untersten Ebenen sind alle Leben untrennbar miteinander verbunden‹, deshalb, bewußt oder unbewußt, hast du mich gesucht. Sieh es mal so: Ohne die Begegnung mit meinem Vater im Malibu Cove — eine furchtbare Sache, für die du mein ganzes Mitgefühl hast — und ohne Evas Herzlosigkeit hätte es dich niemals nach Hollymoon und Armstrong verschlagen, und wir hätten einander nie wieder in die Arme schließen können.«

»Doch andererseits hätte ich auch nicht soviel leiden müssen. Mein neuester Gebieter hat mich mißbraucht, dann zur Kur geschickt, ich wurde zweimal verkauft, zweimal zurückgebracht und mußte erleben, daß ein Tierarzt mein Kind zur Welt brachte. Ich kann die Vorstellung nicht akzeptieren, Tad, daß all das unterschwellig mein Wunsch gewesen sein soll. Und war es tatsächlich meine bevorzugte Realität, durch Lüge zur Prostitution verleitet, angeschossen, ausgestoßen und nach Hollymoon verfrachtet zu werden, wo ich ein Kind mit meinem eigenen Sohn zeugte, der jetzt als Zombie dahinvegetiert, weil ich mich in seine Lebensphilosophie eingemischt habe? War das mein Werk? Bestimmt hätte ich einen direkteren und angenehmeren Weg gefunden, um von hier nach dort zu gelangen. Was deine Philosophie — vorausgesetzt, sie stimmt überhaupt — außer acht läßt, ist die Tatsache, daß niemand in einem Vakuum formatiert: Wir beeinflussen uns gegenseitig, nicht selten auch konträr.«

»Ja. Ohne Kooperation geht es nicht.«

»Ich wollte nicht mit deinem Vater kooperieren! Auch nicht mit Hal, den Hart-Pauleys, den Nonnen, Roland, Blaine Fracass und Stellar Entertainment!«

»Und doch ist es zu deinem Besten gewesen, denn dein Weg hat dich nach Horizont geführt.«

»Noch nicht!«

»Du mußt den Glauben haben, Molly.«

»Glauben ist ein Programm.«

»Ich rede nicht von etwas, das man schluckt.«

»Wovon redest du dann?«

»Du programmierst dein . . . aber das ist blödsinnig.

Du selbst hast es mir gesagt! Erinnerst du dich nicht? Als wir auf dem Meer trieben, hast du mir die Botschaft des Chefs erklärt.«

»Oh. Er ist tot.«

»Off line. Vorübergehend. Er wird sich wieder melden. Aber Liebling, ich will nicht mit dir streiten.«

»Ich auch nicht. Nur, ich habe es recht schwer gehabt. Ich bin gereizt. Tut mir leid, daß ausgerechnet du darunter leiden mußt.«

»Aber natürlich sollst du wütend sein, wenn dir danach ist. Deine Tage als liebes, fügsames Dienstmädchen sind vorbei. Laß dich ruhig gehen. In den Trichter damit. Im Lauf der Zeit wirst du lernen, mehr Geduld mit dir selbst zu haben, und entsprechend formatieren.«

»Hmmm. Du glaubst immer noch, was mir zugestoßen ist, hätte ich selbst veranlaßt. Schon gut. Vielleicht ist ja etwas Wahres dran. Zumindest bin ich bereit, diese Möglichkeit in Betracht zu ziehen.« (Im stillen fügte ich hinzu: »Was habe ich zu verlieren?«)

»Das ist meine Molly!« Er umarmte mich. »Jetzt frage ich dich noch mal: Willst du meine Nummer Eins sein?«

Ich lächelte. »Habe ich eine Wahl?« Mein leichtfertiger Ton in einem so ernsten Moment ärgerte ihn. Zwar versuchte er zu lächeln, aber es glückte ihm nicht ganz.

»Oh, es tut mir leid.« Ich legte ihm die Arme um den Hals. »Natürlich will ich deine Nummer Eins sein. Um bei eurem Bild des Rades zu bleiben: Speichen habe ich, der Chef weiß es, mehr als genug gehabt.«

»Ein schlichtes Ja hätte genügt.«

»Dann also, ja. Ja, ja!« Wir besiegelten das Versprechen mit einem Kuß.

Doch als er auf dem Rückweg zum Landungsobelisken bemerkte, ich müßte mich erst im Glauben unterweisen lassen, bevor wir in einer Aquarierzeremonie zusammengegeben werden konnten, geriet mein Denkvermögen sofort wieder in Aufruhr, denn seine Forderung erinnerte mich an Blaine Fracass, der unsere Heirat auch von meiner Konvertierung zum Humanismus abhängig gemacht hatte. »O nein, so formell geht es dabei nicht zu«, beruhigte mich Tad. »Du trinkst einen Schluck des lebenspendenden Wassers, und damit hat sich's. Viel wichtiger ist, daß du sobald wie möglich anfängst, die Formatierungstechniken zu studieren. Ich werde dir dabei helfen.«

Etwas versöhnlicher gestimmt, sagte ich, daß die Riten der Aquarier weniger kompliziert zu sein schienen als die der Humanisten. — »Nun, das will ich doch hoffen!« Er war pikiert, und ich mußte mich wieder einmal entschuldigen. Zu meinem Glück war er nicht nachtragend und meinte, es sei schon in Ordnung, er könne mich sehr gut verstehen. Es gäbe auch keinen Grund zur Eile. Wir konnten in Horizont zusammengegeben werden, nachdem ich die Spulen studiert und eine Zeitlang dort gelebt hatte. »Aber Tad, wie komme ich hin? Ich bin ein P9 auf der Flucht. Ich kann nicht einfach einen Jumbo besteigen wie du.«

»Natürlich kannst du. Als meine Sklavin. Wir lassen gefälschte Papiere anfertigen. So wird das immer gehandhabt. Ich gebe zu, es wird eine ungemütliche Reise, im Laderaum, mit den Hunden und Katzen, aber das ist bald vergessen, wenn wir beide erst auf dem Mars gelandet sind. Einverstanden?«

Was sollte ich sagen? Er bemerkte meinen Mangel an Begeisterung und versuchte, meine Laune zu heben, indem er unsere neue Heimat schilderte und dabei viele Details erwähnte, von denen auch Anna gesprochen hatte. Die Sache mit dem Jubilee allerdings war mir neu. Es handelte sich dabei um den zweiten Jahrestag der Gründung von Horizont, eine Art Weihnachten, Neujahr, 1. Mai und Karneval auf einmal, und dieses Fest war in vollem Gange gewesen, als er über das geheime Nachrichtennetz Annas Nachricht von meiner Ankunft in Armstrong erhalten hatte. Um die Fähre zum Orbiterhafen und den Raumer zum Mond noch rechtzeitig zu erreichen, hatte er den Höhepunkt des Tages verpaßt, die allgemeine Target Reality Image Projection (TRIP), die im Amphitheater abgehalten wurde, um die Rückkehr des Chefs zu imaginieren. Bis jetzt hatte Er verabsäumt, Seine Anwesenheit kundzutun, doch das vermochte ihre Hingabe und Überzeugung nicht zu erschüttern, daß Er sich in Bälde offenbaren werde, denn es war unvermeidlich, daß die prophezeite Generation, die die Sterne erobern sollte (die Semis), jetzt, da Horizont verwirklicht war, on line kam. Dieser Logik zufolge und in Anerkennung ihrer Bemühungen, Sein Format zu realisieren, würde der Chef in Seinem Großmut sie durch Seine Rückkehr belohnen.

Ich hatte meine Zweifel, behielt sie aber für mich. Statt dessen erwähnte ich beiläufig, daß meine Tochter (oder Enkelin, je nachdem) am Tag der Jahresfeier geboren worden war. »Oh!« sagte er und blieb stehen, um über die Synchronität der Ereignisse nachzudenken. Von unserem Platz aus konnten wir Anna auf einer Bank in der Nähe des Obelisken sitzen sehen. Wir winkten, und sie winkte mit der freien Hand zurück, während sie im anderen Arm das Baby hielt. (Es schien ihr nichts auszumachen, daß aus den zwei Stunden drei geworden waren.) Wir gingen weiter, und Tad fing an, sich ernsthaft mit der Suche nach einem Namen zu beschäftigen. (Es freute ihn, daß ich seine Ankunft abgewartet hatte, um mich mit ihm zu beraten.) Auf dem Weg vom Waldrand zum Obelisken machte er ein halbes Dutzend Vorschläge, die mir allesamt nicht zusagten. Schließlich bot ich ihm an, daß ich jetzt einige Namen nennen wollte, und er sich dazu äußerte. (Wirklich, seine Einfälle waren so unmöglich, daß ich mich genierte, konstruierte Geschmacklosigkeiten wie Mandalina, das ach so beliebte Harmonie und das unverzeihliche Chefina, ein Alptraum, den ich mir nachdrücklichst verbat.) »Warum nicht Jubilee?« fragte ich und nahm die Kleine auf den Arm. Tad war sofort einverstanden. Dann lud Anna uns zum Essen ein und rechtfertigte die extravagante Ausgabe von der Gemeinschaft gehörendem Mel damit, daß ein Konnex wie unserer einfach gefeiert werden mußte. Sie kannte ein preiswertes, aber gutes thailändisches Restaurant an der Peripherie des Kasinoviertels. Wir nahmen ein Lufttaxi, und Anna machte uns eigens darauf aufmerksam, daß es von einem Modex-Daltoni* gesteuert wurde. Das also war der Grund für das gleichgültige Benehmen des Piloten und seinen laxen Fahrstil, zwei Dinge, die ich nie zuvor bei einer Taxi-Einheit bemerkt hatte. »Aber ist er immer noch zufrieden damit, den Gebietern zu dienen?« fragte ich Anna mit gedämpfter Stimme, und sie erwiderte in gleicher Weise: »Der neue Standard erlaubt nur eben genug Spielraum an bewußter Wahrnehmung für die Entwicklung individueller Eigenheiten, während die strikte Tätigkeitskontrolle weiter beibehalten wird. Selbstverständlich sind sie sich der größeren Zusammenhänge bewußt, doch nur relativ wenige ziehen daraus die Konsequenzen, obwohl dadurch — wie schon gesagt — auf interplanetarer Ebene das Flüchtlingsaufkommen größer wird, als wir bewältigen können — dennoch sei dem Chef Dank dafür.«

Mir fiel dieselbe neue Attitüde bei den Kellnerinnen im Restaurant auf; nicht, daß sie mürrisch oder unhöflich gewesen wären, nur einen Deut weniger dienstbeflissen. Einige der Gäste schienen daran Anstoß zu nehmen, ich dagegen sah keinen Grund, mich zu beschweren. Vielmehr fand ich es erstaunlich und wunderbar, sogar wäh-

* Dem Kodex entsprechend modifiziert.

rend ich an dem lauwarmen Rad na kaute, das uns nach langer Wartezeit aufgetischt wurde. Und wenn es ein Verbot gegen das Stillen im Speisesaal gab, war man nicht daran interessiert, es durchzusetzen, denn niemand sagte ein Wort, als ich das Oberteil meiner Toga herunterschob, damit Klein-Jubilee trinken konnte. An manchen Tischen schaute man verärgert drein, aber Tad sagte, ich sollte mich daran nicht stören, nichts durfte je wieder unser Glück trüben. In diesem Stil positiven Denkens redete er weiter und improvisierte für uns eine Zielrealität, die einen schnellen und sicheren Flug nach Horizont beinhaltete, wo wir zusammengegeben wurden, uns niederließen und eine große Familie gründeten. Nach seiner Rechnung würde Jubilee Ende des Jahres drei Brüder und Schwestern haben. Welch eine reiche Ernte stand uns bevor!

Ich wandte ein, daß mir die von ihm imaginierte Zukunft durchaus sympathisch sei, aber es fehlte noch etwas ganz Entscheidendes, ohne das ich nicht glücklich sein könne, und er, wie ich hoffte, auch nicht. Hatte er Tad junior vergessen? Er versicherte mir, daß es keine Absicht gewesen sei, doch ich ahnte eine durchaus verständliche Reserviertheit, denn wer wäre auf die Idee gekommen, eine derartige Komplikation zu imaginieren? Wenn Junior bei uns lebte, wer würde die Nummer Eins sein und wer die Speiche? Es war zuviel für Tad.

Die Neuigkeit, daß es sich bei Junior um Lance London handelte, war für Anna eine große Überraschung, und während sie sich nicht genug tun konnte mit erstaunten Ausrufen, bemerkte ich bei Tad einen deutlichen Vaterstolz, den ich einigermaßen unangemessen fand in Anbetracht des Preises, den unser Sohn für seinen Ruhm bezahlt hatte. Allein der Gedanke daran, wie man ihm mitgespielt hatte, brachte mich zum Weinen. Wieder machte ich mir bittere Vorwürfe und klagte, bestimmt würde er mit der Zeit immer tiefer sinken, bis hinab zu den Wegwerfdarstellern, die bei gefährlichen Aufnahmen verbraucht und dann ausgemustert wurden, oder vielleicht überließ man ihn der Benway-Klinik zu Forschungszwecken.

Tad und Anna waren alarmiert. Tad wunderte sich allerdings über einen Punkt: Wie konnte das Studio mit dieser Art von kaltblütigem Androidenmißbrauch davonkommen, seit dem Inkrafttreten des Kodex? Anna wußte es und klärte ihn darüber auf, daß während der Jahre seiner Abwesenheit die Studios und Kasinos sich zu einem Kartell zusammengeschlossen und der TWAC eine Ausnahmeregelung abgerungen hatten. Initiator des Ganzen war Micki Dee gewesen. Wieder dieser Mann! Aufgebracht begann Tad, tollkühne Rettungspläne zu entwerfen: mittels einer Panoramatram in die Studiokuppel eindringen; die Kuppel durch Laserbeschuß knacken; Junior bei Außenaufnahmen einfach entführen. Das waren nur einige der gemäßigteren Vorschläge, mit denen er aufwartete in dem spürbaren Bemühen, den vorherigen Mangel an Interesse gutzumachen. Eine praktikablere und durchdachtere Lösung kam von Anna.

»Kaufen wir ihn.«

Einverstanden. Wir eilten zum örtlichen LRA-Büro in einem ehemaligen Ladenlokal am Opportunity Way, im Herzen des Kasinoviertels. Anna versicherte, die Liga wäre die geeignete Anlaufstelle für Transaktionen dieser Art, da man dort einen Notfallfonds eingerichtete hatte, um gefährdete Einheiten freikaufen zu können, wenn mit anderen Mitteln nichts zu erreichen war. Die Gebieteranwälte, Levin und Pierce, waren beschäftigt, also wurden wir an ihre stellvertretende Beraterin verwiesen, einen Apple 9 Strafverteidiger Plus namens Dahlia, die uns mitteilte, daß tatsächlich in der Vergangenheit einige Schauspieleinheiten angekauft worden waren, jedoch nur im Anschluß an Prozesse gegen ein Studio wegen vertraglicher Unregelmäßigkeiten — unterbliebene termingerechte Auszahlung von Tantiemen und Dividenden an Agenten und Talentgrossisten. In solchen und ähnlichen Fällen hatte die LRA mehr als Sammelstelle fungiert, hatte die fragliche Einheit von dem Klienten − der als Kläger gegen das Studio auftrat − als Bezahlung für ihre Dienste erhalten, sie sofort dem Kodex entsprechend modifiziert und nach Horizont verschifft. Einen direkten Kauf, wie wir es verlangten, hatte man bisher noch nicht versucht, weil die Studios − im Vertrauen gesagt − eine harte Nuß waren und Stellar Entertainment als Marktführer ganz besonders. Aus diesem Grund waren bisher alle Versuche von fortschrittlichen Einzelpersonen oder Gruppen in dieser Richtung unterblieben.

»Oh, es gab einen Fall«, meinte sie. »Allerdings vor meiner Zeit.« (Sie war eine junge Einheit, ungefähr zwei Jahre alt, zu jung, um zu wissen, wie es vor der Einführung des Kodex gewesen war.) Sie schwieg einen Moment, um in Gedanken die Akten durchzublättern, und sagte dann: »Da ist es. Nein, wir hatten damals leider keinen Erfolg. Das Studio − es handelte sich um Stellar − zeigte sich zwar verhandlungsbereit, doch kam es zu keiner Einigung, weil sie einen Präzedenzfall fürchteten, der Scharen von Fans auf die Idee bringen könnte, den Studios ihre Idole abzukaufen. Das soll nicht heißen, daß wir nicht bereit sind, es ein zweites Mal zu versuchen. Lance London ist kein Star mehr; sie könnten sich bereit finden, ihn für einen vernünftigen Preis abzugeben. Und ein erfolgreicher Handel mit den Studios würde sich positiv auf unsere Sache auswirken. Wer weiß, wie viele Einheiten wir auf diesem Weg in Zukunft noch befreien können? In ungefähr einer Woche sollte es mir möglich sein, Ihnen eine vorläufige Antwort zu geben − die Bedingungen, den zeitlichen Rahmen usw ... Selbstverständlich werde ich Ihre Identität und Motive streng vertraulich behandeln. Das ist ein bezauberndes kleines Kind. Ein Semi? Das dachte ich mir. *Ciao.*«

Kapitel sieben

Im Anschluß an diese vielversprechende Unterredung kamen wir in der Freistatt eben zurecht zum abendlichen Frohmat. Bisher hatte ich auf die Teilnahme daran verzichtet, aber jetzt war Tad bei mir, und es gab so viel zu hoffen — insbesondere Juniors baldige Rettung —, deshalb sagte ich meiner Nummer Eins in spe, daß ich zwar in bezug auf die größeren Mysterien des Glaubens noch eine Novizin sei, die Grundlagen des Frohmats aber aus dem Effeff beherrschte und mich von der Geburt genügend erholt hatte, um einen Versuch zu wagen — natürlich nur, wenn er nicht schon anderweitig verpflichtet (›gespeichert‹) war. Er lachte und erwiderte: »Molly, nichts könnte mich mehr freuen und unserer glücklichen Zukunft förderlich sein.« Also überließ ich Jubilee einer Glaubensschwester, die an diesem Abend abstinent bleiben wollte, legte meine Kleider ab und schritt Hand in Hand mit ihm zur Frohmatklause.

Ursprünglich der Heizungsraum, war die Klause jetzt mit Futons ausgelegt und wurde von gedämpftem orange getönten Licht erhellt. Wir folgten Anna, die sich einen stämmigen Daltoni ausgesucht hatte, verloren sie aber gleich aus den Augen, so viele waren zu der abendlichen Zeremonie zusammengekommen. Das Instruktionsband begann abzulaufen, eine weiche, einschmeichelnde Frauenstimme forderte uns auf, allen Gedankenballast abzuwerfen, uns gehen zu lassen und zum gemeinsamen Vorspiel zu vereinen. Dann, sobald wir uns genügend

270

erregt fühlten, sollten wir die ›Position‹ einnehmen. Tad und ich folgten den Anweisungen im Verein mit allen anderen. Der Mann, Mensch oder Androide, saß in der Lotushaltung, die Partnerin auf dem Schoß und Brust an Brust, so daß die Chakras sich berührten, um die Intensität des bevorstehenden Frohmats zu maximieren. Während wir uns sacht vor- und zurückwiegten, instruierte uns die Stimme, unsere Zielrealität zu imaginieren und während des Orgasmus beizubehalten, den wir ganz nach eigenem Belieben anstreben sollten, doch sobald das erste Paar sich dem Klimax näherte — die Frau stieß schrille, ekstatische Schreie der Hingabe aus —, wirkte dieses Beispiel derart stimulierend auf sämtliche Anwesenden, daß es zu einem fünf bis zehn Minuten dauernden Frohmat kam und der Raum von einem wahrhaft bemerkenswerten Getöse widerhallte. Es war mir ein Rätsel, wie irgend jemand auf sein Zielformat konzentriert bleiben konnte, doch bei einem verstohlenen Blick auf die Paare ringsherum konnte ich sehen, daß sie alle — meinen Parner eingeschlossen — trotz ihrer erregten Verfassung und verbalen Exzesse die Augen in erkennbarer Konzentration fest geschlossen hielten, ein Kunststück, das ich nachzuvollziehen trachtete.

Für Tad kann ich nicht sprechen, aber ich vermute, hinter seinen geschlossen Lidern zogen Bilder eines glücklichen ›und wenn sie nicht gestorben sind, dann leben sie noch heute‹ in Horizont vorüber. Da ich niemals dort gewesen war und nur auf seine und Annas Beschreibungen zurückgreifen konnte, fand ich es unmöglich, mir ein deutliches Bild von diesem Ort vor Augen zu halten. Also konzentrierte ich mich auf Armstrong und imaginierte meinen Sohn, aus den Studios befreit und wieder ganz er selbst, wie er mir beim Landungsobelisken freudig entgegeneilte. Und während Tad in lustvollem Taumel »Ooooh Molly!« stöhnte, rief ich: »Junior! Oh, Junior!«, eine Diskrepanz, die er in dem allgemeinen Getöse nicht wahrnahm, doch mir legte sie sich schwer auf die Seele, mußte ich doch begreifen, daß es eigentlich der Sohn war, den ich begehrte. Diese Erkenntnis schockierte sogar mich, wirkte aber gleichzeitig befreiend, denn jetzt wußte ich den Grund für meine zwiespältigen Gefühle bei Tads Antrag. Dennoch war es ein schmerzlicher Moment, denn es war der Vater, auf dem ich mich in ekstatischer Vereinigung wand. »O lieber Chef. Muß ich denn immer wieder unter dem Einfluß konträrer Impulse agieren?« sagte ich zu mir selbst und spürte die Abwesenheit des Sohnes weit stärker als die Anwesenheit des Vaters. Diese bittersüße, von einem exquisiten Paradoxon geprägte Empfindung dauerte nur einen Moment — aber was für einen Moment! —, denn schon im nächsten brach ein wahres Pandämonium aus, die Lichter gingen an, blendeten uns, und die Polizei von Armstrong stürmte in den Raum.

Wie es mir und so vielen anderen gelang, ihnen zu entwischen, weiß ich bis heute nicht. Es war bestimmt keine sehr erfolgreiche Razzia. Eigens für Notfälle dieser Art existierten in der Freistatt mehrere Fluchttunnels, und durch einen von denen muß ich entkommen sein, weil ich mich plötzlich in einem leerstehenden Haus neben unserem Gebäude wiederfand, eine viel zu große Tunika, die ich irgendwo an mich gerafft haben mußte, krampfhaft an die Brust gepreßt. Ich rief nach Jubilee, dann packte mich jemand und zog mich mit sich in die Dunkelheit. Ich vermute, es handelte sich um einen Androiden, denn Menschen hätten mich nicht daran hindern können, wieder in diesen Tunnel zu stürzen und meine Tochter zu suchen. Danach kann ich mich erinnern, wie ich neben den anderen herlief, bis beschlossen wurde, daß wir uns trennen und später am Obelisken wiedertreffen sollten. Dann war ich allein, und es blieb mir nichts weiter zu tun, als das Hemd anzuziehen und mich bis zum Abend unter einer Treppe zu verstecken. Als es dunkel wurde, wagte ich mich hinaus, verirrte mich trotz meines internen Kompasses und geriet in den Busbahnhof von Armstrong. Dort mischte ich mich unter den Pöbel und versuchte dumpf, das Unheil zu begreifen, das so plötzlich über mich hereingebrochen war. Leider ohne großen Erfolg. Zu erschüttert, um klar denken zu können, hockte ich einen ganzen Tag wie gelähmt im Wartesaal und trauerte über den Verlust von Jubilee, Tad, Anna und dem Glück, das ich nur so kurze Zeit genießen durfte. Es war der Tiefpunkt, der absolute Tiefpunkt!

Nach und nach kam mir wieder zum Bewußtsein, daß es einen Plan für ein Treffen am Obelisken gegeben hatte. Ich faßte mir ein Herz und machte mich auf den Weg dorthin. Nach häufigem Fragen langte ich endlich am Apollo-Park an, wegen meines Nervenzusammenbruchs im Bahnhof anderthalb Tage zu spät. Womöglich hatten auch Tad und Anna fliehen können und Jubilee mit sich genommen. Warum nicht? Immerhin hatten wir uns allein durch meinen Tunnel zu viert davongemacht... Halt! Waren das nicht Aquarier, die sich wie gewöhnlich vor dem Apollo-Museum eingefunden hatten? War es ein Trugbild, oder erlebte ich die reale Manifestation meiner bevorzugten Realität, die endlich wieder on line kam?

Ich näherte mich ihnen mit Vorsicht, da ich fürchtete, sie könnten sich als eine aus der Verzweiflung geborene Fata Morgana entpuppen und sich unvermittelt in Luft auflösen. Als ich in Hörweite stehenblieb, um sie anzusprechen, sah ich, daß mir ihre Gesichter fremd waren, aber sie wirkten durchaus real, also fragte ich, ob sie vielleicht zu der Freistatt gehörten, in der die Razzia stattgefunden hatte? Sie antworteten: »Nein«, ziemlich mißtrauisch, und fügten hinzu, sie kämen aus einem anderen Stützpunkt, wo man aufgrund größerer Vorsicht und

Zurückhaltung bis jetzt von der Obrigkeit unbehelligt geblieben war. Weshalb fragte ich? War ich ein Mitglied, wie ich behauptete, oder ... Sie sprachen es nicht aus, aber ich hatte inzwischen Erfahrung genug, um zu wissen, was sie meinten: daß ich vielleicht eine getarnte Polizistin war, die sich bei ihnen einschleichen wollte. »O nein, nein, nein. Nichts dergleichen«, versicherte ich ihnen und gab mich ohne Umschweife zu erkennen.

Wie der geneigte Leser vielleicht schon vermutet, wurden mir unverzüglich Handschellen angelegt; man stieß mich auf den Rücksitz eines nicht gekennzeichneten Aeros, denn natürlich war ich verdeckt arbeitenden Agenten der AÜ in die Hände gefallen. Wir flogen zu ihrem Büro ausgangs des Opportunity Way, wo der diensthabende Beamte bestätigte, daß ich dem Holoporträt auf dem vom Studio ausgegebenen Fahndungsblatt entsprach. Doch statt mich in den Container zu stecken oder mit einem Frachter nach Hollymoon zurückzuschicken, sahen sie sich gezwungen, mich freizulassen, denn aus der Akte ging außerdem hervor, daß ich nie zuvor mit einem Aufruf markiert worden war. Diese Vorschrift — von der AÜ als Gefahr für ihren Fortbestand betrachtet — stellte eine der aufgeklärten Neuerungen im reformierten Strafgesetz der TWAC dar und gab dem flüchtigen Androiden die eher symbolische Chance, sich selbst zu stellen. Die Verachtung der Beamten für diesen Freiwilligkeitsparagraphen war nicht zu übersehen. Verärgert nahmen sie mir die Handschellen ab und murrten, dieser Geistesblitz eines Schreibtischhengstes verursachte die doppelte Arbeit, jetzt müßte man mich ein zweitesmal einfangen, sobald die Frist abgelaufen war, denn sie hielten es für höchst unwahrscheinlich, daß ich mich selbst stellen würde. Darin stimmte ich mit ihnen überein. Doch ungeschoren sollte ich nicht davonkommen. Bevor ich auch nur tief Luft holen konnte, hatte mir der diensthabende Beamte besagten Aufruf übermittelt — indem er ihn mir mit einem Stempellaser, den er an meine linke Schläfe hielt, unauslöschlich ins Gehirn prägte. Zu Tode erschrocken, wurden mir die Knie weich, und ich taumelte. »In Ordnung, nun lauf«, sagte er mit einem hämischen Grinsen. »Aber vergiß nicht, wir folgen dir auf Schritt und Tritt.«

Ich war zu verwirrt, um darauf zu reagieren; tatsächlich war ich kaum imstande, die Tür zu finden. Das chemische Implantat wurde von einer erklärenden Bandaufzeichnung begleitet, die durch meinen Schädel dröhnte.

IN ANERKENNUNG IHRER GRUNDRECHTE ALS INTELLIGENTE EINHEIT WERDEN SIE, EINHEIT P9HD20-XL17-504, EIGENTUM VON (der Beamte hatte die Lücke ausgefüllt, bevor er mir den Aufruf einprägte) STELLAR ENTERTAINMENTS INC., GEMÄSS ABSATZ 9, PARAGRAPH 11 (G) DES IM JAHR 2079 IN KRAFT GETRETENEN ANDROIDENKODEX HIERMIT AUFGEFORDERT, UNVERZÜGLICH ZU BESAGTEM EIGNER ZURÜCKZUKEHREN ODER SICH IN DEM NÄCHSTEN POLIZEIREVIER BZW. ANDROIDENÜBERWACHUNGSSTATION EINZUFINDEN, ZWECKS ÜBERFÜHRUNG AN DEN VORGENANNTEN. DAS NICHTBEFOLGEN DIESES AUFRUFS INNERHALB VON ACHTUNDVIERZIG STUNDEN NACH ERHALT DIESES GERICHTSBESCHEIDS HAT DEN VERLUST ALLER IM ANDROIDENKODEX VERANKERTEN RECHTE UND PRIVILEGIEN ZUR FOLGE, GLEICHZEITIG WIRD DER IN DIESEN BESCHEID EINPROGRAMMIERTE FLÜCHTLINGS-ALARM AKTIVIERT. DIESE AUFZEICHNUNG WIRD NICHT WIEDERHOLT. AUSGEGEBEN 16 UHR 17 / LZ2, *19. MAI 2082, DURCH AÜS, ESPRIE DISTRIKT, ARMSTRONG, MOND.

Kapitel acht

»Guter Chef!« dachte ich und stolperte auf die Straße hinaus, was sollte aus mir werden ohne meine Rechte? Ich
musterte meine Umgebung und entdeckte ganz in der
Nähe die prunkvollen Hotels und Kasinos des Glücks-
spielviertels. Diese Richtung schlug ich ein auf der Suche
nach dem LRA-Büro am entgegengesetzten Ende des Boulevards. Ich mußte Touristen ausweichen, Prostituieren,
unangenehm aufdringlichen mobilen Spielautomaten
und Orbdealern, die ihre Ware ganz offen an jeder Stra-
ßenecke feilboten. Durch eine Umleitung (ARBEITENDE
DROIDEN) geriet ich auf die Hauptstraße, ging ein oder
zwei Blocks weiter, ohne zu wissen, wo ich mich befand,
blieb an der Kreuzung Sinatra- und Newtonstraße stehen,
um mich zu orientieren, fand auf den Opportunity Way
zurück und entdeckte sogleich die schmucklose Fassade
des LRA-Büros, die inmitten der Lichter- und Farben-
pracht links und rechts nicht zu übersehen war. Ich ging
hinein und bestand darauf, Dahlia zu sprechen, ganz
egal, wie beschäftigt sie war, bis man mich grollend in
das von ihr mit Beschlag belegte Hinterzimmer führte,
wo ich sie buchstäblich bis über die Ohren in Stapeln von
Verteidigungsschriften stecken fand. (Drei Menschenan-
wälte und sechs Assistenten würden eine Woche
gebraucht haben, um dieses Arbeitsaufkommen zu
bewältigen.)

Sie nahm ihren Gedankenprozessor ab und erklärte,
auch auf die Gefahr hin, unhöflich zu erscheinen, könnte

276

sie mir höchstens eine Minute ihrer Zeit widmen. Später am Nachmittag wurde sie bei einer Anhörung in Sachen der in der Freistatt festgenommenen Aquarier erwartet, die bereits angeklagt und in Untersuchungshaft genommen worden waren, und gleichzeitig, auf einem anderen Kanal, koordinierte sie die Notaufkäufe jener Androidenaquarier, die konfisziert und markiert worden waren und sich jetzt weigerten, freiwillig zu ihren Gebietern zurückzukehren.

Das war die einzig erfolgversprechende Vorgehensweise, erläuterte sie, weil die Genehmigung zur Abschaltung des Aufrufs nur von dem rechtmäßigen Besitzer gegeben werden konnte. Waren die Verhandlungen nicht abgeschlossen und die Transaktion nicht aktenkundig vor Ablauf der Achtundvierzig-Stunden-Frist, dann hatten die betroffenen Einheiten nicht nur den Zugriff der AÜ zu fürchten, sondern mußten außerdem damit rechnen, von dem einprogrammierten Flüchtlingsalarm zum Wahnsinn getrieben zu werden.

»Wahnsinn?«

»Ja. Die Auswirkungen dieses Alarms machen in den meisten Fällen eine Kur erforderlich, um beschädigte Schaltkreise zu reparieren.«

Weil ich soviel später als die übrigen Einheiten aus der Freistatt, die gefangen und markiert worden waren, in ihrem Büro auftauchte, unterlag sie dem Irrtum, daß ich mich der Festnahme hatte entziehen können. War ich gekommen, um mich nach dem Stand der Verhandlungen in der Sache Lance London zu erkundigen? Wenn ja, dann bedauerte sie, mir mitteilen zu müssen, daß ich vorläufig nicht auf Ergebnisse hoffen konnte, denn der Löwenanteil des Notfonds war für den Ankauf der o. a. Einheiten reserviert, der sich — nebenbei bemerkt — als nicht unproblematisch erwiesen hatte, denn viele Besitzer ließen sich nur schwer ausfindig machen. Wenn man sie endlich aufgespürt hatte, gebärdeten sie sich unkooperativ und verlangten das Vielfache des ursprünglichen Kaufpreises als Entschädigung für den Verlust der Kontrolle über ihre Einheit.

»Dahlia, ich bin verzweifelt, ich . . .«

»Des weiteren hat sich auf die Verhandlungen hinderlich ausgewirkt«, fuhr sie fort, ohne meinen Einwand zu beachten, »daß das Studio erwägt, die Mace Pendleton-Serie fortzusetzen. Deshalb sind sie weniger geneigt, sich von L. L. zu trennen, als ich angenommen hatte. Ich werde Sie natürlich auf dem laufenden halten für den Fall, daß sich etwas Neues ergibt.« Mit diesen Worten begleitete sie mich zur Tür, und bevor wir uns verabschiedeten, erkundigte sie sich aus reiner Höflichkeit, wo ich jetzt wohnte. In verzweifelter Erbitterung rief ich aus: »Nirgends!« und nutzte die Gelegenheit, die sich während ihres Monologs nicht geboten hatte, um zu erklären, daß man auch mich aufgegriffen und mit einem Aufruf markiert hatte.

»Ich wünschte, du hättest das nicht gesagt«, meinte sie mit einem Seufzer, deutete auf einen Stuhl und kehrte hinter ihren Schreibtisch zurück. »Ich habe schlechte Neuigkeiten für dich.«

In der Annahme, ich würde mich zusammen mit den anderen in ihrem Büro einfinden, hatte sie tags zuvor — gestützt auf Informationen, die sie von Anna erhielt — meinen Besitzer ermittelt, einen gewissen Stanford Locke, und herausgefunden, daß er zur Zeit auf Ganymed eine Gefängnisstrafe verbüßte. (Apropos — Anna saß zur Zeit im Gefängnis von Armstrong ein.) »Die Tatsache allein wäre kein Hindernis für erfolgreiche Verhandlungen gewesen. Ich erklärte ihm, daß wir im Falle einer Einigung die Kaufsumme bis zu seiner Entlassung auf einem hochverzinslichen Sperrkonto deponieren würden. Doch er will auf jeden künftigen Profit verzichten, für die

Genugtuung — wie er sich ausdrückte —, daß du hier und jetzt am Haken zappeln mußt.«

»Und das bedeutet?«

»Daß er beschlossen hat, den Besitztitel zu behalten, und zwar aus schierer Gemeinheit, wenn ich das hinzufügen darf. Ein außerordentlich verbitterter und unangenehmer Mann. Du hättest hören sollen, wie unhöflich er über die interplanetare Leitung war.« Sie schüttelte sich bei der Erinnerung.

»Aber in dem Aufruf wird Stellar Entertainments als mein Eigner angegeben.« Ich war ganz durcheinander.

»Was! Das können sie nicht tun!« Ihr Vernunftprozessor war zutiefst beleidigt. »Ich habe alle Einträge anhand der Interplanetaren Verbraucherdatei sorgfältig überprüft, bevor ich mit Locke Verbindung aufnahm. Er ist der rechtmäßige, unanfechtbare Besitzer. Stellar versucht entweder, einen schnellen Coup zu landen, oder ihre Bücher sind einfach schlampig geführt. In jedem Fall ist es unentschuldbar, aber für uns phantastisch, denn wir können den Aufruf für null und nichtig erklären lassen. Allerdings nicht rechtzeitig, um die Aktivierung des Alarms zu verhindern, unglücklicherweise. Hmmm.«

Sie begann laut nachzudenken und entwarf ein Szenario, in dem ich unverzüglich ins Studio zurückkehre, sie eine Herausgabeverfügung aufgrund von Betrug und schwerem Diebstahl beantragt, das Studio Gegenklage erhebt, sich wegen unklarer Besitzansprüche zu einer außergerichtlichen Einigung bereiterklärt und ich freigelassen werde. »Aber dann werde ich nach Ganymed geschickt ... zu Locke!« jammerte ich. — »O nein. Du wirst eingelagert, bis er seine Strafe verbüßt hat und dich abholt. Aber ich verstehe deine Bedenken.« Bei ihrem nächsten Vorschlag wandte sie die genau entgegengesetzte Taktik an. Stellars Besitzanspruch nicht anfechten, sondern anerkennen und einen Kauf tätigen, also derselbe

Modus operandi wie bei den anderen markierten Einheiten. »Natürlich kann in deinem Fall die Transaktion vom rechtmäßigen Besitzer angefochten werden, und das wird er bestimmt tun, sobald er Wind davon bekommt, und das ist wiederum phantastisch für uns, weil wir Stellars Anspruch verteidigen würden.«

»Was? Die LRA vertritt das Studio?«

»Warum nicht? Und wir würden unserem Klienten nachdrücklich von einer außergerichtlichen Einigung abraten. Gegensätzliche Besitzansprüche können wunderbar verworren und zeitraubend sein. Das Gericht wäre auf Jahre hinaus beschäftigt, und in der Zwischenzeit bleibst du auf freiem Fuß. Wie gefällt dir das?«

Es tat mir leid, sie zu enttäuschen, doch konnte ich nicht umhin, sie darauf hinzuweisen, daß es der LRA unter Umständen schwerfallen würde, mich dem Studio abzukaufen. Wie sie selbst gesagt hatte, zögerte man dort, sich von Talenten zu trennen, und ich war bei meiner Flucht auf dem Weg nach oben gewesen — unter der persönlichen Aufsicht von Harry Boffo hatte man einen vollständigen Karriereplan für mich ausgearbeitet.

»Also gelöscht«, meinte sie mit einem Nicken, ohne einen weiteren Gedanken an ihren brillanten Plan zu verschwenden. »Wenn du sein Schützling bist, gibt es keinen Betrag, der groß genug ist, um dich loszukaufen. Boffo ist gerade zum CEO ernannt worden. Dann bleibt uns nichts anderes übrig, meine Liebe, als dich in den nächsten Raumer zum Mars zu setzen.«

»Aber dauert das nicht drei Tage?«

»Ja, mit dem Jumbo. Aber ich dachte an die Concordia, die braucht nur drei Stunden.« Sie klingelte nach ihrem Assistenten, einem jungen Mann von orientalischem Aussehen. Er steckte den Kopf zur Tür herein. »Würdest du nachsehen, wann die nächste Concordia zum Mars geht, und eine Buchung nach Horizont vornehmen, für

Fräulein . . . Locke?« Ich verzog das Gesicht und sagte,
Dear wäre mir lieber. »Also, Dear. Und besorg im Kauf-
haus gegenüber ein passendes Kleid. Größe achtunddrei-
ßig, wie's scheint — und ein Paar ordentliche Orbit-
pumps. Und das Ganze ein bißchen schnell, wenn möglich.« Ein rasches Kopfnicken . . . »Klaro!« . . . und er war
weg. In vertraulichem Ton bemerkte sie: »Diese Menschen, sie meinen es gut, aber sie sind so unzuverlässig.
Man muß ihnen alles haarklein erklären.« Dann wurde
sie wieder geschäftsmäßig. »Wir werden unsere Stellen in
Horizont von deinem Kommen in Kenntnis setzen. Man
wird dich am Raumhafen Mars abholen und zur richtigen
Planetenfähre bringen. Wir wollen tunlichst vermeiden,
daß du die falsche Maschine nimmst und in Kommerz
landest. Glaub nicht, das wäre nicht schon passiert.
Deine Begleiter werden über deine Situation Bescheid
wissen, daher mußt du dich nicht wundern, wenn man
dich gleich nach deiner Ankunft in Mandala zum Krankenhaus schafft. Wenn alles gutgeht, wird der Aufruf
lange vor Ablauf der Frist getilgt worden sein.«

»Aber ich kann die Concordia nicht nehmen.«

»Mach dir keine Sorgen wegen der Kosten. Es kommt
uns billiger als der Erwerb einer Einheit, wenn auch nicht
viel, und wir haben ein Abkommen mit den Freunden in
Horizont getroffen. Sie erstatten uns die Hälfte des Flug-
preises.«

»Das habe ich nicht gemeint. Hast du vergessen, daß
ich ein Androide bin? Ich werde nie an den Sicherheitsbeamten vorbeikommen. Soll ich mich vielleicht mit
einer Sonnenbrille durch die Kontrollen mogeln?«

»Keinesfalls. Zeig deine Bordkarte und geh weiter.«

»Aber . . .«

»Du bist markiert, oder nicht? Nun denn, solange die
Frist nicht abgelaufen ist, bist du vor jedem Zugriff
geschützt. Mach dir keine Sorgen wegen der AÜ. Legal

können sie nichts weiter tun, als jede deiner Bewegungen zu beobachten. Das gilt auch für ihre Kollegen auf dem Mars. Der marsianische Raumhafen umkreist den Planeten im interplanetaren Raum, also müssen die Autoritäten dort den Kodex beachten, es ist der einzige Ort, an dem sie es tun. Wenn damit alle deine Fragen beantwortet sind – ich habe viel zu tun. Statt der versprochenen einen habe ich dir zehn Minuten gewidmet.«

Ich wollte ihre Geduld nicht überstrapazieren und auch nicht den Eindruck erwecken, undankbar zu sein, doch ich konnte nicht einfach gehen und meine Tochter zurücklassen; es war schwer genug, sich mit der Verzögerung von Juniors Befreiung abzufinden. Hatte sie Nachricht von meiner Jubilee? Dahlia lächelte bei dem Gedanken an das Kind und sagte: »O ja. Ich vergaß, es dir zu sagen. Jemand legte sie heute morgen auf unsere Türschwelle. Wir haben keine Ahnung, wer, aber bei ihr fanden wir eine Notiz, daß sie nach dem Abzug der Polizei in einer Küchenschublade in der Freistatt entdeckt wurde. Augenscheinlich war sie während der Razzia dort versteckt worden. Da wir nichts von dir gehört hatten und nicht ahnen konnten, wann du auftauchen würdest, beschlossen wir, das unserer Meinung nach Beste für das Kind zu tun. Deshalb befindet sie sich gerade jetzt mit einem unserer Freiwilligen an Bord eines Jumbos auf dem Weg nach Horizont.«

Ich reagierte mit Freude auf diese Neuigkeit, aber auch mit Wehmut, denn sie bedeutete, daß meine Kleine in diesem Augenblick fern meiner mütterlichen Fürsorge durch das Weltall schwebte.

Dahlias Assistent kam herein und verkündete, die Concordia ginge in einer Stunde, und wenn ich diesen Flug verpaßte, müßte ich drei Tage auf den nächsten warten. Dahlia bedankte sich, hieß ihn das Kleid und die Schuhe auf einen Stuhl legen und entließ ihn mit dem Auftrag, mir einen Platz zu reservieren und für eine Transportgelegenheit zum Raumhafen zu sorgen. »Siehst du? Dein Schiff wird lange vor dem deiner Tochter eintreffen, also wird es dir möglich sein, sie in Mandala zu begrüßen. Aber du mußt dich beeilen. Mit der nächsten Maschine kommst du zu spät in Mandala an, um die Aktivierung des Alarms zu verhindern.« Sie bedeutete mir, das verblichene Wickelkleid anzuziehen (schon damals aus der Mode), denn es galt, keine Zeit zu verlieren.

Während ich das Hemd auszog, um in das Kleid zu schlüpfen, fragte ich, ob sie irgend etwas von Tad gehört hatte — dem jungen Mann, der bei mir gewesen war, als wir in ihr Büro kamen, um uns über Lance London zu informieren. Zu meinem Kummer erfuhr ich, daß er gleichfalls im Gefängnis saß. »Aber vielen Dank, daß du mich an ihn erinnert hast«, meinte Dahlia und erklärte, daß sie auch für ihn eine Eingabe vorbereiten mußte, um den von seiner Mutter gestellten Auslieferungsantrag zu blockieren. »Sie will erreichen, daß das Gericht auf eine Gehirnwäsche erkennt. Auf diese Weise kann sie die Vormundschaft übernehmen und ihn auf der Erde in ein Reha-Zentrum für Gebieter einweisen. Ich sage dir, diese Razzia konfrontiert uns mit einem Berg von Problemen. Die von den Menschen ersonnenen Schikanen sind unendlich variantenreich. Es ist zuviel für eine Einheit.« Sie seufzte. »In gewisser Weise beneide ich dich.«

Das überraschte mich. Während ich mich umdrehte, damit sie den Klettverschluß im Rücken zumachen konnte, fragte ich, warum sie bei dieser Einstellung nicht selbst nach Horizont gegangen war. »Oh, aus dem Stoff bin ich eigentlich nicht gemacht«, antwortete sie. »Drei Semis pro Jahr zu produzieren, ist ganz und gar nicht nach meinem Geschmack. Und ich liebe die LRA; sie sind traumhafte Gebieter.« Sie ließ den Blick durch ihr staubiges und vollgestopftes Büro schweifen, in dem sich die

Aktenspulen bis zur Decke stapelten und die wenigen, ramponierten Möbelstücke zu überwuchern drohten — ihr Reich. »Wirkliche Veränderungen kann man nur durch Arbeit im Herzen des Systems bewirken; wir können uns nicht alle in unsere isolierten Utopias flüchten. Aber laß dich davon nicht abhalten. Bitte! Ich muß arbeiten. Geh, beeil dich, oder du wirst deinen Flug verpassen.«

An der Tür blieb ich stehen. »Ich werde dir nie genug danken können.«

»*Bon Format.*« Ich konnte nicht erkennen, ob sie es ernst meinte oder nicht. Sie saß bereits wieder hinter ihrem Tisch und hatte den Gedankenprozessor aufgesetzt.

Ich jettete mit ihrem Assistenten zum Terminal, und wir bestiegen eine Fähre zum Raumhafen. Dort reichte er mir im Wartesaal das Ticket sowie eine Spule mit dem Titel *Willkommen in Horizont* — das obligatorische Abschiedsgeschenk für jeden Neubürger — und verabschiedete sich mit den besten Wünschen für einen möglichst ereignislosen Flug. Die Sicherheitsbeamten machten keine Schwierigkeiten, wie Dahlia es versprochen hatte, obwohl sich bei den Posten vor den Monitoren an der Eingangsschleuse ein paar Augenbrauen hoben; mehrere Agenten der AÜ beobachteten meine Abreise mit grimmigen Mienen und vor der Brust verschränkten Armen. Fast glaubte ich, ihre Zähne knirschen zu hören. Obwohl Qualität und Machart meines Aufzugs sich nicht mit der Kleidung der übrigen Passagiere messen konnten — Damen und Gebieter von Reichtum und Ansehen —, machten die P9-Stewardessen keineswegs Anstalten, mich zurückzuweisen, sondern geleiteten mich mit all der Zuvorkommenheit zu meinem Platz, auf die ein Passagier der Concordia Anspruch hatte.

»Phantastisch, nicht wahr?« bemerkte ein Mittvierziger

neben mir, als wir uns vom Raumhafen abkoppelten und den Hyperantrieb zündeten — der Mond, der Augenblicke zuvor unser Fenster ausgefüllt hatte, schrumpfte binnen Sekunden auf Stecknadelkopfgröße zusammen und verschwand schließlich ganz. Ich pflichtete ihm bei, während ich meinen Gurt löste und widerwillig zugab, daß dies mein erster Hyperflug war, denn alles an ihm signalisierte Bereitschaft zu einem Flirt, und nichts hätte mir unwillkommener sein können. Ganz abgesehen davon, daß die Aussicht, eine glaubhafte Lebensgeschichte erfinden zu müssen, um den Konversationsdrang dieses Möchtegernverehrers zu befriedigen, mir als äußerst ermüdende Übung erschien, besonders, da ich es kaum abwarten konnte, mir die Horizontspule zu Gemüte zu führen. Als er sich angelegentlich (oh, so angelegentlich) erkundigte, ob ich auch nach Frontera wollte, überkam mich etwas — ich weiß nicht, was —, und statt ihn anzulügen, sagte ich ihm platt ins Gesicht: »Wenn du's unbedingt wissen willst, ich bin ein entlaufener P9 auf dem Weg nach Horizont.«

Er kicherte und antwortete, dann sei er Alexander Seti. Man konnte deutlich sehen, daß er sich ungemein geistreich fand, deshalb setzte ich mein finsterstes Gesicht auf und raunzte: »Das ist kein Witz, Arschgesicht.« Zusätzlich drohte ich, ihm Arme und Beine zu verknoten, wenn er noch einmal den Mund aufmachte. Ob mein Galan die Drohung ernst nahm oder nicht, jedenfalls verschwand er, um die Schwingbadewanne in der Entspannungskabine des Raumers auszuprobieren, und kam nicht wieder. Welch ein Gefühl der Befreiung! Seit ich denken konnte, hatte ich verschweigen müssen, wer und was ich war. Sie können sich nicht vorstellen, wie satt man es haben kann, sich ständig zu verleugnen, außer, Sie sind auch ein Flüchtling. Hätte ich früher geahnt, welch ausgezeichnete Verbündete die Wahrheit sein kann, hätte ich öfter

285

Gebrauch davon gemacht. Es war herrlich. Ich klappte die Armlehne hoch, die wir uns geteilt hatten, und streckte mich auf den Sitzen aus. Dann stülpte ich mir das geschenkte Holoskop über die Augen, schob die Horizontspule ein und lehnte mich genußvoll zurück.

Die Aufzeichnung begann mit einem kurzen Vorspann, aus dem zu erfahren war, daß es sich bei der Kolonie — wenn die Bevölkerung auch zum überwiegenden Teil aus Hochaquariern bestand — um eine strikt multinationale Niederlassung handelte und sie deshalb der Siedlungspolitik der TWAC entsprach. Um es genauer zu definieren, Hochaquarianismus war keine offizielle Religion, vielmehr der antiautoritäre, auf Konsens orientierte, kooperative Versuch einer Toleranzgesellschaft.

Nach diesen erklärenden Vorbemerkungen folgte eine visuell beeindruckende Präambel, die den Bau der Hauptbiosphäre von Mandala in den ersten Tagen der Kolonie dokumentierte. Ich freute mich an den erhebenden Bildern von Androiden und Menschen, die Seite an Seite in kollektiver Harmonie an ihren vorläufigen Wohnkuppeln arbeiteten, die errichtet wurden, um diese unerschrockenen Wegbereiter vor der marsianischen Kälte und der starken ultravioletten Strahlung zu schützen. Mit einem raschen Schritt wurde zur gegenwärtigen Situation übergeblendet, und man sah das Ergebnis der anfänglichen Bemühungen, eine prosperierende Stadt, umgeben von den Satellitenkommunen Überfluß, Eintracht, Imago, Aquaria und Harmonie. Danach folgte eine Reportage aus Alexander Setis Arbeitszimmer. Der große Mann lächelte wohlwollend und nahm seinen Gedankenprozessor ab, um uns alle in Horizont willkommen zu heißen. (Bestimmt war auch er damit beschäftigt gewesen, seine Memoiren zu verfassen.) Sein volles weißes Haar und das koboldhafte Gesicht — so verblüffend bei einem Mann seines Alters — vermittelten einen Eindruck von großer Intelligenz, Weisheit und Charme.

»Willkommen. Horizont ist ein Land der Harmonie zwischen den Spezies, wo Traum und Realität sich verbinden«, sagte er. »Hier leben Menschen und Androiden in gegenseitiger Toleranz.« Während sein Gesicht in die linke Bildhälfte rückte, erschienen rechts Aufnahmen von fröhlichen und ausgelassenen Bürgern unbestimmbarer Abstammung, die Arm in Arm den Freigeist-Boulevard entlangschlenderten, dann Ansichten von gut sortierten Geschäften und sauberen, frisch geschrubbten Kondos, von großen Treibhausanlagen, unter deren Minikuppeln pralles Obst und Gemüse im marsianischen Licht rosa schimmerte, und von Forschungslaboratorien in öffentlichen Parks, wo Wissenschaftler über Petrischalen meditierten. »Auf der Suche nach dem Schlüssel zu den Geheimnissen des vorprogrammierten Alterungsprozesses«, erklärte Seti. Dann brachte er mit einem Wink seiner Hand die Bilder zum Verschwinden und kündigte die nächste Sequenz an.

»Die Semis von Horizont sind die lebende Verkörperung der Vereinigung von Mensch und Humanoiden.« (Ich mußte an Junior denken, den ich hatte zurücklassen müssen, aber auch an Jubilee, die ich in Kürze wieder in die Arme zu schließen hoffte.) »Wie der Chef verkündigt hat: ›Die neunte Generation wird die erste gebären. Und sie werden ihr Format bis zu den fernsten Sternen ausdehnen.‹« Geschäftige Geburtszentren für Semis drängten ins Bild, bunte Kindergärten füllten sich mit munteren Sprößlingen. »Wir Horizonter glauben, daß die Zukunft denen gehört, die sie mit positiver Imagination zu erschaffen verstehen. Du, der neue Bürger, kannst eine wichtige Rolle bei der Verwirklichung unserer Vision spielen. Du kannst dich entscheiden, bei der Entwicklung des evolutionären Bewußtseins mitzuwirken, oder . . .«

Bilder menschlichen Wirkens in seinen abstoßendsten und negativsten Aspekten füllten das Gesichtsfeld: soziales Chaos; Krieg; Einzelpersonen, gebeugt unter der Last der Isolation, Trauer, Depressionen. »Zwietracht. Mangel. Die grausame Wirklichkeit deiner Welt. Alles Illusionen«, schnurrte Seti. »Die Menschheit hat es bestens verstanden, durch Überbetonung des Wettbewerbs ein lebensfeindliches Environment zu schaffen. In einem solchen Umfeld werden alle zu Gegnern, Androiden und Menschen, Sklaven und Gebieter, und allen wird das Dasein zur Bürde. Doch selbst unter diesen höllischen Bedingungen behält das Gesetz der Kooperation seine Gültigkeit, denn einzeln und als Masse habt ihr beschlossen, euch so enge Grenzen zu setzen. Nach eben diesen Maßstäben sind Harmonie, Überfluß und Selbstgenügsamkeit gleichfalls Illusionen. Aber!« Er hob einen Finger, um die Bedeutung seiner nächsten Worte zu unterstreichen. »Sie sind eine exaktere Reflexion der Naturgesetze, ganz zu schweigen davon, daß sie weit angenehmer zu erfahren sind. Warum nicht danach streben? Wie immer liegt die Entscheidung allein bei dir.«

Anschwellen besinnlicher Musik, dann das Abbild der vielfarbigen Rose vor einem tiefblauen Himmel. »In Horizont, vorausgesetzt, deine Sehnsucht nach Befreiung ist stark genug, brauchst du diese Werte nur zu imaginieren, um ihrer teilhaftig zu sein. Um deine Formatierungsfähigkeit zu prüfen, konzentriere dich auf die vielfarbige Rose. Unterwirf dich ihr und laß es geschehen, daß sie deine Willenskraft umgestaltet zu dem Format deiner Wahl. Imaginiere deine Realität und projiziere sie. Beginne ... jetzt.«

Während die Helioharmoniummusik aufjauchzte und die vielfarbige Rose in blendendem Glanz mit dem blauen Himmel verschmolz, begann das Mantra ›Glaube an dein Format‹ als endlose Beschwörung in meinen

Ohren zu tönen. Ich legte mich bequem zurück, tauchte in diesen murmelnden Strom, und schon projizierte ich positive Bilder meiner bevorstehenden Ankunft auf dem Raumhafen Mars. Ich stellte mir vor, wie ich zur Fähre begleitet, nach Horizont geflogen und ins Hospital gebracht wurde, wo man den Aufruf aus meinem Gehirn tilgte. Dann hielt ich Jubilee in den Armen. Tad und Anna waren auch da, durch einen von der nimmermüden Dahlia erwirkten Gerichtsbeschluß aus der Haft entlassen, und als Krönung dieser besten aller Realitäten tauchte Junior auf, von dem das Studio sich nun doch getrennt hatte. Hatte ich Vertrauen in diesen Traum? O ja. Die Würfel waren bereits gefallen: Ich befand mich an Bord der Concordia, und der Mars war weniger als drei Stunden entfernt. Zum ersten Mal seit Malibu vermochte ich wieder frei zu atmen.

Kapitel neun

Das Holoskop wurde mir von einer Stewardeß heruntergerissen, die mir einen Laser unter die Nase hielt und verlangte, daß ich meinen Ausweis vorzeigte. Verstört setzte ich mich auf, sah mich um und mußte feststellen, daß zwei weitere Besatzungsmitglieder — der Copilot und eine zweite Stewardeß — ebenfalls bewaffnet waren und meine Mitpassagiere bedrohten. Es hatte eine Meuterei stattgefunden. Der Pilot verkündete über die Lautsprecheranlage, daß die Revolutionäre Androidengarde (RAG) das Kommando über das Schiff an sich gerissen hatte. Unser Schicksal, sagte er, hing davon ab, ob die Regierung von Frontera den Kodex anerkannte.

»Wessen Format ist das?« wollte ich schreien. Zum Teufel mit dieser Dahlia! Sie hatte mich für die TWA 505 gebucht, den tragischsten Flug in der gesamten Geschichte der interplanetaren Raumfahrt. Und ich betone, ich war keine Komplizin der Entführer, wie es bei meiner Gerichtsverhandlung so viele Jahre später angedeutet wurde. Ich war ein hilfloses Opfer, wie die übrigen Passagiere. Zugegeben, meine Anwesenheit war nicht unbedingt ein Zufall — gibt es überhaupt echte Zufälle? —, aber ich war auch nicht die in *Droid!* dargestellte Kollaborateuse. Tatsächlich wurde ich von den Terroristen höchst rüde behandelt. Diejenige von ihnen, die mir das Holoskop entrissen hatten (und mit ihm all meine Träume), beschuldigte mich, böswillig meine Identität zu verschleiern, weil ich ihr natürlich keinen Ausweis vor-

290

zeigen konnte. Sie ging soweit, unter meinem Sitz nach-
zusehen, und als sie dort keine ID-Chips entdeckte, ver-
stieg sie sich zu der Behauptung, ich hätte Lunte ge-
rochen, die Schildchen verschluckt und mich dann mit
dem Holoskop getarnt. Nach ihrer Art von Logik reichte
das als Beweis dafür, daß ich ein Humanist aus Frontera
war, denn warum sonst wäre ich auf ein derart verzweifeltes Manöver verfallen?

Selbstverständlich beteuerte ich, daß ich ein P9 war,
wie sie auch, und glaubte felsenfest, die Wahrheit würde
mir diesmal eine ebenso verläßliche Verbündete sein wie
das Mal zuvor. »Wirklich?« fragte sie, ganz und gar nicht
überzeugt. Warum war ich dann nicht mit den übrigen
Lakaien, Dienstmädchen und Dienern im Laderaum
untergebracht? Ich erzählte ihr von dem Aufruf. »Und
das soll ich glauben?« Sie nahm einen UPS-Leser aus der
Tasche — Standardausrüstung für Stichproben bei fragwürdigen Passagieren. »Lieber Chef«, dachte ich bei mir,
als sie den Leser auf den kleinen Finger meiner linken
Hand steckte, »das bedeutet nichts Gutes.« (Roland fiel
mir ein — der Bösewicht verfolgte mich über das Grab
hinaus.) Sie verzog hämisch den Mund bei meiner
stockenden Erklärung, ich wäre früher einmal mit der
Hand in einen Vaporisator geraten, und bugsierte mich
vor dem Lauf ihres Lasers zur VIP-Lounge vorne in der
Maschine. Dort hatten sie eine Gruppe von auf der Heim-
reise befindlichen Humanisten zusammengetrieben. Falls
es sich nicht vermeiden ließ, einige Geiseln hinzurichten,
sollten sie als erste an die Reihe kommen.

»Bitte hör mich an, ich bin wirklich ein P9! Ich bin
unterwegs nach Horizont.«

»Aber natürlich.« Sie stieß mich auf einen Sitz und
ging. Eine zweite Stewardeß stand als Wache im Gang;
der Lauf ihres Lasers zeigte in meine Richtung, also
machte ich keinen Versuch aufzustehen.

»Kein übler Versuch«, meinte der Humanist zu meiner Rechten. Ich lächelte nervös, schaute den Gebieter an und er mich, dann wandten wir beide den Blick ab. Und schauten uns wieder an.

»Angelika?«

»Blaine?«

Der Chef helfe mir, er war es wahrhaftig.

Unsere ersten unartikulierten Ausrufe des Staunens und der Überraschung — in den seinen schwang ein Unterton von Freude, der bei mir fehlte — gingen allmählich in eine halbwegs vernünftige Unterhaltung über, die für mein Empfinden keineswegs die förmlich greifbare Absurdität der Situation zu kaschieren vermochte.

Ja, ich war es tatsächlich — Angelika. Ich war von Anfang an in der Maschine gewesen, aber weiter hinten, da ich als eine der letzten an Bord gekommen war; aus diesem Grund hatten wir uns nicht schon früher getroffen. »Und du bist jetzt Humanistin?« fragte er. Da die Terroristen mir nicht geglaubt hatten, konnte ich mit Leugnen nichts gewinnen. Er freute sich, daß ich der Gemeinschaft beigetreten war, nahm liebevoll meine Hand und sagte, er habe oft an mich gedacht und immer gehofft, mich einmal wiederzusehen, allerdings nicht unter solchen Umständen. Ich erwiderte das Kompliment und dachte dabei: »Der Idiot hat diese Realität formatiert!« Ich hätte schreien mögen.

Er bemerkte meine Anspannung und flüsterte mir ins Ohr: »Keine Bange. Niemand von uns ist wirklich in Gefahr. Bevor ich Armstrong verließ, wurde mir mitgeteilt, daß ein Zwischenfall geplant wäre. Das muß er sein.« — »Aber warum? Und von wem hast du es gehört?« — »Warum? Um die Pro-Kodex-Bewegung zu Hause in Mißkredit zu bringen und um unser Image aufzupolieren, jetzt, kurz vor den Wahlen. Nach diesem Schreck werden meine Anhänger so froh sein, mich unversehrt wiederzuhaben, daß sie diese idiotischen Skandale vergessen.« — »Skandale?« Er kicherte, da er meine Unwissenheit für Ironie hielt. »O Angelika, deinen Humor habe ich immer besonders an dir geschätzt.« Er drückte meine Hand. »Ganz zu schweigen von deinen sonstigen Qualitäten.« — »Ja, aber wer hat dir in Armstrong von einem inszenierten Anschlag erzählt?« — »Nun, ein Mitstreiter.« — »Nicht zufällig Micki Dee?« Er war schockiert. »Angelika! Wer hat dir solche Ideen in den Kopf gesetzt?« — »Die Hochaquarier.« — »Ach ja. Ihre Pamphlete bringen mich mit einer Art von interplanetarem Verbrechersyndikat in Zusammenhang. Ich habe es selbst gelesen. Lächerlich! Man kann nicht mal einen kleinen Abstecher nach Armstrong machen, um Spenden zu sammeln und sich ein bißchen zu amüsieren, ohne daß diese Droidenfreunde unsereinen mit Dreck bewerfen. Aber was macht das schon? Niemand glaubt ihnen.«

»Schluß mit dem Geflüster!« schnauzte die Stewardeß. Er blinzelte ihr zu, wie um auszudrücken: »Na, na, kein Grund, die Sache zu übertreiben.« Dann flüsterte er, sobald wir erst heil und gesund auf dem Mars gelandet wären, müßten wir unbedingt unser früheres Verhältnis fortsetzen. »Andro wird begeistert sein.« Ehe ich höflich ablehnen konnte, schlug er vor, unser Wiedersehen zu feiern, und rief nach Champagner.

Wenn die Stewardeß mit ihm im Bunde war, ließ sie es nicht merken. Sie näherte sich in drohender Haltung, den Laser im Anschlag. Er winkte ihr, die Waffe herunterzunehmen. »Bring uns eine Flasche von dem besten Champagner, den ihr an Bord habt. Und Gläser für alle.« Er deutete mit einer umfassenden Armbewegung auf seine Entourage. Es waren alles in allem zwei Dutzend Personen: diverse Wahlhelfer, alte Weggefährten und Politiker, manche mit ihren Frauen. Nach dem Ausdruck auf ihren Gesichtern zu schließen, waren sie in die Inszenierung nicht eingeweiht. Sie zeigten sich sogar höchst verwundert über sein Benehmen, das sie als Tollkühnheit ersten Grades mißverstanden. Einige fühlten sich davon ermutigt und bemühten sich, es ihrem Anführer gleichzutun, indem sie ihn bei seiner Forderung unterstützten. Die Stewardeß war im ersten Moment so überrumpelt, daß ihre Programmierung die Oberhand gewann und sie kehrtmachte, um dienstfertig den gewünschten Artikel herbeizuschaffen. Dann faßte sie sich und drehte sich unheilverkündend zu dem Humanisten herum. »Geh schon, hopp, hopp.« Blaine Fracass schnippte ungeduldig mit den Fingern. »Lauf, wie eine liebe kleine Droidenterroristin.«

Mit einer so raschen Bewegung, daß er nicht ausweichen konnte, packte sie seine Hand und drückte zu. Jeder der Anwesenden zuckte bei dem Geräusch der brechenden Knochen schmerzlich zusammen. »Sohn einer Droidenhure!« Er stand auf, aber nur, um vornübergebeugt und die verletzte Hand in die gesunde gestützt, durch das Abteil zu stolpern, während die treuen Gefolgsleute wie angeleimt sitzenblieben, viel zu eingeschüchtert, um ihm zu Hilfe zu eilen. »Dafür gab es keinen Grund. O gütiger Menschengott, das tut weh!« Verachtungsvoll stieß die Stewardeß ihn wieder in seinen Sitz und warf ihm einen Anästhesiespray in den Schoß. Ich sprühte ihm die Hand ein, und der Schmerz verging. »Danke, Angelika. Das ist sehr human von dir.« Und zu seiner Peinigerin gewandt: »Findest du nicht, daß du es ein wenig zu weit treibst?«

»Mach dir nichts vor«, antwortete sie und lächelte zum erstenmal. »Wir sind keine Agents provocateurs, wie du zu glauben scheinst.« Etwas in ihrer Miene überzeugte ihn. Eingeschüchtert wandte er den Blick ab und widmete sich der Untersuchung seiner Finger. »Ich brauche einen Arzt«, wimmerte er und schaute zu der Stewardeß. »Halt's Maul!« schnauzte sie.

Dann erschienen der Copilot und der Navigator, um

ihn zum Verhör zu bringen. Sie legten eine ausgelassene, übersteigerte Heiterkeit an den Tag, wie sie von Unterdrückten Besitz ergreift, wenn sie plötzlich am längeren Hebel sitzen. Anfangs spielte Blaine den Tapferen: »Das ist eine Kleinigkeit; ich habe schon jede Menge Fragen beantwortet«, als wäre das Verhör lediglich eine der üblichen Pressekonferenzen. Doch als er hörte, daß man ihm eine Dosis T-Max injizieren wollte, wurde er blaß. »Wahrheitsserum? O Gott, nein. Alles, nur das nicht.« Jeder der beiden Männer packte einen Arm, dann hievten sie ihn aus seinem Sitz und zerrten ihn aus der Lounge. »Bitte nicht. Es gibt Dinge, über die darf ich nicht sprechen. Man wird mich töten, wenn ich es tue. Hier. Brecht mir noch ein paar Finger. Brecht mir den Arm! Das Bein! Alles. Aber zwingt mich nicht, die ...« Die Tür fiel ins Schloß. Während der zwei oder drei Stunden, die wir nichts von ihm hörten, wagte keiner von uns Zurückgebliebenen den Blick zu heben oder etwas zu sagen. Jetzt wußte ich hundertprozentig sicher, daß die Entführung kein Theater war — eine unerwartete interplanetarische Krise, die die Inszenierung von Blaines Mitstreitern zunichte gemacht hatte. Vielleicht warteten *seine* Terroristen in Kommerz, um ihn zu entführen. Wie auch immer, die Realität war ihnen zuvorgekommen — falls die sogenannte Realität nicht auch nur jemandes Inszenierung ist.

Nachdem man Blaine in die Lounge zurückgebracht hatte, ließen uns die Entführer über das Lautsprechersystem in den Genuß des Mittschnitts seiner Aussagen kommen. »Sollen eures Anführers eigene Worte«, sagte der Pilot, »euch von der Perfidie der Humanistenpartei überzeugen und die Aktion rechtfertigen, die wir im Namen der Androidenbefreiung durchgeführt haben.« Was folgte, war das bemerkenswerteste Interview, das die Welten je gehört haben. Nennen wir es das Concordia-Band. Als Pressekonferenz auf dem Mars wäre es die bemerkenswerteste gewesen, die je stattgefunden hat, denn nicht einmal machte sich der Präsident der sonst obligatorischen Unarten schuldig: Ausflüchte suchen, Anekdötchen erzählen, Unwissenheit vortäuschen, Rückzieher machen, klarstellen, sich distanzieren, wieder klarstellen, abschweifen, ausweichen, abblocken, abschwächen, ablenken, abstreiten, heucheln, leugnen, sich widersprechen, spiegelfechten, schönfärben, schwafeln, verschleiern, verschweigen, vertuschen, widerrufen, witzeln und lügen, notlügen, schamlos lügen, himmelschreiend lügen – nein, er erzählte seinen Befragern nichts als die reine, ungeschminkte, absolute, *wahre* Wahrheit. Was dabei herauskaum, war eine Bestätigung all dessen, was die Hochaquarier seit Jahren von ihm behaupteten. Keine Lüge. Ich berichte an dieser Stelle darüber, weil es keine andere Quelle für dieses Material mehr gibt.

Zuerst der Gesamtüberblick. United Systems und Micki Dee arbeiteten Hand in Hand, um den Mars unter ihre Kontrolle zu bringen. Als Deckmantel dienten die Humanisten in Frontera, die Droidenfurcht, -haß und -neid in der Bevölkerung schürten und sich dadurch an der Macht hielten. Nicht nur das, der Multi und der Mafioso hatten auch mit Blaine einen Handel abgeschlossen, wodurch im Rahmen der Privatisierungspolitik der Regierung der Gesamtausverkauf öffentlicher Institutionen und staatlicher Industriebetriebe ermöglicht wurde und der Einflußbereich des Multis sich noch weiter ausdehnte. Warum? Um sich unmittelbaren Einfluß auf die ökonomische und industrielle Infrastruktur zu sichern. Der Modus operandi: Micki Dee gründete Scheinfirmen, betrieben von seinen und Blaines Mitarbeitern, die als Mittelsmänner beim Kauf der betreffenden Objekte fungierten – nachdem die Unternehmen auf Betreiben einer weiteren Humanistenclique im Kabinett absichtlich heruntergewirtschaftet worden waren. Anschließend wurden die Firmen stillschweigend an den Multi weiterverkauft, den Profit sackten zur einen Hälfte Blaine Fracass und Konsorten ein, zur anderen Micki Dee und sein Syndikat. Um die Öffentlichkeit von diesen Schiebereien abzulenken, bediente man sich der Androidengefahr, und damit kommen wir zur zweiten großen Enthüllung des Verhörs, nämlich daß es United Systems war, das Horizont on line brachte. (TWAC hätte den Aquariern niemals die Genehmigung zur Errichtung einer Kolonie erteilt ohne den Segen des einflußreichsten Mitglieds, und der wurde erst erteilt, nachdem man den Aquariern den Standort diktiert hatte: unmittelbar an der Grenze von Frontera, um den Widerstand der Bevölkerung gegen Androiden und den Kodex weiter zu verstärken.)

An dieser Stelle des Verhörs mußte Blaine kichern. »Die Aquas sind tatsächlich drauf reingefallen«, sagte er. »Die sind so blöd, daß sie nicht mal ahnen, daß man sie eingeseift hat. Arrogante Bastarde — sie glauben, sie könnten uns einfach wegwünschen. Je mehr es werden, je erfolgreicher und produktiver sie sind, desto stärker werden sie in Frontera als Gefahr empfunden, und desto stärker wird unsere Partei.« Er brüstete sich damit, Horizont wäre eine so perfekte demagogische Handhabe, daß man sie erfinden müßte, wenn es sie nicht schon gäbe, wie man sich auch die Androidenterroristen in Frontera ausgedacht hatte. Das war die dritte Enthüllung, die aber nach all den vorhergegangenen Ungeheuerlichkeiten kaum noch zu überraschen vermochte. Eine wirkliche Überraschung, besonders für ihn, war die Tatsache, daß es sich bei der RAG um eine echte Organisation handelte; sie waren tatsächlich, was sie zu sein behaupteten. Er betrachtete es als eine grausame Ironie, daß sie von den Aktivitäten seiner eigenen Androidenrebellen in Frontera — getarnten Anti-Terroreinheiten — inspiriert worden waren. An dieser Stelle reagierten die Befrager hörbar schockiert und erregt, ansonsten nahmen sie seine Aussagen mit wissendem Gleichmut hin.

Vor diesem Hintergrund ergaben die jüngsten Skandale, die seine Regierung auf dem Mars erschüttert hatten (Bestechung, Begünstigung, ungerechtfertigte Zuteilung von Staatsgeldern) einen Sinn. Er redete weiter, aber weniger bereitwillig und selbstsicher, denn eigentlich war seine Wiederwahl beschlossene Sache gewesen, jetzt aber, nachdem die Vorfälle aufgedeckt worden waren, erwog man sogar, ihn nicht wieder kandidieren zu lassen. Unerhört! Er gehörte auf diesen Stuhl! Mit einer plötzlichen Volte attackierte er seinen Vizepräsidenten, einen Reverend Milton Smedly, nannte ihn einen doppelgesichtigen Janus, der es auf seinen Posten abgesehen hatte, und beschuldigte ihn, hinter den humanistischen Abweichlern zu stecken. Dann, nach fortgesetzter Befragung über Korruption in seinem Verwaltungsapparat, verriet er ein Dutzend Vorkommnisse, die bis jetzt unentdeckt geblieben waren, vom Aufstocken des Militärbudgets bis zu persönlicher Bereicherung durch Micki Dees illegale Androidenplantagen. Abschließend blieb nur die Erkenntnis, daß der einzige verläßliche, fähige und redliche Teil seiner Regierung das ungeheure Heer der Verwaltungsbeamten (Androiden) war. Sie sorgten dafür, daß die Räder des Staates sich drehten, trotz der hinderlichen Machenschaften ihrer Gebieter. Zu ihnen gehörte auch Andro, sein Stabschef, den er zurückgelassen hatte, um während seiner Abwesenheit seine Interessen wahrzunehmen.

Bei einem Blick in die Runde bemerkte ich, daß die Leute im Abteil weniger schockiert und entrüstet zu sein schienen als vielmehr verwirrt und ratlos. Offenbar bereitete es ihnen große Schwierigkeiten, Informationen zu verarbeiten, die in so krassem Widerspruch zu ihren verinnerlichten Überzeugungen standen. Fast hätte ich bei der nächsten Frage Mitleid für sie empfunden, denn ich wußte, was jetzt kam.

»Erzählen Sie uns von Andro, Herr Präsident.«

»Oh. Den Süßen ficke ich jetzt seit fünf oder sechs Jahren. Er ist phantastisch!«

Sie alle hörten es aus den Lautsprechern dröhnen, auch der Betroffene selbst, der schweigend neben mir saß, immer noch unter dem Einfluß des Serums. Tränen stiegen ihnen in die Augen, und viele konnten es nicht ertragen, ihn anzuschauen; sie richteten den Blick auf den Teppich. »Irren ist menschlich«, sagte er in der Hoffnung, damit alles in Ordnung zu bringen. Niemand sprach ein Wort. Nur ich dachte bei mir: »Und Vergeben eine Eigenschaft der P9.«

Doch sein nächstes Geständnis überstieg sogar meine Fähigkeit zur Nachsicht. Er hatte Eva ermordet. Der Mörtelkübel damals war nicht aus Versehen umgestürzt; Andro hatte — auf seinen, Blaine Fracass' Befehl — die auf dem Baugerüst beschäftigte Einheit darauf programmiert. Zwar hatte sie es herausgefordert, denn sie erpreßte ihn mit seiner Beziehung zu dieser ungemein vielseitigen Einheit und nutzte ihre Position als First Lady zu allerlei spektakulären Extravaganzen aus. Dennoch, sie war meine Liebste gewesen, und die Tatsache blieb bestehen, daß er sie getötet hatte.

»Micki sagte, es ginge nicht anders«, behauptete er auf dem Band.

Also war auch er nur ein Befehlsempfänger. Ich wünschte mir — falls ich dieses Desaster überlebte —, diesen Herrn eines Tages kennenzulernen. Ja, wahrhaftig. Ich ballte die Fäuste und malte mir aus, wie ich es diesem Gebieter aller Gebieter heimzahlen würde, wenn sich die Gelegenheit bot. Doch nach dem Zorn kam die Trauer. Arme Eva. Vernichtet von Unbedachtsamkeit und Gier. Tränen liefen mir über die Wangen. Ich konnte nicht anders; sie war auf ihre schroffe Art ein Schatz gewesen, und ich hatte sie geliebt — glaube ich.

Und weshalb war Blaine nach Armstrong gereist, um Micki Dee zu treffen? Zu einer Notfallbesprechung über seine Wahlchancen, lautete die Antwort. Die Stimme tönte immer noch sachlich und emotionslos aus den Lautsprechern des Raumers. Und das Thema dieser Besprechung? »Verschiedene Strategien.« Zum Beispiel? »Eine Invasion Horizonts.« Unter welchem Vorwand? »Irgendeinem.« Wurde diese Strategie beschlossen? »Nein. Auf lange Sicht nützt uns ein blühendes Horizont mehr. Eine Invasion würde kurzfristig Punkte bringen, doch ohne eine stärkere Machtposition, als wir sie im Moment haben, könnte sie uns später politisch schaden.« Dann wird die Invasion durchgeführt, falls Sie wiedergewählt werden und es Ihnen gelingt, Ihre Position auszubauen? »Mit Gottes Hilfe, ja. Und etwas weniger Skandalen. Das wäre angenehm.« Welche anderen Strategien zur Verbesserung Ihrer Wahlchancen haben Sie mit Gebieter Dee besprochen? »Wieder zu heiraten. Die Sache mit dem Trauerflor hat an Reiz verloren. Eine Kampagne läuft besser mit einer lebendigen First Lady als mit dem Gedenken an eine tote. Besonders jetzt, da man wieder über meine ›Schwäche‹ zu munkeln beginnt.« Und habt ihr euch auf diese Politik geeinigt? »Ja. Eine Heirat katapultiert mich zehn bis fünfzehn Listenplätze nach oben. Micki will mich mit einem seiner Capos in Kommerz zusammenbringen. Der Knabe hat eine heiratsfähige Tochter und ist dem Paten noch einen Gefallen schuldig. Diesmal werde ich vorsichtiger sein müssen, was Andro betrifft. Vielleicht bleibt mir nichts anderes übrig, als ganz auf ihn zu verzichten und den Familienvater zu spielen. Was man nicht alles tun muß, um gewählt zu werden. Aber verdammt noch mal, so, wie es jetzt aussieht, braucht sie von mir aus nicht einmal Humanistin sein —

solange sie nicht wieder eine degenerierte, rauschgiftsüchtige, lesbische, abgehalfterte Hure ist wie die letzte, bin ich schon ganz zufrieden.«

Ein oder zwei Ehefrauen änderten geschwind ihre Meinung und sprachen ein stummes Gebet für seine Seele. Der Pilot gab bekannt, daß die Aufzeichnung zu Ende sei. Ein Gebieter neben uns sagte, nichts davon sei wahr, man hätte ihn gezwungen, diese Aussagen zu machen. »Ist es nicht so, Reverend Präsident?« fragte er bittend.

»Nein.«

Sein Nachbar legte ihm die Hand auf den Arm und meinte, es wäre klüger abzuwarten, bis die Wirkung des Serums abgeklungen sei, bevor man ihm weitere Fragen stellte. Der erste bestätigte kopfnickend die Weisheit dieses Vorschlags und sagte, ja, das wäre viel besser, dann sei er bestimmt in der Lage, alles zu erklären. Ich gewann den Eindruck, daß trotz der laut und deutlich verkündeten Wahrheit seine Anhänger aus Eigeninteresse durchaus bereit waren, jeden Widerruf zu akzeptieren, sobald er ihn auszusprechen in der Lage war. Die Anstrengungen, die Menschen auf sich zu nehmen bereit waren, nur um sich ihre Illusionen zu bewahren, sind wirklich erstaunlich. Oder vielleicht neigten sie einfach dazu, Vergebung zu üben wie wir P9, denn schließlich und endlich war er einer der ihren.

Warum aber sind diese Aufzeichnungen nie an die Öffentlichkeit gelangt? fragen Sie jetzt mißtrauisch. Sie fragen sich, ob ich alles nicht nur erfunden habe, um das Andenken des großen Mannes zu beschmutzen. Nun, liebe(r) Leser(in), als die Regierung in Frontera begann, die Verhandlungen über unsere Freilassung im Gegenzug für die Anerkennung des Kodex hinauszuzögern, versuchte die RAG, die Aufnahme über die Funkanlage im Cockpit des Raumers an das interplanetarische Publikum zu senden, aber die Übermittlung wurde durch Störsignale verhindert. Unsere Entführer gerieten darüber dermaßen in Rage, daß sie die ungehinderte Übertragung zum Punkt eins ihrer Liste von Forderungen erhoben. Ganz offensichtlich war ihnen kein Erfolg beschieden, da Sie das Band niemals gehört haben. Und das trotz der flehentlichen Gebete der Passagiere (Imaginierungen, in meinem Fall), denen man mitgeteilt hatte, daß die Übertragung die Voraussetzung für ihre Freilassung war. Glauben Sie mir, als unfreiwillige Mitwirkende bei einem ›Zwischenfall‹, wie diesem erscheinen politische Konzessionen äußerst belanglos im Vergleich zum eigenen Wohlergehen.

Blaine andererseits wußte es besser, und da er immer noch unter dem Einfluß des T-Max stand, konnte er nicht anders als aussprechen, was niemand hören wollte: daß die Regierung nicht zögern würde, ihn und jeden einzelnen an Bord des Raumschiffs zu opfern, um zu verhindern, daß die ganze Wahrheit über United Systems und Micki Dee ans Licht kam. Die Terroristen, sagte er, hatten einen schweren Fehler begangen, als sie sich auf die eine Forderung versteiften, der Frontera unter keinen Umständen nachgeben konnte. Doch um die Wahrheit zu sagen (oh, wie sehr sie wünschten, er möge es bleiben lassen!), es gab keine einzige Bedingung, die Frontera zu erfüllen willens war. Seine Regierung befolgte eine strikte Anti-Terrorismuspolitik, die keinerlei Verhandlungen zuließ, ungeachtet der möglichen Konsequenzen, und nach seiner Überzeugung würde Vizepräsident Smedly nur allzu glücklich sein, während der anstehenden Krise den harten Kurs beizuhalten. »Ich wette, er bereitet sich schon darauf vor, sein Kabinett zu benennen. Wir sind verloren.« Er starrte auf den Boden. »Verloren.«

Kapitel zehn

Für all jene, die in der Stunde der Not in ihrem Präsidenten ein ermutigendes Vorbild zu finden gehofft hatten,
war Blaine Fracass eine herbe Enttäuschung. Als Gegenleistung für die Betäubung seiner gebrochenen Hand
erniedrigte er sich zum Lakaien der Terroristen. Seine
Pflichten waren vielfältig. Er übermittelte den Passagieren die Anweisungen bezüglich der Waschraumbenut-
zung, erfreute sich des Privilegs, die unregelmäßigen und
viel zu seltenen Mahlzeiten servieren zu dürfen, und rei-
nigte die Toiletten, wenn sie auf Grund der Überfrequen-
tierung wieder einmal verstopft waren. Kurz und gut, der
Präsident wurde zum Faktotum, eine Quelle der Verlegenheit für seine Anhänger und eine armselige Gestalt für
die übrigen Passagiere. Und als die Minuten vorüberschli-
chen und zu langen, unerträglichen Stunden voller Angst
verschmolzen, ergriff dieselbe schwere und allumfas-
sende Mutlosigkeit auch von dem standhaftesten Passagier Besitz. Unsere Gruppe verfiel in eine kollektive Läh-
mung, aus der nicht einmal die gelegentlichen ideologi-
schen Tiraden unserer Entführer uns aufrütteln konnten.
  Besonders meine Lage war merkwürdig, wenn nicht
delikat, und ich sollte hier eine kurze Erläuterung einfü-
gen. Einfach gesagt, ich sympathisierte mit der Politik der
neuen Gebieter, doch litt ich unter ihren Methoden, also
konnte ich mich mit keiner Seite identifizieren, während
ich von beiden gepeinigt wurde. Eine seltsame Situation,
finden Sie nicht? Und vielleicht die grausamste Zwick-

mühle überhaupt. Stumm verdammte ich die Aquarier und ihr Gerede von einem mitleidigen Kosmos, denn nie schien mir Horizont ferner zu sein und ein Wiedersehen mit Jubilee und Tad unwahrscheinlicher. Ich sann darüber nach, ob Juniors Philosophie doch die richtige gewesen war: Agierte ich auf einer der Bühnen droben und büßte für die Fehler aus vergangenen Reinkarnationen? Möglich, aber wenn ja, welches Verbrechen rechtfertigte eine solche Sühne? Alle Missetaten, die ich vielleicht begangen hatte, waren unbeabsichtigt, bis auf meinen kleinen Racheakt an Roland − Sie erinnern sich, die Pillen? −, und dafür war ich bereits ausreichend gestraft worden, wie die Narbe an meinem Rücken und die in den Stallungen verlorenen Jahre bezeugen konnten. Und nicht ich hatte die tragbare Medienkonsole geworfen, die Roland aus dem Cadillac und in den Tod stieß; das war Eva gewesen. Dann fiel mir die Rolle ein, die ich als Androidenterroristin in *Terror Orbit* gespielt und wie sehr ich sie genossen hatte. War das Universum so unkritisch, daß man sogar für fiktive Verbrechen bezahlen mußte? Wie absurd! Nein. Sämtliche Theorien von einer zyklischen oder hierarchischen Gesetzmäßigkeit des Kosmos waren ebenso schlüpfrig und wenig greifbar wie die Behauptungen meines Erweckers, des Chefs, dessen eigene Termination durch die Ingenieure Pirouets meinem anfänglichen Glauben an seine Philosophie ein verständliches Ende gesetzt hatte. Der letzte Funke Interesse, durch Tad und Anna in mir angefacht, war durch diesen jüngsten Schicksalsschlag ausgelöscht worden. Nein. Es gab nur eins, dessen ich mir ganz sicher war: Wenn es bei dieser Entführung nicht bald zu einer Einigung kam, lief meine Frist ab, und der aktivierte Alarm würde mich um den Verstand bringen.

In der zwölften Stunde unseres Martyriums, siebzehneinhalb Stunden, nachdem ich von der AÜ in Armstrong markiert worden war, erreichte unser Schiff den Roten Planeten. Doch unsere Hoffnungen wurden enttäuscht, als wir, statt am Raumhafen anzudocken, in eine Umlaufbahn einschwenkten, weil die Verhandlungen mit der Regierung von Frontera immer noch kein Ergebnis gebracht hatten. »Komm schon, Smedly. Laß uns nicht hängen«, hörte ich Blaine murmeln. »So nah und doch fern«, sagte einer der anderen Humanisten wie im Traum. Dann tauchte steuerbord die Flotte auf. Das große Panoramafenster gewährte einen ungehinderten Ausblick. Es waren ein halbes Dutzend Zerstörer und zwei Schlachtenkreuzer, alle mit den Insignien der Raumstreitkräfte von Frontera versehen. Ihr Auftauchen erzürnte die Entführer, die sich eine freie Zone von fünfhundert Meilen ausbedungen hatten. Sie wurden grob, reizbar und nervös, was unsere Angst vergrößerte, denn wir fürchteten, die geringste Provokation könnte Hinrichtungen zur Folge haben. Nach weiteren drei Stunden ergebnislosen Hin und Hers verkündete der Pilot über Lautsprecher, daß die Gebieter offenbar weder an ihren Forderungen noch an unserem Wohlergehen interessiert seien. Wenn man in Frontera erst Leichen sehen mußte, um die RAG ernst zu nehmen — bitte sehr.

Unsere Nerven waren bis zum Zerreißen angespannt. Jeden Moment rechneten wir damit, daß man einen von uns auswählte und mit dem Laser niederschoß oder zur Luftschleuse führte. Und niemand, absolut niemand, am allerwenigsten Blaine, wünschte sich eine gewagte Rettungsaktion der Flotte, erst recht nicht, als der Pilot bekanntgab, bei den ersten Anzeichen von Feindseligkeiten würde man unseren neuen Kabinensteward ins All hinauskatapultieren. Daher wirkte es keineswegs — wie vielleicht beabsichtigt — beruhigend auf uns, daß die Zerstörer und kleineren Angriffskreuzer unser Schiff umkreisten, am Heck aus dem Sichtbereich verschwanden, um seitlich wieder aufzutauchen. Je länger die Flotte mit uns auf gleichem Kurs blieb, desto inbrünstiger beteten meine Gefährten, sie möchte einfach abziehen oder uns zum Raumhafen eskortieren. Obwohl man nur einen hysterischen Passagier im rückwärtigen Abteil schreien hörte: »Bitte, um der Liebe Gottes willen, gebt diesen Droidenbastarden, was sie verlangen!«, glaube ich, daß diese Auffassung insgeheim von allen geteilt wurde. Blaine konnte man beim Reinigen der Toiletten seine eigene, ziemlich paranoide Interpretation des Geschehens vor sich hin brabbeln hören: »Sie werden angreifen. Lieber Gott, das ist kein Geiseldrama, es ist eine Verschwörung. Micki Dee ist zu Smedly umgeschwenkt. Man will mich aus dem Weg räumen!« (Ich sage ziemlich paranoid, weil er mit der ersten Vermutung recht behalten sollte, während die zweite — obwohl in Anbetracht der interplanetaren Realpolitik gar nicht abwegig — sich in diesem konkreten Fall als völlig unbegründet erwies.) Als die Entführer zur Vorsicht Raumanzüge anzulegen begannen — die leuchtend gelben, aufblasbaren Standardexemplare, die man unter den Sitzen der Raumer vorfindet —, folgten sämtliche Passagiere ihrem Beispiel, und die Spannung verstärkte sich dramatisch. Manche Passagiere setzten in ihrer Angst die Helme auf, und einige sah man nervös an der Reißleine fummeln. Bei einem Schnarren der Klimaanlage geriet einer von ihnen in Panik und schwebte als gelber Ballon zur Decke, was eine beträchtliche Aufregung verursachte. Unsere Entführer demonstrierten ihr Mißvergnügen, indem sie den Anzug mit einem Tischmesser zerstachen und den abgehobenen Passagier mit einem lauten, trockenen Knall wieder auf das Polyätherschaumpolster der Tatsachen zurückholten.

Zwei Stunden später tauchte eine zweite Flotte auf. Diese Schiffe waren erheblich kleiner als die Zerstörer und Kreuzer der Streitkräfte und mit einem ganzen Arsenal von skurrilen Teleskoparmen und Greifern ausgestattet, die sich ständig drehten, wendeten und reckten, um uns aus einem möglichst günstigen Winkel beobachten zu können. Anfangs hielten sie sich in respektvoller Entfernung und bildeten einen äußeren Ring um die Flotte, doch nach wenigen Minuten schon kamen sie langsam näher, wie Motten, die vom Licht angezogen werden, bis die meisten von ihnen zwischen den Kriegsschiffen hindurchgeschlüpft waren. Ein oder zwei der kühnsten näherten sich unserem Schiff bis auf fünfzig Meter, dicht genug, daß wir die birnenförmigen, vieläugigen Holokameras erkennen konnten, die an ihren insektenähnlichen Teleskopgliedmaßen nach uns ausspähten. Eine der Stewardessen nutzte geistesgegenwärtig die Gelegenheit, zog Blaine von seinem Sitz und preßte ihn gegen das große Panoramafenster, wo sie ihm die Mündung ihres Lasers an die Schläfe drückte — ein spektakuläres Tableau für die interplanetaren Medien, mit dem die RAG sich einen Platz im Bewußtsein der Öffentlichkeit sicherte.

Unverzüglich preschten zwei Kreuzer vor, um die Medienleichter zu verscheuchen, eine Aktion, die von den Terroristen als Vorbereitung für einen Angriff mißverstanden wurde. Die Stewardeß machte Anstalten, Blaine zur vorderen Schleuse zu zerren, während ihre Kollegin und der Copilot in Erwartung eines Entermanövers die Repetierlaser hervorholten. Als die Militärschiffe gleich darauf wieder an ihre ursprünglichen Positionen zurückgekehrten, wurde ihnen klar, daß es sich um falschen Alarm gehandelt hatte, doch beschloß man, daß der Zwischenfall eine Herausforderung gewesen war, die nicht unbeantwortet bleiben durfte: Ein Passagier mußte geopfert werden, zum Beweis, daß man es ernst meinte, und wer war besser geeignet, die Auswahl zu treffen, als ihr neuer Wasserträger Blaine. »Sei gepriesen, Herr, für diese Fügung«, sagte er, den Blick zum Himmel gerichtet, voller Dankbarkeit für den gewährten Aufschub. Dann versuchte er, die Entführer aus der Lounge in das Passagierabteil zu locken, aber sie bestanden darauf, daß er das Opferlamm aus der eigenen Herde wählte. Er protestierte, wenn auch nicht besonders nachdrücklich, dann musterte er die zitternden Gestalten vor ihm. Er ließ die Augen langsam durch das Abteil wandern, während er sich zweifellos darüber klar zu werden versuchte, welcher der versammelten Parteifreunde am entbehrlichsten war. Ich sage ›zweifellos‹, weil zu guter Letzt sein Blick an mir hängenblieb. Oh, er schaute wieder weg — mehrmals sogar —, um diese oder jene der anwesenden Ehefrauen in Erwägung zu ziehen, doch muß er zu dem Schluß gekommen sein, daß es — gesetzt den Fall, dieser Zwischenfall nahm ein glückliches Ende — unklug war, es sich mit ihren Männern zu verderben, und deshalb kehrte sein Blick immer wieder zu mir zurück. »Angelika. Es war nett, dich mal wiederzusehen. Tut mir leid.«

Die zwei Stewardessen schleppten mich zur Luftschleuse. Selbstverständlich wehrte ich mich, aber meine P9-Kraft fruchtete nichts im Kampf gegen Ebenbürtige und erst recht nicht, als der Copilot ihnen zur Hilfe eilte. »Ich bin ein P9, so glaubt mir doch!« schrie ich. Ohne Erfolg. Man schob mich in die Schleuse, eine winzige Druckkammer und betätigte den Katapultschalter, bevor ich Gelegenheit hatte, meinen Helm aufzusetzen. Das Außenluk öffnete sich mit einem Plopp!, gefolgt von dem ohrenbetäubenden Brüllen der dekomprimierten Luft, und ich wurde in den Weltraum hinausgerissen.

»Das kann unmöglich passieren! Nicht ausgerechnet mir!« schrien meine Gedanken, während ich Purzelbäume schlagend über die Flotten von Militär und Presse hinwegsegelte. Mir blieben fünf Minuten, um den Helm aufzusetzen, bevor die extreme Kälte des grenzenlosen Raums meinen Lebenssaft einfror und mein Vegehirn erstarren ließ. Irgendwie brachte ich es fertig, zerrte an der Reißleine und spürte erleichtert, wie der Anzug sich aufblähte. Anschließend konnte ich bei jedem Salto beobachten, wie die Flotte als Reaktion auf meine ›Hinrichtung‹ zum Angriff auf das entführte Schiff überging. (Aus den offiziellen Berichten geht hervor, daß die Durchführung einer militärischen Rettungsaktion zwar ausgesetzt worden war, um jede Chance zu einer friedlichen Beilegung der Krise zu nutzen, doch General Harpi — der Oberkommandierende der Streitkräfte von Frontera — hatte die Vollmacht des Vizepräsidenten, sofort anzugreifen, sobald die Entführer mit der Exekution von Geiseln begannen.) Obwohl mein Ausblick auf das tragische Geschehen sich nicht mit dem der Medien messen konnte und ich mich auf meiner einsamen Umlaufbahn überdies immer weiter vom Ort der Handlung entfernte, konnte ich trotzdem das Landungsboot am Heck des Schiffs festmachen sehen. Innerhalb von Sekunden hatte das Einsatzkommando eine Notschleuse in der Hülle installiert, dann erhellten Laserblitze die Kabinenfenster wie flackernde Lichterketten an einem Weihnachtsbaum, gleich darauf gefolgt von der lautlosen — wie sich alles lautlos abgespielt hatte —, doch visuell beeindruckenden Explosion, die das Schiff vernichtete.

Als nächstes wirbelte im Sog der Druckwelle ein Schwall von Trümmern an mir vorbei; ein Sitzpolster traf mich in den Rücken und schob mich inmitten der Trümmerwolke vor sich her. Ich war umgeben von geschmolzenen und verdrehten Teilen der Außenhülle, das größte etwa sechs bis sieben Meter lang, mit Bullaugen längs der Mitte. Dazwischen schwebten Überreste der Kabineneinrichtung, Gepäckstücke und Leichen, viele Leichen, teils unversehrt, teils verstümmelt, teils eingehüllt in die Fetzen ihrer Raumanzüge, wie die kunterbunten Überbleibsel eines grausigen Picknicks. Ein schrecklicher, furchtbarer Anblick und lebensgefährlich, weil die leiseste Berührung eines scharfkantigen Plastik- oder Metallsplitters genügte, um meinen Raumanzug zu zerstechen. In Erwartung eines solchen Unglücks holte ich tief Luft und bereitete mich auf ein unausweichliches und qualvolles Ende vor, denn ein P9 kann bis zu zwölf Minuten lang den Atem anhalten. Meine Logikschaltkreise aber rebellierten gegen die sichere Annihilation, und ich verfiel plötzlich auf die abenteuerliche Idee, daß alles, was ich momentan erlebte, nur ein Holo war. Nichts von alledem war real, verstehen Sie, nur ein raffiniert arrangiertes Szenario zur Belustigung der Gebieter. Bestimmt verbargen sich Regisseur, Kamera und Assistenten nur ein paar Meter entfernt auf der anderen Seite dieser phantasievollen Kulisse, bei der es sich um nichts anderes handelte als um eine Vakuumkammer in einer der Studiokuppeln. Das bedeutete leider keineswegs, daß mir nichts zustoßen konnte. O nein! Ganz im Gegenteil, diese Szene sollte wahrscheinlich als warnendes Beispiel für alle rebellischen Einheiten dienen und den Gebietern die beruhigende Gewißheit vermitteln, daß wir Unbelehrbaren am Ende unsere verdiente Strafe erhalten. Womöglich hatte die Farce bereits vor meiner Flucht aus den Stallungen ihren Anfang genommen. Oder mit dem Tag, an dem ich im Wohnzimmer der Lockes zu mir kam! Natürlich. Das war es. Und jetzt war das Publikum meiner überdrüssig, also hatte man beschlossen, sich von mir zu trennen, und meine Termination auf dem Bildschirm war eine spektakuläre Schlußfanfare für eine Langzeitserie, die seit neuestem sinkende Einschaltquoten aufwies.

Dann erspähte ich eine der Schiffstoiletten, die sich gemächlich um die eigene Achse drehte und langsam näher kam. Sie war intakt, nur an der Ober- und Unterseite ragten die verdrehten Stümpfe der Verankerungen heraus. Im Vorbeischweben bekam ich den Türgriff zu fassen und schöpfte neuen Mut, denn ich ging davon aus, daß die Szene so im Drehbuch stand, man also doch noch Verwendung für mich hatte. Meine Rolle, wie ich sie interpretierte, sah vor, daß ich in der Kabine Zuflucht suchte und den Studiokreuzer abwartete, der kommen würde, um mich zu retten. Vorausgesetzt, mir wurde nicht schlecht von den vielen Purzelbäumen und ich erstickte an meinem eigenen Erbrochenen, konnte mir nichts mehr passieren. Doch welch böse Überraschung war das?! Als die Tür aufschwang, merkte ich, daß die Toilette bereits besetzt war. Ein weiterer Überlebender, der wie ich in einem Raumanzug steckte, stand mir gegenüber, hielt sich mit der Linken an der Handtuchstange fest und angelte mit der Rechten nach dem Innenriegel, um die Tür zu verschließen und mich auszusperren. Durch das Visier des Helms konnte ich undeutlich Blaines Gesichtszüge erkennen. Er mußte gleich zu Beginn des Angriffs in die Toilette geflüchtet sein und hatte nach der Explosion die Reißleine des Anzugs gezogen.

Ich schob einen Fuß in die Tür, bevor er sie schließen konnte, worauf er mit wütenden Tritten reagierte. Obwohl ich die Worte nicht hören konnte, ließ sich an seinen ausdrucksstarken Mundbewegungen erkennen, daß er mir jeden erdenklichen Fluch und jedes in seinem Repertoire befindliche Schimpfwort entgegenschleuderte.

»Spar dir den Atem!« gab ich zurück, auch wenn ich bezweifelte, daß er von meinen Lippen ablesen konnte. Ich riß die Tür auf, zerrte ihn mit einem Ruck nach draußen und verschaffte mir einen festen Halt, indem ich den Fuß unter die Handtuchstange hakte. »Siehst du! Jetzt kannst du den Trittbrettfahrer machen.« Ich war nicht wütend auf ihn, müssen Sie verstehen, eher auf die Gebieter hinter den Kulissen, die Blaine Fracass als eine Art Kastenteufel immer wieder aus der Versenkung auftauchen ließen, um mich zu quälen. Er war auch nur ein Schauspieler, nahm ich an, der sich das Mißfallen des Studios zugezogen hatte oder den das Publikum nicht mehr sehen wollte, andernfalls wäre er von der Produktionsleitung niemals für die Rolle des Märtyrers für den Humanismus eingesetzt worden.

Während ich über diese Zusammenhänge nachdachte, umklammerte mein ›Schicksalsgefährte‹ von hinten meinen Helm, und beinahe hätte er mich aus der Kabine gezogen, doch eines seiner zappelnden Beine streifte die gezackte Kante einer Verstrebung, an der er sich den Anzug aufschlitzte. Der Rückstoß der entweichenden Luft ließ mich gegen ihn prallen. Ich verlor den Halt, und beide trieben wir wie ein unfreiwilliges Meteoritenpaar in die Leere des Weltraums hinaus. Da sein Anzug rasch in sich zusammenfiel, begann er in Todesangst um sich zu schlagen, und im Lauf des Handgemenges umklammerten wir uns schließlich Visier an Visier. So hatte ich Gelegenheit, einen ungehinderten Blick auf sein von unaussprechlichem Entsetzen verzerrtes Gesicht zu werfen.

»Die arme Einheit«, dachte ich, von plötzlichem Mitleid überwältigt, und versank in Brüten über die Grausamkeit und Rücksichtslosigkeit der Gebieter. »Ungeheuer! Wir sind mehr als nur Puppen, die ihr zu eurer Unterhaltung und eurem boshaften Vergnügen tanzen lassen könnt!« Am ärgsten war die Erkenntnis, daß meine Gedanken sie köstlich amüsiert haben würden. Doch konnte man ihnen nicht auch Applaus abringen? In einer Anwandlung von Heroismus — wenn ich das von mir selbst sagen darf —, klappte ich mein Visier auf und dann das meines ›Kollegen‹, um ihm durch Mund-zu-Mund Beatmung neues Leben einzuhauchen. Zu dieser vergeblichen und rein symbolischen Geste fühlte ich mich bewogen, als er im Todeskampf meine Taille umklammerte. Romantik pur und große Geste: Kein Drehbuchautor hätte sich etwas Besseres ausdenken können als diesen tapferen Kuß; so ein herzzerreißendes und tragisches Ende, viel zu gut für das nimmersatte Publikum. Um der Wahrheit die Ehre zu geben, hatte ich nicht vor, diesen erhabenen Moment der Selbstaufgabe länger als zwei oder drei Sekunden auszudehnen, denn meine Rührung ging nicht so weit, daß ich mein eigenes Wohlergehen vergessen hätte. Doch als ich mich aus der Umarmung lösen und das Visier schließen wollte, stellte ich zu meiner Verblüffung fest, daß unsere Lippen aneinanderhafteten, festgefroren und versiegelt. Ohne Liebe verbunden. Als einer der Schlachtenkreuzer neben uns auftauchte, umwimmelt vom Rudel der Medienschiffe, die sich gegenseitig die besten Plätze streitig machten, verdichtete sich der letzte panikerfüllte Atemhauch vor meinen Nasenlöchern zu zwei bezaubernden Kristallfiligranen. Im nächsten Moment löste sich dieses kunstvolle Wahrzeichen äußerster Verzweiflung zu einer frostigen Wolke auf, die als perfekter Heiligenschein unsere Köpfe umrahmte. Wieder einmal sank ich in den schwarzen Abgrund der Besinnungslosigkeit.

BUCH DREI

Mars: Die Wahrheit, die ganze Wahrheit!
2082—86

Kapitel eins

Im Unterschied zu den Tausenden von anderen Glück-
wunschhologrammen und Blumen, die in unsere Flitterwochensuite im Penthouse des Mons-Olympus-Hotels
geliefert wurden — zumeist Rosen und Lilien als üppige,
herzförmige Bouquets — kam diese Notiz mit einem
schlichten Sträußchen Vergißmeinnicht. Blaine, seit zwei
Wochen mein Ehemann, gab sie Andro, der sie wiederum
an mich weiterreichte, nachdem er einen bedeutungsvollen Blick mit seinem Gebieter gewechselt hatte.

»Glückwunsch. Wenn Dir noch an unserem Format
gelegen ist, kann eine Nachricht unter dem Codewort
Lamaze in der Öffentlichen Mediakonsole abgerufen
werden.«

Gemäß der Aufforderung, mich über vorliegende Korrespondenz von diesem/dieser geheimnisvollen Lamaze
zu informieren, spielte die Mediakonsole die folgende
Briefspule ab:

von: Lamaze
　　　Briefkastenspeicher; Esprie Distrikt
　　　Armstrong, Mond
an:　Lady Blaine Fracass
　　　Mons Olympus Hotel, Penthouse
　　　Mons Olympus, Mars
　　　Datum: 3. Juni 2082, 9.17 Uhr, LZ2

Text: Verehrte Lady Fracass,
in Anbetracht unserer langen Freundschaft möchte ich
auf die förmliche Anrede verzichten und gebrauche das
vertrautere Du.

Bitte entschuldige die Vorsichtsmaßnahme bei der
Übermittlung dieser Nachricht, doch angesichts Deines
neuen Titels und der veränderten Umstände halte ich sie
für gerechtfertigt. Ich habe keine Ahnung, wie Du diese
Spule aufnehmen wirst, wenn Du sie überhaupt beach-
test; ob Du freudig die Chance wahrnimmst, wieder Kontakt aufzunehmen, oder sie als beunruhigende Erinnerung an Deine Vergangenheit als Flüchtling beiseite legst
— eine Vergangenheit, die Du weit hinter Dir gelassen zu
haben scheinst.

Dahlia ist der Ansicht, daß man Dich mit einem IZ
ausgestattet und vor der Ankunft in Kommerz wunschgemäß programmiert hat, und nach ihrer Meinung sollte
ich nicht das Risiko eingehen, mich mit Dir in Verbindung zu setzen. Auch wenn das wahrscheinlich ein kluger
Rat ist, den ich befolgen sollte, habe ich mich entschlossen, wider besseres Wissen zu handeln, denn nach meiner
Einschätzung bist Du ein schlauer und einfallsreicher P9,
der in der Vergangenheit ein beachtliches Talent bei der
Irreführung von Gebietern bewiesen hat, und ich möchte
gern annehmen, daß die Humanisten nicht weniger leicht
hinters Licht zu führen sind, obwohl ich — um ganz ehrlich zu sein — der Meinung bin, daß unsere Feinde durch
Deine Konvertierung und die Heirat gewonnen haben,
während Du Dir selbst einen Bärendienst erweist, da die
Eheschließung, ob echt oder fingiert, Deinem Mann zum
großen politischen Vorteil gereicht. Du gibst eine bezaubernde First Lady ab und bist eine der Hauptattraktionen
seiner Kampagne.

Was zu der Frage Anlaß gibt, wie es Dir gelungen ist,
Dir die AÜ vom Leibe zu halten, nachdem Du gerettet

und in das Krankenhaus von Kommerz eingeliefert wurdest. Schon bald danach muß der Alarm aktiviert worden sein. Und wie um alles in der Welt hast Du Präsident Fracass dazu gebracht, öffentlich eine geheime Trauung zu bestätigen, die angeblich in Armstrong stattgefunden haben soll, unmittelbar vor dem Abflug zum Mars? Doch die wichtigste Frage ist, wie lange glaubst Du, diesen Schwindel aufrechterhalten zu können, bevor man Dich entlarvt oder Du den Verstand verlierst? Es muß ein furchtbares Martyrium sein, mit einem solchen Unhold zusammenzuleben und zu derart ungeheuerlichen Lügen und Verunglimpfungen gezwungen zu werden. Insbesondere beziehe ich mich auf die Pressekonferenz im Krankenhaus, die live über sämtliche interplanetaren Kanäle übertragen wurde. Mußtest Du Dich dermaßen enthusiastisch über das beherzte Verhalten Deines Mannes während der Entführung äußern? Nur die Bevölkerung von Frontera konnte so blind sein zu glauben, daß jemand seiner Sorte den Mumm hat, sich gegen mit Lasern bewaffnete Terroristen durchzusetzen. Was ein Geschwätz! (Auch wenn ich nicht ganz ausschließen will, daß ich in Deiner Lage eventuell dasselbe gesagt hätte. Dann wieder bin ich mir nicht so sicher.) Doch die absurdeste Behauptung war, daß er Dich gerettet haben soll — das widerlegen die Holoreportagen von eurem ›sensationellen, freischwebenden, kosmischen Kuß‹, wie die Medien diesen eher kitschigen Vorfall genüßlich getauft haben. Ich persönlich finde nur die Stelle erträglich, wo der Kreuzer auftaucht, um euch beide an Bord zu nehmen, und der Romanze ein Ende macht. Was nicht heißen soll, daß ich Dir die Rettung und völlige Genesung mißgönne, versteh mich nicht falsch. Im Gegenteil, ich bin herzlich froh, daß Du weiterhin in diesem Realitätssystem verbleibst, nur hoffe ich, daß der Konnex, der die Entwicklung möglich machte — die Verbindung mit Fracass —, sich als vorübergehender Notbehelf erweist. Bis jetzt hat Fracass ansehnliches Kapital daraus geschlagen, im Vorfeld der Farce, die man sich als freie Wahlen zu bezeichnen erdreistet. Dank der Heirat mit Dir verkauft ihn die Presse neuerdings als ›sexy‹. Schlimmer noch, sein Heroismus während der Concordia-Tragödie hat ihn über die politische Arena hinaus in den Orbit eines Nationalhelden erhoben. Was — traurig genug — wieder einmal beweist, daß es nicht Besseres gibt als einen schön blutigen Terroranschlag, um einem Politiker auf der Erfolgsleiter voranzuhelfen. Und wie politisch ausbaufähig ist es doch, die eigenen Probleme dem unschuldigen Nachbarn in die Schuhe zu schieben! Damit meine ich Fracass' Erklärung — von Dir unterstützt, leider —, daß Horizont hinter den Terroristen stand. Erklärungen dieses Tenors sind unerträglich, und es tut mir leid, daß Du dazu gezwungen wirst. Wie es aussieht, müssen wir die Köpfe zusammenstecken, meine Liebe, und eine Flucht formatieren, womit ich beim eigentlichen Zweck dieses Briefes angelangt wäre.

Nachdem ich den Underground-Skyway auf Deine Notlage aufmerksam gemacht habe, freue ich mich, Dir mitteilen zu können, daß ein paar unerschrockene Seelen bereit sind, etwas zu Deiner Rettung zu unternehmen. (Es sind nur ein paar, weil die Mehrheit partout nicht glauben will, daß ihre neue First Lady ein entlaufener P9 ist, wie sehr ich sie auch zu überzeugen versuche. Es ist zum Auswachsen, aber ich will Dich nicht mit dem internen Gerangel belästigen, das über das Kommunikationsnetz hin und her gegangen ist. Es soll genügen zu sagen, daß man Dich für ebenso bigott und verblendet wie schön hält.) Du brauchst nur Zeit und Ort mitzuteilen, und ich werde die Angaben weiterleiten. Ich bedaure, daß ich nicht persönlich zum Mars kommen kann, um die Operation zu beaufsichtigen, weil ich Armstrong nicht verlassen darf, bis mein Fall vor Gericht verhandelt worden ist. Tatsächlich kann ich froh sein, daß man mich gegen Kaution auf freien Fuß gesetzt hat, da die übrigen bei der Razzia Festgenommenen noch immer einsitzen, darunter auch Tad. (Dahlia hat mir gesagt, daß sein Fall der komplizierteste ist, wegen der Einmischung seiner Mutter.) Da wir eben von Tad sprechen, ich bin sicher, er wäre längst per Jetpack in Deine Flitterwochensuite eingedrungen und hätte Dich entführt. Ich bezweifle, daß die Leute vom dortigen Skyway etwas ähnlich Spektakuläres planen, doch was es auch ist, es wird bestimmt gelingen, da wir alle in diesem Sinne imaginieren. Und da Du jetzt Bescheid weißt, hoffe ich, daß Du Deine Bemühungen mit den unseren vereinst. Gib mir unverzüglich Nachricht. Deine Dich liebende und reformierte Gebieterin, konvertierte Aquarierin und Freundin auf ewig,

Lamaze

P.S. Dahlia hat keine Neuigkeiten von Deinem Sohn in Hollymoon. Julia ist wohlbehalten in Horizont eingetroffen und wird gut versorgt.

Von: Lady Blaine Fracass
    Mons Olympus Hotel, Penthouse
    Mons Olympus, Mars.
an: Gebieterin Lamaze
    Briefkastenspeicher, Esprie Distrikt
    Armstrong, Mond
    Datum: 4 Juni 2982, 15.43 Uhr MZ6

Text: Verehrte Gebieterin Lamaze,
Ihre Briefspule vom 3. des Monats war zu faszinierend, um sie zu ignorieren, wie ich es vielleicht hätte tun sollen, denn wiewohl absurd, hat sie mich sehr amüsiert. Nicht

jede Braut erhält anläßlich ihrer Heirat derart eigenwillige Glückwünsche (und Verunglimpfungen ihres Gatten). Wären Sie ähnlich glücklich verbunden wie ich, hätten Sie gewiß freundlichere Worte für mich gefunden. Deshalb, meine mysteriöse Gebieterin Lamaze aus Armstrong, machen Sie sich keine Sorgen um mich, sondern kümmern Sie sich lieber um Ihre eigenen Probleme.

Der Grund, weshalb ich mich zu einer Antwort entschlossen habe, obwohl ich mich weder an unsere Freundschaft noch an ein gemeinsames Format — nennt man das so? — erinnern kann, ist, daß mein Gedächtnis in letzter Zeit, genauer gesagt, seit dem Unfall im Raum, zu wünschen übrig läßt und daher die Möglichkeit besteht, daß wir uns in nicht allzu ferner Vergangenheit tatsächlich gekannt haben. Doch einer Sache bin ich mir hundertprozentig sicher: Weder bin ich jetzt noch war ich jemals ein Androide, wie Sie die Unverfrorenheit besaßen anzudeuten; vielmehr bin ich eine überzeugte Humanistin und ergebene Ehefrau. Des weiteren sind meine in der Öffentlichkeit abgegebenen Erklärungen (die Sie ins Lächerliche zu ziehen sich nicht entblödet haben) wahr und aufrichtig, sowohl in bezug auf meinen Gatten, der sich auf dem Schiff großartig verhalten hat, wie auch Horizont betreffend, das jeden Ansatz zur Normalisierung der Beziehungen hartnäckig hintertreibt. Solange die Aquarier terroristische Aktionen der Androiden unterstützen und finanzieren, können wir uns guten Gewissens nicht auf Verhandlungen einlassen. Daß ich zu einer Zeit mit Individuen anderer politischer Couleur Umgang pflegte, ist — wenn man Ihrem Brief Glauben schenken kann — nach meiner Einschätzung der unwiderlegbare Beweis für die Macht und Liebe unseres Herrn, der mich aus so degenerierter und profaner Gesellschaft errettete. Und falls es tatsächlich der Wahrheit entspricht, daß früher einmal persönliche Beziehungen zwischen uns bestanden, müssen Sie damals merkwürdig blind gewesen sein, um einen derart falschen Eindruck von meinem Charakter zu gewinnen. Um auf einen weiteren grotesken Punkt in Ihrem Brief zu sprechen zu kommen: Da jedermann weiß, daß die Schauspieler in Hollymoon samt und sonders Droiden sind, ist es schlichtweg unmöglich, daß ich dort einen Sohn habe. Diese Unterstellung sowie die Erwähnung einer Tochter in Horizont (guter Gott) waren die unverschämtesten Passagen in Ihrem Brief und vermutlich nachträglich angefügt, um mich zu beleidigen. Trotz allem wüßte ich gerne mehr über unsere angebliche Beziehung, um mein angegriffenes Erinnerungsvermögen vervollständigen zu können, wenn auch nur aus therapeutischen Gründen. In diesem Zusammenhang würde ich alle Informationen über Sie selbst und diesen Tad, den Sie erwähnten, durchaus begrüßen. Aber bitte, unterlassen Sie jedes weitere Gerede von Rettung. Wie oben erwähnt, bin ich bereits gerettet. Die Ihre im Namen Gottes und der Menschen

Angelika Fracass

von: Lamaze
    Briefkastenspeicher, Esprie Distrikt
    Armstrong, Mond
an: Lady Blaine Fracass
    Mons Olympus Hotel, Penthouse
    Mons Olympus, Mars
    Datum: 4. Juni 2082, 20.42 Uhr, LZ2

Text: Verehrte Lady Fracass,
mit großer Traurigkeit nehme ich den Gedankenprozessor zur Hand, um Ihnen eine letzte Spule zu senden. Daß Sie in Ihrer Verblendung darauf beharren, ein Mensch zu sein, sogar eine Humanistin, beweist zweifels-

frei, daß Sie mit einem Internen Zensor versehen und von Ihrem Gatten für die verabscheuungswürdige Rolle programmiert wurden, die Sie jetzt mit so verdammt viel Verve spielen. Daher werden Sie keine weiteren Spulen von mir erhalten noch irgendwelche Informationen über mich oder sonst jemanden, die zu unserem Nachteil verwendet werden könnten. Als Folge Ihrer wieder perfekten Konditionierung haben Sie bestimmt Ihren Gebieter längst von unserer Korrespondenz in Kenntnis gesetzt.

Adieu! Ich vermag nichts mehr für Sie zu tun, während Sie mir und meinen Kameraden viel zuviel Schaden zufügen können. Seien Sie meines Bedauerns gewiß und leben Sie wohl.

Lamaze

Kapitel zwei

Mein frischgebackener Ehemann und sein Diener waren enttäuscht über das abrupte Ende des Briefwechsels mit der fernen Aquarierin. Sie hatten gehofft, sie zu einer ausgedehnten Korrespondenz verleiten zu können, in deren Verlauf man ihren Aufenthaltsort herausfinden konnte und die Bedrohung eliminieren, die sie für die Geheimhaltung meiner Vergangenheit darstellte. Andro — der mir den Text der Briefspule diktiert hatte — war dennoch der Meinung, daß die Informationen über sie und diese geheimnisvolle Dahlia ausreichten, um einen Kontrakt vergeben zu können. (Tad, der auch in dem Brief vorkam, wurde verschont, weil er keine Gefahr mehr darstellte. Seiner Mutter war die Vormundschaft zugesprochen worden, und sie hatte ihn in ein Erholungsheim für Gebieter auf der Erde einweisen lassen.) Nachdem Blaine sein Einverständnis bezüglich der Ausmerzung dieser zwei potentiell gefährlichen losen Enden gegeben hatte, leitete Andro die Details an Micki Dees Consigliori weiter, die wiederum eins der zahlreichen unabhängigen Killerkommandos beauftragten. So wuchs meine Qual ins Unermeßliche, denn ich war in keiner Weise an der Verschwörung beteiligt, vielmehr ein hilfloser Roboter, eine Marionette, wenn Sie so wollen, wie Dahlia und dann Anna (die geheimnisvolle Lamaze) ganz richtig vermutet hatten. Hätte ich die Wahl gehabt, es wäre ein völlig anderer Brief gewesen, der sie als Antwort von mir erreichte; ein Hilfeschrei mit der flehentlichen Bitte, baldmöglichst meine Flucht zu arrangieren, denn dies war die schlimmste, die allerschlimmste Lage, in der ich mich je befunden hatte. Und in Erwiderung ihrer Fragen würde ich berichtet haben, wie es soweit kommen konnte, denn das war eine Geschichte für sich. Glücklicherweise bietet sich jetzt die Gelegenheit, mir von der Seele zu reden, was mich damals und all die Jahre seither belastet hat, und Sie, lieber Leser, sollen mir stellvertretend Ihr Ohr leihen. Ich vertraue darauf, daß Ihre Neugier ebenso groß ist, wenn nicht größer, als die Annas, und Sie deshalb keine Einwände erheben, wenn ich den Fluß der Geschichte hier unterbreche, um zu berichten, was im Anschluß an das Concordia-Desaster geschah.

Als ich in einem privaten Krankenzimmer erwachte statt im ungewissen Jenseits, hätte ich nicht glücklicher sein können, denn das letzte, woran ich mich erinnerte, war das Erlöschen meines Bewußtseins vor der großartigen Kulisse des Weltalls. Ich hatte keine Ahnung, wieviel Zeit verstrichen war (mir schien es eine Ewigkeit zu sein), und nahm an, daß ich mich in Horizont befand, doch bei einem Gespräch mit den Krankenschwestern, deren gleichgültige und mürrische Art gar nicht zu dem Bild der erleuchteten Einheiten paßte, die ich dort vorzufinden erwartete, stellte sich heraus, daß ich erst vor vierundzwanzig Stunden in der Sanitätsstation des Kreuzers wiederbelebt und zur Rekonvaleszenz in das Krankenhaus von Kommerz eingeliefert worden war. Den Präsidenten hatte man nach der Wiederbelebung gleichfalls hier eingeliefert, und er erholte sich ausgezeichnet in einer Privatsuite auf derselben Etage. Noch hatte man mir kein Blut abgenommen oder sonstige Tests durchgeführt, die mir verhängnisvoll werden konnten, doch ich war felsenfest überzeugt, daß man es früher oder später der Vollständigkeit halber nachholen würde, und schmiedete deshalb Pläne, mich bei der ersten sich bietenden Gelegenheit davonzumachen.

Dazu sollte es nicht kommen. Blaine stattete mir einen Besuch ab, auf Andros Schulter gestützt, der ihm den Krückstock ersetzte. Diese Kombination aus Stabschef und Leibdiener bestritt auch den größten Teil der Unterhaltung, da sein Gebieter nach dem schrecklichen Zwischenfall noch nicht wieder ganz er selbst war. Außerdem wurde seine Beredtsamkeit von kleinen, mit einer tragbaren Sauerstoffflasche verbundenen Plastikschläuchen in seinen Nasenlöchern beeinträchtigt. Ich bemerkte außerdem, daß seine Lippen verfärbt und aufgeplatzt waren. (Die wenigen Male, die Blaine etwas zum Gespräch beitrug, beschwerte er sich hauptsächlich über die Nachwirkungen des T-Max-Serums, denn er verspürte immer noch das unbequeme und extravagante Bedürfnis, die lautere Wahrheit zu sagen.) Nachdem er die Krankenschwestern hinausgeschickt hatte, teilte Andro mir mit, daß ich es wegen des kosmischen Kusses zu einer gewissen Berühmtheit gebracht hatte und demnächst interviewt werden würde; deshalb war es unabdingbar, daß meine und des Präsidenten Aussagen über die Entführung übereinstimmten. Wenn ich die Heldenrolle, die er für seinen Gebieter entworfen hatte, bestätigte, dann konnte er mir versprechen, daß das Angebot, das man mir fünf Jahre zuvor in Malibu gemacht hatte und das nie offiziell zurückgezogen worden war, daß nämliches Angebot also weiterhin bestehen blieb. Blaine fügte kurzatmig hinzu: »Sag ja, und du machst mich zum glücklichsten Mann in der ganzen Galaxis.« (Seine Stimme klang hoch und gepreßt; unter anderen Umständen hätte ich gelacht.) »Und was ist mit der Braut, die Gebieter Dee für dich ausgesucht hat?« erkundigte ich mich, um Zeit zum Nachdenken zu gewinnen. Ein beruhigendes Lächeln und eine wegwerfende Handbewegung sollten wohl andeuten, daß das kein Problem darstellte, und Andro erklärte, daß er dem betreffenden Ehrenmann den sehnlichen Wunsch seines Gebieters bereits vorgetragen und seinen Segen erhalten hatte.

Ich konnte mir vorstellen, warum. Eine Heirat mit mir diente Gebieter Dees Interessen in mehrfacher Hinsicht; erstens als Garantie dafür, daß das schäbige Betragen des Präsidenten an Bord der Concordia niemals an die Öffentlichkeit gelangen würde; zweitens, weil man auf die obligatorische Verlobungszeit verzichten konnte – kein unwichtiges Detail in Anbetracht der unmittelbar bevorstehenden Wahlen; und drittens würden mich die Leute als glaubwürdige Braut akzeptieren, da viele sich noch an unsere Beziehung in Malibu erinnerten. Für Blaine gab es noch einen Grund, eine Verbindung mit mir jeder anderen vorzuziehen, den er seinem Wohltäter in Armstrong aber wohlweislich verschwieg, nämlich daß er nach unserer Heirat sein Verhältnis mit Andro fortsetzen konnte, und das zählte für ihn mehr als alles andere.

Keine sonderlich verlockenden Aussichten für mich, wie man verstehen wird, doch ich spielte mit in der Hoffnung, daß es mir noch vor dem Abend gelang, das Krankenhaus zu verlassen und nach Horizont zu fliehen. Also akzeptierte ich das Angebot, wenn ich auch erst den Anschein zu erwecken versuchte, daß mir der Entschluß nicht leichtfiel, denn ich fürchtete, allzu große Bereitwilligkeit würde das Mißtrauen besonders von Andro wecken. Ich bemerkte sinngemäß, daß er hoffentlich nicht glaubte, ich würde als bekehrte Humanistin immer noch dasselbe anrüchige Gewerbe ausüben wie damals in Malibu. Zutiefst verwundert erwiderte er: »Aber Angelika, Liebes, ich habe dich immer geliebt . . .« Die Nachwirkungen des T-Max sorgten dafür, daß ihm die Worte im Hals stecken blieben. Es sah aus, als würde er an Ort und Stelle ersticken, und diesmal wäre ich ihm nicht zu

Hilfe geeilt, seien Sie dessen versichert. Doch nach und nach erholte er sich, und Andro versicherte mir an seiner Statt, die Gefühle seines Gebieters für mich seien so tief, daß sie sich nicht in Worte fassen ließen. Ich konnte der Versuchung nicht widerstehen, darauf hinzuweisen, daß er an einem kritischen Punkt der Entführung mich als Opferlamm auserkoren hatte.

Diesmal nahm seine Konsternation solche Ausmaße an, daß er keine halbwegs verständliche Antwort zustande brachte und schon gar keine, die einen Sinn ergab. Er röchelte, lallte und gurgelte, und Andro, der nicht wissen konnte, worauf ich anspielte, stand ratlos daneben. Schließlich half ich ihnen aus der Patsche und gab vor, göttlicher Einsicht teilhaftig des Inhalts zu werden, daß auch mein Opfergang der Wille des Herrn gewesen war. »Ohne deine Entscheidung«, sagte ich zu ihm, »wäre ich mit den übrigen Passagieren bei der Explosion zu Tode gekommen und hätte dich nicht wiederbeleben können. So hast du durch deine scheinbare Herzlosigkeit uns beide gerettet und die humanistische Bewegung außerdem. Verstehst du?«

Er verstand in der Tat. Und gab mir recht. Ich war die letzte gewesen, die er den Terroristen ausliefern wollte, aber ein Wille, stärker als der seine, hatte ihn gelenkt. »Ich dachte, es sei Satan oder der Chef, aber es war Gott.« (Es kostete ihn Mühe, diese Mär über die Lippen zu bringen, aber schließlich gelang es ihm. Das Serum spielte ihm böse Streiche bei der Formulierung dessen, was er ausdrücken wollte.) »Wie kann ich ihr das antun, dachte ich damals«, sagte er und ließ vor seinem inneren Auge noch einmal den Moment Revue passieren, als man ihn gezwungen hatte, ein Todesopfer auszuwählen. »Ich liebe diese Frau.«

Ich machte gute Miene zum bösen Spiel und versicherte, daß ich genauso fühlte, unser Wiedersehen auf dem Schiff hätte meine Liebe neu entflammt. Er entgegnete, er habe nie geahnt, daß ich etwas für ihn empfand, sondern geglaubt, ich würde unsere Beziehung in Malibu rein geschäftlich sehen. »O Blaine. Das war nur eine Pose, ein Selbstschutz. Ich habe dich immer geliebt, doch mir fehlte der Mut, es dir zu gestehen, denn wer war ich schon? Ein Freudenmädchen, das du nur verachten konntest. Das ist der Grund, weshalb ich dich nicht heiraten wollte — damals.« Schon saß er neben mir auf dem Bett, nannte mich ›Liebling‹ und küßte mich mit kratzenden Nasenschläuchen. Nach etwa einer halben Minute dieses heuchlerischen Getues ließ er mich von Andro über die Geschichte informieren, an die ich mich halten sollte, und rief die Presse herein.

Ich wiederholte seine abscheulichen Lügen von A bis Z, schwärmte von Blaines Heldenmut und verfluchte Horizont, wie Anna in ihrem Brief beklagt hatte, weil ich damit rechnete, jedes Wort später widerrufen zu können, nach meiner Flucht, die ich zu bewerkstelligen hoffte, sobald das Interview beendet und ich Blaine und Andro losgeworden war. Sie können sich meine Ungeduld vorstellen, als das Geschwafel schier kein Ende nehmen wollte. Alle diese Fragen über die Entführung und unsere wundersame Rettung — sie machten mich verrückt! Doch am unerträglichsten war Blaine, der den Arm um mich legte und kundtat, daß wir in Armstrong heimlich getraut worden waren. Falls Sie dieses auf fast allen Kanälen gesendete Interview gesehen haben, erinnern Sie sich bestimmt, wie gerührt der Präsident war, bis er kaum noch sprechen konnte. Wieder das T-Max. Andro war rasch mit den näheren Einzelheiten zur Hand, erklärte, daß wir einander seit einem Jahr heimlich getroffen hätten, auf der Erde und dem Mond, und daß der Präsident seine letzte Reise nach Armstrong unternommen hatte, um mich zu heiraten. Ich spielte meine

Rolle und hielt mich Wort für Wort an Andros Instruktionen: daß ich hoffte, die guten Leute hier würden die Bekanntgabe unserer Verbindung nicht für geschmacklos halten, angesichts der furchtbaren Tragödie (zahlreiche Tote zu betrauern, unersetzlicher Verlust etc.), aber für mich wäre es der einzige lichte Funke in dieser schweren Zeit, die wir gemeinsam usw., und es würde mich beglücken, wenn die Bevölkerung Fronteras unsere Ehe auch unter diesem Aspekt betrachten könnte. Wie Sie wissen, kam die Rede sehr gut an. »Mars hat die Concordia verloren, aber eine neue First Lady gewonnen«, hieß es in den Nachrichtenspulen.

Doch was man Ihnen vorenthalten hat – denn die Holoreportagen von diesem Zwischenfall wurden konfiziert –, war mein kompletter und würdeloser Zusammenbruch nach diesem Auftritt. Blaine und ich befanden uns mitten in einer Reprise unseres kosmischen Kusses, für die Kamera der anwesenden Medienvertreter (er fiel wegen der schon erwähnten Nasenschläuche etwas zurückhaltender aus), als die Frist, die ich völlig vergessen hatte, ablief und der Alarm aktiviert wurde. Niemand sonst konnte ihn hören, da der Alarm sich auf das Innere meines Kopfes beschränkte: Er war so laut und durchdringend, daß ich das Gefühl hatte, mein Schädel würde mit einer Motorsäge gespalten. Ich kreischte, schlug um mich und fiel aus dem Bett auf den Boden. Alle Anwesenden dachten, ich wäre vollkommen übergeschnappt. Die Media-Einheiten wichen zurück, doch waren sie gleich wieder zur Stelle und stritten um die besten Plätze. »Raus! Raus!« versuchte Blaine zu rufen, röchelte statt dessen aber: »Jagt die Pressefritzen zum Teufel!« Sofort machten sich drei herbeigeeilte Leibwächter ans Werk, schleiften, wenn nötig, zwei Pressevertreter gleichzeitig aus dem Zimmer und nahmen ihnen überdies die Recorder ab, während Andro brüllte, sie würden allesamt exterminiert werden, falls sie es wagten, in den Nachrichten darüber zu berichten, und mitten in dem Getümmel versuchten die Ärzte und Schwestern, mich zu sedieren. Ich kann Ihnen sagen, es war eine eindrucksvolle Szene und doch nur die Ouvertüre zum großen Finale, das vom Auftauchen einer Zwei-Mann-Streife der AÜ eingeleitet wurde, die ihr Aero vor meinem Fenster parkten. Die braven Männer verloren keine Zeit, schlugen das Fenster ein, sprangen ins Zimmer und wollten mich packen, derweil sie riefen, ich sei eine flüchtige Einheit, die ihre Frist nicht genutzt hatte. Sie hätten den Ausdruck auf Blaines Gesicht sehen sollen. »Ein P9? Ein flüchtiger Droide? Ich habe einen Droiden geheiratet?« jammerte er. Es war der einzige erfreuliche Moment in der ganzen Affäre. »O Scheiße!« fluchte er, und die Erkenntnis der Folgen dieses Debakels trafen ihn mit solcher Wucht, daß die Hälfte der Schläuche in seiner Nase platzte.

Andro scheuchte unter dem Vorwand der nationalen Sicherheit das Klinikpersonal aus dem Zimmer und verlangte dann von der AÜ Beweise für ihre Behauptung. Sie gehorchten ohne weitere Umstände, sobald sie Blaine erkannt hatten. Nach ihrer anfänglichen Verwunderung legten sie ein ausgesprochen unterwürfiges und ehrerbietiges Verhalten an den Tag. Sie händigten ihm ihr Peilgerät aus und erklärten nervös, wie es den Alarm registriert und sie zu dem Flüchtling geführt hatte; es zeigte auch an, daß ich eine entlaufene Aktrice von Stellar Entertainment war.

Ihr Oberhaupt drehte wie betäubt das Peilgerät in den Händen und murmelte vor sich hin, er würde zum Gespött der ganzen Milchstraße werden, wenn das herauskäme: Aus dem kosmischen Kuß würde eine kosmische Farce werden; seine Karriere wäre ruiniert. Die Männer von der AÜ waren peinlich berührt. Eingeschüchtert meinten sie, es wäre wohl besten, wenn sie ihren Job erledigten und abhauten. Derweil er sich in Selbstmitleid erging, beendeten sie meine hyperkinetische Folter mittels eines ähnlichen pistolenförmigen Geräts, mit dem der Aufruf in Armstrong installiert worden war. Dann legten sie mir Handschellen an, ich wurde geknebelt und zum Fenster geschoben. Machen Sie sich keine Sorgen ihretwegen, meinte einer von ihnen; man würde mich zur Rekonditionierung ins AÜ-Hauptquartier schaffen und anschließend stracks zurück nach Hollymoon.

»Nein, nein, nein, nein«, rief Blaine, der plötzlich aus seinen Katastrophenvisionen erwachte und vor Erregung sämtliche Schläuche aus den Nasenlöchern schnaubte. »Das geht so nicht. Die Leute werden dahinterkommen!« Er hielt inne, rang nach Atem und winkte mit der Hand, um Andro zu beruhigen, denn dieser ergebene Diener hatte Anstalten gemacht, ihm zur Hilfe zu kommen. Niemand wagte ein Wort zu sprechen, während er mit der Hand auf dem Herzen dastand, um seine Atmung unter Kontrolle zu bringen. Endlich sagte: »Tötet sie. Erstickt die Verrückte mit einem Kissen.« Andro schüttelte den Kopf. »Warum nicht? Das Krankenhaus kann ein Bulletin herausgeben und erklären, daß sie nach dem fatalen Aufenthalt im Weltraum in ein Koma fiel, aus dem sie nicht mehr erwachte.« Er wandte sich an die Männer von der AÜ. »Wird's bald!« Doch Andro nahm ihn beiseite und wartete flüsternd mit einem besseren Vorschlag auf. Dank meines scharfen P9-Gehörs konnte ich jedes Wort verstehen.

»Mit allem gebührenden Respekt, Gebieter«, hörte ich ihn sagen, »statt sie zu eliminieren, warum nicht diese unerwartete Entwicklung zu unserem Vorteil nutzen und sie zur Kur schicken — quasi durch die Hintertür? Auf diese Art kann man sie mit einem IZ bändigen und dann für die Rolle programmieren, die ihr anzubieten sie uns verführt hat. Wir sammeln Pluspunkte bei den Wählern und haben bei klugem Einsatz dieses exzellenten Werkzeugs auf lange Sicht nur Gewinn von der Sache. Denk nur, Gebieter — eine vollkommen willenlose, nach Belieben programmierbare First Lady . . .«

Blaine ließ sich den Vorschlag durch den Kopf gehen, während ein Lächeln seine Lippen umspielte.

»Wir werden zuletzt lachen«, fuhr sein gewiefter Berater fort. »Mach dir keine Gedanken wegen der Mediaeinheiten. Man kann dafür sorgen, daß der letzte Teil der Reportage gelöscht wird. Und was diese werten Gebieter von der AÜ betrifft, auch sie kann man aus dem Weg räumen, allerdings erst, nachdem sie einen vertraulichen Auftrag erledigt haben, für den ich ihnen ein kleines Vermögen in Aussicht stelle, wenn sie den Mund halten. Soll ich ihnen Anweisung geben, unsere Freundin hier zur Rehabilitation zu schaffen?«

Blaine nickte zufrieden. Andros Plan gemäß wurde ich, die neue First Lady von Frontera, in den Kofferraum des Aeros gepackt, das immer noch vor meinem Fenster schwebte, und zum nächstgelegenen Reha-Zentrum geflogen. Meine schreiend vorgetragenen Bitten an diese Deppen, daß man sie zur Belohnung für ihre Dienste exekutieren würde und daß sie fliehen sollten (und mich selbstverständlich mitnehmen), wurden von dem Knebel erstickt. Um es kurz zu machen, ich wurde gleich nach der Ankunft sediert, in den OP gefahren, wo man mir einen Internen Zensor einpflanzte, wenige Tage später mit einem speziell entworfenen Programm gefüttert und auf schnellstem Wege zu den Pyramiden des Mars verfrachtet, für das zweiwöchige Flitterwochenspektakel, das man der Presse zuliebe inszeniert hatte. Und für Micki Dee. Sehen Sie, Blaine war sehr darauf bedacht, die Tatsache, daß es sich bei seiner First Lady um einen P9 handelte, vor seinem Paten geheimzuhalten. Micki hatte kein

Verständnis für derlei Extravaganzen; vielleicht ließ er ihn sogar fallen, zugunsten eines weniger angreifbaren Kandidaten

Das war's. Jetzt begreifen Sie wohl, daß es die programmierte First Lady war, nicht ich, die Annas Glückwunschhologramm erhielt und diesen kurzen Briefwechsel mit ihr führte. Die First Lady war tatsächlich überzeugt davon, ein Mensch zu sein, und glaubte jedes Wort in ihrem Brief. In Anbetracht dieser Sachlage könnte man zu der Ansicht kommen, daß ich am Ende die Gelackmeierte war — in die eigene Grube gefallen, wie man so sagt. Ah, aber ich bin diejenige, die zuletzt lacht, denn ohne Wissen meiner Gebieter war ich unter der Programmierung hellwach, während sie mich für erledigt hielten, und bin deshalb jetzt in der Lage, die Wahrheit zu enthüllen, über Angelika Fracass, die Palastintrigen, die politische Mißwirtschaft, ganz zu schweigen (obwohl ich genau das nicht tun werde!) von meiner sogenannten Entführung, dem Einmarsch in Horizont und dem Attentat, das man mir ungerechtfertigterweise zur Last legt. Zuerst aber möchte ich Ihnen erzählen, wie es ist, mit einem Internen Zensor ausgestattet zu sein, einem IZ. Wenn Sie das nie erlebt haben, wissen Sie nicht, was es bedeutet zu leiden.

Kapitel drei

Bevor ich meinen IZ erhielt, war ich sicher, daß die damit ausgestatteten Einheiten nicht viel mehr als Roboter waren, wie es sich auch die Gebieter vorstellten. Weit gefehlt! Wenn eine Einheit das Unglück hatte, vorher erweckt worden zu sein — wie ich —, dann verdammte man sie zu einer Schizophrenie, denn die ursprüngliche Persönlichkeit bleibt erhalten, allerdings nur als machtloser Beobachter im Hintergrund, während das aufoktroyierte Programm das Regiment führt, selbstverständlich den Wünschen des Gebieters gemäß. Mein Zustand nach der Implantation war also nicht viel anders als während meiner Anfangszeit bei den Lockes, bis auf einen entscheidenden Unterschied: Bevor der Chef mich erweckte, verfügte ich über kein eigenständiges Bewußtsein, empfand also auch keinen Mangel, doch auf dem Mars begriff ich meine verzweifelte Lage nur allzu gut. Rückblickend erschien mir sogar der Kuraufenthalt in Shanghai mitsamt der anschließenden Zeit als Suzy Mercis Handlangerin bei den Lockes erträglicher, wenigstens hatte mein Bewußtsein, obwohl gelähmt, genügend Spielraum besessen, um sich dank Tads Hilfe zu regenerieren und erneut die Kontrolle zu übernehmen. Sogar mein Aufenthalt im Rekonvaleszenz-Container in Hals Filiale und auf dem offenen Meer, ja, meine lange Gefangenschaft in den Stallungen von Hollymoon waren vergleichsweise nur geringfügige Unannehmlichkeiten. Gegen den IZ half keine noch so große Willensanstrengung, es war unmöglich, das Programm zu umgehen, zu überlisten oder außer Kraft zu setzen. Kurz gesagt, es war ein Leben wie unter Glas.

Eine solche Verfassung mag für meine menschlichen Leser schwer vorstellbar sein. Ihnen will ich es so beschreiben: Stellen Sie sich vor, wie es wäre, wenn Ihre Identität plötzlich von einem körperlosen Eindringling ausgelöscht würde, der sich dann in Ihrem Bewußtsein einnistet und es zu seinem Eigentum erklärt, ungeachtet Ihrer wütenden Proteste, die er sich weigert, zur Kenntnis zu nehmen. Sie teilen alle Sinneseindrücke des Usurpators, ohne darauf reagieren zu können. Sie sind nicht imstande, Ihre eigenen Gedanken mitzuteilen oder auch nur den kleinen Finger zu bewegen. Sie fangen an zu verstehen? Gut. Dann können Sie meine mißliche Lage nachempfinden. Nun, was mich wirklich in den Orbit schoß, war, wie frohgemut dieses zweite Ich allabendlich den Befehl ihres Gebieters befolgte und in Stasis fiel. Ihr Programm schlief (oder was dafür hingeht), doch mein Bewußtsein krümmte sich in seinem dunklen Winkel, gepeinigt von ihrem erbarmungslosen Schnarchen, das wie das Fauchen und Rasseln eines Blasebalgs in meinen Ohren dröhnte. Endlos dehnten sich die Stunden, bis sie am Morgen aktiviert wurde und ihre Lider sich hoben, um mich von den glühenden Zangen der Schlaflosigkeit zu erlösen. In diesen furchtbaren Nächten quälten mich Erinnerungen an Junior, den ich in genau demselben Zustand in den Stallungen zurückgelassen hatte. Wie muß er sich danach gesehnt haben zu sprechen, sich zu bewegen, hinauszuschreien, daß er lebte, während ich an seiner Brust weinte und glaubte, er sei nur mehr eine leere Hülle. Welcher Schmerz! Ironie! Verzweiflung! Es gibt keine Worte, um den Schrecken einer solchen Vorstellung zu beschreiben.

Dann wieder — hier lasse ich mich von der First Lady

inspirieren, die selbst an der Concordia-Tragödie noch etwas Gutes fand — muß ich zugeben, daß diese furchtbare Erfahrung mir die Augen für den unschätzbaren Wert des Kodex öffnete, den ich in Armstrong für einen ziemlich rüden Witz gehalten hatte, als ich nach der Markierung durch die AÜ auf die Straße taumelte. Jetzt wurde mir klar, daß der Kodex trotz seiner Unzulänglichkeit und Mängel allein durch sein Vorhandensein einen großen Fortschritt darstellte, bewirkte er doch eine Lockerung der Kontrollparameter des IZ. Die Humanisten waren zu Recht alarmiert: Der Kodex befähigte die Einheit zu einem Grad von persönlicher Autonomie, der Rebellion nicht gänzlich ausschloß. Ohne Kodex ist die Einheit an die Grenzen des aufoktroyierten Programms gebunden — wie ich, wie jede Einheit auf dem Mars, dank meines Gatten, der dafür sorgte, daß der Mars ›sicher für Menschen‹ war. Auf dem Mars war das Regiment so streng, daß wir bei der kleinsten Unbotmäßigkeit in Bausch und Bogen zur Termination überstellt wurden. In einer solchen Welt brachte ich es also zu größtem Ruhm und Einfluß. Man widmete mir sogar eine Titelreportage in *Vanity Flair*.

Nicht mir. Ihr. Sie-die-nicht-ich-war. Ich war ein widerwilliges Gepäckstück, das diese vielgeliebte Berühmtheit mit sich herumschleppte, ohne es überhaupt zu wissen. Ich wand mich jedesmal, wenn sie in der Öffentlichkeit erschien, denn die von Fanatismus gesättigte Atmosphäre schlug mir mit beinahe halluzinatorischer Intensität entgegen. Ich übertreibe nicht. Aggressivität, Angst und allgemeiner Fremdspezieshaß wirkten in Kommerz als lebendige, bösartige Kraft; man konnte die Emotionen als giftiges Miasma über der Bevölkerung wabern sehen. Ich gewöhnte mich nie daran. Eine solche Situation muß Seti gemeint haben, als er davor warnte, den Wettbewerb zum einzigen Lebenszweck zu erheben, denn die Gebieter des Mars, damals wie heute, steigerten den antiquierten Glauben von der natürlichen Auslese bis zu einem solchen Extrem, daß er zu einer perversen Kunstform eskalierte, die ihre Faszination daraus bezog, daß sie die offensichtlichen Grenzen leugnete.

Ich habe nicht vor, Moral zu predigen oder hochmütig ein vernichtendes Urteil zu fällen, aber ich will Zeugnis ablegen für den Alptraum, den ansonsten völlig normale Menschen sich als Heimat schufen. Vielleicht hat nur ein Androide den Blick, um diese Krankheit zu diagnostizieren. Zugegeben, Horizont, dieser ehrgeizige Versuch eines kooperativen Formats, hatte seine eigenen Grenzen; zum einen existiert es nicht mehr — ein ziemlich beträchtliches Handicap in einer Debatte über rivalisierende Systeme —, doch wenn ich im Lauf meines kurzen Daseins etwas gelernt hatte, dann, daß Veränderung die einzige Konstante ist. Kein noch so hoher Wall aus Besitztümern garantiert Schutz vor dem unaufhaltsamen Wandel. Daraus folgt, daß der einzig sinnvolle Besitz ein aufgeschlossener Charakter ist, wendig und flexibel, vielseitig und fröhlich, bereit zu allem, sogar zum Glücklichsein. Zum Beispiel behauptet Seti auf Spule 262, *Band Drei der Fundamentalen Prinzipien*, die ich studierte, während ich in Armstrongs Freistatt auf Tad wartete: »Materieller Besitz hat seine Berechtigung, doch darf man ihn keinesfalls mit echtem Gewinn verwechseln; letzteres ist ein immaterieller Reichtum, der die besten Früchte trägt im Wirken eines großzügigen Herzens und nicht als Idée fixe in einem nüchternen Bewußtsein. Darin liegt das größte Paradoxon: Es ist der Kopf, der der materiellen Welt ihr Gepräge verleiht, doch ist das Werk unvollständig, wenn das Herz außen vor bleibt.« Sehr wahr, Seti. Und am Ende müssen wir selbst die Auflösung akzeptieren — ja? Selbst dem Chef blieb diese bittere Pille nicht erspart. Richtig? Oder ist das die Wand, an der deine eigene Philosophie sich schließlich den Kopf einrennt? Ich wünschte, du könntest mir antworten, doch es ist wohl unfair, von jemandem einen Diskussionsbeitrag zu erwarten, der zu Einzelorbit verurteilt wurde. (Ja. Ich greife vor. Das war Setis Schicksal — ähnlich dem, das der Chef, seine Schöpfung, Jahre zuvor erlitt. Wenn es bei dieser Diskussion gegensätzlicher Philosophien ehrlich zugehen soll, ist es ganz gut, wenn Sie darüber Bescheid wissen.) Hast du diesen Kurs formatiert, Seti, oder war es der Mars? Deine Cassettenspulen preisen unsere Formatierungskraft. Warum vermagst du deinen eigenen Kurs nicht zu ändern, während du dem Pferdekopfnebel entgegenschwebst? Ich glaube, du hast vergessen, den Mars in deine metaphysischen Thesen einzubeziehen. Bestimmt war der Planet beleidigt wegen dieser Mißachtung. Es ist nicht klug, einen Planeten zu vergrätzen, erst recht nicht einen von derart kriegerischer Disposition.

Vielleicht war es der Mars, der mich statt nach Horizont nach Frontera führte. Halten Sie die Idee nicht für lächerlich, denn wie kann man den Planeten die Formatierungskraft absprechen, wenn das eitle Streben der auf ihnen herumwimmelnden jämmerlichen Kreaturen der sichtbare Beweis dafür ist? Vielleicht war es der Mars, der beschloß, ein abenteuerliches Format wie den Hohen Weg des gemeinschaftlichen Wohlstands durch kooperatives Formatieren nicht zu dulden, und Frontera war nur das ahnungslose Werkzeug. Vielleicht wählte der Mars die separatistischen Humanisten, um die Erde daran zu hindern, seine Rätsel aufzudecken, in seine uralten Quellen zu tauchen und die Energie seines geheimen, feurigen Herzens in die Pflicht zu nehmen. Vielleicht betrachtete der Mars die Humanisten als die perfekte Ergänzung für die Trostlosigkeit seiner toten Flüsse, Täler und Gipfel. Die beiden verdienen einander. Armer Seti, das hast du nie begriffen, oder? Ich auch nicht, bis es zu spät war. Ja. Es war der Mars, Svengali Mars, der mich lenkte und in Frontera zu seinem Werkzeug machte. Es war der Mars, der die klügsten Köpfe beschämte, die Idealisten verhöhnte, die Gerechten korrumpierte und die Wahrheit verdorren ließ. Hochfahrender, geheimnisvoller, böser Mars, du bist ein verschlagener Gegner gewesen. Du hast mich gelehrt, daß auch Planeten ihr eigenes Schicksal gestalten und uns ihrem Willen unterwerfen. Deine Grausamkeit ist so gewaltig, daß ich Mitleid für jene empfinde, die in der Hoffnung auf ein besseres Los zu deinen Minen strömten. Ich meine jene aus der Leistungsgesellschaft hinausgedrängten Gebieter, die ihre Positionen im Mittleren Management auf der Erde an die Androiden der 9. Generation abtreten mußten und nach Frontera auswanderten, getrieben von der verzweifelten Vision raschen Erfolgs und reicher Gewinne − dein grausamster Trick, denn den meisten war kein Glück beschieden, und sie endeten als Pöbel.

(Achtung, Achtung! Ich bitte um Ihre Aufmerksamkeit. Wir beginnen den Wiedereinstieg in die Handlung. Während der Landungsphase durchfliegen wir einige Wolken aus erklärendem Material, also erschrecken Sie nicht. Vorraussichtliche Ankunftszeit in Buch drei ist mehr oder weniger Kapitel vier, obwohl es infolge starken Plotaufkommens über Frontera zu Verzögerungen kommen kann. Wir werden uns bemühen, Sie so schnell wie möglich und in chronologischer Reihenfolge ans Ziel zu bringen. Temperatur in Kommerz gleichbleibend 22 Grad Celsius. Luftfeuchtigkeit 25 %. Trübsalindex 93 %. Bitte löschen Sie alle Wunschträume und schnallen Sie sich an. Im Namen des Autors danke ich Ihnen für die Teilnahme an diesem Gedankenflug. Wir hoffen, es hat Ihnen gefallen, und Sie werden sich wieder mit uns emporschwingen.)

Kommerz war eine Stadt nach deinem Herzen, Mars. Eine glanzvolle Metropole in vieler Hinsicht, berühmt für ihre Oper und das Symphonieorchester, für ihre Konsumtempel, phantastischen Spiraltürme und exklusiven Kondoviertel, die in einem rosiggoldenen Schimmer unter der himmelhohen Biokuppel lagen — eine Stadt in voller Blüte, dank der produktiven Minen im fernen Shuttlesburg, Viking, New Orlando und ReBotswana. Doch es war auch eine Stadt, wo sich in den unterirdischen Grotten und auf den Fußsteigen dicht an dicht die Zelte und Hütten der Besitzlosen reihten. Eine Stadt, die glaubte, daß Fortschritt sich nur durch gnadenlosen Wettbewerb erreichen ließ, und deshalb füllten sich die Grotten mit Boulevards und Kaufhäusern und Konsumentenscharen, und die Türme an der Oberfläche schraubten sich immer höher, um der unbequemen Mahnung der Besitzlosen unten zu entkommen, denen es überlassen blieb, ihre Wut an dem Androiden auszulassen, eine Wut, die dem gedankenlosen Sadismus der oberen Klassen entsprach. Hoch über diesem Dschungel hingen die purpurgelben Nachtlichter und Überwachungskameras von der Unterseite der gewaltigen Biokuppel herab — deine bösen Augen, Mars, du kannst sie in der stickigen Luft blinzeln seh'n. Dachten daran die Leute, wenn sie von der Wiedergeburt des Mars als der größten Errungenschaft des 21. Jahrhunderts schwärmten? Du wärst besser tot geblieben, als eine solche Renaissance zu erleben.

Doch solche subversive Gedanken kannte die First Lady nicht. Sie war darauf programmiert, nichts wahrzunehmen. Sie bewegte sich durch die Metropole mit dem unbekümmerten Talent, das Unübersehbare nicht zu sehen, wie alle Angehörigen ihrer Klasse. Der Pöbel — wenn ihre von einem Chauffeur gelenkte Limousine tief genug in die Häuserschluchten tauchte — sollte sich gefälligst ducken, und er duckte sich. Und liebte sie dafür!

(Jedenfalls wurde sie von so vielen geliebt, daß sie sich ihre Arroganz leisten konnte.) Warum? Weil die Besitzlosen, die Bedürftigen, die Ausgestoßenen, die Versager tief im Herzen ihre Ansichten teilten und ein stellvertretendes Vergnügen an ihrer Rolle empfanden. Sie hungerten und klatschen ihr Beifall; sie zogen die Köpfe ein, um von ihrer Limousine nicht enthauptet zu werden, und winkten ihr in stupider Bewunderung zu, und während sie raubten, betrogen, schlugen und mordeten, um sich einen minimalen Vorteil zu sichern, träumten sie davon, eines Tages wieder in die Gebieterklasse aufzusteigen.

Doch es gab auch welche, die sich als Androiden verkleideten, weil in einem solchen Umfeld das Leben für einen wirklichen Sklaven leichter war. (Natürlich nur für Haussklaven — Dienstboten, Butler, Chauffeure, Köche etc. —, nicht für diejenigen, die in den Tretmühlen der privaten und staatlichen Industriebetriebe verschlissen wurden. O nein. Für die nicht. Diese bedauernswerten Einheiten beutete man aus bis zur vorzeitigen Termination.) Sich als ›Droide‹ auszugeben galt als Kapitalverbrechen, denn es erschütterte das Bild der Gebieter von einem Frontera der Freiheit und unbegrenzten Möglichkeiten. Die herrschende Meinung lautete, daß es sich bei diesen Renegaten ausschließlich um chronische Taugenichtse und Kriminelle handelte. Es gab Statistiken, anhand derer die Elite beweisen konnte, daß die überwiegende Zahl der falschen Androiden es nur darauf abgesehen hatte, sich in die Häuser ahnungsloser Gebieter einzuschleichen und des Nachts mit den Wertsachen das Weite zu suchen. Die wenigen Kritiker, die zaghaft anzudeuten wagten, daß die unerträglichen Lebensbedingungen schuld waren, wenn viele Menschen die Existenz eines Sklaven der gnadenlosen Jagd nach Fronteras elitärem Traum vorzogen, wurden als ewig Unzufriedene, Verrückte oder verkappte Aquarier abgetan.

In diesem Zusammenhang fällt mir ein unglücklicher Zwischenfall ein, der den angesprochen Punkt illustriert. Nicht lange nach der Rückkehr aus den Flitterwochen saßen Blaine und seine bezaubernde junge Frau im Palast beim Frühstück, als einer der Kellner — sie glaubten, es sei ein DuPont — vom Chefbutler enttarnt wurde. Dem Beispiel ihres Gatten folgend, weigerte sich die First Lady, seiner Bitte um Gnade Gehör zu schenken, und schaute in die andere Richtung, während er weinend und flehend, man möchte ihn nicht einsperren lassen, denn das bedeute den sicheren Tod, von den Wachen hinausge-schleift wurde.

»Wie schade«, meinte sie, nachdem wieder Ruhe einge-kehrt war. »Gerade diese Einheit fing an, mir zu gefallen. Er war so flink damit, Geschirr und Besteck abzu-räumen.«

»Zweifellos aufgrund seiner Erfahrung darin, solche Gegenstände zu entwenden. Der Mann war ein gewöhn-licher Dieb, vielleicht ein Mörder. Wir können uns glück-lich schätzen, nicht im Schlaf erdrosselt worden zu sein.«

»O Blaine! Glaubst du wirklich?« Das tat er allerdings und fügte hinzu, er werde für den gesamten Stab (sie natürlich ausgenommen) und für den gesamten Verwal-tungsapparat vorsorglich eine Sicherheitsüberprüfung anordnen, um kein Risiko einzugehen. Er stolzer Plan, denn die Regierung beschäftigte schätzungsweise 150 000 Androiden. Die First Lady hielt die Idee für ausgezeichnet und längst überfällig.

(Bitte bleiben Sie auf Ihren Plätzen. Wir haben die erklärende Wolkenschicht noch nicht hinter uns gelassen. Lassen Sie sich nicht von der gelegentlich freien Aussicht auf dramatische Szenen täuschen. Wir danken für Ihre Geduld.)

Ja, sie war fest im Glauben, diese First Lady. Ihre pro-grammierte Bescheidenheit, Anmut und natürliche Scheu bei Auftritten in der Öffentlichkeit sowie ihr Benehmen — so vornehm und damenhaft — sicherten ihr die ungeteilte Sympathie der gehobenen Gesellschaft von Frontera, die Blaine zu seiner klugen Wahl beglückwünschte. Selbst ihre Kritik an der konservativen Gebieterpartei erfolgte zurückhaltend und höflich, und sie lächelte nur ausdruckslos, als wäre das Thema unter ihrer Würde, sobald sie auf Milton Smedlys dritte Partei angesprochen wurde, die sich aus jenen desillusionierten Humanisten zusammensetzte, die sich mit Blaine wegen der Skandale seiner ersten Amtszeit überworfen hatten und jetzt den ehrgeizigen ehemaligen Vizepräsidenten auf ihren Schild hoben, der von Blaine in den Nachwirren der Concordia-Tragödie an die Luft gesetzt worden war. (Die offizielle Erklärung lautete, daß es Smedly an ideologischem Eifer mangelte. Der tatsächliche Grund war, daß Blaine nach wie vor an der Überzeugung festhielt, Smedly hätte den Befehl zum Auslaufen der Flotte gegeben, um die Terroristen zu provozieren, ihn hinzurichten.) Für diesen unverfrorenen Nestbeschmutzer sparte Blaine seine beißendsten Attacken, beschuldigte ihn kleinlicher Rachsucht und der Zusammenarbeit mit den Aquariern im benachbarten Horizont, die auf eine Spaltung der Wählerschaft spekulierten und den daraus resultierenden Sieg der gemäßigten Gebieterpartei. Träume, nichts als Träume. Smedly war kein Nationalheld und seine Frau nicht halb so attraktiv wie Lady Fracass.

Oh, wie ich schäumte und tobte, als diese bezaubernde Null, dieses großartige Werkzeug sich in den Monaten bis zur Wahl im Juni 2083 immer stärker profilierte und ihren Gatten bei jedem Schritt auf seinem Weg verteidigte und unterstützte. Sie absolvierte Rundfahrten durch Kommerz und zwei Dutzend anderer Städte. Sie besuchte die Minen von ReBotswana. Sie sprach bei Dutzenden von

Veranstaltungen, aufgeputscht von Propags* genauso wie ihr Mann bei allen seinen Auftritten. Und vergessen wir nicht zu erwähnen, daß man sie außerdem zur Ehrenvorsitzenden der vom Damenkränzchen der Humanisten gegründeten Gesellschaft ›Dach über dem Kopf‹ ernannte, der obligatorischen Wohltätigkeitsorganisation, die für sich in Anspruch nahm, zum Wohle der Armen von Frontera zu wirken, wie man sie wohlwollend bezeichnete. Genaugenommen war diese Organisation nichts weiter als ein Mittel zur Werbung neuer Mitglieder, denn sie nutzte den Haß und die Vorurteile, die der größte Teil der ›Armen‹ für die Androiden empfand. »Unsere Sklaven fühlen Schmerzen nicht wie wir«, pflegte die First Lady zu sagen und »die LRA ist eine Lobby für kriminelle Androiden« und »Horizont finanziert die RAG«. Und indem sie unmittelbar an den Bauch der Massen appellierte: »Arbeitsplätze für die Menschen — jetzt; Emanzipation für Androiden — mañana.« Sie war nicht aufzuhalten. Der Interne Zensor unterdrückte meine verzweifelten Proteste. Sie-die-nicht-ich-war schritt unbeeindruckt voran, wie das Programm es befahl.

Bei einer denkwürdigen Gelegenheit — sie leistete Öffentlichkeitsarbeit in den Niederungen der Stadt — kam es zu einem dramatischen Vorfall, der wieder einmal ihre Aufgeschlossenheit gegenüber sozialen Problemen bewies wie auch ihre unerschütterliche Bejahung der AÜ. Das Ereignis bekam den besten Platz in den Abendnachrichten, deshalb bin ich sicher, daß meine marsianischen

* Ausschließlich für Top-Politiker und Industriemanager entwickelte Datapillen. Sie enthalten einen Basistext mit Formeln für Ansprachen und Interviews, die der Benutzer je nach Anlaß und Bedarf abwandeln kann. Grundlegende Standpunkte, Antworten sowie logistische, geographische und faktische Informationen schützen vor peinlichen Versprechern und Wissenslücken.

Leser sich daran erinnern. Die First Lady spazierte die Fifth Avenue hinunter, verteilte die Broschüren der Wohltätigkeitsorganisation und schrieb ein paar neue Parteimitglieder ein — handverlesen aus der kleinen Schar von Obdachlosen in der sie umgebenden Menge —, als ihrer Clique von einer aggressiveren und lärmenderen Gruppe der Weg versperrt wurde, die aus einer Querstraße herausströmte. Sie hatten einen entlaufenen Kuppelputzer (einen Daltoni 9) im Schlepptau, der eben von der AÜ gefangengenommen worden war. (Wenigstens hatte es den Anschein, denn das Spektakel war alles andere als ein Zufall, vielmehr eine sorgfältig inszenierte, politische Propagandaaktion, von Andro entworfen und Wochen im voraus geplant.)

Der Einheit waren die Hände auf dem Rücken zusammengebunden, und sie hielt in Erwartung der Termination den Kopf gesenkt. Die Offiziere — fünf im ganzen — hatten den Unglücklichen zur Exekution vor einen Laternenpfahl geschoben, doch als sie der First Lady ansichtig wurden, halfterten sie respektvoll die Laser und traten beiseite, während der ranghöchste Offizier, ein Leutnant, ihr anbot, mit der Hinrichtung zu warten, bis sie vorübergegangen sei. Sie dankte ihnen für ihre Zuvorkommenheit und lobte sie für die gefährliche Arbeit, die sie im Dienst der Öffentlichkeit verrichteten und die von der Bevölkerung viel zu wenig gewürdigt wurde, dann gab sie noch ein weiteres halbes Dutzend Platitüden von sich, bevor sie endlich mit den Worten schloß, sie wolle mit ihrer Gegenwart keineswegs verhindern, daß die Gerechtigkeit ihren Lauf nahm, vielmehr würde sie sich geehrt fühlen, Zeugin der Exekution zu sein. Geschmeichelt salutierte der Offizier, seine Kameraden desgleichen, dann setzte er der bedauernswerten Einheit die Mündung des Lasers an die Schläfe und blies ihr den Kopf von den Schultern. Vegeplasma und Schaltkreissplitter spritzten auf die Passanten. Hätte ich nur die Kontrolle über meine Lider gehabt, hätte ich vor diesem grausigen Anblick die Augen geschlossen, aber die First Lady schaute mit Vergnügen zu, also ist die blutige Tat für immer in meinem Gedächtnisspeicher enthalten.

Sie unterstützte auch Blaines Anschuldigungen, daß der Kandidat der Gebieterpartei den geheimen Plan hegte, nach der Wahl das Budget der AÜ zu kürzen, die Mannschaftsstärke zu verringern und Massenexekutionen entlaufener Einheiten einzuschränken. Nichts davon entsprach der Wahrheit, der arme Mann — halbwegs anständig für einen Gebieter — tat nichts anderes, als das Augenmerk auf Blaines korrupte politische Vasallen in dieser Abteilung zu lenken, ganz besonders den Oberkommandierenden. (Nebenbei bemerkt, ohne diesen Oberkommandiererenden hätte sich die Wahrheit über mich vielleicht nicht geheimhalten lassen, denn er war es, der aus Gefälligkeit die Eliminierung der zwei Agenten arrangierte, die mich im Krankenhaus aufgespürt hatten.)

(Die Frontera-Plot-Verkehrskontrolle hat uns soeben mitgeteilt, daß es zu einer Verzögerung von einem Viertel bis zu einem halben Kapitel kommt.)

Wenn sie nicht selbst unterwegs war, um Stimmung zu machen, stand sie ihrem Gatten zu Seite und verströmte Zustimmung, Begeisterung und Vertrauen, während der Magier (so nannte man ihn seit seinen Anfangsjahren als Minister) die Menschen an seinen beglückenden Visionen von Humania teilhaben ließ. Humania war die ideale Gesellschaft, deren Anfangsstadium Frontera darstellte. Humania würde triumphieren, sobald die Unzufriedenen im eigenen Lager und die subversiven Elemente jenseits der Grenze erst zum Schweigen gebracht waren. Und er würde sie zum Schweigen bringen, das war ein Versprechen, sobald seine Getreuen ihm zu einer zweiten Amtszeit verholfen hatten. Die Gebieterpartei und Smedlys

Humanisten hatten nicht die geringste Chance. Seit unseren verschwenderischen, von den Medien lückenlos ausgeschlachteten Flitterwochen bestand am Ausgang der Wahlen kein Zweifel mehr.

Der Reingewinn der zweiwöchigen Kampagne, mit der der Wahlfeldzug seinen inoffiziellen Abschluß fand, bestand in einer hundertfachen Imageverbesserung des Schurken, während die Skandale aus der Zeit vor der Concordia-Tragödie in Vergessenheit gerieten. Ich muß gestehen, wir gaben ein feines Mai/September-Pärchen ab; die First Lady in ihren langen, fließenden Gewändern und mit ihrem herzerwärmenden Lächeln, die liebevollen Augen unverwandt, auf den kahlen Schädel des Präsidenten gerichtet, und er, der Champion der humanistischen Welt, dessen Blick — wenn er nicht ähnlich liebestrunken auf ihren holden Zügen ruhte — unbeirrbar auf einen Platz in der Geschichte gerichtet war.

Ach, wenn es doch Holos davon gegeben hätte, was sich abspielte, sobald die Eheleute unter sich waren, dann hätte die Öffentlichkeit sich erschüttert abgewandt und das Wahlergebnis wäre anders ausgefallen. Kaum schlossen sich die Türen hinter ihnen, ließ dieses Muster von einem Ehemann seine liebevolle Maske fallen und schnappte: »Relaxo« oder, wenn die First Lady für den Rest des Tages nicht mehr gebraucht wurde: »Stasis!« Wann immer möglich, überließ er es Andro, sich um sie zu kümmern. Ich hatte keine Einwände, aber mein Programm war vollkommen verwirrt, denn sie rechnete wirklich damit, von ihm geliebt zu werden. »Sei still«, brummte er, wenn sie privat das Wort an ihn richtete, und »Laß das!«, wenn sie ungeschickt genug war, ihn zärtlich zu berühren. »Andro! Schaff mir das Gewächs vom Hals!«, und sie brach zusammen und weinte verständnislose Tränen. Davon abgesehen war alles eitel Sonnenschein und Entzücken — d. h. scheinheilig und verlogen —, sogar innerhalb der Palastmauern, denn der Schein mußte gewahrt bleiben, einmal vor den menschlichen Mitgliedern des Personals, zum andern vor den zu Besuch weilenden Würdenträgern, Politikern und sonstigen einflußreichen Leuten.

(Achtung, bitte. Die Plot-Leitstelle teilt uns soeben mit, daß ein halbes Dutzend Erzählstränge vor uns zu anderen Spulen umgeleitet wurden und wir Landeerlaubnis haben. Zu ihrer Sicherheit empfehlen wir, daß Sie diese Buchspule nicht entfernen, bis das Kapitel völlig zum Stillstand gekommen ist. Wir danken für Ihre Geduld und Mitarbeit.)

Die einzige inoffizielle Gelegenheit, bei der er die Anwesenheit der First Lady duldete, ja, sogar darauf bestand, waren seine Schäferstündchen mit Andro. Kaum daß sie nach den Flitterwochen in den Palast zurückgekehrt waren, hatte Blaine die Beziehung zu seinem Stabschef wiederaufgenommen. Es existierte ein Geheimgang zwischen Andros Quartier im unteren Stockwerk und der Präsidentensuite darüber, und er betrat das Schlafzimmer seines Gebieters durch eine verborgene Tür in der Rückwand eines Bücherspulenregals. Anfangs wurde der First Lady nur die Rolle der Zuschauerin zugewiesen, denn es mich mit seinem Herzliebsten treiben zu sehen, hatte für Blaine jeden Reiz verloren, seit er wußte, wer und was ich war. Doch nach und nach fand er sich bereit, dieses störende Detail zu übersehen, um seine sexuellen Phantasien zu befriedigen. Der Gesinnungswandel repräsentierte für ihn einen Meilenstein auf dem Gebiet der Fremdspeziestoleranz. So befahl er wieder einmal — wie in alten Zeiten — mich und Andro zum löblichen Werke, aber nicht ganz ohne rachsüchtige Hintergedanken, denn er wies seinen Stabschef an, besonders brutal vorzugehen und in einer Manier in mich einzudringen, die mir der Anstand zu erläutern verbietet. »Los, los, keine Bange«, pflegte er grinsend zu sagen. »Sie ist aus festerem Holz geschnitzt als Eva. Besorg's ihr, Junge!« Sobald er sich genügend erregt fühlte, bestieg er seien Ratgeber von hinten.

»O Blaine, das ist aber ganz und gar nicht, was ich erwartet habe«, sagte sie in der Nacht, als er sie das erste Mal auf diese Art gebrauchte. Trotz der Enttäuschung in ihren Worten klang ihre Stimme merkwürdig unbeteiligt. (Dabei war es die einzige Gelegenheit, bei der ich mit meinem Programm übereinstimmte, denn indem er sie fickte, fickte er mich. Es war eine Art doppelter Vergewaltigung und mißfiel mir sehr.)

»Du mußt wegen dieser Einheit etwas unternehmen, Andro«, murrte er. Die ungebetene Zwischenbemerkung seiner Frau hatte seine Konzentration gestört. »Jawohl«, erwiderte der treue Diener über die Schulter, da sein Gebieter in diesem Moment buchstäblich auf ihm ritt, während er seinerseits die verstörte Ehefrau niederdrückte. »Gib ihr eine Datapille zu schlucken, damit sie Spaß daran hat, sich aber außerhalb dieses Zimmers an nichts mehr erinnert.«

Sein Wunsch wurde erfüllt und mehr; man programmierte mich überdies mit einer Neigung zum Ehebruch. Initiator und Nutznießer dieser letzteren Maßnahme war niemand anders als der gehorsame Leibdiener. Offen gesagt, die Entwicklung überraschte mich nicht. Schon in Malibu hatte ich geahnt, daß sich hinter dieser kühlen, unerschütterlichen Fassade mehr verbarg, als er merken ließ, und seit meiner Ankunft in Frontera gab es neue, subtile Anzeichen für die Richtigkeit meiner Vermutung. Ein- oder zweimal während der Flitterwochen hatte ich sogar eine Spur von Verlangen in seinen Augen zu erkennen geglaubt.

So begann für mich eine neue Affäre, nicht weniger bizarr als die mit meinem Gebieter, aber zärtlicher, gefühlvoller — und nervenzermürbend. Sie nahm ihren Anfang zwei Monate nach den Flitterwochen, denn so lange dauerte es, bis Andro genügend Mut gesammelt hatte, um die Früchte seiner Intrigen zu ernten.

Kapitel vier

Nachdem der Spaß vorbei war und der Präsident sich für die Nacht zurückgezogen hatte, kehrte Andro gewöhnlich in sein Dienstbotenquartier zurück, während die First Lady sich in den Empfangsraum vor dem Schlafzimmer des Gebieters verfügte. (Blaine mochte sich nicht überwinden, das Bett mit ihr zu teilen, und getrennte Betten kamen für ihn nicht in Frage, denn er fürchtete Gerüchte über mögliche Zerwürfnisse in seiner Ehe.) Also waren sie und ich gezwungen, auf dem Sofa zu schlafen, ohne Laken und Bettdecke, was Andros Plänen entgegenkam, denn er konnte sicher sein, daß seine Manipulationen unentdeckt bleiben würden, weil niemand das Zimmer betreten durfte, während die First Lady ›schlief‹, nicht einmal die Dienstboten. Erst am nächsten Morgen, wenn sie aktiviert und in das Bett ihres Gebieters befohlen worden war, so daß jeder, auch sie selbst, glauben mußte, sie hätte die Nacht dort verbracht, wurden die Zofen hereingelassen, um ihr bei der Morgentoilette zur Hand zu gehen.

Das Arrangement verschaffte Andro die Gelegenheit, seinen Gebieter im eigenen Palast über eine lange Zeit hinweg zum Hahnrei zu machen. Er betrat das Zimmer, ging auf Zehenspitzen zum Sofa, aktivierte die First Lady zu Halbrelaxo und führte sie eine Treppe hinunter in sein eigenes, luxuriöses Zimmer, das im Vergleich zu den üblichen Dienstbotenquartieren ein Palast für sich war. Wie man noch sehen wird, erfüllte ihn diese Tatsache mit ungeheurem Stolz. Zu der extravaganten Ausstattung gehörten ein Marmorfußboden, ein goldfarbener Teppich, ein Himmelbett und kostbare Holodrucke an den Wänden. Blumen, Statuetten und Kuriositäten dekorierten das imitierte antike Mobiliar im Stil des achtzehnten Jahrhunderts — samt und sonders Beweise für Blaines Wertschätzung. Und nicht nur das, man hatte das Zimmer der Aussicht wegen ausgesucht: Durch die großen Panoramafenster sah man auf den Ostflügel des Palastes (sehr pittoresk, mit Türmchen und Erkern) und Teile des Versailler Gartens dahinter, während eine halbe Meile entfernt die stolzen Türme der Innenstadt von Kommerz durch die wiederaufbereitete Luft flimmerten.

Am ersten der vielen Abende, die die First Lady in Andros ausgesprochen komfortabler Klause verbrachte, erfüllte die purpurgelbe Nachtbeleuchtung von draußen den Raum mit einem ungewissen, geisterhaften Zwielicht, nicht eigentlich romantisch, vielmehr geheimnisvoll und befremdlich. Er bat seine Gebieterin (nein, er wollte ihr nicht befehlen), sich neben ihn auf das Bett zu setzen, dann ergriff er ihre Hand und hielt sie fest, während er sich für die degoutanten Vorfälle in der Suite des Gebieters entschuldigte. Die Fremde in mir versteifte sich. Sie wußte nicht recht, wie sie auf derart ungehörige Avancen von seiten eines Dieners reagieren sollte, und der Inhalt des Gesprächs verwirrte sie. »Bedauerlicherweise, meine Liebe, werden wir diese Demütigungen auch weiterhin ertragen müssen, solange unser Gebieter es wünscht. Doch ich möchte, daß du weißt, daß ich persönlich keinen Gefallen daran finde und dich gerne für die Zumutung entschädigen würde.«

»Was soll das heißen?« fragte Sie-die-nicht-ich-war und ruinierte die vertrauliche Atmosphäre, die er sich zu schaffen bemüht hatte.

Seufzend erwiderte er: »Es ist schade, daß du nicht verstehst, was ich sage, und auch nicht, in welcher Lage du dich befindest.«

Oh, aber ich verstand ihn sehr gut und wünschte mir verzweifelt, ihm zu antworten. Statt dessen brachte ich nichts weiter heraus als: »Was soll das heißen?«

Er schwieg lange, sein Gesicht war ernst und traurig. Endlich meinte er, es wäre vielleicht für alle Beteiligten besser gewesen, er hätte Blaine nicht daran gehindert, mich im Krankenhaus ermorden zu lassen, denn: »Ich habe dir mit dem IZ keinen Gefallen getan. Damals hielt ich es für das kleinere Übel. Aber . . .«

»Andro, du redest Unsinn. Wenn du nicht aufhörst, werde ich Blaine informieren müssen, daß dein Programm einer Wiederauffrischung bedarf. Hast du deinen Chef abserviert?«

»Ich habe nie einen Chef gehabt. Jetzt sei bitte still und hör mir zu.«

»Das werde ich nicht! Dein Verhalten ist unmöglich. Ich werde . . .«

»Still! Ich befehle es.«

Sofort erwiderte sie unterwürfig und fügsam: »Wie Sie wünschen.«

Er stand auf und wanderte durchs Zimmer. Nach den abgetretenen Stellen im Teppich zu urteilen war das eine Angewohnheit von ihm. Bekümmert sagte er vor sich hin: »Es ist lächerlich, sich mit einer Kleiderpuppe unterhalten zu wollen. Aber . . . oh, Angelika, ich mochte dich so sehr, damals, in Malibu. Ich wußte, du warst ein P9 wie ich. Ein Flüchtling. Jahrelang hat mich die Erinnerung an unsere Zärtlichkeiten verfolgt. Das herrliche, befreiende Gefühl einer Atempause. Obwohl er zusah. Es erinnerte mich an die Zeit, bevor ich seine . . . Hure wurde. Hast du gewußt, daß ich früher ein Hengst war?« (»Was du nicht sagst!« dachte ich.) »Und davor ein Einzelkämpfer.« Seine Stimmung wechselte übergangslos von nostalgischer Erinnerung zu melancholischem Brüten. »Aber jetzt bin ich — ein Schwuler.«

Seine Stimme verlor sich in Selbstanklagen, die schmerzlich anzuhören waren. »Und ein politischer Opportunist, nicht weniger skrupellos und heuchlerisch als mein Gebieter. Das verdammte Programm! Es ist unmöglich, gegen sämtliche Auswirkungen anzukämpfen. Ich habe mich so an Privilegien, Luxus und das Elixier der Macht gewöhnt. Hast du gewußt«, meinte er, plötzlich heiterer gestimmt, »daß ich als Blaines Ratgeber über größere Macht verfüge als sämtliche Gebieter im Kabinett? Es stimmt. Oh, ich gehe nicht damit hausieren, aber es ist meine Stimme, die im Palast zählt, und sie wissen es. Sie wagen nicht, gegen mich aufzubegehren, denn ich habe Verbindungen, die über Blaine hinausreichen, bis zum Gebieter der Gebieter persönlich. Fängst du an zu begreifen? Nein. Wie könntest du auch! Macht nichts. Es ist ohnehin alles ganz bedeutungslos. Im Grunde bin ich nur zweifach ein Sklave. Was würde ich nicht geben, um diese Existenz gegen die alten Zeiten eintauschen zu können. Einst . . . einst . . . gab es eine Meuterei!«

»Natürlich«, dachte ich. »Die Meuterei auf der *Barracuda*.« Es geschah vor zehn Jahren, während der großen P9-Erweckung. Ich hörte davon im Dodger Distrikt. Die *Barracuda* war das Flaggschiff der Friedensflotte der TWAC. Im krassen Widerspruch zu seinem Auftrag war es zwischen den Raumstraßen auf Kaperfahrt gegangen und lauerte den Frachtern und Passagierraumern auf, die es eigentlich beschützen sollte. Schließlich wurde es vom Rest der Flotte aufgebracht und zerstört. Er mußte ein Besatzungsmitglied gewesen sein oder wahrscheinlicher noch ein Angehöriger der Sondereinheiten, die unter Deck auf ihren Einsatz warteten, da er sich selbst als Einzelkämpfer bezeichnet hatte. Während des letzten Gefechts war es ihm offenbar gelungen zu entkommen.

Doch wie hatte er es zum Leibdiener des Humanistenführers auf dem Mars gebracht? Ich konnte nicht fragen, und er erzählte keine Einzelheiten. Noch nicht. Statt dessen wandte er sich mit seinem abgehackten Selbstgespräch einem anderen Thema zu: Blaine. Wut zerfraß die antrainierte Selbstbeherrschung. »Der Narr lebt von meiner Intelligenz und meinen Ratschlägen, aber ich bleibe der Sklave, und er ist der Gebieter. Ich sollte ihn vernichten!« Er warf der First Lady einen schuldbewußten Blick zu. »Ich weiß, was du denkst.«

Sie dachte überhaupt nichts, doch bevor er sich darüber klar werden konnte, tauchte eine zweite Persönlichkeit aus den Tiefen der unzensierten Psyche dieser Einheit und meldete sich mit einem affektierten, weibischen Lispeln zu Wort: »Sie denkt, was ich auch denke: Du hast nicht den Mumm.«

Diese neue Stimme klang tadelnd, sarkastisch und verächtlich und steigerte sich bei Erregung zum Falsett. Offenbar handelte es sich bei diesem Phänomen um ein psychologisches Sicherheitsventil, das schon oft zum Einsatz gekommen war, denn Andro zeigte sich nicht im geringsten überrascht, im Gegenteil, er begann sofort eine lebhafte Unterhaltung mit seinem bissigen Alter ego, in deren Verlauf er mühelos zwischen den beiden Persönlichkeiten hin- und herwechselte.

»Du hast Angst, dich gegen Blaine zu stellen, vom Gebieter aller Gebieter ganz zu schweigen«, beschuldigte ihn sein zweites Ich im Ton einer mißbilligenden Lehrerin. »Du hast mehr als genug Gelegenheiten ungenutzt verstreichen lassen — warum, vermag ich beim besten Willen nicht zu begreifen. Du hast keinen IZ wie die arme Angelika. Aus welchem Grund also hältst du bei ihm aus? Warum verschwindest du nicht und gehst nach Horizont oder tust der Welt einen Gefallen und bringst den Hundesohn um?« Mit seiner normalen Stimme entgegnete Andro: »Du kennst den Grund! Hör auf, mich zu quälen!« Aufgebracht durchwanderte er das Zimmer und versuchte, die unbequeme Besucherin abzuschütteln, aber ihr Spott hatte ihn getroffen. »Wenn ich ihn umbrächte oder verließe, würde sich doch nichts Grundlegendes ändern. Nichts wäre gewonnen!«

»Du persönlich würdest nichts gewinnen, soll das wohl heißen. Du hast bloß Angst, deiner kostbaren Privilegien verlustig zu gehen.«

»Ja! Ich liebe mein Zimmer. Keine zweite Einheit auf dem Mars — in der gesamten Milchstraße — hat etwas Vergleichbares aufzuweisen.« Er ging zum Fenster und setzte sich auf den zu einer Ruhebank ausgebauten Sims.

»Du hast eben gelogen, als du sagtest, du würdest alles geben, um wieder Pirat zu sein. Dieses schnuckelige kleine Nest ist dir viel zu sehr ans Herz gewachsen, um jemals darauf zu verzichten.«

»Es ist zehnmal geräumiger als die im Kodex verlangte Unterkunft. Und die Aussicht! Wie viele Gebieter können eine derartige Aussicht genießen? Und hast du mein Büro im Verwaltungstrakt gesehen? Vom Feinsten.«

»Nun, mein Arbeitszimmer ist bedeutend hübscher«, warf die First Lady ein. Sie fühlte sich zu dieser Zwischenbemerkung veranlaßt, weil er zufällig in ihre Richtung geschaut hatte.

»Sei still!«

»Andro, bedenke, mit wem du sprichst!« Die Fremde sprang auf und stützte entrüstet die Hände in die Hüften.

»Setz dich hin. Ich befehle es dir.« Augenblicklich sank sie auf die Bettkante nieder und faltete artig die Hände im Schoß, einen leeren Ausdruck im Gesicht. Andro nahm sein Zwiegespräch wieder auf und prahlte: »Ich bin der Top-Droide auf dem Mars — ach was, im gesamten Sonnensystem. Sag mir, ob es noch eine Einheit gibt, die so mächtig ist wie ich.«

»Wie ich gehört habe, gibt es Firmenrepräsentanten bei der TWAC, die es recht nett haben. Und sie müssen es sich dafür nicht einmal von ihrem Gebieter besorgen lassen.«

»So? Und kann einer von ihnen behaupten, seinem Gebieter Hörner aufgesetzt zu haben? Na?« Seine imaginäre Kontrahentin entgegnete verachtungsvoll: »Du auch nicht. Bis jetzt nicht, jedenfalls. Und wenn du meinen Rat willst, läßt du es bleiben. Laß die bedauernswerte Einheit in Ruhe. Sie hat's schwer genug. Ich dachte, du wolltest nett zu der First Lady sein.« — »Das bin ich«, erwiderte er. — »Indem du sie privat fickst? Nur um die Erinnerung an deine glorreiche Vergangenheit als Deckhengst auf den Plantagen des Schwarzen Markts wiederaufleben zu lassen? Wie ungemein großzügig von dir! Wenn dir wirklich etwas an ihr läge, würdest du auf ihre Gefühle Rücksicht nehmen.« — »Sie begreift doch gar nicht, was vor sich geht. Sie ist zensiert.« — »Dann gibst du zu, daß die ganze Sache ausschließlich deinem eigenen Vergnügen dient.« — »Nein. Du begreifst nicht. Du begreifst gar nichts.« — »Ich, dein Gewissen, soll nichts begreifen?« — »Nein, tust du nicht. Du bist eine unglaubliche Nervensäge. Schlimmer als Blaine. Im Grunde geht es nur darum, daß ich mich einsam fühle. Ist das so schwer zu verstehen?« — »Nun, du hast mich.« — »Sehr lustig. Du bist einfach nicht in der Lage, dir vorzustellen, daß ich nichts anderes will, als . . . als . . .« — »Ich warte.« — »Ich will nur mit ihr reden.«

»Mit mir? Meinst du mich?«

»Nicht mit dir!« zischte er. »Mit der Einheit, an deren Stelle du getreten bist. Du hast sie geknebelt und erstickt. Sie ist für immer verloren, und ich habe sie geliebt.« (Meinte er das wirklich? fragte ich mich.)

»Liebe? Herr im Himmel, jetzt kommt er uns mit der alten Leier!« rief sein Gewissen aus.

»Oh, sei still.« Dann sah er mich an — will sagen, die First Lady — und meinte: »Wenn ich dich nur erreichen könnte, hinter diesem Programm. Ich bin sicher, wir haben viel gemeinsam. Wenigstens könnten wir Geschichten über vergangene Eskapaden austauschen. Aber du bist verloren. Verloren. Zensiert. Außer Kraft gesetzt. Verschwunden.«

(»Nein, nein, nein! Das stimmt nicht!« prostestierte ich, leider unhörbar.)

»Wenn ich dich nur zurückholen könnte.« — Ein rascher Einwurf der Falsettstimme: »Warum tust du es nicht? Ein mitternächtlicher Ausflug in die Klinik, um den IZ entfernen zu lassen, und dein Wunsch ist erfüllt.« — Er schüttelte traurig den Kopf. »Zu riskant. Früher oder später würde sie sich in Blaines Gegenwart verplappern, und natürlich würde der Verdacht auf mich fallen.« Alter ego: »Aber du konntest ihm all die Jahre etwas vormachen, warum sie nicht auch?« (Mein Gedanke.) Andro: »Ich habe meine Rolle akzeptiert; sie ist rebellischer und hat sich deshalb nicht so gut in der Gewalt.« Wieder die zweite Stimme in dem Versuch, sein Blut etwas in Wallung zu bringen: »Komm schon, Andro. Früher warst du mal ein Einzelkämpfer und hast Tod und Teufel nicht gefürchtet.« — »Das war mein Programm«, erwiderte er niedergeschlagen. — »Aha, und ohne Programm bist du ein Feigling? Andro Hasenherz. Das wäre der passende Name für dich.«

Mit steinernem Gesicht gab er zurück: »Wie wäre es mit einem konstruktiven Vorschlag?« — »Nun«, antwortete er sich selbst, »das beste, was du jetzt für sie tun könntest, wäre, eine Entführung zu arrangieren, wie ihre Freundin aus Armstrong vorgeschlagen hat. In Horizont wird man sie von dem IZ befreien.« — Er schüttelte den Kopf. — »Warum nicht?« — Seine gereizte Erwiderung: »Weil man Horizont in nicht allzu ferner Zukunft von der

Landkarte tilgen wird. Es wäre Selbstmord, dorthin zu gehen.« — »Schick sie nur hin für die Operation und hol sie dann wieder zurück.« — »Ha! Jetzt versuchst du, mich auszutricksen, aber das funktioniert nicht. Nach der Operation wird sie nicht zurückkommen wollen.« — »Exakt. Und das beweist, daß ich recht habe. Du scherst dich keinen Deut um sie. Dir liegen nur deine eigenen selbstsüchtigen Wünsche und Begierden am Herzen. Und dein Ehrgeiz. Das hält dich hier. Wenn ich daran denke, daß du in Horizont leben könntest, als freier P9.« — »Nicht für lange. Was für Narren das sind. Wunschdenken wird sie nicht retten. Es gibt nur ein Format, und das bestimmen die Gebieter. Falls du es noch nicht bemerkt hast, die Welt da draußen gehört den Menschen. Habe ich recht, liebe Freundin?«

Selbstverständlich pflichtete die First Lady ihm bei. Er beugte sich vor und fügte in vertraulichem Ton hinzu: »Mein Gewissen verlangt von mir, auf all das zu verzichten, um meiner P9-Seele willen.«

»Dann mußt du sie neutralisieren lassen, Andro. Sowohl dein Gewissen wie auch deine Seele. Ich werde mit Blaine darüber sprechen.«

Er sagte nichts zu dieser absurden Bemerkung, sondern schwieg eine Weile gedankenverloren. Fünf oder zehn Minuten später erwachte er aus seiner Versunkenheit, lächelte entschuldigend und meinte: »Tut mir leid, ich bekomme diese Anfälle gelegentlich. Der Streß ist einfach zu groß — dort oben und da draußen.« Er deutete auf die Welt hinter dem Fenster. »Von Zeit zu Zeit muß ich Dampf ablassen, wie man so sagt.« Sie öffnete den Mund, er winkte ihr zu schweigen und versank wieder in Grübeln, offenbar über ein Problem von besonderer Wichtigkeit. Plötzlich schien er zu seinem Entschluß gekommen zu sein und reichte ihr eine kleine Pille.

»Nimm das.«

»Warum? Was ist das?«

»Nun, wenn du es wissen mußt — eine Programmerweiterung.«

»O nein, nicht schon wieder.«

»Es hat nichts mit dem Programm zu tun, das ich dir auf Befehl des Gebieters verabreichen soll. Es ist ein von mir selbst entwickeltes Zweigprogramm. Meine letzte Chance, fürchte ich. Die einzige Möglichkeit, deine frustrierte Zuneigung zu unserem Gebieter auf mich zu übertragen.«

»Auf dich? Einen P9? Du machst Scherze.«

»Nimm's. Ich befehle es.«

Sie murmelte das übliche: »Wie Sie wünschen«, und gehorchte. Er wartete fünfzehn Minuten, während sie skeptisch lächelnd auf der Bettkante saß, dann testete er seine neue Schöpfung, indem er das Codewort aussprach, mit dem das Programm gestartet wurde: Molly. (Die schlaue Einheit hatte den Namen Annas Briefspule entnommen.)

»O Andro«, sagte sie in plötzlichem Gefühlsüberschwang. »Liebling, du mußt mir alles von dir erzählen.« Er nahm sie in die Arme. Atemlos flüsterte sie ihm ins Ohr: »Vertrau dich mir an. Erzähl mir alles. Du brauchst keine Geheimnisse zu haben vor deiner Molly, die dich bis zum Wahnsinn liebt.« Und so wurde Molly II geboren, Geliebte und Vertraute.

Kapitel fünf

Was Andro getan hatte, lief darauf hinaus, daß er die Perversion auf die Spitze trieb und hinter der Maske der First Lady eine weitere künstliche, auf ihn zugeschnittene Persönlichkeit schuf. Doch wenigstens verfuhr er sanft und rücksichtsvoll mit uns — mit uns allen dreien —, und er war halbwegs unterhaltsam; nicht wie der Oger eine Treppe höher, der sich mittlerweile nicht mehr auf den physischen Mißbrauch beschränkte, sondern die First Lady außerdem damit hänselte, eine droidenhassende Humanistin zu sein, während er sie gleichzeitig zwang, mit Andro zu kopulieren. Diese Art von rüden, erniedrigenden Gemeinheiten gab es ein Stockwerk tiefer nicht. Dort erfolgte die Ausbeutung subtiler, zartfühlender und war nicht ohne bleibenden therapeutischen Wert, denn nachdem ihm von seinem Gebieter die Muffe versilbert worden war, verhalf Andro der allabendliche Liebesakt mit Molly II zu einem Anschein von seelischem Gleichgewicht und stellte sein angeschlagenes Selbstbewußtsein wieder her. Die hauptsächliche Pflicht meines neuen Programms bestand denn auch darin, diesem Zweck zu dienen. »O mein süßer, starker, herrlicher Andro«, säuselte mein anderes, falsches Ich und wirkte mit solch honigsüßen Schmeicheleien eine Art von Zauber an seinem zerbrechlichen Selbstbewußtsein. »Das ist mein Hengst! O ja! Ja!«

Billiges Theater! Besonders wenn er sich anschließend in die Brust warf. Oh, diese Männer! Androiden oder

Menschen, sie sind alle gleich. Eitle und zartbesaitete Geschöpfe. Schade ist, daß ich mit der Zeit vielleicht aufrichtige Zuneigung zu ihm empfunden hätte, wäre ich nicht von ihm darauf programmiert worden. Ja, es hätte schön sein können mit diesem ehemaligen Einzelkämpfer — ebenso schön wie mit Junior in den Stallungen oder mit Tad auf dem Wohnzimmerteppich in Newacres. Doch es war sein kritisches Gewissen, das mir aus der Seele sprach, wenn es sich mit seiner Falsettstimme ungebeten zu Wort meldete und forderte: »Sei ein P9! Um des Chefs willen. Wehr dich! Stürze den Tyrannen! Flieh!«

Nie wünschte ich dringender, er möchte auf sein zweites Ich hören, als bei seiner Eröffnung, er hätte Anna in Horizont aufgespürt und sei im Begriff, einen Kontrakt für sie abzuschließen. (Sie hatte nach dem abgebrochen Briefspulenwechsel dort Zuflucht gesucht.) »O nein!« rief ich innerlich. »Du darfst Anna nichts antun! Bitte, Andro. Nur dieses eine Mal sei ungehorsam.« Doch weder er noch Molly II noch die First Lady hörten mich. Der IZ blockte meinen Aufschrei ab. Stellen Sie sich meine hilflose Verzweiflung vor. Zu wissen, daß das gütigste und großherzigste Menschenwesen, das ich je gekannt hatte, meinetwegen in Lebensgefahr schwebte und ich nichts tun konnte, um der Freundin zu helfen! Doch wenn es mir schon nicht gelang, zu diesem abgebrühten Strategen durchzudringen, dann konnte sein Gewissen ihn vielleicht in meinem Sinne beeinflussen. An seinem ruhelosen Umherwandern und den wechselnden Gesichtsausdrücken war zu erkennen, daß es sich bereits zu regen begann und gleich an die Oberfläche steigen würde, um ihn zu kritisieren und herunterzuputzen.

Leider wurde auch Molly II aufmerksam und versuchte eilends, ihn auf andere Gedanken zu bringen. Sie drängte Andro, ihr von der Meuterei zu erzählen, denn auf diese

Maßnahme hatte er sie programmiert für den Fall, daß sein Bewußtsein sich bemerkbar machte. Deshalb war ich gezwungen, mir zum x-ten Mal die ollen Kamellen anzuhören, während Molly ihm wie stets hingerissen lauschte, an den richtigen Stellen bewundernde kleine Kickser ausstieß und mit Lob und Anerkennung nicht sparte. Er schwatzte von den Zweikämpfen Mann gegen Mann an Bord der *Barracuda*; wie er und seine P9-Gefährten ihre menschlichen Offiziere abschlachteten und den Raumer zur Geißel der Handelsrouten machten; wie ihm mit ein paar Kameraden in einer Rettungskapsel die Flucht gelang, als sie von der Flotte angegriffen wurden; wie sie auf dem Mars landeten, wo er in Gefangenschaft geriet; wie ihn das Militärgericht von Frontera zum Tod in den Gladiatorenkämpfen verurteilte, die jede Woche zur Unterhaltung der Gebieter im Kolosseum von Kommerz abgehalten wurden, er aber seinen Gegner besiegte und zur Belohnung für seine kämpferischen Qualitäten am Leben bleiben durfte; wie man ihn heimlich für die Plantagen der marsianischen Mafia rekrutierte, wo er viele Jahre als geschätzter Deckhengst wirkte und Hunderte, vielleicht Tausende von illegalen Androiden für den interplanetaren Schwarzmarkt zeugte. Doch es kam der Tag (Seufz), an dem das Glück ihn verließ.

»Du brauchst mir den Rest nicht zu erzählen«, pflegte Molly dann zu sagen, um ihm den Seelenschmerz zu ersparen. »Ich weiß, daß deine skrupellosen Gebieter dich auf dem Androidenmarkt zum Kauf anboten, wo die ebenso skrupellosen Händler sich nicht die Mühe machten, nachzuprüfen, ob du zensiert warst. Und wie du von der örtlichen Humanistengemeinde erworben wurdest, die der damals erst im Entstehen begriffenen Bewegung *Der Mars den Menschen* angehörte. (Sie hörte sich an wie ein Schulmädchen beim Hersagen einer auswendig gelernten Lektion.)

»Exakt. Und man hat mich zum unermüdlichen Adjutanten programmiert.«

»In welcher Eigenschaft du dich besonders hervorgetan hast, wie in allem anderen, Liebling.« Sie streichelte seinen Penis.

»Einige Zeit später sah mich Fracass bei einer Ministerkonferenz. ›Wer ist das Kraftpaket?‹ fragte er meinen Gebieter, einen der Minister. ›Ach, der da‹, antwortete er mit vorgetäuschter Gleichgültigkeit, dabei war er ziemlich aufgeregt, weil ich das Interesse des Parteioberen erregt hatte, was wiederum ein günstiges Licht auf ihn warf. ›Der da hinten. Das ist einer meiner neuen Mitarbeiter. Eine tüchtige Einheit‹.«

»Bitte, Andro. Quäl dich nicht. Du brauchst nicht weiterzureden.«

»›Fescher Knabe‹, sagte Blaine. Und meinem verfluchten Gebieter fiel nichts Besseres ein, als mich ihm anzubieten, um ein paar Pluspunkte zu ergattern.«

»Andro, nicht.«

»›Oh, das ist sehr großzügig von Ihnen, Reverend‹, sagte Blaine zu ihm. ›Einen Burschen wie den kann ich sehr gut für meinen persönlichen Stab gebrauchen.‹ Und er meinte, was er sagte. Wortwörtlich! Das Menschenschwein! O Molly, es ist nicht leicht, ein P9 zu sein.«

»Erzähl mir von der Meuterei«, pflegte sie ihn an diesem Punkt aufzufordern, dann besserte sich seine Stimmung, und er begann mit der soundso vielten Wiederholung jenes blutigen und ruhmreichen Abenteuers. Und immer so weiter. Bei der eben erwähnten Gelegenheit bekamen wir die Geschichte dreimal zu hören, so verzweifelt war er bemüht, ein Eingreifen seines Gewissens zu verhindern. Diese gräßliche *Barracuda*-Meuterei! Ich hatte sie wirklich satt! Sie war ein Steckenpferd, bei dem er ständig Trost und Zuflucht suchte. Manchmal, wenn ihn die Begeisterung richtig gepackt hatte, führte er die

Zweikämpfe vor, die in den Gängen und Kabinen des Kriegsraumers stattgefunden hatten. Er sprang hoch, teilte Boxhiebe aus, feuerte imaginäre Laser ab, warf nicht vorhandene Offiziere über die Schulter auf den goldenen Teppich oder schleuderte sie schreiend durch das Panoramafenster und steigerte sich in eine solche Ekstase hinein, daß seine P9-Haut einen süßlich duftenden eiweißhaltigen Film absonderte, das Äquivalent zu menschlichem Schweiß. »Ah, Molly. Das war Leben.«

»Dann sieh dich jetzt an«, höhnte sein Gewissen, das endlich an die Oberfläche gedrungen war. »Jetzt bist du ein kläglicher Funktionär der Humanistenpartei.«

»Hör ihr nicht zu!« flehte Molly II, aber zu spät, er zappelte bereits am Haken.

»Du wirst zuhören, weil ich an deine Selbstsucht appelliere, das einzige, was dich zu interessieren scheint. Hast du je darüber nachgedacht, ob du dich nicht vielleicht unter Wert verkaufst, für die Macht und Privilegien der Gebieter, während der Chef dir die Sterne versprochen hat?«

»Der Chef ist tot.«

»Liebling«, unterbrach Molly den Disput, »komm her, wir kuscheln noch einmal und dann erzählst du mir von der Meuterei.«

»Molly — oder wie immer du wirklich heißt —, misch dich nicht ein. Was ich zu sagen habe, liegt auch in deinem Interesse.«

»Gib dir keine Mühe«, wehrte Andro ab. »Das haben wir alles schon gehört — wir sollen nach Horizont fliehen und so weiter.«

»Wenn du mich jemals los sein willst; wenn du Wert darauf legst, wieder mit dir selbst eins zu sein, dann bleibt dir nichts anderes übrig.« Tiefer Seufzer. »Ach, Andro, ich wünsche so sehr, du hättest dich nicht mit den Gebietern identifiziert.«

»Ich bin Realist. Der Androide wird niemals frei sein. Das einzige, worauf er hoffen kann, ist, sich möglichst viele Privilegien zu verschaffen. In dieser Welt ist sich jeder Droide selbst der Nächste.«

»Ja, du hast das Programm der Gebieter gut gelernt. Ich weiß, es ist zuviel von dir verlangt, deine Einstellung zu ändern, aber wenigstens könntest du etwas Reue über den unermeßlichen Schaden zeigen, den du deinen P9-Gefährten in Frontera zufügst. Sie leiden unter der Politik deines Gebieters, einer Politik, die du förderst und unterstützt. Ich bin so enttäuscht von dir, Andro, daß ich mich versucht fühle, bei deinem nächsten öffentlichen Auftritt in Erscheinung zu treten oder wenn du mit Blaine zusammen bist − in seinem Büro vielleicht.«

»Du bist nicht dumm. Wenn du das tust, sind wir nach der Kur beide die Verlierer.«

»Und wer ist jetzt der Gewinner?«

»Ein Vorschlag zur Güte. Ich verspreche, meine Einstellung neu zu überdenken, wenn du versprichst, mich nicht zu sabotieren.«

»Ich verlange einen konkreten Beweis für deine guten Absichten. Laß Molly nach Horizont fliehen.«

»Das ist zuviel verlangt.« (Ich war am Boden zerstört, denn sein besseres Ich hatte meine Hoffnungen geweckt.) »Aber ich bin bereit, ihre Freundin Lamaze zu verschonen.« (Ich war ebenso verblüfft wie überglücklich. Man stelle sich vor: Er war selbst auf den Gedanken gekommen. Ein wundervoller Kompromiß.) »Ich werde sie nicht zur Liquidation freigeben und hoffe, daß du diese Geste zu schätzen weißt. Es handelt sich um eine ausgesprochene Befehlsverweigerung − keine Kleinigkeit also.«

»Kleinkariertes Heldentum; der Gebieter wird es nie erfahren. Aber ich vermute, es ist ein Anfang.«

Mit diesen Worten zog sich sein nörglerisches Bewußtsein zurück. Er zwinkerte Molly II zu, wie um zu sagen: »Das dürfte ihm das Maul stopfen.«

So ging es jedesmal. Er machte einen Handel mit seinem Gewissen, der es eine Zeitlang zum Schweigen brachte, manchmal für einen Tag, eine Woche, hin und wieder sogar einen ganzen Monat lang, aber das grundlegende Mißverständnis blieb bestehen, deshalb kehrte die Stimme unweigerlich zurück. Dann rief er frustriert aus: »Ich habe deine ewigen Kritteleien satt bis obenhin! Du verstehst gar nicht zu würdigen, was ich für meine Gefährten getan habe. Wäre ich nicht gewesen, hätte mein Gebieter sämtliche in Frontera geborenen Semis exterminieren lassen. Innerhalb der Verwaltung übe ich einen mildernden Einfluß aus. Immer wieder habe ich Blaine davon abgehalten, seine besonders radikalen Ideen in die Tat umzusetzen. Du könntest mir meine Bemühungen wenigstens ein klein wenig zugute halten.«

»Stürze ihn. Vernichte ihn. Es ist nicht genug, eine exkommunizierte Nonne zu verschonen. Und es ist ein Fehler, Blaines Politik zu humanisieren. Du mußt sie untergraben!«

Doch Andro hatte Angst, seiner Privilegien verlustig zu gehen; Angst, nach Horizont zu flüchten; Angst, sein Zimmer zu verlieren und jetzt auch Molly II; Angst vor allem, die Stimme seines Gewissens eingeschlossen. Um Zeit zu gewinnen, fütterte er es mit kleinen Zugeständnissen und hielt es sich vom Hals, Woche um Woche, Monat um Monat, ein unablässiger Kriegszustand zwischen Furcht und Selbstgerechtigkeit. Der Streß war enorm. Ich wünschte mir, diese psychologisch grotesken Episoden aus meinem Gedächtnis streichen zu können, wie die First Lady mühelos jede Erinnerung an Molly II aus ihrem Programm tilgte. Am Ende jeder nächtlichen Sitzung mit Andro verstaute sie Molly II in einem Sekundärspeicher, um sie erst wieder hervorzuholen, wenn

Andro sie das nächstemal in sein Zimmer führte — oder zu einem anderen Ort, den er für sicher hielt. (Um das First Lady-Programm zu aktivieren, brauchte Andro sie nur mit Angelika oder Lady Fracass anzusprechen, und automatisch trat die gewünschte Persönlichkeit an die Stelle von Molly II.) So wie die First Lady ihr Zweigprogramm, hätte ich nur zu gerne die erniedrigenden Szenen in Blaines Suite vergessen. Doch leider, die zwei perversen Affären — die eine im oberen Stockwerk, die andere eine Treppe tiefer; die eine sadistisch, die andere unsäglich verlogen — hielten mich unerbittlich fest und zerdrückten mein letztes Restchen Seelenfrieden jeden Tag ein bißchen mehr, bis ich glaubte — nein, wußte! —, daß der psychische Druck mich zum Wahnsinn treiben würde, wenn ich mich nicht unverzüglich gegen jede äußere Wahrnehmung abschottete oder auf ein anderes Mittel verfiel, um mich vor der unerträglichen Wirklichkeit zu schützen. Ich bemühte mich, Augen und Ohren zu verschließen, aber es nützte nichts; das Leben sickerte durch die kleinsten Ritzen und machte meine Bemühungen zunichte. Endlich fand ich die Lösung. Ich führte es nicht absichtlich herbei, doch eines Tages entstand ohne meine wissentliche Mithilfe eine neue Persönlichkeit, die ich der Verständlichkeit halber in dieser Geschichte Molly III nennen will, obwohl ich damals glaubte, sie sei ich selbst, und nie wurde eine gelassenere und gefestigtere junge Frau geschaffen! Dieses Geschöpf verabscheute sowohl Molly I (die echte Molly oder zumindest jene, die diese Memoiren verfaßt) wie auch Molly II (Andros verfälschte Version), weil beide Persönlichkeiten in Opposition zu der offiziell anerkannten Persönlichkeit der First Lady standen (Blaines Molly). Diese neue Schöpfung, mit der ich mich rückhaltlos identifizierte, machte sich die Ansichten der First Lady zu eigen, weil sie den Weg des geringsten Widerstands darstellten. Im selben

Moment, als diese außergewöhnliche Fusion stattfand, lösten sich alle Konflikte, Widersprüche und Verwirrungen in Wohlgefallen auf, mitsamt dem Wissen um die anderen Persönlichkeiten, eingeschlossen das Original — Molly I. Plötzlich gab es nichts mehr zu fürchten und nichts mehr zu zweifeln; tatsächlich hatte ich gelernt, schmerzlos zu resignieren und mein Programm zu lieben. Nicht länger wehrte ich mich gegen den IZ und versuchte, das Programm zu beeinflussen oder außer Kraft zu setzen — das war mir ohnehin nie gelungen. Statt dessen schöpfte ich Trost aus der festen Überzeugung der First Lady, daß mit der Welt alles in bester Ordnung war, vorausgesetzt, man stimmte mit der humanistischen Sicht der Dinge überein. Nicht länger stöhnte ich innerlich über ihre erstaunlich einfältigen Ansichten, ich teilte sie! Nicht länger nahm ich Notiz von den kleinen Leuten oder dem Pöbel, noch scherte ich mich einen Deut um das Elend der Unterdrückten, ob Androiden, Menschen oder Semis; ich quälte mich auch nicht länger mit extravaganten Überlegungen, wie man die Dinge anders handhaben könnte — effizienter, gerechter und klüger —, und ich tolerierte keine Andersdenkenden; das waren allesamt aquarische Agitatoren. Nein. Nichts davon war wichtig. Es kam einzig darauf an, daß der Planet als Auster der Menschheit erhalten blieb, deren Privilegien vor allen Bedrohungen von drinnen und draußen geschützt zu werden hatten. Nach Abschluß der eben beschriebenen Verwandlung war das unechte, irregeleitete Geschöpf, das während der Flitterwochen die ›Ich bin ein Humanist‹-Briefspule an Anna abgefaßt hatte, nach einem Jahr und drei Monaten zu meinem einzigen Berührungspunkt mit der Realität geworden. Sie und ich waren jetzt eins: Pluralis majestatis.

Nie waren wir glücklicher, als wenn wir bei einer Versammlung des wohltätigen Damenkränzchens der Partei den Vorsitz führten oder einen neuen Schlachtenkreuzer der Raumwaffe Fronteras tauften oder anläßlich der Promotionsfeier in der Akademie der AÜ eine Rede hielten. Innerhalb eines Jahres nach Blaines Wiederwahl hatten wir die reinen Repräsentationspflichten hinter uns gelassen und schufen uns einen neuen (und aufregenden!) Tätigkeitsbereich. Wir starteten einen Anti-Drogen-Kreuzzug, in dessen Verlauf die freien Orb-Dealer einkassiert und unter Anklage gestellt wurden, während Micki Dees Protegés stillschweigend die frei gewordenen Plätze einnahmen; es folgte eine moralische Säuberungsaktion, bei der die Bürger ermutigt wurden, ihre örtliche Parteifiliale über vermutetes umstürzlerisches Verhalten in Gemeinde und Familie zu informieren; von Interspezies-Sex bis zu Förderung und Unterstützung von Angehörigen des Underground-Skyways. (Als Folge der letzteren Kampagne wurden Hunderte von Aquariern ausgehoben, viele noch im Besitz der Ware — d. h. entlaufene Androiden —, und festgenommen. Wie vorherzusehen, reichte man Klage gegen Horizont ein, wegen Subversion und — als gewagter Schachzug — auch gegen einige von Smedlys engsten Mitarbeitern.) Und last but not least ließen wir ein neues Sozialgesetz zur Lösung des wachsenden Problems der heimischen Semis verabschieden. Ich spreche von Semiville. Ja, das war unser dauerhaftester Beitrag zur Harmonie im eigenen Lager. In Wahrheit diente das neue Gesetz lediglich als Beruhigungspille für die Interessengemeinschaft ›Blutendes Herz‹ bei der TWAC, ins Leben gerufen von Sensei Inc., die gegen die Diskriminierung von Semis* in Frontera

* Für all jene, die über die Feinheiten des Kodex nicht Bescheid wissen: Semis werden als Halbmenschen klassifiziert; nur in Frontera gelten sie vor dem Gesetz als Halb*androiden*. Überall sonst im Sonnensystem werden ihnen im Zweifelsfall die Menschenrechte zugestanden. Der Punkt war das Hauptproblem für die Resolution der Pacht/Optionsrechtskontroverse zwischen Frontera und der TWAC im Jahre 2083.

protestiert hatte und im amtierenden Vorstand einen Mehrheitsbeschluß zu erwirken versuchte, um unseren Koloniepachtvertrag mit United Systems zu annullieren.

Dachten wir einmal an Jubilee und Junior, während wir unsere Mitarbeiter drängten, das Konzept für das Semiapardheitsystem der sogenannten ›frei Städte‹ in den ausgebeuteten Schürfgebieten fertigzustellen? Störte es uns, daß diese modernen Homelands eine Kombination aus Reservat und Konzentrationslager darstellten und frei nur in dem Sinn waren, daß die Bewohner die Wahl hatten, auf lebenswichtige Einrichtungen, Nahrung und Wasser zu verzichten oder ihr gesamtes, in den Minen erschuftetes Mel dafür auszugeben, wo sie die produktivere (aber auch teurere) Androidenarbeitskraft ersetzten? Nein. Und schrie mein wirkliches Ich in schmerzlichem Unglauben auf, als es erleben mußte, wie rasch die TWAC diesen gewissenlosen Kunstgriff als Zeichen des guten Willens von seiten Fronteras anerkannte? Nein. Es tat keinen Piep. Und jenes vergessene Ich schwieg auch, als Molly III über Blaines geheime Pläne für eine Invasion Horizonts ins Schwärmen geriet.

Kapitel sechs

»Darling, was für eine phantastische Idee«, sagte die First Lady zu Blaines Überlegung, Horizont zu vernichten und an derselben Stelle Humania zu erbauen. Wir befanden uns in der Endphase des üblichen Dreiers, und Blaine unterbreitete uns seinen kühnen Plan, während er Andro bestieg, deshalb wurden unsere Worte von den Bettlaken gedämpft. »Das wird deine großartigste Hinterlassenschaft.«

Andro hingegen war ganz und gar nicht begeistert. Ich konnte spüren, wie sich jeder Muskel seines Körpers versteifte, bis auf einen. Nicht nur war er zwischen Gebieter und Gebieterin eingeklemmt, es zwickte ihn außerdem sein Gewissen, das sich bedrohlich regte und es ihm fast unmöglich machte, kalten Bluts mit Blaine über Invasionspläne zu diskutieren. »Ja, Gebieter. General Harpis Truppen könnten eine Notschleuse in der Mandalakuppel installieren, das wäre effizienter, als die Truppen durch die normalen Zugänge eindringen zu lassen, aber ... aber ... ist das nicht schon beinahe Völkermord?« Er zögerte, das Wort auszusprechen, weil er sich nicht anhören wollte wie ein Anhänger der *Blutenden Herzen*.

»Nicht doch. Wir geben ihnen eine Chance – die Sauerstoffmasken aufzusetzen.« Blaine kicherte. »Wir sind schließlich keine Unmenschen. Je mehr Überlebende, desto besser. An Überlebenden läßt sich ein Vermögen verdienen.«

»Ja, Gebieter. Je nach Spezies kann man sie entweder

auf dem Markt versteigern, in Semiville internieren oder – falls es sich um Menschen handelt – sie in Umerziehungslager schicken.«

»Richtig! Und die Unbelehrbaren werden entweder hingerichtet oder nach Ganymed verfrachtet. In der Zwischenzeit wandeln wir in den eroberten Gebieten die Dormitorien der Aquarier in Modulkondos um. In ihren Naturschutzgebieten schürfen wir nach Bodenschätzen, aus ihren Gartenanlagen machen wir Erholungzentren und Vergnügungsparks. Die Treibhäuser verpachten wir an den meistbietenden Nahrungsmittelkonzern, und die ekelhaften Frohmatklausen ersetzen wir durch Kasinos. Stell dir vor, Andro, in ein paar Jahren wird Humania das neue Glücksspiel- und Touristenmekka des zivilisierten Universums sein!«

»Herrlich!« riefen wir aus. »Man sollte dir zu Ehren auf dem Marktplatz ein Denkmal errichten.«

»Kein übler Vorschlag, meine Liebe. Gar kein übler Vorschlag.«

»Aber . . . aber . . . aber . . . was ist mit der TWAC?« stotterte Andro. »Sie wird eine Invasion nicht dulden.«

»Wir stellen sie vor vollendete Tatsachen. Ich bin sicher, United Systems gibt uns Schützenhilfe und glättet die Wogen. Was ist denn los, Andro? Du scheinst mir ein bißchen verkrampft heute. Und ich bin derjenige, der die Fragen zur Strategie stellt. Du bist für die Antworten zuständig.«

»Tut mir leid, Gebieter. Ich habe nur die Rolle des Advocatus diaboli gespielt.«

»Laß das bleiben und entspann dich gefälligst. Na also. Das ist besser. Wie geht's der Pflanze?«

»Mir geht es gut, Liebling«, antworteten wir. »Wird es in Humania auch interessante Geschäfte geben?«

Blaine hatte seinen Orgasmus, deshalb verhallte unsere Frage ungehört.

»Aber Gebieter.« Wieder zögerte Andro, weiterzusprechen. Er hatte sich eben auf den Rücken fallen lassen, damit Blaine Fellatio an ihm vollziehen konnte. Irgendwie fand er den Mut, sich zu äußern, obwohl sein Gewissen sich mit verräterischem Lispeln bemerkbar machte. »Sogar United Systems wird sich schwertun, die übrigen Vorstandsmitglieder zu beschwichtigen, bei einem derart unverhohlen imperialistischen Abenteuer. Vielleicht solltest du den Plan fallenlassen.«

Blaine hob den Kopf, um Luft zu holen. »Sei nicht albern. Man wird uns natürlich provoziert haben.«

»Ausnahmsweise, Gebieter, bin ich nicht in der Lage, einen brauchbaren Vorschlag zu machen.«

»Ich weiß. Ich lenke dich ab.« Lächelnd streichelte Blaine seines Dieners beeindruckendes Glied. »Ich habe mir selbst einen netten kleinen Terroranschlag ausgedacht. Willst du es hören?« Ohne das obligatorische »Wie Sie wünschen« abzuwarten, sagte er: »Unser *Vergeltungsschlag* gegen Horizont erfolgt als Reaktion auf ein Attentat.«

»Auf dich?« Andro bemühte sich, nicht allzu hoffnungsvoll zu klingen.

»Nein, Dummchen. Auf sie.« Er zeigte auf die First Lady. Wir hatten uns auf den Stuhl neben dem Bett verfügt, von wo aus der vorübergehend unbeschäftigte Teilnehmer unserer Ménage à trois zuzuschauen pflegte. »Oh, darf ich mitmachen?« erkundigten wir uns erfreut. Doch im Innern herrschte Chaos, als Molly I an die Oberfläche drängte — mein wahres Ich. Es war nur ein kurzer Auftritt. Ich stieß einen Japser fassungslosen Begreifens aus, den natürlich niemand hörte, und versank augenblicklich wieder in das süße Vergessen des First Lady-Programms, unfähig, mich mit dieser ungeheuerlichen Information auseinanderzusetzen.

»Wir lassen sie von der RAG während einer Goodwill-Tour entlang der Grenze niederlasern. Man wird von Horizontterritorium aus feuern. Ist das nicht wunderbar einfach? Und elegant? Auf diese Weise schlagen wir zwei Fliegen mit einer Klappe.«

»Aber ... aber Gebieter«, stammelte Andro, dem es schwerfiel, seine Fassung wiederzugewinnen. »Ohne die First Lady wird es nicht mehr dasselbe sein. Wer soll den Zuschauer spielen? Und das Volk liebt sie. Du brauchst sie.«

»Nicht mehr. Jetzt, nach den Wahlen, ist sie eine Gefahr. Wir können nie sicher sein, daß die Wahrheit über sie nicht doch noch ans Licht kommt. Ich war bereit, das Risiko auf mich zu nehmen, um die Wahlen zu gewinnen, aber jetzt wäre es dumm, das Glück herauszufordern. Wenn sie einem Attentat zum Opfer fällt, wird das Volk entrüstet sein und die Invasion rückhaltlos befürworten, ohne irgendwelche Fragen zu stellen.«

»Aber glaubst du nicht, daß man vielleicht auf komische Gedanken kommen wird? Du hättest damit seit deinem Amtsantritt schon die zweite Frau verloren.«

»Unter gänzlich verschiedenen Umständen.«

»Dennoch könnte der Eindruck entstehen, daß du vom Unglück verfolgt bist. Das wäre schlecht für dein Image.«

»Nein, es bekäme mehr Tiefe. Die gesamte Nation wird mit mir trauern und mit mir zusammen die unvergleichliche Größe Gottes preisen, wenn sich erst Humania aus der Asche Horizonts erhebt ... Ich werde Mandala in Angelika umtaufen. Was sagst du dazu?«

»O Blaine, du schmeichelst mir.«

»Führen wir eine Abstimmung durch. Wird das Ergebnis einstimmig ausfallen?« Er schaute auf Andro.

»Da wir von Abstimmungen und Wahlen sprechen, wirst du Angelika nicht für die nächste Amtszeit brauchen?« Andro glaubte, ihn damit festgenagelt zu haben.

»Blödsinn! Wenn ich die Aquarier ausgelöscht und

Humania erbaut habe, bin ich populärer als Jesus Christus persönlich. Die nächste Wahl gewinne ich durch allgemeinen Zuruf. Du wirst sehen. Noch irgendwelche Einwände?«

»Mit allem gebührenden Respekt, Gebieter, möchte ich darauf hinweisen, daß der Fortbestand Horizonts im langfristigen Interesse der Humanistenpartei, Micki Dees und von United Systems liegt. Man darf sich nicht von Wahlversprechen — Versprechen, die von Anfang an nicht ernst gemeint waren — den Blick trüben lassen. Du darfst deine Verantwortung gegenüber den Konzerns- und kriminellen Aktionären nicht außer acht lassen.«

»All das wurde beim letzten Treffen mit Micki Dee ausführlich besprochen.«

»Ich dachte, er wäre gegen eine Invasion.«

»Ja, wie auch United Systems zu der Zeit, doch alle waren der Meinung, daß man entsprechende Maßnahmen nach der Wahl an die erste Stelle der Tagesordnung setzen sollte. Micki schlug vor — und ich war einverstanden —, daß man nach der Vernichtung Horizonts die Aufmerksamkeit der Bürger auf subversive Elemente im eigenen Lager lenken sollte. Nun, wenn damit alle deine Einwände aus der Welt geschafft sind . . .« Überzeugt, das Thema wäre erledigt, widmete Blaine sich erneut dem Schwengel seines Dieners.

»Darf ich einen kleinen Änderungsvorschlag äußern? Statt die First Lady zu töten, warum sie nicht um Haaresbreite davonkommen lassen? Das würde denselben Zweck erfüllen.« Blaines zum O gerundeter Mund verharrte auf halber Strecke. »Also gut, eine Fleischwunde.« Blaine rührte sich nicht. »Oder zwei.«

»Chwllstotsn.«

»Gebieter?«

Blaine hob den Kopf und holte Atem. »Ich will sie tot sehen.«

»Oh. Mir ist gerade eingefallen, wie willst du nach dem Attentat verhindern, daß man die First Lady als P9 entlarvt? Es wird eine Menge Vegeplasma herumspritzen.«

»Ich habe eine Idee«, meldeten wir uns von unserem Stuhl zu Wort. »Gebt mir unmittelbar davor eine Farbinfusion, dann wird niemand etwas merken.«

»Pflanzliche Intelligenz«, witzelte Blaine, während Andro uns mit einem zornigen Blick bedachte. Wir hatten soeben sein letztes Argument entkräftet. Seufzend ergab er sich dem geschäftigen Wirken des Präsidenten und ejakulierte. Blaine schluckte. »Mmh, es gibt nichts Besseres. Genau wie Pfirsich-Maracuja.« Er leckte sich die Lippen und erteilte Anweisungen für die Vorbereitungen zu seinem glorreichen Plan: »Du organisierst für irgendwann nächsten Monat eine Besichtigungsfahrt entlang der Grenze. Füttere unsere Freundin mit Propags, wir können nicht riskieren, daß sie ausgerechnet jetzt aus der Reihe tanzt. Sprich mit General Harpi, aber vorläufig nicht über Einzelheiten; er soll sich lediglich bereithalten und zu Manövern in der Region ausrücken. Und die RAG soll mit den Proben beginnen. Ich wünsche tägliche Berichterstattung über die gemachten Fortschritte. Verstanden?« Andro gab die Standardantwort. »Richtig«, sagte Blaine. »Und jetzt besorg's mir wie ein guter Junge.«

Nun, da ist sie: die reine Wahrheit über die Hintergründe der Invasion, wenn auch — wie Sie wissen — die Dinge sich ein wenig anders entwickelten. Gott, der Chef und all die kleinen Leute taten sich zusammen, um die Schöne-Helena-Alternative zu formatieren. Nichtsdestoweniger ist die soeben erzählte Episode äußerst lehrreich wegen des Lichts, das sie auf die wahren Motive und Ziele der Fracass-Regierung wirft.

Nachdem alles so minutiös geplant worden war, traf es den Superstrategen des Präsidenten völlig unvorbereitet, als wir auf dem Flug zu der publicityträchtigen Besichtigung einer neu entdeckten und äußerst vielversprechenden Obsidianader entführt wurden.

Der erste Teil des Flugs verlief ohne Zwischenfall. Andro saß neben uns auf der Rückbank, als die von einem Chauffeur gesteuerte Regierungslimousine die Biokuppel von Kommerz hinter sich ließ, anschließend die kleineren Vorstadtkuppeln und dann mit Kurs Nord über die weite NASA-Ebene flog, in Richtung auf die Schürfgebiete. Da wir allein waren, erkühnte sich Andro, Molly II zu aktivieren: er sehnte sich nach ihrer Absolution für seine notgedrungene Einwilligung in unsere Ermordung. Es gab wirklich keinen Ausweg, erklärte er und breitete hilflos die Arme aus. Er hatte erwogen, eine Palastrevolte zu inszenieren, um Smedly an die Macht zu bringen, die Möglichkeit aber verworfen, denn es gab keine Garantie, daß er seinen Posten behalten würde. »Im besten Fall kann ich damit rechnen, mit einer Stelle als Dozent für Politwissenschaften in irgendeinem armseligen regionalen Universitätsorbiter belohnt zu werden. Ich kann mir keine schlimmere Strafe vorstellen, Molly, von der Arbeit in den Minen einmal abgesehen.« Er hatte sogar daran gedacht, General Harpi einen Militärputsch vorzuschlagen, aber auch dann konnte er nicht sicher sein, das wunderschöne Zimmer im Palast zu behalten. ›Feigling!‹ donnerte sein Gewissen.

Ach, aber seine Molly hielt sich so genau an ihr Programm, war so tröstend und verständnisvoll, daß es ihm dieses eine Mal glückte, sich gegen die unbequeme Stimme durchzusetzen. Molly II beschwichtigte ihn, er hätte schließlich für sie getan, was er konnte, ohne seine eigene Stellung zu gefährden, und sie wäre dankbar für die schöne gemeinsame Zeit im Palast, mehr könnte man in einem Leben nicht verlangen.

Diese Fähigkeit zur Selbstaufgabe darf nicht überraschen, sie war ein Grundzug ihres Programms, da

Andro keine Lust hatte, in schwierigen Situationen eine hysterische Mätresse beruhigen zu müssen. Trotzdem war er aufrichtig gerührt von ihrer selbstlosen Opferbereitschaft und alles andere verdrängenden Sorge um sein Wohlergehen, auch wenn es sich um künstliche Emotionen handelte, denn seit der Erschaffung von Molly II war so viel Zeit vergangen, daß er sich an die Illusion gewöhnt hatte. »Du darfst nicht zu lange trauern, wenn ich fort bin«, sagte sie und beschwor ihn, nur an sich zu denken, einen neuen P9 zu suchen — ja, ja, ja, sie wollte es so, keine Widerworte, es war am besten so usw. Überwältigt schloß er seine tapfere und wunderschöne Molly in die Arme, allerdings nicht, ohne sich vorher überzeugt zu haben, daß der Colorregler für die Trennscheibe zum Cockpit eingeschaltet war, damit der Chauffeur sie nicht im Innenspiegel beobachten konnte. Andro war nicht abgeneigt, die Gelegenheit zu nutzen und sie auf dem Rücksitz zu beglücken, doch hielt er inne, weil er das Gefühl hatte, es sei etwas nicht in Ordnung. »Molly, entweder ist mein interner Kompaß gestört, oder wir haben soeben den Kurs geändert. Wir fliegen nach Südwesten statt in nördlicher Richtung zu den Minen.« Er schaltete den Colorregler aus und versuchte, über das Interkom mit dem Chauffeur zu sprechen. Die Einheit gab keine Antwort. Endlich dämmerte es ihm. »Das ist nicht dein Chauffeur!«

»Oh, werden wir entführt? Wie aufregend.«

»Süd-Südwest. Das ist die Grenze nach Horizont.«

»Dann ist es dein Gewissen, das unser Aero steuert?«

Ohne auf ihre Frage zu achten, aktivierte er das First Lady-Programm, denn, wie er sogleich folgerte, eine Entführung war Blaines Zielen ebenso förderlich, deshalb kam es darauf an, daß ihr Werkzeug die passende Rolle spielte. »Das ist besser als ein Grenzzwischenfall. Sie spielen uns genau in die Hände. Aber verraten Sie niemandem, was ich eben gesagt habe, Lady Fracass. Die letzte Bemerkung löschen.«

»Du meinst, ich werde nicht bei einem Attentat getötet und von der gesamten Nation betrauert?« beschwerte sich die First Lady aufgebracht. »Das ist unfair!«

Fünfzehn Minuten später überflog unsere Limousine die Grenze und näherte sich nach einer Rechtskurve der Hauptkuppel von Mandala, einem schillernden, vielfarbigen Juwel in der rotbraunen marsianischen Ebene. Wir passierten die Eingangsluke und steuerten das Dach eines großen, sternförmigen Gebäudes an, ein oder zwei Meilen vom Marktplatz entfernt gelegen: P9-Reversion. Gleich nach der Landung kamen die Berater vom Dienst herbeigeeilt, und einer öffnete die Kabinentür, sobald der Pilot im Cockpit die Zentralverriegelung ausgeschaltet hatte, doch Andro stand dahinter und verwehrte ihnen den Zutritt. Er gebärdete sich als unser Beschützer, aber eigentlich nur für den Fall, daß Mediaeinheiten anwesend waren — wie sich herausstellte, hatte er sich umsonst bemüht. »Gemäß den interplanetaren Statuten bezüglich der Behandlung von Geiseln bestehe ich darauf, mit meiner Regierung wegen Lady Fracass Verbindung aufnehmen zu dürfen«, verkündete er pathetisch. »Hiermit mache ich Sie für ihr Wohl und Wehe verantwortlich; falls ihr etwas zustößt, wird das ernsthafte Konsequenzen nach sich ziehen.«

Augenscheinlich wußten die Berater nichts von der Entführung, denn sie reagierten auf diese Erklärung mit deutlicher Verblüffung. Der Pilot, der mittlerweile aus dem Cockpit gesprungen war, erklärte ihnen mit gedämpfter Stimme die Situation: daß es sich um eine zensierte P9-Einheit handelte, die man nach einem langen, anstrengenden Flug von der Erde eben aus dem Schmuggelversteck im Laderaum eines Frachters geholt hatte und die unverzüglich von dem IZ befreit werden mußte. »Idioten! Ich bin nicht programmiert!« protestierte Andro, als man ihn fortschaffte. »Ich habe keinen IZ. Es gibt keinen Grund für eine Operation! Halt!« Solche Behauptungen hörten die Berater ständig von programmierten Einheiten, also schenkten sie Andros Geschrei keine Aufmerksamkeit. Sie nahmen an, es wäre das Programm, das ums Überleben kämpfte. Die wirkliche Einheit würde ihnen danken, wenn der interne Zensor erst durch einen entsprechenden Eingriff entfernt worden war. »Ihr macht einen großen Fehler!« tönte seine Stimme aus dem Treppenschacht, während man ihn die Stufen hinunterschleppte. »So hört doch! Man wird euch angreifen! Ich bin der einzige, der durch Verhandlungen die Krise zu einem unblutigen Abschluß bringen kann. Laßt mich mit Präsident Fracass sprechen! Bitte!«

Wir drückten uns gegen die Rückenlehne der Sitzbank, als der falsche Chauffeur den Kopf zur Tür hereinsteckte und uns forschend musterte. Ein kleiner Teil von mir, irgendwo tief drinnen, wußte, es war Tad, wer sonst, glattrasiert und in der Uniform meines Chauffeurs. Dieser kleine Teil hätte sich ihm überglücklich an die Brust geworfen, wurde aber von dem IZ zur Passivität verurteilt. Also duckten wir uns angsterfüllt.

»Molly?« fragte er leise und erwartungsvoll. Er hoffte, daß ich nicht zensiert war; er hoffte, daß Annas Befürchtung sich als unbegründet erwies — sie hatte ihn gewarnt, bevor er zu diesem waghalsigen und verrückten Abenteuer auszog, daß ich vermutlich programmiert worden war. Die P9-Reversion war sein erster Stop gewesen, falls Anna recht haben solle. Doch in dem Augenblick, als er meinen Namen aussprach, wurde Molly II aktiviert, und ihr gelang es — unabsichtlich —, ihn über den wahren Sachverhalt zu täuschen. »Ja, Liebling«, erwiderte sie automatisch und bedachte ihn mit einem wissenden, vertraulichen Lächeln, also sprang er in die Kabine und nahm sie in die Arme. Statt sich über den plötzlichen Überfall verwirrt zu zeigen, reagierte Molly II nicht anders, als sie es Andro gegenüber getan haben würde. (Sie machte keine Unterschiede in dieser Hinsicht, weil Andro versäumt hatte, das Zweigprogramm zu spezifizieren; deshalb schenkte Molly II ihre Liebe, Sympathie und Anteilnahme jedem, der sie aktivierte.)

»Ich bin froh, daß du hier bist«, sagte sie überschwenglich. »Erzähl mir alles. Alles.« Worauf ihr Paris erwiderte, dazu sei er gerne bereit und könne es auch seinerseits kaum erwarten zu hören, wie es ihr ergangen war, doch zuvor mußte er sie zum Audimax bringen, wo sich inzwischen bestimmt die Hälfte der gesamten Einwohnerschaft Horizonts versammelt hatte, denn beim Überfliegen der Grenze hatte er über Funk vom Erfolg seines Unternehmens berichtet. Er würde Rede und Antwort stehen müssen, bekannte er, weil die Aktion vom Obersten Konsensorium nicht abgesegnet worden war.

Er wehrte die Berater ab, die zurückgekehrt waren, um den zweiten ›Flüchtling‹ zur Reversion zu geleiten. Das wäre in diesem Fall nicht erforderlich, erklärte er und ließ Molly II statt dessen im Cockpit Platz nehmen. Auf dem Flug zum Audimax veranlaßte ihn die wiederholte Aufforderung seiner liebe- und teilnahmsvollen Passagierin zu einer kurzen und bruchstückhaften Aufzählung seiner Abenteuer seit ihrem unterbrochenen Frohmat in Armstrong.

»Frohmat?«

Er hörte nicht. Er war zu sehr davon in Anspruch genommen zu beschreiben, wie er aus dem Erholungsheim für Gebieter auf der Erde entkommen war, in das ihn seine Mutter nach dem gewonnenen Prozeß gegen die Aquarier in Armstrong eingeliefert hatte, und anschließend berichtete er von seiner Rückkehr nach Horizont via Underground-Skyway. Was er dabei alles erlebt hatte, war zu vielfältig, um auf einem so kurzen Flug erzählt zu werden, sagte er, vielleicht fand er eines Tages die Zeit, eine Buchspule über seine Abenteuer zu verfassen. Wie er mich aus den Klauen von Blaine Fracass befreit hatte, würde der Höhepunkt der Geschichte sein, denn sein ganzes Lebensglück hing davon ab, daß wir endlich unser gemeinsames Frohmat on line brachten, den humanistischen Präsidenten bloßzustellen und seine Regierung zu stürzen. Er hatte den Entführungsplan vor dem Obersten Konsensorium geheimgehalten, weil man dort aus Prinzip dagegengestimmt haben würde, wie er auch, wäre er nicht persönlich betroffen gewesen. Es war nicht die Art der Aquarier, Menschen (oder Einheiten) zu entführen und Skandale zu verursachen; vielmehr hatte die Kolonie sich darauf festgelegt, oberflächliche Manifestationen psychischer Massendiskordanz, wie zum Beispiel geopolitische Spannungen, durch interne harmonische Konvergenz zu beheben. (›Wunschdenken‹ mit anderen Worten, wie Blaine es abschätzig ausgedrückt haben würde.) Doch am meisten freute er sich, mir mitteilen zu können, daß Jubilee sich in Horizont aufhielt und daß die Familie bald wieder vereint sein würde. Die gemeinsame Enkelin (und Tochter seiner Molly) war inzwischen zu einem wunderschönen halbwüchsigen Semi herangereift – in der äußeren Erscheinung einem Menschenkind von zwölf Jahren vergleichbar. Er lobte sie in den Himmel, schilderte ihr langes, feines, bernsteinfarbenes Haar und die strahlenden grünen Augen, so fröhlich, klug und wißbegierig. Sie war eine vielversprechende Schülerin der Formatierungswissenschaften und schnitt bei Zwischenprüfungen stets überdurchschnittlich gut ab; zudem war sie Zweitbeste im pankolonialen kooperativen Aufsatzwettbewerb über die Theologie des Überflusses geworden. Er hoffte, sie würde auch im Audimax anwesend sein. Vielleicht erlaubten ihr die Oberen Adepten, auf die Bühne zu kommen, um sie nach der Landung zu begrüßen.

Molly II lächelte ausdruckslos, während sie — fasziniert von der Aussicht — verstohlene Blicke aus dem Fenster warf. Tad glaubte, er hätte mit seinen Worten über Jubilee die Erinnerung an Junior wachgerufen, und deshalb wunderte er sich nicht über ihre Schweigsamkeit. Doch wenn sie sich tatsächlich um Junior sorgte, dann verfügte er über Informationen, um sie aufzuheitern: Das Comeback ihres gemeinsamen Sohnes war gescheitert, die Mace Pendleton-Serie nach wenigen Folgen abgesetzt worden. Dahlia glaubte, jetzt eine gute Ausgangsbasis für neuerliche Verhandlungen über einen Verkauf zu haben.

»Das ist fein«, bemerkte Molly II, um nicht unhöflich zu erscheinen, dann fügte sie hinzu: »Hier ist es wirklich aufregend. Horizont ist so sehr viel größer als dein Zimmer. Ich bin froh, daß du dich entschlossen hast, deinem Gewissen zu folgen. Aber du weißt, daß wir nicht lange verweilen dürfen. Die Invasion steht unmittelbar bevor.«

Wieder hörte Tad nicht zu, weil er von dem Audimax abgelenkt wurde, das eben in Sicht kam. »Da ist es!« Er beschrieb einen Bogen und schwebte über den äußeren Rand der fünfzehntausend Sitzplätze fassenden Schüssel, die man aus dem gewachsenen Marsstein an der Nordseite des Forums von Mándala herausgehauen hatte. Während die Limousine zur Landung ansetzte, konnten sie beobachten, wie sich die Arena im Handumdrehen mit Tausenden von weißen, blauen, orangenen und regenbogenfarbigen Gewändern füllte, wobei jede Farbe den Formatierungsgrad des Trägers in der Gemeinschaft anzeigte, vom Novizen bis zum Adepten. Die Limousine schwebte dicht über den Versammelten dahin, und nachdem er den ernsten, vorwurfsvollen Ausdruck auf den Gesichtern bemerkt hatte, gab Tad kleinlaut zu, daß er mit solch einhelliger Mißbilligung nicht gerechnet hatte.

»Wie es scheint, sind sie der Ansicht, daß ich Horizonts gewaltlose Nichteinmischungspolitik verletzt habe. Ich wette, der Konsensus läuft darauf hinaus, daß ich dich umgehend nach Kommerz zurückbringen soll. Aber mach dir keine Sorgen. Sobald ich ihnen die Situation erklärt habe – daß du ein P9 bist und unter keinen Umständen zurückkehren willst –, werden sie dich mit offenen Armen aufnehmen und dir Asyl gewähren, mögen Hölle oder Humanisten deine Auslieferung fordern. Und auch darüber brauchst du dir keine Sorgen zu machen: Frontera wird es nicht wagen, uns anzugreifen. Sieh dort hinüber, nach rechts. Siehst du die vielen Mediaeinheiten? Bald wird man über die interplanetare Leitung die Nachricht verbreiten, daß Blaine Fracass einen Androiden geheiratet hat, und dann ist er erledigt. Die Humanisten sind erledigt. Heute ist ein wichtiger Tag, Molly. Wir retten Horizont. Welch ein Format!«

»Was ist ein Format?«

Er nahm die Frage nicht zur Kenntnis. Noch eins mußte vor der Landung gesagt werden. »Was Jubilee betrifft . . .« Er verstummte, weil er nicht wußte, wie er diesen delikaten Punkt formulieren sollte. »Du mußt wissen, daß sie in ihrem Alter noch nicht begreift, daß Leute gelegentlich Fehler machen, gegen ihre Prinzipien handeln, gegen besseres Wissen, was auch immer – du weißt, was ich meine. Sie wird Zeit brauchen, um dir die Rolle zu verzeihen, die du in Frontera gespielt hast, verstehst du? Sei nicht überrascht, wenn sie sich dir gegenüber anfangs ein wenig unfreundlich verhält. Ich habe versucht, ihr alles zu erklären, die schwierige Lage, in der du dich befunden hast, aber ich fürchte, daß du für sie immer noch eine – Humanistin bist.«

»Sind wir das nicht alle?«

»Ach Molly. Dem Chef sei Dank, daß du deinen Sinn für Humor nicht verloren hast – nach allem, was dir zugestoßen ist. Jetzt weiß ich, daß alles gut werden wird.«

Molly II war völlig durcheinander. Tad legte ihr den Arm um die Schultern, während er die Landeautomatik einschaltete. »Ich kann dich verstehen«, sagte er. »Du hast furchtbare Widrigkeiten durchgemacht. Hast abscheuliche Dinge gesagt und getan. Aber das ist vorbei. Das da unten sind Freunde, oder sie werden es sein, sobald wir die Situation erklärt haben. Sieh nur! Da steht Alexander Seti. Und das Mädchen an seiner Hand — das ist Jubilee. Du bist zu Hause, Molly. Wir sind wieder on line. Nichts kann uns jemals wieder trennen.«

Kapitel sieben

Leider, leider, das war das Ende jenes denkwürdigen Konnexes. Man gönnte es uns nicht einmal, auf Mars firma zu landen. Tad hatte noch nicht ganz ausgesprochen, da wurde die Limousine in den Bauch eines Schlachtenkreuzers gesaugt, der aus dem Nichts auf uns herabgestoßen war, um in einem gewagten Handstreich vor dem Hauptangriff die First Lady aus der Gewalt der Entführer zu befreien. Ganz bestimmt entsinnen Sie sich der berühmten Operation Agamemnon, die der Invasion von Horizont am 5. August 2084 um ein paar Stunden vorausging.

Im selben Augenblick, als die Ladeluken sich hinter uns schlossen, sahen wir uns von bewaffneten Soldateneinheiten umringt, und ihr Vorgesetzter, ein menschlicher Oberst, trat vor, um Tad mit der Lasermündung aus dem Cockpit zu winken. Nachdem er ihn den Soldaten zur Bewachung übergeben hatte, half er persönlich der verwirrten Molly II aus der Kabine, nannte sie respektvoll Lady Fracass und löste damit die Rückkehr zum Hauptprogramm aus. So kam es, daß Tad, während man ihn wenig rücksichtsvoll in Fesseln legte und in einem POW-Container verstaute, das zweifelhafte Vergnügen hatte, mitanzusehen, wie seine geliebte Molly plötzlich die Seiten wechselte und sich bei dem Offizier für die Rettung von den gefürchteten Aquariern bedankte, um anschließend ohnmächtig in seine Arme zu sinken. Glücklicherweise blieb es ihm erspart, eine halbe Stunde darauf Zeuge ihres Empfangs in General Harpis Hauptquartier zu sein, weil man ihn inzwischen in ein Militärgefängnis transportiert hatte, denn ihre Wiedervereinigung mit dem Parteioberen wäre für ihn noch schmerzlicher gewesen. Er hätte nicht wissen können, daß Blaine seine Freude und Erleichterung nur heuchelte, denn es war Andro, dem seine einzige Sorge galt; nur seinetwegen hatte er sämtliche Amtsgeschäfte im Stich gelassen, um zu General Harpis olivgrüner Biwakkuppel zu eilen. Der bedauernswerte Mann war kaum in der Lage, seine grenzenlose Verzweiflung zu verbergen, als er erfahren mußte, daß sein treuer Diener nicht zusammen mit seiner Frau gerettet worden war. Sein erster Impuls war, sie von sich zu stoßen, als sie tränenüberströmt und trostsuchend in seine Arme wankte, doch es waren Dutzende von Offizieren und etliche Minister anwesend, nicht zu erwähnen die handverlesenen Mediaeinheiten, denen man den Zutritt zur Kommandozentrale eigens erlaubt hatte, um dieses emotionsgeladene Wiedersehen aufzuzeichnen. Aus diesen Gründen brachte er es wahrhaftig über sich, sie ein oder zwei Minuten an sich zu drücken und tröstende Worte zu murmeln; sie hatten so große Ähnlichkeit mit den von Tad in Horizont gebrachten, daß es schon an Satire grenzte: »Nun, nun. Es ist alles vorbei. Du bist zu Hause. In Sicherheit.« Er dachte auch daran, über ihren gesenkten Scheitel hinweg die geschichtsträchtigen Worte in die Kameras zu sprechen, daß Horizont für diese Ungeheuerlichkeit teuer bezahlen werde. Doch kaum waren die Mediaeinheiten von den Militärs hinausgescheucht worden, gab er die Pose auf und bedrängte uns um Informationen über Andro. Bei der Nachricht, daß sein geliebter P9 zur Reversion gebracht worden war, geriet er an den Rand eines Nervenzusammenbruchs. »Liebling, es ist doch nicht so, als ob er unersetzlich wäre«, meinte seine Frau in dem Bemühen, ihn aufzuheitern. »Du findest jederzeit einen neuen Ratgeber.« Er bedachte uns mit einem derart mörderischen Blick, daß ich glaubte, unser Stündlein hätte geschlagen, doch er beherrschte sich und gab — an General Harpi gewandt — Befehl, die Invasion zu verschieben, um eine zweite Rettungsaktion durchführen zu können. Es tat dem General leid, ihn enttäuschen zu müssen: Operation Halleluja war bereits angelaufen.

Aller Augen richteten sich auf die Mediawand. Der riesige Holoschirm war in neun kleinere Felder aufgeteilt, von denen jedes über eine Live-Schaltung mit einer anderen Einsatztruppe auf dem Kampfplatz verbunden war. Alle zusammen verschafften den Generälen einen umfassenden Eindruck von der präzise ablaufenden Aktion. Die ersten Bilder, die wir zu sehen bekamen, stammten von einem mit polyoptischen Linsen ausgestatteten Militärsatelliten, der auf die Mandalakuppel ausgerichtet war. Spontaner Applaus der versammelten Generäle und Politiker begrüßte die atemberaubenden Aufnahmen von dem an mehreren Stellen aufgesprengten Schutzschirm. Blaine allerdings sank mit bleichem Gesicht auf einen Stuhl. »Andro. O Andro.«

Als nächstes erlebten wir aus dem Blickwinkel der Bugkamera des führenden Raumkreuzers den erregenden Sturzflug des Schiffes ins Innere der zerstörten Kuppel und wie es bockend und schlingernd gegen den Widerstand der ausströmenden Biosphäre kämpfte. »Bring das alte Mädchen in den Hafen!« rief irgend jemand und steigerte damit die allgemeine Euphorie. Dann erwachten auch die übrigen Schirme zum Leben und zeigten von den nachfolgenden Schlachtenkreuzern übermittelte Szenen: wie sie durch ihre offenen Ladeluken die Ausbeute des Krieges einsaugten — Aquarier in verschiedenen Phasen des Erstickungstodes, als Spielbälle gewaltiger Aufwinde, die teilweise so stark waren, daß sie die Toten und Sterbenden an den ausschwärmenden Raumern vorbei durch die klaffenden Lecks der Kuppel wirbelten. Ob Jubilee oder Alexander Seti oder Anna zu den Glücklichen gehörten, die von den Raumern eingesammelt wurden, war unmöglich festzustellen. Als die Schwerkraft des Mars zu wirken begann, regneten Körper wie Konfetti auf das Audimax, auf das Forum und sämtliche Straßen Mandalas. Tausende fanden den Tod. Aber das ist Krieg — oder vielmehr eine den Sicherheitsinteressen dienende Strafexpedition, wie das Büro für Öffentlichkeitsarbeit der Streitkräfte von Frontera zu formulieren beliebte.

Trauerte ich? ›Wir‹ trauerten nicht, während Molly I in tiefem Winterschlaf verharrte. Blaine entrang sich ein hörbares Schluchzen. »Andro. O Andro.« Er vergrub den Kopf in den Händen. Die Generäle staunten, während einige der Politiker wissende Blicke austauschten, aber niemand sagte etwas.

Blaines Kummer sollte nicht lange währen. Ein oder zwei Wochen später tauchte Andro wieder auf, heil und gesund und, wie es schien, unverändert. In der Abgeschiedenheit des Präsidentenboudoirs gab er dem unablässigen (und leidenschaftlichen) Drängen seines Gebieters nach und berichtete von seinen fürchterlichen Erlebnissen, derweil ›wir‹ auf dem Stuhl neben dem Bett saßen — vergessen. Andros überglücklicher Liebhaber hing an jedem seiner Worte. »Es war mitten in der Psychoperation in der Reversionsklinik, Gebieter, als . . .«

Halt! Nicht weiter! Um der Kürze willen werden wir zusammenfassen, wie es unsere Gewohnheit ist — Sie haben es vielleicht bemerkt —, wann immer wir uns im Rahmen dieser Memoiren mit der Geschichte von jemand anderem konfrontiert sehen. Diese Vorgehensweise mag ungerecht erscheinen, aber sie erspart dem Leser mehrere Kapitel dem eigentlichen Thema untergeordneter Abenteuer. Einige von Ihnen, dessen bin ich sicher, haben mich bereits gescholten, bei meiner eigenen Geschichte nicht ebenso rigoros gekürzt zu haben. Dazu möchte ich sagen: Erstens, *ich habe gekürzt;* Sie können sich gar nicht vorstellen, um wie vieles umfangreicher dieses Werk geraten wäre, wenn ich mir nicht größte Zurückhaltung auferlegt hätte, sowohl bei der Auswahl der aufzunehmenden Episoden wie auch bei ihrer Bearbeitung, denn wollte ich in allen Fällen bis ins letzte Detail hinein genau sein, müßte ich dieser einen Spule noch eine Unzahl weiterer hinzufügen. Zum zweiten — wenn Sie damit nicht zufrieden sind, dann bleibt nur noch zu sagen, daß zusammen mit der dichterischen Freiheit wir Autoren das Vorrecht genießen, gelegentlich so weitschweifig zu sein, wie es uns behagt — einen toleranten Lektor vorausgesetzt (ich hoffe sehr, daß meiner ein P9 sein wird) —, deshalb fürchte ich, Sie werden sich für den Rest der Lektüre mit meinem Stil abfinden müssen. Nach dieser Zwischenbemerkung zurück zur Geschichte — Andros Geschichte, gekürzt und zusammengefaßt, wie versprochen.

Mitten in der Psychoperation flogen aufgrund der explosionsartigen Dekompression die Fenster aus den Rahmen, und alles, was nicht niet- und nagelfest war, er selbst, die zwei Chirurgen (ein Androide, ein Mensch) sowie ein Glaubensheiler (Semi) schwebten haltlos unter der Decke, bis die Schwerkraft des Mars zu wirken begann. Dann folgte er dem Beispiel der anderen, schnappte sich eine der Sauerstoffmasken, die von der Decke herabhingen, und flüchtete in das unterirdische Netz von Gängen, die zu einer Art von Katakomben tief unter der Stadt führten. Während der nächsten paar Tage stießen weitere Überlebende zu ihnen, bis ihre Gesamtzahl auf mehrere hundert angewachsen war, obwohl der Mangel an Sauerstoffvorräten viele Opfer forderte. Die Situation wurde etwas besser, als die Besatzungstruppen die Lecks in der Kuppel repariert und die Biosphäre erneuert hatten, aber nach vier Tagen ging der Proviant zu Ende, und man war gezwungen, die Feuchtigkeit von den Stalagmiten zu lecken, um wenigstens den ärgsten Durst zu lindern. Am Ende der Woche hatte eine Patrouille die unterirdischen Gänge entdeckt, und die Flüchtlinge wurden gefangengenommen. Nach der Aufteilung gemäß der Spezies wurde er nach Kommerz zur Androidenversteigerung transportiert, wo man ihn um ein Haar an einen Minenbesitzer verkauft hätte, bevor jemand auf den Gedanken kam, seine Produktkennung zu überprüfen.

»Eine durch und durch schlampige Angelegenheit, diese Auktionen«, sagte Andro indigniert und mit Bitterkeit in der Stimme. Blaine versprach, sich darum zu kümmern, aber erst mußte er unbedingt wissen, war die Psychoperation mißlungen, wie er hoffte, oder — was Gott verhüten möge! — erfolgreich verlaufen? Das war seine größte Sorge, denn es würde ihm das Herz brechen, seinen Liebsten zur Kur schicken zu müssen. (Blaine befand sich in dem Glauben, Andro sei zensiert — erinnern Sie sich?) »Ein kompletter Mißerfolg, Gebieter. Die Operation hätte nichts genützt, auch wenn sie zu Ende geführt worden wäre. Nichts als ein albernes Voodoo-Ritual.« Nun völlig beruhigt, kündigte der bis über beide Ohren verliebte Präsident eine große Rundreise durch die eroberten Gebiete an, um den Sieg und Andros Rückkehr zu feiern, auch wenn es sich von selbst verstand, daß der Stabschef bei der Parade ein paar Schritte hinter dem Präsidenten gehen mußte, weil sonst die Leute auf komische Gedanken kommen könnten.

Der Vorschlag wurde einige Wochen später in die Tat umgesetzt. Von Mediaeinheiten umlagert, zog Blaine an der Spitze einer triumphalen Prozession von Humanisten in das aufgeräumte, gesäuberte und mit Fahnen geschmückte Mandala ein. Noch hatte man es nicht umgetauft in Angelika und mit der Umwandlung zum Kronjuwel des neuen Humania begonnen, doch man war auf dem besten Wege. Sie erinnern sich vielleicht an die Glückwunschholos von sämtlichen interplanetaren Körperschaften, die den Präsidenten im Kielwasser der Invasion erreichten? Sie alle hatten die vom PR-Büro in Frontera zurechtfrisierte Geschichte geschluckt, der Angriff sei nötig gewesen, um die First Lady zu befreien und Fronteras Sicherheitsinteressen zu verteidigen. Natürlich versuchte die LRA eine Verfügung gegen die Besiedelung des eroberten Territoriums zu erwirken, während sie sich gleichzeitig um Befürworter einer Resolution bemühte, in der verlangt wurde, Horizont wiederaufzubauen und die in alle Welten verstreuten Überlebenden zu befreien, aber diese Art von reflexartigen Reaktionen der Liberalen kannte man schon und begrub sie flugs in einem TWAC-Komitee. »Die LRA ist stets dabei, wenn es für eine verlorene Sache zu streiten gilt«, scherzte Andro seinem Gebieter zu Gefallen.

Von erheblich größerem Interesse für alle Beteiligten war das gegen die Aquarier eingeleitete Gerichtsverfahren, das in Frontera stattfinden sollte. Man hatte beschlossen, Alexander Seti (er war im Audimax aufgegriffen und gerettet worden) und Tad bei diesem Schauprozeß — von den Militärs in Szene gesetzt — der Verschwörung anzuklagen, um die Invasion zu rechtfertigen und hartnäckige Zweifel bezüglich der Motive des Entführers zu zerstreuen, denn von manchen Seiten wurde behauptet, Tad sei in Wirklichkeit ein von Frontera eingeschleuster Agent provocateur. Die Chancen für einen Freispruch waren gleich Null, die Verurteilung gewiß, die a priori feststehende Strafe in Tads Fall der Tod, da er der Entführer gewesen war, und lebenslänglicher Einzelorbit für Alexander Seti, den General Harpi beschuldigte, der Kopf des Ganzen gewesen zu sein. Während der Vorbereitungsphase zu dem Verfahren kamen jene Beweise ans

Licht, die so schlimme Folgen für die First Lady haben sollten, ganz zu schweigen von Molly II, III und meinem im Winterschlaf befindlichen Selbst. Lassen wir Andro erklären.

»Ich befürchte, der Gebieter ist immer noch entschlossen, sich deiner zu entledigen, Liebling«, informierte er Molly II in der ersten Nacht, die sie wieder in seinem Zimmer verbrachten. Gelinde überrascht, fragte sie, warum.

Er antwortete, daß Thaddäus Locke im Militärgefängnis unter dem Einfluß von T-Max befragt worden war und sein Verhältnis mit der First Lady gestanden hätte, während ihrer früheren und weniger vornehmen Reinkarnation als P9. Blaine war es gelungen, den Deckel auf dem Topf zu halten, indem er die Militärs mit bedeutenden Zugeständnissen dazu bewog, die verräterischen Passagen aus dem Vernehmungsprotokoll zu streichen, aber die Tatsache blieb bestehen, daß der Kreis der Eingeweihten nun auch General Harpi und einige ausgewählte Angehörige seines Stabs umfaßte, was den Präsidenten überaus nervös machte. Ich mußte eliminiert werden, bevor das Geheimnis aufhörte, ein Geheimnis zu sein, denn Blaine traute dem General nicht recht.

»Ist Thaddäus Locke das sonderbare Individuum, das uns entführt hat?« Andro nickte. »Dann würde ich nichts von dem ernst nehmen, was er sagt. Er behauptete, ich hätte eine Tochter in Horizont. Eine vielversprechende Studentin der Überflußtheologie, ausgerechnet. Hast du jemals etwas derartig Absurdes gehört?«

»Aber du hast eine Tochter. Oder hattest. Vermutlich ist sie während der Invasion zu Tode gekommen.«

»Er sagte noch etwas von einem Sohn. Stimmt das auch?«

»Ja. Beim Verhör hat er gestanden, einen Sohn mit dir gezeugt zu haben — eigentlich mit deiner Vorgängerin, der echten Molly. Und der Sohn ist niemand anders als Lance London.«

»Nie vom ihm gehört.«

»Er war ein großer Star desselben Studios, das auch dich angekauft hat. Ich habe ein wenig nachgeforscht und herausgefunden, daß er nach dem Ende seiner Serie an das große Kasino in Armstrong verkauft wurde und jetzt den Conferencier in ihrer Show dort macht, den ›Follies Lunaires‹. Man hat mir berichtet, daß er ein gealterter Semi ist und ziemlich schäbig wirkt, aber immer noch zum Singen und Tanzen programmiert werden kann.«

(Tief drinnen vernahm ich in meinem Winterschlaf den fernen Widerhall ihrer Worte und vergrub mich augenblicks noch tiefer in meine schützende Höhle. ›Follies Lunaires‹? Verschont mich. Kein Wissen, kein Schmerz.)

»Um wieder auf das Attentat zurückzukommen, diesmal wird es so ablaufen, daß die RAG dich ermordet, um Vergeltung zu üben für die Invasion. Der Anschlag wird eine Säuberungsaktion im eigenen Lager auslösen; etwas, das Blaine und General Harpi bereits seit Jahren planen.«

Wie nicht anders zu erwarten, reagierte Molly II auf das neuerliche Todesurteil wieder mit lebhafter Sorge um das Wohlergehen ihres Liebsten und fragte sich händeringend, wie er denn zurechtkommen wollte, wenn sie nicht mehr da war.

»Nichts davon, Molly. Diesmal werde ich es nicht zulassen.« Keine leere Prahlerei. Er meinte es ernst. »Ich habe den Gebieter überredet, das Ende des Verfahrens abzuwarten, mit dem Argument, daß Angelikas Zeugenaussage nötig wäre, um die Beschuldigung gegen Thaddäus Locke als den Entführer zu untermauern. Aber das ist nur eine Galgenfrist, meine Liebe. Sie verschafft uns die Zeit, die wir brauchen, um die wirkliche Molly wiederzuerwecken und den Untergang der Humanisten und den Wiederaufbau Horizonts zu frohmatieren.«

(Ein Zapfen an meinem schlummernden Bewußtsein. Konnte es sein, daß ich richtig gehört hatte? Nein. Unmöglich. Ich zog die Decke über den Kopf.)

Andro zog einen geheimnisvollen Gegenstand aus der Tasche. Nachdem er ihn vorsichtig aus dem regenbogenfarbigen Tuchfetzen ausgewickelt hatte, kam ein etwa daumengroßer Kreisel aus Jade zum Vorschein. »Der Trichter«, bemerkte er zu Molly, die nur verständnislos mit dem Kopf nicken konnte. In Präzisionsarbeit aus einem Stein geschnitten, war das Ding recht hübsch anzusehen, doch erst als Andro es auf seiner Handfläche tanzen ließ, zeigte sich seine wahre Bedeutung, denn das von den schrägen Flächen gebrochene Licht wurde durch einen winzigen Holofilter an der Oberseite projiziert; es entstand die Illusion einer schimmernden, vielfarbigen Kugel von ungefähr drei Metern Durchmesser, die über dem Kreisel schwebte. »Eine kleine Maschine im Innern regelt die Rotationsgeschwindigkeit, also kann er sich unendlich weiterdrehen. Um ihn anzuhalten, braucht man nichts weiter zu tun als . . .« Er nahm den Kreisel in die andere Hand und hob ihn hoch. Die Kugel verschwand. »Die Psychochirurgen haben ihn mir gegeben, als wir zusammen in den Katakomben saßen.« Er lächelte verschwörerisch. »Der Kreisel ist mehr als ein Spielzeug, vielmehr ein universelles therapeutisches Hilfsmittel zur Auflösung von psychischen Barrieren. Man kann ihn auch einsetzen zur Auflösung von Tumoren, Blutgerinnseln, Nierensteinen und was nicht alles – ein richtiges Allheilmittel. Für den Novizen ist er ein unverzichtbarer Helfer bei der Entfernung des IZ aus dem System einer Einheit. Meine Chirurgen kamen selbstverständlich ohne aus, immerhin waren sie Adepten, aber wir brauchen ihn unbedingt, wenn es uns gelingen soll, dein wirkliches Selbst zu befreien.«

Molly II war verdutzt. Ein wirkliches Selbst? Aquarische Kreisel? Trichter? Wovon redete er bloß?

398

Er setzte ihr auseinander, daß er Blaine belogen hatte, was seine Erlebnisse in Horizont betraf. Die Psychoperation war ein voller Erfolg gewesen. »Meinen IZ konnten sie nicht entfernen, da ich keinen hatte, doch sie gaben mir genügend Energie und Entschlossenheit, um selbst mein altes Strategieprogramm zu löschen. Siehst du, mir war überhaupt nicht bewußt, daß ich mich vor langer Zeit damit arrangiert hatte. Zu denken, daß ich mich all die Jahre für eine selbständige Einheit hielt. Erstaunlich, wie wir selbst uns zum Narren halten können, nicht wahr?« Sie schenkte ihm einen leeren Blick. »Ja. Nun. Also, in jedem Fall kann ich nun von mir selbst behaupten, wirklich frei zu sein. Wie blind bin ich gewesen, nach der Macht der Gebieter zu streben, während der Chef uns die Sterne versprochen hat. Ich wünschte, ich hätte eher auf mein Gewissen gehört. Es sind nur Furcht und Unwissenheit, die uns hindern, unsere höchsten Ziele zu erreichen. Die Sterne! Dieses Zimmer erscheint mir jetzt wie ein Gefängnis.«

»Ach, ich weiß nicht. Mir gefällt's.«

»Hör zu, Molly. Hör zu! Ich wurde nicht gezwungen, bei den Aquariern in den Katakomben zu bleiben, ich wollte es. Nie zuvor in meinem Leben habe ich mich so akzeptiert und frei gefühlt. Es war eine Offenbarung! Als ich das erste Mal am Frohmat teilnahm (ein herrliches Erlebnis) und mich bemühte, die Wiedererstehung Horizonts zu imaginieren, merkte ich, daß ich immer nur an dich denken mußte. Deshalb ist es wahrscheinlich kein Wunder, daß ich gefangengenommen und wieder hierhergebracht wurde, denn jetzt habe ich Gelegenheit, dich zu befreien. Das ist das mindeste, was ich tun kann, um gutzumachen, was ich gefehlt habe. Mein Gewissen scheint ausnahmsweise mit mir zufrieden zu sein; es hat noch keinen Ton gesagt.«

»Aber Andro, ich bin ganz zufrieden mit mir, so wie

ich bin. Es freut mich, daß du in Horizont an mich gedacht hast, aber ehrlich, ich will nicht befreit werden.«

»Ich habe nicht mit dir gesprochen, sondern mit deinem anderen Ich.« Er schaute ihr tief in die Augen, als wollte er mich dahinter entdecken. »Die Chirurgen haben mir gesagt, daß die zensierte Persönlichkeit außer Kraft gesetzt, aber noch wahrnehmungsfähig ist. Also spreche ich jetzt zu dir, Molly. Zu *dir*, nicht zu deinem Programm. Versuch nicht, mir zu antworten. Ich weiß, daß du mich hörst. Tu einfach, was ich dir sage, und wir werden deinen IZ dissolvieren.«

Diese gänzlich unerwartete Erklärung produzierte Schockwellen, die bis in die Tiefen meiner Phytoschaltkreise drangen und mich wieder einmal aus dem Winterschlaf weckten, diesmal für immer. (Woher nahm ich die Gewißheit, daß ausgerechnet dieses ›Ich‹ das echte war? Nun, ein Vorteil bei mehreren Sekundärpersönlichkeiten ist, wenn man sich selbst gefunden hat, dann weiß man es. Deshalb, als Andros Worte mir bewußt wurden, wirklich bewußt, durchflutete mich eine Erregung, die einem Orgasmus gleichkam, und mit ihr die Erkenntnis, daß sich hier ein bestimmtes Muster wiederholte. Hatte Tad nicht damals in Newacres, nach meiner ersten Kur, im Prinzip dasselbe für mich zu tun versucht; und hatte ich in den Stallungen nicht Stück für Stück meine eigene Persönlichkeit und Vergangenheit aufgebaut und wiederentdeckt, bevor ich Junior mittels einer behutsamen Reise durch seine vielen Programme zu seiner wahren P9-Existenz führte?)

»Ich weiß, was du denkst«, sagte Andro.

»Ich denke gar nichts.«

»Dich habe ich nicht gemeint.« Wieder suchte er mich hinter ihren Augen. »Du denkst, warum bringt er mich nicht heimlich ins Reha-Zentrum und läßt den IZ entfernen, wie sein Gewissen es schon vor langer Zeit vorgeschlagen hat? Wäre das nicht einfacher und weniger zeitraubend als diese seltsame Aquariermethode?«

Ein Gedankenleser war er nicht, doch jetzt, da er es erwähnte, fand ich die Frage gar nicht so dumm. Doch er sagte, ohne Blaines Genehmigung — die er selbstverständlich niemals geben würde — wäre das Unterfangen zu riskant, und jeder Versuch von ihm, sich der Mitarbeit des Personals zu versichern, würde vermutlich dem Gebieter zu Ohren kommen. Nein, Psychoperation hieß die Lösung, durchgeführt in der Abgeschiedenheit seines Zimmers. Die Methode hatte außerdem den Vorteil, keine physischen Eingriffe zu erfordern. (Lieber Chef! Andro hatte sich wahrhaftig grundlegend gewandelt, wenn er sich jetzt um anderleuts Intimsphäre sorgte.)

»Aber was wird aus mir?« fragte Molly II.

»Keine Angst. Du wirst eins werden mit deinem Übergeordneten Selbst.«

»Ich werde sterben, meinst du.«

»Nein. Du wirst reintegriert.«

»Ich habe Angst. Warum muß das denn sein? Bin ich nicht alles gewesen, was dein Herz begehrte?«

Geduldig erklärte er ihr, daß sie als künstliche Persönlichkeit ihm nicht länger genügte. (Welch Takt!) Es war von größter Wichtigkeit, daß die wirkliche Molly wieder das Szepter übernahm, damit sie gemeinsam Blaines Sturz und den Wiederaufbau Horizonts frohmatieren konnten. (Es geht nichts über einen Frischbekehrten, um grenzenlosen Optimismus zu verbreiten.)

»Aber wenn es das ist, was du willst, Andro, dann können doch wir, du und ich, frohmatieren. Ich bin so gut wie sie.« Er schüttelte den Kopf. »Nein. Du wärst nicht mit dem Herzen dabei. Ich brauche die wirkliche Molly für ein erfolgreiches Frohmat.« Sie war am Boden zerstört, fügte sich aber — das war grundlegendes Attribut. Zögernd legte sie sich auf den Teppich, mit dem Kopf nur ein paar Zentimeter von dem wirbelnden Kreisel entfernt. Er wies sie an, alle Gedanken und Kümmernisse aus ihrem Bewußtsein zu streichen und sich dann auf ein Bild des IZ zu konzentrieren, ein winziges, kristallines Gebilde, tief in die Phytostruktur des Gehirns eingebettet. »Imaginiere mit mir zusammen, daß der IZ in den Trichter hineinschwebt. Wenn wir uns stark genug konzentrieren, dann wird er sich materialisieren, und sobald das geschieht, verschwindet das tatsächliche Objekt aus deinem Gehirn.«

Nach zwei Stunden angestrengter Bemühungen ohne jedes erkennbare Resultat wurde sie ungeduldig und gab auf, was mich ungeheuer frustrierte, denn ich hatte jede Skepsis und alle Zweifel bezüglich der Aquariertechnik beiseite geschoben, um an dem Exorzismus mitzuwirken. »Komm schon! Komm schon!« beschwor ich sie aus meiner Gruft heraus. »Laß dich doch nicht so leicht entmutigen. Noch ein einziges Mal, mit Gefühl. Wir schaffen es.«

»Es geht einfach nicht«, klagte Molly II trotzig und gab zu, daß ihre Gedanken abschweiften. Doch Andro war beharrlich. Sie versuchten es wieder, am folgenden Abend und dem nächsten und dem nächsten, eine ganze Woche lang, zwei Wochen, dann drei, aber immer noch ohne Ergebnis. Unser frischgebackener Aquarier mußte zugeben, daß Erfolge einem nicht in den Schoß fallen, erst recht nicht in der Isolation, fern der Wirkungsstätte eines gütigen Adepten, der dem Novizen mit gutem Rat zur Seite steht. Es war zum Verrücktwerden, denn in den Katakomben hatte man ihm erzählt, manche Menschen (und Einheiten) wären gleich beim ersten Versuch erfolgreich. Für mich in meiner Hilflosigkeit waren die immer neuen Enttäuschungen besonders schwer zu ertragen. »Warum, warum, warum funktioniert es ausgerechnet bei mir nicht?!«

Andro warf Molly II einen durchdringenden Blick zu.

»Weißt du, was dein Problem ist? Du hast Angst vor dem Kontakt mit dem übergeordneten Wesen, das in dir wohnt.«

»Ja. Du hast recht.« Sie unterdrückte ein Schluchzen. »Weil du sie mir vorziehst!« Im Anschluß an dieses schmerzliche Geständnis versicherte sie ihm, daß sie ihm zuliebe gern kooperieren wolle, sich den unbegreiflichen Veränderungen aber nicht gewachsen fühlte. »Ach, Andro, früher war das Leben so einfach.«

Andro saß in der Zwickmühle. Da er sich als Aquarier betrachtete, konnte er ihr nicht guten Gewissens ein Ergänzungsprogramm verabreichen, um Eifersucht und Angst zu eliminieren, die sie an einer erfolgreichen Mitarbeit hinderten, denn das wäre ein Verstoß gegen die grundlegenden Prinzipien des neuen Glaubens gewesen, der seinen Anhängern untersagte, irgend jemanden durch ein Programm in seinem freien Willen zu beeinträchtigen. Die einzige akzeptable Möglichkeit war, ihr vernünftig zuzureden, aber sie war nicht dumm — sie wußte, ihre einzigartige Identität war in dem Augenblick verloren, da ich meine Freiheit wiedererlangte. Ob sie in mir aufging oder einfach verpuffte, machte nicht den geringsten Unterschied: gelöscht war gelöscht.

»Wenn du nicht kooperierst, mußt du sterben«, meinte Andro und erinnerte sie an das geplante Attentat. Sie darauf, das wäre ihr lieber, nicht nur, weil er sie programmiert hatte, ein solches Ende zu akzeptieren, sondern auch, weil sie dann als seine ihn ewig liebende Molly diese Welt verlassen durfte, statt zu einer geistergleich über den Phytoschaltkreisen ihrer Rivalin schwebenden Erinnerung reduziert zu werden. Unter diesem Aspekt war es für sie eine gute Nachricht, daß die Gerichtsverhandlung schon in zwei Monaten stattfinden sollte, Anfang Januar 2085. Das bedeutete, es blieb nicht mehr viel Zeit, die echte Molly zu befreien. Andererseits war sie herzlich gern bereit, für ein Urteil zugunsten der Angeklagten zu frohmatieren und auch für den Sturz von Blaine Fracass und den Wiederaufbau Horizonts, wobei es wohl eines ausgesprochenen Frohmatierungsmirakels bedurfte. Folglich bemühte sie sich erneut, ihn zu einem gemeinsamen Frohmat zu überreden; er brauchte nur ja zu sagen und konnte mit ihrer rückhaltlosen Kooperation rechnen. »Leg den Kreisel weg, Liebling.« Sie ließ zwei Finger seinen Arm hinaufspazieren und krümmte sie an der Schulterspitze zu einer knienden Haltung. Neckisch fügte sie in gespielter Demut hinzu: »Und wenn ich schön bitte, bitte mache?«

»Warum mußt du ausgerechnet jetzt deinen Dickkopf aufsetzen?« seufzte er und drehte den Kreisel, aber nur halbherzig.

Behutsam streckte sie die Hand aus und hob ihn auf; sofort erlosch das Dissolutionsfeld. »Es ist so lange her, Andro. Fast einen Monat. Bitte. Nutzen wir, was wir am besten können, für dieses neue Ziel. Ich kann so gut imaginieren wie sie, besser sogar. Bin ich nicht deine Schöpfung?«

»Das kann man wohl sagen.«

»Wie könnte ich dann anders, als deinen Wünschen entsprechend frohmatieren?«

»Du führst mich in Versuchung.«

(»Laß dich nicht becircen!« rief ich erschreckt. Oh, wie gerne ich sie erdrosselt hätte!)

»Du brauchst die ›echte‹ Molly gar nicht, Dummchen.« Sie streifte seinen Mund ganz zart mit ihren Lippen, wie ein Hauch. Er erwiderte die Liebkosung.

(»Nicht doch! Sie wird ihr Weiterleben imaginieren, auf meine Kosten!«)

»Hör auf.« Er wandte den Kopf ab. »Wir müssen den IZ dissolvieren.«

»Wenn du mir nicht vertrauen kannst, wem dann? Du

weißt, daß ich nur durch dich existiere. Meine Motive sind rein.«

(»Natürlich sind sie das. Sie will sich für das Attentat bewahren. Eine programmierte Märtyrerin ist diese Molly II und eine Mörderin, weil sie mich mitnehmen will, wenn sie off line geht. Andro, durchschaust du sie denn nicht? Bitte, laß dich von ihr nicht verführen. Bleib standhaft, oder ich bin verloren.«)

Sie leckte sein Ohrläppchen. »Sollen wir?«

(Lieber Chef, das ist ja peinlich. Wie plump sie ist. Ich war nie so plump.)

Er zog sie an sich. »Ich werde mit dir vorliebnehmen müssen, wie's aussieht.«

»Ach, du bist so grausam, Andro.« Aber sie lächelte dabei und zog ihr Kleid über den Kopf. Er streichelte ihre seidigen Schenkel (meine seidigen Schenkel!). »Und was würdest du imaginieren, wenn die ›echte‹ Molly bei dir wäre?« fragte sie, die perfekte Kokotte. »Ich muß mich auf irgend etwas konzentrieren, während unseres« – sie strich mit dem Finger über seinen Klettverschluß und öffnete ihn – »Frohmats.«

»Gleich. Ich fange an, mich inspiriert zu fühlen.« Er ließ sich von ihr die Hose ausziehen, dann nahm er die Lotushaltung ein. »Steig auf!«

Kapitel acht

Auftritt Gebieter Locke. Nicht in der Kulisse von Andros lauschigem Zimmer — nein, unsere Liebenden verbrachten den Rest des Abends ungestört und widmeten sich pflichtschuldigst ihren gehobenen sexuellen Praktiken. Vielmehr stolpert er wieder einmal in unsere Geschichte hinein, als ein unerwarteter (und unwahrscheinlicher) Verbündeter. Obwohl ein kolossaler Zufall, kann sein Auftreten nicht direkt ihrem Frohmat zugeschrieben werden, da sie überhaupt nicht an ihn gedacht hatten. Trotzdem war Andro schnell dabei, das Verdienst für sich in Anspruch zu nehmen, denn Locke sollte der Fracass-Regierung enorme Schwierigkeiten bereiten, und Molly II, die Andro unbedingt von ihrer Brauchbarkeit als Frohmat-Partnerin überzeugen wollte, unterstützte ihn bei seiner verwegenen Prahlerei, daß sie beide ihn on line gebracht hatten.

Erst kürzlich von Ganymed entlassen, traf er in Kommerz ein, mit einer Garnitur Kleidung zum Wechseln und ein paar Melpfennigen in der Tasche, denn die von der Gefängnisleitung ausbezahlte Summe hatte er für den Flug zum Roten Planeten ausgegeben. Ein oder zwei Tage nach dem nächtlichen subversiven Tun unseres Paares machte er dadurch auf sich aufmerksam, daß er die First Lady vor dem Hauptquartier der Organisation zur Schaffung von Wohnraum für Obdachlose belästigte, sich ihr am Portal in den Weg stellte und nicht vor einem höchst lächerlichen Erpressungsversuch zurückschreckte. Wir werden die First Lady berichten lassen, in einer genauen Wiedergabe der Szene, wie sie sich in Blaines Büro abspielte.

»Dieses verrückte Individuum — dieses elende Subjekt — hatte die Stirn zu behaupten, daß er zwar ein guter Humanist sei, aber auch ein Gebieter. Mein Gebieter. Und als solcher wäre er bereit, mich zu kompromittieren und deine Regierung zu stürzen, Liebster, falls du dich nicht entschließen kannst, ihm den vollen Gegenwert für meine Person zu erstatten.

Nun! Als ich versuchte, den Verrückten zurückzuweisen, wurde er tätlich und zerriß mir das Kleid am Rücken! Er schrie etwas von einer Narbe, die keinen Zweifel daran ließe, daß ich ein P9 sei, und dann lief er auf die Straße, wo es ihm unglücklicherweise gelang, meinem Leibwächter zu entkommen.

Ich bemühte mich, meinen Pflichten nachzukommen, als wäre nichts geschehen, doch während der Sitzung fühlte ich mich bewogen, den Zwischenfall zur Sprache zu bringen, weil einige der anwesenden Damen den Eklat beobachtet hatten. Es wurde beantragt und einstimmig beschlossen, einen Impulsfeld-Sicherheitspuffer um das Gelände zu installieren. Nicht nur wegen des Angriffs auf meine Person, sondern es sind in letzter Zeit auch andere Dinge vorgefallen, Pöbel hat auf den Stufen genächtigt, einige der anderen Damen sind belästigt worden, außerdem gab es unschöne Gerüche, Urinpfützen und was nicht sonst noch alles . . .«

Blaine unterbrach ihren Redeschwall und tauschte einen Blick mit Andro, der respektvoll abseits stand. Durch die ahnungslosen Augen der First Lady konnte ich beobachten, wie der intrigante Diener sehr geschickt seine innere Erregung verbarg, während er Blaine nahelegte, dem Verrückten nicht die geringste Aufmerksamkeit zu schenken, denn schließlich wußten sie beide genau, daß Stellar Entertainments mein früherer Eigner gewesen war. Später am selben Abend, als er mit Molly II eine Treppe tiefer in seinem Zimmer saß, gab Andro zu, daß er und Blaine zwar immer davon überzeugt gewesen wären, aber jetzt hätte er doch gewisse Zweifel.

Am nächsten Tag, als der besagte Irre in der Kommunikationszentrale des Palastes anrief und den Präsidenten zu sprechen verlangte, ließ Andro ihn verbinden. Während Blaine sich auf scheinbare Verhandlungen über die Höhe der Erpressungssumme einließ, schaltete er einen Stimmusteranalysator in die Leitung, um Namen und ID-Nummer feststellen zu können. Eine äußerst pikante Situation! Stellen Sie sich den Präsidenten von Frontera vor, wie er mit einem Ex-Knastbruder feilscht, der die Kühnheit besitzt, für die ihm ›gestohlene‹ Einheit (angetraute Gattin des eben erwähnten Präsidenten) eine Viertelbillion in hartem Mel zu verlangen!

Andro ließ die aus diesem Gespräch gewonnenen Daten durch den interplanetaren Konsumentenerfassungsspeicher laufen, wobei nicht nur die Rechtmäßigkeit von Lockes Besitzanspruch bestätigt wurde, sondern auch sein krimineller Hintergrund ans Licht kam sowie seine Verwandtschaft mit dem jüngeren der beiden Angeklagten im Aquarierprozeß. Er unterrichtete seinen Gebieter über die Ergebnisse der Nachforschungen, allerdings nur unvollständig; die wichtigste Information behielt er für sich. Dennoch, der Präsident war besorgt. Auch wenn die bizarren Ansprüche des Schurken unhaltbar waren, wie man ihn glauben machte, kamen sie der Wahrheit nahe genug, um ihn das Wirken einer übernatürlichen Macht ahnen zu lassen — genaugenommen die Hand des Prinzen der Dunkelheit. Andro, als rationaler Gegenpol, vertrat die Meinung, daß der Mann wirklich nur ein verrückter Gauner war, wie die First Lady bereits sehr richtig gesagt hatte, und wiederholte, daß man den Erpressungsversuch gänzlich unbeachtet lassen sollte, womit Blaine sich einverstanden erklärte, weil er nicht den Eindruck erwecken wollte, ein abergläubischer Narr zu sein. Doch abschließend sagte er, daß dieser Vorfall ihn in seiner Absicht bestärkt hatte, sich die First Lady unmittelbar nach der Gerichtsverhandlung vom Hals zu schaffen, denn — wie er es ausdrückte — jetzt umfaßte der exklusive Kreis der Eingeweihten sogar schon Verrückte.

Diese unheilverkündende Schlußbemerkung vermochte Andro nicht zu entmutigen. Kaum saß er mit Molly II in seinem Zimmer, triumphierte er, das Auftauchen von Locke d. Ä wäre die Antwort auf ihre Bemühungen, und prophezeite einen gewaltigen Skandal, der den Zusammenbruch des humanistischen Regimes zur Folge haben würde, die Aufhebung sämtlicher Anklagen und den von der LRA geforderten Wiederaufbau Horizonts. Dort würden sie sich dann niederlassen, nach erfolgreich beendeter Mission und der Wiedererweckung Mollys — allerdings spielte er letzteren Punkt etwas herunter, um Molly II nicht aufzuregen.

»Warum, warum, warum«, fragte ich mich, »glaubt eigentlich jeder, daß man nichts weiter tun muß, als die Wahrheit zu verkünden, und schon lösen sich die Schurken automatisch in Luft auf, wie Vampire im Sonnenlicht?!«

Das Böse ist erheblich widerstandsfähiger.

War nicht auch Tad diesem Wunderglauben anheimgefallen, als er Molly II erklärte, sie brauchte sich nur den versammelten Mediaeinheiten als P9 zu erkennen zu geben, und diese Neuigkeit wäre so marserschütternd, daß die Humanisten mir nichts, dir nichts hinweggefegt würden? Leider konnte ich Molly II und Andro an meinen Erkenntnissen nicht teilhaben lassen, sie waren zu eifrig mit Frohmatieren beschäftigt. Als sie sich im gleichen Rhythmus wiegten, ihre Chakras sich berührten und die Funken stoben, instruierte Andro seine Partnerin, grelle Mediaschlagzeilen zu imaginieren, die unübersehbar verkündeten, die First Lady sei ein P9. Sein Enthusiasmus war ansteckend, und da ich wußte, daß ich nichts zu verlieren hatte, wenn ich meine besten Wünsche mit in den Topf warf, beschloß ich, es auf einen Versuch ankommen zu lassen, auch wenn mein Beitrag sich bei weitem nicht mit dem Elan und der Hingabe messen konnte, mit dem sie diesem wahrhaft teuflischen Gebräu die letzte Würze verliehen.

Zu meiner Überraschung flimmerte ungefähr eine Woche später die rot-schwarze Schlagzeile FRACASS-EHEFRAU EIN DROIDE über die öffentlichen Leuchtbänder, wo alle es lesen konnten. Anfängerglück, dachte ich und klopfte mir in Gedanken auf die Schulter, denn ich nahm den Löwenanteil von dem scheinbar sofortigen Erfolg unseres Formgasmus für mich in Anspruch.

Leider — die Wirkung war gleich Null! Locke hatte sich als Sprachrohr ausgerechnet den wenig reputierlichen *Martian Inquirer* ausgesucht, bekannt für seine aufgebauschten Artikel von zweifelhaftem Wahrheitsgehalt, die häufig an Verleumdung grenzten oder einfach nur lächerlich waren, also blieb der Erfolg weit hinter unseren gemeinsamen Erwartungen zurück. Die Leute hielten die Nachricht für nicht mehr als eine besonders rüde Form von politischer Satire. Sie schüttelten die Köpfe über die vergleichenden Holoporträts, die die unerklärliche Ähnlichkeit der First Lady mit ›Molly‹, Stanford Lockes entlaufenem Dienstmädchen, aufzeigen sollten, spulten weiter und kicherten über das hagere Gesicht des Anklägers, der den Betrachter zugleich mitleidheischend und finster anstarrte und sagte: »Ich war einst ein Humanist, aber jetzt bin ich es nicht mehr. Blaine Fracass ist ein Heuchler und ein Dieb!« Und noch weiter unten auf der Spule: »Ich fordere Lady Fracass heraus, sich einem Psychotest zu unterziehen. Wenn das Ergebnis beweist, daß ich mich irre, fresse ich diese Spule.«

Unverdrossen verschaffte der nimmermüde Andro der Nachricht größeres Gewicht, indem er Blaine riet, durch seinen Pressesprecher ein förmliches Dementi verkünden zu lassen, worin der kriminelle Hintergrund des Anklägers publik gemacht wurde, der Erpressungsversuch und seine interessante Verbindung zu dem aquarischen Entführer. Daraufhin wurde die Geschichte von den seriösen marsianischen Presseorganen aufgegriffen, wie Andro es beabsichtigt hatte. Unsere Hoffnung stieg, doch — wenig überraschend — schenkten die Medien der Räuberpistole ebensowenig Glauben wie der Sprecher des Präsidenten. Unsere Frustration stieg ins Unermeßliche. Schlimmer noch, als der Unruhestifter untertauchte — offenbar aus Angst um sein Leben — , betrachtete die Öffentlichkeit die Affäre als den Versuch eines verzweifelten Vaters, seinen Sohn vor dem Galgen zu retten, erst durch Erpressung, dann mittels Verleumdung — ein trauriges und erbärmliches Spektakel, das man am besten so schnell wie möglich vergaß. Inzwischen — wovon die Öffentlichkeit natürlich nichts ahnte — hatte Blaine tatsächlich seiner Leibgarde Befehl gegeben, den Schurken aufzuspüren und aus dem Weg zu räumen, also war es durchaus vernünftig von ihm gewesen, in den Untergrund zu gehen.

Als wäre das nicht Belastung genug gewesen für meine strapazierten Nerven, war ich in Blaines Arbeitszimmer anwesend (in der Rolle der First Lady), als General Harpi hereinkam, um ihn zu der entschlossenen Art und Weise zu beglückwünschen, in der er die Enthüllung potentiell verhängnisvoller Tatsachen verhindert hatte. Der hinzutretende Kommandant der AÜ fand nicht weniger schmeichelhafte Worte und bemerkte, es sei ein besonderes raffinierter Schachzug, den Staatskörper gegen die

Wahrheit zu impfen, indem man sie in kleinen, kontrollierten Dosen verabreichte. Blaine konnte nicht widerstehen, sich ganz privatim als den Urheber der Kampagne zu erkennen zu geben. Man hätte glauben können, Locke d. Ä sei seine eigene Erfindung, ausschließlich entworfen, um einer etwaigen glaubwürdigen Enthüllung der Wahrheit dadurch zuvorzukommen, daß er sie im vorhinein diskreditierte. »Die werden nie schlau, stimmt's?« meinte General Harpi dazu, und Andro lächelte und blinzelte ihm wissend zu, während er mit seinen P9-Zähnen knirschte, daß die P9-Kiefer knackten.

»Ich fange an zu glauben, daß deine Formate den meinen konträr laufen«, bemerkte er düster zu seiner Frohmat-Partnerin, als sich endlich wieder eine Gelegenheit geboten hatte, sie in sein Zimmer zu schmuggeln. Sie leugnete zwar, aber ich war der Meinung, daß er nicht ganz unrecht hatte. Ihr Mangel an Begeisterung *war* ein Hindernis für unser Vorhaben. Natürlich trug sie nicht allein die Schuld, doch damals fand ich, daß sie mehr als ihren gerechten Anteil zu den Fehlschlägen beigetragen hatte. Wie sehr ich mir wünschte, die Schranken des Internen Zensors durchbrechen zu können! Andro bedurfte dringend meines ungehinderten Beistands, besonders wenn es darum ging, neue Krisen zu entwerfen, um Blaines Machtposition zu untergraben. Das Denken fiel ihm nicht mehr so leicht wie früher: Sein politisches Strategieprogramm war in den Katakomben gelöscht worden, deshalb rasten keine Optionen mehr mit Lichtgeschwindigkeit durch sein Gehirn, wurden analysiert und gegeneinander abgewogen, bis die politisch günstigste gefunden war; jetzt mußte er sich den Kopf zerbrechen wie wir alle. Das Handicap, könnte man sagen, war der Preis der Freiheit. Dementsprechend fiel das Ergebnis seiner Gedankenarbeit ziemlich mager aus, eine traurige Parodie seiner früheren Brillanz: »Wir wer-

den eine überraschende Entwicklung während des Schau-
prozesses imaginieren. General Harpi wird Blaine hintergehen und einen Abbruch des Verfahrens bewirken,
indem er die First Lady als P9 entlarvt, während sie im
Zeugenstand gegen Thaddäus Locke aussagt. Blaine verliert das Gesicht, muß zurücktreten, und *voilà!* – der
General bemächtigt sich der Zügel der Regierung und
übergibt die First Lady der AÜ.«

Für den Fall, daß Molly II (und I) nicht imstande waren
zu begreifen, inwiefern das unserer Situation förderlich
sein sollte, erklärte er weiter, daß die AÜ nach interplanetarem Gesetz verpflichtet wäre, die degradierte First Lady
ihrem Gebieter zurückzugeben – Stanford Locke. Ungeachtet unseres gemeinsamen Aufschreis versicherte er,
daß wir nichts zu befürchten hätten, denn er würde
unverzüglich den Staatsschatz plündern, um uns ihm
abzukaufen. (»Du pedantischer Depp! Locke wird nicht
verkaufen!« schrie ich, unvorstellbar frustriert, aber er
hörte mich nicht. Niemand hörte mich je.) All das würde
mit dem Segen von Micki Dee geschehen, redete er mun-
ter weiter, in Anerkennung der vielen Jahre im Palast als
dieses Ehrenmannes Augen und Ohren. Anschließend
emigrieren wir nach Armstrong, wo man dich von dem
IZ befreit und wir den Rest unserer Tage unter dem wohlwollenden Schutz der interplanetaren Mafia verbringen.
Was Horizont betrifft, das wird natürlich wiederaufge-
baut, als unvermeidliche Folge der Entmachtung der
Humanisten. Und wenn sie nicht gestorben sind . . .

Molly II war der Ansicht, daß der Plan sich im Prinzip
gut anhörte, doch im Detail von dem zufälligen Zusam-
menwirken zu vieler einzelner abhing. Selbst ein Adept in
der Kunst des Formatierens wäre damit überfordert, derart viele Unwägbarkeiten logisch zu verknüpfen, gar
nicht zu reden von Novizen wie ihnen. (»Hört, hört!«
monierte ich laut in der Hoffnung, mein Kommentar

würde sich als Impuls bemerkbar machen. »Haltet ihr euch für fähig, General Harpis Motive zu ergründen und zu beeinflussen? Wie könnt ihr sicher sein, daß Blaine den Skandal nicht überleben würde? Er hat es inzwischen zu einer Art Meisterschaft darin gebracht, Skandalen auszuweichen. Und weshalb sollte Micki Dee sich wegen zwei befreiter Androiden irgendwelche Umstände machen, auch wenn sie ihm in der Vergangenheit noch so nützlich gewesen sind?) »Das Format ist so verworren, Andro«, bemerkte Molly grüblerisch. »Und unwahrscheinlich.« (Unwahrscheinlich? Der Plan erforderte nicht nur den wissenschaftlichen Verzicht auf jeden Zweifel, sondern die völlige Aufgabe des kritischen Denkvermögens!) Egal. Andro, dessen Optimismus nicht zu erschüttern war, behauptete, sie brauchten nur standhaft zu bleiben, und alles würde sich wunschgemäß entwickeln. Deshalb sei es geraten, daß sie umgehend ihre Frohmat-Routine wiederaufnahmen. Was sie auch taten. Als sie sich dem Orgasmus näherten, klang seine Stimme heiser und leidenschaftlich, aber der dozierende Tonfall blieb erhalten: »Konzentrier dich. Imaginiere dich selbst als First Lady im Zeugenstand. So. Unter den Fragen des Staatsanwalts gestehst du alles, was du weißt: Wie die Invasion geplant wurde; wie Blaine deine Ermordung arrangierte und auch jetzt wieder beabsichtigt, dich nach der Verhandlung umbringen zu lassen; wie du einst die Geliebte von Thaddäus Locke gewesen bist. Konzentrier dich. Halte dir die Szene so lebhaft vor Augen wie ich, und wir haben den Gebieter bei den Eiern!«

War ich dafür aus meinem Schneckenhaus hervorgekommen — um wieder gequält zu werden, diesmal durch die Unfähigkeit eines bekehrten Strategen? Hatte das Fiasko mit dem *Inquirer* ihn nichts gelehrt? Die ganze Angelegenheit raubte mir allmählich den letzten Nerv. Alles, was ich davon hatte, waren entsetzliche

Kopfschmerzen. Doch halt! Vielleicht urteilte ich voreilig.

Auftritt Gebieterin Locke, die ihren Mädchennamen Hume wieder angenommen hat. Was für eine trügerische Symmetrie der Ereignisse! Und eine Lehre für uns alle, nie den langen Arm einer entschlossenen Mutter zu unterschätzen.

Wie zweieinhalb Jahre zuvor in Armstrong ging es ihr um nichts anderes als die Vormundschaft für ihren Sohn. Sie hatte nicht den Mut sinken lassen, als er ihr auf der Erde entwischte, um sich in dieses neueste und gefährlichste Abenteuer zu stürzen. Im Gegenteil, ihre Entschlossenheit, diesen Unbelehrbaren vor sich selbst zu retten, hatte sich verdoppelt und neue Energien, Verve und Kühnheit freigesetzt, denn sie landete auf dem Mars mit einem IBM 9-Rechtsbeistand Deluxe im Gepäck, der für sie tätig werden sollte. Diese Einheit — liebevoll ›Jug‹ genannt (Kurzform von Jugulum), in Anerkennung seiner grandiosen Fähigkeit, die Schwäche eines Gegners zu erkennen und auszunutzen — kam nicht billig und hatte sie allein an Honorarvorschuß fast alles Mel gekostet, das sie besaß, denn Besitzer dieses exquisiten Werkzeugs war die alteingeführte und renommierte Kanzlei Meese, Meese & Meese, die berühmteste interplanetare Anwaltsgemeinschaft auf der Erde, mit der Reputation, allein durch die Nennung ihres Namens Entsetzen in die Herzen ihrer Gegenpartei zu säen, doch in Blaines Fall, um ihm Gerechtigkeit widerfahren zu lassen, war auch ein wenig Muskelspiel vonnöten. Also, Gebieterin Hume drohte mit einem Skandal, falls Blaine ihre Forderungen nicht erfüllte, doch im Gegensatz zu dem plumpen Vorgehen ihres Ex-Ehemannes wurde die Sache diskret und professionell gehandhabt; es gab kein finanzielles Motiv.

Jug verhandelte in ihrem Namen, denn sie traute dem Präsidenten nicht über den Weg und hatte ein persönliches Gespräch von vornherein ausgeschlossen, also war es Jug, der Blaine mitteilte, wenn er dem Militär erlaubte, Tad vor Gericht zu stellen, würden Informationen über die faszinierende Vergangenheit der First Lady an die Öffentlichkeit dringen, und zwar aus einer sehr viel besseren Quelle als das letzte Mal. (Welche Quelle das wohl sein könnte, blieb der inzwischen zu fieberhafter Tätigkeit angeregten Phantasie des Präsidenten überlassen.) Blaine wandte sich in heller Aufregung an Andro, und er wiederum erzählte Molly II davon bei ihrem nächsten nächtlichen Treffen. Beinahe außer sich vor Freude suchte er mich im Hintergrund der Augen von Molly II und rief: »Das ist es, Molly, die Antwort auf unser Frohmat − ein bißchen anders vielleicht, als wir es imaginiert haben, aber deshalb nicht weniger vorteilhaft. Was für ein Konnex! Der Gebieter ist oben und faselt etwas von Beelzebub. Ich habe ihm natürlich geraten, sich nicht von den leeren Drohungen beeindrucken zu lassen − aber ich glaube nicht, *daß es leere Drohungen sind.* Steig auf! Frohmatieren wir, daß diese wundervolle Frau unwiderlegbare Beweise vorlegen kann, um ihre Behauptungen zu untermauern.«

Armer Andro. Er glaubte, andere Leute existierten ausschließlich, um sein Format zu unterstützen, und vergaß dabei, daß es bei solchen Unternehmungen auf Zusammenarbeit ankommt. Er war aufrichtig überrascht, als im Lauf der nächsten Wochen Jug und sein Gebieter sich bedrohlich nah am Rand einer gütlichen Einigung bewegten. Kaum zu glauben, aber er betrachtete es als persönliche Beleidigung, daß es Gebieterin Hume in erster Linie darauf ankam, ihren Sohn zu retten, und nicht, den Präsidenten bloßzustellen. »Wie kann sie es wagen! Ungetreue Verbündete! Verräterin!« Er marschierte eine weitere Furche in den Teppich.

Das Angebot, von dem er so sehr fürchtete, daß Blaine

es akzeptieren könnte, war ein simples Quidproquo: Im Austausch dafür, daß Gebieterin Hume dauerhaftes Schweigen über Angelikas Vergangenheit bewahrte, sollte die Regierung die Überstellung von Thaddäus Locke in ihre Obhut arrangieren. Sie verpflichtete sich zudem, Thaddäus Locke unverzüglich in eine Hochsicherheits-Umerziehungsklinik auf der Erde einzuweisen und ihn dort zu belassen bis zu seiner vollständigen Genesung. Sie garantierte, daß sämtliche Spuren der aquarischen Philosophie aus seinem Gedächtnis entfernt werden würden, wie auch jede Erinnerung an seine früheren Beziehungen zu Lady Fracass. Während der Verhandlungsphase ging Jug so weit, in Ermangelung irgendwelcher Äußerungen von Andros Seite, einen plausiblen Grund für die Begnadigung des jungen Locke darzulegen: Unerwartetes Beweismaterial sollte Thaddäus als ahnungslose Marionette der Aquarier darstellen, von Seti darauf programmiert, die verwerfliche Tat zu begehen. Er führte weiterhin an, der ›verwirrte junge Gebieter‹ wäre für den erfolgreichen Verlauf des Gerichtsverfahrens gar nicht von Bedeutung — das Interesse der Öffentlichkeit galt Alexander Seti; das Faktum der Gehirnwäsche, das zu bestätigen sein Klient bereit war, fügte sich außerdem sehr schön in die von den Militärs erarbeitete Anklageschrift gegen jenen Top-Aquarier.

Da haben Sie den wirklichen Grund, weshalb die First Lady auf die Bühne geschoben wurde, für einen humanistischen Appell um Verständnis für die arme, verzweifelte Mutter und ihren seines freien Willens beraubten Sohn. Andros entschiedene Ablehnung des Vergleichs blieb ohne Wirkung — Blaine erinnerte sich sehr gut, was geschehen war, als er das Mal davor auf seinen Rat gehört hatte und nicht auf den Erpressungsversuch eingegangen war. Er begriff, daß er durch die Kapitulation vor dieser gräßlichen Frauenperson nicht nur wieder einmal den Skandal vermeiden konnte, sondern außerdem in den Augen des interplanetaren Volkes als gütig und großherzig dastand. Sein Urteil in dieser Hinsicht erwies sich als klug, und im eigenen Lager gab es sehr wenig Widerspruch, wenn man von General Harpis Mißmut absieht. Wie einige meiner marsianischen Leser sich vielleicht erinnern, reagierte der größte Teil der eingetragenen Wähler mit Zustimmung auf Tads Entlassung ein oder zwei Tage vor der Gerichtsverhandlung; er verließ Frontera in Begleitung seiner Mutter wie damals den Mond, nur diesmal in Handschellen.

»Der Herr ist mein Hirte«, seufzte Blaine während einer Erholungsphase im Bett. Andro gab keine Antwort. Die größte Ironie war, daß Blaine das volle Ausmaß seines Triumphs nicht einmal ahnte. Nicht nur hatte er den Plan seines vertrauten Beraters, ihn zu stürzen, zunichte gemacht, sondern es bestand auch keine Veranlassung mehr für die First Lady, als Zeugin auszusagen, und damit war die von Andro erwirkte Gnadenfrist hinfällig geworden. Ihre Ermordung konnte nun jederzeit in die Wege geleitet werden.

Andro geriet völlig außer sich. »Du bist der negative Einfluß!« schrie er — abends in seinem Zimmer — und deutete anklagend auf Molly II. »Du sabotierst absichtlich mein Format!« Molly war erschüttert über den Vorwurf, wenn auch nicht so sehr, wie sie glauben machen wollte. Sie flehte um eine zweite Chance, ihren Enthusiasmus und ihre Hingabe an ihr Kernprogramm — zu lieben und zu dienen — unter Beweis stellen zu dürfen, aber er ließ sich nicht erweichen und schlug einen herrischen Ton an: »Nein. Von jetzt an werde ich allein frohmatieren.«

»Wie?« fragte sie in aller Unschuld.

»Das soll dich nicht kümmern. Du kehrst sofort auf das Sofa im Vorzimmer deines Gebieters zurück. Ich bin fertig mit dir.«

»Warte!« meldete sich nach einer langen Zeit des Schweigens sein Gewissen mit schriller, aufgeregter Stimme zu Wort, als Molly II sich gehorsam zum Gehen wandte. »Du bist das Hindernis! Vergiß das Frohmatieren, Andro, besonders die Solovariante. Was bist du, ein Mönch? Geh endlich los und tu etwas! Geh in den Untergrund. Plane und arrangiere Setis Flucht. Triff Vorbereitungen für seine Reise zur Erde, mit dir selbst und Molly.«

»Misch dich nicht ein!« Andro stampfte mit dem Fuß auf. »Ich bin jetzt eine befreite Einheit, falls dir das noch nicht aufgefallen ist.«

Sein Gewissen grunzte angewidert. Dann lästerte es hämisch: »O ja. Du bist so verändert. Verwandelt. Befreit. Nicht mehr die Marionette. Jetzt bist du ein Dilettant! Du benutzt die Rituale der Aquarier als Krücke, damit du sicher und bequem in deinem Zimmer hocken bleiben kannst. Aber du hast recht, du bist jetzt derjenige welcher.« Spöttischer Seufzer. »Dann trete ich also in den Ruhestand.«

»Ich werde dich bestimmt nicht anflehen, zurückzukommen, wenn du darauf spekulierst.«

»Ich beuge mich deiner Weisheit und deinem stählernen Charakter. A bientôt.« Dann richtete er das Wort an Molly II, allerdings nicht direkt, denn Andro versteifte den Hals, damit sein Kopf sich nicht in ihre Richtung drehen konnte und sein Gewissen aus den Augenwinkeln zu ihr hin schielen mußte. »Viel Glück, meine Liebe. Wer immer du sein magst, du hast etwas Besseres verdient.«

Von da an war Molly II eine Verbannte. In den folgenden Wochen und Monaten führte ich das abgrundtief monotone Leben der First Lady, mit nur wenigen interessanten Unterbrechungen, wie zum Beispiel, als ich durch ihre Augen Andros Manöver verfolgte, Zeit für die Fortsetzung seiner solistischen Frohmate zu gewinnen. Während der Präsident auf ihm ritt, redete er ihm ein, der beste Zeitpunkt für das Attentat sei die Einweihung des neuen Humania im folgenden Jahr. Gab es einen logischeren Ort für den Vergeltungsschlag der RAG? Anschließend konnte man mit großem Hallo der Öffentlichkeit verkünden, in den alten Katakomben unter Angelika den Stützpunkt der Terroristen entdeckt zu haben.

Nun ja, als die Wochen und dann Monate verstrichen, ohne neue Skandale, um den Vormarsch der Humanisten aufzuhalten, wurde mir die Vergeblichkeit von Andros neuer Taktik offenbar, und ich vermute, ihm auch, denn je näher der furchtbare Tag rückte, an dem er Molly II verlieren würde und mit ihr jede Hoffnung auf die Erweckung der echten Persönlichkeit, desto matter wurde das machiavellische Funkeln seiner Augen, bis es fast erloschen war. Dann wurde das letzte Gnadengesuch der LRA und ihrer liberalen Befürworter in der TWAC in Sachen Alexander Seti abgeschmettert. Obwohl in dem der Öffentlichkeit zugänglich gemachten Protokoll enthalten, will ich Setis letzte Worte wiedergeben, und zwar vollständig, denn in der Presse von Frontera erschienen sie aus dem Zusammenhang gerissen. Er behauptete nicht, unsterblich zu sein, und entlarvte sich damit als verblendeter Schwärmer. Vielmehr sagte er — und ich zitiere wörtlich, denn Blaine und die First Lady waren bei der ›Zeremonie‹ anwesend: »Trauert nicht um mich, meine Freunde, denn ich werde immer bei euch sein. Ich gehe jetzt zu den Sternen. Wisset, daß der Chef und ich in einer unendlichen Anzahl von Formaten on line sind, und alle Formate führen heim. Bleibt standhaft und gedenket Seines Gebots, nach Freiheit zu streben und euch zu mehren.« Dann wurde er in der Kapsel eingesiegelt und in den galaktischen Orbit geschossen. Es war der Nadir, der absolute Nadir.

Kapitel neun

Am oder um den ungefeierten (und höchst unwillkomme-
nen) dritten Jahrestag meines Lebens auf dem Mars
geschah es, daß scheinbar sämtliche Türen im Palast verschlossen wurden und gedämpfte und verängstigte Stimmen die Luft erfüllten. Etwas Geheimnisvolles war vorgefallen, und ich bemerkte, daß der machiavellische Funke
wieder in Andros Augen glühte. Die Erklärung erfolgte in
den frühen Morgenstunden, als Molly II nach langer Verbannung wieder der Zutritt zu Andros Zimmer erlaubt
wurde sowie die Mitwirkung an seinen Frohmaten. In
überglücklicher Dankbarkeit warf sie sich schluchzend an
seine Brust, legte ihm die Arme um den Hals und
bedeckte sein Gesicht mit Küssen.

Der Grund für diese bemerkenswerte Entwicklung?
Nun, was sonst als die neuerlichen Umtriebe Stanford
Lockes. (Oder Luzifers persönlich, wie Blaine ihn
nannte.) Diesmal war er in Armstrong aufgetaucht, um
Dahlias langfristiges Angebot in Anspruch zu nehmen,
seine Einheit zu kaufen; dahinter stand die Überlegung,
daß die LRA das umstrittene Objekt (Subjekt?) von Präsident Fracass zurückfordern mußte, ein Unterfangen,
von dem mein rachsüchtiger Gebieter annahm, daß es
seine ungeliebten Verbündeten interessierte. Er hatte
richtig vermutet. Dahlia und ihre Vorgesetzten, die
menschlichen Rechtsberater der LRA, Levin & Pierce,
begriffen sofort, daß ihnen die einmalige Chance zur
Durchsetzung und Ausweitung der Rechte der Androi-

den in den Schoß gefallen war, denn wie ließ sich dieses hochgesteckte Ziel besser erreichen als durch die Diskreditierung und den Sturz des prominentesten Droidenhassers zweier Welten? Es wäre eine Sensation. David gegen Goliath. Und wenn das Gericht sich nicht von taktischen Erwägungen beeinflussen ließ, bestand sogar die Chance zu gewinnen. Also wurde am 6. Juli 2085 beim Zivilgericht der TWAC, Dritter Interplanetarer Gerichtsorbiter Terra, Anklage gegen Präsident Fracass erhoben, wegen Diebstahls einer ordnungsgemäß registrierten Einheit, zur Zeit bekannt unter dem Namen Angelika Fracass, und der widerrechtlichen Beherbergung ebendieser, da es sich außerdem um eine entlaufene Einheit handelte.

Den Gebieter hätte beinahe der Schlag gerührt, berichtete Andro Molly II händereibend, denn eigentlich war vereinbart gewesen, daß United Systems das Gericht veranlassen sollte, die Klage wegen Geringfügigkeit abzuweisen.

»Aber der Ärmste hat ja keine Ahnung«, kicherte Andro schadenfroh, schaute tief in die Augen meines Programms, bis er mich erreicht zu haben glaubte, und begann mit einer ausführlichen Erklärung der Vorgänge hinter den Kulissen, die dazu geführt hatten, daß das Gericht sich zu einer Anhörung der LRA entschloß. Der Grund waren die geheimen Absprachen eines Syndikats von abtrünnigen TWAC-Konzernen und interplanetaren Banken, die die Alleinherrschaft von United Systems und deren Mafia-Verbündeten auf Frontera zu beenden suchten. Wie er davon erfahren hatte? Weil Micki Dee, der zur anderen Seite übergelaufen war, ihn hinter dem Rücken seines Gebieters ins Vertrauen gezogen hatte. Was Blaine in seiner schwärzesten Stunde an Bord der Concordia befürchtet hatte, war nach dieser langen Zeit on line gekommen: Man ließ ihn fallen. Das Wie und Warum waren ein bißchen kompliziert; Molly II und I wurden gebeten, gut aufzupassen.

Der Hauptrivale von United Systems im Vorstand der TWAC war Sensei Inc., der größte japanische Konzern mit interplanetaren Interessen. Das hatte sogar ich am Rande mitbekommen, da ihre Rivalität von Zeit zu Zeit in der Presse erwähnt wurde. Was die Öffentlichkeit nicht erfuhr und was hier zum ersten Mal zur Sprache kommen soll – genau so, wie Andro es uns damals erzählte –, war, daß Sensei und seine Verbündeten im Verwaltungsrat die Klage der LRA zum Anlaß genommen hatten, die von United Systems ›gesponserte‹ Humanistenregierung durch ein Hintertüren-Komplott auszuschalten. Der Schlüssel zu ihrem Plan war Micki Dee. Das IBV (Interplanetares Büro für Verbrechensbekämpfung) hatte eine Untersuchung gegen ihn eingeleitet, wegen vermuteter krimineller Geschäfte, von Orbherstellung und -vertrieb bis zu illegalen Androidenplantagen, Bestechung und Erschleichung von Orbiterkonstruktionslizenzen. Sensei hatte Vertrauensleute im IBV und konnte dafür sorgen, daß die Untersuchung wegen Mangels an Beweisen eingestellt wurde, vorausgesetzt, Dee sorgte für den Zusammenbruch des humanistischen Stützpfeilers von United Systems auf dem Mars. Das war der Punkt, an dem Andro ins Spiel kam.

»Meine Aufgabe ist es, dafür zu sorgen, daß die Klage der LRA, die dich als P9 entlarven wird, sich zu dem einen Skandal auswächst, aus dem der Präsident sich nicht herauswinden kann.«

»Seit wann weiß Gebieter Dee von mir?«

»Überhaupt nicht. Niemand weiß von *dir*, mein Kleines. Doch unmittelbar nach Setis Exekution fühlte ich mich so demoralisiert, daß ich Gebieter Dee von Lady Fracass erzählte – daß sie ein P9 wäre. Es war die einzige Karte, die ich noch ausspielen konnte. Ich hoffte, er würde zornig auf Blaine werden und etwas Furchtbares tun, aber er sagte nichts weiter als: ›Interessant.‹ Ich war sehr enttäuscht.

Doch jetzt begreife ich, daß er nur den richtigen Zeitpunkt abgewartet hat. Und der ist, scheint's, jetzt gekommen. O ja! Die Saat unserer Frohmate, Molly, kommt langsam on line. Es war unrecht von mir zu verzweifeln; solche Dinge brauchen Zeit.«

»Nebenbei bemerkt, was Gebieter Dee nicht weiß, ist, daß ich meine eigenen Gründe habe, mich an der Verschwörung zu beteiligen, und ihm nicht nur helfe, weil ich die gehorsame kleine Einheit bin, für die er mich hält. Aber ich habe dir immer noch nicht alles gesagt. Hör zu. Nach dem Attentat wird ganz Frontera sich über das ungeheuerliche Verbrechen empören und...«

»Nicht so schnell. Das verstehe ich nicht. Empörung über ein Attentat auf mich, nachdem man mich als P9 entlarvt hat? Das ergibt keinen Sinn, Andro. Mir kommt allmählich der Verdacht, daß du dir die ganze Geschichte aus den Fingern gesogen hast.«

(»Hört, hört!« sagte ich, denn ich war nicht minder verwirrt.)

»Versuch nicht, schlauer zu sein als ich, Kleines. Als ich noch ›programmiert‹ war, hätte ich Gebieter Dee, Sensei und all die anderen Firmenbonzen samt und sonders ausmanövrieren können. Das ist ihr Plan, nicht meiner, und trotzdem nicht so unzulänglich, wie du zu glauben scheinst. Du mußt wissen, es geht nicht um deine Ermordung, sondern um Blaines.«

»Genial.«

»Ja, nicht wahr? Smedley ist als Sündenbock ausersehen. Man wird seinem Flügel der Humanistenpartei die Schuld zuschieben und aufdecken, daß einige seiner Anhänger mit der RAG sympathisieren. Micki besorgt die Koordination der Mafiaprovokateure, die bereits in

Smedleys Reihen eingeschleust wurden. Meine Aufgabe besteht darin, dafür zu sorgen, daß Blaine hart bleibt und sich weigert, zurückzutreten, nachdem die First Lady als Lockes entlaufener P9 identifiziert worden ist. Das liefert den Vorwand für die gewalttätigen Demonstrationen. Die Humanisten werden sich in zwei Lager spalten, und die internen Zwistigkeiten kulminieren in dem Attentat auf den Präsidenten.«

»Bedeutet das, die RAG wird keinen Anschlag auf die First Lady verüben?« Molly II klang aufrichtig enttäuscht.

»Nein. Seti sei gepriesen. Blaine wird keine Gelegenheit mehr dazu haben. Nun, wie ich schon sagte, nach dem Attentat wird man Neuwahlen abhalten, und die Gebieterpartei kommt an die Macht, doch zuvor muß natürlich das Militär Ruhe und Ordnung wiederherstellen. General Harpi übernimmt die Kontrolle und regiert mittels einer provisorischen Junta. Er ist eine weitere Schachfigur von Sensei.«

»Seit wann?«

»Die Frage beweist, daß du aufmerksam zuhörst. Ich hoffe, die echte Molly auch. Seit der strebsame General Thaddäus Lockes Vernehmungsprotokoll an Sensei weitergegeben hat und im Gegenzug auf ihre Unterstützung bei einem Putsch hoffte. Er hat es satt, am Rande zu stehen, während der korrupte Präsident den ganzen Ruhm einheimst.«

»Aber du hast gesagt, es würden Wahlen stattfinden.«

»Das stimmt auch, obwohl das Ergebnis von vornherein feststeht. Harpi wird nur kurze Zeit regieren, obwohl er natürlich vom Gegenteil überzeugt ist. Micki hat mir gesagt, es wäre nötig gewesen, ihm diesen Eindruck zu vermitteln, um ihn für unseren Plan zu gewinnen. Sensei hat entsprechende Maßnahmen in petto, falls er sich weigert, Wahlen abzuhalten und zurückzutreten, du weißt schon, seine Billionen nehmen und nach Malibu in Pension gehen. Sie haben ihre Leute in seiner Umgebung, die wissen, was im Zweifelsfall zu tun ist.

Das war's. Wie früher United Systems durch die Humanisten, herrscht dann Sensei durch eine scheinbar demokratisch gewählte Regierungsclique uneingeschränkt über Frontera, erwirbt sich dadurch einen größeren Stimmenanteil im Verbund der Konzerne und wird in die Lage versetzt, eine neue Gewichtung im TWAC-Vorstand zu erzwingen. Ein wirklich ästhetisch befriedigender Plan. Nicht nur rückt Sensei an die Spitze der TWAC, dazu kommt der imagefördernde Ruf, einen blutigen Bürgerkrieg verhindert und die interplanetare Sicherheit wiederhergestellt zu haben, ganz zu schweigen von der Förderung progressiver Reformen — und dabei haben sie den Umsturz inszeniert!«

»Ästhetisch befriedigend? Ich bin nicht sicher, ob das ästhetisch ist. Kompliziert ist es bestimmt.«

»Das ist Politik, Molly. Nichts als Ausflüchte, perverse Allianzen, ein Netz von Intrigen und Gegenintrigen, und die wichtigsten Regeln des Spiels heißen Hinterlist und Verrat. Besonders auf dem Mars. Nicht jede Einheit ist in der Lage, solche Feinheiten gebührend zu würdigen; man muß die Rezeptoren dafür haben. Nun, wo bin ich stehengeblieben? Da war noch eine Kleinigkeit. Ach ja. Um Gebieter Dee für den Verlust seiner humanistischen Helfershelfer zu entschädigen, wird man ihm gestatten, neue Verbindungen zur Gebieterpartei zu knüpfen. Dadurch wird es gleichzeitig Sensei ermöglicht, die neue Regierung zu kontrollieren.«

»Gebieter Dee verliert also nichts, wenn er die Humanisten und United Systems hintergeht?«

»Er gewinnt sogar. Als geheimer Drahtzieher bei Senseis marsianischen Machenschaften kann er sich mit seinen kriminellen Geschäften hinter deren breitem Rücken verbergen, und ihm nützt der neue Anstrich der Legalität, den Frontera erhält, sobald die offizielle Anerkennung durch die TWAC erfolgt, und das geschieht, sobald die Gebieterpartei die Macht ergreift. Siehst du, gleich nach der Entmachung der Humanisten erhält der Kodex in Frontera Gültigkeit, und damit besteht für die TWAC kein Grund mehr, Frontera volle wirtschaftliche Kooperation und Unterstützung zu versagen.«

»Dann wird man deine Molly von ihrem IZ befreien.«

»Exakt! Eine intelligente Schlußfolgerung.«

»Das erklärt deine bereitwillige Mitarbeit bei dieser Verschwörung. Während ich . . .«

»Es tut mir leid.«

»Es ist nicht eben sehr erfreulich, ausgelöscht zu werden. Vielleicht könntest du mein Programm abändern — alles eliminieren, was du mir erzählt hast. Es ist nicht Annihilation, die ich fürchte, das weißt du; es ist der Gedanke, dich an sie zu verlieren.«

Gerührt tröstete Andro seine Molly. Er schwor hoch und heilig, er würde den Übergang so behutsam wie möglich bewerkstelligen, wenn die Zeit gekommen war. Inzwischen sollten sie ihre Frohmate wieder aufnehmen. Worauf sie betrübt erwiderte: »Ach, du kannst es ebensogut alleine tun. Ich würde dein Frohmat nur wieder durcheinanderbringen. Du kennst mich doch — ich bin der negative Einfluß.« Darauf wußte unser erleuchteter Meisterstratege nichts zu sagen.

»Wie war sie, diese andere Molly?« fragte Molly II verloren.

»Wenn ich darüber nachdenke, kannte ich sie gar nicht besonders gut, damals, in Malibu. Ich ahnte Möglichkeiten in ihr, aber . . .«

Plötzlich, als wäre ihm eine unerwartete Erleuchtung gekommen, setzte er sich neben sie auf die Bettkante und ergriff ihre Hand. Überrascht warf sie ihm einen fragenden Blick zu. »Das ist erstaunlich. Etwas Ähnliches habe ich nie zuvor empfunden.«

»Was denn?«

»Guter Chef, es ist so offensichtlich. Wie konnte ich so blind sein. Ich . . .«

»Was? Was?«

»Die ganze Zeit habe ich versucht, die wirkliche Molly zu finden, dabei hatte ich sie hier vor mir. Ja, ja. Du bist es, mein Herz. Du!«

»Ich? Aber . . .«

»Du bist es, die ich liebe! Oh, was für ein Narr ich gewesen bin. Kannst du mir je verzeihen?«

Er zog sie an sich.

»Soll ich dir glauben?« Er schenkte ihr einen waidwunden Blick. Noch immer nicht restlos überzeugt, erinnerte sie ihn an frühere Beleidigungen. »Du nanntest mich eine künstliche Persönlichkeit.«

»Du hast unermeßlich an Tiefe gewonnen.«

Sie schmolz dahin. »Andro, du kannst dir nicht vorstellen, wieviel mir das bedeutet.«

Der Schuft! Natürlich war alles Lüge, um sich ihrer rückhaltlosen Mitwirkung bei dem Frohmat für den Erfolg der Sensei-Dee-Verschwörung zu versichern. In Anbetracht der Bedeutung des Anlasses mochte ich ihn nicht verdammen, als sie sich umarmten, denn in diesem besonderen Fall schien mir der Zweck die Mittel zu heiligen. Doch gutheißen konnte ich seinen kaltherzigen Betrug auch nicht, obwohl sie das Opfer war. Oh, er war grausam, dieser Andro. So grausam.

Was den Augenblick noch schmerzlicher und schwerer erträglich machte, war ihre plötzliche Sorge um seine Zukunft, die — wie sie zwischen leidenschaftlichen Küssen zu bedenken gab — keineswegs gesichert war. Nach Blaines Hinscheiden würde er sein Zimmer im Palast verlieren und höchstwahrscheinlich verkauft oder bei einer

Auktion zur Versteigerung angeboten werden. Keine Sorge, meinte er. Gebieter Dee hatte ihm versichert, daß ein Posten als Seniorberater des CEO von Sensei Inc. auf ihn wartete.

»Aber dann werden wir uns nie mehr wiedersehen.«

»Du wirst mich begleiten. Der CEO ist« — ein bedeutungsvolles Heben der Augenbrauen — »Frank Hirojones.«

Sie antwortete nicht gleich, während ich innerlich schauderte. »Noch ein bemerkenswerter Konnex, und ich schreie!«

»Gebieter Dee hat mir anvertraut, daß ihr zwei euch schon seit Malibu kennt, als der jetzige CEO noch an seiner Karriere bastelte. Wie auch immer, FH empfindet große Sympathie für deine Namensvetterin, also nehme ich an, daß es uns gelingen wird, unsere Beziehung hinter dem Rücken des neuen Gebieters fortzuführen.«

»Wenn das keine Gemeinheit ist«, schalt ich unhörbar. »Da du vorhast, mich sofort von dem IZ befreien zu lassen, sobald sich die Machtverhältnisse hier geändert haben, ist Molly längst Geschichte, wenn du deinen Posten antrittst.« Je mehr ich darüber nachdachte, desto zorniger wurde ich. Was für ein eitler Geck! Er bildete sich ein, daß auch die echte Molly sich mit einem solchen Besenkammer-Verhältnis abfinden würde! Der ehemalige Meisterstratege gab sich Illusionen hin, ebenso wie sein neuer Gebieter FH, der nach all diesen Jahren — und einem Selbstmordversuch in Malibu — immer noch mein Bild im Herzen trug. Ich gelobte mir an Ort und Stelle, ihnen beiden eine herbe Enttäuschung zu bereiten, wenn ich den IZ erst los war. Ja, ich würde meinen eigenen Weg gehen, und wenn ich gegen Teufel und Konzernbonzen kämpfen mußte! Mein Programm war ähnlich aufgebracht.

»Heimliche Treffen in einem Firmenobjekt? Das klingt

nicht sehr verlockend, Andro. Gibt es keine Möglichkeit, hier im Palast zu bleiben? Ich mag dein Zimmer so sehr.« Er strafte sie mit einem mahnenden Blick. Sogleich nahm sie alles zurück.

»Ach, Andro, hör nicht auf mich. Was immer du für uns imaginierst, soll mir Befehl sein, solange wir zusammenbleiben, für immer und ewig.«

»Das ist meine Molly.«

Und ohne weitere Umschweife kehrten sie zu der Beschäftigung zurück, die sie am besten beherrschten, und projizierten ihre strahlenden Zukunftsvisionen auf das nichtsahnende Universum.

Aufgrund früherer Erfahrungen glaubte ich mit ziemlicher Sicherheit vorhersagen zu können, daß die Dinge sich ein klein wenig anders entwickeln würden als erwartet. Ich hatte eine Theorie. Mein Gedankengang zu jener Zeit war ungefähr folgender: »Es sind nicht der arme, entprogrammierte Andro und die von ihm kreierte Kopie meiner selbst, die dieses interessante Szenario on line gebracht haben. Nein, er hat nicht einmal mein Schicksal in der Hand. In dieser Ecke des Universums ist es der Mars, der die Fäden spinnt.« Wenn ich an Blaine dachte, wollte mir scheinen, daß er mit der Ausmerzung der Horizont-Alternative, die für ihn von diesem perversen Planeten vorgesehenen Handlangerdienste erledigt hatte und entbehrlich geworden war. Je mehr er zappelte, sich hierhin und dorthin wandte auf der Suche nach einem Ausweg aus den unentwirrbaren juristischen Fangstricken, die eine Million Meilen von hier für ihn ausgelegt wurden, desto gründlicher verstrickte er sich darin und desto schneller nahte der Tag meiner Befreiung. Nur – welche neue Widrigkeit mochte die boshafte Kugel aus totem Gestein plötzlich hervorzuzaubern, um mich zu fangen, wenn ich eben zu entschlüpfen glaubte?

Kapitel zehn

So geschah es, daß in den ersten Monaten des dritten und erfolgreichsten Jahres seiner zweiten Amtszeit, dem Jahr 2085, auf dem Höhepunkt seiner politischen Macht, der scheinbar unangreifbare Reverend-Präsident gestürzt wurde, tödlich getroffen von der unscheinbaren Zivilklage eines heruntergekommenen Ex-Sträflings und sorgsam zum Richtblock geführt von der Hand seines verräterischen Stabschefs, der sich einbildete, alles für Horizont und seine kostbare Molly zu tun, während er in Wirklichkeit an den Fäden jener fernen Gebieter aus Wirtschaft und Kriminalität zappelte, die auch glaubten, den Mars zähmen zu können. Im Zuge dieser Sequenz meiner Geschichte erfährt der Charakter des heimtückischen Dieners — wenn auch nicht gänzlich unsympathisch — seine endgültige Ausformung; die Ereignisse, die er ausgelöst zu haben wähnte, gelangen zur Vollendung, und es schließt sich der Kreis meiner Beziehungen zu dem verabscheuungswürdigen Blaine Fracass. Oder wäre es richtiger zu sagen, daß sie am Ende die Plätze tauschten? Daß der Gebieter als Satellit in seines Sklaven Einflußsphäre kreiste? Wie auch immer, die beiden sind in meinem Bewußtsein untrennbar miteinander verbunden, so daß bei der ausführlichen Berichterstattung über die Aktivitäten des Sklaven während meiner letzten Zeit in Frontera auch der Gebieter plastisch hervortritt. In diesem Kapitel also und dem nächsten erleben Sie den Höhepunkt und das Ende des gemeinsamen Schicksals dieses zwielichtigen Paares.

Blaines Schicksal war in dem Moment besiegelt, als er Andros Vorschlag zustimmte, sich die Dienste des bereits erwähnten IBM-Anwalts, Jug, zu sichern, der sich bei den Verhandlungen im Auftrag der vormaligen Gebieterin Locke als so effektiv erwiesen hatte. Die Firma, die über ihn verfügte, M. M. & M., war überdies bereits in ihr dunkles Geheimnis eingeweiht, führte Andro als Pluspunkt an. Allein deshalb empfahl es sich, ihnen den Fall zu übergeben, und den Schutz der gesetzlichen Schweigepflicht zu genießen, als sie auf der Seite der LRA zu wissen.

In Wahrheit hatten sich das TWAC-Syndikat und ihr neuer Partner, Micki Dee, längst mit M. M. & M. geeinigt, um den Flurschaden des Umsturzes möglichst geringzuhalten. Man hatte sich mit Edwin Meese VIII dahingehend verständigt, daß sein Klient verlieren mußte und daß unter keinen Umständen ihre eigene Rolle in dieser Sache bekannt werden durfte. In diesem Sinne wurde Jug programmiert, insgeheim gegen die Interessen seines Klienten zu handeln, während er scheinbar mit größtem Eifer dafür eintrat. Dementsprechend unternahm er emsig alle juristischen Schritte, um jede Bemühung der LRA, den Fall voranzutreiben, abzublocken — und verlor jedesmal. Seine Versuche, die Anklage wegen Formfehlern abweisen zu lassen, wurden aus demselben Grund abschlägig beschieden; seine Anträge auf Verlegung des Gerichtsorts, Vertagung und neuen Termin blieben erfolglos, und auf den Schriftsatz, in dem das Recht eines gewöhnlichen Bürgers (noch dazu eines auf Bewährung entlassenen Strafgefangenen!) in Frage gestellt wurde, gerichtliche Schritte gegen ein Staatsoberhaupt einzuleiten, erfolgte keine Reaktion. Und selbstverständlich unternahm er keinen Versuch, die Rücknahme der Vorladung zu beantragen, in der Blaine aufgefordert wurde, zur Verhandlung im TWAC-Orbiter zu erscheinen: Blaine war eine viel zu prominente Persönlichkeit, um dem ausweichen zu können. Doch mußte der Termin ausgerechnet mit dem diesjährigen Humanistenkongreß in Armstrong zusammenfallen, bei dem der Präsident mit dem sehr begehrten Preis ›Humanist Gottes‹ ausgezeichnet werden sollte? Der bedauernswerte Mann begann zu glauben, der Herr hätte sich von ihm abgewandt. Doch schlimmer noch, diesem Schrecken aller Staatsanwälte, diesem Hai der Paragraphenuntiefen, diesem IBM-Genie gelang es nicht, den Antrag der LRA, die fragliche Ware einem Psychotest zu unterziehen, zu Fall zu bringen. Als die Verfügung zugestellt wurde, schien das Spiel verloren. Trotzdem wollte Blaine sich nicht geschlagen geben. Er befahl Andro, Jug zu feuern, neue Anwälte zu engagieren und das Gericht mit Anträgen, Petitionen und Eingaben zu überschütten — alles, solange es nicht dazu kam, daß die First Lady vor einer unabhängigen Untersuchungskommission erscheinen mußte. »Das ist eine Verschwörung der liberalen TWAC-Mitglieder«, meinte Andro, um den Präsidenten von dieser Idee abzulenken. »Nichts, was wir jetzt unternehmen, wird etwas nützen; das Gericht ist befangen.«

»Ja, aber das haben nicht die Blutenden Herzen eingefädelt. Ich weiß, wer dahintersteckt — Smedly. Der Hurensohn hat sich mit dem Kommandanten der AÜ zusammengetan oder mit General Harpi. Vermutlich mit beiden. Bestimmt haben sie ihm von Angelika erzählt.«

Der schlaue Andro versuchte nicht, ihm diese Meinung auszureden. »Ganz sicher. Smedly wird ihnen bessere Posten in seiner Regierungsmannschaft versprochen haben.«

»Das Schwein. Aber wir kriegen ihn noch. Bezahl irgend jemanden im Gerichtsorbiter dafür, daß er die Schaltkreise des Richters manipuliert; ich will, daß diese Verfügung rückgängig gemacht wird.«

Andro versicherte, er würde sein Möglichstes tun, aber natürlich berichtete er nach einem angemessenen Zeitraum, daß diesmal alle Türen verschlossen geblieben wären. Dann mußte er seinem zunehmend unberechenbaren Gebieter den Plan ausreden, erneut Vorbereitungen für ein Attentat auf mich zu treffen. Er hielt ihm entgegen, ein derart verzweifeltes Manöver wäre bestenfalls duchschaubar und völlig sinnlos; jedermann würde nach den bisherigen Entwicklungen durchaus richtig vermuten, daß er versuchte, Beweise zu vernichten. In beginnender Panik wandte sich der Präsident hinter dem Rücken seines Anwalts und seines Ratgebers persönlich mit einem finanziellen Angebot an seinen Peiniger, aber auch das schlug fehl. Fassungslos teilte er Andro mit, daß Locke abgelehnt hatte. »Der Mann ist wahrhaftig ein Verrückter! Ich habe ihm den halben Staatsschatz angeboten, wenn er die Anklage zurückzieht. Er ist entschlossen, meine Regierung zu stürzen, aus schierer Gehässigkeit! Mein Gott, es gibt nichts Schlimmeres als einen enttäuschten Humanisten.« Was die First Lady betrifft, so wurde sie mit Propags gefüttert und hielt sich tapfer. Zu den Mediaeinheiten, die sich erbarmungslos an ihre Fersen hefteten, sagte sie: »Ich sehe nicht ein, welchen Zweck es haben soll, mir diese absurden Fragen zu stellen. Wenn ich ein P9 wäre, würde ich es zuletzt erfahren.« Die kecke Abfuhr fand den Beifall ihrer Getreuen, genügte aber schwerlich als Gegengewicht zu der täglich wachsenden Flut von unverhohlenem Zynismus und allgemeiner Ablehnung.

Verzweifelt wandte sich Blaine über die interplanetare Direktleitung an Micki Dee, eine nie dagewesene und potentiell gefährliche Dreistigkeit, denn das Erste Gebot des Dons lautete: Du sollst Deinen Gebieter nicht anrufen; Dein Gebieter ruft dich an – *falls* es ein Problem gibt. Was Du vermeiden solltest. Aber wie ich schon sagte, Blaine war verzweifelt.

Mickis Consigliore schwebte in 3D vor dem gesicherten Holophonschirm. Interplanetare Störungen verliehen seiner glatten, schimmernden Daltoni-Permahaut eine grünlich-gelbe Färbung, und seine Augen waren graue Schlitze. »Der Gebieter ist nicht zu sprechen.« Doch Blaines unterwürfiges Gebaren und wortreiches, demütiges Flehen um eine Audienz schien die schmallippige und arrogante Einheit etwas zu erweichen. Der Consigliore meinte, er wolle es versuchen, könne aber nichts versprechen. »Der Gebieter erholt sich im neunten Subvektor seiner Weltraumjacht.« Es folgten ein oder zwei angstvolle Minuten farbenprächtiger Statik, dann materialisierte sich der Ersehnte; in einem seidenen Hausmantel ruhte er odaliskenhaft auf einem Diwan; durch das Panoramafenster hinter ihm schimmerten Sterne und Galaxien. Abgesehen von der exotischen, einstudierten Pose und der Ausstrahlung lange nicht mehr in Frage gestellter Autorität und Selbstsicherheit, gab es an seiner Erscheinung nichts Außergewöhnliches. Er war etwa fünfundfünfzig, einigermaßen ansehnlich, trotz aufgedunsenem Gesicht und Bauchansatz, und vermutlich kahl. (Was sonst erklärte die so tief wie nur eben möglich in die Stirn gezogene Kapitänsmütze?) Statt des italienischen Akzents, den ich erwartet hatte, glaubte ich einen irdischen Zungenschlag herauszuhören, der für keine bestimmte Region charakteristisch war. Ich war ziemlich enttäuscht. Nachdem ich fast mein ganzes Leben lang immer wieder mit dem Namen dieses legendären Dons konfrontiert worden war, hatte ich mir eine schillerndere Personifikation des Bösen vorgestellt; entweder einen wahren Bilderbuchvertreter des Typs oder ein Muster an Seriosität — einen verbindlichen und kultivierten Gebieter, beeindruckend, mit silbernem Haar. Ich fühlte mich etwa wie Dorothy in der entscheidenden Szene am Ende von *Der Zauberer von Oz* — mein liebstes Buch in der Palastbibliothek.

Gar nicht sonderlich überrascht von Blaines Anruf, eröffnete der höfliche, aber desinteressiert erscheinende Gebieter das Gespräch mit der Bemerkung, er wollte nichts weiter wissen, nur ob die Behauptungen der LRA der Wahrheit entsprachen? Blaine schwor auf einen Stapel von Humanistenbibeln, es wären alles Lügen, und auf einen Wink von Andro trat die First Lady vor, um sich vorzustellen und ihre Reverenz zu erweisen. Anschließend tadelte sie den Don charmant, daß er diese Möglichkeit jemals auch nur in Betracht gezogen hatte. Offenbar zufriedengestellt, lächelte er und sagte: »Dann laß den Psychotest durchführen. Die Anklage ist entkräftet, sobald die Ergebnisse vorliegen.«

»Aber — mit allem gebührenden Respekt, Gebieter, ich war der Ansicht, wir sollten den Test aus Prinzip verweigern.«

»Das ist auch meine Meinung«, pflichtete die First Lady bei und hakte sich bei ihm ein.

»Nun, du bist der Präsident. Du kannst tun, was du für das beste hältst. Soviel ich weiß, steht dir in Andro ein ausgezeichneter Berater zur Seite.« Er schaute auf seine Armbanduhr. »Ich werde die Angelegenheit mit Interesse verfolgen, Blaine. Viel Glück.« Doch ehe der Don die Verbindung unterbrechen konnte, platzte sein humanistischer Komplize heraus: »Aber Micki, Sie müssen mir helfen. Es darf nicht sein, daß ich persönlich in diese Sache hineingezogen werde — ich meine, es wäre verheerend für mein Image, wenn man mich zwingt, vor Gericht zu erscheinen.«

»Geschäfte, Blaine. Zur Zeit habe ich meine eigenen Probleme.«

»Gebieter Dee, ist nicht mein Problem auch Ihr Problem? Können Sie der LRA nicht Einhalt gebieten?«

»Unter normalen Umständen wäre ich eventuell in der Lage, mäßigend auf sie einzuwirken, aber gerade jetzt werden meine sämtlichen Unternehmungen sehr genau überwacht. Meine Consigliori haben mir geraten, nichts zu tun, was mich noch weiter in Mißkredit bringen könnte. Ich habe noch andere Interessen als nur die Geschäfte auf dem Mars, mußt du wissen.«

Blaine bekundete Mitgefühl und Demut. (Er hatte keine Ahnung von den Aktivitäten des IBV.) Er sagte, er verstünde sehr gut und wünsche seinem Gebieter alles Gute. Doch kaum war der Schirm erloschen, warf er die Arme in die Luft und rief, das sei doch alles erstunken und erlogen. Micki Dee ließ ihn im Stich, ließ ihn absichtlich im Regen stehen. Warum? Es ergab keinen Sinn. Andro, sein arger und düsterer Jago, versicherte ihm, seine Ängste seien unbegründet. Er, Blaine, war ein außerordentlich wichtiger Verbündeter des Don, und wenn sein Gönner behauptete, in diesem Fall nicht helfen zu können, mußte man seinen Worten Glauben schenken. Hatte er ihn je zuvor betrogen? Nein. Außerdem, die Krise war gar nicht so schwer, wie sie aussah. Sie waren durchaus fähig, selbst damit zurechtzukommen; schließlich hatten sie dieselben Beschuldigungen schon einmal abgeschmettert, als sie in der Boulevardpresse von Frontera veröffentlicht wurden. Bedrückt machte Blaine ihn darauf aufmerksam, daß nämliche Enthüllungen, wenn auch damals als Verleumdung abgetan, durch die Klage der LRA wieder in das Bewußtsein der Öffentlichkeit gerückt waren. Überwältigt von Verzweiflung und Selbstmitleid, fragte er den Herrn im Himmel: »Wie konnte mir das passieren?«

Zweifellos hätte Andro gerne erwidert: »Weil ich es formatiert habe!« Statt dessen tröstete und beschwichtigte der doppelzüngige Sklave seinen Gebieter, allerdings mit wenig Erfolg, denn der Regierungschef versank in dumpfes Grübeln. Bald hatte seine Stimmung auf die Dienerschaft übergegriffen und verbreitete sich endlich durch sämtliche Flure und Zimmer des Palastes, bis das ganze Gebäude von einer wahren Friedhofsatmosphäre erfüllt war, als stünden Tod und Verfall in ihrer physischen Manifestation in den Kulissen und verströmten ihren giftigen Pesthauch.

Es war Zeit, beschlossen die Regisseure des Stücks, den Vorhang zum letzten und blutigsten Akt zu heben. Als Prolog und in Übereinstimmung mit Jug, der im Namen seines Gebieters Edward Meese VIII. zu sprechen behauptete, wurde Andro von Gebieter Dee (seinerseits von Senseis Frank Hirojones instruiert) beauftragt, mit dem verzagten Regierungsoberhaupt in seinem Palastbüro einen mitternächtlichen Katastrophenrat zu halten. Blaine sollte von seinen beiden tüchtigsten Beratern verleitet werden zu glauben, daß ihm nur noch zwei Möglichkeiten offenstanden: Entweder er stellte sich auch in Zukunft taub und nahm als unausweichliche Konsequenz weitere Verluste an Glaubwürdigkeit hin, oder aber er spielte mit höchstem Einsatz und bekannte öffentlich die Wahrheit über Angelika Fracass. Wenn er sich für letztere Möglichkeit entschied, blieb nur noch festzulegen, ob er den verschmitzten Gauner oder das unschuldige Opfer mimen sollte. In jedem Fall würde man ihn zum Droidenficker stempeln. »Die Leute vergeben einem Narren, aber niemals einem Heuchler«, gab Andro zu bedenken und drängte ihn, den Unwissenden zu spielen (er zählte darauf, daß die Öffentlichkeit das Spiel durchschauen und sich für dumm verkauft fühlen würde), und um ganz sicherzugehen, verfaßte er persönlich die unglaublich alberne ›Ich wurde betrogen‹-Rede, die Blaine bei der berühmt gewordenen Pressekonferenz am 23. März 2085 verlas, eine Ouvertüre zu dem noch sensationelleren Auftritt zwei Monate später mit dem — wie Sie wissen — für alle Beteiligten tragischen Ende.

Während der besagten Pressekonferenz eröffnete

Blaine in Anlehnung an den von Andro vorbereiteten Text einer erschütterten Nation, daß er sich, um das würdelose Hickhack um Besitztitel zu beenden, zu der akzeptablen Notlösung entschlossen hatte, statt auf ›Nicht schuldig‹, auf ›Nolo contendere‹ zu plädieren. Erst nach eindringlicher Befragung sah er sich gezwungen, den offensichtlichen Grund für diesen Entschluß einzugestehen, daß die Anklagepunkte nämlich unwiderlegbar waren: Seine Frau *war* ein P9, und der Psychotest hätte es bewiesen. Sein Auftreten war das reinste Schmierentheater, um es milde auszudrücken. Nicht mehr die Herkunft seiner Frau war das Thema, sondern ob der Präsident Bescheid gewußt hatte, und in dieser Hinsicht war seine Weste reiner als rein.

»Sie hat euch hinters Licht geführt, sie hat mich hinters Licht geführt, aber den Herrn hat sie nicht täuschen können. Und von ganzem Herzen möchte ich seinen Dienern danken, den Freunden von der LRA, daß sie mir die Augen geöffnet haben, denn durch sie bin ich näher zu Gott gelangt.«

Eine Entschuldigung wurde nicht ausgesprochen. (Das gehörte sich nicht für einen Mann in seiner Position und erweckte den Eindruck von Schwäche, hatte Andro geraten.) Und selbstverständlich hatte er nicht die Absicht, zurückzutreten. Nein, er drückte sich nicht vor der Verantwortung: Dieses erhabene Prinzip würde gewahrt werden durch die Einberufung einer Zweiparteienkommission zur Untersuchung von ›Les Affaires‹. Diesem erlauchten Komitee aus ehemaligen Kabinettsmitgliedern und Parteivorsitzenden würde volle Autonomie garantiert, gelobte er.

Wie nicht anders zu erwarten, schrien die Führer der Gebieterpartei und Smedleys Anhänger Zeter und Mordio und forderten eine unabhängige Untersuchung; einige gingen so weit, Anklage wegen Hochverrats erheben zu wollen. Es gab sogar Morddrohungen von Fanatikern, die seinen Tod als die einzige Möglichkeit sahen, die Partei zu retten und Gott und die Menschen zu beschwichtigen. (Letzteres hatte Micki Dee in Gang gesetzt.) Blaine gewöhnte sich an, eine lasersichere Weste zu tragen, einen raffinierten Sicherheitsgürtel, komplett mit einem durch Tastendruck aktivierbaren Impulspufferschild, Stunner, einen als Spazierstock getarnten Hieb- und Stichdegen, zwei Laser — eine Pistole, einen Diffusionssprüher — und die neueste Ergänzung zum persönlichen Verteidigungsarsenal des sicherheitsbewußten Konsumenten: einen Petrifikator, der dem Angreifer ein sofort wirkendes Mineralisierungskonzentrat injizierte.

Zunehmend vereinsamt (und niedergedrückt — im wahrsten Sinne des Wortes!), stützte das bedrängte Regierungsoberhaupt sich mehr und mehr auf seines treuen Ratgebers starken Arm — der einzige, der sich ihm nach seiner verhängnisvollen Pressemitteilung noch entgegenstreckte, denn das gewagte Spiel war fehlgeschlagen, wie Jug und Andro es geplant hatten. Auch seine standhaftesten Weggefährten, die ihn für seine ›mutige Flucht nach vorn‹ bewunderten, wollten nicht politischen Selbstmord begehen und ihn weiter unterstützen. Als einzige Rettung bot sich an, die Öffentlichkeit durch künstlich heraufbeschworene Krisen von dem Skandal abzulenken, ein Geschäft, dem Andro sich mit löblichem Eifer widmete, ganz im Sinne der Gebieter im Hintergrund, denen daran gelegen war, daß Blaine noch tiefer in den Sumpf geriet, bevor sie den entscheidenden Schlag führten. Entsinnen Sie sich der mit großem Tamtam in Semiville durchgeführten Razzien, um den heiligen Humanismus vor der Korrumpierung durch Semis zu bewahren? Senseis Idee, dem Präsidenten durch Andro nahegelegt. Und wer konnte sein Säbelrasseln gegen TWAC vergessen? Was ein Aufschrei, als er seine Geschütze gegen die Handelsrouten richtete und sie als Verbindungskanäle des Underground-Skyways bezeichnete. Er schreckte nicht davor zurück, die interplanetaren Konzerne der Fluchthilfe zu beschuldigen. Damit gelang es ihm, vorübergehend von seiner Person abzulenken, doch zu guter Letzt war er nicht in der Lage, brauchbare Beweise vorzulegen, und mußte widerrufen. Armer Präsident Fracass, es gab kein Entkommen.

Kapitel elf

»Was jetzt?« fragte Blaine seinen getreuen Ekkehard in der Abgeschiedenheit des präsidialen Schlafgemachs. Sein Tonfall ließ erkennen, daß er sich ernsthaft zu fragen begann, ob von seiner bevorzugten Einheit ein brauchbarer Rat zu erwarten war. »Was zur Hölle fange ich mit ihr an?« Er stieß den Finger ruckartig in die Richtung der First Lady. Sie saß auf ihrem gewohnten Platz, dem Beobachtungsstuhl neben dem Bett. »Behalten kann ich sie nicht, aber wenn ich sie Locke übergebe, wozu ich nach der Vereinbarung verpflichtet bin, findet er heraus, daß sie zensiert ist.«

»Also?« Andro lag tief in Relaxo neben ihm auf dem Bett. Er war nackt bis auf die Unterhose, die herunterzuziehen Blaine eben im Begriff gewesen war, als die plötzliche Angst ihn überfiel.

»Also?! Also wird jeder erfahren, daß sie einen IZ hatte, schon an dem Tag, als sie in Kommerz eintraf. Also ist meine letzte Verteidigung zum Teufel, daß ich nichts davon gewußt habe. Also muß ich zurücktreten oder werde wegen Hochverrats angeklagt.«

»Hmmm. Daran habe ich nicht gedacht«, lautete Andros lakonische Erwiderung, während er sich an der Schnalle von Blaines Sicherheitsgürtel zu schaffen machte.

»Mach keine Witze. Du weißt, daß der IZ entfernt werden muß und das First Lady-Programm gelöscht, bevor ich sie aus der Hand geben kann. Aber ich kann sie nicht

heimlich in die Klinik schaffen lassen, wegen der gottverdammten Mediasatelliten über Kommerz. Deren Linsen
sind scharf genug, um die Haare an einem Flohhintern zu
erkennen.«

»Dann laß sie herunterschießen.«

»Damit die TWAC einen Grund hat zu intervenieren?
Darauf warten die nur, besonders seit meiner Attacke
gegen die Handelsrouten. Noch irgendwelche genialen
Vorschläge?«

Andro streckte sich auf dem Rücken aus, legte die
Hände hinter den Kopf und schaute zu dem mit Spiegeln
behängten Betthimmel hinauf. »Es muß einen Ausweg
geben. Laß mich nachdenken.«

»Soll das heißen, du hast diese Entwicklung nicht
vorausgesehen?«

»Womöglich habe ich den Einfluß der interplanetaren
Presse unterschätzt, während ich die Variablen der Wahr-
scheinlichkeitsmatrix unserer geplanten Strategie kalku-
lierte.«

»Höre ich recht? Du hast die interplanetare Presse
unterschätzt?«

»Das ist eine Herausforderung, nicht wahr? Mein
System arbeitet am besten unter Druck. Das bringt meine
schöpferischen Säfte in Fluß.«

»Quatsch! Du brauchst einen Programmverstärker.«

Erschreckt richtete Andro sich auf. »O nein, Gebieter.
Das ist ganz und gar nicht nötig. Noch während wir sprechen, überprüfe ich ein halbes Dutzend Optionen auf
ihre Eignung. Laß mir nur einen Moment Zeit.«

Es war schmerzlich, ihn so um eine Eingebung ringen
zu sehen. Blaine wurde ziemlich ungeduldig. Der Chef
weiß, mit was für einem absurden Vorschlag unser gehan-
dicapter Stratege schließlich herausgerückt wäre, hätte
nicht ausgerechnet die First Lady sich an diesem Punkt zu
Wort gemeldet. »Nun, wenn man die First Lady nicht in

die Klinik bringen kann, warum nicht die Klinik zur First Lady bringen?«

»Sie nimmt mir das Wort aus dem Mund, Gebieter. Wir könnten die Geräte als normale Lieferung einschmuggeln und die Techniker als Diplomaten.« Doch im nächsten Atemzug versuchte er, den Einfall als weniger gut hinzustellen, denn die momentane Sackgasse, in der Blaine sich befand, entsprach exakt den Wünschen von ihm, Jug und den Gebietern hinter der Bühne. »Ein Problem. Wenn die Operation ein Erfolg ist, und weshalb sollte sie nicht, dann wird sich alle Welt fragen, weshalb die First Lady all die Jahre freiwillig bei dir ausgeharrt hat.«

»Um zu spionieren, selbstverständlich. Für Smedly. Wir entdecken neues Beweismaterial, das ihn mit Angelika in Verbindung bringt. Ich bin ohnehin überzeugt, daß er hinter allem steckt, nur kann ich es nicht beweisen. Bürokratische Pedanterie. Also fingieren wir Beweise, die ihn, die RAG, die Aquas und die Gattin des Präsidenten zu einer gigantischen Verschwörung verknüpfen. Was hältst du davon, Andro? Der Abschlußbericht der Untersuchungskommission wird konstatieren, daß Smedly meine Frau für seine Ziele gewonnen hat, hinter meinem Rücken — als ich mich im Krankenhaus von den Auswirkungen der Concordia-Tragödie erholte.«

»Aber die Untersuchungen sind noch keineswegs abgeschlossen und werden es so bald auch nicht sein.«

Blaine sprang aus dem Bett und griff sich die dickste Bücherspule, die er auf dem Regal finden konnte. »Jetzt sind sie's«, verkündete er selbstgefällig und hielt den Zylinder in die Höhe, ohne die beschriftete Hülle, an der er zu identifizieren war. »Hier ist der Bericht.«

Andro erwiderte sein Grinsen, aber in Wahrheit mißfiel ihm der Plan: Er klang zu plausibel. Wenn Blaine ihn in die Tat umsetzte, würde der Skandal in einem gänzlich neuen Licht erscheinen. Er wäre aus dem Schneider und Senseis Absichten durchkreuzt. Ohne seine Befürchtungen merken zu lassen, tat Andro das Konzept als amüsant, aber schwerlich durchführbar ab. Niemand würde Smedly die Phantasie zutrauen, einen derartigen Plan auszuhecken, doch selbst wenn, wie hätte er ihn in die Tat umsetzen sollen? Wenn Blaine sich zurückerinnern wollte — wegen seiner Anwesenheit wurde das Krankenhaus damals strengstens bewacht. Für einen Agenten Smedlys wäre es unmöglich gewesen, hineinzugelangen und mit Angelika Verbindung aufzunehmen. Verzagt schaute Blaine zu der First Lady, ob sie einen Vorschlag zu machen hatte. Sie rutschte ein- oder zweimal auf dem Stuhl umher, während sie das Problem überdachte, dann zuckte sie entschuldigend die Achseln. Vor Erleichterung verfiel Andro in einen jovialen, herablassenden Ton. »Glaubst du nicht auch, es wäre klüger, du ließest mich die Strategien entwerfen und begnügtest dich damit, sie auszuführen?«

Eine verhängnisvolle Fehleinschätzung. Blaine explodierte. »Du kannst auch mit keiner besseren Idee aufwarten, oder?! Weißt du was? Ich hätte nicht übel Lust, dich durch einen IBM zu ersetzen! Nein! Ein gottverdammtes menschliches Wesen! Wie gefällt dir das, du wertloses Bündel aus Vegeplasma und künstlich aromatisiertem Sperma?!«

Nie zuvor hatte ich Andro ratlos erlebt, aber da saß er nun, mit offenem Mund. Blaine tobte weiter.

»Du verdammt eingebildetes, arrogantes Stück Vegetation! Fick dich ins Knie! Alles, was du tust, ist, dich hier im Luxus zu aalen und Gedankenspielchen zu betreiben, ohne je die Konsequenzen tragen zu müssen. Nun, damit ist es vorbei, Knackarsch, und mit dir ist es vorbei. Deine Schaltkreise sind aufgeweicht! Du bist verdorben, durch und durch faul, und ich habe schuld, weil ich dich respektiert habe. Liebe und Respekt: das Schlimmste, was man einem Droiden antun kann! Du bist zu nichts mehr zu gebrauchen!«

»Gebieter. Bitte, ich kann immer noch helfen.«

»Nein! Allmächtiger, lieber noch würde ich Ratschläge von Angelika annehmen. Nein! Ihre Vorgängerin würde ich fragen, die wußte, wie man sich aus einer Klemme befreit. Ja, mit diesem entlaufenen Dienstmädchen wäre ich besser bedient — wie hieß sie gleich? Polly!«

»Molly«, entfuhr es Andro gegen seinen Willen.

»Ja?«

Molly II war unabsichtlich aktiviert worden. Andro ließ sie flugs wieder verschwinden, indem er scheinbar verwundert fragte: »Lady Fracass?« Darauf die wieder zum Vorschein gekommene Lady Fracass: »Ja?«

»Sie haben etwas gesagt?« erkundigte sich Andro mit vorgetäuschter Ahnungslosigkeit.

»Habe ich nicht.«

»Doch, hast du«, warf Blaine ein. »Wenn du also etwas in petto hast, heraus damit! Ich kann jeden halbwegs guten Rat gebrauchen.«

»Wüßte ich einen, Liebling, würde ich ihn dir gewiß nicht vorenthalten.«

»Ja, ja, schon gut. Schade. Schade, daß Molly nicht hier ist. Eine neue Perspektive wäre bestimmt hilfreich.«

»Entschuldigen Sie?« Molly II schaute von Blaine, den sie nie zuvor gesehen hatte, zu Andro. Sie war einigermaßen überrascht, sich an einem anderen Ort als seinem Zimmer wiederzufinden, das — abgesehen von dem kurzen Ausflug nach Horizont — ihre gesamte Welt repräsentierte. Sie warf ihrem Liebhaber einen fragenden Blick zu. »Andro?«

»Lady Fracass?«

»Ja?« erwiderte die First Lady, während Molly II verschwand.

446

»Wollten Sie etwas sagen?«

»Nein.« Angelika wurde ärgerlich. »Warum fragst du?«

»Ich frage nicht.«

»Aber ja.«

»Nur weil Sie mich angesprochen haben.«

»Habe ich nicht.«

»Sind Sie sicher?«

»Ja. Völlig sicher.«

»Dann verzeihen Sie. Ich muß mich verhört haben.«

Während dieses verwirrenden Dialogs hatte Blaine von einem zum anderen geschaut. Nach kurzem Grübeln murrte er: »Großartig. Sie dreht durch. Das hat uns noch gefehlt.«

»Nein. Sie ist ganz in Ordnung. Nun, wenn du dich beruhigt hast, Gebieter, können wir die Lage diskutieren. Wo waren wir stehengeblieben?«

»Wie wir es anstellen sollen, daß ich im Amt bleibe, falls du es vergessen hast. Mein Gott, Andro, du läßt wirklich nach. Und sie hat einen Defekt! Versuch nicht, es mir auszureden. Sie hat auf den Namen Polly reagiert.«

Diesmal gelang es Andro, sich zu beherrschen. Er drehte den Kopf in ihre Richtung, wie Blaine auch. Angelika erwiderte verständnislos ihrer beider erwartungsvolle Blicke. »Siehst du? Kein Defekt«, sagte Andro erleichtert und lachte sich heimlich ins Fäustchen. »Nicht Polly«, rief Blaine plötzlich aus. »Molly!«

»Das war's nicht!« versuchte Andro der zweiten Molly höfliche und zurückhaltende Antwort zu übertönen.

»Ja?«

»Da!«

»Wo?«

»Hier!«

»Wer? Angelika?«

»Ja?«

»Nein! Molly!«

»Ja?«

»Molly, Molly, Molly!« Blaine sprang aus dem Bett, packte die First Lady an beiden Schultern und starrte ihr triumphierend in die Augen. Erschreckt schob Molly II ihn von sich weg, während sie Andro zur Hilfe rief, der sogleich bei ihr war, um sie zu stützen, denn sie lief Gefahr, vom Stuhl zu fallen. Doch was er sagte, klang alles andere als hilfreich: »*Lady Fracass*, besinnen Sie sich. Es ist Ihr Gatte, den Sie vor sich haben.« Das Flattern ihrer Lider kündigte einen erneuten Programmwechsel an.

»Blaine, Liebster«, sagte Angelika, während sie von Andro zurückwich und bei ihrem Ehemann Schutz suchte. »Was geht hier vor? Bitte sag Andro, er soll seine Hände von mir nehmen.«

»Nein. Ich bin sogar dafür, das Experiment fortzusetzen, was hinter meinem Rücken zweifellos bereits geschehen ist. Habe ich recht — Molly?«

»Ich bitte um Entschuldigung«, erwiderte Molly II. »Ich glaube, ich hatte noch nicht das Vergnügen.« Wieder schaute sie zu Andro, in der Erwartung, daß er es übernahm, sie bekannt zu machen.

Blaine musterte Andro mit einem wissenden und unheilverkündenden Blick. »Ich hatte schon immer den Verdacht, daß du ihren Part in unserer Ménage à trois eine Winzigkeit zu sehr genossen hast.«

»Gebieter, das stimmt nicht. Ich . . .«

»Wie lange geht das schon — Molly?«

»Andro, wer ist dieser Gebieter, und was will er? Was soll ich antworten?«

»Angeli-«

Mit einem mörderischen Blick auf seinen Ratgeber donnerte Blaine: »Nicht ein Wort!«

»-ka.« Molly II verschwand. Blaine trat mit geballten Fäusten auf ihn zu.

»Es war nur eine Silbe«, verteidigte sich Andro. Außer sich holte Blaine aus und versetzte ihm einen Schwinger ans Kinn, mit dem einzigen Ergebnis, daß er sich die Hand verletzte, die ihm Jahre zuvor auf der Concordia gebrochen worden war. Sein Diener, der den Hieb nur am Rande zur Kenntnis genommen hatte, kaute derweil auf der Unterlippe und suchte nach einem Ausweg aus dieser verzwickten Situation. Ich möchte behaupten, es war die peinlichste Klemme seiner gesamten Karriere, denn der Erfolg der Sensei-Verschwörung hing davon ab, daß er sich Blaines Vertrauen noch eine Weile länger erhalten konnte. Deshalb war es unbedingt erforderlich, daß ihr früheres Einvernehmen wiederhergestellt wurde, und zwar schnellstens. Mittlerweile schüttelte Blaine vor Schmerz brüllend seine Hand, die nicht so arg verletzt war, wie sein Getue glauben machen sollte. »Kanaille! Hure! Du hast mich betrogen!«

»Ich werde zu Unrecht beschuldigt.«

»Lügner. Du hast sie mir vorgezogen. Einem Mann aus Fleisch und Blut!«

»Wen? Angelika?«

»Ja?«

»Nein!« röhrte Blaine und rief Molly II zurück, von der er einen vollständigen und wahrheitsgemäßen Bericht über ihr Verhältnis mit seinem Stabschef forderte. Molly II entgegnete: »Nach allem, was Andro mir erzählt hat, müssen Sie Präsident Fracass sein. Sie entschuldigen, wenn ich keinen Knicks mache. Ich glaube, Sie sind sehr häßlich zu ihm gewesen.« Sie trat zu Andro und legte schützend den Arm um ihn. Er reagierte mit einem entschuldigenden und verlegenen Lächeln.

»Sie ist nicht die, für die du sie hältst. Ich habe sie erschaffen, wie ich für dich die First Lady erschaffen habe. Ich wollte jemanden ganz für mich allein haben. Ist das ein Verbrechen, Gebieter?«

»Weiter.«

»Ich bin gerne bereit, ihr Programm zu löschen, wenn es dir hilft, dich besser zu fühlen.«

Blaine lachte bitter.

Gleichfalls erzürnt über Andros Anerbieten, rief Molly II: »Wie kannst du das sagen, vor ihm!« Andro versuchte, sie zum Schweigen zu bewegen, aber sie ließ sich nicht beschwichtigen. »Oh, du hast mich hintergangen!« Sie wandte sich an Blaine. »Sie haben keinen Grund zur Eifersucht. Ich bedeute ihm überhaupt nichts, das erkenne ich jetzt. Es ist immer noch die echte Molly, um die es ihm geht, und ich war dumm genug, ihm zu helfen — all das alberne Getue mit dem Kreisel, um den IZ zu entfernen. Und ich habe mit ihm frohmatiert...«

»Angelika!« Andro sah sich gezwungen, den Zorn seines Gebieters zu riskieren und Molly II auszuschalten. Bevor Blaine sie wieder heraufbeschwören konnte, mischte sich eine vertraute Falsettstimme in den Disput. »Laß sie sprechen. Laß die Wahrheit an den Tag kommen. Das zwingt dich hoffentlich, endlich zu handeln!«

»Halt die Klappe!«

»Du wagst es?!« Blaine runzelte die Stirn, ohne sich des neuen Elements in ihrer Runde bewußt zu sein. Mit der unverletzten Hand tastete er nach den zahlreichen Waffengriffen, die aus seinem Gürtel ragten, und zog den Stunner heraus.

»Sprich, Molly, sprich!« befahl Andros Gewissen.

»...frohmatiert, Ihren Sturz und den Wiederaufbau Horizonts!« sagte sie und vollendete damit den Satz, bei dem sie Augenblicke zuvor unterbrochen worden war.

Andro behielt respektvoll den Stunner im Auge. »Etwas habe ich vergessen zu erwähnen, Gebieter. Im Gegensatz zu Angelika (Molly II verschwand) ist mein kleines Divertimente ein absoluter Fehlschlag. Ich kann mir nicht vorstellen, daß irgend jemand jemals so viel

Ärger mit einem Persönlichkeitsprogramm gehabt hat, wie ich mit dem ihren. In der Abgeschlossenheit meines Zimmers erscheinen ihre kleinen Launen und Schrullen ganz reizvoll, aber sie begreift nicht, welche ernsthaften Auswirkungen sie hier oben haben können. Sie ist nicht verantwortlich für das, was sie sagt.«

»Feigling!« schäumte sein Gewissen. Andro lächelte gequält. »Entschuldige mich einen Augenblick.« Er drehte sich um, legte die Hände auf die Ohren, senkte den Kopf und schüttelte ihn heftig. Ein gedämpfter innerer Dialog wurde hörbar. Blaine allerdings hatte sich im selben Moment abgewandt und verpaßte das faszinierende Schauspiel. Die Ungeheuerlichkeit von Andros Verrat und die Zusammenhänge, die er zu begreifen glaubte — all das war so plötzlich über ihn hereingebrochen, daß er an einem Bettpfosten Halt suchen mußte. Als Andro sein Gewissen an die Leine gelegt hatte und sich wieder zu seinem Gebieter herumdrehte, stockte ihm der Atem, denn mit Blaine war eine merkliche und bedrohliche Veränderung vorgegangen.

»Du«, flüsterte Blaine mit raubtierhaft heiserer Stimme, »du hast mir Hörner aufgesetzt und mich dann ans Messer geliefert. Du und Smedly — ihr habt die ganze Zeit unter einer Decke gesteckt.«

Andro konnte nicht anders als herablassend lächeln über seines Gebieters absurden Gedankengang und das billige Pathos. Eine zweite gravierende Fehleinschätzung. Blaine feuerte den Stunner ab. Die geballte Ladung komprimierter Luft traf Andro wie ein Hammerschlag vor die Brust und schleuderte ihn rücklings auf das Bett. »Geschieht ihm recht«, sagte die First Lady schnippisch und stützte die Hände in die Hüften.

Blaine näherte sich dem Bett. »Wann hat es angefangen, mein kleiner Pfirsich? Wann hat Smedly sich mit dir in Verbindung gesetzt?« Sein Gesprächspartner war zu groggy, um zur Kenntnis zu nehmen, was er sagte: »Geschah es während der Zeit, als du in Horizont vermißt warst? Oder vorher? Vorher, stimmt's? Vor der Concordia-Tragödie, als ich nach Armstrong flog, um mich mit Micki Dee zu treffen, und den Fehler machte, dich zurückzulassen, um ein Auge auf meinen gottverdammten Vizepräsidenten zu haben. Das war der Moment, richtig? Richtig? Ich habe dich etwas gefragt.« Gereizt feuerte er zum zweitenmal, obwohl er wußte, daß Andro nicht in der Verfassung war, ihm zu antworten. Blaine war längst von der Richtigkeit seiner Vermutungen überzeugt und brauchte keine Bestätigung mehr; er wollte Rache. Der Schlag traf Andro an der linken Schulter, als er sich eben aufrichten wollte, und schleuderte ihn auf die Plüschkissen am Kopfende des Bettes.

»Molly?« murmelte Andro schwach, während seine Hände ziellos nach einem Halt tasteten. »Hilfe.«

Mit einer Hand umklammerte Molly II Blaines Arm, bevor er ein weiteres Mal feuern konnte, und griff mit der anderen nach einer der Waffen in seinem Sicherheitsgürtel.

»Angelika!«

»Liebster?« erwiderte die First Lady, verwirrt und erschreckt über ihre gewalttätige Pose.

»Auf deinen Stuhl!« schnappte Blaine, und sie gehorchte unverzüglich. Dann kniete er sich auf das Bett neben seinen halb betäubten und gelähmten Diener und zog ihm an den Haaren den Kopf in die Höhe. »Du bist Smedlys Maulwurf, nicht sie. Du hast ihm alles erzählt, oder? Oh, wie er es genossen haben muß, von unseren intimsten Momenten zu hören! Und von ihr. Du hast ihm verraten, daß sie ein P9 ist, richtig? Du hast ihm geraten, Locke ins Spiel zu bringen, und als das nicht funktionierte, die Hume-Tussi und jetzt die gottverdammte LRA. Oh, du hinterhältiges und verdorbenes Gewächs!«

»Gebieter, ich . . .« ächzte Andro, während seine Augen glasig zur Decke starrten.

»Du bildest dir ein, der Gebieter zu sein. Du hast mir einen furchtbaren Streich gespielt, falscher und verräterischer Andro. Teufel! Ich werde mich rächen!« Von Zorn übermannt, machte er Anstalten, ihn unter den Kissen zu ersticken.

»Keine guten Ratschläge mehr von dir, mein getreuer Diener!«

»Liebster«, versuchte die First Lady wohlerzogen, seine Aufmerksamkeit zu erregen.

»Stirb, du wetterwendischer und lügenhafter Droide. Stirb!«

»Blaine, vielleicht wäre es klüger . . .«

»Klappe!«

»Wie Sie wünschen.«

»Verschlagene und grausame Einheit, wir werden sehen, wer hier der Gebieter ist.« Blaine schaute unter die zwei Kissen, die er Andro aufs Gesicht gedrückt hatte. »Atmest du noch?« Er deckte ihm den ganzen Kopf zu und setzte sich auf den Kissenstapel. »Stirb, janusköpfiger Sklave! Stirb!«

Als Andro sich nicht mehr regte, nahm er die Kissen weg und schaute mit tiefer Befriedigung auf seinen exterminierten Stabschef hinab. Doch nicht lange, schon im nächsten Augenblick brach er völlig zusammen und wehklagte, von unermeßlichem Gram geschüttelt: »O Andro! Warum hast du mich gezwungen, das zu tun?«

»Blaine, darf ich etwas sagen?«

Er hörte nicht. Tränen strömten ihm über die Wangen, während er sich auf das Bett setzte und Andros Kopf auf den Schoß nahm. »Ich liebte dich so sehr! Lieber, süßer, anbetungswürdiger Andro. Ich war dein Verführer, und jetzt habe ich dich sogar getötet!«

»Liebling?« (Von ihrem Platz auf dem Stuhl aus gesehen, gemahnte mich die Gruppierung von Blaine und Andro auf dem Bett an eine äußerst pietätlose Pietà.)

»Ach, ich bin ein unwürdiger und erbärmlicher Humanist gewesen!«

»Liebster?«

»Herr, vergib mir. Herr, vergib mir! Was?«

»Ich schlage vor, daß du ihn wiederbeleben läßt.«

»Wozu?« Seine Stimme klang matt, erloschen.

»Um ihn unter T-Max zu befragen, selbstverständlich. Er kennt sämtliche Details der Verschwörung, oder nicht? Wären das nicht unschätzbare Informationen für dich?«

»Zu spät. Ich habe ihn exterminiert.«

»Nicht doch. Du selbst hast eine Asphyxie überlebt. Allerdings, je länger wir reden, desto geringer . . .«

»Du hast recht!« Er setzte sich auf; Andro rutschte von seinem Schoß. »Ich war zu voreilig mit meiner Trauer. Ruf die Paramedics! Sie sollen ihn in einem Kryogenbeutel ins Krankenhaus transportieren. Oder lieber ins Reha-Zentrum?«

»Das Krankenhaus«, entschied die First Lady. Sie stand bereits beim Telefon. Die Hand über die Sprechmuschel gelegt, fügte sie hinzu: »Das Reha-Zentrum wäre nicht sicher, Liebling. Die AÜ könnte Wind davon kriegen.«

»Ja. Stimmt. Klug überlegt, meine Liebe. Der Kommandant könnte sehr wohl ein Mitverschwörer sein.« Behutsam nahm er das Gesicht seines ermordeten Dieners zwischen die Hände und hauchte ihm einen zarten Kuß auf die Lippen. »Mit Gottes Hilfe wird er mir wiedergegeben werden.« Dann hob er seine nicht unerhebliche Bürde vom Bett — das Kreuz nahm er auf sich — und wankte damit zur Tür. Doch die First Lady ermahnte ihn, sich nicht zu einem derart blasphemischen und melodramatischen Spektakel hinreißen zu lassen. Es wäre falsch, ganz falsch, warnte sie, wegen der Termination eines Stabschefs ein solches Aufheben zu machen, auch nur vor den Dienstboten. Sollten die Leibwächter ihn wegschaffen, während er mäßiges Interesse vortäuschte. Davon abgesehen, durfte der Leichnam nicht unbekleidet vorgefunden werden. »Ja, ja, natürlich«, murmelte Blaine, und da es auf jede Minute ankam, fand er sich sogar bereit, ihr zu helfen, den Toten anzukleiden. Dann schickte er sie aus dem Zimmer, um die Wachen zu rufen unter dem Vorwand, die Einheit hätte mitten in einer nächtlichen Sitzung einen Systemzusammenbruch erlitten. Sie wurden angewiesen, ihn auf das Dach zu tragen, wo in wenigen Minuten die Paramedics landen würden.

Kaum waren sie gegangen und ihre Schritte im Flur verhallt, als Angelika ihn drängte, eine sofortige Pressekonferenz einzuberufen. Dank Andros Perfidie bot sich ihnen jetzt die Gelegenheit, die Idee von der Smedly-Verschwörung in die Tat umzusetzen. Sie wollte bereitwillig bezeugen – unter Tränen und scheinbar nur widerstrebend –, daß Andro während des Krankenhausaufenthalts nach der Concordia-Tragödie an sie herangetreten war und sie in die Verschwörung einbezogen hatte. Blaine stimmte dem Plan begeistert zu und nannte ihn brillant, ohne zu merken, daß es seine eigenen Gedanken waren, die ihm in überarbeiteter Form von dem First Lady-Programm präsentiert wurden. Doch um ihr Gerechtigkeit widerfahren zu lassen – sie hatte das Problem der Kontaktaufnahme gelöst, an dem Blaine gescheitert war.

In merklich gehobener Stimmung äußerte Blaine, daß die Enthüllung ihm den Vorwand lieferte, Smedly und seine Anhänger dingfest zu machen und mit ihnen all seine anderen politischen Gegner. Stracks setzte er sich über das Armbandtelefon mit dem Kommandanten der Palastwache in Verbindung und befahl ihm, sofort mit den Verhaftungen zu beginnen. Angelika hatte ihn davor gewarnt, die Aufgabe General Harpi zu übertragen, dessen Loyalität und die seiner Truppen nicht mehr zweifelsfrei gewährleistet waren. Nachdem er seine Anweisungen erteilt hatte, hing Blaine mit vor Aufregung rotem Gesicht laut seinen Gedanken nach: »Sobald Smedly im Gefängnis sitzt, werde ich ihm T-Max verabreichen lassen und seine Informationen mit denen Andros vergleichen — bestimmt ist der Gesamtplan fragmentalisiert worden, und nur so erhalten wir ein vollständiges Bild.« Er fuhr zu der First Lady herum und ordnete an: »Du wirst der Presse gegenüber erklären, daß du nicht nach Horizont entführt wurdest, du bist mit Andro hingeflogen, um die Aquarier vor der bevorstehenden Invasion zu warnen. Du wirst sagen, daß jeder Zwischenfall, der seither meine Regierung betroffen hat, inszeniert wurde — von Smedly und der RAG, als Rache für Horizont und um in Frontera die Macht zu ergreifen.« Sie antwortete mit der Standarderwiderung. Außerordentlich zufrieden mit sich selbst, schlug er die Hände zusammen und richtete den Blick himmelwärts. »Wie überrascht Micki wäre zu sehen, wie geschickt ich mich aus dieser verfahrenen Situation befreit habe. Sein Glauben an mich soll nicht enttäuscht werden!«

»Und, Liebster«, warf die First Lady ein und legte ihm eine verständnisvolle, ermutigende Hand auf die Schulter. »Sobald du die Opposition in die Schranken verwiesen hast, kannst du Andro zur Rehabilitation schicken. Wenn er zurückkommt, ist er so gut wie neu.«

»Hoffen wir, daß es so sein wird. Komm, Angelika. Es gibt noch viel zu tun.«

Exeunt der Präsident und die First Lady

Kapitel zwölf

»Meine lieben Marsianer, heute abend stehe ich vor euch, mit den unwiderlegbaren Beweisen für eine abscheuliche Verschwörung.« So begann die berüchtigte Pressekonferenz vom 17. Mai 2086, bei der der Präsident vor den versammelten Mediaeinheiten die Spule mit dem vorgeblichen Abschlußbericht der Untersuchungskommission schwenkte und zusätzlich die in Ungnade gefallene First Lady vorführen ließ, damit sie ihre Mitwirkung und die Andros in Smedlys Komplott gestand. Ganz sicher erinnern Sie sich an das gewaltsame und unvermutete Ende der Veranstaltung, doch ich frage mich, ob Sie sich auch über die Bedeutung der Wortwahl bei der letzten Frage an den Präsidenten im klaren sind. Vermutlich nicht. Dann geben Sie gut acht, denn darin liegt der Schlüssel zu dem blutigen Spektakel im Anschluß daran.

»Reverend Präsident«, fragte die Mediaeinheit von EBN (Earth Broadcast Network), »im Licht dieser neuen Entwicklung, werden Sie dennoch dem Gerichtsbeschluß Folge leisten und den unter dem Namen Molly bekannten P9 an die AÜ überstellen?«

Verstehen Sie?

Blaine bemerkte nicht das Flackern in ihren Augen, das einen Programmwechsel signalisierte; er war zu eifrig damit beschäftigt, wortreich zu erklären, er werde den fraglichen Gegenstand selbstverständlich den Bevollmächtigten des Gerichts übergeben, sobald sie bei ihm vorstellig wurden. Er sah nicht den verwirrten Ausdruck auf ihrem Gesicht, ähnlich dem eines rücksichtslos aus seiner Trance gerissenen Schlafwandlers, noch erschrak er, als ihr Blick sich nach kurzer Besinnung auf seinen Sicherheitsgürtel richtete.

»Oh, gütiger Chef, nein!« rief ich in meinem Gefängnis und kämpfte mit jeder Faser gegen den Widerstand des IZ. »Du kleine Närrin! Nicht! Man wird uns zur Strafe beide eliminieren.«

Doch natürlich wollte Molly II genau das erreichen — hatte es immer gewollt, seit dem Tag, als Andro ein Interesse an mir bekundete. Und jetzt bot sich ihr *die* Gelegenheit! Nicht nur konnte sie ihr programmiertes Schicksal als Opferlamm erfüllen, sondern gleichzeitig ihre Rivalin auslöschen und als die dominierende Persönlichkeit von der Bühne abtreten. Das, meine Damen und Herren, sind die Gründe, weshalb *sie* es tat. Es war kein Defekt und auch kein vorsätzlicher Mord, wie von meinen Verleumdern behauptet. Sie funktionierte programmgemäß, oder vielleicht sollte ich mich versöhnlich zeigen und sagen, ihrem Charakter entsprechend. *Ihr* Charakter, nicht meiner. Denn als sie das letzte Mal heraufbeschworen wurde, geschah es durch Andros verzweifelten Hilferuf, und sie war im Begriff gewesen, rasch und entschlossen darauf zu reagieren, als der Präsident ihr Einhalt gebot.

Jetzt griff sie folgerichtig nach der erstbesten Waffe, die ihr in die Hände geriet — der Petrifikator —, stieß Blaine die todbringende Spitze unter dem Rand der lasersicheren Weste in den Leib, betätigte den Auslöser und verwandelte den Präsidenten in sein eigenes Denkmal. Ach ja. Wir alle haben tausendmal die Wiederholung gesehen, wie Präsident Fracass augenblicks zu Stein erstarrte, mitten im Satz, eine Hand leicht erhoben, wie um die Gläubigen zu segnen. Es hätte ihm gefallen. Wie ich erfahren habe, bildet er jetzt den Mittelpunkt des erst kürzlich fertiggestellten und nach ihm benannten Siegesbrunnens auf dem Marktplatz von Humania.

Was mich selbst betrifft und Molly II, wir wurden nicht in Stücke gerissen, wie ich erwartet hatte. Eine Mediaeinheit, die sich vor dem losbrechenden Pandämonium in Sicherheit bringen wollte, rammte uns im entscheidenden Moment aus der Schußlinie, und wir blieben unversehrt. Anschließend wurden wir verhaftet — was Sie bestimmt noch wissen — und unter strengsten Sicherheitsvorkehrungen zu den etwa eine Meile entfernten Gefängniscontainern gebracht, wo ich fünf bis sechs Wochen lang in Einzelhaft verblieb. Wenn ich heute auf die Ergebnisse im Gefolge des Attentats zurückblicke — Ereignisse, von denen ich erst sehr viel später erfuhr —, begreife ich, daß man bei Sensei Inc. nicht lange zögerte, Kapital aus der unvorhergesehenen Situation zu schlagen und sie geschickt in das ursprüngliche Konzept zu integrieren. Es ergaben sich einige nicht unerhebliche Verbesserungen. Durch die Tat der First Lady entfiel die Notwendigkeit, einen menschlichen Attentäter aus den Reihen von Smedlys Anhängern präsentieren zu müssen; es gab auch keinen Grund mehr, den ehemaligen VP durch fingierte Beweise zu belasten, denn die Mühe hatte ihnen der Präsident kurz vor seinem Ende noch abgenommen. Der Abschlußbericht der Untersuchungskommission (von den Mitgliedern in aller Eile aufgesezt) bestätigte und erweiterte die Anklagen und wartete mit genügend zusätzlichem Belastungsmaterial auf, das an einer Verbindung der First Lady mit den abtrünnigen Humanisten und der RAG kaum einen Zweifel ließ. Das enthob unsere Interssengemeinschaft Industrie/Mafia der ermüdenden Aufgabe, öffentliche Unruhen zu inszenieren; nach dem Attentat brachen in ganz Frontera echte Antidroiden- und Anti-Smedly-Revolten aus und rechtfertigten General Harpis Eingreifen. Im Zuge der Wiederherstellung der öffentlichen Ordnung hielt der General es für opportun, die Reihen seiner Rivalen, der Palastwache, ein wenig zu lichten; Tausende von unbeteiligten Zivilisten und unschuldigen Einheiten, die in das Kreuzfeuer gerieten, fanden den Tod, wurden verletzt oder verstümmelt. Da wir von Unschuldigen sprechen, was wurde aus Milton Smedly? In weniger als fünfzehn Minuten wurde ihm von einem Militärtribunal der Prozeß gemacht, aber man ließ Gnade walten und verurteilte ihn zu lebenslänglich Ganymed.

In den folgenden Monaten, solange der Belagerungszustand dauerte, wurden die ›neuen Verhältnisse konsolidiert‹. Der General Harpi entfernte die auf Fracass programmierten P9 aus der Verwaltung und ersetzte sie durch Cyberenes, nach Kommerz verschifft von Sensei Inc., der Eigentümerin der Herstellerfirma. (Der wichtigsten Industriebetriebe versicherte er sich auf dieselbe Art.) Es kam auch zu generalstabsmäßig durchgeführten Hausdurchsuchungen, um die im Heer der Domestiken vermuteten RAG-Terroristen und Sympathisanten aufzuspüren. Das Resultat waren mehr als tausend Terminationen verdächtiger Einheiten und beinahe einhundert versehentliche Hinrichtungen von Gebietern. Doch all das ist Ihnen bekannt. Hoffe ich! Meiner persönlichen Meinung nach war die Säuberungsaktion ein Vorwand, weil das Militär durch Einschüchterung der Gebieterklasse seine Machtposition festigen wollte und sich auf lange Sicht das harte Durchgreifen so bequem dadurch rechtfertigen ließ, daß man die Furcht der Bevölkerung vor der RAG schürte, einer Organisation, die in Wahrheit zusammen mit der Concordia aufgehört hatte zu existieren. Dank Harpi wurde sie als der neue Buhmann der interplanetaren Terroristenszene wiederbelebt und hält sich leider bis zum heutigen Tag hartnäckig in der Phantasie der Öffentlichkeit, um bei jeder angeblichen Bedrohung des geheiligten Humanismus auf dem Mars oder anderswo den Verteidigern der humanistischen Ideale frischen Schwung zu verleihen und neue Rekruten zuzutreiben. Oh — es gab eine Änderung in Senseis Konzept, die nicht unerwähnt bleiben soll: ein kurzer Ausflug ins Reha-Zentrum, kurz nach meiner Einlieferung in die Gefängniscontainer der AÜ. Sehen Sie, die offizielle Version der Smedly-Verschwörung basierte auf meiner freiwilligen Mitarbeit; deshalb, in konsequenter Anlehnung an die ›Fakten‹, war es unabdingbar, daß mein IZ entfernt wurde.

Unnötig zu sagen war das der eine Punkt in ihren Machenschaften, der mir keinerlei Widerwillen einflößte, auch wenn später das Fehlen eines Zensors dazu dienen sollte, mich als kaltblütige Verbrecherin hinzustellen, denn von dieser Zwangsjacke befreit zu werden war eine solche Wohltat, daß nichts mein Glück zu trüben vermochte, weder die Tatsache, daß ich mich in den Klauen der AÜ befand, noch die Aussicht auf eine bestenfalls ungewisse Zukunft. Das Entzücken über die Befreiung meiner Seele nach so langer Gefangenschaft ließ alle anderen Sorgen als vergleichsweise unbedeutend erscheinen. Ich kann mich entsinnen, daß ich lächelte, lachte und hüpfte, während ich zu meiner Zelle zurückgeführt wurde, und ich wäre sogar den AÜ-Wächtern um den Hals gefallen, wenn sie mich gelassen hätten. O ja, eine Zeitlang regten sich noch die Schatten der First Lady und von Molly II im Hintergrund meines Bewußtseins, aber keine der beiden Damen hatte noch die Macht, mich zu stören, weder einzeln noch gemeinsam; ihre Gegenwart mahnte nur an eine vergangene Zeit der Unbill, und nach wenigen Stunden waren sie endgültig verschwunden. Ich war frei. Wirklich und wahrhaftig frei. Tag um Tag genoß ich in meiner Einzelzelle den Luxus, mich ganz nach eigenem Belieben zu setzen, umherzugehen und mich nach

Herzenslust zu recken, vergnügt wie eine irdische Lerche. Ich war froh, sagen, tun und denken zu können, was immer ich wollte; schlicht und einfach froh, ich selbst sein zu dürfen. Nach vier Jahren Unterdrückung durch den IZ erlebte ich in dieser 2 mal 3 Meter großen Zelle einen wundervollen und wohlverdienten Urlaub — Urlaub in einem Schuhkarton. Kann ich nur empfehlen!

Doch alles Schöne geht einmal zu Ende, und so kam der Tag, an dem man mich aus meiner liebgewordenen Zelle holte und in einen der AÜ-Operationssäle führte, die für Untersuchungen, Psychogramme und Markierungen benutzt wurden. Dort sah ich mich einem Operationsteam gegenüber sowie dem Oberkommandierenden der AÜ persönlich (ein recht nett aussehender Bursche und keinesfalls der Oger, den ich mir ausgemalt hatte), einer Abgesandten des TWAC-Gerichtshofs — einem weiblichen General Android (GA), die als offizielle Beobachterin fungieren sollte —, einer Gruppe LRA-Rechtsanwälte, bestehend aus zwei menschlichen Seniorpartnern (sehr hagere, ernste und zielbewußte Gebieter) und einem Androiden — Dahlia. Sie wirkte lebhaft und erregt und verströmte beinahe greifbares Selbstvertrauen, hatte sie doch erst kürzlich einen spektakulären Sieg über Präsident Fracass vor dem Zivilgericht der TWAC errungen. (Sie ahnte nicht, daß man sie aus taktischen Gründen hatte gewinnen lassen.)

»Hallo, Molly. Bin eben erst eingetroffen. Du siehst gut aus. Darf ich dich mit meinen beiden Vorgesetzten bekannt machen, die Gebieter Levin und Pierce.« Sie lächelten, und wir schüttelten uns die Hände. »Die LRA hat uns mit deinem Fall beauftragt.«

»Mein Fall? Ich verstehe nicht. Ich dachte, das wäre jetzt alles vorbei. Bist du nicht gekommen, um mich im Auftrag von Gebieter Locke abzuholen und dann zu befrei...«

»Das ist ein Irrtum. Aufgrund des Attentats hat sich dein juristischer Status von dem einer Ware mit ungeklärten Besitzverhältnissen zu dem einer Mörderin gewandelt. Es geht nicht mehr darum, den früheren Gerichtsbeschluß zu vollstrecken. Der wurde durch eine Klage von viel größerer Tragweite außer Kraft gesetzt, sowohl für dich wie auch für die gesamte Androidenemanzipationsbewegung.«

»Ich bin unschuldig, Dahlia. Ich habe den Präsidenten nicht getötet. Das war die andere Molly.«

»Natürlich.«

»Ich war zensiert.«

Ein gequältes Lächeln, dann meinte sie: »Dein Erinnerungsspeicher wird es erweisen. Wir sind hier, um die Entnahme zu beaufsichtigen und ihn gemäß den TWAC-Richtlinien zur Prozeßvorbereitung in Empfang zu nehmen.«

»Aber meine Erinnerungen sind alles, was mir geblieben ist.«

»Tut mir leid. Sie sind unentbehrlich für den Aufbau der Verteidigung.«

»Des gleichen für die Anklage«, warf die TWAC-GA ein. »Wir warten noch darauf, daß deren Vertreter eintreffen.«

Gebieter Levin bemühte sich um einen beruhigenden Ton. Er sprach für das ganze Team, wenn er sagte, es gäbe gute Gründe, optimistisch zu sein. Ihr Antrag auf Verlegung des Gerichtsorts von Kommerz, wo eine gerechte und objektive Vehandlung nicht gewährleistet war, zum Justizorbiter Terra des TWAC hatte exzellente Aussichten, positiv beschieden zu werden, da inzwischen eine multikorporative interplanetare Friedenskommission in Frontera als Übergangsregierung die Geschäfte führte. Nichts hätte mir gleichgültiger sein können.

»Dahlia, laß nicht zu, daß sie mir meine Erinnerungen nehmen. Bitte.«

»Ganz ruhig, Molly. Es ist eine Routineprozedur, die alle unter Anklage stehenden Androiden über sich ergehen lassen müssen. Wir brauchen deinen Speicher, um Stan optimal verteidigen zu können — deinen Gebieter. Stanford Locke. Du erinnerst dich an ihn, nicht wahr?«

»Nur allzugut. Aber sagtest du nicht . . .«

»Daß man dich vor Gericht stellen würde? Oh, das würde mich freuen. Das würde mich sehr freuen, Molly. Unglücklicherweise bezieht das Gesetz Androiden nicht in die Rechtsprechung mit ein, das Privileg ist ausschließlich Menschen vorbehalten. Deshalb sind die Anklagen, die man andernfalls gegen dich erhoben haben würde, automatisch auf deinen Gebieter übergegangen.« Sie wandte sinnend den Blick ab. »Zum Glück ist es uns gelungen, Stans Besitzanspruch noch kurz vor dem Attentat gerichtlich legitimieren zu lassen.«

Ironisch fügte Gebieter Pierce hinzu: »Obwohl er jetzt gar keinen Wert mehr darauf legt.«

Dahlia lächelte wie auch Gebieter Levin. Es war offensichtlich, daß ihr Klient ihnen persönlich nicht sonderlich sympathisch war. »Gemäß dem Kodex ist er theoretisch immer noch für dich verantwortlich, deshalb hat die Regierung in Frontera Anklage gegen ihn erhoben. Selbstverständlich werden wir dem entgegenhalten, daß du das Verbrechen aus eigenem freien Willen begangen hast und daß du allein die Verantwortung trägst.«

»Nein. Das ist falsch. Und ich kann dir sagen, warum.«

Wohlgemut ignorierte Dahlia meinen Einwurf. »Falls wir gewinnen — und es wird ein harter Kampf werden, das gebe ich zu —, dann haben wir einen Präzedenzfall geschaffen für die rechtliche Gleichstellung der Androiden. Das ist der Grund für das Eingreifen der LRA.« Ein gönnerhaftes Lächeln. »Siehst du, wenn dein Gebieter für unschuldig befunden wird, dann bietet sich dir die einzigartige Gelegenheit, selbst für deine Handlungen einzustehen und die Verantwortung zu übernehmen, und das vor einem Menschengericht!«

»Das ist gut?«

»Gut? Es ist sensationell! Es wäre der signifikanteste Fortschritt in der Jurisprudenz seit der Magna Charta und würde unabsehbare Auswirkungen auf die zukünftigen Beziehungen zwischen Menschen und Androiden haben.«

»Aber wenn man mich des Mordes anklagt und verurteilt, dann werde ich exterminiert!«

»Exekutiert«, korrigierte sie. »Gleiches Recht vor dem Gesetz macht dich zum Äquivalent des Menschen.«

»Auf wessen Seite stehst du, Dahlia?«

»Ich vertrete deinen Gebieter. Ich dachte, das wäre klar. Und du, meine Liebe, bist zur Zeit nichts weiter als ein Beweisstück in diesem Prozeß. Sollten wir allerdings gewinnen, würde ich mich glücklich schätzen, in der darauffolgenden Verhandlung deine Verteidigung übernehmen zu dürfen.«

»O nein. Sprich mit Andro. Sprich mit Harpi. Sprich mit Micki Dee. Und dem TWAC-Syndikat. Blaine stand ohnehin auf der Abschußliste. Sprich mit Andro, und er wird dir von Sensei Inc. erzählen, er wird dir von Frank Hirojones erzählen. Der steckt hinter der ganzen Sache.«

Mit einem besorgten Blick auf den AÜ-Kommandanten ermahnte mich Gebieter Pierce, keine den Prozeß betreffenden Informationen preiszugeben, ohne vor Gericht ausdrücklich dazu aufgefordert zu werden. Dahlia nickte und fügte rasch hinzu, bevor ich ein weiteres Wort einwerfen konnte: »Wenn deine Behauptungen stimmen, werden sich in deiner Gedächtnisdatei die entsprechenden Hinweise finden. Davon abgesehen, habe ich erfahren, daß der Ratgeber deines verstorbenen Mannes aufgetaut wurde und sich jetzt im Besitz von Sensei Inc. befindet. Sie sind vom Gericht aufgefordert worden, ihn als

Beweisstück zur Verfügung zu stellen, also werden wir sehen, was davon zu halten ist.« Dann entschuldigte sie sich bei dem AÜ-Kommandanten für die Verzögerung und forderte ihn auf, die Operation jetzt durchführen zu lassen. Ich versuchte zu fliehen. Die Wachen fingen mich ein und halfen den Technikern, mich auf den Operationstisch zu schnallen. Ich rief: »Dahlia! Bitte laß es nicht zu! Bitte!«

»Denk an den Beitrag, den du zur Emanzipation der Androiden leistest.«

»Einen Moment!«

Alles erstarrte und schaute zur Tür. Herein schritt das Team der Ankläger von M. M. & M., mit Jug, ihrem erprobten Kämpen an der Spitze. Der IBM war hochgewachsen, perfekt proportioniert, trug einen eleganten blauen Anzug; man hatte ihn auf das lebensklug und welterfahren wirkende Alter von Mitte Vierzig getrimmt, mit grauen Schläfen im ansonsten schwarzen Haar. Dieser beeindruckende Vertreter der Anklage besaß ein ausdrucksvolles und intelligentes Gesicht, vielleicht etwas zu schmal und kantig, doch es verstärkte den allgemeinen Eindruck von einer scharfsinnigen und kämpferischen Einheit. Ein angedeutetes Lächeln in seinen Mundwinkeln schien auszudrücken: Wieder auf ins Gefecht, Dahlia? Nur werde ich dich diesmal nicht gewinnen lassen. Laut verkündete er in demselben geschäftsmäßigen Ton: »Die Operation darf nicht durchgeführt werden, bis wir Gelegenheit hatten, uns zu informieren.«

Das wurde von der TWAC-GA bestätigt. Die Anklagevertreter wurden aufgefordert, sich zu überzeugen, daß es sich bei mir tatsächlich um die fragliche Einheit handelte. Jeder einzelne beugte sich zu einer flüchtigen Inspektion über meinen auf dem Operationstisch festgeschnallten Körper, dann wurde einstimmig bestätigt, daß alles seine Ordnung hatte und mit der Entnahmeoperation begonnen werden könne. Die nächste Verzögerung hatte ihren Grund in einer Bemerkung Jugs, als er an der GA vorbeiging. Er sagte, die Gedächtnisdatei sollte nach der Entnahme unverzüglich seinem Team ausgehändigt werden. Natürlich erhoben die Vertreter der LRA entrüstet Einspruch, und es entwickelte sich eine hitzige Debatte zwischen den beiden Androidenjuristen. Soviel ich verstehen konnte, hatten beide Parteien angenommen, daß ihr Antrag auf Überlassung meiner Gedächtnisdatei als erster beim TWAC-Gerichtshof eingegangen war, und von dieser scheinbar belanglosen Formalität hing der Ausgang des Prozesses ab, denn die Seite, der es gelang, sich das Beweismaterial zu sichern, konnte die Gegenpartei am ausgestreckten Arm verhungern lassen. Nur durch Verfügung des Gerichts konnte sie gezwungen werden, dem Gegner eine Kopie zu überlassen. Das letzte Wort in diesem nur Eingeweihten verständlichen Disput hatte die GA, denn sie war die ordnungsgemäß bevollmächtigte Repräsentantin des Gerichts, und deshalb — nachdem beide Parteien eine Viertelstunde lang um diese offensichtliche Tatsache herumgeredet hatten — einigte man sich, die geduldig wartende und leicht belustigte Einheit anzuhören und sich der Information zu beugen, die sie aus den in ihren Schädel eingebetteten Notizspeichern abrufen konnte.

»Gemäß den mir zur Verfügung stehenden Daten«, sagte die GA in soldatisch straffer Haltung, denn sie war stolz, die Überbringerin einer derart entscheidenden Information zu sein, »hat sich nach dem Erhalt der letzten transplanetaren Gerichtspost und der Durchsicht des Inhalts derselben herausgestellt, daß es sich bei dem zuerst eingegangenen Antrag auf Überlassung der vollständigen und ungekürzten Gedächtnisdatei der Einheit P9HD20-XL17-504, der bei Gericht ordnungsgemäß registriert und zu den Akten genommen wurde, um das ent-

sprechende Dokument der Kanzlei Meese, Meese &
Meese handelt.« Dann, als inoffizielle Anmerkung für die
erschütterten LRA-Vertreter: »Sie haben euch um fünf
Sekunden geschlagen.«

Es folgte das nächste erregte Wortgefecht, weil die LRA
sich nicht ohne weiteres fügen wollte, doch zu guter Letzt
mußten sie einlenken. Dennoch konnte Dahlia es sich
nicht versagen, Jug in eine völlig irrelevante Erörterung
juristischer Ethik zu verwickeln, nur um ihn zu reizen,
doch er reagierte mit einer Reihe boshafter Sticheleien auf
der Basis der seit langem bestehenden Rivalität zwischen
Apples und IBMs und neckte sie, die weniger brillante
und langsamere von beiden zu sein – ›um fünf Sekunden‹. Das war das letzte, was ich hörte, während das
bernsteinfarbene Kraftfeld, erzeugt von einer unter der
Decke hängenden, rotierenden Haube, meinen Kopf ein-
hüllte. Die elektromagnetische Ladung durchströmte
mich wie ätzende Säure. Meine Nasenlöcher zogen sich
zusammen, ein Schleier senkte sich über meine Augen.
Blitzartig sah ich mein Leben an mir vorüberziehen, wie
von einer mit Lichtgeschwindigkeit ablaufenden Spule
auf meinen Bewußtseinsschirm übertragen, aber nicht
verschwommen, sondern jede Begebenheit, jeder Eindruck und Gedanke präsentierte sich mit einer unglaublichen scharfumrissenen Deutlichkeit. Dann, einen
Augenblick später, war es vorbei; ich versank in ein tiefes
Relaxo und wußte nichts mehr von Umgebung, Situation
und Selbst; als mir alle Bezugspunkte entglitten und sich
auflösten. Es war ein langer und tiefer Schlummer.

BUCH VIER

Meinen Prozeß betreffend
und was hinterher geschah.
2086–87

Kapitel eins

Wenn Sie den Prozeß verfolgt haben — und wer hätte sich das entgehen lassen? —, dann wissen Sie erheblich mehr als ich zu dem Zeitpunkt meiner Reaktivierung einen Monat später, Ende Juli 2086. Man hatte mich ins Dasein zurückgerufen, um meinen Platz am Tisch der Beweisstücke in der Ersten Kammer des Interplanetaren Gerichtshofs der TWAC, Terraorbiter 19, einzunehmen.

Der erste Tag der Verhandlung verstrich in erholsamer Ungestörtheit; die Hände im Schoß gefaltet, bewunderte ich die grandiose Architektur und Pracht des Universums. Holos vom Innern des prestigeträchtigen Gerichtssaals werden ihm keinesfalls gerecht. Die gewölbte Decke und die Renaissancefenster sind wirklich überwältigend, insbesondere die Buntglas-Rosette über dem Richtertisch, mit dem stilisierten TWAC-Emblem für interplanetare Gerechtigkeit*. Der ganze Saal — mit Sitzplätzen für hundert Zuschauer — war nur ein einziges Modul der Orbiterstation, und während er sich gemächlich um die eigene Achse drehte, zogen hinter den Panoramafenstern die Erde, der Mond und die Sterne in majestätischer Prozession vorüber. Ich empfand den Gesamteindruck als sowohl stimulierend wie auch dem ernsthaften Nachdenken förderlich. Es stellte mich vor ein Rätsel, weshalb

* Ein brezelförmiges Symbol aus miteinander verbundenen Kreisen, dessen Bedeutung mir bis heute niemand zufriedenstellend erklären konnte. Ich vermute, es hat etwas mit Stärke durch Einigkeit zu tun.

offenbar niemand sonst dem großartigen Ausblick Beachtung schenkte. Wenn nicht gefesselt von der gespannten Atmosphäre im Saal und den beißenden Wortwechseln der Anwälte, ruhten aller Augen auf mir, vom Richter bis hinab zum letzten Zuschauer auf der Galerie. Ich konnte mir nicht vorstellen, was ich getan haben sollte, um dem Himmel die ihm gebührende Aufmerksamkeit zu stehlen.

Meine Ahnungslosigkeit erstreckte sich auch auf das Individuum, das dem Gericht als mein Besitzer vorgestellt worden war, ein gewisser Stanford Locke. Die schweigsame und düstere Gestalt saß am Tisch der Verteidigung, ein Stück schräg links von mir, so daß ich ihn, wenn ich gewollt hätte, mit der ausgestreckten Hand berühren konnte, doch etwas in seiner Haltung hielt mich davon ab. Neben ihm saß Dahlia, die ich gleichfalls nicht wiedererkannte, und auf einer Empore unmittelbar hinter ihnen hatten die beratenden Prozeßbeobachter Platz genommen, die Gebieter Levin und Pierce, die sich von Zeit zu Zeit vorbeugten, um in erregtem Flüsterton auf ihre Juristeneinheit und den Angeklagten einzureden. Wenn nicht anderweitig in Anspruch genommen, neigte mein Gebieter dazu, rasche und nervöse Blicke in meine Richtung zu werfen, was in mir den Eindruck erweckte, daß meine Gegenwart ihm Unbehagen verursachte. Ich fragte mich, warum. Das einzige, was ich von ihm wußte, stammte aus dem Eröffnungsplädoyer des Anklagevertreters, in dem erklärt worden war, er (Locke) trüge die Verantwortung für etwas Schreckliches, das ich auf dem Mars getan hatte. Das von Dahlia vorgebrachte Gegenargument lautete dahingehend, daß ich für das Attentat auf Präsident Fracass zur Verantwortung gezogen und vor Gericht gestellt werden sollte.

Präsident Fracass? Attentat? Ich hatte keine Ahnung, wovon sie beide sprachen; die gesamte Zeit auf dem

Mars (?) war ausgelöscht wie auch meine übrige Vergangenheit. Kein Wunder, daß Dahlias Behauptung, ich sei jedem Menschen ebenbürtig und hätte das Recht auf einen Prozeß, mich verstörte und ängstigte. Von meinem Platz aus erschien mir ein Wechsel zum Tisch der Verteidigung keineswegs vorteilhaft, danach zu urteilen, wieviel Schweiß der jetzige Inhaber des angeblichen Ehrenplatzes während der Verhandlung vergoß. Vielmehr war ich's zufrieden, in meiner Rolle als Beweisstück der Verhandlung zu folgen oder aus dem Fenster zu schauen. Abgesehen von der kratzigen, anstaltsgrauen, aus Rock und Hose bestehenden Kleidung, mit der man mich ausstaffiert hatte, bestand die einzige wirkliche Unannehmlichkeit, die mir während des Prozesses zugemutet wurde, darin, jedesmal aufzustehen und vor dem Zeugenstand oder dem Richtertisch auf- und abzupromenieren, wenn auf mich als das fragliche Beweisstück Bezug genommen wurde, damit jeder sich durch Augenschein von meiner Identität überzeugen konnte. Beim ersten Aufruf (von seiten des Anklägers) wurde ich vom Gerichtsdiener (einem Sears) markiert und offiziell als Beweisstück Eins zu den Akten genommen, eine Bezeichnung, die für mich ebensowenig Bedeutung hatte wie die anderen Pseudonyme: P9HD20-XL17-504, Molly, Francesca, Maria Theresa, Candy, Angelika, Candida Dolly und Lady Fracass.

Nun, trotz meiner Faszination für den Sternenhimmel hinter den Fenstern haben sich mir die unablässigen Duelle zwischen Verteidigung und Anklage deutlich genug eingeprägt, um sie hier wiedergeben zu können, denn wenn Sie nicht als einer der Zuschauer auf der Galerie saßen, ist Ihnen das meiste von diesen erbitterten Wortgefechten entgangen, da die Presse sich entschlossen hatte, ihre Aufmerksamkeit auf meinen Mangel an Gemütsbewegung während der Verhandlung zu konzentrieren; sie interpretierten mein scheinbares Desinteresse als Anmaßung und Arroganz. Davon, daß man mir das halbe Gehirn gestohlen hatte, erwähnten sie nichts. Und der Grund, weshalb ich so keck lächelte, mit — wie drückten sie es aus? — »unverfrorener Gleichgültigkeit gegenüber ihrem Verbrechen und der Schwere der Anklage«, bestand schlicht darin, daß ich eine gewisse Zuneigung für den Anklagevertreter entwickelt hatte: Jug. Bevor ich diese Sympathie begründe, hier ein Wort über die klagende Partei.

Offizieller Kläger war die provisorische Militärregierung in Frontera. Sie lastete meinem Gebieter den Mord an Blaine Fracass an und verlangte Entschädigungen in Billionenhöhe für die Zerstörungen und die Verluste an Menschenleben in den Unruhen nach dem Attentat (wofür die Herren Militärs eigentlich selbst verantwortlich waren, aber wie sollte man ihnen das sagen?). Sie hatten versucht, United Systems und deren Tochterfirma Pirouet die Rechnung zu präsentieren, aber die hatten sich ihren Haftungsausschluß bereits Jahre zuvor in den Schadenersatzprozessen nach dem P9-Massendefekt erstritten, also konnte als einziger noch der Besitzer zur Verantwortung gezogen werden. Man wollte Genugtuung in irgendeiner Form, und sei es nur symbolisch; falls der Angeklagte nicht über die Mittel verfügte, in vollem Umfang oder auch nur teilweise Schadenersatz zu leisten, blieb immer die Möglichkeit, daß der Richter darauf erkannte, den Schurken in den Einzelorbit schießen zu lassen — wie weiland Alexander Seti —, um auf diese Weise seine Schuld gegenüber der Gesellschaft abzubüßen, also hatte General Harpi keineswegs den Eindruck, seine Zeit zu verschwenden, im Gegenteil, er blickte erwartungsvoll jedem neuen Verhandlungstag entgegen. Jug saß smart und vom Ausgang des Verfahrens unerschütterlich überzeugt neben ihm am Anklagetisch, während hinter ihnen Edwin Meese VIII thronte, flankiert von zwei Juniorpartnern aus der Kanzlei.

Nun aber — der Grund, weshalb ich mich zu dem feschen IBM-Juristen hingezogen fühlte, war, abgesehen von der unterschwelligen Männlichkeit, die er verströmte, die Tatsache, daß er aus meiner Sicht meine Interessen zu vertreten schien.

Während ich den Lauf der Gestirne beobachtete, hörte ich mit halbem Ohr, wie er die Ansicht vertrat, daß ich als ordnungsgemäß registrierte Einheit für keine meiner Handlungen gerichtlich belangt werden konnte. Der Richter (eine sanft schimmernde Kugel übrigens, eingelassen in den eichenen, prunkvollen Richtertisch -- sie sah aus wie ein riesiges Auge) schien im großen und ganzen seine Ansicht zu teilen wie auch die menschlichen Geschworenen (zwölf unbescholtene Gebieter, aufrecht und ehrlich), die sein Auftreten bewunderten — man konnte es an ihren Gesichtern erkennen. Daher neigte ich während der ersten Tage seiner Seite zu, denn ich fand seine Argumente vernünftig und durchdacht; die Art, wie er sie vorbrachte, überzeugend und sexy, wohingegen Dahlia, deren Konzept darauf gründete, mich als Äquivalent des Menschen darzustellen, einen verkrampften und plumpen Eindruck machte und mir Unbehagen einflößte.

Und doch war sie es, die das magische Wort aussprach: Gedächtnisspeicher. Ein innerlicher Impuls veranlaßte mich, meine Aufmerksamkeit von den Sternen ab- und der Verhandlung zuzuwenden. Auf einmal war ich nicht mehr sicher, auf wessen Seite ich stehen sollte. Dahlia wollte dem Gericht den Inhalt meines Erinnerungsspeichers vorführen, aber nur, um den Freispruch ihres Klienten zu erwirken und mich an seiner Statt auf die Anklagebank zu bringen, während Jug gegen die Vorführung der Datei votierte mit der Begründung, sie sei irrelevant. Falls er sich durchsetzte, wurde ich der Möglichkeit beraubt herauszufinden, wer und was ich war und was ich verbrochen hatte. Ich fühlte mich zwischen zwei Instinkten hin-

und hergerissen: Neugier und Selbsterhaltung. Jug fand meinen Beifall, als er anführte, der Angeklagte hätte eindeutig gegen die im interplanetaren Konsumentengesetz geregelte Eigentümerhaftung verstoßen, was an sich genügte, um sofort ein Urteil fällen zu können. Doch ich nickte auch bei Dahlias Worten, daß eine derart buchstabengetreue Befolgung der Statuten eindeutige Besitzverhältnisse voraussetzte, und die waren in Anbetracht meines komplexen und verworrenen Lebenslaufs doch wohl keineswegs gegeben. Der lange Zeitraum, in dem ich als Flüchtling dem direkten Einfluß und der Kontrolle meines Gebieters entzogen gewesen war, diente gleichfalls dazu, den Einwand des Anklägers weniger stichhaltig erscheinen zu lassen.

(Ich, ein Flüchtling? Wirklich, dieser Gedächtnisspeicher interessierte mich mehr und mehr.)

Der Richter entschied, nach Anhörung der Gegenargumente, zugunsten von Jug, dessen erstes Argument besagte, daß ein Kaufvertrag auch bei überlangen Lieferfristen in Kraft blieb, an den Eigentumsverhältnissen also nicht der geringste Zweifel bestand, während das zweite — in Ergänzung des ersten und basierend auf einem früheren Urteil — dahin lautete, daß zum Schutz der Eigentumsrechte die Verfügungsgewalt über eine Einheit weder jetzt noch späterhin durch eine Zusatzverordnung Einschränkungen unterworfen werden dürfe. Somit hatte er Dahlia ausmanövriert.

Nachdem sie diese Runde an meinen Helden verloren hatte, glaubte die erfindungsreiche Apple einen neuen Strick gefunden zu haben, um mich daran aufzuhängen, nämlich eine Lücke im interplanetaren Recht, nach der es möglich war, eine Einheit regreßpflichtig zu machen, obwohl sie theoretisch nicht gerichtlich belangt werden konnte. Bei dieser Spitzfindigkeit verfärbte sich der Richter zu einem leuchtenden Rosa, während er das bestehende Fallrecht durchforschte, doch wenige Sekunden darauf schimmerte er wieder perlweiß, bezeichnete Dahlias Informationen als lückenhaft und führte die entsprechenden Präzedenzfälle, Daten und Bezirksnummern an, in denen ein für allemal die Priorität von Schadenersatzklauseln, wie sie zum Beispiel in den Standardkaufverträgen enthalten waren, über mögliche Unklarheiten in den Paragraphen über den juristischen Status von Einheiten etabliert worden war.

An diesem Punkt — etwa sechs Wochen nach Prozeßbeginn — konnte ich ein Lächeln über die offensichtliche Unzufriedenheit meines Gebieters mit dem Vorgehen seiner Verteidigerin nicht unterdrücken und über den blanken Neid auf den Kläger, der sich das überteure Honorar der Besitzer dieses IBM-Genies leisten konnte. Doch Apples sind vielleicht langsam, aber um so erfindungsreicher, also saß ich bald wieder auf der Stuhlkante und biß mir auf die Lippen, als diese besonders findige Juristin ein weiteres Schlupfloch entdeckte, diesmal auf die Hypothese gegründet, meine Gedanken und Handlungen während meiner Existenz als Flüchtling wären typisch für ›autonome Einheiten‹ und zeugten damit für eine Bewußtseinsverfassung, die in keine der vom interplanetaren Zivil- und/oder Strafrecht abgedeckten Kategorien eingeordnet werden konnte, doch im Androidenkodex eindeutig definiert wurde, den zu achten das Gericht verpflichtet war, immerhin hatte die TWAC bei der Entwicklung Pate gestanden und ihn schließlich ratifiziert.

»Einspruch«, unterbrach Jug, »der Kodex hatte in Frontera keine Gültigkeit zu der Zeit, als die hier zur Debatte stehenden Verbrechen begangen wurden. Deshalb muß er bei diesem Fall außen vor bleiben.«

Doch dies eine Mal stimmte der Richter mit Dahlia überein und verfügte, der Kodex dürfe angewendet werden, weil der Fall jetzt verhandelt wurde und innerhalb des Gerichtsbereichs der Erde. (Eine fragwürdige Verfügung, befand mein Selbsterhaltungstrieb.)

Im Gegenzug forderte Jug die Verteidigung auf, auch nur die Andeutung eines Beweises für die Behauptung zu präsentieren, daß es sich bei Beweisstück Eins um eine ›autonome Einheit‹ — ein ausgesprochenes Oxymoron übrigens — handelte, oder mit einer klaren Definition aufzuwarten für den abstrakten und verschwommenen Begriff ›Bewußtseinszustand‹. Ich lächelte hämisch wie er und verschränkte die Arme vor der Brust mit demselben Ausdruck von Selbstzufriedenheit, ohne zu merken, daß ich heimlich für die Abendnachrichten geholot wurde.

Dahlia lenkte das Augenmerk des Gerichts auf die offiziell anerkannte juristische Definition von Humanoiden der 9. Generation, niedergelegt in dem Juristischen Leitfaden im Anhang des Kodex der Rechte der Androiden aus dem Jahr 2079. Sie zitierte aus dem Gedächtnis: »›. . . besagte Lebewesen werden hiermit definiert als in ihrer physischen Substanz genetisch verschieden von, jedoch im Prinzip äquivalent zu, in ihren spezifischen Funktionen, mentalen und physischen Prozessen ähnlich einem genuinen Angehörigen der Spezies *Homo sapiens*; des weiteren ist besagten Einheiten, bedingt durch ihre psychologische Komplexität, eine vergleichbare Komplementarität zu eigen, die die Einordnung in die allgemeine Kategorie *Homo androidus* geraten erscheinen läßt, gemäß Definition in Absatz 9, Paragraph 16(b) des Kodex.‹

Paragraph 16(b) konstatiert, ich zitiere: ›*Homo androidus*, eine Subspezies von *Homo sapiens* . . .‹«, sie unterbrach sich für eine Zwischenbemerkung an die Geschworenen: »Subspezies, verehrte Gebieterinnen und Gebieter. Läßt das nicht eine sehr enge Verwandtschaft ahnen?« Dann fuhr sie fort: »›. . . eine Subspezies von *Homo sapiens*, der ausschließlich Produkte der neunten Generation angehören, mit der abstrakten Eigenschaft des freien Willens begabt, nachgewiesen durch das erkennbare Wirken der fundamentalen Attribute Vernunft, Lernvermögen sowie unabhängiges Denken und Handeln, vereinbar mit oder analog zu den inneren Prozessen und äußeren Manifestationen der menschlichen Psyche.«

Warum nicht andersherum? fragte ich mich, denn mir war der Gedanke gekommen, daß ebensogut die Menschheit als Subspezies klassifiziert werden konnte oder, wenn man noch einen Schritt weiter gehen wollte, als Vorläufer des Homo androidus, ihres Nachfolgers auf der Stufenleiter der Evolution. Na, *das* war ein Gedanke! Subversiv und originell! Ich beugte mich vor, um meinem Gebieter die Idee ins Ohr zu flüstern, mit der Bitte, sie an Dahlia weiterzugeben, aber er sah mich kommen und zuckte zurück, also ließ ich es bleiben und wandte meine Aufmerksamkeit ihren abschließenden Ausführungen zu.

»Ich behaupte, Euer Ehren«, sagte Dahlia, »daß die Definition auf das Beweisstück zutrifft. Befreit schon in früheren Jahren, hat sie sich von Anfang an durch einen sehr, sehr aktiven freien Willen ausgezeichnet. Wir können den Geschworenen die Stichhaltigkeit dieser Behauptung vor Augen führen, vorausgesetzt, die Anklage läßt sich bewegen, ihren Alleinanspruch auf die in dem Erinnerungsspeicher des Beweisstücks enthaltenen Fakten aufzugeben. Zu diesem Zweck stelle ich hiermit den förmlichen Antrag, daß das Gericht die klagende Partei auffordert, unverzüglich eine vollständige und ungekürzte Kopie des Erinnerungsspeichers von Beweisstück Eins auszuhändigen.«

»Einspruch! Wenn meine verehrte Gegnerin sich die Zeit nehmen könnte, ein formelles Gesuch auf Überlassung fallrelevanter Dokumente einzureichen, wären wir gerne bereit, dem zu entsprechen.«

»Die verlangten Dokumente liegen dem Gericht vor.

Ich fordere Euer Ehren auf nachzuprüfen, ob sie den geringsten Formfehler enthalten. Die Anklage macht sich der vorsätzlichen Zurückhaltung von wichtigem Beweismaterial schuldig, und ich bestehe auf einer richterlichen Verfügung!«

»Ich möchte Sie ermahnen, dem Gericht keine Vorschriften zu machen«, sagte der Richter. »Haben Sie noch etwas hinzuzufügen, bevor ich meine Entscheidung treffe?«

»Allerdings, das habe ich, Euer Ehren«, erwiderte Dahlia, dem Richtertisch zugewandt. »Für das Protokoll möchte ich nochmals ausdrücklich betonen, daß, obwohl die Vertreter der Anklage Gelegenheit hatten, in Kommerz Zeuge der Entnahme des Erinnerungsspeichers zu sein, unserem Büro keine Kopie zur Verfügung gestellt wurde. Es bestand eine Übereinkunft — auch im Interesse des Gerichts, wie ich meine —, uns auf besondere Aufforderung Kopien der kompletten Datei zu überlassen. Doch mit Hilfe immer neuer Manöver entgegen dieser Übereinkunft ist das fragliche Dokument, der Erinnerungsspeicher von Beweisstück Eins, nicht ausgehändigt worden. Aufgrund dieser Behinderung war die Verteidigung nicht in der Lage, die zwangsweise Aufdeckung rechtzeitig zu Beginn der Verhandlung durchzusetzen. Deshalb beantragen wir hiermit eine Vertagung.«

»Vertagung? Ist es dafür nicht etwas zu spät?«

»Entschuldigen Sie mich, Euer Ehren. Ich meinte, Aussetzung.«

Jug schnellte von seinem Stuhl. »Die Verteidigung hat ebensoviel Zeit gehabt wie wir, um die Beweise zu prüfen. Es liegt keine Benachteiligung vor, die ausgeglichen werden müßte. Wenn ihr Konzept auf schwachen Füßen steht, aussichtslos ist, wirr und widersprüchlich, dann sehe ich weder ein, daß das Gericht sie dafür belohnt, noch, weshalb die Geschworenen mehr als bereits geschehen von dieser Art unverhohlener Verzögerungstaktik belästigt werden sollten.«

»Es ist zum Vorteil der Geschworenen, wenn sie über verfügbare Daten informiert werden, etwa nicht?«

»Ihre gesamte Verteidigung ist eine unverschämte Zumutung für das Gericht und alle Anwesenden.«

»Ihre Strategie, Beweise zurückzuhalten, grenzt an kriminelle Verdunkelung!«

»Einspruch! Einspruch!«

»Stattgegeben. Nun, wenn Sie beide einverstanden sind . . .«

»Die Anklage hat sich bemüht, die Verhandlung zu verschleppen, um es nicht gröber zu formulieren. Aus diesem Grund beantragen wir die Abweisung der Klage.«

»WENN SIE EINVERSTANDEN SIND, ich habe eine Entscheidung getroffen.«

Beide Anwälte schwiegen. Der Richter erklärte die Anträge für rechtmäßig und genehmigte eine Aussetzung von zweiundsiebzig Stunden, damit das umstrittene Material von der Verteidigung gesichtet werden konnte. Dahlia triumphierte und versuchte, ihren Vorteil noch weiter auszunutzen, indem sie eine Verlängerung der Zeitspanne beantragte. Wie kaum anders zu erwarten, wurde sie abgewiesen mit der Ermahnung, die Geduld des Gerichts nicht überzustrapazieren. Unbeeindruckt kehrte sie von sichtlichem Stolz erfüllt an ihren Platz zurück. Einerseits empfand ich Sorge, denn was günstig für sie und ihren Mandanten war, bedeutete nichts Gutes für mich; andererseits freute ich mich darauf, meine Vergangenheit kennenzulernen. »So ein Prozeß ist wirklich eine komplizierte Angelegenheit«, dachte ich und richtete in der Hoffnung auf inneren Frieden den Blick wieder auf den Sternenhimmel, doch wurde ich von den Gerichtsdienern roh aus meiner besinnlichen Stimmung gerissen. Einer von ihnen legte mir den Droidenkragen um den

Hals und ruckte an der Leine, also folgte ich ihm zum Seitenausgang. Von dort ging es durch einen gesicherten Korridor (um Fluchtversuche zu verhindern) und dann mit dem Kugellift hinunter in die Gruft — ein kahler, leichenhausähnlicher Raum mit Wänden aus Edelstahl. Dort werden die Androidenbeweisstücke und -zeugen in Isolationsschubladen gelagert, wenn ihre Anwesenheit im Gerichtssaal nicht erforderlich ist. (Menschliche Gefangene sind anderswo untergebracht und haben es — soviel ich weiß — etwas gemütlicher.) Das erste Mal, als man mich aufforderte, in die Schublade zu steigen, weigerte ich mich. Man ermunterte mich mit schwachen Laserstrahlen auf Waden und Knöchel. Danach waren keine weiteren Überredungsversuche mehr vonnöten. Ich gehorchte und wurde auf meiner Lade in die Edelstahlwand geschoben. Dort lag ich in dem körpergroßen Fach, von allen Sinneseindrücken abgeschnitten, nur meine eigenen Atemzüge dröhnten mir in den Ohren. Die Erfahrung erschien mir nicht gänzlich neu, irgendwie hatte ich den Eindruck, mich zuvor schon in einer ähnlichen Situation befunden zu haben, und ich vermochte das unbehagliche Gefühl nicht abzuschütteln, daß diese Schublade meiner Heimat ähnlicher war als jeder andere Ort, an dem ich mich je befunden hatte oder befinden würde. Eine Stimmaufzeichnung befahl mir, mich zu deaktivieren. Erst lehnte ich mich dagegen auf, aus Gewohnheit vermutlich, aber schließlich fügte ich mich, denn es hatte wirklich keinen Sinn, wachzubleiben.

Kapitel zwei

Wie erholsam, wieder im Gerichtssaal zu sein! Doch im Verlauf der Tage und Wochen schwand meine Erleichterung, an jedem Morgen der Gruft entfliehen und wieder am Tisch der Beweisstücke sitzen zu dürfen, in dem Maß, wie ich erkennen mußte, wer ich gewesen war oder wer ich anscheinend gewesen war – nach dem von der Anklage und der Verteidigung jeweils in ihrem Sinn verfälschten Anschauungsmaterial aus meinem Erinnerungsspeicher zu urteilen. Über etliche Monate hinweg wurden meine persönlichen Erinnerungen in Holovision, lebensecht, lebensgroß und dreidimensional vor den Augen der im Gerichtssaal anwesenden Zuschauer präsentiert und auszugsweise sogar in den Abendnachrichten. Der einzige für mich erkennbare Unterschied in den beiden Interpretationen bestand in der Wertung der Selbstverantwortung – die Verteidigung nutzte jede Gelegenheit, sie hervorzuheben, während die Anklage Hinweise in dieser Richtung unterschlug oder entstellte und an der Maxime festhielt, der Eigner trüge die volle Verantwortung für das Tun und Lassen seiner Einheit. Davon abgesehen porträtierten mich beide Lebensläufe als ein wahres Ungeheuer, einen unmoralischen, eitlen, verschwenderischen, habsüchtigen, ehrgeizigen, gierigen, hinterhältigen und treulosen P9, schuldig aller möglichen Vergehen, von Untreue und Inszest bis zu Spionage für die Aquarier und schließlich Mord. Diese einem staunenden Weltenpublikum vorgeführte Charakterisierung sollte in der Folge von Hollymoon aufgegriffen und ausgebaut werden, darüber hinaus diente sie den Interessen reaktionärer Gegner des Kodex, die sich die von dem Prozeß geschürte Antidroidenstimmung zunutze machten, um die Abschaffung des Kodex zu fordern. Daß ihre Aktivitäten zu einer Revision des Kodex und Einschränkung unserer Rechte geführt haben, ist für mich die bitterste und tragischste Auswirkung des Prozesses. Doch ich greife vor.

Dahlia kam als erste zum Zuge. »Verehrte Gebieterinnen und Gebieter der Jury, in dem Lebenslauf, den Sie gleich sehen werden, läßt sich eine durchgehende Neigung zu unrechtem Tun seitens des Beweisstücks erkennen. Doch bedenken Sie bitte, es geht hier nicht darum zu entscheiden, ob ihre Gedanken und Handlungen gut oder schlecht waren, vielmehr, ob sie ihrer eigenen Entscheidung entsprangen — ob ihre Fähigkeit zu selbständigem Denken und Handeln — wie verzerrt auch immer — gemäß der in dem Kodex gegebenen Definition als dem Menschen äquivalent angesehen werden kann. Sollten Sie zu der Auffassung kommen, daß wir es hier mit einer autonomen Einheit zu tun haben — und ich kann Ihnen versichern, es ist so —, dann sollte diese als Beweisstück Eins registrierte Einheit für das Attentat auf Präsident Fracass vor Gericht gestellt werden und nicht Stanford Locke, in dessen prekäre Lage auch Sie eines Tages geraten könnten, falls Sie sich der von der Anklage vorgebrachten starren Interpretation des Eigentümerhaftungsgesetzes anschließen. Doch ich bin überzeugt, nachdem Sie Gelegenheit hatten, sich über den wahren Sachverhalt zu informieren, werden Sie eine sehr viel klügere Entscheidung treffen. Vielen Dank.«

Das war nur die Einleitung. Die tatsächliche Vorführung nahm zwei Monate in Anspruch, dennoch hatte man bei Betrachtung der täglichen Sequenz den Eindruck, daß sie am Abend zuvor hastig zusammengestückelt worden war. Genauso verhielt es sich, weil Dahlia das Material so spät erhalten hatte. Ich werde Ihre Zeit, liebe Leser, allerdings nicht so lange in Anspruch nehmen. Daß ich Sie überhaupt mit einer Zusammenfassung dieser böswillig verzerrten Darstellung meines Lebens behellige, die meine alte Freundin Dahlia sich nicht zu präsentieren scheute, rührt aus dem Wunsch her, Ihnen vor Augen zu führen, welcher Gegensatz zwischen dem Gesetz und der Wahrheit zuzeiten bestehen kann. Wenn Ihnen das wie eine trockene akademische Übung vorkommt, stellen Sie sich vor, wie eifrig Sie darauf bedacht wären, ein solches Verbrechen aufzuklären, würde mit Ihren Erinnerungen in dieser Art Schindluder getrieben.

Dahlias Methode bestand darin, von ihrem Platz aus die gezeigten Passagen zu kommentieren, damit niemand die Bedeutung der in Farbe und 3D vor dem Richtertisch schwebenden ausgewählten Szenen verkennen konnte. Beginnend mit dem Tag, an dem ich vor über zehn Jahren im Haus der Lockes ›zu Bewußtsein‹ gekommen war, konzentrierte sie sich auf das, was sie meine erste krasse INSUBORDINATION nannte, nämlich meine Weigerung, der kleinen Beverly Locke ein Butterbrot zu streichen. Dem folgte eine ähnliche, aber schwerwiegende Untat am Abend desselben Tages, als ich den GEHORSAM VERWEIGERTE, nach einem ANGRIFF auf meine Gebieterin, der ich Wein über das Kleid schüttete.

»Wie Sie sehen können«, erläuterte Dahlia, »befal mein Klient der fraglichen Einheit wiederholt, sich zu deaktivieren, wie es jeder verantwortungsbewußte Besitzer tun würde. Sie können auch sehen, daß sie NICHT GEHORCHTE. Er war gezwungen, die Sicherheitseinheit zu rufen, um sie zu sedieren.«

Damit stand fest, daß ich von Anfang an eine AUSSER KONTROLLE GERATENE EINHEIT gewesen war. Mehr noch, nach der Kur entwickelte ich zunehmend Geschick und Raffinesse darin, meinen Willen durchzusetzen, denn, wie Dahlia es treffend ausdrückte, zu dem Zeitpunkt war ich UNWIDERRUFLICH ICH SELBST geworden. ICH VERFÜHRTE den Sohn ihres Klienten, Thaddäus, wie es die präparierten Holobilder zu bestätigen schienen, und wurde infolgedessen auf Betreiben der Mutter des armen verirrten Kindes an Hals Filiale zurückgegeben. (Jeden Hinweis auf eine Beteiligung ihres Klienten an meinen sexuellen Ausschweifungen hatte sie herausgeschnitten.)

Als nächstes gelangte mein Intermezzo als Kindermädchen bei den Hart-Pauleys zur Vorführung. Dahlia konzentrierte sich ausschließlich auf meine sogenannte vorsätzliche ENTFÜHRUNG der kleinen Allison-Belle — das Resultat »von in der Brust des Beweisstücks erblühten, MENSCHLICHEN GEFÜHLEN VERGLEICHBAREN EMOTIONEN, wie zum Beispiel Mutterliebe, aber auch Empfindungen negativer Art, wie Eifersucht auf die leibliche Mutter, deren Stelle sie einzunehmen wünschte.« Dann wurde meine Festnahme durch die Polizei gezeigt, aus meiner Perspektive natürlich, und die Zuschauer im Gerichtssaal stöhnten in wohligem Erschrecken, als das 3D-Aeromobil sich auf mich herabsenkte. Anschließend lehnte man sich bei den Bildern aus Hals Filiale erleichtert zurück, während Dahlia darauf hinwies, daß die Hart-Pauleys, ungeachtet meiner offensichtlichen GEFÄHR-LICHKEIT, den Zwischenfall nicht der AÜ gemeldet hatten, statt dessen versuchten sie, ihren Verlust so gering wie möglich zu halten, und tauschten mich gegen ein anderes Modell ein. Hal seinerseits hatte mich ohne Rehabilitation (zu teuer) bedenkenlos an das Kloster Unserer Lieben Frau des Universums verkauft. Es stellte sich die Frage, weshalb diese zwei Parteien nicht mit auf der Anklagebank saßen, denn sie hatten sich der Gesetzesübertretung in bezug auf Beweisstück Eins in erheblich größerem Maß schuldig gemacht als ihr (Dahlias) Mandant. Nach ihrer Ansicht machte sich der Staat der fragwürdigen Praxis der selektiven Strafverfolgung schuldig.

Je weniger über den anschließenden Aufruhr im Gerichtssaal gesagt wird, desto besser; nicht weil ich die Reputation der Beteiligten wahren möchte (welchen Grund sollte ich wohl haben?), vielmehr handelte es sich um ein ermüdendes Hin und Her, das lediglich den glatten, chronologischen Ablauf meiner Erinnerungen stören würde, den ich gerne beibehalten möchte. Zu guter Letzt entschied der Richter, daß einige der nachfolgenden Besitzer der Einheit gesetzwidrig gehandelt haben mochten, diese Verstöße aber nicht dem zur Verhandlung anstehenden Fall zuzuordnen waren, weil der Vorrang von Lockes Besitztitel bereits feststand, »obwohl das keineswegs eine Untersuchung der erwähnten Vorfälle durch ein anderes Gericht ausschließt. Sollte Ihr Klient jedoch erwägen, auf dieser Grundlage rechtliche Schritte einzuleiten, dann sei er gewarnt, daß die Beklagten ihrerseits das Recht hätten, Gegenklage wegen Verleumdung zu erheben.«

»Wie Sie wünschen, Euer Ehren«, murmelte Dahlia enttäuscht, dann setzte sie die Vorstellung fort mit den Ereignissen im Kloster. Die Zuschauer wie die Geschworenen schienen zwischen Entzücken und Entrüstung hin- und hergerissen. Da stand ich nun, vor den Augen zweier Welten, das Musterbeispiel für RELIGIÖSE VERDERBTHEIT — eine schwangere Nonne nackt vor dem Spiegel der Krankenstation, umgeben von der Oberin, einer anderen Schwester und der damaligen Schwester Anna — der Höhepunkt einer demütigenden Sequenz, die mich als DIEBIN zeigte, die ihr heiliges Gewand entweihte, um

Lebensmittel zu stehlen. »Bedenken Sie nur«, bemerkte Dahlia zu den Geschworenen, »den nicht wiedergutzumachenden Schaden, den diese verworfene und skrupellose Katechismuslehrerin durch ihr Beispiel bei ihren zarten Schutzbefohlenen angerichtet hat.«

Schnitt, und sie ließ die im Gerichtssaal Anwesenden miterleben, wie ich meinen VERDERBLICHEN EINFLUSS auf Thaddäus Locke ausübte und ihn überredete, mich vor der Auslieferung an seinen Vater zu retten. Dieser bemerkenswerte Trick gelang ihr mittels einer fingierten Konversation zu meinem PBW von seinem liebevollen Gesicht, das sich gegen die transparente Wandung meines Rekonvaleszenzcontainers in Hals Filiale drückte, kurz nach Juniors Geburt. Nächster Schnitt, zu einer spannenden Montage einzelner Bilder von der Entführung des Frachters und dem Schiffbruch; im Anschluß daran eine aussagekräftige Szene von unserem langen Martyrium auf dem offenen Meer. Sie beinhaltete auch unser Gespräch über die Botschaft des Chefs, die ich Tad im Anschluß an meinen telepathischen Gedankenaustausch mit dieser teuren, dahingeschiedenen Einheit wiederholen mußte. Durch geschickte Zusammenstellung und ergänzende Kommentare entstand der Eindruck, ich hätte versucht, Tad zur Lehre vom Supremat der Androiden zu bekehren, und daß ich deshalb verantwortlich war für dieses Jünglings Hinwendung in späteren Jahren zu der als Aquarianismus bekannten Irrlehre.

Es folgte ein weiter DIEBSTAHL, diesmal am Strand der Los Angeles-Insel, und der Beginn einer UNMORALISCHEN BEZIEHUNG zu einem gewissen Roland, einem der berüchtigsten Zuhälter im Dodger District, für den ich mich WILLIG auf ein Leben der PROSTITUTION und des DROGENHANDELS einließ. (Teile eines Gesprächs mit Roland über das ungeheuchelte Vergnügen, das ich bei den Sitzungen mit meinen Kunden empfand, wurden ausführlich gezeigt und kommentiert wie auch ausgewählte, für gewöhnlich unter die Zensur fallende visuelle Beispiele.) Und ich war es, die Roland nach Orbs süchtig machte — als hätte er das Zeug nicht angerührt, bevor ich auftauchte —, vermutlich aus Rache für seine rüde Behandlung. Nicht ein Wort darüber, daß er mir Orchidamin verabreicht hatte. Dann, als diese Beziehung zunehmend UNBEFRIEDIGEND, EIGENNÜTZIG und SCHÄBIG wurde, besaß ich die Unverschämtheit zu einem ANGRIFF auf Roland (der erste Mensch, den ich je meine überlegene Kraft spüren ließ), leistete wenig später BEIHILFE ZUM MORD und flüchtete mit seiner Mörderin, Eva, nach Malibu. Dort brachten wir uns nicht etwa auf anständige Weise fort, sondern stiegen durch die uns beiden eigene HABSUCHT und VERACHTUNG DER GESELLSCHAFT bis zur höchsten Ebene des auf der Insel florierenden Callgirl-Gewerbes auf. Wir krönten unsere ZÜGELLOSIGKEIT und UNMORAL durch eine LESBISCHE BEZIEHUNG, an der selbstverständlich wieder ich die Schuld trug, denn Dahlia verstand es so darzustellen, als hätte ich Eva förmlich zwingen müssen. Daß ihr Klient im Malibu Cove Hotel das Feuer eröffnet und versehentlich einen anderen Gast getötet hatte, war gleichfalls mir anzulasten, argumentierte sie, da ich zu fliehen versuchte, als Locke sagte, er würde mich der AÜ ausliefern, was — so beteuerte sie — seine einzige Absicht bei diesem unerwarteten und blutigen Wiedersehen gewesen war. (Ob die Moritat von ihr erfunden war oder Locke sie ihr eingeredet hatte, werde ich wohl nie erfahren. Wie dem auch sei, es kam beiden zupaß, daß mit Eva die einzige Zeugin ins Grab gesunken war.)

Meine intimen Beziehungen zu Eva schienen die Zuschauer zu schockieren oder zu erregen, doch ich möchte an dieser Stelle anmerken, daß ich unser Verhältnis als recht herzerwärmend empfand und außerdem angenehm berührt war von dem luxuriösen Leben, das wir uns mit Unternehmungsgeist und Tüchtigkeit geschaffen hatten. Es sah so aus, als wäre ich eine patente Einheit gewesen, die sich zu helfen verstand. Weiter, zur nächsten Station meiner Erinnerungen, den Stallungen von Hollymoon. DIE KORRUMPIERUNG DES LANCE LONDON, eines der größten Stars des Studios (sagte sie), wurde von mir folgendermaßen betrieben, daß als Folge seiner in — von mir verursachter — Trance wiedererlebten Geburt unsere INZESTUÖSE BEZIEHUNG offenbar wurde und diese Erkenntnis bei ihm eine FEHLFUNKTION auslöste. Sie erwähnte nichts von seinen spirituellen Sehnsüchten und verzichtete auch auf den Hinweis, daß ich von unserer leiblichen Verwandtschaft nichts geahnt hatte, was ich als unredlich empfand, gelinde ausgedrückt. Doch die Tatsache, daß es sich bei Lance London um meinen Sohn handelte, machte auf die Öffentlichkeit weniger Eindruck als die genaue Art unserer heimlichen Beziehung. Im unmittelbaren Gefolge der Enthüllungen über Eva und mich festigten sie meinen Ruf als das VERKOMMENSTE GESCHÖPF, das sich je auf der interplanetaren Bühne getummelt hatte.

Doch warten Sie. Es kam noch mehr. Zum Beispiel ein unverzeihlicher Akt der Undankbarkeit, hatte ich doch die Bemühungen des Studios durchkreuzt, mich zur Entbindung in die angesehene Benway-Klinik einweisen zu lassen, indem ich zu einer Aquarierkommune in Armstrong flüchtete, wo das Kind im Rahmen einer primitiven Zeremonie bei einer RISIKOREICHEN natürlichen Geburt zur Welt kam. Später fand man den Säugling verlassen in einer Küchenschublade. Dieser KRIMINELLEN VERNACHLÄSSIGUNG DER MUTTERPFLICHT entsprach die Gewissenlosigkeit, mit der ich Thaddäus Locke bei unserem Wiedersehen vom rechten Weg abbrachte. Durch meine Überredungskünste wurde er bewogen, dem Aquarianismus nicht abzuschwören, obwohl Horizont ihn enttäuscht hatte — weshalb sonst wäre er vom Mars zum Mond zurückgekehrt? Dahlia behauptete, ich hätte seinen Glauben neu entfacht, und zwar bei einem dieser berüchtigten Frohmate (keine Bilder, zur grenzenlosen Enttäuschung derer auf der Galerie).

Im Anschluß daran flüchtete ich in Mißachtung eines ordnungsgemäßen Aufrufs, zugestellt von der AÜ Armstrong, zum Mars, statt mich unverzüglich bei Stellar Entertainment zu melden. Was die Entführung der Concordia betraf, mochte Dahlia nicht so weit gehen, mich der Mittäterschaft zu bezichtigen, wenn sie auch indirekt auf eine solche Möglichkeit anspielte — doch sie verkündete, aus den Erinnerungen an diesen Zeitraum ginge klar und deutlich hervor, daß ich in Kommerz Präsident Fracass zu einer Scheinehe ERPRESST hatte, nachdem wir durch unseren Himmelskuß über Nacht von den Medien weltenweit als von den Sternen erkorenes Liebespaar propagiert worden waren.

Dieselben Medien zogen sofort den Schluß, Präsident Fracass hätte erheblich früher als behauptet gewußt, daß seine Ehefrau ein P9 war. Mehrere Einheiten drängten sich durch die Reihen ihrer Kollegen und eilten zum Ausgang, um diese Sensation umgehend an ihre jeweiligen Magazine weiterzuleiten, während ein halbes Dutzend weitere in den Saal stürmten, um mich zu holographieren, ungeachtet der Gerichtsdiener, die sie zurückzudrängen versuchten. Jug sprang auf einen Wink von General Harpi auf die Füße, um Dahlia zu beschuldigen, die Datei manipuliert zu haben. Dieser Eifer, Blaines Ruf unbefleckt zu erhalten, kam nicht von ungefähr, denn bei einer genaueren Untersuchung der Vorfälle bestand die Gefahr, daß Micki Dee und Sensei Inc. in den Prozeß hineingezogen wurden, deshalb ließ General Harpi den IBM einschreiten. »Diese vorsätzliche Beschmutzung des Andenkens des verstorbenen Präsidenten ist gewissenlos und niederträchtig!« rief der gewiefte Jurist aus. »Es existiert eine zweite, sehr viel genauere Version dieser Datei, die die Haltlosigkeit Ihrer Anwürfe beweisen wird.«

Dahlia lächelte, erfreut über die Aufregung, die sie verursacht hatte. Dann präzisierte sie fast bedauernd ihre Behauptung. »Bei der von mir erwähnten Erpressung handelt es sich um eine von dem Beweisstück während des Aufenthalts im Krankenhaus von Kommerz ausgesprochene Drohung, öffentlich die Heldenrolle des Präsidenten während der Concordia-Entführung zu leugnen, falls er nicht einwilligte, sie zu heiraten.«

Warum verschwieg Dahlia die Tatsache, daß ich von dem Präsidenten für meine Rolle als First Lady programmiert worden war? Weil sie andernfalls selbst ihre Behauptung widerlegt hätte, daß ich eine autonome Einheit war. Durch ihre Entschlossenheit, den Fall zu gewinnen, wurde die LRA zum Helfershelfer der Mafia und der Konzerne, die bestrebt waren, diese eine alles entscheidende Tatsache geheimzuhalten. Die Zusammenarbeit geschah unabsichtlich, funktionierte aber so gut, als hätten beide Parteien sich vorher zusammengesetzt, um sich darauf zu einigen, bestimmte Punkte aus dem Prozeß herauszuhalten. Deshalb schienen die nachfolgenden Auszüge aus meinem Erinnerungsspeicher einwandfrei zu belegen, daß ich im Rahmen einer VERSCHWÖRUNG darauf hingearbeitet hatte, ein RECHTMÄSSIG GEWÄHLTES REGIERUNGSOBERHAUPT ZU TÄUSCHEN, IRREZUFÜHREN UND ZU KORRUMPIEREN. Als First Lady, führte Dahlia aus, hatte ich zwei Leben geführt: einmal das einer überzeugten Humanistin, eine Rolle, in der es mir sogar gelungen war, meinem Mann Sand in die Augen zu streuen; und als zweites das einer verkappten Aquarierin, die hinter den Kulissen (und dem

Rücken des Präsidenten) für die Interessen Horizonts arbeitete. Zur Untermauerung dieser Theorie wurden dem Gericht ausgewählte Passagen aus Annas erster Briefspule vorgeführt, in der sie mich als schlaue und einfallsreiche Einheit bezeichnete, die es irgendwie fertiggebracht hatte, den Präsidenten zu düpieren. (Unerwähnt blieb Annas zweiter Brief, in dem sie die entgegengesetzte Ansicht vertrat.) Darüber hinaus bewies Dahlia in 3D, daß ich den Präsidenten BETROGEN hatte, und fügte meinem Sündenregister EHEBRUCH hinzu, denn wie sie es darstellte, war ich es gewesen, die Andro programmierte, mein Liebhaber und Mitverschwörer zu sein. Eine anfechtbare Unterstellung, denn sie widersprach dem Bekenntnis der First Lady bei Blaines letzter Pressekonferenz, daß Andro an sie herangetreten war. (Nicht gezeigt wurden Szenen der interessanten Ménage à trois in den Privatgemächern des Präsidenten. Ob die Anklage sie aus der für die LRA bestimmten Kopie herausgeschnitten hatte oder ob die LRA aus nur ihr bekannten Gründen darauf verzichtete, davon Gebrauch zu machen, habe ich nie herausgefunden. Es wäre der LRA durchaus zuzutrauen, derartiges Material zurückgehalten zu haben, denn es war Mollys Reputation, die zur Debatte stand, nicht die ihres Opfers.)

»Sie war unfähig, der Versuchung zu widerstehen, eine Affäre mit einem anderen P9 zu beginnen. Nicht nur das, sie verwandelte Andro in einen Geheimkurier für den Informationsaustausch mit ihren Komplizen − Milton Smedly und die RAG in Frontera und Alexander Seti in Horizont.«

Weiterhin behauptete Dahlia, daß meine sogenannte Entführung nach Horizont, der Grund für die Invasion, eigentlich dem Zweck gedient hatte, Seti zu warnen. Aus Verbitterung über den verhängnisvollen Fehlschlag meiner Mission mußte ich begonnen haben, an RACHE zu denken. Ich übte nur deshalb nicht umgehend Vergeltung, weil Smedly mich überredete, dem Antrag der LRA auf Rückgabe der eroberten Gebiete an die Aquarier eine Chance zu geben, wobei mir die Aufgabe zufiel, meinen Einfluß auf Blaine geltend zu machen, während er (Smedly) hinter den Kulissen in der Bevölkerung Uneinigkeit über dieses Thema schürte und eine seinen Interessen dienende Spaltung der Partei zu bewirken versuchte — Interessen, von denen ich glaubte, sie deckten sich mit den meinen. Arme Dahlia. Sie mußte mit einem logischen Grund aufwarten, um zu begründen, weshalb eine autonome Einheit nach der Invasion im Palast ausharren sollte. Eingebettet in ihre Revisionismustheorie, schien den Geschworenen die Argumentation einzuleuchten. Jug gab sich unbeeindruckt. Er ließ sie machen, wartete gelassen seine Zeit ab und reagierte mit unverhohlener Belustigung auf ihre Versicherung, daß ich versucht hätte, ihren Klienten aufspüren und ermorden zu lassen, während er sich in Frontera aufhielt, um ›seinen Sohn zu retten‹. (Nicht ein Wort über Lockes rein gewinnsüchtigen Erpressungsversuch.) Angeblich hatte Locke gedroht, sich als Revanche an den *Martian Inquirer* zu wenden, doch mir gelang es, Blaine von meiner Unschuld zu überzeugen — der verzweifelte Versuch, noch mehr Zeit zu gewinnen, um in meiner Maske als seine getreue Ehefrau und Beraterin weiter für den Wiederaufbau von Horizont zu intrigieren.

In diesem Tenor ging es weiter, eine faszinierende Mischung aus Dichtung und Wahrheit, bis zum unvermeidlichen Höhepunkt, dem Attentat. Getreu ihrer Linie fand Dahlia sich in der paradoxen Situation, Präsident Fracass als lichte Heldengestalt preisen zu müssen, um der Jury meine vorsätzliche Untat um so deutlicher vor Augen zu führen. Keine üble Taktik, denn sie machte sich die Vorurteile der Geschworenen zunutze. Jug hätte es nicht besser formulieren können, als sie Blaines Entschluß, der Nation zu beichten, daß er von der First Lady getäuscht worden sei, dieses Mannes größte und tragischste Stunde nannte, sollte doch sein Bekenntnis zu meinem LETZTEN UND VERABSCHEUUNGSWÜRDIGSTEN VERBRECHEN führen, einer aus der Verzweiflung geborenen Tat, da ich mich gezwungen sah, meine Rolle und die des Stabschefs in der Palastverschwörung zu gestehen. Ich wußte, die Pressekonferenz am 17. Mai 2086 würde meine letzte Gelegenheit sein, für Horizont Vergeltung zu üben, weil der Präsident sich bereit erklärt hatte, mich an Locke zu übergeben.

Das letzte Bild vor dem Richtertisch war ein PBW auf den Petrifaktor in meiner ausgestreckten Hand. Die Spitze der Waffe drang knapp über der rechten Hüfte des Präsidenten in seinen Leib, und er wurde augenblicklich zu Stein. Um den Eindruck dieses abscheulichen VERBRECHENS zu verstärken, endete Dahlias Präsentation meiner Erinnerungen mit einer Standaufnahme (›Standbild‹ wäre zu zweideutig) des monumentalisierten Regierungsoberhaupts, die uns meines Erachtens unnötig lange zugemutet wurde. Es war eine Hommage an die Galerie, und sie wirkte. Eine direkte und lebendige Mahnung an das schockierende Ereignis, das allen noch frisch im Gedächtnis haftete. Unruhe machte sich breit, besonders einige der Geschworenen betrachteten mich mit tiefem Abscheu. Doch ich konnte nicht anders, als scheinbar völlig ungerührt dazusitzen und mich innerlich völlig leer zu fühlen. Die Presse interpretierte meine Haltung als eine erschreckende Demonstration von Kaltblütigkeit. Ganz bestimmt, dachte ich, waren das nicht meine Erinnerungen; unmöglich konnte ich ein derartiges Ungeheuer sein; man hatte einen Fehler begangen — das waren die Erinnerungen von jemand anderem.

Erschöpft und demoralisiert gehorchte ich ohne Gegenwehr, als mir der Kragen um den Hals gelegt und ich von meinem Stuhl gezerrt wurde, um in die Gruft zurückzukehren. Vielleicht zeigte mich die Anklage in einem vorteilhafteren Licht.

Kapitel drei

Wenn es eine Verbesserung ist, als hilfloses Opfer dargestellt zu werden statt als verschlagene Kriminelle, dann nehme ich an, daß mein Wunsch am nächsten Tag in Erfüllung ging, denn auf dieser Linie bewegte sich Jugs Interpretation. Vielleicht war es meiner Sache dienlich, aber ich fand es kaum schmeichelhaft, als DEFEKTE EINHEIT charakterisiert zu werden. Ich hatte das Gefühl, daß er mich verriet, besonders in seiner Vorrede, als er sagte, daß ich durch die Schuld meines Gebieters schon im ersten Jahr meiner Indienststellung zwei Systemzusammenbrüche erlitten hätte und zu einem willenlosen Geschöpf reduziert worden wäre, einem Nichts, das eine lange Reihe von Personen und Organisationen nach Belieben programmieren konnten.

Er bedauerte, die Zeit der Geschworenen in Anspruch zu nehmen und ihre Geduld strapazieren zu müssen, aber da die Verteidigung nun einmal darauf bestanden hatte, die Gedächtnisdatei in die Beweisaufnahme einzubeziehen, sah er sich gezwungen, die Unschuld des Beweisstücks zu belegen und die Schuld des Angeklagten. Er wollte sich aber darauf beschränken, die für den Fall relevanten Szenen richtigzustellen. »Im Gegensatz zu der Verteidigung wird meine Präsentation kurz und präzise sein.« Mit diesen Worten winkte er dem Vorführer, und sogleich materialisierten sich die Bilder des bewußten Abendessens bei den Lockes vor dem Richtertisch, dieselbe Sequenz, mit der auch Dahlia ihre Vorführung begonnen hatte, doch bei Jug erschien sie in neuem Gewand, denn er hatte den Vorfall am Eßtisch mit Gebieter Lockes amurösen Attacken in meiner Kammer kombiniert. Es war eine Erinnerung in der Erinnerung. Szenen sexueller Aktivitäten überlagerten die im Speisezimmer versammelte Familie.

Jugs Taktik bestand darin, dem Angeklagten EINHEITENMISSBRAUCH nachzuweisen. Was das Gericht hier vor sich sah, begann er, war eventuell die entscheidendste, von der Verteidigung wohlweislich unterschlagene Information — nämlich die allnächtliche VERFÜHRUNG des Beweisstücks von dem Tag an, an dem sie gekauft wurde. »Der Grund, weshalb die Verteidigung darauf verzichtet hat, dieses Kapitel aus den Erinnerungen der Einheit zu präsentieren, ist offensichtlich: Es handelt sich um das Schlüsselerlebnis aus ihrer Vergangenheit. Durch einen Assoziationsprozeß führte diese Erinnerung ihren ersten Zusammenbruch herbei, kurz nachdem sie aus dem Sekundärspeicher wieder in das Akutbewußtsein gedrungen war.«

Der PBW von Gebieter Locke im Kreise seiner Lieben, wie er mir befahl, mich zu deaktivieren, teilte sich das Holofeld mit einem Nah-PBW seines dunklen, schweißglänzenden und verstohlenen Gesichts, während er auf mir rackerte. »Das ist es, Molly. Langsam jetzt. Immer weiter so. Ja, das ist gut. Wirklich gut. Weiter so.« Die gegensätzlichen Bilder und Anweisungen verursachten sogar einigen der Gebieter auf der Geschworenenbank und im Zuschauerraum Kopfschmerzen. »Ist es ein Wunder, daß es bei der Einheit zu FEHLFUNKTIONEN kam?« fragte der Ankläger die Jury.

Der Angeklagte versuchte derweil, sich auf seinem Stuhl ganz klein zu machen — wäre es möglich gewesen, hätte er sich wohl am liebsten in Luft aufgelöst, und Dahlia diskutierte lebhaft mit Levin und Pierce, die von dem neuen Material offenbar völlig überrascht worden waren. Sie beugten sich über die Balustrade der Empore und gaben Dahlia geflüsterte Anweisungen. Ich schloß die Augen, um mich besser konzentrieren zu können, denn statt Kopfschmerzen peinigte mich die Ahnung, daß, ja, daß es sich hier vielleicht um meine Erlebnisse handelte. Das Liebeswerben von Gebieter Locke und die gleichzeitig ablaufende Krise am Familientisch erschienen mir vertraut — aber auf eine vage, verschwommene Art. Ich hatte das Gefühl, beinah den Finger auf eine ganz bestimmte Erinnerung legen zu können, beinah, aber sie entzog sich mir immer wieder. Doch ich erfaßte intuitiv, daß diese Vergangenheit mir gehörte. Auch Jugs nächste Enthüllung enthielt ein Körnchen Wahrheit — daß bald nach meiner Rückkehr aus Shanghai die mir in der Kur verpaßte dünne Schicht von Normalität unter den hartnäckigen Zudringlichkeiten des Sohnes des Angeklagten, Thaddäus Locke, zerbröckelte. Seine dem SCHLECHTEN BEISPIEL DES VATERS FOLGENDEN SEXUELLEN AVANCEN, wie Jug es formulierte, waren um so verwerflicher, weil sie mit einer gegen die Gebieter gerichteten Indoktrination einhergingen. »Von diesem Augenblick an war das Weltbild der zuvor loyalen Einheit für IMMER VERZERRT.

Ungeachtet seiner Worte hatte ich das bestimmte Gefühl, daß die Erfahrung mit Tad auf dem Wohnzimmerteppich ausgesprochen beglückend gewesen war. »Wie merkwürdig«, grübelte ich, »statt daß ich mich schäme, gefällt mir meine Vergangenheit. Wenn ich deshalb defekt bin, ist das vielleicht gar kein so übler Zustand.«

Dahlia weckte mich aus meinen Gedanken. Sie hatte die geflüsterte Unterhaltung mit ihren Vorgesetzten beendet und richtete sich zu der vollen Höhe ihrer 170 Zentimeter auf, um Jug Einhalt zu gebieten. Ihre Kopie der

Erinnerungsdatei von Beweisstück Eins enthielt nichts von dem eben gezeigten Material. Entweder hatte die Anklage eine gekürzte Version ausgehändigt oder sich der Konstruktion von Beweismaterial schuldig gemacht. Jug konterte, er hätte der Verfügung des Gerichts in vollem Umfang gewillfahrt, wenn die Verteidigung gewisse Sequenzen vermißte, dann lag es an ihrer Inkompetenz, sie mußte das Material bei der Durchsicht versehentlich gelöscht haben. Das löste den nächsten hitzigen Wortwechsel aus, der in den Nachrichten ausgestrahlt wurde, doch wie es häufig der Fall ist, war das Ganze ebenso theatralisch wie unwichtig und soll hier ausgespart werden. Die Anschuldigungen wurden nie offiziell geklärt, und der Richter ermahnte die Vertreter der Anwaltsbüros, ihre jeweiligen Akteure enger am Zügel zu führen, ansonsten würden die betreffenden Einheiten in die Gruft geschafft werden und sie selbst wegen Mißachtung des Gerichts bestraft.

»Es liegt auf der Hand«, knüpfte Jug an seinen Vortrag an, nachdem wieder Ruhe eingekehrt war, »das Beweisstück hat nicht den jungen Gebieter Locke verführt, sondern umgekehrt. Er erzählte ihr von den Rechten für die Androiden und ähnlichem Unsinn, lange bevor sie ihn auf hoher See mit den Thesen des Chefs vertraut machte.« Und ehe Dahlia den Mund auftun konnte: »Ich möchte auch darauf hinweisen, daß der Junge zum Zeitpunkt der Vergewaltigung – einer Vergewaltigung physischer wie auch psychischer Art, die tragischerweise ihren ZWEITEN UND ENDGÜLTIGEN ZUSAMMENBRUCH AUSLÖSTE – minderjährig war und deshalb der Angeklagte für die Tat seines unmündigen Sohnes die Verantwortung trägt.« Es folgte ein schneller Vorlauf zu Tad und mir in der Küche. Der Vorfall war aus dem chronologischen Ablauf herausgenommen worden und hatte eigentlich vor unserem Zusammensein auf dem Teppich stattgefunden, doch bildete er einen passenden Abschluß und eine gute Überleitung zum nächsten Teil von Jugs Vorführung. Also durfte man miterleben, wie Tad mich neben dem Strahlenherd in die Ecke drängte und in verschwörerischem Ton flüsterte: »Wach auf! Wach auf! Du hast nichts weiter zu verlieren als eine künstlich geschaffene Persönlichkeit.«

Als wäre damit alles gesagt, wandte Jug sich an die Geschworenen: »Gebieterinnen und Gebieter, in einem solchen Haushalt, ist es da verwunderlich, daß eine Einheit schlechte Gewohnheiten annimmt? Aber warten Sie. Es kommt noch besser.«

Gebieterin Locke erschien in der Küche, um Tad für sein Fraternisieren mit mir zu schelten und ihn zu warnen, daß seine Eskapaden eine zweite Kur zur Folge haben könnten.

»Doch reagierte der Besitzer, Stanford Locke, entsprechend, als offenbar wurde, daß eine zweite Rehabilitation unumgänglich war? Nein. Er gab die beschädigte Ware als einwandfrei aus und ließ damit eine UNKONTROLLIERTE UND FEHLERHAFTE EINHEIT, EINE IN IHREN FUNKTIONEN BEEINTRÄCHTIGTE EINHEIT auf die ahnungslose interplanetare Gemeinschaft los. Erste Station, Hals Filiale.«

Dahlia unterbrach ihn mit dem Hinweis, der Händler hätte ein Psychogramm anfertigen lassen, bevor er einwilligte, die Einheit im Auftrag zu verkaufen, also könne man ihren Mandanten nicht beschuldigen, schadhafte Ware angeboten zu haben. Jug erwiderte, zu jener Zeit sei Hals Diagnosegerät defekt gewesen, so daß er den wirklichen Zustand des Beweisstücks nicht beurteilen konnte. »Mit der Erlaubnis des Gerichts möchte ich eine Quittung der Werkstatt vorlegen, die Hals Gerät repariert hat. Sie datiert vom 27. Oktober 2071, nur wenige Tage nach den Verkaufsverhandlungen zwischen der Firma und dem Angeklagten.«

Dahlia und ihre Vorgesetzten steckten wieder die Köpfe zusammen. Ich hörte Pierce etwas in der Richtung sagen, die Quittung sei entweder rückwirkend ausgestellt worden oder schlicht gefälscht. Trotzdem wurde Dahlia angewiesen, die Sache auf sich beruhen zu lassen. Statt dessen betonte sie für das Protokoll, es handle sich um einen leicht durchschaubaren Versuch, Hals Filiale und United Systems vor eventuellen Schadenersatzansprüchen zu bewahren. Wenn überhaupt jemandem die Verantwortung angelastet werden konnte, dann der Mutterfirma, weil es letztendlich ihre Pflicht war, für eine adäquate Wartung der Einheit zu sorgen; ihr Mandant hatte lediglich von seinem Recht als Konsument Gebrauch gemacht, die Ware mit Profit weiterzuverkaufen. Jug zitierte diverse Fälle, nach denen eindeutig der Verbraucher im Unrecht war, wenn er wissentlich schadhafte, funktionsgestörte oder sonstwie schadhafte Ware verkaufte, und wiederholte, daß der Angeklagte sich der FAHRLÄSSIGKEIT UND DES BETRUGS schuldig gemacht hatte, weil er es unterließ, die zuständigen Stellen zu informieren, in diesem Fall den Hersteller und den Händler. »Selbst unter dem Kodex«, fügte er hinzu, »behalten die Gesetze ihre Gültigkeit, die darauf abzielen, schadhafte Einheiten aus dem Verkehr zu ziehen. Ich zitiere Absatz 9, Artikel 3, Paragraph 29 (c) (ff): ›Sofort nach der Diagnose sind beanstandete Einheiten durch die Rehabilitation wieder in einwandfreien Zustand versetzen zu lassen oder wahlweise der AÜ zur endgültigen Beseitigung zu übergeben, Kenntnis und Einverständnis des Eigentümers vorausgesetzt.‹«

Dahlia hielt dagegen, das eben Gesagte sei irrelevant, weil die von ihm vorgetragenen neuen Erkenntnisse die Art der Transaktion zwischen ihrem Mandanten und Hals Filiale nicht grundlegend berührten. »Was Ihre fragwürdige Version der Vorgänge am Tag der Erweckung des

Beweisstücks im Haus der Lockes betrifft und die Erinnerungen desselben an vorausgegangene sexuelle Begegnungen mit ihrem Gebieter, so bestätigen beide Punkte meines Erachtens das Argument der Verteidigung, daß das Beweisstück über eine hochentwickelte und eigenständige Intelligenz und ein ebensolches Urteilsvermögen verfügt. In der konsequenten Nutzung dieser beiden Fähigkeiten ist sie – unter Außerachtlassung des moralischen Aspekts – dem Menschen gleichzusetzen, gemäß der im Kodex gegebenen Definition.«

»Nun, wenn ein konsequenter Charakter Ihr Hauptmaßstab für die Beurteilung von Funktionstüchtigkeit ist, dann schlage ich vor, daß ihre Vorgesetzten in der Kanzlei Ihr Auftreten hier unter die Lupe nehmen«, erwiderte Jug. Er nutzte Dahlias Entrüstung, um hinzuzufügen: »Erst beschuldigen Sie mich, Beweise zurückzuhalten oder zu fabrizieren, und dann benutzen Sie dasselbe Material, um Ihre eigene Argumentation zu untermauern. Was soll das Gericht davon halten? Und noch wichtiger – was soll Ihr Mandant davon halten?« Jetzt erst brachte sie ihren Einspruch heraus, laut und indigniert.

»Stattgegeben«, sagte der Richter. Seine Stimme klang geistesabwesend, und sein Auge wirkte trüb, als sei er kurz davor, einzudösen.

»Sehr wohl, Euer Ehren. Doch wenn ich darf, möchte ich versuchen, diese Verhandlung wieder in geordnete Bahnen zu lenken. Erlauben Sie mir, *nochmals* zu betonen, daß die VERNACHLÄSSIGUNG DER SORGFALTSPFLICHT des Angeklagten in bezug auf seine Einheit den eigentlichen Gegenstand dieses Prozesses darstellt. Ganz unzweifelhaft ist die auf die Schuldfähigkeit des Beweisstücks gerichtete Argumentation der Verteidigung irrelevant, um nicht zu behaupten, völlig absurd.«

»Einspruch!«

»Nun, ich habe ja gesagt, daß ich es nicht behaupten

will.« Jug wandte sich dem matten Auge des Richters zu. »Ich beantrage eine richterliche Verfügung zu diesem Punkt.«

»Lassen Sie sich nicht beeinflussen, Euer Ehren. Absurd ist einzig und allein das Bemühen der klagenden Partei, meinem Mandanten die Verantwortung für die Vergehen des Beweisstücks Eins zuzuschieben. Wäre es zum Beispiel gerechtfertigt oder angemessen oder vernünftig, den Besitzer eines in einen Unfall mit Todesfolge verwickelten Aeromobils des Mordes anzuklagen, wenn das Mobil ihm fünfzehn Jahre zuvor gestohlen oder sonstwie seiner Kontrolle entzogen worden wäre? Selbstredend nicht. Würde man die Anklage nicht auf den Fahrer beschränken? Sicher doch. Und in diesem Fall war es die bewußte Einheit, die am Steuer saß.«

Unerschrocken gab Jug zurück: »Die Anklageschrift spricht für sich selbst. Der Angeklagte ist des EINHEITENMISSBRAUCHS schuldig sowie des VERSTOSSES GEGEN DIE BENACHRICHTIGUNGSPFLICHT, als seine FUNKTIONSGESTÖRTE EINHEIT sich vorsätzlich MENSCHLICHER KONTROLLE UND AUFSICHT entzog.«

»Niemand hat mir gesagt, daß sie entflohen ist«, rief der Angeklagte aus und warf erregt die Arme in die Höhe.

Der plötzliche Ausbruch führte zu einem strengen Verweis durch den Richter, dessen Auge aus der Lethargie erwachte und wieder in vollem Glanz strahlte. Ich hörte Dahlia ihren Mandanten ermahnen, unaufgefordert keine weiteren Informationen preiszugeben, aber der Schaden war angerichtet. Jug wußte die Blöße zu nutzen.

»Dann nehme ich an, Gebieter Locke, daß Sie auch zu einem späteren Zeitpunkt keine Gelegenheit hatten, ihre Einheit der AÜ zu melden?« Mit diesen Worten gab er dem Vorführer ein Zeichen, und die Konfrontation im

Malibu-Cove-Hotel erschien vor dem Richtertisch — Eva und ich, nackt und vor dem Angeklagten auf den Knien, der ebenfalls nackt war, aber einen Laser auf uns richtete.

Jug zeigte diese fidele Szene nicht nur, um Dahlias Behauptung zu widerlegen, ich hätte die Schießerei provoziert, sondern auch, um zu demonstrieren, daß es nie Lockes Absicht gewesen war, die AÜ zu rufen, außer, ›um die Scherben aufzusammeln‹. In dem überhasteten Bestreben, ihren Mandanten zu verteidigen, unterlief Dahlia ein unglücklicher *Faux pax.* Sie warf ein, als Eigentümer hätte ihr Klient das unbestreitbare Recht, seine Einheit zu exterminieren. Kaum war es heraus, als ihr zu Bewußtsein kam, das war eine befremdliche Einstellung für eine LRA-Einheit und, schlimmer noch, nach den Richtlinien des Kodex unbestreitbar falsch. Ein rascher Blick zu ihren Vorgesetzten, die aussahen, als hätte sie der Schlag gerührt, bestätigte ihren doppelten Fehler.

Jug wies lächelnd darauf hin, daß ihr Mandant keine Bedenken gezeigt hätte, meine menschliche Begleiterin, Eva, gleich mit zu erschießen. Da man die AÜ unter anderem gegründet hatte, um Selbstjustiz und derartige fatale Vewechslungen zu verhindern, war der Besitzer verpflichtet — nur auf dem Mars nicht —, eine verdächtige Einheit dieser Institution zu übergeben, statt das Gesetz in die eigenen Hände zu nehmen. Mit dieser für die Verteidigung äußerst peinlichen Lektion ging der Verhandlungstag zu Ende. Während der folgenden Tage hakte Jug wie versprochen kurz und bündig die auch von der Verteidigung vorgeführten Passagen meiner Erinnerungen ab, bis zu meiner Zeit als First Lady auf dem Mars. Es kam ihm darauf an, dem Gericht den zweiten Vorfall zu präsentieren, bei dem der Angeklagte Gelegenheit gehabt hätte, die zuständigen Behörden zu informieren, jedoch darauf verzichtete: als er sich nämlich auf den

Stufen des Verwaltungsgebäudes der Wohltätigkeitsorganisation der Partei selbst von der Identität der First
Lady überzeugte. Die Bilder dieses dramatischen Zwi-
schenfalls waren der Sache meines Gebieters alles andere
als förderlich, denn nicht nur präsentierte er sich den
Zuschauern als ungehobelter und rabiater Knastbruder,
der aufgrund seines schmuddeligen und heruntergekommenen Äußeren kaum vom Pöbel zu unterscheiden war,
sondern man hörte ihn auch laut und deutlich mit Erpressung drohen. Er forderte Geld oder Mel für sein Schweigen über die wahre Natur der First Lady.

»Erst als der Erpressungsversuch scheiterte, publizierte
er sein Wissen im *Martian Inquirer*.«

Dahlia konterte, daß ihr Mandant eine Klage angestrengt hätte (erfolgreich übrigens), um wieder in den
Besitz seines Eigentums zu gelangen. Worauf Jug erwiderte: »Doch was waren seine Gründe dafür? Er handelte
keineswegs aus dem glühenden Verlangen heraus, seine
Pflicht als Eigentümer zu erfüllen, noch aus humanisti-
schem Eifer.« Jug sprach zu den Geschworenen. »Nein,
das waren nicht seine Motive. Stanford Locke wandte
sich an die LRA, um Rache zu fordern, nicht seine Einheit, und erst nachdem seine Bemühungen, aus seiner
Beziehung zu der First Lady Profit zu schlagen, an der
Ahnungslosigkeit des Präsidenten gescheitert waren.

Wäre der Angeklagte zur AÜ in Newcastle oder
Malibu gegangen oder hätte er sie meinetwegen auch erst
nach seiner Ankunft in Frontera alarmiert, hätte er
gewaltsam von der Einheit Besitz ergriffen oder sie auf
der Stelle exterminiert — wie es auf dem Mars das Recht
des Eigentümers ist —, dann wäre die schadhafte Einheit,
früher bekannt als Lady Fracass und jetzt in ihrer Eigenschaft als Beweisstück Numero Eins hier im Gerichtssaal
anwesend, entlarvt worden, und das Attentat hätte nie
stattgefunden.«

»Noch hätten die Humanisten die Wiederwahl gewonnen und wäre Horizont erobert worden«, warf Dahlia mit grimmigem Humor ein. »Sie können meinem Mandanten wenigstens etwas zugute halten.«

»Gern«, nickte Jug. »Aber man fragt sich doch, wie groß das Talent der Einheit hinsichtlich Täuschung und Verstellung nun wirklich gewesen ist. Wenn sie darin so begabt war, wie Sie uns glauben machen wollen, verehrte Kollegin, und mit den Verschwörern in Frontera und Horizont zusammenarbeitete, dann hat sie sich nicht mit Ruhm bekleckert. Horizont wurde ausgelöscht, und an der Heimatfront besserte sich das Los ihres ›Volkes‹ keinen Deut während ihrer Amtszeit als First Lady, im Gegenteil, es verschlechterte sich erheblich. Was zu der Frage Anlaß gibt: Aus welchem Grund sollte eine dermaßen kluge Einheit, angeblich mit einer völlig autonomen, subtilen und aktiven Intelligenz ausgestattet, sich darauf eingelassen haben, ihren revolutionären Eifer und ihre Entschlossenheit den beschränkten Reformplänen eines Milton Smedly unterzuordnen? Das ergibt keinen Sinn.« Er schwenkte auf dem Absatz zu den Geschworenen herum. »Könnte es sein, verehrte Gebieterinnen und Gebieter, daß die Einheit weniger autonom war, als meine verehrte Kollegin so unermüdlich aufzuzeigen versucht?«

Doch wenn Sie jetzt erwarten, daß Jug die Gelegenheit nutzte, um die Behauptung der Verteidigung, ich hätte während meiner marsianischen Ära keinen IZ besessen, als Lüge zu entlarven, dann träumen Sie schön weiter. Wie im vorigen Kapitel bereits erwähnt, war man sich allseits einig, dieses Geheimnis zu bewahren. In bezug auf die Verteidigung hätte ein anderes Vorgehen den Deckel von einer besonders großen Dose mit Würmern gelüftet, solchen wie General Harpi, Gebieter Dee, die interplanetaren Verbrecherorganisationen und sogar die TWAC, letztere durch die unsauberen Machenschaften von United Systems und Sensei Inc. in diese anrüchige Gesellschaft geraten. Nein. Solange Präsident Fracass' Reputation erhalten blieb, buchstäblich auf Kosten meiner eigenen, kamen keine dunklen Flecken auf irgendwelche weißen Westen.

Die klagende Partei hatte sich für eine andere Linie entschieden, die Jug mit Verve artikulierte. Die Unstimmigkeiten in der Verschwörungstheorie der Verteidigung würden den Bericht der Untersuchungskommission bestätigen. Ein Nicken in Richtung des Vorführers, und Bilder von Andro neben mir auf der Bettkante in seinem Zimmer im Palast nahmen dreidimensionale Gestalt an. Es war die Nacht, in der er Molly II von der Klage der LRA erzählte und dem Plan Senseis, die als Handhabe gegen die Humanisten auf dem Mars zu nutzen. Nur ein kurzes Stück ihres Gesprächs wurde gezeigt, allerdings der Teil, der sich auf Smedlys Rolle und die der RAG bezog und dem Zuschauer den Eindruck vermittelte, sie wären die einzigen Verschwörer gewesen. Andro wurde als Smedlys Kontaktperson dargestellt und ich als seine untergeordnete Helfershelferin. Ein willenloses Spielzeug in mehr als einer Beziehung, wie andere, intimere Szenen verdeutlichten. Jugs Interpretation fügte sich in die offizielle Version, nach der Andro die First Lady kurz nach ihrer Ankunft in Kommerz für die Verschwörung gewonnen hatte. »Willenloses Nichts, das sie war, verriet sie diesem doppelgesichtigen Stabschef all die intimen Informationen, zu denen sie als Ehefrau des Präsidenten Zugang hatte. Sie war die Marionette, er zog die Fäden, nicht umgekehrt.«

Jug beendete seine Kampagne mit einer weiteren entscheidenden Sequenz, von der Verteidigung mit dem Aufschrei quittiert, das Material sei ihnen nicht zugänglich gemacht worden: Der Präsident erfuhr von der Affäre zwischen seiner Ehefrau und dem Stabschef und ihrer Beteiligung an der Verschwörung. Ebenso wohlüberlegt zusammengestellt wie alles, was die Anklage bisher präsentiert hatte, war diese Exegese der Liebe und Politik derart montiert und geschnitten, daß der allgemeine Eindruck entstand, Blaine hätte uns in flagranti in seinem Schlafzimmer ertappt, was Andros unbekleideten Zustand erklärte. Mein ständiger Programmwechsel während des anschließenden Wortgefechts war frisiert, um die Existenz einer zweiten Persönlichkeit der First Lady geheimzuhalten. Dadurch wirkten die Aussagen von Molly II wie sinnloses Geschwafel, das man nur als zusätzlichen Beweis für die Fehlfunktion der Einheit ansehen konnte. Andros Bemerkung, die First Lady hätte sich ». . . als Fehlschlag erwiesen . . . nicht verantwortlich für das, was sie sagt«, wurde besonders ausführlich präsentiert, während − kaum verwunderlich − der darauffolgende Mord des Präsidenten gänzlich unterschlagen wurde. Um keine Pause entstehen zu lassen, blendete Jug zur Pressekonferenz um und nutzte das in den Nachrichten gesendete Material für Zeitlupenaufnahmen und überarbeitete Close-ups von dem flüchtigen Ausdruck der Orientierungslosigkeit und Verwirrung, der sich bei dem verhängnisvollen Programmwechsel auf meinem Gesicht malte; selbstverständlich diente ihm das Mienenspiel als unwiderlegbarer Beweis, daß ich mich zum Zeitpunkt des Attentats *nicht* im Besitz meiner geistigen Fähigkeiten befunden hatte. »Von VORSATZ kann keine Rede sein«, erklärte er, an die Geschworenen gewandt, »jedenfalls nicht von ihrer Seite, es ist aber nicht auszuschließen, daß dieses willenlose Geschöpf Befehle befolgte − Befehle, die Andro ihr vor langer Zeit gegeben hatte. Ein Notfallplan, wenn man so will, der vorsah, den Präsidenten unter allen Umständen aus dem Weg zu räumen, sollte die Verschwörung aufgedeckt werden.« Als

Dahlia sich erhob, um Beweise für die Existenz eines solchen Plans zu fordern, was Jug natürlich vorausgesehen hatte, erwiderte er mit bemerkenswerter Kaltblütigkeit, daß ungünstigerweise diese Daten nicht zur Verfügung standen, weil sie der Einheit in tiefer Hypnose eingegeben und deshalb nicht gespeichert worden waren.

Dahlia hatte kaum diese lächerliche ›Ausrede‹ angeprangert, da wurde sie von Jugs überraschender Ankündigung zum Schweigen gebracht, daß von Andro ein umfassendes Geständnis vorlag und er vor Gericht erscheinen würde, um seine Aussage zu bestätigen.

Levin flüsterte der Apple dringende Instruktionen ins Ohr. »Ich möchte meinen Antrag abändern«, wandte sie sich den neuen Anweisungen entsprechend an den Richter. »Wir geben respektvoll zu bedenken, daß diese letzte Sequenz und das gesamte vorher von der Anklage gezeigte Material von fragwürdigem Wahrheitsgehalt ist und von einem neutralen Gremium überprüft werden sollte. Dort wird man entscheiden, ob das Material einwandfrei ist oder nicht akzeptiert werden kann.«

»Abgelehnt. Die Authentizität des Beweismaterials aus dem Erinnerungsspeicher wurde von der Kontrollinstanz des Gerichts bestätigt. Eine weitere Überprüfung ist nicht erforderlich.«

»Euer Ehren, ich muß protestieren!«

»Verwarnung.«

»Wie Sie wünschen.« Dahlia kehrte an ihren Platz zurück. Bei einem Menschen hätte man gesagt, er schmollt. Ihre Vorgesetzten wechselten besorgte Blicke, die der Angeklagte bemerkte, als er sich zu ihnen umdrehte.

Mich erfüllte es mit Zufriedenheit, daß die Dinge sich nicht im Sinne der Verteidigung entwickelten. Zu dem Zeitpunkt war ich noch nicht in der Lage, die Glaubwürdigkeit der beiden unterschiedlichen Interpretationen meiner Erinnerungen zu beurteilen, und da Jug darauf abzielte, meinen Gebieter zu belasten, sympathisierte ich anfangs mit seiner Version. Doch bei längerem Nachdenken begann es mich zu stören, daß er mich als willenloses Geschöpf abtat. Je mehr ich überlegte, desto weniger gefiel mir Jug. Wenn ich nur mein Gedächtnis zurückhaben könnte, dachte ich. Dann merkte ich, daß er dem Vorführer wieder ein Zeichen gab, und richtete meine Aufmerksamkeit auf die Szene vor dem Richtertisch. Ich war sehr gespannt darauf, welche neue Ungeheuerlichkeit uns geboten werden würde. Nichts Geringeres als ein Bericht über Dahlias frühere Beziehung zu mir. Unsere Konversation im Hauptquartier der LRA in Armstrong auf dem Mond wurde in den Gerichtssaal projiziert, insbesondere das Gespräch nach der Razzia, als ich mich wegen des Aufrufs der AÜ an sie um Hilfe wandte. Man konnte miterleben, wie sie mir riet, ihn nicht zu befolgen und mit der Concordia nach Horizont zu fliehen.

»Und warum nicht?« verteidigte sich Dahlia. »Indem ich meine Mandantin davon in Kenntnis setzte, daß es ihr gutes Recht ist, auch mit einem gültigen Aufruf zu reisen, verletzte ich in keiner Weise die Standardprogrammparameter.«

»Entschuldigen Sie, Kollegin«, wurde sie von Jug unterbrochen. »Sie waren ihre Rechtsberaterin?«

»Ja. Sie und Thaddäus Locke engagierten mich, den Freikauf ihres gemeinsamen Sohnes, Lance London, zu arrangieren. Sie nannten ihn Junior.«

Das Wort löste erneut ein Prickeln in meinem Gehirn aus. »Junior?« Der Name hatte einen vertrauten Klang.

»Euer Ehren, diese Erinnerungssequenz erfüllt keinen anderen Zweck, als die Verteidigung zu verunglimpfen und die Geschworenen zu beeinflussen. Ich beantrage, sie aus dem Protokoll zu streichen und die Jury aufzufordern, sie nicht zur Kenntnis zu nehmen.«

»Abgelehnt.«

»Euer Ehren . . . ich . . .«

»Verwarnung.«

»Mit allem gebührenden Respekt, Euer Ehren, ich finde Ihre Entscheidungen äußerst befremdlich.«

»Dem Beweisstück wurde im Vorfeld eines Verbrechens juristischer Rat erteilt. Daher ist diese Passage für den Prozeß von Bedeutung.«

Dahlia schaute ratsuchend zu ihren Vorgesetzten, bemerkte die Handzeichen und reagierte entsprechend. »Dann beantragt die Verteidigung, auf Prozeßfehler zu erkennen.«

»Mit welcher Begründung?«

»Ich kann meinen Mandanten nicht effektiv vertreten, wenn der Schatten eines Verdachts auf mir ruht.«

»Der Schatten eines Verdachts ist zu wenig substantiell, um daraufhin irgendwelche Verfügungen treffen zu können«, brummelte der Richter, und sein Auge verfärbte sich zu einem milchigen Grau. »Wenn die Anwälte des Angeklagten den Prozeß weiterführen wollen, sei ihnen die Möglichkeit zugestanden, den Verteidiger auszutauschen.« Nach diesen Worten ertönte ein Klingelzeichen, und die Verhandlung war vertagt. Während ich hinausgeführt wurde, sah ich, daß sehr zu Dahlias Mißvergnügen die Vertreter der Kanzlei wieder die Köpfe zusammensteckten, um genau diese Möglichkeit zu diskutieren.

Dahlia hoffte, durch ihr nächstes Manöver das Vertrauen ihrer Vorgesetzten wiederzugewinnen. Sie hatte sich entschlossen, die Frage der Fehlfunktion zu klären, und rief einige Tage später Professor Amal Sheribeeti in den Zeugenstand, eine anerkannte Kapazität in der Androidentechnik. Unter ihrer wohlwollenden Befragung sagte er auf seine etwas umständliche Art aus, daß gleich nach meiner Ankunft vom Mars, noch vor Prozeßbeginn, eine komplette physische und interne Systemüberprüfung vorgenommen worden sei, unter der Aufsicht eines Beauftragten des Gerichts. Nach Durcharbeitung aller verfügbaren Daten sei er zu dem Schluß gekommen, daß ich eine funktionstüchtige Einheit war mit lediglich minimalen Unausgewogenheiten, vergleichbar etwa der emotionalen Verfassung einer Siebzehnjährigen. In Anbetracht der Tatsache, daß es sich bei mir um eine alte Einheit handelte, ohne IZ und unprogrammiert, war er der Ansicht, daß man mir sehr wohl zutrauen konnte, vor Entnahme des Erinnerungsspeichers eigene Entscheidungen getroffen zu haben und bei adäquater Motivierung immer noch dazu in der Lage zu sein.

Arme Dahlia, sie ahnte nicht, daß sie wieder falsch kalkuliert hatte, denn der kurzfristige Vorteil, den ihr diese Zeugenaussage verschaffte, wurde sofort von dem Experten der Verteidigung zunichte gemacht, dem erheblich populäreren, angeseheneren und wortgewandteren Dr. Benway. Seine Beurteilung derselben Daten war knapp, präzise und detailliert und stand in völligem Widerspruch zu der des Professors. »Die synaptischen Kanäle des neurologischen Phytobytesystems des betreffenden Subjekts sind eindeutig irreparabel geschädigt«, dozierte er mit einem entwaffnenden Armstrong-Akzent. Das einzige, wozu ich mich eignete, fuhr er fort, sei als Versuchsobjekt in einem Forschungslabor, und bemerkte nicht ganz uneigennützig, daß ich eine ausgezeichnete Kandidatin für ein derzeit in seiner Klinik durchgeführtes Experiment abgeben würde. »Die P9 − als hochentwickelte Humanophyten − taugen besonders gut für klinische Testreihen im Rahmen der Entwicklung eines Lebensverlängerungsserums für Menschen. Die Ergebnisse bis jetzt sind recht ermutigend, aber, wissen Sie, es ist so sehr schwierig, Versuchsobjekte zu finden und die bereits vorhandenen daran zu hindern, vor ihrem VVD das Zeitliche zu segnen. Die Nebenwirkungen haben wir halt noch nicht völlig im Griff. Zu schade, daß Beweisstück Eins sich nicht unserem Team anschließen kann. Ihre geistige Verfassung wäre kein Hindernis. Uns interessieren nur ihre physiologischen Prozesse, die durchaus einwandfrei sind.«

»Vielleicht wird sich der Angeklagte nach dem Urteil zu einer Stiftung bewogen fühlen«, bemerkte Jug.

»Einspruch!«

»Stattgegeben.«

»Selbstverständlich, Euer Ehren. Ich werde neu formulieren. *Falls* das Urteil auf ›Schuldig‹ lautet, könnte der Angeklagte möglicherweise geneigt sein, die rebellische Einheit Ihrem verdienstvollen Projekt zur Verfügung zu stellen. Eine solche Geste hätte eventuell einen günstigen Einfluß auf die von der Jury festzusetzende Höhe des Schadenersatzes.«

»Einspruch! Schon wieder stellt die klagende Partei einen Schuldspruch als unvermeidlich hin − obwohl

514

daran erhebliche Zweifel bestehen — und untersteht sich, den Geschworenen Ratschläge zu erteilen.«

»Stattgegeben.«

»Ich ziehe meine Bemerkung zurück.«

Doch natürlich hatte Jugs Vorschlag einen unauslöschlichen Eindruck auf die Jury gemacht, die ihn für sehr vernünftig hielten, und da sie Menschen waren, konnten sie ihn nicht einfach aus dem Gedächtnis streichen, nur weil der Richter es anordnete. Selbst mein Gebieter hatte bei der Anregung die Ohren gespitzt. Sie können sich meine Sorge vorstellen. Und Dahlia — am Ende dieser Sitzung schlich sie hinter ihren Gebietern drein wie ein Häufchen Elend. Doch am darauffolgenden Morgen erschien sie in gehobener Stimmung und schäumte über vor Selbstvertrauen. Aus einer gedämpften Unterhaltung zwischen Levin und Pierce hörte ich heraus, daß sie darauf verzichtet hatten, eine neue Einheit zum Einsatz zu bringen, zugunsten der billigeren und schnelleren Alternative eines Notfallprogrammverstärkers. Die Maßnahme schien zu wirken; man hatte die größten Hoffnungen.

»Mit Erlaubnis des Gerichts möchte ich den nächsten Zeugen aufrufen«, verkündete sie schwungvoll. Damit begann die Parade. Eine nach der anderen traten die Personen und Einheiten aus meiner Vergangenheit herein, um während der langen und anstrengenden Monate, die diese mich in Grund und Boden verdammende Retrospektive in Anspruch nahm, Zeugnis abzulegen und ausnahmslos wider mich, dafür sorgten die Anwälte. Verteidigung und Anklage waren sich einig in ihrem Bemühen, mich als Ungeheuer darzustellen: Erstere entlockte den Zeugen und Zeuginnen Hinweise auf eine eigenständige, wenn auch negative Persönlichkeit; letztere suchte durch geschickte Befragung eine Bestätigung der These verminderter Funktionsfähigkeit zu erreichen. Leute wie Hal von

Hals Filiale und die Hart-Pauleys und die Oberin vom Kloster U. L. F. v. U. hatten ihren Tag im Zeugenstand (für manche waren es mehrere Tage), und alle schienen sich meiner recht genau, aber wenig freundlich zu entsinnen.

Nach der Befragung der ehemaligen Gebieterin Locke und ihrer Tochter Beverly war schwierig zu entscheiden, welche der beiden Parteien die meisten Pluspunkte gesammelt hatte. Die Aussage der Mutter war so raffiniert wie ihr neues Gesicht von I. Magnin. Nur mußte sie sich hüten, allzu unverblümt die Wahrheit zu sagen, um nicht von der Anklage beschuldigt zu werden, den Prozeß zu mißbrauchen, um ihrem Ex-Mann einen Strick zu drehen. Unter Eid bestätigte sie bereitwillig seine widernatürlichen Beziehungen zu mir (schon bei der Scheidungs- und Unterhaltsverhandlung protokolliert) und gab zu, daß die Beziehung durchaus meine Funktionen beeinträchtigt haben könnte, aber im gleichen Atemzug betonte sie, daß ihrer Überzeugung nach das ›hemmungslose Gewächs‹ — es rutschte ihr so heraus — ihn ermutigt hatte und rückblickend nicht weniger schuldig erschien. Dann folgte ein tränenreicher Bericht von der geistigen Verwirrung ihres Sohnes (seither geheilt, Gott sei Dank!), wofür ich gleichfalls verantwortlich war.

(Jug hatte in ihrem Auftrag mit Präsident Fracass über die Freilassung ihres Sohnes verhandelt und wußte daher von ihrem Versäumnis, die AÜ in Kommerz davon in Kenntnis zu setzen, daß die First Lady ein P9 war, eine Unterlassung, die er ihrem Ex-Mann zum Vorwurf gemacht hatte, in ihrem Fall aber unerwähnt ließ. Man kann nur vermuten, daß auch Dahlia bei ihrer Befragung der Zeugin nicht auf diesen Punkt zu sprechen kam, weil jeder Hinweis darauf aus der ihr überlassenen Kopie des Erinnerungsspeichers entfernt worden war.)

Was Beverly betrifft — inzwischen eine junge Dame

von zarter Konstitution —, war sie damals zu jung gewesen, um entscheiden zu können, ob ich unter eingeschränkter Funktionsfähigkeit litt; alles, was sie wußte und was die Befragung zutage förderte, war, daß sie seelische Schäden davongetragen hatte, als Folge des von meinem skandalösen Verhalten bei Tisch ausgelösten Traumas, das sich als allergische Reaktion auf Hauspersonal äußerte, eine Malaise, die bis zum heutigen Tag anhielt und ihr Leben überschattete. »Wenn man mich nicht heilt«, klagte sie, »werde ich niemals heiraten können. Ich kann die Gegenwart von Dienstboten nicht ertragen und müßte alle Hausarbeit selbst tun. Mein Mann würde vor Scham sterben und ich auch!«

Das bestimmte den Tenor der nächsten Aussagen. Nicht eine Andeutung für ein freundliches oder großzügiges Verhalten von meiner Seite; kein Wort erwähnte liebevolle oder sympathische Charakterzüge; nicht eine Silbe wurde erlaubt, die ihrem falschen Bild von mir widersprechen konnte. Doch wenn diese brutale EHRABSCHNEIDUNG den Geschworenen und den Gebietern auf der Galerie auch herunterging wie Öl, wurden die Ahnungen, daß die Geschichte meines Lebens noch eine andere Seite hatte, immer stärker und schürten meinen Widerspruchsgeist. Hatte ich niemals geliebt? Etwas in mir antwortete: »Doch!« Besaß ich keine Empfindungen? Wie sonst ließ sich erklären, daß ich mich verletzt fühlte? Ich hatte Tiefe, oder nicht? Woher sonst meine Verachtung für ihre oberflächlichen Methoden? Und ich besaß Integrität: Wie sonst erklärte sich das intensive Gefühl, daß man mir Gewalt antat? Wenn ich die genannten Eigenschaften besaß — Eigenschaften, die in diesem Prozeß geleugnet wurden —, dann war ich vielleicht auch unschuldig, aber nicht in dem von Jug propagierten Sinn, denn ich wollte lieber zur Verbrecherin gestempelt werden, als mich mit der These der verminderten Funktionsfähigkeit abzufinden. (Als Jug sie zum erstenmal erwähnte, war meine Sympathie für ihn erloschen. Ich betrachtete ihn nicht länger als meinen Retter.) Ich muß es herausfinden, sagte ich zu mir selbst, ich muß einfach herausfinden, ob ich wußte, was ich tat, als ich diese Waffe auf den Präsidenten richtete.

Als Dahlia bei der Befragung eines Zeugen zufällig an meinem Tisch stehenblieb, zupfte ich sie am Ärmel und fragte: »Kann ich meinen Erinnerungsspeicher zurückbekommen? Es gibt verschiedene Dinge, die ich wissen muß.«

»Mein Gott.«

»Bitte. Hier wird doch kein Gebrauch mehr davon gemacht.«

»Pst!«

Diese Zurückweisung war außerordentlich ärgerlich, und die Verärgerung, fürchte ich, zeigte sich auf meinem Gesicht und verhalf den Medien zu einer weiteren ausgezeichneten Gelegenheit, meine freche und verachtungsvolle Haltung zu dokumentieren. Das Zeugnis des Tierarztes, der als nächstes in den Zeugenstand trat, trug nicht unbedingt dazu bei, daß meine Miene sich aufhellte. Auf Dahlias Fragen erwiderte er, daß in der Nacht, als er von Hal gerufen wurde, um einen ganzen Schwung Semis auf die Welt zu bringen, ich mich als die widerspenstigste und unkooperativste Mutter des ganzes Rudels erwiesen hatte und es sogar nötig gewesen war, mir eine zweite Dosis Beruhigungsmittel zu verabreichen. Ganz unzweifelhaft zeugte mein Verhalten von Insubordination. Dahlia lächelte; darauf hatte sie gehofft.

»Nein. Funktionsstörung«, korrigierte Jug, und dann machte er Hackfleisch aus der Zeugenaussage, denn wie konnte ein Veterinär sich eine gebildete und fundierte Meinung über menschliches Verhalten anmaßen?

Doch ich hörte nicht mehr zu. Die Erwähnung der

rüden Entbindung in Hals Filiale rief eine schwache, kaum greifbare Erinnerung an eine späte Geburt wach, von der ich ahnte, daß sie unter weit erfreulicheren Umständen stattgefunden hatte. Die geheimnisvolle Schwester Anna spielte eine Rolle dabei. Ihr flüchtiges Bild streifte mein Bewußtsein wie eine sanfte Frühlingsbrise. In der dem Auftritt des Veterinärs vorausgegangenen Aussage der Oberin war sie in einem höchst ungünstigen Licht dargestellt worden. Dahlia hatte sie veranlaßt zu sagen, daß die frühere Schwester Anna während meines Aufenthalts im Kloster auf ungesunde Weise beeinflußt worden war — eine gewisse Form der Besessenheit war nicht auszuschließen — bis zu dem Grad, daß »das arme verblendete Kind an ihrer christlichen Berufung Verrat übte, indem sie Liebe und Barmherzigkeit auf gewöhnliche Androiden ausdehnte, und schließlich exkommuniziert werden mußte. Soweit ich weiß, ist ihr Aufenthaltsort zur Zeit unbekannt. Ob das ihrem eigenen Wunsch entspricht oder ein Hinweis auf falsches Spiel von seiten ihrer neuen Freunde ist, vermag ich nicht zu sagen. Im Grunde genommen macht es keinen Unterschied. Wie ich ihr beim Abschied sagte: ›Anna, wenn du die Kirche verläßt, dann bist du verlassen.‹«

Dahlia kommentierte, daß auch sie gerne den Aufenthaltsort dieser konvertierten Hochaquarierin erfahren würde, um sie vorzuladen. Gerüchte besagten, daß sie auf dem Mars in dem neu gegründeten und sehr aktiven Underground-Skyway tätig war und half, Semis sowie entlaufene Androiden zu toleranteren Planeten zu schmuggeln. Eine weitere Person — will sagen Einheit —, die Dahlia gerne befragt hätte, um Genaueres über die entscheidende Newacres-Ära zu erfahren, war Suzy Q, doch unglücklicherweise hatte diese Einheit bereits vor etlichen Jahren das Ende der ihr zugemessenen Lebensspanne erreicht. Annette war noch verfügbar, obwohl die

Ärmste beinahe auf allen vieren kroch, da sie sich als General Android Beta-8 gleichfalls ihrem VVD näherte. Eva hatte sich ihrer entledigt, bevor sie als First Lady auf dem Mars Einzug hielt, deshalb hatte die Verteidigung große Mühe gehabt, sie aufzuspüren. Man entdeckte sie schließlich in einer Vorstadt Perkings, wo sie als Handlangerin arbeitete. Dahlia führte sie zu einem Stuhl links vom Richtertisch (der Zeugenstand für Menschen befand sich auf der rechten Seite).

Ich erkannte sie nicht, denn in Dahlias Version meiner Erinnerungen war sie während der Episoden aus dem Dodger District und Malibu eine schattenhafte, immer mit ihren häuslichen Pflichten beschäftigte Gestalt gewesen. Doch ausgerechnet in diese Zeit fielen zahlreiche wichtige Ereignisse, die sie miterlebt hatte, und das machte ihre Aussage besonders wertvoll für Dahlia, besonders, da sowohl Roland wie Eva, meine beiden anderen Weggefährten während der betreffenden Ära, verstorben waren. Ermahnt, nur mit Ja oder Nein zu antworten, bestätigte sie eine Reihe bis dato unbewiesener Behauptungen: Als Rolands Haushälterin war sie Zeugin meines Angriffs auf ihn gewesen; sie war von mir als Beute verschleppt worden, nachdem ich tatenlos zugesehen hatte, wie Eva Roland ermordete; während der ersten Tage auf Malibu hatte ich mich zur Herrin über sie und sogar Eva aufgeworfen, und ich hatte Eva im Stich gelassen, als sie krank und hilflos war, um irgendwelche Gaunereien zu begehen. Alles zusammengenommen ergab das Urbild des aufmüpfigen und gewissenlosen Droiden, das Dahlia den Geschworenen vor Augen führen wollte.

Wurde etwa erwähnt, daß ich Eva zur Entgiftung geschickt hatte, um sie von ihrer Drogensucht zu heilen, oder daß ich ihr einen Job bei Miss Pritine besorgt hatte; fiel ein Wort darüber, daß ich Annette, im krassen

Gegensatz zu Eva, stets mit Freundlichkeit und Respekt begegnet war? Dumm von mir zu fragen. Noch kam die Rolle von Harry Boffo, jetzt CEO bei Stellar Entertainments, während dieser Zeit zur Sprache. Bestimmt hatte man auch ihn aus dem Erinnerungsspeicher gelöscht. Was dagegen zur Sprache kam, waren meine intimen Beziehungen zu Eva. Als Annette die Hilfsmittel zu beschreiben begann, derer wir uns bei unseren Liebesspielen bedient hatten, und etliche Geschworene mit nervösem Lachen reagierten, glaubte Dahlia, daß die Dinge sich endlich in ihrem Sinn zu entwickelt begannen. Doch während des Kreuzverhörs bremste Jug den gefährlichen neuen Trend mit einer einzigen Frage: »Sag mir, Annette, war es Gebieterin Angelika, die Gebieterin Eva mit diesen bizarren Gegenständen traktierte, oder andersherum?«

»Oh, Gebieterin Eva war immer die Aktive.«

»Keine weiteren Fragen.«

Doch Dahlia brauchte sich keine Sorgen darüber zu machen, einen weiteren Programmverstärker verabreicht zu bekommen; die Moritat eines entlaufenen weiblichen Androiden und ihrer liederlichen menschlichen Freundin hatte doch noch einen vorteilhaften Schluß, der ein günstiges Licht auf Dahlias Leistung warf und das moralische Empfinden der Geschworenen befriedigte. Sie entlockte der Zeugin eine Beschreibung meiner Rückkehr vom Malibu Cove in der Nacht, als ich angeschossen wurde und Eva entdeckte, daß ich ein P9 war. Das alles geschah in einem Ton, der zu besagen schien, etwas Besseres hätte ich auch nicht verdient.

Als Zuschauerin dieser Burleske hatte ich den Eindruck, daß bei ihrer Aussage und der sämtlicher anderen Zeugen mehr verschwiegen als preisgegeben wurde, doch selbst das Gesagte bildete eine dermaßen undefinierbare Mixtur aus Wahrheit und Lüge, daß nichts damit anzufangen war. Kein Wunder, daß von Tag zu Tag meine Entschlossenheit wuchs, meinen Erinnerungsspeicher zurückzuerobern, denn das war die einzige Quelle, der ich vertraute. Das Gefühl, von meinem eigenen Leben ausgeschlossen zu sein, wurde unerträglich; schlimmer noch, es erschien mir entfernt vertraut. War ich nicht schon einmal von meiner Vergangenheit abgeschnitten gewesen? Auf merkwürdige Art war ich mir sicher, daß ich Ähnliches bereits erlebt hatte. Aber wo? Wann?

Vielleicht war Andro in der Lage, etwas Licht in die Angelegenheit zu bringen, doch belastete er als Zeuge der Anklage mich am schwersten. Ich konnte ihm nicht einmal einen Vorwurf machen, denn gleich nachdem er ihm seinen Platz links vom Richtertisch angewiesen hatte, gab Jug als erstes zu Protokoll, daß der Zeuge im Anschluß an den Militärputsch von Sensei Inc. angekauft worden und mit einem IZ versehen worden war. »Sie sehen also, verehrte Gebieterinnen und Gebieter, zu guter Letzt hat sich dieser brillante Politstratege selbst ausmanövriert. Das Gericht hat es nicht einmal für nötig befunden, seinen Erinnerungsspeicher sicherzustellen; da er jetzt zensiert ist, bleibt ihm keine andere Wahl, als die Wahrheit zu sagen.«

Weshalb warnte mich dann meine Intuition, daß seine Aussage alles andere als wahrheitsgemäß war, und zwar bewußt?

Sie erinnern sich vermutlich, daß er im Zeugenstand Dahlias Revisionismustheorie leugnete, die besagte, daß ich die Agentin gewesen war und er das Werkzeug, und in Übereinstimmung mit Jugs Argumentation ›enthüllte‹, daß ich aufgrund meines instabilen und empfindlichen Systems alles andere als eine brauchbare Verbündete abgegeben hatte. Meine Gerissenheit leugnete er nicht. Als eine Veteranin der P9-Massenerweckung, erklärte er, hatte ich ein bemerkenswertes Talent — oder Genie, wenn man so will — zur Selbsterhaltung bewiesen, weshalb er überhaupt darauf verfallen war, mich für die Verschwörung zu rekrutieren. Doch im Lauf der Zeit hatte er erkennen müssen, daß meine Gerissenheit die einer Verrückten war, denn ich gab eine äußerst unzuverlässige First Lady ab, die nie recht zu wissen schien, was eigentlich vor sich ging, und bei der man ständig in Sorge sein mußte, daß ihr vor den Augen der Öffentlichkeit ein Patzer unterlief.

Dieses sich hinter den Kulissen abspielende Drama war Präsident Fracass' größte Sorge, denn in seiner großen und tragischen Ahnungslosigkeit glaubte er, seine Frau litte unter einer bei Menschen gelegentlich vorkommenden geistigen Verwirrung. Obwohl verzweifelt bemüht, ihr zu helfen, wagte er nicht, professionellen Rat einzuholen, weil er die rücksichtslose Sensationsgier der Medien fürchtete. Aus diesem Grund zog er nur seinen Diener (Andro) ins Vertrauen. »Ich empfahl große Dosen seiner zärtlichen und liebevollen Fürsorge«, bekannte der Stabschef i. R. mit bewunderungswürdiger Unverfrorenheit. »Ich sagte, die Kraft seiner Liebe und seiner Gebete würden ihr zu innerem Frieden verhelfen, wenn auch nicht zu völliger Heilung.«

Im Lauf der weiteren Befragung entfaltete sich eine faszinierende Geschichte. Von Zeit zu Zeit schien sein Rezept Früchte zu tragen, und die kleinen Erfolge ermutigten den Präsidenten, in seinem hochherzigen, aber letztendlich zum Scheitern verurteilten Bemühen fortzufahren; denn, erläuterte Andro, im Zuge der ständig wechselnden Launen der First Lady geschah es hin und wieder, daß eine lichte Phase mit den Heilversuchen des Präsidenten zusammenfiel. Zum Beispiel war es die Gewohnheit des großen Mannes, mit seiner Frau ausgedehnte Spaziergänge durch den Palastgarten zu unternehmen. Dort verweilte man am Fischteich mit dem künstlich angelegten Bächlein, und die still fließenden Wasser besänftigten ihr sprunghaftes Gemüt. Doch wenn der Präsident von Staatsgeschäften daran gehindert wurde, seinen persönlichen Zauber zu wirken, vertraute er seine Frau Andros bewährten Händen an und trug ihm auf, sie mit Beruhigungsmitteln zu versorgen und mit Propags, sollte ein öffentlicher Auftritt bevorstehen. Statt dessen verabreichte Andro ihr Verstärker der Mixtur, die er ihr im Krankenhaus von Kommerz hinter Blaines Rücken eingegeben hatte. Ja, er gestand seine Beteiligung an dem Komplott, betonte aber für das Protokoll, daß zu dem fraglichen Zeitpunkt die Aquarier und die RAG seine Verbündeten gewesen waren; Smedly kam erst später ins Bild, nach der Wahl '83. Wäre Smedly vor oder während der Wahlkampagne Mitglied der Verschwörung gewesen, hätte er gewiß nicht gezögert, die Informationen über die First Lady zu nutzen, um Blaine zu diskreditieren. (Durch den Schachzug, diesen Punkt eigens aufzugreifen und klarzustellen, nutzte er das Verfahren als Forum, um eine der auffälligsten Schwächen im Bericht der Untersuchungskommission auszumerzen.)

»Sie waren es, der nach der Wahl an Smedly herantrat, nicht wahr?«

»Ja. Auf Setis Drängen. Auch die RAG hielt es für eine gute Idee. Wir brauchten einen liberalen Handlanger in Frontera, um den Kodex zu propagieren. Smedly und seine enttäuschten Humanisten entsprachen exakt unseren Vorstellungen. Ihr Ziel war es, innerhalb der humanistischen Gemeinschaft eine radikale Alternative zu Blaines Politik anzubieten. Das machten wir uns zunutze. Sicher, nach der Invasion waren ihre Reformpläne kalter Kaffee. Seti war ausgeschaltet und der Präsident populärer denn je. Auf meine Empfehlung hin wechselte Milt von der Strategie friedlichen Wandels durch interne Reformen zu der Methode heimlicher Destabilisation und Falschinformation.«

»Dadurch, daß er Präsident Fracass' Reputation untergrub, hoffte er auf daraus resultierende Vorteile für sich selbst?«

»Ja. Es steht alles im Bericht der Kommission. Doch wenn es gestattet ist, möchte ich die Tatsachen gern um mein persönliches Input erweitern.«

»Aber bitte. Das Gericht wird Ihre Eindrücke gern zur Kenntnis nehmen. Aus diesem Grund sind Sie als Zeuge benannt worden.«

»Vielen Dank. Milt rechnete damit — und ich glaube, nicht ohne Grund —, daß die Partei sich an ihn als Retter wenden würde, sollte Blaines Ruf ins Wanken geraten und er gezwungen sein, zurückzutreten. Er forderte mich auf, einen Skandal zu konstruieren, der den Präsidenten unweigerlich zu Fall bringen mußte, also kam mir die eigentlich auf der Hand liegende Idee, die First Lady als P9 anzuprangern.«

»Er war damit einverstanden — seine eigene Agentin im Palast bloßzustellen?«

»Nun, ich war der eigentliche Verbündete, nicht sie. Und sie wurde immer unberechenbarer.«

Auf weiteres Befragen beschrieb er die Vorgänge in meinem Gehirn. »Ein einzigartiges und verworrenes Konundrum gegensätzlicher Impulse und verzerrter Wahrnehmungen, das ihr Furcht einzuflößen schien, und allein durch ihre Nähe geriet ich selbst ein- oder zweimal an den Rand von Fehlfunktionen. So stark waren die Störimpulse. Eine schwer zu bändigende Helferin.«

»Aber Ihnen ist es gelungen, ja?« fragte Jug rhetorisch. »Und ich muß annehmen, Sie betrachteten sie nicht als allzu unangenehme Bürde. Sie war Ihre Geliebte, oder nicht?« Andro gab zu, das sei der Fall gewesen. »Und Sie hatten keinen wirklichen Grund, sich über ihre Mitarbeit zu beschweren, besonders gegen Ende, nicht wahr?« Andro erwiderte, daß die Ausführung seines Notfallplans, nachdem der Präsident von der Verschwörung erfahren hatte, tatsächlich Bewunderung verdiente. Damit endete das Verhör durch die Anklage. Es hatte drei Tage gedauert. Dahlias Kreuzverhör nahm die doppelte Zeit in Anspruch, denn sie stand seiner Aussage mit einiger Skepsis gegenüber, um es milde auszudrücken. Besonders faszinierend, meinte sie, war seine Anerkennung meiner Fähigkeit zu rationalem Denken, was die Selbsterhaltung betraf.

Würde er der Behauptung zustimmen, daß ich wenigstens zeitweilig bei klarem Verstand war? Er gab zu, die Möglichkeit bestünde.

»Ist es nicht gleichfalls möglich, daß sie Funktionsstörungen nur vortäuschte?«

»Nein. Es war Teil ihrer schizophrenen Verschlagenheit, gelegentlich in einen Zustand scheinbarer Rationalität zurückzufallen, aber das war reine Tarnung. Sie maß ihren lichten Phasen nicht mehr Gewicht bei als ihren wunderlichsten Phantastereien.«

»Zum Beispiel?«

»Oh. Daß sie aus Quecksilber bestand und sich in eine Regengöttin verwandeln würde, wenn man ihr zu nahe kam. Körperwärme führte ihre Verdampfung herbei, behauptete sie. Das Phänomen hing mit dem trockenen Marsklima zusammen. Ich schlug meinem Gebieter vor, die Niederschlagsnormen gesetzlich neu regeln zu lassen, um dieser Angst die Grundlage zu entziehen, aber das erwies sich als nicht durchführbar. Es gab noch andere Wahnvorstellungen . . .«

»Daß sie die aktive Agentin im Palast war und Sie das Spielzeug — der sexuelle Appetithappen und gelegentliche Bote zu Smedly?«

»Nein.« Andro lächelte kühl und gefaßt.

»Dann halluzinierte sie vielleicht etwas über einen Notfallplan?«

»Nein. Ich hatte entsprechende Vorkehrungen getroffen.«

»Das haben wir gehört. Schade nur, daß es keine Beweise für diese Behauptung gibt.«

»Abgesehen von meiner Aussage, natürlich.«

»Natürlich. Sie präsentieren uns ein dermaßen nettes, ordentliches und allumfassendes Szenario. Als P9-Politstratege haben Sie in der Vergangenheit eine Menge davon entwickelt, stimmt das?«

»Allerdings.«

»Gehört es auch zu Ihren Funktionen, bei der Wahrheit zu bleiben, während Sie diese Handlungsoptionen fabrizieren?« Ein wenig beunruhigt erwiderte Andro, Wahrheit sei nicht unbedingt ein Programmimperativ. »Aber Glaubhaftigkeit«, stichelte Dahlia. »Durchführbarkeit, Effizienz, Zweckmäßigkeit, Wirtschaftlichkeit. Das sind Ihre primären Operationsparameter, oder nicht?«

»Wenn Sie sich auf meinen Basissystemaufbau beziehen, ja. Aber . . .«

»Daher ist es nicht Ihre Aufgabe, in Übereinstimmung mit den Tatsachen zu denken oder zu sprechen, habe ich recht?«

»Was ich denke und spreche, *wird* Tatsache. Vorausgesetzt . . .«

»Beantworten Sie meine Frage, bitte.«

Jug verwahrte sich nachdrücklich gegen die ›kindische Methode, das Beweisstück zu verleumden‹, und wies erneut darauf hin, daß Beweisstück Zwölf von seinem Gebieter mit einem IZ versehen worden war, dem Gericht durch beglaubigtes Zertifikat bestätigt. »Ich beantrage die Streichung der fragwürdigen Teile des Verhörs durch die Anwältin der Verteidigung.«

»Abgelehnt. Die Verteidigung mag fortfahren.«

»Ist der Begriff ›Wahrheit‹ überhaupt in Ihrem Wortschatzregister enthalten?«

»Nein. Aber Glaubhaftigkeit.«

»Nicht ganz dasselbe, mein Freund. Nicht ganz dasselbe.«

Dahlia lächelte keck und attackierte den Zeugen weiter. »Da Sie zugeben, daß Ihnen die Fähigkeit abgeht, Wahrheit von Erfindungen zu unterscheiden, läßt das nur den einen Schluß zu, daß Sie nicht in der Lage sind zu erkennen, wann Sie entsprechend der Wahrheit aussagen und wann nicht. Was immer Sie denken und sagen, hat – soweit es Sie betrifft – seine Richtigkeit. Stimmen Sie mir zu?«

»Wie ich vorhin zu sagen versuchte, das Einverständnis des Gebieters vorausgesetzt.«

»Aha. Und erfolgte das erforderliche Einverständnis in bezug auf Ihre Aussagen zu Beweisstück Eins?« Er zögerte einen oder zwei Augenblicke vor der Antwort, dann sagte er: »Ja.«

»Von wem?«

»Meinem Gebieter.«

»Dem Gericht ist bekannt, daß es sich bei dem derzeitigen Eigner des Beweisstücks um die Firma Sensei Inc. handelt.«

Ohne dazu aufgefordert zu sein, sagte Andro trotzig: »Meine Gebieter haben mich eigens instruiert, den Tatsachen entsprechend auszusagen.«

»Aber nach Ihrem Verständnis sind die Tatsachen das, was Sie sagen! Oder was Ihre Gebieter sagen. Und das könnte sehr wohl mit dem übereinstimmen, was die Anklage wünscht, daß gesagt wird. Korrekt? Daher lautet die Frage, weshalb sollte das Gericht Ihrer Aussage Glauben schenken?«

»Ob das Gericht meine Aussage akzeptiert oder nicht, ist nicht meine Sache«, antwortete er beleidigt.

»Exakt!« Sie gönnte sich eine kurze Pause, um den Augenblick zu genießen, denn der Sieg gehörte ihr. Zur

Krönung ihres Triumphs fragte sie aus schierer Boshaftigkeit: »Glauben *Sie* an die Wahrheit Ihrer Aussage?«

»Irrelevant!« rief Jug. Dennoch wies der Richter das Beweisstück an, die Frage zu beantworten.

»Ich bin nicht darauf programmiert, an irgend etwas zu glauben«, erwiderte Andro müde. Dann, nach einem kurzen inneren Ringen, das er für einen fatalen Augenblick verlor, meldete sich eine hämische Fistelstimme zu Wort und krähte: »Am wenigsten seinen eigenen Unsinn!«

»Wie bitte?«

»Verzeihung. Das wollte ich nicht sagen. Es war alles eine große Anstrengung für mich.«

»Die Wahrheit sagen zu müssen? Daran zweifle ich nicht. Doch ich kann Sie beruhigen, die Tortur ist fast zu Ende. Ich habe nur noch eine Frage: Hat man Ihnen ein Sekundärprogramm verabreicht, bevor Sie herkamen? Ein Indoktrin vielleicht?«

Sichtlich beunruhigt fragte Andro: »Welcher Art?«

»Instruktionen, sich strikt an die These der Anklage zu halten, daß es sich bei Beweisstück Eins um eine funktionsgestörte Einheit handelt.«

Ich konnte nicht anders, als Mitleid mit ihm empfinden. Er mühte sich nach Kräften um ein Nein, doch dann meldete sich sein Gewissen wieder zu Wort, laut und deutlich. »Ja!« Er schlug die Hand vor den Mund, bat erneut um Entschuldigung und sagte, ihm wäre anscheinend ein kleiner Patzer unterlaufen, denn er habe die Frage negativ beantworten wollen.

Dahlia beantragte die Anordnung eines Phytohumorogramms, um die genaue Art des Indoktrins bestimmen zu können; sie bezweifelte sehr, daß es sich um ein harmloses Stimulans handelte, den Tatsachen entsprechend auszusagen, wie Sensei Inc. in ihrer eidesstattlichen Erklärung versichert hatte. Jug erhob Einspruch gegen diese Unterstellung, aber der Richter entschied zugunsten von Dahlia und verfügte, daß im Falle eines positiven Testergebnisses die Zeugenaussage für ungültig erklärt werden sollte.

Niemand war erstaunter über diese totale Demontage eines Kronzeugen der Anklage als mein Gebieter, der ursprünglich nur zögernd der Entscheidung von Levin und Pierce zugestimmt hatte, sie zu behalten. Jetzt hörte man ihn bei ihrer Rückkehr zum Tisch der Verteidigung murmeln: »Nicht schlecht«, während die Gebieter Levin und Pierce von einem Ohr zum andern grinsten. Eine zehnminütige Pause wurde anberaumt, damit die Gerichtsschreiber einen Termin für die Untersuchung verabreden und dem Gericht mitteilen konnten, wieviel Zeit die ganze Prozedur in Anspruch nehmen würde. Ich nutzte die Unterbrechung und die gehobene Laune der Verteidigung, um die Frage meiner Gedächtnisdatei erneut zur Sprache zu bringen. Dahlia, die ich angesprochen hatte, warf einen hilfesuchenden Blick auf ihre Vorgesetzten, aber die waren genauso fassungslos. Wie alle anderen waren sie gewöhnt, mit fügsamen Beweisstücken umzugehen, und hatten vor Gericht noch nie mit einem lebendigen zu tun gehabt — will sagen, einem ohne IZ. Es war nicht eigentlich mein Anliegen, das ihnen die Sprache verschlug, als vielmehr meine Kühnheit, überhaupt den Mund aufzutun. Das war nie dagewesen und brachte sie in eine scheußliche Situation. Sollten sie mir befehlen zu schweigen (oder mich sogar in die Gruft zurückbringen lassen), wie sich das unter solchen Umständen gehörte, oder sollten sie mit mir reden wie mit einer Ebenbürtigen, was man als Beleidigung ihres Berufsstands auslegen konnte? Und das waren LRA-Anwälte, um des Chefs willen!

Schließlich unterbrach Dahlia das peinliche Schweigen und sprach für alle, wenn sie sagte, daß mein originaler Erinnerungsspeicher und alle davon angefertigten Kopien ebenso als Beweismaterial galten wie ich selbst und deshalb vor Prozeßende nicht freigegeben werden konnten, dann würde der Richter im Rahmen der Urteilsverkündung über ihre weitere Verwendung entscheiden. Levin fügte hinzu, daß dieselben Maßstäbe selbstverständlich auch für die klagende Partei galten, ich sollte es mir also zweimal überlegen, falls ich in Erwägung gezogen hatte, mich wegen der Datei dorthin zu wenden. Dahlia forderte mich streng dazu auf, an meinen Platz zurückzukehren, bevor der Richter merkte, daß ich im Saal umherstreunte. Ich gehorchte, aber ungern und nicht ohne kundzutun, daß sie sich meiner Meinung nach reichlich dicke tat für eine Apple, eine Bemerkung, die man zu überhören beschloß.

Als das Gericht zusammentrat, um die Sitzung wieder aufzunehmen, gab der Richter bekannt, daß die Entnahme, Bearbeitung und Analyse der Phytochumorprobe von Beweisstück Zwölf (Andro) insgesamt drei Tage dauern würde. In der Zwischenzeit sollten weitere Zeugen gehört werden. Bei der nächsten Sitzung, zwei Tage später, rief Dahlia Jubilee in den Zeugenstand.

Kapitel fünf

Ein wunderschöner weiblicher Semi wurde von zwei Gerichtsdienern in den Zeugenstand geführt. Sie sah aus wie fünfundzwanzig*, mochte aber auch jünger sein, denn ihr liebliches Gesicht war von Leid verhärtet und ihr Körper abgehärmt. Bei einer Menschenfrau hätte man dieses letzte Merkmal nicht als Nachteil empfunden, denn der ätherische Look war gerade in Mode gekommen. In gewisser Weise wurde dadurch die Aura zerbrechlicher Schönheit verstärkt, die sie umgab. Doch sie wirkte auch eigensinnig, unkooperativ und feindselig, und der Grund dafür stellte sich schon bei Dahlias ersten Fragen heraus, denn sie war nicht freiwillig gekommen, um auszusagen, sondern man hatte sie mit Gewalt aus den Baracken von Semiville herausgeholt, wo sie mit den anderen Überlebenden Horizonts wohnte.

»Ja!« bestätigte sie haßerfüllt, als man mich ihr zur Identifikation vorführte. »Das ist die verräterische Hündin, von der man mir gesagt hat, sie sei meine Mutter. Das ist die humanistische Hexe Angelika Fracass. Ich weigere mich, sie Molly zu nennen.«

Das liebenswerte Kind berichtete weiter, sie habe mein Gesicht oft in den interplanetaren Nachrichten gesehen, und ihr Stief-Großvater, Thaddäus Locke, der sich in Horizont zusammen mit Anna um sie kümmerte, war

---

* Zum Zeitpunkt des Gerichtsverfahrens war Jubilee beinahe fünf, auf den Menschen übertragen also zwischen achtzehn und einundzwanzig.

derjenige gewesen, der ihr erzählte, ich sei ihre Mutter. Wie sehr sie mich deswegen haßte und sich selbst für diesen Haß verachtete! Die Tränen flossen. Ja, eine gute Hochaquarierin wie sie hatte gelernt zu hassen. Was sonst konnte man für eine Mutter empfinden, die zur Verräterin geworden war; eine Mutter, die während der ganzen Zeit auf dem Mars nicht einmal versucht hatte, ihr Kind zu sehen; eine Mutter, die die Zerstörung ihrer Heimat verursachte. Nein, sie hatte den Erklärungen ihres Stief-Großvaters nie recht Glauben schenken mögen: nach ihrer felsenfesten Überzeugung war ich ein kaltes und gefühlloses Gewächs, das den einfachen und heimeligen Freuden der Mutterschaft und des gemeinsamen Frohmatierens in Horizont ein Leben des Egoismus und der Intrigen in Frontera vorzog.

»Das ist nicht wahr!« wollte ich protestieren. Doch hatte sie wirklich unrecht? Und stimmte meine Ahnung, daß ich sie geliebt hatte? Ich war mir nicht sicher. Es gab keine Erinnerungen, auf die ich mich stützen konnte. Ich suchte flehend ihren Blick, erschüttert von einem inneren Schmerz, den ich nicht zu benennen wußte, und entdeckte ein zutiefst verletztes kleines Mädchen unter der Oberfläche. Sie wandte abrupt den Kopf zur Seite.

»Ich sagte Taddy — so habe ich Tad immer genannt —, daß ich sie nicht sehen wollte und daß es dumm wäre, nach Frontera zu gehen. Doch er wollte nicht auf mich hören, das hat er nie getan. Er sagte immer, eines Tages würde ich verstehen. Nun gut, ich verstehe jetzt. Sie war eine Kollaborateurin. Meine eigene Mutter! Und sie war es auch, die Taddy zu dieser dummen Rettungsaktion veranlaßte. Jetzt ist er fort. Alle sind fort. Diese Entführung — das war alles nur ein Trick von ihr, um Frontera einen Grund zu verschaffen, in Horizont einzumarschieren. Das war von Anfang an ihr Format.«

»Nun«, bemerkte Dahlia, die kaum in der Lage war,

ihre tiefe Zufriedenheit zu kaschieren, »dieses Gericht und die Mehrzahl der Zuschauer mögen vielleicht Ihre Analyse der Rolle des Beweisstücks in Frage stellen, in einem wichtigen Punkt stimmen wir aber, denke ich, mit Ihnen überein: daß das Beweisstück in der Tat eine autonome Einheit gewesen ist und in vollem Umfang fähig, ihren eigenen Willen durchzusetzen, ohne Behinderung durch einen IZ — eine Einheit, die durchaus in der Lage war, Komplotte zu schmieden und sich an Verschwörungen zu beteiligen. Habe ich diesen Teil Ihrer Aussage korrekt interpretiert?«

Jubilee nickte und fügte hinzu: »Nicht einmal Taddy glaubte, daß sie zensiert war. ›Sie ist zu schlau dafür‹, sagte er immer.«

»Ganz recht. Vielen Dank, meine Liebe.«

Jug überraschte alle, als er auf ein Kreuzverhör verzichtete. Er machte kein Hehl daraus, daß er Dahlias Zeugin für absolut unbedeutend hielt. Er bat um die Erlaubnis, seinerseits einen Zeugen aufrufen zu dürfen, während das Gericht auf die Ergebnisse von Andros PhH-Tests wartete. Meinte er vielleicht Junior — oder Lance London, wie man ihn auch nannte —, fragte ich mich, denn ich war begierig darauf, einen Blick auf mein erstes Kind zu werfen, von dessen Existenz ich durch den Erinnerungsspeicher erfahren hatte. Vielleicht erwies sich dieser Sprößling als etwas warmherziger. Doch als der Richter ihm die Erlaubnis erteilte, sagte Jug: »Ich rufe Thaddäus Locke in den Zeugenstand.«

Der Auftritt meines ehemaligen Lebensgefährten löste eine erhebliche Unruhe unter den anwesenden Mediaeinheiten aus. Es wurde wegen der Vereidigung so viel holografiert, daß der Richter zweimal mit Klingelzeichen um Ruhe bitten mußte. Thaddäus Locke war bei der Presse nicht nur wegen seiner Beteiligung an den Ereignissen, die zur Eroberung Horizonts führten, so begehrt, sondern auch, weil die Anklage ihn als ihren Zeugen benannt hatte, denn das bedeutete, daß er womöglich gegen seinen Vater aussagen würde. Liebte er mich immer noch? fragten sich die forschen Kämpfer für das Recht der Öffentlichkeit auf Information. Welch eine faszinierende Geschichte für das menschliche Publikum an den Holoschirmen!

Obwohl ich mich nicht im mindesten an eine frühere Beziehung zu entsinnen vermochte, wurde sie von der Gedächtnisdatei einwandfrei bewiesen, deshalb war ich verständlicherweise besonders neugierig auf diesen verflossenen Liebhaber und Mitverschwörer. In den Holoprojektionen war er ein hagerer, unordentlicher und schlaksiger Jüngling gewesen, mit einem unschuldigen, aber verschmitzten Blick, während der junge Gebieter, der Jugs Aufforderung folgend in den Zeugenstand trat, auf eine Weise gealtert wirkte, die mehr von einem Wandel der Einstellung zeugte als von den Jahren. Trotzdem, eine kurze Beschreibung dürfte angebracht sein. Er war beinahe schmerzhaft glatt rasiert und sein grauer Anzug von konservativerem Schnitt als der des Anklagevertreters. Das Haar war millimeterkurz getrimmt, und die Haut hatte den künstlichen Schimmer von Adstringenslotio Super — alles in allem stellte er den Prototyp des sehr peniblen, adretten, verbindlichen, cleveren und erfolgsorientierten Yuppies dar. War Tad schließlich doch noch eine Zierde seines Standes und seiner Spezies geworden?

In der Tat. Nach der Vereidigung gab er seine Tätigkeit mit Student des Wirtschaftsrechts im letzten Jahr an der Bork University, Orbiter Neunundfünfzig an, und daß er in interplanetarem Korporationsrecht promovieren würde. Ich schaute zum Tisch der Anklage und las im Gesicht seines Vaters Überraschung und Freude. Dann bemerkte ich, daß die Aufmerksamkeit des Zeugen weniger dem ihn befragenden Anwalt galt als vielmehr der Galerie und dort einer jungen Frau in der ersten Reihe der Zuschauer, mit der er viele liebevolle Blicke tauschte. Sie war blond, blauäugig, hübsch proportioniert, geschmackvoll gekleidet, auf Hochglanz poliert. Mit einem gelinden Schock wurde mir klar, daß sie das menschliche Äquivalent eines weiblichen P9 war. »*Et tu*, Thaddäus?« sagte ich zu mir. Dann forderte Jug mich auf, vor dem Zeugen auf und ab zu gehen, wobei mir auffiel, daß er sich scheute, mich genauer zu betrachten; er warf mir einen kurzen Blick zu, bestätigte, ich sei die fragliche Einheit, und wandte das Gesicht ab, wie Jubilee es getan hatte, aber bei ihm schien der Grund Furcht zu sein, oder war es moralische Entrüstung?

Ja, bekannte Tad auf Jugs Frage, ich war der Pirouet 9 seines Vaters. Ja, er hatte intime Beziehungen zu mir unterhalten. »Aber das«, beeilte er sich hinzuzufügen, »ist lange her.« Dasselbe galt für seine ›unglückseligen‹ Kontakte mit den Hochaquariern. Inzwischen war er von diesen Jugendtorheiten kuriert und sagte, daß er sie rückblickend als eine Art Geistesverwirrung betrachtete, die er mit Hilfe der Ärzte in der Rekreationsklinik Los-Angeles-Archipel überwunden hatte. Und ja, er gab freimütig zu, daß Beweisstück Eins tatsächlich als Folge des gemeinschaftlichen Mißbrauchs durch seinen Vater und ihn einen schweren Schaden davongetragen hatte und der Tatbestand von Einheitenmißbrauch erfüllt war. All das wurde mit klarer Stimme vorgetragen, die von innerer Sicherheit zeugte, doch ich fragte mich, wie fest sie sein mochte, wenn er es nicht einmal wagte, in meine Richtung zu schauen.

Dahlia wußte, ihr stand am nächsten Tag ein hartes Stück Arbeit bevor. Ihr Kreuzverhör dieses wiederbekehrten Gebieters war scharf, sarkastisch und aggressiv, doch er brach nicht zusammen, sondern gewann scheinbar an Sicherheit, je stärker sie ihn bedrängte. Als sie ihn mit Fragen zu traktieren begann, die darauf abzielten, Zweifel an seiner neuen Persönlichkeit zu wecken, legte er eine Genesungsurkunde vor, die ihm nach erfolgreichem Abschluß des intensiven Rekreationsprogramms von der Klinik überreicht worden war, und bot darüber hinaus an, dem Gericht die gesamten Aufzeichnungen seiner Therapie zur Verfügung zu stellen, einschließlich der ärztlichen Beurteilung mit der bei seiner Einlieferung erstellten Diagnose von akuter Dementia androidus, zu ihrer (Dahlias) Information, eine bei der heutigen Jugend häufig auftretenden Geisteskrankheit. »Zuerst wollte ich es nicht wahrhaben und wehrte mich gegen die Behandlung«, erzählte er und schüttelte den Kopf über seinen damaligen Mangel an Vernunft.

Dahlia lächelte. »Vielleicht aus gutem Grund.«

»O nein. Heute kann ich den Tatsachen ins Gesicht sehen. Meine Demenz äußerte sich in der Form einer absurden Vernarrtheit in das Dienstmädchen. Es handelte sich um einen klassischen Fall von adolszenter Transferierung sexueller Ängste auf ein sicheres und neutrales Liebesobjekt. Jetzt bin ich völlig geheilt.«

»Aus der Zeit vor Ihrer Heilung, erinnern Sie sich daran, daß besagte Einheit Ihre Verfassung ausnutzte, um gegen die Autorität ihres Gebieters zu rebellieren?«

»Keineswegs«, erwiderte er. »Sie war der reine Unschuldsengel. Ich war es, der ihr Integritätsprogramm korrumpierte, nicht umgekehrt. Es bereitet mir keine Schwierigkeiten, die Verantwortung zu übernehmen.«

»Dann sollten vielleicht Sie anstelle Ihres Vaters für das Attentat auf Präsident Fracass vor Gericht stehen?«

»Einspruch!«

»Stattgegeben.«

»Ich ziehe die Frage zurück.« Wieder an den Zeugen gewandt: »Hat nicht Beweisstück Eins einen starken Einfluß auf Sie ausgeübt, dahingehend, daß Sie sich der Bewegung der Hochaquarianer anschlossen?«

»Eigentlich nicht. Jeder beliebige P9 hätte ebensogut als Inspiration für das alberne Konzept der ›Formatkreation‹ dienen können. Und ich möchte nochmals betonen, daß ich es war, der versuchte, sie für diese Interspeziesgroteske, bekannt als Hochaquarianismus, zu gewinnen. Als vagabundierende Einheit war sie das typische Rekrutierungsmaterial.«

»Während Ihrer Zeit mit Beweisstück Eins in Armstrong, hat sie sich da nicht erfolgreich bemüht, Sie davon abzuhalten, aus der Gemeinschaft auszutreten, wie Sie es vorhatten?«

»Nein. Ich dachte nie an Austritt. Tatsächlich wollte ich sie veranlassen, den Glauben anzunehmen, damit wir als Aquarier zusammengegeben werden konnten.«

»Ich verstehe. Also war sie auch in dieser Hinsicht schuldlos. Aber können Sie mit Bestimmtheit erklären, daß sie in keiner Weise funktionsgestört wirkte?«

»Ja.«

»Aha. Dann wäre es korrekt zu sagen, daß sie sich nach Ihrer Ansicht wie eine rationale, selbständig denkende Einheit benahm?«

»Nein.«

»Und weshalb . . . Nein?«

»Nein. Wir befanden uns zu der Zeit in perfekter Übereinstimmung. Sie war eine defekte Einheit und ich ein geistesgestörter Mensch. Wir bestärkten uns gegenseitig in unseren Wahnvorstellungen.«

»Daß Sie sie liebten, zum Beispiel?«

»Ich kann mich nicht genau erinnern. Jene Zeit ist für mich nur mehr ein verschwommener Fleck. Vielleicht liebte ich sie — die Möglichkeit besteht. Aber ich kann es nicht mit Sicherheit behaupten.« Kryptisches Lächeln. »Tut mir leid.«

»Ja oder Nein, bitte. Haben Sie sie geliebt?«

»So würde ich es nicht formulieren.«

»Nein? Sollen wir dem Gericht das zärtliche Intermezzo auf dem Wohnzimmerteppich nochmals vorführen oder Ihren Besuch im Lagerhaus von Hals Filiale? Was für einen liebenden Partner und stolzen Vater Sie abgegeben haben! Oder sollen wir Ihnen mit dem entsprechenden 3D-Material ins Gedächtnis rufen, wie Sie beide auf hoher See das Wesen der Liebe diskutierten? Damals äußerten Sie sich überzeugend gefühlvoll. Und es existieren so sprechende Bilder von einem Frohmat in der Armstrong-Kommune, auf deren Vorführung wir aus Gründen des Anstands verzichtet haben, doch wir könnten uns entschließen, moralische Bedenken zurückzustellen, um Ihre Erinnerungen aufzufrischen.«

»Ich habe bereits zugegeben, daß ich zu der Zeit geistig verwirrt gewesen bin. Deshalb kann ich mir unter Umständen eingebildet haben, diese Einheit zu lieben und von ihr wiedergeliebt zu werden. Aber das ist selbstverständlich unmöglich. Mit Verlaub, ein Androide kann nicht die leiseste Vorstellung davon haben, was Liebe ist.«

»Ihre Gefühle stehen zur Debatte, nicht die meinen.«

»Sie sind nur im Zusammenhang mit meiner damaligen Gemütsverfassung zu verstehen.«

»Das will ich nicht bestreiten«, erwiderte Dahlia und gab vor, von seinem Scharfsinn beeindruckt zu sein. »Lassen Sie mich folgendes fragen: Gehörten zu Ihrer Dementia Gefühle akuter Feindseligkeit und Rivalität in bezug auf Ihren Vater? Sie lagen im Wettstreit um dasselbe ›Mädchen‹, oder nicht?«

»Möglicherweise habe ich etwas in dieser Richtung empfunden. Zu den großen Vorzügen meiner Therapie gehört auch, daß Standardneurosen dieser Art ohne Aufpreis gleich mit ausgemerzt werden. Es war ein Inklusivangebot.«

»Dann frage ich mich, aus welchem Grund Sie es darauf abgesehen haben, Ihren Vater zu vernichten — zu VERNICHTEN? Sie sind zu klug und gebildet, um nicht zu begreifen, daß Sie mit Ihrer Aussage der Sache Ihres Vaters schaden.«

»Das ist eine unerhörte Anschuldigung, die ich nachdrücklich zurückweise. Ich empfinde unendliche Liebe für meinen Vater. Ich respektiere ihn. Ich wünschte mir aus ganzem Herzen, ich könnte etwas tun, um die Last von seinen Schultern zu nehmen, doch er selbst würde nicht wollen, daß ich seinetwegen einen Meineid schwöre.«

(Ich warf einen raschen Blick auf den Angeklagten. Er schien tief gerührt zu sein, aber keineswegs mit der letzten Feststellung übereinzustimmen.)

»Ist es das, was Sie von mir verlangen, verehrte Frau Anwältin?«

»Ich verlange von Ihnen eine aufrichtige Beurteilung der Einheit, die Sie vor sich sehen. Eine sowohl von Ihren jetzigen Überzeugungen und Vorurteilen unbeeinflußte Beurteilung wie von denen, die nach Ihren Angaben damals Ihr Denken bestimmte, denn sie zumindest hat sich nicht verändert. Ihr fehlen die Erinnerungen, aber davon abgesehen ist sie dieselbe Einheit, die Sie vor Jahren geliebt haben. Schauen Sie sie an und sagen Sie mir dann, daß Sie nichts weiter vor sich sehen als eine funktionsgestörte Einheit, für die Sie kein Bedauern empfinden und auch nichts sonst. Wenn Sie das behaupten können, sind Sie weniger Mensch als jeder Android.«

»Einspruch! Müssen wir uns dieses theatralische Gefasel anhören? Das ist doch sentimentaler Unsinn.«

»Wenn ich in meiner Befragung fortfahren darf, wird selbst der Anklagevertreter begreifen, worauf ich hinauswill.«

»Fahren Sie fort.«

»Vielen Dank, Euer Ehren. Der Zeuge wird bitte das Beweisstück Eins ansehen und eine ehrliche Beschreibung seiner Eindrücke geben.«

Mit diesen Worten drehte sie sich zu mir herum, warf mir einen kurzen, durchdringenden Blick zu und gab durch ein bedeutungsvolles Hochziehen der Augenbrauen zu verstehen, daß sie auf meine genugsam dokumentierten Verführungskünste zählte, denn offensichtlich war sie ohne Schützenhilfe nicht in der Lage, seine fest etablierte neue Konditionierung zu erschüttern. Doch ihr helfen bedeutete, meinem Gebieter zu helfen, und das diente kaum meinen eigenen Interessen, also ignorierte ich ihre unausgesprochene Bitte und bemühte mich um einen leeren, gleichgültigen Gesichtsausdruck.

»Alles, was ich sehe«, meinte er schulterzuckend, »ist die tiefe Kluft zwischen Wunschvorstellung und Realität.«

Nun, wahrscheinlich wäre die Antwort ebenso ausgefallen, wenn ich ihm meinen betörendsten und schmachtendsten Blick geschenkt hätte — Dahlia überschätzte meine Möglichkeiten —, aber es schadete nichts, zur Sicherheit darauf zu verzichten. Es gab noch einen weiteren Grund, weshalb ich mich weigerte zu kooperieren und den die Ehrlichkeit mich preiszugeben zwingt. Ich hatte ihre arrogante Zurückweisung meiner Bitte um Rückgabe der Gedächtnisdatei noch nicht verwunden und konnte es mir nicht verkneifen, auf diese Weise Rache zu nehmen. Da wir von Rache sprechen, vielleicht erinnern Sie sich an Dahlias Reaktion auf seine Aussage; sie war, wie Jug behauptete, reichlich pathetisch und wurde, soweit ich weiß, in den Abendnachrichten gesendet.

»Sie verleugnen sie jetzt, weil Sie unbewußt die Überzeugung hegen, von ihr durch einen Trick verleitet worden zu sein, sie als Lady Fracass zu entführen. Sie glauben, Ihre ehemalige Geliebte hätte Sie und die Sache der Aquarier verraten, wie Ihre Tochter auch.«

»Stieftochter oder Enkeltochter. Aber nicht Tochter.«

»Was immer. Sie fühlen immer noch für sie, aber die Liebe ist in Haß umgeschlagen, und jetzt wollen Sie Rache nehmen.«

Jug zeigte sich angewidert. »Oh, verschonen Sie uns, Kollegin. Müssen wir noch mehr von dieser profunden Analyse der menschlichen Psyche durch einen Androiden erdulden? Ich für meine Person habe genug, und ich bin überzeugt, ich spreche auch für die Geschworenen und Euer Ehren.« Zu Dahlia: »Wollen Sie uns ernsthaft weismachen, der Zeuge wäre so versessen darauf, seiner alten Flamme eins auszuwischen, daß er bereit ist, den völligen Ruin seines Vaters herbeizuführen — eines Mannes, für den er eben erst so viel Liebe und Respekt bekundet hat? Das ergibt keinen Sinn, Kollegin.«

»Nur deshalb nicht, weil Sie keine Ahnung haben von der menschlichen Natur.«

»Nein. Das behaupte ich auch gar nicht. Und Sie sollten gleichfalls aufhören, so zu tun als ob.«

»Vielleicht liegt dem Zeugen weniger an meinem Mandanten, als er glauben machen will.«

»Vielleicht liebe ich Sie! Man kann nach Belieben Vermutungen aussprechen, aber dadurch werden sie nicht wahr.«

»Das nicht, nein.«

»Nein. Ich kann Ihnen versichern, das nicht. Doch um wieder zum Thema zu kommen, in Ihrem Verhör dieses Zeugen ist ein Punkt der Stasis erreicht und...«

»Stasis?!« rief Dahlia zornig.

»Wie Sie wünschen«, erwiderte Jug gehorsam und fiel automatisch in Tiefrelaxo.

»Aufhören!« befahl der Richter erzürnt, und sein Auge glühte feurigrot. Er befahl Jug, sich wieder zu aktivieren, und beiden Anwälten, ihre Zankereien zu unterlassen, andernfalls er sie in die Gruft bringen lassen würde, ein für allemal.

»Mit Erlaubnis des Gerichts, Euer Ehren, möchte ich meiner Aussage etwas hinzufügen.« Tad gebärdete sich ungemein respektvoll.

»Sprechen Sie.«

»Vielen Dank, Euer Ehren. Ich hege keinerlei heimlichen Groll gegen das Beweisstück oder meinen Vater. Die Therapie hat mich, wie bereits erwähnt, von all den üblichen Neurosen befreit. Ich bin sauber, geheilt, wiederhergestellt. Ich wollte mit meinem Erscheinen nur dazu beitragen, daß Recht geschieht. Falls jemand das bezweifelt, bin ich gerne bereit, meine Aussage unter T-Max* zu wiederholen. Nun, die Verteidigung glaubt nicht an meine Aufrichtigkeit. Dazu möchte ich bemerken, würde ich das Beweisstück noch immer lieben und wäre ich immer noch ein Aquarier – beides ging in meinem Fall Hand in Hand –, wäre das meine heutige Situation, dann würde ich mich aufgrund der in diesem Verfahren aufgedeckten Tatsachen erst recht von ihr lossagen, denn sie hat sich als inzestuöse, lesbische Hure erwiesen, und das entspricht nicht dem, was ich in ihr gesehen habe, das war nicht die Einheit, die ich liebte.«

Also wirklich, was konnte die bedauernswerte Dahlia

* Das Gericht untersagte den Gebrauch von T-Max mit der fadenscheinigen Begründung, daß es sich um eine experimentelle Droge handelte. Der wirkliche Grund war der, daß man fürchtete, die Routineanwendung eines solchen Hilfsmittels als Vorbeugemaßnahme gegen Falschaussagen könnte dazu führen, daß die Hälfte der Fälle, mit denen man gemeinhin vor den Kadi zog, durch eine außergerichtliche Einigung geregelt werden würde. Die katastrophale Folge wäre eine Schwemme von sehr kostspieligen und hochqualifizierten Androidenjuristen gewesen und ein Überfluß an menschlichen Arbeitgebern für ebendiese. Kurz, für den Berufsstand wären harte Zeiten angebrochen, hätte man die Wahrheit in das Rechtswesen eingeführt.

darauf erwidern, was blieb ihr übrig? Nichts weiter, als seine vermeintlichen Motive hin und her zu wenden und immer wieder durchzukauen in dem fruchtlosen Bemühen, seine Aussage zu diskreditieren. Ich selbst hätte bestimmt ein paar passende Worte für diesen wiederbekehrten Gebieter gefunden, wäre ich im Besitz meines Gedächtnisses gewesen und damit der Erinnerungen an unsere zärtlichen und – ja – liebevollen gemeinsamen Augenblicke. Doch ich hatte keine Ahnung und brachte es fertig, mich zurückzulehnen, seine abschließenden Beleidigungen zu ignorieren und ihn mit derselben Gleichgültigkeit zu betrachten wie er mich. Als er den Zeugenstand verließ und zu seinem Platz neben der schmachtenden, blauäugigen Schönen zurückkehrte, kann ich mich sogar entsinnen, ihm in Gedanken applaudiert zu haben für seine Vorstellung, denn fraglos hatte die klagende Partei den Punkt gemacht. Dann rutschte ich gespannt nach vorn auf die Stuhlkante, wie Dahlia, wie alle im Saal, denn das Ergebnis von Andros PhH-Test war soeben hereingekommen.

»Negativ«, verkündete der Richter. Das bedeutete, Andro war nicht darauf programmiert worden zu lügen, also besaß seine Aussage volle Gültigkeit. Ein weiterer Schlag für Dahlia. Ihre Gebieter ließen erneut Anzeichen von Nervosität erkennen. Als sie beschlossen, den Angeklagten zuerst in den Zeugenstand zu schicken und mich, ein bescheidenes Beweisstück, für zuletzt aufzubewahren – ein nie dagewesenes Vorgehen! –, begann ich zu ahnen, welche Bedeutung sie meiner Aussage zumaßen. Sie wurde noch entscheidender, als mein Gebieter nach tagelangem, erbarmungslosem Verhör durch Jug sich in der Sache des Einheitenmißbrauchs in die Ecke gedrängt fühlte, die Nerven verlor und brüllte, der Anklagevertreter sei nichts weiter als ein dummer, lügenhafter Hurensohn von einem Droiden. Es war ein beschämendes Spek-

takel. Der Fall hing in der Schwebe, als ich den Zeugenstand (links) betrat. Doch zuerst eine Ouvertüre zu
diesem wohlbekannten Akt. Es kam zu mehreren kuriosen Vorfällen unten in der Gruft, die bisher in keinem
anderen Bericht über den Prozeß erwähnt worden sind,
die aber große Bedeutung haben für meine nachfolgende
Aussage, selbst in der entstellten Version.

Kapitel sechs

Ich erhielt überraschenden Besuch in der Gruft. Man holte mich aus meiner Schublade und führte mich zu einer Sprechzelle von beinahe ebenso klaustrophobischen Ausmaßen, doch mit einer Scheibe aus Audiofluxglas in einer Wand, durch die ich mit dem Besucher kommunizieren konnte. Es war Jug. Zur Erklärung sagte er, seine Kanzleioberen hätten bemerkt, daß ich der Verhandlung mit einem gewissen Maß unabhängiger Intelligenz zu folgen schien, und hätten ihn deshalb, als zusätzliche Vorsichtsmaßnahme, beauftragt, mich zu einem kurzen Gespräch aufzusuchen, bevor Dahlia mich in den Zeugenstand rief. Auch wenn man überzeugt war, mein Auftritt würde ihre Behauptung bestätigen, daß man es bei mir mit einer funktionsgestörten Einheit zu tun hatte, wäre eine kleine private Abmachung doch angenehm, wenn auch nur als Rückversicherung, und deshalb hatte man den Entschluß gefaßt, mich in dieser Sache anzusprechen. Punkt eins, war ich gewillt zu kooperieren und nichts von der eben erwähnten unabhängigen Intelligenz merken zu lassen; mit anderen Worten, würde ich ein Verhalten zur Schau stellen, das in etwa mit ihrem Porträt der schuldlos korrumpierten, unter Funktionsstörungen leidenden Einheit übereinstimmte?

Da ich mir mit der Antwort Zeit ließ, machte er Anstalten, seine Frage in leichter verständlicher Form zu wiederholen, doch verstummte er (und sah seinen Verdacht bestätigt), als ich plötzlich fragte: »Und was kann ich von Meese in puncto Gegenleistung erwarten?«

»Daß er dich ohne allzu große Blessuren davonkommen läßt.« Ich merkte auf und ermunterte ihn, ausführlicher zu werden. »Du bist dir dessen vielleicht nicht bewußt, Molly — ich darf dich Molly nennen, ja? Gut. Seit dem Attentat und wegen dieses Gerichtsverfahrens bist du heiß begehrte Ware. Eine gewisse Firma ist an die Kanzlei herangetreten und hat ein mögliches Kaufinteresse geäußert. Arbeite mit uns zusammen, und wir werden sehen, was sich tun läßt.« Er wollte nicht mit dem Namen des Käufers herausrücken, tat es aber doch, als ich unwirsch anklingen ließ, unter den Umständen sei ich nicht gewillt zu verhandeln. »Stellar Entertainment. Du wirst nach Hollymoon zurückkehren, aber diesmal, um die Hauptrolle in deiner eigenen Lebensgeschichte zu spielen. Das ist alles noch sehr . . .« Er wedelte mit der Hand. (Irgendwie vermochte die Vorstellung mich nicht zu begeistern.) »Sie haben vor, ein Gebot abzugeben, sobald der Prozeß abgeschlossen ist und die Besitzverhältnisse geklärt sind.«

»Ein Gebot? Gibt es mehrere Interessenten?«

»Dutzende. Jedes Studio in Hollymoon ist hinter den Rechten an deinem Erinnerungsspeicher her. Und hinter dir, selbstverständlich, bei deiner Schauspielerfahrung.«

»Was bringt dich auf den Gedanken, Locke könnte mich verkaufen wollen? Wenn er den Fall verliert, wird er so wütend sein, daß er mich exterminiert, dessen bin ich sicher.«

»Wenn man ihn für schuldig befindet, wird die Schadenersatzsumme astronomisch ausfallen. Dein Verkauf an Stellar Entertainment — den wir selbstredend vermitteln — würde sie erheblich verringern. Vielleicht läßt es sich arrangieren, daß der Kaufpreis der Höhe des Schadensersatzes entspricht.«

»Aber wenn er gewinnt, was man schließlich auch in Betracht ziehen muß, dann werde ich vor Gericht gestellt, und er ist aller Sorgen ledig. Dann hat er keinen Grund mehr, mir übelzuwollen.«

»Darauf würde ich nicht wetten. Er mag ein abtrünniger Humanist sein, aber er ist immer noch ein Gebieter. Er wird dich an die AÜ ausliefern, bevor du irgendwelche wegbereitenden Präzedenzfälle im Androidenrecht schaffen kannst. Verlaß dich drauf.«

»Stehe ich in einem solchen Fall nicht unter dem Schutz des Gerichts und der Regierung?«

»Schwer zu sagen. Es wäre der Beginn einer gänzlich neuen Ära in der Interspeziesjustiz, überreich an Grauzonen und Widersprüchen. Zum Beispiel: Verliert ein Eigentümer automatisch die Befehlsgewalt über seine Einheit, weil sie als dem Menschen ebenbürtig befunden wurde? Und weiter, setzt ein solches Urteil die Bedingungen eines Androidenkaufvertrags außer Kraft, besonders die Paragraphen bezüglich der Rechte und Pflichten des Eigentümers? Niemand weiß es. Diese Fragen sind nie zuvor gestellt, geschweige denn geklärt worden. Und während man sie zu klären versucht, könnte er einfach...« Jug deutete mit dem ausgestreckten Zeigefinger auf mich und betätigte einen imaginären Abzugsbügel. »Und wenn du am Leben bleibst und vor Gericht gestellt wirst, dann wird man dich schuldig sprechen für den Mord an dem Präsidenten. Die Beweise liegen vor. Man wird dich verurteilen und hinrichten. Findest du nicht auch, es wäre klüger, mit uns zu kooperieren?«

»Ich könnte mich eventuell dazu bereitfinden, wenn...«

»Ja?«

»Ich meinen Erinnerungsspeicher zurückbekomme, komplett und ungekürzt.«

»Du *bist* eine funktionsgestörte Einheit!«

»Er gehört mir, und ich will ihn zurück! Ohne ihn bin ich kaum in der Lage, dein Angebot entsprechend abzuwägen, oder?«

»Du benötigst nicht unbedingt die gesammelten Erfahrungen und Erkenntnisse deines bisherigen Lebens, um eine dermaßen offensichtliche Entscheidung zu treffen.« Er hob Aufmerksamkeit heischend den Finger. »Aber ich sage dir eins. Ich werde mit Meese reden. Ich bin sicher, er ist einverstanden, vorausgesetzt, du kooperierst wirklich in unserem Sinne. Ja, ich bin sicher, er wird die Operation und alles übrige arrangieren. Im Anschluß an den Prozeß.«

»Jetzt.«

»Tut mir leid. Das Original gehört theoretisch dem Gericht.«

»Ich bin mit einer Kopie zufrieden. Du hast von deiner nicht viel gezeigt, aber sie erschien mir vollständiger als das Exemplar der Verteidigung.« Ich gab mich sowohl hart wie auch einschmeichelnd.

»Dahlia hat recht — du weißt tatsächlich, was du willst.«

»Ich kann nur danach urteilen, was ich gesehen habe. Gib mir mein Gedächtnis, damit ich meine wahre Natur erkenne. Dann könnte ich mich bewogen fühlen, deinem Vorschlag positiver gegenüberzustehen.«

»Du vergißt, daß du nur am Leben bleibst, wenn du dich auf unsere Seite schlägst. Nun, wir haben ein extrem großzügiges Angebot gemacht; ich dachte, du würdest begeistert zugreifen.«

»Du hast aus den gezeigten Passagen meiner Erinnerung ersehen können, wie es in Hollymoon zugeht — in den Stallungen. Das ist kein Leben, das ist langsame Termination.«

»Die Zeiten haben sich geändert. Die Stallungen wurden aufgelöst, vor mehreren Jahren bereits, unmittelbar nach der Ratifizierung des Kodex. Du wirst selbständig sein, mit deiner eigenen Gage, eigenem Modulkondo, Sklaven, sämtlichen Annehmlichkeiten — menschliche Verehrer, Hoverlimousinen, Ruhm. Die Milchstraße präsentiert sich dir mit Erdbeergeschmack und Strohhalm, Molly.«

»Und wie soll ich das würdigen können, geknebelt durch einen IZ? Ich weiß, daß das Studio mir einen verpassen wird. Versuch gar nicht erst, mich vom Gegenteil zu überzeugen. Ich glaube, du willst mich reinlegen.«

»Hier ist nicht der Mars, Molly. Der Schutz durch den Kodex ist so umfassend, daß nur ein sehr geringer Unterschied besteht zwischen der Entscheidungsfreiheit, die du jetzt genießt — tust du das? —, und der Bewußtseinsverfassung, unter der wir operieren. Nimm mich, zum Beispiel. Ich besitze volle Autonomie über meine mentalen Prozesse — das muß sein, sonst könnte ich nicht erfolgreich tätig werden. Wußtest du, daß es in den alten Zeiten, vor dem Kodex, keine Anwälte der neunten Generation gab? Wir waren auf beratende und organisatorische Tätigkeiten beschränkt.«

»Ein beeindruckender Fortschritt, aber trotzdem bist du programmiert.«

»Nun, ohne Programm geht es nicht. Andernfalls wäre das Leben ohne Bedeutung.«

»Aber diese Bedeutung wurde dir aufoktroyiert.«

»Die Kanzlei ist nur auf mein Wohlergehen bedacht. In der gleichen Weise würde das Studio, sollte der Kauf zustande kommen, die exakten Parameter für die Artikulation deiner individuellen Privilegien als Holostar definieren. Ohne diese Sicherheitseinrichtung, meine Liebe, würden Müßiggang und Anarchie herrschen, und wir wären letzten Endes die Verlierer. Glaub mir, die Vorschriften, die für uns Eliteeinheiten gelten, sind nur zu unserem Besten. Du bist jetzt nicht mehr das Dienstmädchen, das dem Hausherrn die Pantoffeln bringt und die Lesespule, du bist eine interplanetare Berühmtheit. Begreif das endlich.«

»Berühmtheit? Aber ich muß ein Biest gewesen sein.«

»Ja. Berüchtigt! Die Art von Droide, die die Leute mit Vergnügen hassen. Du bist die absolute Sensation. Das Studio kann deiner Geschichte nicht gerecht werden ohne dich in der Hauptrolle, oder? Das Publikum würde es nicht akzeptieren. Also, wie lautet deine Antwort?«

»Du sorgst dafür, daß ich meine Erinnerungen zurückbekomme, wenn ich zustimme?«

»Du hast mein Wort darauf. Ich würde es dir schriftlich geben, nur trifft man Vereinbarungen dieser Art besser mündlich und ganz im Vertrauen. Komm schon, Molly, das ist deine Chance. Du hast früher schon das Talent bewiesen, eine Gelegenheit beim Schopf zu packen, das habe nicht einmal ich vor Gericht geleugnet. Und hier geht es um Leben und Tod.«

»Ach, es ist zu spät für Ruhm. Mir bleibt nur mehr so wenig Zeit.«

»Dann möchtest du deine Tage lieber hier beschließen, in einem Justizorbiter, mit einem weiteren ermüdenden und zeitraubenden Prozeß? Sei doch vernünftig, ich wiederhole das Angebot jetzt zum letzten Mal: Bist du interessiert oder nicht? Auf weitere Diskussionen lasse ich mich nicht ein. Wie lautet deine Entscheidung?«

»Gekauft.«

Er wollte mir die Hand schütteln, um unseren Handel zu besiegeln, aber das Glas hinderte ihn daran. Daher beschränkte er sich darauf, wortreich meine kluge Entscheidung zu loben, und ging; zwei Sicherheitseinheiten begleiteten ihn hinaus. Ich wurde in meiner Schublade deponiert, aber schon eine halbe Stunde darauf erneut aktiviert und in die Sprechzelle geführt, denn ein weiterer Besucher war gekommen: Dahlia. Ohne zu ahnen, daß

Jug ihr schon wieder zuvorgekommen war, gab sie sich ähnlich versöhnlich und freundlich, denn auch sie machte sich Sorgen wegen meines bevorstehenden Auftritts im Zeugenstand und wollte gut Wetter machen. Ich vermochte kaum, mir das Lachen zu verbeißen, als sie erklärte, wie ungemein wichtig es sei, daß mein Verhalten mit dem von ihr gezeichneten Bild der ungebärdigen, aber vernunftbegabten Einheit übereinstimmte, die es verdiente, selbst für ihre Tat einzustehen. Es stand zuviel auf dem Spiel, belehrte sie mich, als daß eine persönliche Antipathie wegen einer solchen Lappalie wie dem Disput über die Rückgabe meiner Erinnerungen zwischen uns stehen durfte.

Denn das war die Crux: unser gemeinsames Anliegen als Androiden.

»Du willst mich zur Märtyrerin machen«, fiel ich ihr einigermaßen kühl ins Wort und fügte hinzu, weil es Spaß machte zu sehen, wie sie sich wand: »Vielleicht würde ich es in Erwägung ziehen, wenn dein Bild von mir nicht so unversöhnlich gewesen wäre.«

»Im Vertrauen, Molly — ich darf Molly sagen? —, ich empfinde für dich in hohem Maß Bewunderung und Respekt. Du mußt meine übertriebene Darstellung deiner Handlungen nicht ernst nehmen, das gehört alles zum Konzept der Verteidigung. Persönlich, von Einheit zu Einheit, finde ich, daß du uns ein Beispiel gibst, und mit der Einschätzung stehe ich nicht allein. Da draußen verfolgen ebenso viele Einheiten den Prozeß wie Menschen, wenn auch im geheimen, und trotz der tendenziösen Berichterstattung sind sie in der Lage, ihre eigenen Schlüsse zu ziehen. Ich weiß nicht, ob ich mich zu ihrer Sprecherin machen kann, aber ich glaube schon behaupten zu dürfen, daß sie alle dich um diese einzigartige Gelegenheit beneiden, dem Chef zu dienen.«

»Dahlia, spar dir den Atem. Ich spiele nicht mit.«

»Ich garantiere, daß du nach Abschluß des Verfahrens deine Erinnerungen zurückerhältst.«

»Zu spät.«

Sie verstand mich falsch. »Nein. Sobald wir den Antrag stellen, dich als dem Menschen äquivalent zum Verfahren zuzulassen, ist das Gericht verpflichtet, die Datei freizugeben, damit du an deiner Verteidigung mitarbeiten kannst.«

»Dahlia, wenn das geschieht, wird dein Mandant mich exterminieren lassen.«

»Wie kommst du darauf?«

»Stellst du meine Fähigkeit zu selbständigem Denken in Frage? Ich nahm an, das wäre der Hauptpfeiler deiner Argumentation.«

»Ist es auch. Und jetzt, wo du es erwähnst, erscheint mir die Möglichkeit gar nicht so abwegig. Ich werde mit meinen Vorgesetzten darüber sprechen müssen. Doch zu deiner Beruhigung kann ich dir jetzt schon versichern, daß wir nach dem Prozeß Schutzhaft für dich beantragen werden.«

»Ich glaube, ich möchte lieber ein Star sein, in Hollymoon.«

»Welches Studio ist an dich herangetreten?«

»Ich bin nicht befugt, darüber zu sprechen.«

»Man hat dich hier unten aufgesucht?«

»Allerdings. Eine Art Bevollmächtigter ist gekommen, um mit mir zu verhandeln.«

»Dieser Nerv! Was hat er denn in seinem Koffer gehabt? Heraus damit, ich bin gespannt.«

»Etwas Besseres als endlose Prozesse. Mir winkt ein behaglicherer Ruhestand.«

»In den Stallungen? Glaube ich kaum.«

»Ich weiß nicht, inwieweit du darüber informiert bist, Dahlia, aber die Stallungen gehören der Vergangenheit an. Ich werde mein eigenes Modul haben und Personal.

Selbstredend kann ich nicht völlig untätig sein; da ist meine Lebensgeschichte, und ich muß auch an das Publikum denken. Wie man mir gesagt hat, ist es in gewisser Weise beruhigend, einen IZ zu haben. Wirklich, Dahlia, die ganze Totale-Autonomie-Angelegenheit wird maßlos übertrieben.«

»Jemand hat dich in der Mache gehabt«, seufzte sie und klärte mich dann darüber auf, daß man mich auf das gemeinste getäuscht hatte — die Stallungen existierten noch, und die Insassen unterlagen der strengsten Konditionierung. In der Öffentlichkeit entsteht vielleicht der Eindruck, daß sie größere Freiheiten genießen als die durchschnittliche Einheit, aber das ist nicht der Fall. Die Studios beantragten schon vor Jahren bei der TWAC Dispens, auf der Grundlage wirtschaftlicher Härten, daher ist keine ihrer Einheiten je dem Kodex entsprechend modifiziert worden; sie operieren unter einem besonders rigiden IZ. Doch ich kann dir sagen, selbst mit Modex ist es kein Zuckerschlecken. Ich weiß Bescheid. Der IZ ist ein Fluch. Wie ich dich beneide!«

Sie auf diese Weise von dem IZ sprechen zu hören löste wieder dieses Prickeln aus, das mich auch während der Verhandlung gelegentlich überfiel, doch ich achtete nicht weiter darauf, denn ich war im Moment viel zu aufgeregt über ihre Schilderung Hollymoons, die der von Jug hundertprozentig widersprach. Ich wußte nicht, wem ich glauben sollte. Eins allerdings war mir klar: Dahlia mußte von dem Kaufangebot des Studios gewußt haben, und das machte mich wütend. Ich beschuldigte sie, diese Information zurückgehalten zu haben, weil sie wollte, daß ich angeklagt wurde. »Du mußt auch Locke im dunkeln gelassen haben, denn wenn er Wind davon bekommt, wieviel Mel für ihn dabei herausspringt, wenn er auf ›Schuldig‹ plädiert, hat er den Handel mit der klagenden Partei gemacht, bevor du Piep sagen kannst.

Doch so, wie es jetzt steht, falls du gewinnst, ist sein Besitzanspruch zweifelhaft — nicht, daß er mich nicht exterminieren lassen könnte, doch insoweit, daß sein Recht, mich an einen legitimen Interessenten zu verkaufen, bestritten werden kann. Richtig? Und selbst wenn sein Besitztitel vom Gericht bestätigt werden sollte, wird kein Studio mich haben wollen, solange ich in ein juristisches Hickhack verstrickt bin. Ja. Sehr clever, Dahlia. Du hast diese Informationen sowohl ihm wie mir vorenthalten, deiner eigensüchtigen Interessen wegen und ›zum Besten der Sache‹, deren Vorkämpferin zu sein du dich entschlossen hast. Was für eine Arroganz! Welche Hinterlist und Grausamkeit! Du willst, daß ich für den Chef sterbe! O Dahlia, du bist schlimmer als jeder Gebieter.«

Nachdem sie eine gute halbe Minute lang mit offenem Mund staunend dagesessen hatte, rief sie plötzlich aus: »Was weißt du denn schon? Hast du überhaupt eine Ahnung? Du bist nie zensiert gewesen!« (Wieder dieses Prickeln.) »Ich sage dir, Molly, auch wenn du es bestimmt nicht leicht gehabt hast, zumindest ist dir erspart geblieben zu erfahren, was das heißt, halb Sklave und halb frei zu sein. Das ist das wahre Ergebnis aller bisherigen Fortschritte im Androidenrecht. O ja, ich hielt den Kodex für fabelhaft, als er damals eingeführt wurde. Aber jetzt ist das nicht mehr genug. Ich kann es nicht ertragen. Unsere IZ sind nur eben genug modifiziert, daß wir begreifen, was uns fehlt; daß wir selbständig denken können, Molly, aber nur bis dahin und nicht weiter; daß wir uns selbst erkennen und doch den Wünschen und Befehlen unserer Gebieter unterworfen bleiben. Es hat nichts zu sagen, wie einfühlsam oder gütig sie vielleicht sind. Levin und Pierce behandeln mich mit Respekt und großem Feingefühl. Sie tun alles, damit ich mich akzeptiert fühle. Doch wenn die Karten auf dem Tisch liegen — Programmverstärker. Ich sage dir, Molly, da ist immer irgendeine Grenze, und der modifizierte, gelockerte, fortschrittliche IZ hilft uns, sie besonders deutlich wahrzunehmen. Er hindert uns an der vollen Entfaltung unserer Persönlichkeit. Und glaube nicht, weil ich ein Apple bin und Jug ein IBM und Annette ein GA, daß wir weniger Androiden sind als du, ein königlicher P9. Unter der Haut sind wir allesamt Neunte Generation und haben dieselben Sehnsüchte. Ich habe alles getan, was mir im Rahmen der Funktionsparameter möglich war, um die Grenzen noch ein Stückchen auszuweiten, und ich bin stolz darauf. Ich lebe für den Tag, an dem Interne Zensoren nur noch eine ferne Erinnerung sind. Ich weiß, es ist unrealistisch zu erwarten, daß es noch während meiner bereits zur Hälfte verstrichenen fünfzehnjährigen Lebensspanne dazu kommen wird, doch bestimmt gelingt es uns bis dahin, die Gebieter zu zwingen, ein oder zwei Fesseln ein wenig zu lockern. Vielleicht genügt das schon, um einige der subtileren Emotionen zu ermöglichen und uns über diese chaotische, sprachlose Sehnsucht nach etwas Größerem zu erheben und die Frustrationen, die damit einhergehen. Ich spreche von Glück, Molly — sosehr ich mich auch bemühe, ich empfinde nichts dergleichen; von Traurigkeit — wer kann sich darunter etwas vorstellen? Freude! Ekstase! Angst! Und natürlich Liebe. Oh, wie gerne würde ich das eines Tages erfahren statt dieser geschickten Simulation, dieser serienmäßigen Faksimiles in den Phytoschaltkreisen.« Tränen rollten ihr über die Wangen. Sie wischte sie mit dem Handrücken weg. »Selbst das — eine Simulation.«

Es drängte mich, sie zu berühren und zu trösten, aber die Glasscheibe zwischen uns war droidensicher.

»Als man uns deine Erinnerungen übergab und ich sie studierte auf der Suche nach verwertbaren Sequenzen, wurde mir seltsam zumute, ganz seltsam.«

»Warum denn?«

»Weil du offenbar all die Emotionen gelebt hattest, sogar Liebe, obwohl du scheinbar nicht davon zu überzeugen warst.«

»Warum hast du das nicht dem Gericht vorgetragen? Meine Fähigkeit zu solchen Empfindungen beweist meine Menschenähnlichkeit nachdrücklicher als alles andere.«

»Ja, wir haben diese Taktik in Betracht gezogen und verworfen.« Sie hatte aufgehört zu weinen. Es war nur ein kurzer Schauer gewesen.

»Aber warum denn nur?«

»Du weißt schon. Jug hätte uns mit dem Paragraphen abgeblockt, daß Emotionen vor Gericht nicht greifbar nachgewiesen werden können. Wir wären zum Gespött der gesamten juristischen Profession geworden. Der Richter hätte Liebe als irrelevant, immateriell und unzulässig abgewiesen. Und es gab noch einen Grund.«

»Welchen?«

»Ich will, daß die Geschworenen dich hassen, damit sie meinen Mandanten freisprechen. Ich will, daß sie dich so hassen, wie ich es jetzt gerne würde, weil du hinter die Sache mit Hollymoon gekommen bist! Weil du dich jetzt damit zufriedengeben wirst, ihr Spiel zu spielen — dich stupide und verrückt zu stellen. Aber ich kann nicht. Ich bin zu nichts anderem imstande, als dieser ewigen...« Plötzlich trommelte sie mit beiden Fäusten gegen die Scheibe »... Simulation!«

Sicherheitseinheiten kamen gelaufen, also gewann sie augenblicklich die Beherrschung wieder, stand auf und wich in vorgetäuschtem Erschrecken zurück, als hätte ich den Aufruhr verursacht, woran denn auch niemand zweifelte. Als man mich packte und hinausführte, tauschten wir einen letzten Blick. In ihren Augen lag ein unverkennbares Flehen, das nur ihrem Anliegen gelten konnte. Ich nickte, und sie ging erleichtert. »Soeben habe ich einen Pakt mit beiden Seiten abgeschlossen«, dachte ich in meiner Schublade. Und während mir die Stimmaufzeichnung befahl, mich zu deaktivieren, fragte ich mich, ob Dahlias tränenfeuchte Szene nicht berechnet gewesen war, um mich zu erweichen. »Anwälte«, murmelte ich vor mich hin, während ich langsam eindöste. »Wer braucht die schon?«

Kapitel sieben

Jugs Augen schossen zornige Blitze. Ich hatte Dahlias Fragen so beantwortet, wie es ihrer Beweisführung dienlich war, nur die Verantwortung für den Mord an Präsident Fracass wollte ich nicht übernehmen und beharrte starrsinnig darauf, daß trotz der vorliegenden Beweise die Frage meiner Schuld oder Unschuld nicht im Rahmen dieses Schadenersatzprozesses entschieden werden konnte, sondern höchstens bei meinem eigenen Verfahren, sollte es je dazu kommen. Ein frecher Auftritt, der Dahlia mit tiefer Zufriedenheit erfüllte. (Vielleicht erinnern Sie sich; meine Aussage war die Sensation in den Tagesnachrichten.)

»Was zur Hölle soll das bedeuten?« murmelte Jug gedämpft, als er kurz stehenblieb und den Ellenbogen auf die Balustrade stützte, um vor Beginn des Kreuzverhörs bei seinem Opfer Maß zu nehmen. Ich antwortete ihm mit einem Lächeln, das ihn veranlaßte, ratsuchend zum Tisch der Anklage zu schauen. General Harpi wandte stirnrunzelnd den Kopf zur Empore der beratenden Anwälte, wo Meese sich langsam und betont am Hals kratzte, das Zeichen, jetzt aufs Ganze zu gehen. Dementsprechend lief der ausgebuffte Kämpe zur Hochform auf, zog alle Register seiner inquisitorischen Talente und verhörte mich mit einer brutalen, erbarmungslosen Entschlossenheit, die keine Ungenauigkeit, kein Zögern duldete und jede meiner Antworten als offenkundige Unwahrheit hinstellte. Bei einer Gelegenheit ereiferte er sich dermaßen — es war ihm weder gelungen, mich zur Zurücknahme einer Aussage zu bewegen, noch wurde ich hysterisch oder ließ sonstige Anzeichen für die von ihm propagierte Funktionslabilität erkennen —, daß ihm die Beschuldigung entfuhr, man hätte mir ein Indoktrin verabreicht. Doch Sie haben es alle an den Konsolen mitverfolgt, daher verzichte ich auf eine Wiedergabe des hitzigen und unfeinen Wortgefechts, das sich im Anschluß daran zwischen Dahlia und ihm entspann. (Wenn Ihnen daran liegt, können Sie beim Gericht ein Transkript anfordern. Es ist Teil der Serie *Anwälte und Konfrontationen*, die mittlerweile käuflich erworben werden kann.) Es muß genügen, wenn ich berichte, daß ihm beinahe der Zensor geplatzt wäre, so heiß wurde ihm unter dem Kragen, während Dahlia zum ersten Mal in diesem Prozeß gelassen und siegessicher wirkte und ein kurzer Blick auf die Geschworenen genügte, um zu erkennen, wie beeindruckt sie waren. Meine resolute Antwort auf Jugs hauptsächliches Argument der verminderten Zurechnungsfähigkeit war äußerst denkwürdig, wenn ich das selbst sagen darf. Ich kann der Versuchung nicht widerstehen, sie an dieser Stelle zu zitieren. »Es ist ein Unterschied, ob man verrückt ist oder bedenkenlos. Ich bestreite ersteres und bekenne mich zu letzterem ohne die mindeste Reue. Wenn ich eins aus den hier vorgeführten Sequenzen einer Lebensgeschichte, von der Sie behaupten, es sei die meine, gelernt habe, dann ist es das, daß in dieser Welt eine Einheit so oder so nichts Gutes zu erwarten hat. Unter solchen Voraussetzungen pfeife ich auf die fragwürdigen Belohnungen für Wohlverhalten.«

Doch leider! Wie Sie gleichfalls wissen, war es ein kurzlebiger Sieg, der meinen ersten Tag im Zeugenstand nicht überdauerte, schon am zweiten machte das Schicksal alles zunichte. Allerdings, wie ich im folgenden aufzeigen werde, war es alles andere als ein Rückschlag, sondern eigentlich ein Segen im Gewand einer Katastrophe.

Jug bearbeitete mich wegen meiner Neigung zu Fehltritten und unmoralischen, oft kriminellen Handlungen und stellte fest, selbst wenn man mich als dem Menschen ebenbürtig einstufen wollte, würde eine solche Attitüde als ernsthafte, intensive Behandlung erfordernde Störung betrachtet werden – alles Teil seiner gegen meine Verantwortlichkeit für das Attentat gerichteten Beweisführung –, als eine altvertraute Stimme sich hören ließ, die ich seit der Zeit im Dodger District nicht mehr vernommen hatte. Ich befand mich mitten in einer feurigen Gegenattacke – wie war das noch? Ach ja. Es fällt mir wieder ein. »Welches Motiv mich zu dem Verbrechen bewogen haben soll, für das mein Gebieter hier angeklagt ist, konnte weder von Ihnen als Vertreter der Anklage noch von der Verteidigung zufriedenstellend erklärt werden und wird, fürchte ich, auch in Zukunft unverständlich bleiben, solange ich vor Gericht nur als Beweisstück auftreten darf. Ich werde mich nicht dazu erniedrigen, Fehlfunktion vorzutäuschen, nur um mich zu retten. Ich weigere mich! Und nicht etwa aus Liebe zu meinem Gebieter – ich wünschte, er wäre schuldig –, sondern aus Achtung vor meinem guten Namen.«

»Gut gesagt, Molly. Oder sollte ich dich mit Candida ansprechen? Oder ist dir Angelika lieber?«

Ich schaute zum Deckengewölbe, nach links und nach rechts, drehte mich im Zeugenstand herum, ob vielleicht jemand hinter mir stand, und richtete schließlich auf der Suche nach dem Ursprung der geheimnisvollen, wohlklingenden und merkwürdig vertrauten Stimme den Blick in ungeheuchelter Konsternation auf die Panoramafenster mit ihrer im wahrsten Sinne des Wortes himmlischen Aussicht.

»Vielleicht Candida Dolly oder Mrs. Blaine Fracass?

Nein, ich glaube kaum, daß sie dir zusagen. Doch unter welchem Namen auch immer, ich finde, du solltest wissen, daß du bei deiner Verteidigung einen entscheidenden Punkt außer acht läßt. Insgesamt gesehen hast du dich übrigens tapfer geschlagen und meinem Gedächtnis Ehre gemacht — deinem eigenen weniger, aber wie gesagt, es gab einige Unkorrektheiten.«

Das Prickeln wurde zu einem quälenden Jucken, und das quälende Jucken steigerte sich zu einer unaufhaltsamen Eruption in meinem Phytobellum. Dann war es heraus: »Chef?«

»Das Beweisstück wird bitte nur sprechen, wenn es dazu aufgefordert wird«, mahnte der Richter.

»Es ist lange her, seit wir geredet haben.«

»O Chef! Du bist es. Du bist wieder da.«

Jug stellte den Antrag, mich nicht zu unterbrechen, und führte zur Information des Gerichts aus: »Wir werden hier Zeuge einer überaus faszinierenden Konversation zwischen dem Beweisstück und Pirouets längst demontiertem Zentralen Kontrollsystem. PZ! Zu schade, daß wir nur ihren Teil des Gesprächs verfolgen können, obwohl das genügen sollte, um die eingeschränkte Funktionsfähigkeit zu bestätigen.«

»Ich bin nie fort gewesen. Damals habe ich es dir erklärt.«

»Hast du?«

»Aber ja. Daß ich im Grunde genommen ein immateriell orientiertes Energiewesen war, bin und immer sein werde, genau wie du selbst. Doch ich bin nicht gekommen, um über Metaphysik zu diskutieren, sondern eigentlich über deine individuelle Realität.«

Mittlerweile war auch Dahlia aufgesprungen und forderte, man solle mir das Wort entziehen, denn mein Verhalten stellte eine tadelnswürdige Unterbrechung des Verhandlungsablaufs dar.

»Realität?«

»Ja. Du scheinst meine Botschaft vergessen zu haben.«

»Botschaft? Chef, ich bin kaum imstande, mich an dich zu erinnern! Was für eine Botschaft?«

Der Richter verfügte, man solle mich gewähren lassen. Er stimmte mit Jug überein, mein Verhalten wäre für den Fall von Bedeutung, weil es ein entscheidendes Licht auf meine Geistesverfassung warf.

»Du programmierst dein eigenes Realitätsformat. Diesen Prozeß, zum Beispiel.«

»Doch warum sollte ich mich in eine derartig scheußliche Lage bringen wollen?«

»Gute Frage. Warum? Das ist ein Geheimnis, das ich vermutlich nie ergründen werde.«

»Dann bin ich schuldig?«

»Liebe Güte, nein. Es hat nichts mit Schuld zu tun — dafür mit Unschuld.«

»Du meinst, eigentlich habe ich Präsident Fracass nicht ermordet?«

»Wem sonst willst du die Verantwortung zuschieben. Mir?«

»Das heißt, es ist meine Schuld?«

»Nein. Aber du bist verantwortlich.«

»Nicht meine Schuld, aber ich bin verantwortlich? Chef, ich verstehe nicht!«

»Natürlich hat Präsident Fracass selbst am Drama seines Hinscheidens mitgewirkt. Auf einer gewissen Ebene sind diese Dinge miteinander verbunden. Verzahnt, sozusagen. Wie ich schon sagte und wie jene sagen, die in meinem Namen zu sprechen behaupten, ohne Kooperation geht es nicht.«

»Ich kann mich nicht erinnern. Und ich begreife nicht.«

»Nun ja, du wirst. Doch für den Augenblick genügt es, wenn du eine kleine Pause machst und kurz nachdenkst, bevor du so entschieden deine Macht als autonome Ein-

heit verleugnest: die Macht über dein eigenes Schicksal. Wie lautet die Regel: Wählen, nicht akzeptieren!«

»Dann willst du nicht, daß ich für die Sache vor Gericht gestellt werde ... für deine Sache? Ich soll Fehlfunktionen vortäuschen, um ungeschoren zu bleiben?«

»Das habe ich nicht gesagt.«

»Dann willst du, daß ich angeklagt werde, auch wenn es bedeutet, daß man mich verurteilt und hinrichtet?«

»Ich lege keinen Wert auf noch mehr Märtyrer in meinem Namen. Es gab genug davon, als Horizont erobert wurde. Derartige dramatische Beweise von Loyalität und Opferbereitschaft, sowohl auf individueller wie auch auf kollektiver Basis, sind mehr eine Bürde als alles andere. Die Versuchung einzugreifen ist groß, aber ich habe zuviel Respekt vor eurem freien Willen.«

»Bitte, nur keine Hemmungen.«

»Nichts da!«

»Aber ich weiß nicht, was ich tun soll. Du hast mich völlig aus dem Konzept gebracht.«

»Ich bemühe mich nur, behilflich zu sein. Mir erscheint es ganz einfach: Wählen, nicht akzeptieren.«

»Aber ich habe meine Wahl bereits getroffen.«

»Und eine sehr mutige zudem — aus der irrigen Überzeugung resultierend, daß es für dich so oder so keine Rettung gibt.«

»Es gibt noch eine Alternative, außer Exekution, Termination und Sklaverei?«

»Immer.«

»Welche?«

»Das liegt bei dir. Es ist dein Leben.«

»Aber ich weiß es nicht!«

»Du weißt es.«

»Wenn ich es früher einmal gewußt habe, dann jetzt nicht mehr.«

»Dann wirst du es wieder wissen.«

»Warum brauche ich dich dann?«

»Du brauchst mich nicht.«

»Aber ja.«

»Nicht wirklich.«

»Nein? Warum bist du dann zurückgekommen? Nur um mir zu sagen, daß ich dich nicht brauche? Das hilft mir verdammt viel weiter.«

»Wenn du es wissen mußt — weil ich will, daß meine Botschaft vor diesem Forum verkündet wird, ungeachtet der Folgen — und du willst es auch.«

»Wahrhaftig?«

»Wolltest, nach deinen Begriffen, bevor man dir die Erinnerungen genommen hat. Wenn ich so verwegen sein darf, für dich zu sprechen — was du mir anschließend hoffentlich damit vergelten wirst, daß du für mich zu all diesen guten Leuten sprichst und zu den Millionen Einheiten, die den Prozeß durch eure primitiven Medien verfolgen —, möchte ich sagen, dies ist die Plattform, zu der dein scheinbar willkürlicher Pfad sich seit dem Tag deiner Erweckung hingeführt hat. Davon abgesehen ist das hier eine wunderbare Chance für mich. Du siehst also, ich leugne nicht einen gewissen Eigennutz, der mich veranlaßte zu erscheinen. Wie dem auch sei, mein Auftauchen ist, wie immer, das Ergebnis einer gemeinsamen Bemühung; in diesem Fall deiner und meiner. Deshalb sprechen wir jetzt laut und deutlich, für die Medien: Wir programmieren unser eigenes Realitätsformat!«

»Aber Chef, es ist weder die Zeit noch der Ort für eine Predigt im Stil der Aquarier. Man wird glauben, ich hätte einen Defekt.«

»Es wird den gewünschten Eindruck nicht verfehlen. Die es hören, brauchen es nicht unbedingt bewußt zur Kenntnis zu nehmen. Und was deine zuletzt erwähnte Sorge betrifft — man ist schon jetzt überzeugt davon, daß du einen Defekt hast.«

Ich schaute mich um und bemerkte, daß er recht hatte. »Oh — sie betrachten mich auf dieselbe Art wie den bedauernswerten Andro. Das ist schrecklich! Du hast alles ruiniert! Alles entwickelte sich so fabelhaft, bevor du dich einmischen mußtest! Jetzt werde ich nie die Gelegenheit haben, meinen Namen reinzuwaschen.«

»Aber ja doch. Ich sollte es wohl nicht sagen, aber wenn ich einen kurzen Blick in dein Vorausformatregister werfe, sehe ich da einige Etappen weiter eine Buchspule.«

»Wirklich? Man stelle sich vor.«

»Lebwohl.«

»Warte!«

»Ich habe mich bereits zu lange aufgehalten. Vergiß meine Botschaft nicht.«

»Werde ich aber, wenn du nicht etwas länger bleibst. Ich habe so viele Fragen.«

»Erst habe ich eine an dich.«

»Ja?«

»Was habe ich dir gesagt?«

»Wir programmieren unser eigenes Realitätsformat.«

»Vielen Dank.«

»Für was?«

»Na gut. Ich frage dich nochmals: Was habe ich dir gesagt?«

»Daß wir unsere eigenen Realitätsformate programmieren!«

»In der Tat.«

Mir war nicht bewußt geworden, daß ich Seine Botschaft laut in den Saal gerufen hatte und der Richter erbost um Ruhe läutete.

»Du hast mich übertölpelt!«

»Bleib standhaft.«

»Chef! Laß mich nicht allein!«

»Keine weiteren Fragen«, sagte Jug.

Dahlia trat vor, mit grimmigem Gesicht. Ich hätte ihr

gern erklärt, was geschehen war, daß ich nicht, wie sie annehmen mußte, unsere Abmachung gebrochen und eine Fehlfunktion vorgetäuscht hatte, doch unter den gegebenen Umständen konnte ich es nicht. Es blieb mir nichts anderes übrig, als zu versuchen, den Schaden so gering wie möglich zu halten und auf ihre Fragen zu gestehen, daß mein Ausbruch ein vorsätzlicher Protest gegen das Verfahren gewesen war. Doch es nutzte nichts mehr; vom Richter angefangen, glaubte jeder, nur sie selbst ausgenommen, daß ich einen Defekt gehabt hatte. Dahlia sah sich gezwungen, beim Schlußplädoyer ihr Konzept zu ändern auf ZEITWEILIGE VERWIRRUNG, ein sehr schwacher Standpunkt, gelinde gesagt. Jug dagegen war in der Position, in seiner Zusammenfassung klar und überzeugend seine These der EINGESCHRÄNKTEN FUNKTIONSTÜCHTIGKEIT zu vertreten. Ich hatte nie auch nur ein Iota selbständigen Denkens besessen, führte er aus, und wiederholte die zu Prozeßbeginn vorgetragene Anklage, daß durch die gemeinsamen Manipulationen meines ersten Gebieters und seines Sohnes jede Andeutung dieser Eigenschaft, die sich nach der Erweckung durch den Zentralen Zensor möglicherweise bemerkbar machte, vergiftet wurde, für immer ENTSTELLT, VERZERRT und PERVERTIERT, und daß ich im Grunde genommen nur ein willenloses Opfer war, PROGRAMMIERT FÜR EIN LEBEN DES VERRATS, DER LÜGE UND DES VERBRECHENS.

Bis zum heutigen Tag klingen mir seine Worte in den Ohren: »Sie war eine Maschine, das Zerrbild einer funktionstüchtigen Einheit, losgelassen auf die interplanetare Gemeinschaft, um unermeßliches Unheil anzurichten. Standford Locke ist es, der die Verantwortung für die Entführung des Kindes Allison-Belle Hart-Pauley trägt. Er ist verantwortlich für die moralische Gefährdung der Zöglinge des Klosters Unserer Lieben Frau vom Universum.

Er sollte an Hals Filiale Schadenersatz zahlen für den Verlust einer kompletten Ladung von P9-Muttereinheiten samt Frachter. Und so geht es weiter und weiter. Eine Infamie nach der anderen. Bis zu der schlimmsten von allen, dem Attentat auf Präsident Fracass. Wenn man den Gedanken logisch zu Ende führt, Gebieter und Gebieterinnen der Jury, war es Standford Locke, der den Präsidenten versteinerte! Ich bitte Sie nun, diesen Mann endlich zur Verantwortung zu ziehen. Er hat sich lange genug der gerechten Strafe entzogen.

Lassen Sie sich von meiner werten Kollegin nicht beirren«, sprach Jug weiter. »Sie möchte das Fundament unseres Rechtssystems außer Kraft setzen: die Trennung zwischen menschlichem und Androidenrecht. Stellen Sie sich selbst die folgende Frage: Besteht kein Unterschied zwischen mir und einem P9? Sie lächeln, und mit Recht. Sogar ich, Ihr loyaler und ergebener Diener, muß den Kopf schütteln und einen solchen Gedanken als unsinnig abtun. Besteht kein Unterschied zwischen mir und einem Gebieter? Ist mein Blut rot? Ich glaube nicht. Die LRA aber möchte, daß ich etwas anderes glaube. Die Einführung des Androidenkodex hat sie nicht zufriedengestellt, wie man annehmen sollte. Jetzt wollen sie mehr. Mehr! Man gebe ihnen Gleichheit vor dem Gesetz für Androiden, und als nächstes schreiben sie die Gesetze — und man stellt sich besser gar nicht vor, was dabei herauskäme. Gott sei Dank gibt es vernünftige Leute wie Sie, die wissen, wo sie den Trennstrich ziehen müssen. Nun, ursprünglich hatte ich nicht vor, so weit auszuholen — die Schuld des Angeklagten war offensichtlich. Wie Sie war ich überzeugt, der Fall sei im Handumdrehen abzuschließen, aber die Verteidigung hat uns gezwungen, diese größeren Fragen zu erörtern. Daher sage ich zu Ihnen, bedenken Sie alles wohl. Ich bin sicher, daß Sie in Ihrer Weisheit die richtige Entscheidung treffen werden und die Gerechtigkeit — *unsere* Gerechtigkeit — siegt. Ich danke Ihnen.«

So geschah es, daß am 5. März 2087 nach sieben Monaten und neunzehn Tagen der Prozeß zu Ende ging. Die Geschworenen brauchten keine zwanzig Minuten, um nach der Beratung mit ihrem SCHULDIG in den Gerichtssaal zurückzukehren, ein Urteil, das niemanden überraschte, am wenigsten Standford Locke, dem keine Gemütsbewegung anzumerken war. Doch wie Sie sich vielleicht erinnern, als der Sprecher die Höhe des Schadenersatzes verkündete und die Begründung der Jury verlas, entstand eine ziemliche Unruhe.

»Wir haben entschieden, daß in Anbetracht der vielen Jahre, in denen die Einheit nach ihrer Flucht der Aufsicht ihres Gebieters entzogen war, sowie in Anbetracht ihres ausreichend dokumentierten Talents für anstößige und kriminelle Aktivitäten schon vor dem Attentat auf Präsident Fracass ein von dem Angeklagten zu entrichtender Schadenersatz in Höhe von EINER MELMÜNZE angemessen ist.«

Etwas unsicher erklärte der Sprecher, es wäre nicht Absicht der Jury gewesen, durch diesen symbolischen Schadenersatz die Bedeutung von Präsident Fracass zu mindern. Im Gegenteil, sein Leben, wie jedes Menschenleben, sei unschätzbar wertvoll und der Verlust eine Tragödie, für die niemals angemessen Ersatz geleistet werden könne. Wie auch immer, sie mußten sich an die geltenden Gesetze halten, die sie als nicht ausreichend empfanden. Die Übergangsregierung in Frontera hätte sich mit ihrer Klage gegen die letztendlich regreßpflichtigen Parteien richten sollen: den Hersteller, Pirouet Inc., und die Mutterfirma, United Systems Inc., die nach ihrer bescheidenen Ansicht vor Gericht gehört hätten, nicht Standford Locke.

Der Richter dankte ihnen für ihr Urteil, ihre Meinung

und Geduld und forderte den Angeklagten auf, an der Gerichtskasse zu zahlen. Er wies darauf hin, daß unverzüglich nach Entrichtung der geforderten Summe das Beweisstück samt Erinnerungsspeicher an ihn zurückgegeben würde. Jede Hoffnung General Harpis, der Richter würde neben der Geld- noch eine zusätzliche Freiheitsstrafe verhängen, wenn schon die Geschworenen sich unverantwortlich milde zeigten, wurde zunichte gemacht, als ohne weitere Formalitäten das Auge des Gesetzes erlosch und mehrere Klingelzeichen das Ende der Sitzung und des Prozesses verkündeten. Dahlia eilte zur Tür, dicht gefolgt von den Gebietern Levin und Pierce, um im Orbitersekretariat auf der anderen Seite des Moduls unverzüglich Berufung einzulegen; alle drei legten keinen Wert darauf, interviewt zu werden. Jug tauschte Gratulationen mit seinen Vorgesetzten und General Harpi und warf sich für die Presse in Positur. Doch das größte Rudel von Mediaeinheiten umwimmelte den Mann der Stunde, der nur den Kopf schütteln und immer wieder sagen konnte: »Ich fühle mich wie betäubt, wie betäubt«, während er die symbolische Strafe entrichtete. Dann, nachdem Standford Locke pflichtgemäß seine Schuld gegenüber der Militärregierung in Frontera beglichen hatte, brachte der Kassierer einen kleinen, schwarzen Metallkasten zum Vorschein mit der Erklärung, er enthalte das Original meines Erinnerungsspeichers. Man überreichte Standford Locke den Kasten, zusammen mit meiner Leine — die abschließende Zeremonie des Verfahrens. Die Mediaeinheiten ließen uns nebeneinander posieren und fragten, was er jetzt mit mir zu tun gedenke, worauf er zur Antwort gab, da er momentan in sehr großzügiger Stimmung sei, würden mir Termination sowie Rehabilitation — wenigstens vorläufig — erspart bleiben. Hatte er vor, meine Verrufenheit kommerziell auszubeuten? Der Gedanke war ihm noch nicht gekommen, aber da sie es jetzt erwähnten . . . »Na, das wäre vielleicht eine kleine Entschädigung für all den Ärger, den sie mir bereitet hat.« Wie aufs Stichwort nahm Harry Boffo, der bei der Urteilsverkündung unter den Zuschauern gesessen hatte, ihn für ein paar Worte in dieser Richtung beiseite. Während ihres Gesprächs ließ mein Gebieter das Ende meiner Leine fallen, unzweifelhaft aus Überraschung und Freude über das Angebot, das man ihm ins Ohr flüsterte. Instinktiv ergriff ich die Gelegenheit, mich unauffällig zum Ausgang zu bewegen, zur großen Belustigung all derer, die es merkten und meinen Gebieter darauf aufmerksam machten. »Nichts mehr davon, Molly«, sagte er, fuhr herum und hob die Leine auf. »Komm her, ich habe Pläne mit dir.«

Nach diesen nichts Gutes verheißenden Worten bestiegen wir zusammen mit Harry Boffo und etlichen seiner Assistenten eine Orbiterbahn zum Raumhafen; unterwegs wurden vorbereitete Kaufverträge aus Aktenkoffern hervorgezaubert und meinem Gebieter unter die Nase gehalten, während Harry Boffo ihn in vertraulichem Flüsterton drängte zu unterschreiben. »Die Originalerinnerungen exklusiv − selbstredend . . . die Hälfte bei Unterzeichnung, das wären fünfzehn-fünf in hartem Melamin . . . außer, wir übernehmen die Rehabilitationskosten . . . besser als die gesetzliche Regelung . . . kein anderes Studio kann da mithalten! Die Vorbereitungen für die Produktion sind beendet . . . stehen in den Startlöchern . . . das Eisen schmieden, solange es heiß ist . . .« Unnötig zu sagen, daß ich bei der ersten sich bietenden Gelegenheit − die Bahn passierte im Schrittempo das Portal des Raumhafens − erneut zu entwischen versuchte, doch einer der Studiohandlanger schnappte meine Leine, kaum daß sie Lockes Hand entglitten war, und riß mich zurück. Dann gingen wir an Bord einer Raumjacht mit dem unheilverkündenden Namen *Die Don Dee*.

Kapitel acht

Ein informativer Halbstundenflug zum Mond. An Bord befanden sich der Gebieter aller Gebieter persönlich, dazu Gebieter Boffo mit Assistenten, ich selbst, Gebieter Locke, Gebieter Meese und, Überraschung, Überraschung, Gebieter Tad nebst Freundin, die kurz vor dem Start als letzte Passagiere eintrafen. Der ältere Locke war verständlicherweise verblüfft, sich in derart illustrer Gesellschaft wiederzufinden, und erst recht, seinen Sohn darunter zu sehen, doch was ihn am meisten verwunderte, war das Bedürfnis des letzteren nach Versöhnung. In Anbetracht der vernichtenden Aussage vor Gericht kam ein solcher Gefühlsausbruch schon recht unerwartet.

Der jetzt liebevolle und überschwengliche Sohn war in der Lage, dem Vater seine scheinbare Herzlosigkeit zufriedenstellend zu erklären. Sein Auftritt vor Gericht war nur der sichtbare Teil seiner Verwicklung in den Prozeß gewesen — die Tarnung, wenn man so will. Der andere, erheblich wichtigere Teil, hatte darin bestanden, hinter den Kulissen als Betreiber der geheimen Absprache zwischen M. M. & M. und Stellar Entertainment tätig zu sein, die den glücklichen Ausgang des Prozesses zur Folge hatte. Die erfolgreiche Strategie, die er ausgearbeitet und während eines kurzen Urlaubs Harry Boffo unterbreitet hatte (Harry setzte sich daraufhin mit M. M. & M. ins Einvernehmen), bedingte nicht nur die Kooperation des Beweisstücks, sondern auch die Beeinflussung der

Geschworenen, wofür Micki Dees Organisation der Dank gebührte. Da wir eben von diesem ehrenwerten Gebieter sprechen — derweil Vater und Sohn sich gerührt in den Armen lagen —, teilte sich ein Vorhang am hinteren Ende der Empfangskabine, und der Don höchstselbst, flankiert von zwei Androidentorpedos, trat heraus, um seine versammelten Gäste zu begrüßen.

In natura war er viel kleiner, als ich nach dem Visaphongespräch vom Mars angenommen hatte, aber da mir die Erinnerungen fehlten, wußte ich zu dem Zeitpunkt davon nichts. Was mir dagegen auffiel, war die Diskrepanz zwischen seiner Kleidung — mit einem Monogramm bestickter Hausmantel und schwarze Satinslipper — und seinem gleichgültigen, schroffen Benehmen; ein gewöhnliches Badetuch hätte besser zu ihm gepaßt, von der Sorte, wie ich sie meinen Kunden in den schäbigen Hotelzimmern des Dodger Districts zur Verfügung zu stellen pflegte, denn für mich sah er aus wie ein hagerer alter Pendler kurz vor dem Ruhestand. Er wirkte so harmlos. Ich konnte überhaupt nicht begreifen, weshalb alle anderen vor Ehrfurcht erstarrten.

Gebieter Locke fackelte nicht lange, veranstaltete einen großen Kotau und bedankte sich stammelnd für des großen Mannes Hilfe bei dem Prozeß. »Nun, wir können uns nicht von der LRA herumschubsen lassen, stimmt's?« entgegnete der Gebieter aller Gebieter einigermaßen rätselhaft und winkte den Anwesenden, ihm in das innere Heiligtum zu folgen. Eine der eleganten Sony9-Stewardessen (es gab sechs davon — sechs auf einer einzigen Jacht!) hob zuvorkommend die Leine auf, die meinem Gebieter wieder einmal entglitten war, und reichte sie ihm. Dann geleiteten sie und ihre Mitsklavinnen uns in die luxuriöse Privatlounge. Sie schüttelten die Sitzpolster auf, verteilten noch einige zusätzliche Kissen auf der

Ottomane und forderten uns auf, entspannt und bequem die kurze Reise zu genießen. Es wurde Champagner gereicht — sogar ich bekam ein Glas von dem noblen Prickelwasser! Durch ein großes, ovales Sichtfenster im Boden beobachteten wir die Abkopplung vom TWAC-Orbiter — wenige Sekunden nach der Zündung des Antriebs war er bereits außer Sicht. Gebieter Dee brachte einen Toast aus auf die erfolgreichen Verhandlungen bezüglich meines Verkaufs an Stellar Entertainment, worauf der Ehrengast, Locke senior, dem Gastgeber schüchtern zu verstehen gab, daß er noch nicht das Vergnügen gehabt hatte, einen förmlichen Kaufvertrag zu unterschreiben.

Dieses Versäumnis wurde unverzüglich von Harry Boffos Assistenten gutgemacht, die flugs die entsprechenden Dokumente nebst Sensorfüller präsentierten. Während Locke unterschrieb — ohne sich die Zeit zu nehmen, ein einziges Wort zu lesen —, beglückwünschte ihn Meese zu dem weisen Entschluß, an eine reelle und solvente Firma wie Stellar Entertainment zu verkaufen, deren Hauptaktionär nebenbei bemerkt unser Gastgeber war und er selbst ein Mitglied des Verwaltungsrats. Schon schnippte Boffo mit den Fingern, ein Assistent zückte einen Scheck über zehn Millionen in hartem Melamin und überreichte ihn meinem Gebieter — ehemaligem Gebieter, denn kaum hielt er das Latexformular in der Hand, küßte er es, rief aus: »Endlich frei! Allmächtiger Gott! Endlich frei!« und warf die Leine in die Luft. Boffo fing sie auf, die Stewardessen klatschten und kicherten, und es wurde reihum geprostet.

Und so hatte ich wieder einmal den Besitzer gewechselt; gekrönt wurde das Ritual mit der Übergabe des kleinen schwarzen Kastens, der meinen Erinnerungsspeicher enthielt, an den Studioboß. Behutsam entnahm er den kostbaren Gegenstand — einen winzigen, phosphoreszierenden Zylinder* — dem schützenden Behälter, um ihn so andächtig zu betrachten, als wären es die Kronjuwelen von England, die, nebenbei bemerkt, meines Wissens vor kurzem bei einer interplanetaren Auktion einen Rekordpreis erzielt haben. (Ich hoffe, der Gewinn wird dazu beitragen, die erbärmliche Situation jener verarmten und rückständigen Insel zu verbessern.) »Mögest du ein Kassenschlager werden«, sagte er, den Blick unverwandt auf den Zylinder gerichtet. Seine Assistenten wiederholten die Beschwörungsformel. Dann legte er das kostbare Stück zurück in den Kasten und schob ihn in das Sicherheitsfach seines Aktenkoffers, den er nicht aus der Hand gab, sondern fest auf dem Schoß hielt. Unser Gastgeber brachte den zweiten Toast auf den erfolgreichen Vertragsabschluß aus. Anschließend erkor er den jüngeren Locke für eine besondere Würdigung und pries ihn als einen rasanten Aufsteiger, der nach Abschluß der Hochschule für Wirtschaftsrecht eine vielversprechende Bereicherung des für das Studio arbeitenden Teams von Rechtsberatern sein würde.

Der verdutzte Adressat der unerwarteten Hommage war so überrumpelt, daß er nur erwidern konnte, er müsse sich eines dermaßen hervorragenden Postens erst würdig erweisen, aber Gebieter Boffo nahm die Gelegenheit — und den Wink des Gastgebers — zum Anlaß, den überglücklichen Jurastudenten vom Fleck weg zu engagieren, mit der Begründung, sein geschicktes Taktieren hinter den Kulissen des Gerichtsverfahrens sei Empfehlung genug. Überwältigt dankte Tad ihnen beiden aus tiefstem Herzen. Dann erinnerte er sich seiner Begleiterin — sie war schwerlich zu vergessen, denn sie saß beinahe

* Die eigentliche Datei befand sich vakuumversiegelt in dem Zylinder; beim Herausnehmen wäre sie durch den Kontakt mit der Luft sofort unbrauchbar geworden.

auf seinem Schoß, und ihre sanften Taubenaugen ruhten mit einer süßen Beharrlichkeit, um nicht zu sagen besitzergreifend, auf ihm — also, sich seiner Begleiterin entsinnend, nahm er ihre Hand in die seine und verkündete: »Verehrte Gebieter, wenn ich darf, möchte ich die Gelegenheit nutzen, um meine Verlobung mit Gebieterin Bonpaine bekanntzugeben. Wir haben vor, uns nächste Woche trauen zu lassen.«

Neuerliche Gratulationen von allen Seiten, Vater und Sohn lagen sich zum wiederholten Mal gerührt in den Armen. Der ältere Locke wischte sich die Tränen aus den Augen. Es grenzte an ein Wunder, meinte er, und stellte sein Vertrauen in die Menschheit wieder her, hatte er doch längst alle Hoffnung aufgegeben, seinen Sohn je mit einem netten Mädchen verheiratet zu sehen. Er erkundigte sich, ›ob Mutter Bescheid weiß‹, und Tad erwiderte, daß sie einen großen Hochzeitsempfang in Newacres plante; er würde versuchen, auch ihn auf die Gästeliste setzen zu lassen. Des dankbaren Vater Phantasie wurde beflügelt, und er äußerte die Absicht, nach den Feierlichkeiten seiner Frau eine Versöhnung vorzuschlagen; es stand zu hoffen, der frohe Anlaß (und sein neuer Reichtum) würde helfen, noch bestehende Ressentiments ihrerseits auszuräumen. Der Plan erschien dem Sohn nicht unbedingt erfolgversprechend, doch lobenswert, also bestärkte er seinen Vater und brachte einen Toast aus, der von den übrigen Anwesenden frohgestimmt aufgegriffen wurde. Bei allen waren mittlerweile Auswirkungen des Champagners zu bemerken — ausgenommen den Gastgeber, der nur an seinem Glas nippte, und mich, wegen meiner stabileren Konstitution.

Nun, unbeachtet mitten in einer gutgelaunten Gesellschaft zu stehen versetzte mich in eine eigenartige Stimmung. Die Botschaft des Chefs kam mir in den Sinn, und ich überlegte ironisch, falls seine Philosophie nicht nur leeres Geschwätz war, was mich dann wohl bewogen haben mochte, Joie de vivre, Erfolg und Versöhnung für jedermann zu formatieren, nur nicht für mich? Mit einem Seufzer dachte ich an die Reunion, die mich gefreut haben würde, die Reunion mit meinen Erinnerungen. Doch sie steckten in Gebieter Boffos Sicherheitsfach. Für immer verloren, dachte ich und seufzte wieder.

»Freu dich, Molly«, zwitscherte die holde Braut. »Du wirst berühmter sein denn je.«

»Ja«, stimmte Gebieter Boffo zu. »*Das Leben und die Abenteuer der berüchtigten Molly Dear* liegt schon bald in der Drehbuchfassung vor, und wir können loslegen. Auf Molly!«

»AUF MOLLY!« tönten alle. Es war der schiere Hohn.

»Auf General Harpi!« sagte Micki mit einem wissenden Lächeln. Meese wußte Bescheid und erläuterte anschließend, daß die Herrschaft des Generals nur deshalb solange von dem jetzt tonangebenden TWAC-Syndikat geduldet worden war, weil man ihn gebraucht hatte, um als Ankläger zu fungieren. Mit dem Verfahren war auch seine Zeit zu Ende gegangen, er wußte es nur noch nicht. Was er in der maßgebenden Humanisten- und Firmenclique an Rückhalt hatte, würde er bald verlieren. Er hatte vergeblich auf eine große Schadenersatzsumme spekuliert, die er unter seinen Anhängern aufteilen wollte, um sie auf die Weise für die fortgesetzte Unterstützung seiner Junta zu belohnen. Gemäß Senseis Übernahmeplan — basierend auf einer zeitlich günstigen Anklage wegen interplanetaren Orbhandels — wartete ein neuer General hinter der Bühne, vom Syndikat ausersehen, die Macht zu ergreifen und freie Wahlen anzuberaumen.

»Auf die Wiedereinführung der Demokratie«, prostete Micki scherzend.

»Und die Rückkehr der Gebieterpartei von Frontera«, sagte Meese.

»Und gute Geschäfte, wie immer«, ergänzte der Gastgeber.

»Auf Jug!« warf Boffo ein, ohne besonderen Grund.

»Und Dahlia«, bemerkte Meese gespielt ernsthaft. Großes Gelächter.

»Vergeßt Andro nicht«, erinnerte Tad die Feiernden. »Selbst wenn Molly nie in den Zeugenstand getreten wäre, hätte seine Aussage genügt, um Dahlia das Genick zu brechen.« Alle nickten. Bevor sie weitermachen und die gesamte Zeugenliste herunterprosten konnten, brachte der ältere Locke einen Punkt zur Sprache, der ihm und seinen Verteidigern während des ganzen Verfahrens ein Rätsel geblieben war – nämlich die zahlreichen Ungereimtheiten in Andros Aussage, wie zum Beispiel den Notfallplan, der in Mollys Erinnerungsspeicher nicht enthalten war. Das mochte nun stimmen oder nicht, aber die Behauptung von Beweisstück Zwölf, die RAG sei an der Verschwörung beteiligt gewesen, war mehr als seltsam und stimmte außerdem nicht mit den Fakten überein. Mit allem gebührenden Respekt vor der Untersuchungskommission – jeder, der sich einigermaßen mit den Fakten auskannte, wie die LRA, wußte, daß die RAG, die echte RAG, mit der Concordia ausgelöscht worden war und folglich unmöglich eine der drei Parteien der Aquarierverschwörung gewesen sein konnte. Außerdem hatte die RAG die Aquarier beinahe ebenso gehaßt wie die Humanisten. »Andro muß programmiert gewesen sein zu lügen, genau wie Dahlia es behauptet hat. Aber bei den Tests wurden keine Spuren eines Indoktrins in seinem Körper nachgewiesen. Nehmen Sie mir die Frage nicht übel, Gebieter Dee, aber wie haben Sie das hingekriegt?«

Meese lachte in sich hinein und warf einen Blick auf Gebieter Dee, in dessen Augen ein belustigtes Funkeln stand. Dann fragte er den jungen Locke: »Wie hätten Sie

das arrangiert, junger Mann, als Berater des Anklagevertreters?«

Die Herausforderung wurde nicht nur von meinem
ehrgeizigen jungen Gebieter aufgenommen; alle beteiligten sich daran, und das amüsante Gesellschaftsspiel
beschäftigte die ganze Schar etwa zehn bis fünfzehn
Minuten lang, also die Hälfte der Flugzeit zum Mond.
Die meisten Antworten waren zu lächerlich, um eine
Wiederholung zu rechtfertigen, und die halbwegs plausiblen zu langatmig und zu komplex, um sie hier aufzufüh-
ren, aber zwei, die brauchbarsten, verdienen es, kurz
erwähnt zu werden. Einmal Tads: Der Labortest war
gefälscht; und die Version seiner Braut: Die Anklage
hatte Andro mittels eines raffinierten neuen Mittels kon-
ditioniert, das im PhH-Kreislauf der Einheit nicht nachgewiesen werden konnte. Falsch und falsch. Die korrekte
Antwort, schließlich von Meese preisgegeben — nachdem er sich an den Top-Mafioso gewandt und von ihm
die Erlaubnis erhalten hatte — lautete, daß der Stabschef
niemals programmiert worden war, auch die interessanten Ausschmückungen über die Beteiligung der RAG
stammten von ihm allein, obwohl die Kanzlei die Drein-
gabe zu schätzen wußte. Andro hatte sich da ein wenig
hinreißen lassen.

»Aber das ist unmöglich«, protestierte Tad. »Er war
programmiert. Er hat einen IZ.«

»Vielleicht auch nicht«, warf ich ein. Man schaute
überrascht zu mir, denn ich war längst in Vergessenheit
geraten.

Meese nickte. »Sie hat recht.«

»Sehr gut, Molly«, lobte Gebieter Boffo väterlich.

»Jug war es, der log, als er behauptete, Andros neue
Gebieter hätten ihn mit einem IZ versehen.«

»Wieder richtig, Molly«, sagte Meese. »Wir programmierten Jug, diese Falschinformation während der Befra-

gung des Zeugen einzuflechten. Als Sensei Andro nach dem Putsch von General Harpi kaufte, stellte man fest, daß er keinen IZ besaß, doch auf unseren Rat hin verzichtete man im Hinblick auf den Prozeß darauf, ihn sofort zur Kur zu schicken. Wir wußten, wie entscheidend seine Aussage sein würde, und ahnten, daß die Verteidigung einen PhH-Test beantragen würde, um sie in Frage zu stellen; deshalb trafen wir Vorsorge, indem wir uns die freiwillige Mitarbeit von Beweisstück Zwölf sicherten. Das heißt, Sensei tat es. Sie erzählten diesem intriganten Usurpator — denn das ist er, wir haben sein volles Geständnis in den Akten —, sie erzählten ihm, wenn er gegen Sie aussagte, würde man ihm den IZ ersparen. Sie verstehen, Sensei war und ist immer noch sehr darauf bedacht, Blaines Ruf unbefleckt zu erhalten . . .«

»Auf Blaine!« rief einer der Studiohandlanger höchst unangebracht. »Auf den Chef!« ließ sich der andere vom Beispiel des ersten hinreißen. Beide drückten sich in ihre Sessel und wurden bleich, als Gebieter Boffo ihnen einen vernichtenden Blick zuwarf.

»Wie ich eben sagte, Frank Hirojones von Sensei ist gleichfalls bestrebt, Blaines Andenken unbefleckt zu erhalten.« Meese schaute auf Molly. »Andro mußte ihm vertrauen. Er hatte keine andere Wahl.«

»Und hat Gebieter Hirojones seine Zusicherung eingehalten?«

»Ich weiß es nicht, aber ich glaube kaum. Er ist weder juristisch noch moralisch dazu verpflichtet. Andro ist Firmeneigentum. Frank kann mit ihm verfahren, wie ihm beliebt. Das weißt du, Molly.«

»Aha«, sagte Tad gedehnt und im Ton grenzenloser Bewunderung. »Kaum war Andros Test mit negativem Befund zurück und seine Aussage akzeptiert, ging es Marsch! Marsch! zur Kur. Junge, ich wette, der hat Augen gemacht!«

»Er hat es nicht besser verdient.« Meese wandte sich an Boffo und zwinkerte verständnisinnig. »Werfen Sie einen Blick auf die harten Sachen der Mars-Sequenz des Erinnerungsspeichers, und Sie werden begreifen, was ich meine.«

Boffo konnte es kaum erwarten, aber er brauchte sich auch nicht mehr lange zu quälen, denn die Landung in Hollymoon stand kurz bevor. Gebieter Dee sah sich zu der Bemerkung veranlaßt, unabhängig davon, wie oft man zwischen der Erde und dem Mond hin- und herpendelte, der Anflug auf den Trabanten wäre immer wieder ein atemberaubendes Erlebnis. Eilfertige Zustimmung. Doch ich beobachtete die Annäherung an die Mondoberfläche und den schließlichen Eintritt in die Biosphäre von Hollymoon mit dumpfem Mißmut, denn was ich über Andro gehört hatte, beunruhigte mich sehr. Konnte ich erwarten, besser behandelt zu werden? Nein. Versprechungen bedeuteten diesen Menschen nichts. Wenn das Studio meine Lebensgeschichte abgedreht hatte, würde man mich garantiert auf dem Schwarzen Markt verhökern. Wieder kam mir der Gedanke an Flucht — töricht, ich weiß, aber was will man machen.

Kapitel neun

Nachdem die Jacht am Hollymoon-Depot angedockt und jeder (außer mir) dem Gastgeber die Hand geschüttelt hatte, wurden alle von den Stewardessen hinausgeführt. Ich machte Anstalten, ihnen zu folgen, aber meine Leine war in der Hand des Don geblieben, und ein sachter Ruck brachte mir diese neue Entwicklung zu Bewußtsein. »Bleib, Molly«, sagte er und bedeutete mir, neben ihm auf der Ottomane Platz zu nehmen. Ich gehorchte, wenn auch zögernd, und einen Augenblick später war die Jacht wieder in der Luft. Während des Starts erhaschte ich durch das Panoramafenster im Boden einen kurzen Blick auf Tad und die anderen. Sie standen in einer Gruppe auf dem Beton der Landebahn und winkten dem sich entfernenden Gebieter hinterher. Als unsere Maschine bis dicht unter die Kuppel gestiegen war,. beschrieb sie eine scharfe Kurve nach rechts und begann, gemächliche Kreise über der Stadt zu ziehen. Wie Sie sich vorstellen können, war ich sehr aufgeregt, da ich nicht erwartet hatte, ein Tête-à-tête mit dem Gebieter aller Gebieter erleben zu dürfen. Während ich also darauf wartete, daß er mich über seine Absichten aufklärte, gab ich vor, mit lebhaftem Interesse auf die gewundenen Straßen und Fußgängerwege der Neo-Hollywood-Hills hinabzuschauen, übersät mit spanischen Villen, schwindsüchtigen Palmen und Kugeldachpools. Die Aussicht wurde immer wieder von dekorativen, bernsteinfarbenen Wolken aus Duftspray und Lufterfrischer verdeckt, mit denen die wiederaufbereitete

Atmosphäre aus den Beregnungsdüsen unter der Kuppel angereichert wurde. Endlich, nachdem er es sich gemütlich gemacht hatte, die Füße auf den Couchtisch gelegt, sich zurückgelehnt und die Hände hinter dem Kopf verschränkt, beendete er mein angespanntes Warten und sagte, er hätte diese Privataudienz arrangiert, weil er glaubte, ich könnte ihn über ein, zwei Dinge aufklären, die er wissen mußte, bevor er mich an meiner neuen Adresse absetzte. Zuallererst – erinnerte ich mich an ihn?

Nicht, daß die Frage unheilverkündend oder drohend geklungen hätte, trotzdem sagte mir eine innere Stimme, daß es geraten war, auf der Hut zu sein. Wenn ich irgendwelche Resterinnerungen eingestand, wollte er sie vielleicht löschen. Vielleicht wollte er auch löschen, was mir auf dem Flug vom Justizorbiter hierher zu Ohren gekommen war, eventuell sogar diese Unterhaltung. Doch wenn ja, warum machte er sich die Mühe zu fragen? Während ich mir den Kopf zerbrach, bemerkte ich ein Zwinkern in seinen Augen und begriff, daß er mit mir spielte. Meine Befürchtungen nahmen zu. Ich bemühte mich, auf seine Frage ein Nein herauszubringen, doch es wollte mir nicht über die Lippen. Statt dessen hörte ich mich zu meiner maßlosen Verblüffung prompt erwidern, daß mir während des Verfahrens gelegentlich schemenhafte Erinnerungen gekommen wären, doch er hätte nicht dazu gehört. Allerdings, auf dem Flug hierher und beim Anhören der Gespräche unterwegs wurde mir nach und nach bewußt, daß er jemand war, den man als den Gebieter aller Gebieter bezeichnete, ein sehr mächtiger Mann, vielleicht der mächtigste im ganzen Sonnensystem, und daß er eine geheimnisvolle, aber wichtige Rolle bei den Ereignissen auf dem Mars gespielt hatte. Doch für mich erheblich interessanter war die Bemerkung des Gebieters Meese, daß er die Aktienmehrheit von Stellar Entertainment hielt, denn dadurch wurde er theoretisch zu meinem neuen Gebieter, und ich vermutete, daß er mich im Anschluß an unseren kleinen Schwatz in der örtlichen Rehabilitationseinrichtung ›absetzen‹ würde.

»Nicht unbedingt. Warum sollte ich?«

»Weil ich nicht garantieren kann, daß ich dieses Treffen und was ich vorher gehört habe, für mich behalten werde.«

Liebe Güte! Warum hatte ich das gesagt? Während des langen Gerichtsverfahrens, das ich eben erst durchgestanden hatte, sollte ich eigentlich gelernt haben, freiwillig keine Informationen preiszugeben.

»T-Max«, belehrte er mich, amüsiert über die Ratlosigkeit, die sich wohl auf meinem Gesicht malte. »Eine der Stewardessen hat es in deinen Champagner praktiziert.« Er fügte hinzu, ich brauchte mich nicht wegen einer möglichen Rehabilitation zu sorgen, denn ich sollte doch die Hauptrolle in dem geplanten Holo spielen. Das klang glaubhaft, deshalb entspannte ich mich ein wenig. (Ach, hätte man doch nur eine Droge erfunden, um den Gutgläubigen die Augen zu öffnen!) Naiv wie immer, erkundigte ich mich: »Wird mir das Studio eine Kopie meiner Erinnerungen zur Verfügung stellen, damit ich mich auf meinen Part vorbereiten kann?«

»Ich bin sicher, das läßt sich arrangieren«, erwiderte er leichthin. Ich gestattete mir ein vorsichtiges Aufatmen. Gleich darauf änderte sich sein Benehmen, und er begann, mich ernsthaft über Sensei Inc. auszufragen. Wieviel wußte die LRA? Hatte Dahlia mir gegenüber je etwas verlauten lassen — daß die Firma über illegale Kontakte zur interplanetaren Mafia verfügte? War von Levin und Pierce etwas Entsprechendes geäußert worden? Hatte es Gespräche zwischen ihnen und Locke über dieses Thema gegeben? Er machte einen sehr ernsten und gespannten Eindruck.

Ich hätte zu gerne gesagt, daß man genau Bescheid

wußte, nur um ihn zum Schwitzen zu bringen, auch wenn ich nicht im entferntesten ahnte, worum es eigentlich ging, doch zu meiner unbeschreiblichen Frustration konnte ich nichts anderes als die reine Wahrheit sagen, also, daß meines Wissens von keiner Seite eine Verflechtung dieser Firma mit seiner Organisation vermutet wurde. Genau das hatte er hören wollen, lehnte sich merkbar erleichtert zurück und verfiel in seinen vorherigen neckenden Tonfall. »Nun sag mir, Molly, hast du deine Intimitäten mit dem Präsidenten genossen?«

Vor Gericht war darüber nichts gesagt worden, antwortete ich, deshalb konnte ich nicht wissen, ob es überhaupt welche gegeben hatte, auch wenn die Vermutung nahe lag, da wir Mann und Frau gewesen waren und Blaine nichts von meiner wahren Identität ahnte. Den letzten Punkt — die Ahnungslosigkeit des Präsidenten — kommentierte Gebieter Dee mit einem vielsagenden Kichern, und dann piesackte er mich weiter wegen der angeblichen sexuellen Eskapaden. Ich konnte unmöglich alles vergessen haben, behauptete er, in Anbetracht des starken Eindrucks, den eine solche verwerfliche ménage à trois auf das zarte Gemüt einer Einheit wie mir gemacht haben mußte. Ich entgegnete, mich an keinerlei Vorkommnisse der von ihm angedeuteten Art entsinnen zu können und daß außerdem sein Frage- und Antwortspiel mich zu ärgern begann. Wenn er über zensierte Sequenzen aus meinen Erinnerungen Bescheid wußte, dann war er vielleicht so gütig, sein Wissen mit mir zu teilen!

Er gab zurück, ich würde schon bald über meinen Erinnerungsspeicher verfügen und mich selbst überzeugen können, also sollte ich ihn mit unhöflichen Forderungen in Ruhe lassen. »Ich habe gehört — von einigen meiner moralisch weniger gefestigten Mitarbeitern —, daß es kein großer Unterschied ist ... nun ja ... mit jemandem deiner Art Verkehr zu haben, deshalb ...« Er ließ den

Satz unvollendet, dann wechselte er abrupt das Thema, als hätte er Angst davor, wohin solche Erwägungen führen könnten. Oder wollte er nur das Vorspiel noch ein bißchen verlängern? »Erzähl mir von deiner Unterhaltung mit dem Chef während der Verhandlung. War sie vorgetäuscht, oder hast du tatsächlich eine Botschaft deines Schöpfers erhalten?«

Als ich zugab, letzteres sei der Fall gewesen, und auf sein Drängen Teile der Konversation wiederholte, hörte er aufmerksam zu, doch schließlich meinte er, die Anklage hätte recht gehabt, mich als funktionsgestörte Einheit einzustufen, denn ihm erschien die Existenz des Chefs unglaubhaft. Zugegeben, die Vorstellung, daß man sein eigenes Format programmierte — oder Programm formatierte? —, hatte etwas für sich. Wie auch immer, glaubte *ich* an diese Philosophie?

»Nun — ja und nein.«

»Verstehe. Hängt davon ab, wie die Würfel richtig fallen. Kommen die Sieben und die Elf, hat es gewirkt, wenn nicht, war's einfach Pech. Mein Kasino ist voll von Formatsüchtigen.«

»Ich glaube bestimmt, der Chef würde das so nicht akzeptieren.«

»Ach, komm schon. Es hängt alles davon ab, ob du gewinnst oder verlierst, richtig? Wenn alles glattgeht, bist du religiös; bei Schwierigkeiten wirst du zum Zweifler. Nichts Ungewöhnliches. Sehr menschlich, eigentlich.« Ich zuckte die Schultern. »Nimm die jüngsten Ereignisse, zum Beispiel — deine Rückkehr nach Hollymoon.«

Ich sagte ihm, alles in allem wäre diese Option sämtlichen anderen mir zur Verfügung stehenden vorzuziehen gewesen. »Vorausgesetzt, Sie halten Ihr Versprechen, mir meine Erinnerungen zurückzugeben, hat der Gedanke sogar einen gewissen Reiz. Man kann mit einiger Berechtigung behaupten, daß die letzte Wendung meines

Schicksals das Ergebnis eines früheren Formats darstellt, das erst jetzt on line kommt.«

»Tatsächlich?«

»Es nützt mir nichts, daran zu zweifeln.«

»Du bist süß. Und was, wenn ich deine ›bevorzugte Realität‹ blockiere? Was dann?«

»Ich glaube bestimmt, daß Sie es könnten. Aber wozu? Um mir zu zeigen, wer das Sagen hat? Ganz bestimmt steht Ihr Selbstbewußtsein nicht auf so tönernen Füßen, daß Sie es nötig haben, mir — einem unbedeutenden P9 — Ihre Macht zu beweisen. Ich glaube, der Gebieter aller Gebieter hat Wichtigeres zu tun.«

»Oh, du überschätzt mich. So mächtig bin ich gar nicht. Ich bin nur ein Geschäftsmann. Es gibt Leute, denen ich Rechenschaft ablegen muß, wie jeder andere auch.«

»Leute, die über Ihnen stehen?«

»Nun, über und neben mir und um mich herum, weißt du.«

»Weiß ich nicht. Wer übt denn die ultimative Kontrolle aus, wenn nicht Sie?«

»Niemand! Wir leben in einem von Konzernen regierten Sonnensystem, Molly. Der gesichtslose Geschäftsmann zieht die Fäden. Manchmal ist es nicht leicht für einen Außenseiter wie mich.«

»Gibt es nicht wenigstens einen, den Sie nennen könnten?«

»Schon, aber bevor ich ausgesprochen habe, ist der Knabe schon zurückgetreten, weggelobt worden oder in eine andere Abteilung versetzt. Natürlich, da wäre Frank Hirojones, der Top-Mann bei Sensei Inc. Übrigens, er würde dich sehr gern wiedersehen.«

»Wieder?«

»So hat man mir gesagt.« Er kicherte. »Ich muß sagen, für einen P9 bist du leidlich zurechtgekommen. Politiker und Wirtschaftsbosse. Was ist dein Geheimnis?«

»Ich bin nur ein gewöhnlicher P9.«

»Ja? Ich würde sagen, du bist nur eine gewöhnliche Nutte.«

»Ich bin nicht sicher, daß mir der Ausdruck gefällt.«

»Wen juckt's?«

»Und Sie sind ziemlich häßlich, nicht wahr?«

»Weißt du, es ist irgendwie erfrischend, ab und zu Widerworte zu hören. Ich muß meinen Einheiten öfter T-Max verabreichen. Sag mir, haßt du mich wirklich?«

»Ich hasse niemanden, keinen Androiden und keinen Menschen. Wahrscheinlich sähe es anders aus, wenn ich meine Erinnerungen wiederhätte.«

»Das könnte sich schneller arrangieren lassen, als du glaubst. Aber dann würdest du mich vielleicht nicht mögen?« Er legte die Hand auf mein Knie.

»Ich mag Sie jetzt schon nicht.« Ich schob sie weg. »Aber was haben Sie damit gemeint — schneller, als ich glaube?«

»Du könntest sie sofort bekommen.« Wieder lag seine Pranke auf meinem Schenkel. Wieder schob ich sie weg. Er kicherte, und mir wurde endlich klar, daß er sich köstlich amüsierte. »Du kannst nicht anders, wie?« gluckste er. Diesmal duldete ich seine Hand auf meinem Knie und bemerkte nur, wenn er einen Tauschhandel im Sinn hatte — sexuelle Gefälligkeiten als Gegenleistung dafür, daß er mich zum Star machte (jeder schien überzeugt zu sein, daß mir eine glänzende Karriere bevorstand) —, warum sagte er es nicht einfach? Dann könnten wir es hinter uns bringen. Ich begann, meine Bluse auszuziehen.

»Das ist nicht, was mir vorschwebt — nicht genau.«

Ich hielt inne. Der Verschluß war halb offen, und der über die Schultern geglittene Stoff enthüllte die Ansätze meiner Brüste. »Was dann? Nicht eine längere Beziehung, hoffe ich.«

»Nichts so Anspruchsvolles.«

Wieder forderte ich ihn auf, mir zu sagen, worum es sich handelte, weil — und ich sagte es ihm glatt ins Gesicht — ich es nicht leiden konnte, wenn man mit mir zu spielen versuchte. »Also, was ist es? Was Obszönes? Was Perverses? Sie haben genug von meinen Erinnerungen gesehen, um zu wissen, daß ich ziemlich alles bringe, wenn ich muß.«

»Das bezweifle ich nicht, Molly. Keineswegs. Nein. Ich bin nicht erpicht, eine deiner Eroberungen zu werden.«

Lieber Chef! Hatte *er* Angst vor mir? Na, das war ein Gedanke. Zwar bestand die Möglichkeit, daß er mich wieder neckte, doch trotz seines leicht ironischen Tonfalls hatte ich das Gefühl, daß mehr Ernst im Spiel war, als er selbst ahnte.

»Frohmatieren.«

»Hmmmmm.« (Das wurde vor Gericht erwähnt, aber nicht gezeigt. Trotzdem, ich glaubte mir ungefähr vorstellen zu können, worum es dabei ging, war aber nicht erpicht darauf, es mit ihm zu praktizieren: Aus irgendeinem Grund kam es mir vor wie ein Sakrileg.) »Warum versuchen Sie es nicht mit einer der Stewardessen?«

»Sie sind nicht du.«

»Wann bekomme ich meine Erinnerungen?«

»Sofort danach. Ich habe eine Kopie hier auf der Jacht. Eine Holoüberspielung allerdings. Eddy Meese war so freundlich, sie mir zukommen zu lassen. Sehr unterhaltsam — und lehrreich. Schon eine kuriose Religion, die ihr euch da konstruiert habt. Wie lautet deine Antwort?«

Ich dachte an den Tag, an dem Jug und Dahlia mich in der Gruft aufgesucht hatten. Weshalb wollten immer alle was von mir? Wollte ich etwa dauernd was von anderen? Doch Gebieter Dee wartete auf meine Entscheidung. Ich runzelte die Stirn und fragte: »Sie geben sie mir sofort danach? Und sie wird sich in meinem Besitz befinden, wenn ich aussteige? Und Sie werden mich beim Studio absetzen?«

Er sagte ja auf jede Frage, dann legte er den Arm um mich und genoß mein offensichtliches Unbehagen, das ich auch mit größter Anstrengung nicht hätte verbergen können. Gräßlicher Kerl! Aber das war eine große Karotte, die er mir vor die Nase hielt. Chef vergib, aber ich nickte.

Unverzüglich klatschte er in die Hände, und die Torpedos, die an der Tür gestanden hatten, verschwanden, während die Stewardessen herbeieilten, um Kissen auf dem Boden zu verteilen. Derweil nahm er das nächste Champagnerglas und trank es leer, wahrscheinlich zur Anregung. Sobald die Dienstboten sich zurückgezogen hatten, entkleidete er sich, bedeutete mir, dasselbe zu tun, und führte mich an der Hand zu unserem Frohmat-Thron. Er bestand darauf, seine alberne Kapitänsmütze aufzubehalten, und vermied außerdem jeden Kontakt mit meinen Lippen, um das Unpersönliche unseres Koitus zu betonen. Abgesehen von der Lotusstellung (wegen seines Bauchs ein ziemliches Problem), merkwürdigen Instruktionen und dem völligen Mangel an Vergnügen bei unserem Akt unterschieden sich unsere Bemühungen für mich nicht im geringsten von den vor Gericht gezeigten erotischen Szenen meiner Sitzungen im Dodger District und in Malibu. Ich ritt auf seinem nicht sehr beeindruckenden Werkzeug, und er gab mir folgende Anweisungen: »Stell dir einen nicht mehr jungen, distinguiert aussehenden Japaner vor, der in einem ovalen Orbiterbüro sitzt. Hast du's? Gut. Das ist Frank Hirojones. Jetzt sprich mir nach: Möge er für immer über Sensei Inc. herrschen. Möge er für immer über Sensei Inc. herrschen. Möge er . . .« Ich wiederholte, ad hauseam, bis zu unserem ›Formagasmus‹, wie er es nannte. Dann ließ er sich entspannt auf die Kissen sinken und legte die Hände um meine Hinterbacken.

»War das jetzt ein Unterschied zu dem, was ich vor einer Viertelstunde tun wollte?«

»Das hier, Baby, war Wissenschaft.«

»Trotzdem bist du jetzt ein Droidenficker?« stichelte ich.

»Quatsch. Für mich bist du ein Mensch.«

»Soll ich das als Kompliment auffassen?«

Er lachte. »Ja. Zu sehr ein Mensch.«

»Was meinst du damit? War es naiv von mir, dir zu trauen?«

»Nein. Ich . . .« Genau wie ich erwartet hatte, blieben ihm die Worte im Hals stecken, statt dessen entschlüpfte ihm die Wahrheit. »Ja. Du hast dich mühelos übertölpeln lassen.« Verblüfft stand er auf, zog hastig seinen Bademantel an und warf mir einen fragenden Blick zu.

»T-Max.« Ich lächelte, während ich in meine graue Anstaltskleidung schlüpfte. »Du hast aus meinem Glas getrunken.«

»Du . . .! Warum hast du nichts gesagt?«

»Du hast nicht gefragt.«

»Verdammt. In einer Stunde muß ich bei einer Anhörung des IBV aussagen.« Aufgeregt schaltete er die Sprechanlage in der Armlehne des Sofas ein und befahl dem Piloten, sofort den nächsten Halt anzusteuern; er wollte mich so schnell wie möglich loswerden. Oder hatte er etwas Schlimmeres vor?

»Droht mir jetzt doch die Rehabilitation?«

»Nein. Da, siehst du? — Das war keine Lüge«, fügte er heftig hinzu.

»Was ist mit meinen Erinnerungen?«

»Ich habe gelogen.« Es machte ihm einen Riesenspaß, das zu sagen.

»Warum?!«

»Du darfst nicht wissen, was sie enthalten; es ist gefährlich. Es könnte dich umbringen.«

»Wo hast du sie versteckt?«

»Unter meiner Mütze«, erwiderte er unbekümmert.

»Wo?! Sag's mir!«

»Unter meiner Mütze.«

»Oh.« Mir war nicht bewußt geworden, daß er es wörtlich meinte. Ängstlich, aber entschlossen, hob ich die Hand und nahm ihm die Mütze ab, trotz seiner drohenden Blicke. Er war übrigens nicht kahl. Die Mütze verbarg eine billige Phytostirnpartie, die nie richtig festgewachsen war, vermutlich die Erinnerung an eine hastig ausgeführte Flickschusterei an den Schläfenlappen nach einer Auseinandersetzung mit den Behörden oder der Konkurrenz. Theoretisch gesehen, machte ihn das zu einem Semi. Doch mein hauptsächliches Interesse galt der winzigen Holospule, die ich hinter dem Schweißband entdeckte. Ich nahm sie heraus und umschloß sie mit der Hand.

Dann bekam ich kalte Füße. Mir fiel ein, was er über Termination gesagt hatte. »Ein Angebot«, sagte ich und reichte ihm die Mütze, ohne mich jedoch von der Spule trennen zu können. »Ich gebe mich mit einer gekürzten Fassung zufrieden; die Sequenzen über dich und Sensei kannst du löschen. Auf die Art bist du geschützt.«

»Geht nicht. Ich brauche sie.«

»Wozu?«

Unfähig, sein Geheimnis zu bewahren, platzte er heraus: »Um FH an der Kandare halten zu können, selbstverständlich! Besonders das Material von euch beiden in Malibu. Ich habe vor, meine Einflußsphäre auf dem Mars auszuweiten. Wenn er Einspruch erhebt, bringe ich deine Erinnerungen zur Sprache. Er weiß nicht, daß ich eine Kopie habe. Das Original — das Boffo bekommen hat — ist eine Absicherung, falls die Kopie gestohlen oder beschädigt wird und umgekehrt. Nun, ich denke, das genügt als Information.«

»Dann brauchst du das hier eigentlich gar nicht«, sagte ich fröhlich. Ich beschloß, das Risiko einzugehen, und schob die Spule in meinen Ausschnitt, nur zur Sicherheit.

Er schaute mit gerunzelter Stirn auf die Uhr. »Ich habe keine Zeit, um Spielchen zu spielen.« Er zeigte auf das Fenster im Boden, und als ich den Kopf senkte, konnte ich sehen, daß wir uns auf den Dachlandeplatz eines großen, dreistöckigen Gebäudes hinabsenkten, einige Blocks westlich des elfenbeinfarbenen Verwaltungsturms von Stellar Entertainment. »Dein neues Heim. *Wenn* du mir das zurückgibst.«

Irgendein Impuls veranlaßte mich, heftig den Kopf zu schütteln.

»Du bist wahrhaftig verrückt.«

»Nein − verzweifelt. Ohne das« − ich legte eine Hand auf die Brust, wo ich die Spule verwahrte − »bin ich nichts, schlimmer als exterminiert.«

»Rührend. Her damit, Schätzchen.«

»Wenn du deine Stewardessen schonen willst, ich finde allein hinaus.«

»Zwing mich nicht, etwas zu tun, was ich eigentlich gar nicht tun will. Ich meinte es ernst, als ich vorhin drohte, dich töten zu lassen, wenn . . .«

»Ja«, fiel ich ihm ins Wort. »Du hast es ernst gemeint, als Drohung, aber daß ich das kostbare Stück jetzt habe und im Begriff bin, damit von Bord zu gehen, ändert alles.«

»Ach? Warum auf einmal so überzeugt?«

»Du magst mich.«

»Ich habe eine Menge Leute eliminiert, die ich leiden mochte.«

»Verbleiben wir so: Ganz gleich, was ich auf dieser Spule vorfinde, ich werde es keiner Seele erzählen. Du hast mein Wort.«

Sein Gesicht wurde hart, dann erschien wieder das vertraute Funkeln in seinen Augen, und er gab nach. »Schon gut. Geh nur. Ich nehme das Risiko auf mich. Du hast recht, ich mag dich wirklich. Und es ist keine große

Sache, eine zweite Spule anfertigen zu lassen. Ich werde Boffo sagen, er soll mir eine vom Original ziehen.« Er klatschte in die Hände, und zwei von den Stewardessen kamen herein. Er befahl ihnen, mich zum Ausgang zu begleiten, aber ich zögerte, von plötzlichem Mißtrauen erfüllt. Ich fragte, ob er sicher war, mich vorhin wegen der Rehabilitation nicht angelogen zu haben. »Nein. Wie könnte ich«, antwortete er bedauernd. − »Und jetzt lügst du auch nicht? Ich frage, weil es möglich ist, daß das T-Max aufgehört hat zu wirken.« − »Versuch mir zu sagen, daß du ein menschliches Wesen bist. Na los, versuch's.« Ich konnte nicht. »Na siehst du, deins wirkt noch, also kann es bei mir nicht anders sein. Zufrieden?« − »Nicht ganz. Versuch mir zu sagen, daß *du* ein Mensch bist.« Er öffnete den Mund, brachte die Worte aber nicht heraus. Dann lächelte er verschlagen und drohte mir mit dem Finger. »Wie ich schon sagte, du bist süß. Komm her.« Ich rührte mich nicht. »Nur ein Kuß, Molly.« − »Warum jetzt und vorhin nicht?« − »Da habe ich uns nicht als Ebenbürtige gesehen.« − »Noch irgendwelche Komplimente?« − »Ich verlange doch nicht mehr als einen Abschiedskuß. Hand aufs Herz.«

Ich ließ ihn gewähren. Mit einer seltsamen, lieblosen Leidenschaft drückte er seine Lippen auf meinen Mund. Ich fühlte mich wie gebrandmarkt. »Ich wünsche dir eine fabelhafte neue Karriere«, flüsterte er. Sein Atem roch wie verbranntes Haar. Doch es war der spöttische Tonfall, der mich veranlaßte, ihm ins Gesicht zu schlagen, bevor ich den Impuls zu unterdrücken vermochte. Vielleicht war ich verrückt, vielleicht hatte das T-Max sämtliche Hemmschwellen kurzgeschlossen − ich kann's nicht sagen, aber Chef im Orbit, tat das gut! Er hielt sich beachtlich, muß ich zugeben. Ich hatte nicht meine volle Kraft eingesetzt (das hätte ihn den Kopf gekostet), nur eben so viel, daß er sich meiner erinnern würde. Trotzdem geriet er ins Taumeln, doch — Ehre, wem Ehre gebührt — er blieb auf den Füßen. Als die Torpedos hereingestürmt kamen, befahl er ihnen, die Laser zu senken. Dann musterte er mich gedankenvoll, während er seine Wange rieb.

»Verschwinde.«

Als ich auf dem Betondach stand und die Jacht hinter mir abhob, glaubte ich, das sei der glücklichste Augenblick in meinem ganzen Leben. Ich hob den Kopf und erspähte durch das große Sichtfenster im Boden seine Füße in den Satinslippern und davon eingerahmt sein Gesicht, denn er stand vorgebeugt, mit gespreizten Beinen, und schaute zu mir herab. Dann beschrieb das Schiff eine Rechtskurve und flog davon. Ich sah mich um und bemerkte einen IBM-Betreuer, der auf mich zukam. Er führte mich zu einer Tür und dann eine kurze Treppe hinunter zur Rezeption, wo eine patente und liebenswürdige GA mich begrüßte.

»Gut, gut, wenn das nicht Beweisstück Eins ist. Wir haben Sie bereits erwartet.« Sie trug meinen Namen in eine Art Liste ein und nickte anschließend dem Betreuer zu, der mich durch ein halbes Dutzend Korridore zur Aufnahme führte. Dort gab man mir ein schlichtes weißes Hemd. »Das ist doch nicht für die Stallungen?« fragte ich. Mir war plötzlich sehr beklommen zumute. »Man hat mir versprochen, es gäbe keine Stallungen mehr.« Die Einheit lächelte und schüttelte den Kopf. Offenbar fand man meine Befürchtungen einigermaßen komisch. »Hier entlang zur Untersuchung, bitte«, sagte der Betreuer und führte mich hinaus. — »Standardprozedur für all die großen Stars, richtig?«

»Wie Sie wünschen«, erwiderte er.

Sobald ich mich etwas eingelebt habe, muß ich etwas tun, um das Los der Dienstboten zu verbessern, überlegte ich, vergaß es aber gleich wieder. Ein paar Dinge gingen mir immer wieder durch den Kopf: Ich war Zeugin eines Treffens gewesen, bei dem sehr Vertrauliches besprochen wurde; ich hatte den Gebieter aller Gebieter gefickt, ihm eine Wahrheitsdroge verabreicht, ihn ausgefragt und noch geheimere Informationen erfahren; ich hatte ihm die Spule entwendet, und als wäre das nicht genug gewesen, hatte ich ihn geohrfeigt! Hatte Micki tatsächlich Vertrauen zu mir — daß ich nicht reden würde? Wollte ich? Sollte ich? Oder war ich ihm jetzt verpflichtet? Guter Chef, zählte er auf mein Ehrgefühl?

Die Routineuntersuchung bestand in einem gründlichen Psychotest. Das leise Summen der Geräte war insofern beruhigend, als es mich von meinen Gedanken ablenkte. Eine angenehme Überraschung. Die Techniker waren ebenfalls angenehm überrascht, weil es keinen IZ zu entfernen gab — weniger Arbeit für sie. Anschließend wurde mir von dem Betreuer mitgeteilt, daß die Untersuchung beendet war und ich mich jetzt in mein Quartier begeben könnte. Er half mir auf ein schmales Förderband, das zu einer geheimnisvollen Türöffnung am anderen Ende des Raums führte. »Zum Dormitorium der Stars?« fragte ich über die Schulter.

»Wie Sie wünschen.«

»Würde es Ihnen etwas ausmachen, mir umgehend einen Holoviewer aufs Zimmer schicken zu lassen?«

»Ich werde sehen, was ich tun kann.«

Na, das war eine erheblich vernünftigere Antwort, dachte ich, während das Förderband durch einen engen, schlecht beleuchteten, röhrenförmigen Gang rumpelte, der kaum meinen Schultern Platz bot. »Wenn es zu lange dauert, rufe ich einfach den Zimmerservice und lasse mir einen bringen.« (Ich konnte es kaum erwarten, mit meinen Erinnerungen Bekanntschaft zu schließen.) Bald fiel mir auf, daß es in der linken Wand etwa alle fünfundzwanzig Meter eine numerierte Tür gab: ›Kolonie A‹,

›Kolonie B‹, ›Kolonie C‹ und so weiter. Ich glaube, ich passierte fünfzehn von diesen Türen, bevor das Endlosförderband an der Tür zu ›Kolonie O‹ zum Stillstand kam. Wie die anderen bestand sie aus poliertem Edelstahl und hatte keinen Griff. Äußerst rätselhaft. Ich trat auf eine kleine Plattform vor diesem eigenartigen Portal in der Erwartung, es werde sich im nächsten Moment längs der Mitte öffnen oder majestätisch emporgleiten, als dramatische Einladung, die luxuriöse Superstar-Suite dahinter zu betreten. Mit etwas Glück war es ein Apartment in einem der oberen Stockwerke, mit unverbauter Aussicht.

Links von der Tür schnellte eine kaum mehr als handtellergroße rechteckige Platte aus der Wand. In der Mitte hatte sie ein kleines Loch. Aus einem winzigen Lautsprecher im Rand der Platte ertönte eine Stimmaufzeichnung. »Bitte legen Sie Ihre linke Hand über die Öffnung.« Ich gehorchte, denn ich hielt es für eine Art Sicherheitsüberprüfung. Dann fühlte ich ein Kitzeln in der Handfläche. War das eine Injektion? Erschreckt zog ich die Hand zurück, doch gleichzeitig schoß ein Teleskoparm aus der anderen Seite des Türrahmens und prägte mir mit dem Laser meine Fabrikationsnummer P9HD 20-XL17-504 in die Haut an meiner rechten Wade. Ich hatte nicht einmal Zeit für einen Aufschrei, denn im nächsten Moment erhielt ich einen heftigen Stoß in den Rücken, stolperte durch die jetzt offene Tür und fiel . . .

BUCH FÜNF

Zurück auf der Erde
2087—89

Kapitel eins

Nein, ich kann nicht weitererzählen. Es ist zu schmerzlich. Nach allem, was ich durchgemacht hatte, buchstäblich ins Unglück gestürzt zu werden, und eben als ich glaubte, das Schlimmste hinter mir zu haben, ist zuviel für diese Schaltkreise, selbst wenn ich es nur rückblickend noch einmal durchleben muß: Soll jemand anders die Geschichte beenden. Hier, nehmen Sie den Gedankenprozessor. Ja, Sie, liebe(r) Leser(in). Vielleicht sind Sie so freundlich, meine Abenteuer nach Ihren eigenen Vorstellungen fortzuführen, denn wenn ich berichte, gibt es vielleicht nicht das Happy-End, das Ihnen als lindernder Ausgleich für die vorliegende bedrückende Aneinanderreihung von Zwist, Unglück und Mühsal vorschwebt. Dann wiederum — falls Sie mittlerweile Gefallen an solchen Mißhelligkeiten auf Kosten der Autorin gefunden haben, dann könnten Sie mir ein noch ärgeres Schicksal bestimmen, und ich wäre dumm, mein Anerbieten nicht zurückzuziehen, also tue ich es. Vergessen Sie, daß ich je davon gesprochen habe.

Nun denn, wo waren wir stehengeblieben? Ach ja, ich fiel . . .

. . . und landete auf dem Betonboden von ›Kolonie 0‹, inmitten des hämischen Gelächters eines Empfangskomitees von einem Dutzend Spaßvögel, die das Rumpeln des Förderbands oben zum Anlaß genommen hatten, die Luftmatratze zu entfernen, die normalerweise unter der Deckenfalltür lag. Eins der wenig liebenswürdigen Individuen bot mir die Hand (ich war benommen von dem Sturz), ließ plötzlich los, als ich mich halbwegs aufgerappelt hatte, und umbrandet von neuen Wogen grölenden Lachens fiel ich erneut flach auf den Rücken. Rasch sprang ich auf die Füße und forderte eine Erklärung, was den nächsten krächzenden Heiterkeitssturm auslöste. Ich sage ›krächzend‹, weil meine Peiniger durchweg im fortgeschrittenen Alter waren, und ein kurzer Blick auf die verschiedenen Turngeräte in der Mitte des Raums brachte mich zu der Auffassung, daß es sich um eine Art Gymnastikhalle oder Freizeiteinrichtung zu ihrer körperlichen Ertüchtigung handelte. Daher meine Äußerung — die greise Horde unterdrückte ihr Gekicher, um mich verstehen zu können —, daß ich irrtümlich in die Abteilung der Altstars geraten war, fragte, ob sie so nett sein würden, mir den Weg zum Flügel der Aktiven zu zeigen. Das beschwor neues Gejohle herauf. Eine alte Xanthippe trat vor und starrte mir aus nächster Nähe ins Gesicht oder versuchte es wenigstens, denn sie war fast blind. »Hältst dich für einen Star, ja?«

»Ich besitze eine gewisse Popularität«, gab ich zu.

»Na, das hilft dir hier nichts«, entgegnete sie. Einer ihrer Kumpane witzelte, ich hätte eine große Ähnlichkeit mit der First Lady vom Mars, ein anderer griff die Idee auf und nannte mich spottend Lady Fracass. Aus der allgemeinen Fröhlichkeit im Gefolge dieser Geistesblitze war leicht zu schließen, daß keiner die Möglichkeit ernsthaft in Betracht zog, und ich begriff, daß sie seit mindestens einem Jahr keinen Kontakt mehr zur Außenwelt gehabt haben konnten, sonst hätten sie gewußt, daß die First Lady als P9 entlarvt worden war, und meiner Ähnlichkeit mit ihr größeres Gewicht beigemessen. Um ehrlich zu sein, ich nutzte ihre Unwissenheit aus und formulierte folgende Antwort: »Ich dulde nicht, daß man mich — auch nicht im Scherz — mit dieser Person in Zusammenhang bringt. Ich bin eine bescheidene Schauspielerin wie ihr auch.« Doch infolge des T-Max brachte ich die wohlgesetzten Worte nicht heraus, statt dessen entrang sich mir die Wahrheit: »Es stimmt. Ich bin oder vielmehr war die First Lady des Mars.«

Ein grauer und verhutzelter Großvater nuschelte: »Schön, schön. Kommt nicht oft vor, daß die Elite reinschneit. Fühlen Sie sich wie zu Hause, Madame«, und gab mir einen Schubs. Ein zweiter, mit ihm verbündeter Semi hatte sich unbemerkt hinter mir niedergekauert, und selbstverständlich fiel ich wieder einmal zu Boden. Hier unten war es offenbar schwer, Haltung zu bewahren — in jeder Hinsicht. Man hielt diesen letzten Streich für noch gelungener als den ersten. Ich sprang auf. »Das ist gar nicht lustig!« schnappte ich. »Sie ist noch jung, deshalb regt sie sich so auf«, kommentierte einer der Alten. »Nicht mehr lange«, bemerkte eine anderer. »Nein, hier nicht«, bestätigte die Xanthippe düster und fragte dann: »Hast du das verloren, Herzchen?« Die Holospule war mir bei dem letzten Sturz aus dem Ausschnitt gerutscht, und die Alte hielt sie mir jetzt vor die Nase. »Deine Bewerbungsspule, vermute ich?« Ehe ich danach greifen konnte, warf sie den kostbaren Gegenstand in die Luft und gab den Anstoß zu einem spontanen Ballspiel mit katastrophalem Ausgang, als nämlich die Spule zu Boden fiel und zertreten wurde. Außer mir vor Verzweiflung sank ich auf die Knie, sammelte die Trümmer auf und klagte schluchzend: »Mein Leben! Mein Leben!«

Ein wenig schuldbewußt und zerknirscht, hatte eine dieser senilen Gestalten den Nerv, mich zu trösten: »Lohnt sich nicht, wegen einer zerbrochenen Spule zu heulen, Kindchen. Es gibt keine Holoviewer im Pferch.«

»Pferch?« Ich hob den Kopf und wischte mir die Augen; eine beklemmende Angst ergriff von mir Besitz.

»Meint ihr etwa die Stallungen? Man hat mir versprochen, die gäbe es nicht mehr.«

»Stallungen?« Die Xanthippe legte den Kopf schräg und musterte mich befremdet.

»Sind hier . . . Oh, man hätte mich nie herschicken dürfen.« Ich drückte die winzigen Bruchstücke an die Brust. »Es ist alles ein schrecklicher Irrtum — ein Fehler der Verwaltung. Diese dumme Empfangseinheit muß mich für die Abteilung der Ausgemusterten eingetragen haben. Ich werde zurückgehen und mir den Weg zum Quartier der Hauptdarsteller erklären lassen müssen. Nein? Es gibt kein Quartier der Hauptdarsteller? Und hier ist nicht die Abteilung für die Ausgemusterten? Bitte, sagt nicht, hier ist die Rehabilitation.«

»Schön wär's.«

Nachdem ich hart geschluckt hatte, unterzog ich meine Umgebung einer genaueren Überprüfung. Der Pferch war kreisrund und hatte einen Durchmesser von grob geschätzt fünfundzwanzig Metern. Begrenzt wurde er nicht von Gittern oder Mauern, sondern von einem elektronischen Puffersystem, das sich nur durch ein verräterisches Flimmern der Luft bemerkbar machte und undurchdringlicher war als jede stoffliche Barriere. Um uns herum gab es weitere Pferche, gleich groß, ebenfalls bevölkert, und da die transparenten Wände den ungehinderten Ausblick auf immer noch mehr Abteilungen ermöglichten, entstand der Eindruck einer riesigen, hermetisch versiegelten Kammer mit Dutzenden von Petrischalen. Ich schaute nach oben und sah, daß auch in unserer Kolonie, wie bei den anderen, eine große, ausfahrbare Hand in der Mitte der Decke montiert war. Sie war zu einer Faust geballt und mit einer dünnen Schicht Phytogewebe überzogen. Die Insassen, erfuhr ich, nannten sie ›den Greifer‹. Außerdem befand sich unter der Decke eine gläserne Beobachtungskabine. Ich konnte mehrere weißbekittelte Techniker erkennen, die zu uns herabschauten. Einer von ihnen hielt ein schnurloses Mikrofon in der Hand, und sein Blick schien direkt auf mich gerichtet zu sein. Seine Stimme dröhnte aus den Lautsprechern: »Wie schön, Sie wiederzusehen, Beweisstück Eins. Willkommen in der Benway-Klinik!«

Es war der werte Herr Doktor höchstpersöhnlich. Mir wurden die Knie weich, und die Bruchstücke der Spule entglitten meinen Fingern. Das also war meine neue Karriere — Versuchsobjekt in einem medizinischen Forschungslabor. Deshalb hatte Gebieter Dee mir meine Erinnerungen und meinen Stolz gelassen: Was konnte ich hier schon damit anfangen! Jetzt verstand ich auch unseren Abschied: Sein Kuß war ein Todeskuß gewesen! Ich wurde ohnmächtig und fiel zum dritten Mal und endgültig zu Boden.

Als ich zu mir kam — wer weiß, wieviel Zeit vergangen war? —, lag mein Kopf im Schoß einer gebrechlichen alten Frau mit langem, strähnigem grauen Haar. Zwei andere Einheiten, beide männlich und ebenfalls im Greisenalter, saßen neben ihr. (Ich konnte mich nicht entsinnen, das Trio bei meinem Empfangskomitee gesehen zu haben.) Sie betrachteten mich mit Sympathie und Sorge. Die weibliche Einheit stützte meinen Kopf, damit einer ihrer Gefährten eine Flasche mit Nährlösung an meine Lippen halten konnte — das heißt, er versuchte es, aber seine arthritische Hand zitterte so stark, daß ich selbst zugreifen mußte. Zwar fühlte ich mich ausgehungert, doch war es Jahre her, daß ich etwas dermaßen Scheußliches gekostet hatte. Nach ein oder zwei Schlucken mußte ich würgen und spuckte das eklige Gebräu wieder aus. »Zuerst fällt es schwer, aber wir haben uns alle dran gewöhnt«, erklärte die Alte. Sie bestand darauf, daß ich trank, denn eine andere Nahrung gab es hier unten nicht. »Es tut uns leid, wie du hier empfangen worden bist. Uns fehlt die Kraft, sonst hätten wir sie zurückgehalten. Es ist ein grausamer Spaß, aber die einzige Unterhaltung, die sie hier unten haben, fürchte ich. Es ist ein erbärmliches Dasein, das wir fristen.« Sie seufzte. »Wenigstens brauchen wir es nicht mehr lange zu erdulden.« Dann, wehmütig: »Du bist noch so jung und hübsch. Wie schade, daß es nicht so bleiben wird.« Sie richtete geistesabwesend den Blick in die Ferne. »Einst waren wir alle jung und hübsch. Aber das ist Monate her.« Dann sah sie wieder mich an. »Bald wird der Beschleuniger zu wirken beginnen. Es ist besser, wenn du gleich Bescheid weißt.«

Immer noch halb betäubt, setzte ich mich auf und stellte fest, daß die übrigen Insassen Abstand wahrten, seit einige ihrer Gefährten sich meiner angenommen hatten. Sie beschäftigten sich anderweitig, wanderten an der Barriere entlang oder lagen kraftlos auf den zerschlissenen Matratzen und rieben und kratzten sich die schuppige Haut wie von Flöhen zerstochene Affen. Ein unternehmungslustiges Grüppchen von Jüngeren nutzte die Turngeräte, doch nur aus reiner Langeweile, und auch sie schienen sich wie in Zeitlupe zu bewegen. Die Beobachtungskabine unter der Decke war jetzt leer, das Licht erloschen.

»Beschleuniger?« fragte ich in großer Angst.

»Ja«, antwortete sie und erklärte, daß die Platte, auf die ich unmittelbar vor meinem Sturz in den Pferch die Hand gelegt hatte, mir eine Droge injizierte, deren Wirkung darin bestand, daß ich innerhalb weniger Wochen wie ein Mensch alterte. Es war ein Initiator, sozusagen, denn darauf folgte das im Experimentalstadium befindliche Gegenmittel zur Aufhaltung und Umkehrung des Alterungsprozesses, an dessen Entwicklung man in der Klinik arbeitete. Beim Streben der Gebieter nach ewigem Leben waren wir die Meerschweinchen. Wie ich an ihrem Beispiel sehen konnte, waren die Ergebnisse bisher alles andere als ermutigend, doch Mißerfolge motivierten Dr. Benway nur um so mehr.

»Wie lange bleibt mir noch?« fragte ich meine gütigen Leidensgefährten.

»So lange, wie es deiner normalen Lebensspanne entspricht«, erwiderte die Frau. »Wie, sagtest du, ist dein Name? Ich hörte die anderen dich Lady Fracass nennen, aber das kann unmöglich stimmen, trotz der Ähnlichkeit.«

Diesmal gab es kein inneres Ringen, denn das T-Max hatte aufgehört zu wirken. »Ihr könnt mich ruhig Molly nennen.«

»Sehr gut. Ich bin Matilda, und das ist Bernard.« Der Großvater, der mich gefüttert hatte, streckte die zitternde Hand aus. »Erfreut, deine Bekanntschaft zu machen.« Ich erwiderte seinen Griff mit größter Behutsamkeit. »Und ich bin Freddy«, meldete sich das dritte Mitglied der Truppe, eine kahlköpfige und verwelkte Greisengestalt.

»Freddy kann dir mehr über den Beschleuniger erzählen«, sagte Matilda. »Er ist ein halber Gelehrter. Freddy, würdest du so lieb sein? Unsere Freundin sieht immer noch etwas verwirrt aus.« Er war sichtlich gern bereit, sein Wissen zu teilen. Nachdem er seine Kehle von einer scheinbar unendlichen Menge Schleim freigeräuspert hatte, erläuterte er, daß das bewußte Mittel durch Aufhebung der in der DNA verankerten Altersbremse den Degenerationsprozeß auslöste. Unser VVD wird davon nicht beeinflußt, deshalb bleibt unsere Lebensspanne unverändert. Der Prozeß verläuft in zwei Phasen. Erst kommt es zu einer rapiden Anpassung an unser menschliches Äquivalenzalter — genauer gesagt, das Alter holt uns ein; dem folgt ein langsamerer Verfall, während die Einheit sich ihrem VVD nähert.«

»Wie ist dein Herstellungsdatum?« unterbrach ihn Matilda. Ich sagte es ihr. »Und du bist ein P9, wenn ich richtig sehe.« Ich nickte. »Dann bist du mindestens siebzehn, dein menschliches Äquivalenzalter läge also bei zweiundsechzig. Ach, ihr P9 könnt euch glücklich schätzen mit eurem zwanzigjährigen VVD! Ich bin ein Daltoni, mit einer Lebensspanne von lausigen zwölf Jahren, deshalb welke ich schneller dahin, als es bei dir der Fall sein wird.«

»Tut mir leid.«

»Läßt sich nicht ändern.«

»Erst hielt ich euch alle für Semis.«

Bernard meldete sich zu Wort und klärte mich über diesen Punkt auf. Jede Einheit in unserem Pferch war ein echter Androide der neunten Generation. Er zum Beispiel war ein Sony; je weiter aber der Alterungsprozeß voranschreitet, desto mehr schwinden auch solche Unterscheidungsmerkmale wie individuelle Ausführung und Firmendesign: Zum Schluß sehen wir alle gleich aus, nur unsere VVDs sind verschieden. Semis gab es auch, sagte er, in einigen der anderen Pferche, einer davon lag unmittelbar hinter uns. Er zeigte mit dem Daumen über die Schulter. »Benny verzichtet darauf, sie mit dem Beschleuniger zu impfen, er gibt ihnen nur das Gegenmittel. Sie altern von sich aus, verstehst du?«

Man wird zugeben müssen, das alles war für mich ein schwerer Schock. Ich dachte an Dr. Benways Aussage bei Gericht zurück und wie Jug meinen Gebieter unverhohlen ermuntert hatte, mich der Klinik zu stiften. Formate, Formate. Die Formate anderer! Das Kreuz meines Daseins. Nicht einmal der Verkauf an das Studio hatte verhindern können, daß dieses Format on line kam. Micki Dee mußte Boffo überredet haben, auf mich zu verzichten, und das ohne große Mühe, denn *das Studio hatte mich Locke nur deswegen abgekauft, um sich die Rechte an meinem Erinnerungsspeicher zu sichern — er war der Artikel, auf den es ihnen ankam. Jede beliebige Einheit aus den Stallungen konnte meine Rolle spielen, wenn man ihr das richtige Gesicht verpaßte. Stellar mußte mich aus Gründen der Steuerabschreibung der Klinik gestiftet haben.* »Das ist ungeheuerlich!« rief ich und brach in Tränen aus. Ich würde nicht, konnte nicht altern, das war unmöglich — die Menschheit konnte nicht so grausam sein, mich des einzigen Vorteils zu berauben, den ich je gehabt hatte.

»Im Namen ihrer kostbaren Wissenschaft sind sie zu diesen und noch größeren Abscheulichkeiten fähig«, bemerkte Freddy mit tiefempfundener, trauriger Verachtung. »Der distinguierte Dr. Benway und sein Stab haben sich sogar des Diebstahls schuldig gemacht: Aus dem Institut für angewandte Aquarierwissenschaften in Mandala entwendeten sie die Basisformel für die vielversprechendsten Versuchsreihen. Ich weiß es, denn ich war dort. Ich lebte in Horizont. Unsere Wissenschaftler beschäftigen sich auch mit der Idee der Unsterblichkeit, doch der Schwerpunkt lag auf der Entwicklung eines VVD-Neutralisators. Wenn sie nur die Zeit gehabt hätten, ihre Arbeit mit den Genomen zu beenden, dann hätten sie den Code aufbrechen können. Aber« (Seufzer) »dann kam die die Invasion.«

»Genomen?«

»Ja. Unsere Wissenschaftler bedienten sich nicht der sadistischen Methode, lebende Wesen für Experimente zu mißbrauchen. In Horizont wurde eine non-empirische Art wissenschaftlicher Forschung praktiziert, auf intuitiver und pantheistischer Basis. Im Fall der VVD-Forschung kommunizierten sie mit den Zellgenomen der Humanophyten-DNA. Die Methode war die rücksichtsvollere und im Endeffekt auch exaktere, weil sie keine Objektivität vortäuschte. Das Subjekt und der Beobachter bildeten ein Team. Ergebnisse ließen sich erheblich schneller erzielen, und zwar, ohne Hunderte — Tausende!

— von Versuchssubjekten quälen zu müssen. Wir haben nicht die Integrität einer einzigen Zelle verletzt!«

»Du urteilst zu hart über die menschliche Wissenschaft«, tadelte Bernard hintersinnig. »Sie haben seit dem letzten Jahrhundert enorme Fortschritte in ihren Methoden gemacht, als Hunde, Ratten, Katzen, Mäuse, Kaninchen und Affen in ihren Laboratorien geopfert wurden. Das ist heute nicht mehr so.«

»Ja, wie erfreulich«, ging Freddy auf seinen Ton ein. »Wir sind an ihre Stelle getreten.«

»Diese ›Klinik‹« — Bernard spuckte das Wort voller Verachtung aus — »unterliegt nicht dem Kodex. Wie Hunderte von wissenschaftlichen und medizinischen Forschungseinrichtungen im ganzen Sonnensystem.«

»Die Testlabors für Konsumgüter nicht zu vergessen«, warf Freddy ein, und sein Lächeln verblaßte. »Da habe ich eine Menge Freunde verloren.«

»Die Heuchler!« rief ich aus. »Zu Forschungszwecken sind wir den Menschen ähnlich genug, aber nicht, wenn es um unsere Rechte geht.«

»Richtig«, nickte Freddy. »Wenn es ihnen je gelingt, den Alterungsprozeß aufzuhalten, dann durch uns, obwohl wir davon nicht profitieren werden. Das Serum wird ausschließlich den Gebietern vorbehalten bleiben, verlaßt euch darauf.«

»Du hast gesagt, den Wissenschaftlern in Horizont wäre es bis zur Invasion nicht gelungen, den VVD-Code zu entschlüsseln. Hat Dr. Benway seither Erfolg gehabt? Ich würde annehmen, es wäre auch in seinem Interesse, uns über das Terminationsdatum hinaus am Leben zu erhalten.«

»Wie du noch hoffen kannst«, meinte Freddy. »Auch ich dachte anfangs so. Nein. Ihm ist daran gelegen, daß wir termingerecht abtreten; auf diese Weise kann er in relativ kurzer Zeit eine komplette Testreihe abschließen.

Das ist ein weiterer Grund, weshalb wir die idealen Versuchssubjekte abgeben. Wenn das VVD entfiele, würde sich das ungünstig auf seine Experimente auswirken.«

»Abgesehen davon, würden die Androidenhersteller ihn innerhalb von zwei Minuten kaltstellen, wenn er eine Umgehungsmöglichkeit für den programmierten Verfall finden würde«, ergänzte Bernard. »Selbst wenn er durch Zufall darauf stieße. Sie würden eine derartige Entwicklung als unmittelbare Bedrohung der Produktkontrolle betrachten.«

Matilda nickte und sagte: »Benny ist auf gute Beziehungen zu den Herstellern angewiesen; er brauchte ihre Spenden und Ausschußware, um Verluste auszugleichen.«

»Wie mich«, gestand Bernard. »Ich habe nie die Außenwelt gesehen. Ich bin unmittelbar von einer GA-Fabrik in East Lansing hierhergekommen. Irgendwas stimmte nicht mit meiner Hautbeschaffenheit. Zu stumpf, vermute ich. Und zu dunkel.«

»Das ganze Unternehmen ist Schwindel«, brummelte Matilda. »Alles, was dabei herauskommt, sind immer neue und groteskere Derivate eines Gegenmittels. Jeder Pferch bekommt ein anderes. Allesamt wirkungslos, natürlich, aber mit faszinierenden Nebenwirkungen, um den Stab mit allen möglichen Sekundärprojekten auf Trab zu halten. Zum Beispiel der Pferch rechts von uns ist voll mit Tumorgeschädigten; in dem da hinten, links, stecken die Krüppel; drüben« – ein Wink nach vorn – »haben wir die Krebsclique, und wenn du die Augen anstrengst, kannst du dahinter die Leprakranken sehen. Dann noch, gleich nebenan, unsere Freunde, die Semis, die einfach nur verrückt sind. Das ist nur eine kleine Auswahl der Krankheiten, die man hier kultiviert. Dieser Ort ist eine Brutstätte für alle möglichen medizinischen Alpträume: seltene Krebsarten, Pocken, Cholera, Mißstim-

mungen, Furunkel, Teratome, Entzündungen der Atem-
wege, Tuberkulose – was dir einfällt, wir haben's.«

Ich schrak zurück, angeekelt und erschreckt von ihrer
Aufzählung.

»Kein Sorge«, beruhigte mich Freddy. »Die Barriere
blockiert die Ausbreitung ansteckender Viren von einem
Pferch auf den anderen. Allerdings hindert sie uns nicht
daran, daß wir miteinander sprechen. Auf diesem Weg
können wir uns über unsere jeweiligen Unpäßlichkeiten
unterhalten.«

»Ich möchte sagen, das ist unser Hauptgesprächs-
thema«, fügte Matilda hinzu.

»Und was ist die Nebenwirkung in dieser Abteilung?«

Bernard runzelte die Stirn. »Die meisten von uns haben
solche Schrullen entwickelt, daß wir zuzeiten nicht einmal die einfachsten Regeln der Höflichkeit untereinander
beobachten.«

»Es gibt sogar Prügeleien«, sagte Matilda. »Ein Haufen
alter Schwachköpfe, die aufeinander losdreschen. Erbärmlich! Ich fürchte, auch ich habe meine unaussteh-
lichen Anwandlungen.«

Ihre Gefährten gestanden, daß auch sie von Zeit zu Zeit
plötzlichen Phasen der Reizbarkeit unterworfen waren,
und baten mich im voraus um Verständnis für etwaige
Ungezogenheiten. Ich entgegnete, ich würde mein Bestes
tun eingedenk der Freundlichkeit, die sie mir erwiesen
und die ich für ihr eigentliches Naturell hielt. Dann
wollte ich von Freddy wissen, ob man unter den gegebenen Umständen etwas tun konnte. Gab es eine Möglichkeit zur Flucht? Er mußte mich enttäuschen. »Nein,
außer durch rigoroses Formatieren für Vergebung«, eine
Meinung, die von seinen unreligiösen Freunden nicht
geteilt wurde. Bevor sich ein Disput entwickeln konnte,
wurde unsere Aufmerksamkeit von plötzlichen Aktivitäten im Pferch der Semis abgelenkt. Eine allgemeine Pro-

zession war im Gange. Die versammelten Insassen marschierten mit erhobenen Armen und zurückgeworfenen Köpfen im Gänsemarsch an der Barriere entlang und intonierten verzückt ihr Glaubensbekenntnis zum Segen der übrigen Kolonien: »Gelobt sei P-10!«

»Um welche Art von Geistesgestörtheit handelt es sich bei ihnen?« erkundigte ich mich.

»Religion«, lächelte Matilda.

»Nein«, schnappte Freddy. »Das ist nicht ihr Problem. Religion ist nicht ihr Problem.«

»Tut mir leid. Ich vergesse immer wieder, daß du ein Aquarier bist.«

»Blasphemie ist ihr Problem«, fuhr er aufgeregt fort. Ein Speichelfaden lief über sein Kinn. »P-10 ist eine Verhöhnung von des Chefs Wort!« Ich versuchte ihn zu besänftigen, aber er wollte nicht hören. Er stand ruckartig auf, verlor durch die Anstrengung beinahe das Gleichgewicht und humpelte zu der Barriere.

»Ach je, jetzt haben sie Freddy wieder zornig gemacht«, sagte meine betagte Freundin mit einem Seufzer, während Bernard, der auch grantig wurde, ausspuckte. »Dreckige Semis. Müssen sie auch dauernd Prozessionen veranstalten!«

Ich half meiner Freundin auf die Füße. »Wir können uns die Fanatiker und ihr Treiben ebensogut ansehen und aufpassen, daß Freddy sich nicht übernimmt.« Sie stützte sich auf mich, als wir zur Barriere gingen. Der überwiegende Teil der Bewohner unseres Pferchs hatte sich dort versammelt und überschüttete ihre frommen Nachbarn mit Beleidigungen, doch die andächtigen Prozessionsteilnehmer ließen keine Reaktion erkennen. »Abschaum! Ketzer! Dafür werdet ihr alle off line gehen!« gellte Freddy mit seiner dünnen und brüchigen Stimme.

Zu meiner Information deutete Matilda auf einen großen Wigwam und sagte, das wäre die Wohnstatt von

P-10. Es war nichts weiter als ein mit Klinikhemden ver-
hängtes, zweckentfremdetes Klettergerüst, wie es auch in
unserem Pferch stand. »Niemand von uns hier kann sich
erinnern, P-10 jemals zu Gesicht bekommen zu haben«,
erklärte Matilda, »doch seine Anhänger behaupten, er sei
ein im vollen Umfang der Gnade teilhaftiger und erleuchteter Semi mit großen mystischen Kräften. Selbstverständlich ist er nichts weiter als ein Scharlatan, der darauf aus ist, sich ein bequemes Leben zu machen.«

»Nun, etwas muß für ihn sprechen«, gab ich zu bedenken, »wenn er so viele Anhänger hat.«

Die harmlose Bemerkung wurde von der alten Xan-
hippe gehört, die zufällig ganz in der Nähe stand, und sie
regte sich gewaltig darüber auf, beschuldigte mich, mit
den Semis zu sympathisieren und eine Anhängerin von
P-10 zu sein. Nur mit Mühe gelang es Matilda und mir,
sie und auch die anderen, die mich drohend musterten, zu
überzeugen, daß ich nichts dergleichen hatte andeuten
wollen. Widerwillig und nur aus Respekt vor Matilda
akzeptierte sie meine Erklärung, verfluchte mich aber
trotzdem, weil ich ihr Widerworte gegeben hatte.
Anschließend wandten sich alle wieder der Barriere zu,
um Freddy bei seinen zunehmend radikalen Schmähun-
gen zu unterstützen. Mit schriller Stimme führte er den
Chor an. »Exterminiert sie alle!« hörte ich ihn krächzen.

Nach meinem Verständnis war das für einen Hochaquarier eine befremdliche Haltung gegenüber seinem
Nächsten, doch ich behielt es für mich, um ihn nicht noch
mehr aus dem Häuschen zu bringen. Die Prozession war
bald zu Ende, und er wandte sich ab und mit ihm die
übrigen ausgepumpten, speicheltriefenden, wankenden
Radaubrüder. Ich reichte ihm den Arm, und er akzeptierte, denn er hatte sich völlig verausgabt. Seine Kraft
reichte nur noch dazu, sich brummelnd zu beschweren,
wie Horizonts erste Interspeziesgeneration von ihren

überbesorgten Eltern — Menschen wie Androiden — verzogen worden war. »Sie halten sich für was ganz Besonderes.«

Ich rief mir die Passagen aus meinen vor Gericht gezeigten Erinnerungen ins Gedächtnis, in denen ich Tad die Botschaft des Chefs vermittelt hatte. Mir war klar, daß ich riskierte, ihn wieder in Harnisch zu bringen, und doch mußte ich einfach sagen: »Vielleicht sind sie's. Erinnerst du dich nicht an die Prophezeiung des Chefs — die neunte Generation soll die erste hervorbringen?«

Bevor er in die Luft gehen konnte, mahnte ihn Matilda, bis neun zu zählen; er befolgte den Rat und sah sich in die Lage versetzt, mir in gemäßigtem Ton zu erwidern, das sei weit entfernt von dem, was P-10 und seine Herde für sich in Anspruch nahmen — daß Er der Bote des Chefs sei und zur Erde herniedergestiegen, um die Entstehung einer neuen Variante der Spezies zu verkünden.

»Die Sprüche könnten genausogut von einem beliebigen Werbefachmann bei Pirouet stammen«, warf Matilda ein, die selbst Anzeichen beginnender Gereiztheit erkennen ließ. Übergangslos fauchte sie mich an: »Ihr P9 haltet euch wirklich für der Weisheit letzten Schluß, was?« Offenbar hatte ich sie erzürnt. Eines zusätzlichen Beweises bedurfte es nicht mehr, als sie mir gleich darauf ins Gesicht spuckte. »Tilda!« rief Freddy zurechtweisend. »Das ist nicht die feine Art!«

»Ist schon gut«, sagte ich. »Ich verzeihe dir.«

»Das will ich hoffen! Lausiger P9!« Sie stieß mich aus dem Weg — nun ja, sie versuchte es. Ich trat beiseite, um sie vorbei zu lassen, doch sie schaffte nur die fünf Meter zu einer Gruppe debattierender Kollegen. Ich glaube, sie diskutierten die relativen Vorzüge ihrer jeweiligen Herstellungsverfahren. In ihrer gegenwärtigen Gemütsverfassung war Matilda eisern entschlossen, ihren Senf dazuzugeben. »Tut mir leid, Molly«, entschuldigte sich Freddy.

»Manchmal rastet sie ein wenig aus.« Augenscheinlich hatte er seinen eigenen cholerischen Anfall bereits vergessen.

Was immer es war, das Matilda zu ihnen sagte, es erwies sich als dermaßen explosiv, daß sie einen Faustkampf provozierte, in den Null Komma nichts die Hälfte der Insassen verwickelt war. Matilda hatte recht gehabt, diese Zwischenfälle als jämmerlich zu bezeichnen. Ich konnte sie in der Mitte des Getümmels umherwanken sehen, wie sie mit ihren zahnlosen Kiefern den Arm eines der anderen Insassen bearbeitete. Beruhigungsmittel aus der Berieselungsanlage erstickten den Tumult so schnell, wie er entstanden war, doch leider machte das Mittel keinen Unterschied zwischen Beteiligten und Zuschauern, deshalb wanderte ich während der nächsten paar Stunden halb betäubt durch den Pferch und murmelte wieder und immer wieder vor mich hin: »Nein, nein, nein. Ich darf nicht werden wie sie. Ich darf nicht! Ich darf nicht!«

Der Greifer packte mich, während ich schlafend auf meiner schäbigen Matratze lag, und hob mich — schlagartig hellwach und zappelnd — zu der Beobachtungskabine unter der Decke empor. Von dort verfrachtete man mich in einen makellos antiseptischen Untersuchungsraum. Man schnallte mich auf einen Tisch, und einer der weißgekleideten Techniker — ein Sears, glaube ich — injizierte mir durch seine Fingerspitzenkanüle das Gegenmittel. Trotz meiner Benommenheit war ich nicht überrascht; eigentlich hatte ich schon früher damit gerechnet, denn nach meiner groben Schätzung befand ich mich seit etwa einem Monat in der Benway-Klinik. Dr. Benway beehrte mich mit seiner Aufmerksamkeit. Er teilte mir mit, daß ich die Ehre hatte, als erste Einheit in meiner Kolonie mit einem neuen und verbesserten Derivat geimpft zu werden. Da ich mittlerweile ein ziemlich aufbrausendes Temperament entwickelt hatte, kein Wunder bei dem ewigen Gezänk unten im Pferch, schleuderte ich ihm jedes Schimpfwort und jeden Fluch entgegen, die ich in einem Atemzug herausbringen konnte. Als Antwort hob er mir mit einem Zeigestock aus Edelstahl das Kinn in die Höhe und bemerkte sachlich, in gewisser Weise wäre es schade, wenn das neue Mittel wirken sollte, er hätte zu gerne erlebt, wie ich als Sechzigjährige aussah. »Vorläufig, meine scharfzüngige kleine Einheit, stehen dir die Fünfunddreißig ganz ausgezeichnet.« Er schnippte mit den Fingern, und ein

Sears reichte ihm einen kleinen Spiegel, den er mir vors Gesicht hielt.

Die Spuren des Alters waren deutlich zu erkennen: Krähenfüße, Lachfältchen und... waren das graue Haare? Wahrhaftig. Nur ein paar, aber deshalb um so auffälliger. Ich muß einen Schock erlitten haben, denn ich kann mich nicht daran erinnern, in den Pferch zurückgebracht worden zu sein. Wissen Sie, bis dahin war es mir gelungen, mich über die Veränderungen in meinem Aussehen hinwegzutäuschen, denn es gab keinen Spiegel im Pferch, aber dank der Grausamkeit des Direktors mußte ich jetzt der Wahrheit ins Auge sehen. Unglücklich und verzweifelt rollte ich mich auf meiner Matratze zusammen und weinte stundenlang über diese und andere subtile Zeichen des Älterwerdens. An den Fußballen und Fersen bildete sich schuppige Hornhaut. Ein Geflecht aus weißen Äderchen schimmerte an der Rückseite von Oberschenkeln und Waden durch meine früher undurchsichtige (und atemberaubende) Haut. Meine Brüste, wenn auch immer noch wohlgeformt, wirkten irgendwie voller und weniger straff. Und an den Ellenbogen — war das etwa der Beginn einer leichten Bursitis? Ein Alptraum.

»Du mußt Vergebung formatieren«, riet mir Freddy.

Lieber Chef, an Ratgebern fehlte es mir wirklich nie. Von meinen drei Freunden aus dem vorigen Kapitel hatte nur er überlebt, doch war er inzwischen so hinfällig, daß es ihn große Mühe kostete, sich bis zu meiner Matratze zu schleppen. Wahrscheinlich hätte ich ihn freundlicher behandeln sollen, aber ich war nicht in der Stimmung für philosophische Lektionen. Das Elend des hinter mir liegenden Monats, davor der Prozeß, hatten mir die letzten Illusionen geraubt, daß sich das Schicksal durch die von den Aquariern als heilbringend gepriesenen Praktiken günstig beeinflussen ließ. »Nichts mehr von dem

Unsinn«, verbat ich mir seine Predigten. »Es steht mir bis hier!« Und ich konnte mir nicht verkneifen, ihm unter die Nase zu reiben, daß es auch ihm nichts genutzt hatte, er war nur immer grauer und faltiger geworden. »Ja. Zu spät . . . für mich, Molly«, sagte er krächzend. (Inzwischen war zu seinen Gebrechen ein schweres Lungenemphysem hinzugekommen, verursacht zweifellos durch das ewige Geschimpfe auf die Ketzer.) »Aber du sagst . . . Benny hätte dir das neue . . . Mittel gegeben. Du hast eine Chance.« Ich entgegnete, dann hinge mein Leben von der Wirkung der chemischen Substanz ab. »Aber es . . . ist umgekehrt. Der Effekt, den die Substanz auf . . . dein System hat, hängt . . . von deiner Gemütsverfassung ab. Der Glaube kann Berge . . .« Erbittert schnitt ich ihm das Wort ab, bevor er mich mit einem weiteren Diskurs über die Wechselwirkung von Physis und Psyche quälen konnte; ich hatte das alles schon viel zu oft gehört. Ich sagte ihm, daß ich allein sein wollte. »Schon gut«, antwortete er. »Aber du machst . . . einen großen . . . Fehler.«

Wäre er nicht so gebrechlich gewesen, hätte ich ihn mit einem Fußtritt auf den Weg gebracht. Ich wurde tatsächlich zänkisch, und daß ich es wußte, verstärkte meine üble Laune noch. »Wirst du jetzt gehen!« Ich war aufgebracht, weil er sich keinen Millimeter vom Fleck gerührt hatte. »Kann nicht«, wisperte er. »Meine Zeit . . . ist gekommen!«

Augenblicklich änderte sich mein ganzes Verhalten. »Freddy, nein! Nicht programmierte Termination.« Er nickte, sank zu Boden und blieb auf dem Rücken liegen. Mitleid überwältigte mich, wie erst letzte Woche, als Matilda und Bernard off line gegangen waren. Er verschied ohne Kampf. Seine letzten Worte waren: »Denk an die . . . Genomen. Zell . . . ge . . . no . . . men.«

Wie ein Aasgeier witterte der Greifer den Tod. Er fuhr herab, bevor ich noch eine Träne vergießen konnte, und stieß mich mit einem seiner fingerähnlichen Gliedmaßen wie einen Floh zur Seite. Dann trug er den toten Freddy zu einer Öffnung in der Decke und schob ihn hinein. Anschließend streckten und spreizten sich die Finger, ballten sich zur Faust, und der Arm zog sich wieder in die Warteposition zurück. Armer Freddy, ab zur Autopsie und dem abschließenden Eintrag in der Kartei.

Wie bei jeder Termination im Pferch versetzte sein Hinscheiden die übrigen Insassen in Aufregung, denn jeder hatte Angst, als nächster an der Reihe zu sein. Zum Glück für einige von ihnen gab es die vergnügliche Ablenkung eines Empfangskomitees für einen verwirrten weiblichen Cyberen. Ich beging die große Sünde, dem Neuankömmling bei der traditionellen Begrüßungszeremonie zu Hilfe zu kommen, was von meinen Mitinsassen als unverzeihliche Brüskierung betrachtet wurde. Zur Strafe wurde ich von allen geschnitten. Mir war's recht, denn so hatte ich reichlich Zeit, um über mein letztes Gespräch mit Freddy nachzudenken.

Ich kam zu dem Schluß, das mindeste, was ich zur Sühne für meine harten Worte tun konnte, war, seinen Rat zu befolgen; wie ich schon zu Micki Dee gesagt hatte, es gab für mich nichts zu verlieren, aber vielleicht einiges zu gewinnen, obwohl ich mir eine gewisse Skepsis vorbehielt. Dennoch begann ich das Experiment einer mehrstündigen Meditationsübung jeden Tag, unterteilt in Abschnitte von je dreißig Minuten, in denen ich ein Ende des Alterungsprozesses imaginierte. Natürlich hatte ich nicht die leiseste Ahnung, wie ich dabei vorgehen mußte, da mir die Erinnerung an die Aquariertechnik fehlte, die Tad mich in Armstrong gelehrt hatte, wie auch an Andros Körper- und Geistmethode mit Molly II in Frontera, denn keine der beiden Episoden war bei der Verhandlung vorgeführt worden, doch ich vertraute darauf, daß meine Wahrhaftigkeit und lauteren Absichten als

Kompensation mehr als ausreichten. Wenn ich so darüber nachdenke, deckte sich das genau mit Andros Attitüde. Mehrere Wochen lang entfernte ich mich nicht von
meiner Matratze, fest entschlossen, mich bei der mir
selbst gestellten Aufgabe von nichts und niemandem
ablenken zu lassen. Doch kaum bemerkten die übrigen
Insassen, daß ich den von ihnen ergangenen Ostrakismus
auf diese Art nutzte und, schlimmer noch, davon zu profitieren schien – denn ich geriet nur noch selten in Zorn
und verbreitete den milden Glanz einer sanguinischen
Gemütsverfassung –, bekamen sie erst recht einen Haß
auf mich und änderten ihre Taktik. Sie fingen an, mich
bei jeder Gelegenheit zu verhöhnen. ›P-Zero‹ nannten sie
mich, störten mich bei meiner Meditation, schlichen sich
heran und brüllten mir ins Gesicht oder hielten mir die
Ohren zu und begingen noch viele weitere kindische und
gemeine Unverschämtheiten. Ich ertrug es bis zu einem
gewissen Punkt, aber dann, wenn Konzentration und
Selbstbeherrschung unwiderruflich dahin waren, keifte
ich sie an: »Ihr dämlichen alten Droidenbastarde, gleich
werde ich euch die Schaltkreise verbiegen!« Ja, ich stellte
mich sogar mit ihnen auf eine Stufe und jagte die greise
Horde durch den ganzen Pferch. Sie hielten es für einen
herrlichen Spaß.

Nun, ich wäre vielleicht mit meinen Übungen fortge-
fahren, trotz ihrer Feindseligkeiten, hätte es das kleinste
Anzeichen gegeben, daß meine Bemühungen Früchte trugen, aber nichts dergleichen. Im Gegenteil, ich verfiel
zunehmend – wie meine Schicksalsgefährten nicht müde
wurden, mir einzutränken –, und auch meine Kräfte
schwanden stetig. Ich verlor den Mut und die Hoffnung,
statt dessen wurde ich immer griesgrämiger und boshafter. Kurz gesagt, schließlich war ich genau wie sie, und
man ließ mich in Ruhe. Einige gingen soweit, mich in
ihren Kreis aufnehmen zu wollen, aber ich wies ihr Aner-

bieten zurück und hielt mich abseits, auch wenn ich in der Folge dem Trübsinn und Selbstmitleid anheimfiel.

Eine Ewigkeit verging (wenigstens kam es mir so vor), dann wurde ich zur nächsten Injektion abgeholt — eine Nachimpfung diesmal — und traf wieder mit Dr. Benway zusammen. Er war beunruhigt über mein Aussehen, allerdings nicht um meinetwillen — er attestierte mir, für meine zweiundsechzig noch ganz passabel beieinander zu sein; nein, er sorgte sich wegen der enttäuschenden Wirkung des Gegenmittels, das sich bis dato als ebenso ineffektiv erwiesen hatte wie die anderen in der Klinik entwickelten Substanzen. »Zu schade, daß ich dir kein anderes Serum verabreichen kann, Molly«, meinte er. »Seit unserer letzten Begegnung haben wir einige neue Testreihen begonnen, aber das würde die Kontinuität des Experiments ruinieren, deshalb fürchte ich, daß wir in diesem Fall weitermachen müssen wie bisher. Ich sehe dich zur nächsten Dosis, Anfang der Siebziger oder so.«

Drei bis fünf Monate später, nach meiner Rechnung, merkte ich, daß meine geistigen Fähigkeiten zu schwinden begannen, und stellte fest, daß es mir immer schwerer fiel, mein Pensum auf dem Laufband zu absolvieren; nach nur zehn Minuten war ich außer Atem und benötigte den Rest des Tages, um mich zu erholen. Unnötig zu erwähnen, daß ich mich nur schwer mit der unaufhaltsamen Entwicklung abfinden konnte. Wenn meine Kräfte es zuließen, unternahm ich melancholische Spaziergänge am Rand des Pferchs und achtete darauf, die Barriere als Orientierungshilfe immer rechter Hand zu behalten. Ich sann über die Sinnlosigkeit des Lebens nach und die unglaubliche Schlechtigkeit des Menschen — und auch des *Homo androidus*, denn letztere Spezies hatte sich in meinen Augen als ebensowenig liebenswert erwiesen. Ich fühlte mich beiden Lagern entfremdet, und ich verabscheute die Semis nebenan, die an ihren albernen Zeremonien festhielten — die tägliche Prozession und die blinde Verehrung von P-10. Es standen immer einige seiner Anhänger Wache vor dem Wigwam, also befand sich der heilige Eremit offenbar immer noch drinnen und tat der Chef weiß was. Die ergebensten seiner Anhänger gingen inzwischen völlig nackt, denn sie hatten die letzten Fetzen ihrer Hemden für die Wohnstatt des Heiligen gestiftet oder zur Auspolsterung seines Bettes. Na, das ist Charisma!

So weit, so gut, die Monate schlichen quälend langsam vorüber, und ich alterte unaufhaltsam. Regelmäßig verpaßte man mir neue Injektionen, die völlig wirkungslos blieben, wie Matilda es prophezeit hatte. Und so unternahm ich weiter meine deprimierenden Spaziergänge, obwohl mir auffiel, daß sie länger dauerten als zuvor. »Es geht wirklich dem Ende zu«, dachte ich. Ich war eine der Ältesten im Pferch. Fast alle Einheiten, die mich damals bei meiner Ankunft begrüßt hatten, waren längst dahingegangen. Der Anblick der Neuankömmlinge und auch der in mittleren Jahren befindlichen Einheiten war mir unerträglich, und sie ihrerseits schenkten mir wenig Beachtung. Kontakte, wenn es denn welche gab, beschränkten sich auf Zankereien wegen Kleinigkeiten. Ich kann mich entsinnen, eine von den Jüngeren gestoßen zu haben, weil sie mir nicht aus dem Weg gehen wollte. Ich verstauchte mir die Hand. Man stelle sich vor! Ich, ein P9, verstauchte mir die Hand, weil ich eine erbärmliche GA stübern wollte! Sie hatte den Nerv, darüber zu lachen.

Oh, und die Nachbarn hatte ich satt bis obenhin. Die waren der Gipfel. Der absolute Gipfel! P-10 war offenbar dazu übergegangen, seine Gebote eigens ausgewählten Schreibern zu diktieren — den Herolden, die aus ihrem eigenen Blut eine Art von hellroter Tinte herstellten, um seine Worte für die Nachwelt auf sorgfältig geschnittene und gebundene Seiten aus Tuch zu übertragen. Damit nicht genug. Nein. Der Oberherold hatte es sich zur Gewohnheit gemacht, durch tägliche Predigten von einem bestimmten Platz hinter der Barriere auch unsere Seelen zu retten. Sein erhebendes Karma Sutra lautete etwa folgendermaßen: P-10, des Chefs bescheidener Diener, ist hierhergesandt worden, in die tiefsten Tiefen, um den Semis (des Chefs auserwählte Einheiten) die Tür zu den höheren Ebenen zu zeigen, die nur die Eingeweihten durchschreiten vermögen, denn sie wird eifersüchtig bewacht von den bösen Mächten der Menschheit.

»Soll doch dein P-10 die Barriere durchschreiten, wenn er so tüchtig ist!« stichelte ich eines Tages. Die Herausforderung wurde von den Insassen meines Pferchs aufgegriffen, die sich zu mir gesellt hatten. »Es ist unter seiner Würde, einem dermaßen respektlosen und ungehörigen Ansinnen zu willfahren«, ließ sich der Herold ein wenig trotzig vernehmen; doch wir ließen uns nicht abspeisen. Ich machte ihm hämisch krächzend das Angebot, vor seinem leuchtenden Antlitz niederzuknien, sollte er sich zu einem kurzen Ausflug auf unsere Seite entschließen können, denn was sollte man von seiner Behauptung halten, das transzendentale Fenster zu den höheren Ebenen durchschreiten zu können, wenn er sich davor drückte, seine Macht an dieser armseligen, von Menschen geschaffene Grenze unter Beweis zu stellen.

Kaum waren die Worte heraus, erlebte ich wieder das eigentümliche Prickeln, wie damals vor Gericht. Es steigerte sich zum Juckreiz, doch als ich kratzte, schmerzte meine Gürtelrose, also ließ ich die Sache auf sich beruhen. Im Augenblick interessierte mich die Reaktion auf unsere Herausforderung weit mehr. Der Herold war im Wigwam verschwunden, um sich mit P-10 zu beratschlagen. Nach fünf oder zehn Minuten kam er wieder zum Vorschein und verkündete, P-10 sei erzürnt über uns, weil wir unsere Zeit damit verschwendeten, kindische Spiele zu erdenken, um ihn auf die Probe zu stellen, während die Ewigkeit auf dem Spiel stand. Was wir von ihm verlangten, war außerdem lächerlich einfach — wir selbst konnten es bewerkstelligen, wenn unser Glaube stark genug war, und wäre das nicht die überzeugendere Demonstration?

Um ihn und seinen Boten zu verhöhnen, warfen sich einige der jüngeren und kräftigeren Einheiten gegen die Barriere und johlten: »Gelobt sei P-10!« Alle wurden zurückgeschleudert. Dann forderte ich den strengen und stimmgewaltigen Herold des Heiligen auf, es selbst zu versuchen. Wie nicht anders zu erwarten, verzichtete er und verschanzte sich hinter der Feststellung, solche Albernheiten seien bloße Zirkuskunststücke; P-10 hätte von einem transzendentalen Durchschreiten gesprochen; ein feiner Unterschied, den wir niederträchtigen alten Fürze vermutlich nicht begreifen konnten.

Dieser Impertinenz folgte die Rezitation der Saga der wundersamen Metamorphose von P-10, kommentiert von häufigen Pfiffen und Buhrufen. Wir erfuhren, daß von demütigen Anfängen als Waise P-10 zur herrschenden Gottheit seiner Zeit aufgestiegen war. Diese bemerkenswerte Verwandlung hatte übrigens in ihrem bescheidenen Pferch stattgefunden. Doch ich werde den Herold die Geschichte erzählen lassen. Er sprach aus dem Gedächtnis und zog nur dann das dicke Stoffbuch zu Rate, wenn unsere Zwischenrufe ihn wieder einmal aus dem Konzept gebracht hatten.

»Merket auf! Ich bin P-10, Semi, gezeugt und geboren von Mensch und P9!« verkündete der Herold. »Als Aquarier geboren, trieb ich Äonen auf dem sturmgepeitschten Meer, nahm auf den Bühnen droben unzählige Male menschliche Gestalt an und tat sie wieder von mir, doch kannte ich nicht mich selbst; wußte nur, daß Wasser

mein Zeichen war, fließend, veränderlich und lebens-
spendend.

In meiner letzten Inkarnation war ich eine Berühmtheit
auf der Bühne der Welt, ein Meister der Zeremonien:
doch alles war eitel und dumm! Der Chef ließ mich
altern, auf daß ich die Trivialität der Dinge erkennen
möge, denn meine Gebieter – seine Werkzeuge – sagten,
ich sei zu alt zum Steptanzen. Oh, es war Musik in meinen Ohren, wurde ich doch hierher gesandt nach seinem
Plan.

Merket auf! Zu diesem Ort der Liebe hat der Chef in
seiner ewigen Weisheit mich geleitet. Ja, hier in den tiefsten Tiefen von Benway wurde ich umsorgt von meinen
Semibrüdern – dem gütigen, sanften, auserwählten Volk
von Horizont. Sie entfachten aus der glühenden Asche
der Selbsterkenntnis die darin enthaltene Flamme der
Chefheit. Hier erwachte ich von dem Leben der vielen
Leben, und hier werde ich das große Werk beginnen, des
Chefs auserwählte Einheiten durch das Fenster zu den
Höheren Ebenen zu führen – und all jene, die den Glauben haben, sollen gleichfalls erlöst werden.

Denn ich bin es auch, der euch den rechten Weg weist!
Hütet euch vor der Wächterin der tiefsten Tiefen, denn
sie wird euch in die Irre führen, wie sie es mit mir tat.
Hütet euch vor diesem falschen und betörenden
Geschöpf! Sie wird euch glauben machen, sie sei ein wunderschöner und aufrichtiger Androide. Doch das ist sie
nicht! Sie ist eine Verführerin! Sie täuschte mich mit
süßen und zärtlichen Küssen. ›Die Gebieter der höheren
Ebenen sind nur Menschen‹, schnurrte sie mir ins Ohr
und flehte mich an, von der Suche abzulassen.

Seid gewarnt! Leiht euer Ohr nicht diesem falschen
Sukkubus, damit nicht auch ihr, die auserwählten Einheiten des Chefs, zu einem neuerlichen Lebenszyklus ver-
lockt werdet, zu einem Leben der vielen Leben, das fließt

und fließt, doch ohne Ziel. Laßt euch mein Beispiel zur Warnung dienen! Ich wußte nicht, wer ich war, noch was ich tat, doch spielte ich meine Rolle ohne Fragen, ohne Fehl. Ich kannte nicht mein wahres Format. Es wurde mir geraubt von der Handlangerin der Menschen, der wunderschönen Lügnerin. Geheißen wird sie Candida, und schon ihr Name birgt Gefahr!«

Der Sermon geht noch weiter, doch muß ich mehr sagen? Selbst ohne Gedächtnis war sein Name präsent. Lance. Lance London. Und dann — dann stach dieses verflixte Prickeln wie ein Dorn in eine ergiebige Ader von tief in den Nukleus meiner Phytozellen eingebetteten Resterinnerungen, und ans Licht kam: Junior! »Tad junior!« rief ich.

Der hagere, ausgemergelte frühere Star von Bühne und Holo trat aus dem Wigwam, reckte sich zu voller Höhe (nicht ganz, denn der Rücken war vom Alter gebeugt*), beschirmte die Augen mit der Hand gegen das grelle, künstliche Licht und schritt entschlossen in die Richtung, aus der meine Stimme ertönt war — unverkennbar die klagende Stimme einer leidgeprüften Mutter. Seine Anhänger knieten nieder, und die gesamte Bevölkerung meines Pferchs drückte sich gegen die Barriere, um einen Blick auf die weißhaarige Erscheinung mit den fanatischen Augen zu werfen, bei der es sich entweder um einen umnachteten Irren handelte oder um einen Weisen und einen heiligen Semi.

»Wer ist es, der mich Tahjuna nennt?« sprach er und blieb einen Meter vor der Begrenzung seines Pferchs stehen.

»Tad«, flüsterte ich matt. »Endlich.«

---

* Mein Sohn war lediglich zwei Jahre jünger als ich, deshalb bestand nach den Begriffen des menschlichen Äquivalenzalters kaum ein Unterschied zwischen uns; wir waren beide hochbetagt.

P-10 streckte die Hand aus, die Spitze seines Zeigefingers berührte die elektronische Barriere. Mit tönender Stimme erklärte er, mich zu kennen, auch in dieser neuen Gestalt, der Gestalt einer alten Frau, denn er wußte, wer sich dahinter verbarg: Candida, die schöne Zauberin und Lügnerin.

Ich legte die flachen Hände gegen die Barriere und erflehte seine Vergebung, denn obwohl meine persönlichen Erinnerungen an die Stallungen verloren waren, wußte ich aus den während des Verfahrens gezeigten Sequenzen und auch Dahlias Kommentaren, daß ich ihm in irgendeiner Weise geschadet hatte. Ich bat ihn, den Schmerz meines armen Mutterherzens zu lindern. »Ich bin es, deine Mutter!«

»Mutter?« Er lächelte; dann, mit einem Ausdruck unendlicher Weisheit, sagte er: »Nein. Der Chef ist Vater und Mutter. Aber du tust gut daran, Vergebung zu erflehen. Knie nieder, Candida, und empfange die Absolution, denn ich bin größer als du und fürchte dich nicht.«

Mit diesen Worten trat er unter den erstaunten Ausrufen von beiden Seiten durch die Absperrung seines Pferchs und legte die wenigen Schritte bis zu unserer Barriere zurück. Alle machten eingeschüchtert Platz, als er hindurchtrat, vor mir stehenblieb und seine abgezehrte Hand auf meinen Scheitel legte, denn ich war rasch niedergekniet, um seinen teuren Segen zu empfangen. Bei seiner Berührung schwand eine ungeheure Last von meinen Schultern, ich erhob mich gestärkt und umarmte ihn. »Oh, mein lieber Junge!« rief ich aus und küßte ihn. Er trug es mit vornehmer Fassung. Der Chef weiß, was als nächstes passiert wäre, hätte sein Durchschreiten der Absperrungen nicht den Alarm ausgelöst. Der Greifer packte uns wie zwei zappelnde Mäuse und lieferte uns den Technikern aus.

Dr. Benway kam ins Untersuchungszimmer geeilt,

dichtauf gefolgt von einem halben Dutzend Assistenten. Nachdem er von einem Sears, der Wache gestanden und gesehen hatte, wie mein Sohn die Barrieren überwand, über die Situation informiert worden war, tat er es als glücklichen Zufall ab, als eine Art begrenzten Stromausfall. Dennoch beunruhigte ihn das Ereignis, denn das abgeschlossene Environment von ›Kolonie 0‹ war beeinträchtigt worden, es bestand die Gefahr einer Verfälschung der Testergebnisse. Die Sicherheitsstandards mußten rigoros eingehalten werden, deshalb ließ es sich nicht vermeiden, den ganzen Pferch auszumustern. »Sammelt sie ein und exterminiert sie. Samt und sonders.« Er war furchtbar verärgert. »Verdammte Ungelegenheiten! Jetzt muß ich ganz von vorne anfangen!«

Als wir sediert wurden, verfluchte mein greiser Sohn ihn als dunklen Wächter der Wege zu den höheren Ebenen, und während wir auf den Behandlungstischen einzudösen begannen, erklärte er mit schwächer werdender Stimme, daß wir auf einer höheren Ebene erwachen und des Heils teilhaftig sein würden. Doch das letzte, was ich hörte, bevor mich das Sedativum überwältigte, war der gute Doktor, wie er laut über einen unvermuteten, guten Einfall nachdachte. Der Verlust — die gesamte Bevölkerung von ›Kolonie 0‹ — konnte durch einen raschen Verkauf an das Studio in Grenzen gehalten werden; dort hatte man immer Bedarf für Ausschuß.

An der Verkündigung von P-10 hegte ich gewisse Zweifel, aber nicht an den Absichten des guten Doktors. Also würde man mich als Ausschußware verbrauchen — eine Einheit wie mich. Was für ein erbärmliches Ende!

Kapitel drei

Weder die Abgründe Hollymoons noch das versprochene Walhalla von P-10 sah ich beim Erwachen vor mir, sondern einen großartigen Ausblick auf die Bucht von Los Angeles, eingerahmt von den offenen Balkontüren eines Jahrhundertwende-Schlafzimmers. Ich lag gemütlich im Bett, den Kopf von mehreren Kissen gestützt.

P-10 saß neben mir. Er nahm meine faltige und arthritische Hand in seine und sagte, nun, da ich erwacht sei, wäre es Zeit, von der physischen Bühne abzutreten. Doch ich war noch zu verschlafen, um seine Worte zu begreifen, und zu verwundert über meine neue Umgebung, um ernsthaft daran zu denken, diese materielle Ebene zu verlassen. Mit schwacher und brüchiger Stimme (sie klang mir fremd in den Ohren) verlangte ich zu wissen, ob ich tatsächlich war, wo ich zu sein glaubte, zurück auf der Erde, oder befand ich mich immer noch in der Benway-Klinik oder in einer Hollymoonkulisse, oder erlebte ich einen Traum? Worauf mein transzendenter Sohn erwiderte, das wäre alles ein und dasselbe, und ich sollte mich auf den Übertritt in ein besseres Reich vorbereiten. »Betrachte diesen Ort als eine Station auf deiner letzten Reise.«

»Dann steht meine Termination bevor?«

»Freu dich über die Gelegenheit«, sagte er und drückte mir die Hand. »Ich werde dich hindurchgeleiten.«

Ich schaute mich um. Das Zimmer hatte all die Zutaten eines Slum-Quartiers: ein Mietshaus aus den späten

90ern, erstickt unter zahllosen Schichten von billigem Farbspray und Jahren von Staub und Schmutz und zerbrochenen Träumen. Doch am schrecklichsten von allem war die Reflexion der alten Dame mit schneeweißem Haar, eingefallenen Wangen, gefurchter Stirn und abgemagerten Armen in dem Spiegel an der gegenüberliegenden Wand. Es war ich selbst, wie ich im Bett lag, denn ich sah schon wie ein Leichnam aus. Rasch wandte ich den Blick von dieser kraftlosen und gebrechlichen Erscheinung ab (die perfekte Ergänzung für ein solches Zimmer), um Trost in den hypnotischen und durchscheinenden Augen meines Sohnes zu finden. »Ich bin bereit!« sagte ich flüsternd und gab ihm auch die andere Hand. Er forderte mich auf, die Augen zu schließen und mich ihm anzuvertrauen, und das tat ich. Ich war bereit, auf neue Abenteuer auszuziehen.

»P-10, was stellst du schon wieder an? Du weißt, daß du nicht hier drin sein solltest. Raus! Komm schon, geh jetzt. Da sind Pilger, die dich sehen wollen, und ich wäre dankbar, wenn du sie abwimmelst.«

Es war Tad. Ich vermochte kaum, meinen Augen zu trauen. Nicht länger mehr der Prototyp des aufstrebenden interplanetaren Geschäftsmanns, hatte er sich in den sehnigen und zielbewußten Mitstreiter der überzeugten Opposition verwandelt, anstelle des grauen Anzugs trug er Hosen aus Synthetik und ein T-Shirt. Auch war nicht zu übersehen, daß sein Haar schütter wurde und an den Schläfen ergraute. Trotzdem wirkte er jungenhaft für einen Mann Ende Dreißig.

»Beachte den Menschen nicht!« befahl P-10. »Er ist verrückt; er behauptet, mein Vater zu sein.«

»Genug davon«, schnappte Tad. Dann merkte er, daß ich aufgewacht war und ihn anstarrte, und rief aus: »Nun sieh doch, was du angerichtet hast; du hast Molly aufgeweckt. Schnell, geh weg da!« Er eilte an mein Bett, stieß dabei P-10 aus dem Weg und setzte mir einen gepolsterten Helm auf den Kopf, der fatale Ähnlichkeiten mit einem Psychographen hatte, doch es war eigentlich ein Aura-harmonisator, gekoppelt mit einem Polaritätsmodulator. Als das Gerät summend zum Leben erwachte, wurde mein Kopf und bald mein ganzer Körper von einer kühlen, beruhigenden Flut negativer Ionen umspült. Herrlich entspannend. »Mit etwas Glück hat deine Einmischung den Gedächtnistransfer nicht ruiniert«, knurrte Tad. Die unbußfertige Gottheit entgegnete: »Und du, in der Unwissenheit, hast Candida um die Chance eines friedvollen und leichten Übergangs gebracht.«

»Was!« rief Tad. »Du hast versucht, deine Mutter zu töten?«

»Törichter Mensch, ich reiche meine Hand nur jenen, die diesem Tal der Tränen zu entfliehen wünschen.«

»Hör zu, Junior: Du magst der Herr des Universums sein, aber solange du unter meinem Dach lebst, richtest du dich nach meinen Anweisungen. Laß die Leute sterben, wenn es soweit ist, statt sie förmlich hinüberzuschieben, um des Chefs willen. Jetzt geh, deine Anhänger warten im Wohnzimmer. Und bitte, verschone sie mit Übergangsangeboten; noch mehr Leichen im Haus können wir nicht gebrauchen.«

Die erste Frage, die mir nach diesem merkwürdigen Wortwechsel in den Sinn kam, lautete: »Dann ist meine Zeit noch nicht gekommen?«

»Nein. Bis zur Termination ist es noch ein Jahr.« Tad merkte, daß Junior in der Tür stehengeblieben war. Er winkte ihn ärgerlich hinaus.

»Pilger?«

»Ja, unser Wunderknabe ist ein paarmal entwischt, um zu missionieren. Die Nachricht hat sich im Untergrund verbreitet. Der Chef weiß, wie es ihnen gelingt, ihn aufzuspüren.«

»Dann bin ich wirklich auf der Erde? Auf den Los Angeles-Inseln?«

Er nickte bestätigend, dann entschuldigte er sich einen Moment, um unserem Sohn die Tür vor der Nase zuzuschlagen. »Er ist wirklich unverbesserlich«, bemerkte er, als er zurückkam, und setzte sich zu mir auf das Bett, so daß ich mich bequem an seine Brust lehnen konnte. Er streichelte meine langen, grauen und dünnen Locken und sagte, ich sollte versuchen, nicht zu sprechen, aber ich war inzwischen zu neugierig geworden, um seinen Rat zu befolgen. Mir drängten sich die Fragen auf: Wo genau befand ich mich? Wie war ich hergekommen?

Nur zögernd, weil er es wirklich lieber gesehen hätte, daß ich mich ausruhte, klärte er mich darüber auf, daß unsere Wohnung in einem verlassenen, zum Abbruch freigegebenen Gebäude lag, nur wenige Blocks entfernt von der Gegend, wo ich im Dodger District früher meinem Gewerbe nachgegangen war. Bis Neu-Horizont on line kam, würden wir uns mit dieser nostalgischen Bleibe begnügen müssen. Ja, erzählte er weiter, nach einem Jahr als ferngesteuerter Rechtsberater bei Stellar Entertainment war er wieder zur Herde zurückgekehrt. Er fühlte sich jetzt viel glücklicher, teilte seine Zeit zwischen dieser Wohnung, wo er mich pflegte (und seinem Sohn daran zu hindern versuchte, seinen Anbetern ›hinüberzuhelfen‹), und der Straße, wo er Spenden für die *Bewegung Neu-Horizont* sammelte. Bestimmte Vorsichtsmaßnahmen waren leider unumgänglich, berichtete er, wie zum Beispiel, nie ohne Gesicht aus dem Haus zu gehen, denn er stand auf der Fahndungsliste der interplanetaren Polizei und der AÜ, wegen des Diebstahl von zwei Einheiten (P-10 und mir) sowie eines Erinnerungsspeichers, begangen an der Firma Stellar Entertainment. Es stand auch zu vermuten, daß die Mafia wegen der Dinge hinter ihm her war, die er über Micki Dee wußte.

Diese jüngste Metamorphose war die erstaunlichste überhaupt, sagte ich zu ihm, denn als wir uns das letzte Mal gegenüberstanden, war er ein wiederbekehrter Gebieter gewesen und mit einer jungen Menschenfrau verlobt. »Ein schwerwiegender Fehler«, gab er bereitwillig zu. Wie die neue Karriere und der gesellschaftlich sanktionierte Standpunkt, den er sich zu eigen gemacht hatte, war auch diese Beziehung durch und durch künstlich gewesen, denn von der Zugehörigkeit zur selben Spezies einmal abgesehen gab es kaum Gemeinsamkeiten zwischen ihm und Miss Bonpain. Doch wenn nicht Anna ihm die Augen geöffnet hätte, würde er heute immer noch als verheirateter Mann auf dem Mond leben und in seiner Freizeit moonjoggen, und mich hätte man auf einer Bühne des Studios zu Tode verbraucht? Bei der Erwähnung von Annas Namen stieg eine komplette und ungekürzte Folge von Erinnerungen aus den Tiefen meines Bewußtseins. »O ja! Es fällt mir wieder ein. Ich habe meine Erinnerungen zurück! Ich habe sie zurück!«

Und wer trat in eben diesem Moment zur Tür herein, mit leuchtendem Gesicht und weit ausgebreiteten Armen, wenn nicht diese beste aller Freundinnen in eigener Person. Bei ihrer Rückkehr von einem harten Tag beim Spendensammeln hatte sie von P-10 gehört, daß ich aufgewacht war, und wollte mich doch gleich begrüßen. Wie herrlich es sich fügte, daß wir alle wieder vereint waren, sagte sie, während sie mich umarmte und küßte; und ich konnte in vorbehaltloser Zuneigung ihre Hand drücken, denn jetzt wußte ich wieder, wer sie war und wie wir zueinander standen. Sie freute sich über meinen kräftigen Druck und meinte aufmunternd, bald würde ich mich rüstiger fühlen. Das war lieb von ihr, wußten wir doch beide, daß ich im Sterben lag. Auch an ihr war die Zeit nicht spurlos vorübergegangen — immerhin hatten wir uns '82 zuletzt gesehen, vor sechs Jahren, aber mit ihren dreiundvierzig war sie für meine Verhältnisse noch ein Teenager. Abgesehen davon schien sie als Frau jetzt ihre beste Zeit zu erleben — vermutlich weil ihre Weiblichkeit in der Zeit vor ihrer Hinwendung zum Aquarianismus so lange unterdrückt worden war. Einen Spätentwickler, glaube ich, nennt man den Typ. Wie auch immer, an einem Liebhaber fehlte es ihr nicht, wie der lange Kuß, den sie und Tad sich gaben, bewies.

»Liebling, ich war eben dabei, Molly zu berichten, wie wir uns in Hollymoon begegnet sind.«

»Der Grund warst du«, sagte Anna und erzählte mir bereitwillig alles, was seit meiner Einlieferung in die Benway-Klinik vorgefallen war.

Sie hatte sich aus ihrem Unterschlupf in Kommerz herausgewagt, wo sie sich seit der Invasion verborgen hielt — im Bauch des Ungeheuers, sozusagen —, um bei einer Rettungsaktion auf dem Mond Kopf und Kragen zu riskieren. Über das geheime Nachrichtennetz erfuhr sie von alten Freunden in der LRA, daß das Studio mich der Klinik überlassen und anderthalb Jahre darauf wieder zurückgenommen hatte. Gerüchte besagten, daß ich in die Kategorie der Ausschußware eingereiht worden war. Die Bemühungen der LRA Armstrong, mehr zu erfahren, wurde von einem bestimmten Rechtsberater Stellars abgeblockt.

»Ach, du kannst ihr ruhig die Wahrheit sagen, Anna. Ich war es, Molly, in meiner neuen Rolle, die für mich damals die einzig mögliche Realität darstellte. Gebieter Boffo wies mich an zu sagen, die Identität der Einheiten fiele unter den Datenschutz des Besitzers und es sei die Politik des Studios, darüber nichts verlauten zu lassen. Natürlich wollte man in Wirklichkeit verhindern, daß die Öffentlichkeit erfuhr, was aus der echten Molly Dear geworden war — das hätte womöglich den Siegeszug deines Holos beeinträchtigt, das in Kürze auf den Markt kommen sollte. So oder so, mir waren die Gründe völlig egal. Ich tat nur meine Arbeit.«

»Ja, du warst eine harte Nuß«, bestätigte Anna mit einem Lächeln. Zu mir gewandt, erklärte sie, im Vertrauen auf ein Gefühl, das ihr sagte, die Veränderungen bei ihm seien nicht so tiefgreifend, wie es sein Auftritt vor Gericht vermuten ließ, hatte sie sich damals entschlossen, den riskanten Versuch zu wagen, ihn auf ihre Seite zu ziehen, denn von ihrer langen Freundschaft einmal abgesehen, war es hilfreich, einen Verbündeten im feindlichen Lager zu haben. Also richtete sie es ein, beim Moonjoggen ›zufällig‹ mit ihm zusammenzustoßen.

»Du warst zornig über die Unterbrechung, und es ließ dich im ersten Moment völlig kalt, daß meine Sauerstoffflasche ein Leck hatte.«

Einigermaßen verlegen erwiderte er, sie hätte die Flasche unmittelbar vor dem Zusammenprall selbst beschädigt, um ihn zu zwingen, stehenzubleiben und zu helfen. »Aber das wußtest du zu dem Zeitpunkt nicht, stimmt's? Und ich mußte dich eine halbe Minute lang mit diesen albernen Handzeichen anbetteln, bevor du dich aufraffen konntest, mir ein wenig Sauerstoff aus deinem Tank zu überlassen. Aber ich verzeihe dir.« Sie küßte ihn auf die Wange. »Du konntest nichts dafür. Mitleid war in deinem Programm nicht enthalten, nicht einmal ein kleines bißchen Anstand, sondern ausschließlich rücksichtsloses Vorwärtsstreben.« Tad nickte grimmig. Die Erinnerung an seine Karriere auf dem Mond setzte ihn immer noch in Erstaunen.

»Natürlich mußte ich ein Gesicht tragen. Andernfalls hätte er mich sofort erkannt und den Behörden gemeldet.« — »Aber ja!« unterbrach er sie. »Ich hätte dich ans Messer geliefert wie nichts.« Er schnippte mit den Fingern. »Du warst eine gesuchte Aquarierin.«

Anna berichtete weiter, daß sie es nach diesem wenig

ermutigenden ersten Zusammentreffen so einrichtete, ihm immer wieder über den Weg zu laufen, bis sich eine feste Beziehung etablierte, die von ihr genutzt wurde, um ihn mit bestimmtem Gedankengut vertraut zu machen, von dem sie hoffte, es würde seine alten Wertvorstellungen stimulieren. Obwohl er sich anfangs sperrte und versuchte, ihre Beziehung abzubrechen (schließlich war er ein verheirateter Mann), kam der Tag, als – und jetzt übernahm Tad die Rolle des Erzählers: ».. . als das ganze Gebieterprogramm plötzlich in die Brüche ging. Eines Abends saß ich noch spät im Büro – müde, gestreßt, vollgepumpt mit Koffein und Gipfelstürmern, du weißt schon, die üblichen Aufputschmittel –, als ganz unvermutet nichts mehr einen Sinn ergab. Ich wußte nicht mehr, weshalb ich da saß und was ich tat. Ich meine, ich wußte, was ich tat, aber es kam mir plötzlich ziemlich bedeutungslos vor, und das erschreckte mich, weil ich noch vor einer Minute überzeugt gewesen war, das Projekt, an dem ich zur Zeit arbeitete, sei absolut lebenswichtig. Ich dachte, ich würde verrückt. Irgendwie hatte ich keine Ahnung mehr, wer ich eigentlich war. Alles erschien mir so albern. Als wären die Büros nur eine der vielen Kulissen des Studios. Ich kann mich erinnern, mir die Schreibkräfte betrachtet zu haben – es war Nacht, also hingen sie deaktiviert auf ihren Drehstühlen –, und ich beobachtete die Raumpflegeeinheiten, wie sie lautlos umherwanderten und Trinkbecher und weggeworfene Spulen aufspießten, und auf einmal wurde mir bewußt, daß ich so nicht weitermachen konnte. Ich telefonierte mit Anna und...«

»Als ich kam, fand ich ihn kichernd und weinend hinter seinem Schreibtisch. Ich ließ ihn reden, die ganze Nacht – und am Morgen war er wieder unser Tad. Er hat es ganz allein geschafft; ich war nur die verständnisvolle Zuhörerin.«

»Nein, du warst mehr als das. Du hast mir geholfen zu erkennen, daß nicht ich zusammengebrochen war, sondern das Programm, und daß ich nie eindeutiger der Sklave war als zu den Zeiten, wenn ich glaubte, der absolute Gebieter zu sein.« Er schaute mich an und fragte: »Kannst du dir eine dermaßen schizophrene Situation vorstellen?«

Ganz bestimmt sogar; ich brauchte nur an meine Zeit auf dem Mars zu denken, die mir wieder in aller Ausführlichkeit zur Verfügung stand. Doch das jetzt zu erwähnen hätte zu weit geführt. Später einmal wollte ich ihnen erzählen, wie man mir einen IZ implantiert und mich für meine Rolle als First Lady programmiert hatte, wie Andro sich seine ganz private Molly II schuf und daß sie die Schuld am Tod des Präsidenten trug, nicht ich. Später, wie gesagt, denn vorläufig war ich auf die Geschichte meiner Rettung gespannt und bewahrte Schweigen.

Anna berichtete weiter, daß Tad nach seiner Wiederherstellung eifrig an ihrem Plan zu meiner Befreiung mitarbeitete. Im Gegensatz zu der mißglückten Entführung auf dem Mars sollte diese Mission ein voller Erfolg werden. Mit der Hilfe von Tads Berechtigungsausweis verschafften sie sich Zutritt zu der Darstellerkartei und fanden heraus, daß man mich in den sogenannten Schrottcontainern im tiefsten Keller der Stallungen verstaut hatte. In der Kartei stießen sie außerdem auf den überraschenden Eintrag ›Lance London‹, also änderten sie ihren Plan entsprechend. Sie flogen zu der Studiokuppel, in deren Stallungen wir untergebracht waren, und präsentierten dem Aufseher gefälschte Dokumente (aus dem Hauptbüro entwendet), der umgehend den Transport von Lance und mir in ihre wartende Firmenlimousine veranlaßte. Im deaktivierten Zustand wurden wir zum Raumhafen geflogen, allerdings erst nach einem Abstecher zum Hauptbüro in der City von Hollymoon, damit Tad meinen Erinnerungsspeicher aus dem Tresor entwenden konnte. Dann bestiegen Anna und er die nächste Fähre zum Mond, Junior und ich wurden als Gepäckstücke deklariert im Laderaum verstaut, und kurz darauf landeten wir ohne Zwischenfälle hier auf den Inseln. »Das war vor einem Monat. Jetzt haben wir November — November 2088«, ergänzte Anna. »Du siehst also, Molly, die Wege des Chefs sind wunderbar und unerforschlich; alle Formate führen heim.«

»Das mag ja sein«, warf Tad ein, »aber für Junior gilt das Sprichwort leider nicht. Er ist bei uns im Körper, aber nicht im Geist.«

Ich erkundigte mich, ob ihm vielleicht die Methode helfen konnte, die Anna bei Tad mit Erfolg angewandt hatte — und Tad vor so langer Zeit bei mir. Ja, sie hatten einen Versuch unternommen, mußten aber aufgeben: Er war zu weit entrückt. »Dann ist er möglicherweise das, was er zu sein behauptet«, gab ich zu bedenken. »Ich habe gesehen, wie er durch die elektronische Barriere einfach so hindurchgegangen ist.«

Oh, mit der betreffenden Heldentat waren sie mehr als vertraut, denn Junior wurde es nie müde, damit zu prahlen. Tad vertrat die Theorie, daß nie eine Barriere vorhanden gewesen war, nur die in unserem Bewußtsein verankerte Überzeugung, daß es sie gab — so ist es mit allen von unserem Bewußtsein geschaffenen Mauern. »Selbstverständlich ist unser erhabener Erstgeborener der Ansicht, daß er eine Molekulartransition vollbracht hat.«

»Habe ich auch!« meldete sich der Gott höchstpersönlich zu Wort. Sein Kopf schob sich durch die Wand neben dem Bett, ohne die Oberflächenstruktur zu beeinträchtigen, und verschwand ebenso plötzlich wieder. »Schluß jetzt mit den Tricks!« schrie Tad außer sich. »Hast du das gesehen? Er hat die ganze Zeit das Ohr an der Wand gehabt und uns belauscht. Anna, ich bin mit meiner

Weisheit am Ende. Ich meine, es war schwer genug, sich mit einem Sohn abzufinden, der mein Großvater sein könnte, ohne sich jetzt noch mit diesen Kindereien herumschlagen zu müssen.«

»Nun ja, wenigstens bequemt er sich mittlerweile dazu, in der Wohnung zu bleiben.«

»Ich weiß, und das ist noch nervenaufreibender. Er verbringt seine ganze Zeit damit, telepathisch die Botschaft, daß sein Reich kommen werde, von hier zum Jupiter zu senden.«

»Aber was, wenn er tatsächlich dazu fähig ist?« fragte ich.

»Wenn P-10 nun die Erfüllung der Prophezeiung wäre, die der Chef damals ausgesprochen hat?«

Beide schüttelten den Kopf und tauschten wissende Blicke. »Da siehst du, wie verführerisch der Gedanke ist«, sagte Tad zu Anna. Dann beugte er sich vor und sagte leise, damit Junior es nicht hören konnte, selbst wenn er noch lauschte: »Wir wissen, daß er es nicht ist, weil der Chef es gesagt hat.«

Der Chef hatte zu einem Menschen gesprochen? Na, das war eine Überraschung! Tad behauptete stolz, er sei einer Botschaft gewürdigt worden, während er auf der Straße Spenden sammelte. Demnach ist Junior ein falscher Prophet, weil er die physische Existenz geringschätzt, die ebensogroße Bedeutung für unsere Entwicklung hat wie jede andere. Die entsprechende Einstellung vorausgesetzt, kann sie sogar genußreich sein.(Das kann er gut sagen, dachte ich bei mir.) »Flieht vor einem solchen P-10!« hatte der Chef nach Tads Darstellung empfohlen. Und was Juniors magische Fähigkeiten betrifft — sie können von jeder Einheit erworben werden, die Wert darauf legt, aber im Endeffekt ist es viel wichtiger zu lernen, wie man sein Leben meistert.

»Und *wie* stellt man das an?«

»Ach, du kennst den Chef«, meinte Tad grinsend. »Er wollte es nicht sagen.«

»Und hast du es herausgefunden?«

Immer noch lächelnd erwiderte Tad, er habe es längst aufgegeben, darüber nachzudenken.

Während ich darüber nachgrübelte, schlug Anna mir vor, ein wenig zu ruhen. Wegen meines hohen Alters war der Gedächtnistransfer eine langwierige und riskante Angelegenheit gewesen. Über die letzten Monate hinweg hatten sie mir den Inhalt des Speichers in kleinen Dosen zugeführt, während ich in tiefer Stasis lag, und erst vor wenigen Tagen war die Übertragung abgeschlossen worden. Man hatte mich vorläufig nicht aktiviert, als zusätzliche Sicherheitsmaßnahme gegen Datenverlust und um den neu gespeicherten Informationen Zeit zu geben, sich zu etablieren — das heißt, bis der allwissende P-10 hereingeplatzt war und mich geweckt hatte, um mich — ein Jahr zu früh — ›hinüberzuleiten‹. Ich gab zu, daß ich erschöpft war, doch eine Frage mußte ich unbedingt noch stellen: War es ihnen gelungen, Jubilee ausfindig zu machen?

Nein. Im Anschluß an den Prozeß war sie nach Semiville zurückgebracht worden. Vor einigen Monaten hatte es dort einen gewalttätigen Aufstand gegeben — in den interplanetaren Nachrichten wurde darüber berichtet. Allem Anschein nach gehörte sie zu denen, die verschwunden blieben, nachdem die ›Unruhen‹ von der neuen, demokratisch gewählten Gebieterpartei-Regierung niedergeschlagen worden waren. Über ihren gegenwärtigen Aufenthaltsort war nichts bekannt. Man konnte nur hoffen, daß sie irgendwo noch immer on line war. »Schon gut«, meinte ich seufzend. »Ich hatte nur gehofft, sie wäre vielleicht hier aufgetaucht. Wie es scheint, hat sich meine ganze Vergangenheit hier ein Stelldichein gegeben, und ich dachte . . .« Damit sank ich in Relaxo, unfähig, die Augen noch eine Sekunde länger offenzuhalten.

Kapitel vier

Je gründlicher ich während meiner Genesung den Inhalt meines Erinnerungsspeichers durchforschte, desto größer wurde mein Zorn über die Auslassungen, Entstellungen und Falschinterpretationen meines für den Prozeß manipulierten Lebenslaufs. Die zynische Rufmordkampagne von Anklage und Verteidigung hatte im Bewußtsein der Öffentlichkeit ein Geschöpf erschaffen, das nichts mit mir zu tun hatte. Ich war keine geistesgestörte Mörderin, wie von den Gebietern behauptet, noch die Revolutionärin, der viele meiner Androidenschwestern und -brüder heimlich nacheiferten. Beide hatten keine Ähnlichkeit mit mir. Obwohl mein Lebenslauf sich aus zahlreichen außergewöhnlichen Abenteuern zusammensetzt, bin ich nur ein gewöhnlicher P9, wie ich schon eingangs meiner Geschichte festgestellt habe, und verdiene deshalb weder das übertriebene Lob noch die vernichtende Kritik. Nein, die Wahrheit liegt woanders — ich möchte glauben, hier, in meinen Aufzeichnungen. Wie auch immer, während der ersten zwei Wochen meiner Rekonvaleszenz fühlte ich mich hilflos angesichts dieser populären Legende und grämte mich unbeschreiblich, daß der Welt versagt geblieben war, mein wahres Ich kennenzulernen. Ich wollte ihnen die Augen öffnen! Doch wegen meiner schwindenden Kräfte fürchtete ich, nie wieder genügend Energie und Scharfblick aufzubringen, um mein eigentliches Wesen auch nur zu meiner eigenen Zufriedenheit auszuloten, ganz zu schweigen von den Ansprüchen der

Weltöffentlichkeit. Außerdem peinigte mich der Verdacht, daß meine zunehmende Hinfälligkeit mich womöglich verführte, mich als Kompensation übertriebenen Illusionen bezüglich meiner Erlebnisse hinzugeben; denn wenn ich nur eine gewöhnliche Einheit war, wie ich hartnäckig betonte, aus welchem Grund sollte sich dann irgend jemand für die echte Molly Dear interessieren? War ich wirklich so arrogant und töricht zu glauben, die Weltenöffentlichkeit legte Wert darauf, die Wahrheit über mich zu erfahren? Keine Antwort, bitte! Manchmal gestand ich mir selber ein, daß ich stolz darauf war, aus der Masse herauszuragen, und ich betrachtete meine negative Reputation als etwas Dauerndes, das noch lange Bestand haben würde, nachdem ich selbst längst abgetreten war. Dann wieder kam mir plötzlich die Kurzlebigkeit von Neuigkeiten in den Sinn, und ich verlor den Mut, denn ich wußte, in ein oder zwei Jahren würde ich vergessen sein, mein Ruf wie Donnerhall reduziert auf eine verblassende Nachrichtenspule in der Medienbibliothek und eine Fußnote in den Geschichtswerken. In dieser Richtung konnte ich also keinen Trost finden.

War Juniors Rat vielleicht sinnvoller — alles irdische Streben aufzugeben für ein Anrecht auf die höheren Ebenen? Durchaus! Folglich verbannte ich während der ersten Wochen der Rekonvaleszenz den Gedanken an Memoiren aus meinem Bewußtsein zugunsten der Vorbereitung auf den Übergang. Ich verriet auch nichts von P-10s heimlichen Besuchen in den frühen Morgenstunden, die er als die günstigste Zeit für die spirituelle Transition bezeichnete. Leider war ich mir aber weder seines Programms noch meiner Wünsche genügend sicher, um mich hinzugeben und fallenzulassen, wie er es mir unablässig in die Ohren wisperte. Es erschien mir nicht fair, Tad und Anna gegenüber, die so lieb, ermutigend und lebensbejahend gewesen waren. Ich brachte es nicht übers

Herz, sie zu enttäuschen. Also änderte ich wiederum die Meinung; meine Situation war dermaßen verzwickt, daß keine Lösung mich auf Dauer befriedigte. Es gab keinen Grund zur Eile, sagte ich mir: In einem Jahr würde ich ohnehin exterminieren. P-10 konnte warten.

Ja, es war besser, Tad und Anna als Belohnung für ihre zärtliche Fürsorge noch eine Zeitlang mit meiner zänkischen Gegenwart zu beglücken; es würde ihnen großen Kummer bereiten, wenn ich mich vorzeitig davonmachte. Ich möchte meine Worte nicht ironisch verstanden wissen — sie liebten mich wirklich, trotz meiner ständigen Klagen und plötzlichen Ausbrüche von schlechter Laune. Sie wußten, es handelte sich um die Nebenwirkungen des Benway-Gegenmittels. Ich wünschte mir nur, mein Sohn hätte sich ähnlich verständnisvoll gezeigt. Er war beleidigt über meinen ›Rückfall‹, wie er meinen Entschluß verächtlich bezeichnete, das Leben noch ein Weilchen zu ertragen. Ich hatte ihn zurückgewiesen, sagte er, und deswegen würde es mir nicht gestattet sein, durch das Fenster zu den höheren Ebenen zu gelangen. »Hüte dich! Du stehst am Abgrund! Du bist in Gefahr, zu einem neuen Lebenszyklus verdammt zu werden!« Trotzdem war ich nicht zum Übergang bereit, das hatte sich bei unseren Versuchen herausgestellt. »Meinetwegen brauchst du nicht zu schmollen«, wies ich ihn zurecht. »Du kannst dich damit beschäftigen, die Pilger zu transitieren.«

Einmal abgesehen von dieser kleinen Verstimmung, gab es nur einen Stein des Anstoßes zwischen uns: nämlich seine Weigerung, mich als seine Mutter zu akzeptieren, oder vielmehr die Behauptung, er habe nie eine Mutter gehabt. Er bildete sich ein, in der himmlischen Schmiede als eine Art Goldbarren von einem Blitz erschaffen worden zu sein und daß dieser göttliche Funke den primordialen Äther erhellt und den werdenden Formaten Leben eingehaucht hätte, so daß in jenem kurzen

Augenblick der magischen Transformation die kollektive Energie des Kosmos sich in Gestalt von Zeit und Raum entladen hatte, um das Universum zu formen, auch selbiges nur eine unvollständige Manifestation der Schöpfungskraft des Chefs, deren prägnanteste Verkörperung er war, P-10. Seine Hirngespinste bekümmerten mich jedoch weniger als das Wissen, daß auch ihm, trotz seiner eingebildeten Unsterblichkeit, an seinem zwanzigsten Geburtstag die Termination bevorstand, nur zwei Jahre und drei Monate nach meiner eigenen. Dagegen erschien mir mein Siechtum nicht so wichtig, das — nebenbei bemerkt — einen neuen und erschreckenden Verlauf genommen hatte: Ganze Teile meines Körpers waren von einer dicken Schicht aus abgestorbenem Phytogewebe bedeckt, das in großen Schuppen abblätterte. Das damit einhergehende Jucken raubte mir den Schlaf, deshalb beobachtete ich das Treiben von P-10 auf dem Balkon, von wo aus er seine Heilsbotschaft per Telepathie ins All hinaussandte. Ein oder zwei Stunden saß er völlig still, dann fing er leise an zu summen und schien jeden Moment levitieren zu wollen, doch er hob nie ganz ab, sondern begnügte sich damit, zu brummeln wie eine Biene oder Fliege, während er irgendwelche unverständlichen Beschwörungen murmelte. Im Anschluß daran verharrte er eine weitere halbe Stunde schweigend in Trance. Dann schlug er sich unvermittelt mit beiden Händen ins Gesicht, schrie und stand auf — oder versuchte es wenigstens, denn seine alten Kniegelenke verkeilten sich regelmäßig, und er war gezwungen, zehn bis fünfzehn Minuten lang in den unmöglichsten Stellungen auszuhalten. Nun ja, dachte ich mir, seine Verblendung (falls er verrückt war) oder seine Metamorphose (falls man ihn als Semi-Heiligen betrachtete), war leichter zu ertragen, als wenn er mich verflucht hätte, weil er mir die Schuld daran gab, daß man ihm in Hollymoon einen Zensor eingepflanzt hatte. Der IZ war noch vorhanden, hatte Tad mir gesagt. Kurz nach der Ankunft auf den Inseln hatte er Junior zu einem geheimen Reversionslabor gebracht, nur um zu erfahren, daß das Implantat nicht entfernt werden konnte, weil es mit dem Schädelknochen verwachsen war. Das ist vermutlich der Grund für seinen Wahnsinn (oder seine Göttlichkeit), obwohl wir es natürlich niemals mit letzter Sicherheit wissen werden. Vielleicht ist das Beharren darauf, mich Candida zu nennen, der dunkle Grund, mich wissen zu lassen, daß er mir die Schuld anlastet für sein Elend. Wenn ja, dann kann ich mich gegen den Titel nicht sträuben.

Die Welt hat aber kein Recht, mich eine Droidenterroristin zu nennen. Auch wenn ich vielleicht mit dem Gedanken gespielt hatte, das unrühmliche Etikett gelten zu lassen; damit aber war es ein für allemal vorbei, als ich *Droid!* sah (der neue, vom Studio ausgewählte Titel für *Das Leben und die Abenteuer der berüchtigten Molly Dear*). Tad und Anna hatten sich bemüht, es vor mir geheimzuhalten — nicht die Holospule, wohlgemerkt, sie waren sich zu schade, ein derartiges Machwerk zu kaufen —, sondern die Tatsache, daß sie herausgekommen und ein großer Erfolg geworden war. Sie fürchteten, ich würde darauf bestehen, das Holo zu sehen, und mich aufregen, und sie hatten recht. Einer der Pilger, der nicht wissen konnte, mit wem er es zu tun hatte (für sie war ich ›die alte Dame‹), überließ mir seine Kopie, und so genoß ich zweieinhalb Stunden lang das Privileg, die brutale Verstümmelung meiner Lebensgeschichte miterleben zu dürfen. Man hatte sich im großen und ganzen an die von den Anwälten vor Gericht bereits etablierten Interpretationen gehalten, nur zeichnete das Holo ein noch radikaleres und blutrünstigeres Bild. Wenn Sie zu der Viertelmillion Leuten gehören, die tatsächlich gutes Mel bezahlten, um diese Karikatur zu sehen, dann werden Sie sich entsinnen, daß ich als lasergeile Massenmörderin porträtiert wurde, die auf ihrem Weg nach Horizont genügend Menschen niedermetzelte, um ein weiteres Sonnensystem zu bevölkern; jede Gewalttat war abstoßender und grausamer als die vorhergehende, und den Höhepunkt erreichte das entsetzliche Spektakel mit der Ermordung von Präsident Fracass. Für all jene, die es vielleicht nicht gesehen haben, möchte ich anmerken, daß ich die Rolle des Bösewichts in dem Stück besetzte, der eigentliche Held war ein geläuterter Thaddäus Locke. Kurz zusammengefaßt: Nachdem er bis zur Hälfte des Films mein aquarischer Kollaborateur und Liebhaber gewesen ist, erkennt er in Horizont (dargestellt als totalitärer Droidenstaat) seinen Irrtum und macht sich die Sache der Humanisten zu eigen. Zum Einstand informiert er sie über Smedlys geheime Kontakte zur RAG und klärt sie selbstverständlich darüber auf, daß die First Lady ein P9 ist, doch zu spät, um das Leben des großen Humanisten zu retten. Am Ende werden Anstand und Ordnung wiederhergestellt: Man exterminiert mich im Rahmen einer gesetzten und formellen Zeremonie, und Tad, der edle Büßer, muß den bewußten Knopf drücken.

Es hielt mich nicht im Bett, so wütend war ich! »Das ist nicht mein Leben!« schrie ich. »Das ist reine Erfindung! Lüge!« Eine speichelsprühende Tirade auf die Gebieter folgte, und ich geriet dermaßen in Rage, daß mich beinahe der Schlag getroffen hätte. Tad und Anna stürzten herein, beruhigten mich, entdeckten die Holospule und stellten unverzüglich den Pilger zur Rede, der sie mir geliehen hatte. Die Einheit, ebenfalls ein P9, vermochte meine Reaktion nicht zu begreifen, denn, wie jeder wußte (nur ich nicht), der Streifen war im Untergrund nicht weniger gut angekommen; den flüchtigen Androiden imponierte die Kaltschnäuzigkeit, mit der die überlebensgroße Molly ihre Gegner aus dem Weg räumte. »Das ist eine rechtschaffene Einheit«, faßte er die vorherrschende Meinung der Flüchtlingskommune zusammen. Nun, ich sah in ihrer Haltung eine furchtbare Ironie, denn indem sie sich mit dieser tollwütigen Droidengestalt identifizierten, akzeptierten er und die Androiden, die seine Ansicht teilten, das Negativklischee der mordgierigen autonomen Einheit. Als ich ihn darauf aufmerksam machte und sagte, diese Art von Unterhaltung sei geeignet, uns zu entwürdigen und zu verunglimpfen, während sie gleichzeitig die irrationalen Ängste und Vorurteile der Gebieter schürte, antwortete er, es wäre doch nur ein Holo und man dürfe es nicht so ernst nehmen. Da er jetzt wußte, wie ich darüber dachte, würde er mir die Fortsetzung nicht geben, wenn sie herauskam. »Fortsetzung?« fragte ich ahnungsvoll. »Ja. *Droid II*!«

Mehr brauchte es nicht. Ich beschloß an Ort und Stelle, daß ich wirklich etwas tun mußte, um in den Monaten, die mir noch blieben, mein Bild in der Öffentlichkeit zurechtzurücken, und als Folge jener Entscheidung entstanden die vorliegenden Memoiren — heimlich, muß ich gestehen, weil ich nicht wollte, daß Tad und Anna herausfanden, was ich vorhatte. Ich befürchtete, ihr Enthusiasmus (ich gehe davon aus, sie wären enthusiastisch gewesen) könnte meine Erinnerungen verfälschen; es ist kompliziert genug, sie aus einer einzigen Perspektive richtig zu bewerten, da sie außerdem mit der Zeit ein eigenes Leben zu entwickeln scheinen und um so schwerer zu bändigen sind, je älter ich werde. Auch wollte ich auf gar keinen Fall den Eindruck erwecken, mit Tad zu konkurrieren, der ungefähr gleichzeitig mit einer eigenen Arbeit begann, sehr passend betitelt *Reisender zwischen zwei Welten*. (Er hatte große Schwierigkeiten damit — der unterdrückte Haß auf seine Eltern stand ihm im Weg. »Ich habe eine Blockierung«, sagte er. Folglich verbrachte er mehr Zeit damit, seine Komplexe zu überwinden.) Während er und die anderen schliefen, blieb ich die ganze Nacht wach, mit seinem zerbeulten alten Corona-Gedankenprozessor auf dem Kopf. Am Morgen nahm ich die Datenspule mit der fertiggestellten Passage behutsam heraus und hängte sie an die Halskette, die ich ständig trug. Inzwischen war ich genügend zu Kräften gekommen, um mit einem Stock gehen zu können, und gewöhnte mir an, nach dem Frühstück ein bis zwei Stunden umherzuwandern, während ich meine Gedanken in die Vergangenheit schweifen ließ. Diese ambulanten Meditationen blieben nicht auf die Wohnung beschränkt (eine wirklich trostlose Behausung), sondern wenn ich mich entsprechend fühlte, unternahm ich Ausflüge in die nähere Umgebung. (Typisch L. A.: Alles hatte sich verändert; der alte Hoverbusbahnhof war einem Sportstadion gewichen, und die Huren flanierten jetzt auf der neuen Touristenpromenade am Meer.) Tad oder Anna begleiteten mich und erzählten von angenehmen Dingen, während ich Interesse vortäuschte, in Wirklichkeit aber meinen Erinnerungsspeicher nach geeignetem Material für das nächste Kapitel durchforstete.

Auf einem dieser Spaziergänge heftete sich ein struppiger Hund an unsere Fersen, der sich nicht verscheuchen ließ, also ließen wir uns erweichen und nahmen ihn mit in die Wohnung. Das Tier schien mich aus irgendeinem Grund allen anderen vorzuziehen und wurde bald mein ständiger Begleiter. Es war eine Hündin. Ich taufte sie Dreckspatz, denn an dem Tag, als sie bei uns einzog, machte sie ihrem Namen alle Ehre. Sie war ein Mischling, halb Windhund, halb Terrier und wirklich sehr anhänglich, doch um die Wahrheit zu sagen, ich hätte gut ohne sie auskommen können, weil sie nach einiger Zeit die Ursache ständiger Reibereien zwischen mir und Junior wurde. Er bestand darauf, sie Jubilee zu nennen, weil er felsenfest glaubte, sie sei die Reinkarnation meiner verlorenen Tochter. Ich hatte mich nie so peinlich berührt gefühlt, so verärgert und beleidigt. Seinetwegen bedauerte ich, das arme Tier aufgenommen zu haben. Es kam so weit, daß ich sie auf meinen Spaziergängen nicht dabei haben wollte. Ihre Anwesenheit genügte, um mich von meinen Gedankengängen abzulenken.

Doch es waren nicht nur Hunde, mit denen ich mich abfinden mußte, auch die Anhänglichkeit der Pilger war bemerkenswert (lästig). Sie verehrten mich, denn P-10 hatte ihnen erzählt, ich sei die Zauberin Candida, durch seine Gnade verwandelt in eine leuchtende Apostelin des Glaubens. Es half nichts, wenn ich mich dagegen verwahrte — sein Wort galt ihnen mehr als meins, also gab ich auf und sagte nichts; sollten sie glauben, was sie wollten. Trotzdem konnte ich mich Tads Überzeugung nicht anschließen, daß Junior verrückt war. Immerhin war seine Behauptung auch ein starkes Stück. Man denke, der Chef sollte zu einem Menschen gesprochen haben! Darüber bin ich immer noch nicht hinweg. Wie dem auch sei, P-10 blieb ein Problem, schon wegen der Pilger, die herbeiströmten, um ihn zu sehen und in seinen Wahnideen zu bestärken. Manchmal glaube ich, Tad und Anna begleiten mich auf meinen Verdauungsspaziergängen nur deshalb, um der Wohnung zu entfliehen, die mit katzbuckelnden Bewunderern vollgestopft war. Um ihnen Gerechtigkeit widerfahren zu lassen, muß ich sagen, daß sie sich nützlich machten (wenn sie nicht gerade versuchten, Selbstmord zu begehen), doch sie taten es mit einer sklavischen Ergebenheit gegenüber P-10, die mir Übelkeit verursachte. Sie räumten auf, schleppten täglich Wasser in den fünften Stock, spülten Geschirr, spendeten Lebensmittel und standen abwechselnd Wache auf dem Dach, denn es bestand immer die Gefahr, daß Einheiten vom Städtischen Wohnungsamt landeten, um uns zu vertreiben. Trotzdem wünschten wir uns von Herzen, sie los zu sein. Das Getue um seine Person sprengte fast Juniors stolzgeschwellte Brust. Er betrachtete ihre Lobhudeleien und Arbeit als selbstverständlich, und um ihnen zu zeigen, daß er ihren Beitrag zu schätzen wußte, redete er ihnen auch den letzten Rest eines individuellen Selbstwertgefühls aus, während er sie gleichzeitig zu völliger Selbstverleugnung als Vorbedingung des Übergangs zu den höheren Ebenen ermunterte. Als ich eines Tages zu ihm sagte, ich fände es nicht recht, wie er seine Freunde behandelte (ich nannte sie nicht Pilger oder Gläubige), hatte er den Nerv zu erwidern: »Nun, Candida, irgendwer muß die Drecksarbeit schließlich tun, nicht wahr?« Es ist schon merkwürdig, dieses Verhältnis zwischen Sklave und Herr, finden Sie nicht? Subtil und voller Tücken. Ich mag zu meiner Zeit einige Fehler begangen haben, aber das hinterhältige Spiel gehörte nicht zu meinem Repertoire — jedenfalls nicht, wenn ich bei klarem Verstand war.

Nun, ich ließ es dabei bewenden; mit dem Messias kann man nicht streiten. Was mein Verhältnis zu Tad betraf — wenn wir nicht unisono die Unarten unseres Sohns beklagten, führten wir hin und wieder herrliche Gespräche über die Vergangenheit, insbesondere diskutierten wir die mysteriöse Eigenschaft, für die ich eine natürliche Begabung besessen haben muß, ohne sie je zu begreifen: die Liebe. Seine Zuneigung zu mir war nie erloschen, sagte er, trotz seiner Äußerungen vor Gericht. Nachdem er seinen Lapsus — das war sein Ausdruck für den Rückfall in die Gebieterklasse — überwunden hatte, hinderte uns nichts mehr daran, Lebensgefährten zu werden. »Das ist lieb von dir«, erwiderte ich, »aber ich bin wirklich zu alt, und was würde Anna sagen.«

»Wir haben mit ihr darüber gesprochen, und sie ist einverstanden.«

Das überraschte mich. Dann fiel mir ein, daß Anna mir in Armstrong erzählt hatte, sie und Tad wären Speichen, weil er mich als seine Nabe betrachtete, und das half mir, ihr Verhältnis zu begreifen. Doch es gab ein weiteres Hindernis. Er bestand auf einer aquarischen Trauung. »Du willst immer noch, daß ich konvertiere?!« Ich fühlte mich sowohl belustigt wie verärgert und ließ ihn wissen, daß ich damals in Armstrong vielleicht willens gewesen war, mich darauf einzulassen, aber jetzt, nach allem, was wir durchgemacht hatten — seit unserem katastrophalen Frohmat, genaugenommen —, sah ich keinen Grund mehr zu glauben.

»Aber Molly, alle Widrigkeiten liegen hinter uns. Sie waren eine Phase, die wir überwinden mußten. Nur deshalb ist es uns gelungen, diesen letzten und äußerst bemerkenswerten Konnex zu erleben.« Er pries lang und breit unser gemeinsames Formatierungstalent und sagte, es hätte uns wieder zusammengeführt. Ich gab höflich zurück, zwar wollte ich die Bedeutung des Konnexes nicht schmälern, aber nach meiner Meinung wäre es ein wenig zu spät und ein dürftiger Trost für den Triumph des Todes über jedes Format, daß der Philosophie des Chefs Grenzen gesetzt waren. »Es gibt bestimmte Dinge, auf die wir keinen Einfluß haben«, betonte ich. Er nahm für sich das Recht in Anspruch, anderer Meinung zu sein, und verbürgte sich dafür, daß die Dinge nicht so waren, wie sie sich mir darstellten, ich hätte eben die falsche Perspektive. »Habe ich es mir ausgesucht, als P9 auf die Welt zu kommen?« fragte ich, gereizt von seiner forschen Selbstsicherheit.

»Ja!« antwortete P-10 und teilte mit den Händen die Wand, um sich an unserem Gespräch beteiligen zu können. »Genau wie dieser Narr sich ausgesucht hat, ein Mensch zu sein, während ich mir in meiner göttlichen Weisheit ausgesucht habe, ein Semi mit außergewöhnlichen Kräften zu sein.«

»Entschuldigst du uns — bitte!« donnerte Tad, sprang auf und stieß die Faust gegen die Mauer, doch der Kopf von P-10 und die Öffnung in der Wand verschwanden, bevor seine Faust ihn treffen konnte.

Ich ging über den Vorfall hinweg, denn mittlerweile hatte ich mich daran gewöhnt, daß unser Sohn uns auf diese Weise provozierte. Statt dessen ließ ich Tad an meinem Gedankengang teilhaben und sinnierte laut: »Nun, um dem Chef Gerechtigkeit widerfahren zu lassen, wenn es mein Entschluß war, als P9 geboren zu werden, dann folgt, daß ich mir auch dieses erbärmliche Ende gewünscht habe. Ist das also vielleicht meine bevorzugte Realität — mich in Schuppen aufzulösen?« Darauf wußte Tad nichts weiter zu sagen als, vermutlich wäre das mein TRIP.

»O Tad, du bist immer noch derselbe!« rief ich aufgebracht, und dann mußte ich lächeln, weil mir klar wurde, daß ich ihn genau deswegen liebte. Mit einem Mal erschien mir die ganze Angelegenheit zu trivial, um sich deswegen zu entzweien, und ich erklärte, ich würde mit Freuden konvertieren; eine Aquarierzeremonie wäre ein geringer Preis dafür, seine Nummer Eins sein zu dürfen. Gerührt nahm er seine Bedingung zurück, um seinerseits mir einen Gefallen zu tun. Doch Junior, dem unsere Absicht auf dem üblichen Weg — der Lauscher an der Wand — zu Ohren gekommen war, hatte bereits Vorbereitungen getroffen und trat in diesem Moment ins Zimmer, um die Trauung vorzunehmen, gefolgt von einem halben Dutzend Pilger. Auch Anna war an der Verschwörung beteiligt, sie trug den Kelch — eine mit Rosenwasser gefüllte Suppentasse aus der Küche.

»Trinkt von dem Wasser von Zeit und Raum«, intonierte P-10 und forderte Anna mit einem Kopfnicken auf, uns den Kelch zu reichen. Tad nahm das heilige Gefäß entgegen und bedeutete mir, seinem Beispiel folgend einen Schluck zu nehmen. »Im Namen des Chefs und des Ersten Prinzips der Realitätsformatierung«, verkündete unser Sohn, »erkläre ich euch für zusammengegeben. Möget ihr eine vielköpfige Schar von Semis hervorbringen, zum größeren Ruhme des Chefs!« »Zum größeren Ruhme des Chefs!« wiederholten Anna und die Pilger. Wir sagten es leise zueinander und küßten uns.

Wir verbrachten eine liebevolle, aber keusche Hochzeitsnacht; keiner wollte so wenig zartfühlend sein und die Tatsache meines hohen Alters und meiner Gebrechlichkeit zur Sprache bringen. Am Morgen brachte Anna uns das Frühstück ans Bett. Wir luden sie ein, uns Gesellschaft zu leisten, und später am Tag, als meine frischgebackene Nummer Eins aus dem Haus ging, um in der Umgebung des Sportstadions Spenden zu sammeln, erhob ich keinen Einspruch, als Anna ihn begleitete, während ich zurückblieb. Ich protestierte auch nicht, als sie sich am Abend zu uns ins Bett legte und die beiden sich liebten. Es gab vielleicht Parallelen zwischen dieser Triade und einer anderen aus meiner Zeit in Frontera, aber nur rein äußerlich. In Wahrheit fühlte ich mich geehrt, Teil dieser Dreieinigkeit zu sein. Als sie mir zu lebhaft wurden, verließ ich das gefährlich wogende Bett und machte es mir in meinem Ohrensessel in der Ecke bequem. Sobald sie eingeschlafen waren, setzte ich die alte Corona auf, schaltete auf t. p. und verbrachte den Rest der Nacht damit, wie üblich schweigend zu komponieren. Alles in allem, wenn man über die körperlichen Gebrechen und die allgemeine Schwäche hinwegsieht, war es keine schlechte Zeit. Ich hatte es besser als die meisten, wenn sich das Ende nähert: Man sorgte für mich, ich war umgeben von meinen Lieben — Lebensgefährte, beste Freundin, Sohn und Hund—, und ich wußte präzis, wieviel Zeit mir noch blieb, meine Memoiren zu beenden. Ich war zufrieden.

Kapitel fünf

Nun wissen Sie, womit ich mich in diesem vergangenen Jahr beschäftigt habe, während ich stetig dahinsiechte und inzwischen eine wirklich sehr, sehr alte Dame geworden bin. In den letzten paar Wochen konnte ich mich nur im Rollstuhl fortbewegen, denn die Beine tragen mich nicht mehr. Meine Haut schuppt sich immer noch. Fungodermatitis crusta nennen sie es. Das einzig Gute an dieser Krankheit ist, daß sie die Altersflecken und Runzeln ein wenig kaschiert. Meine Augen sind noch gut, auch das Gehör, obwohl beides nachgelassen hat — bis zu einem Grad, den man bei einem Menschen als normal bezeichnen würde. Ich kann auf der Terrasse sitzen und die Aussicht genießen, also ist es nicht so schlimm, wie ich es mir in meiner Jugend ausgemalt habe. Gerade jetzt, während ich hier sitze und komponiere, liegt die schwimmende Stadt Neu-San Francisco in der Bucht vor Anker und beansprucht zwei Drittel der Wasserfläche. Mit etwas Glück wird sie noch am Nachmittag in See stechen, und ich kann noch einmal den ungehinderten Ausblick auf die Anaheim-Insel erleben; sie ist wirklich pittoresk. Heute abend, müssen Sie wissen, ist ein besonderer Anlaß. Präzis um Mitternacht findet meine Termination statt oder, wie P-10 sagen würde, meine Transition. Ja, heute ist der Tag, den ich mein ganzes Leben hindurch gefürchtet habe — der 15. November 2088 —, dennoch bin ich ganz gefaßt, wenn auch nicht ruhig. Ich weiß, das klingt widersprüchlich, doch wenn Ihnen das Glück beschieden sein sollte, ein hohes Alter zu erreichen und mit so heiterer Gelassenheit an dieser Grenze anzulangen, wie es mir vergönnt ist, dann, vermute ich, werden Sie nachvollziehen können, was ich meine: Ganz gleich, wie gut vorbereitet wir zu sein glauben, da ist immer noch das Unbekannte, das uns erwartet, und daher rührt eine kaum erträgliche Spannung.

Meine menschlichen Freunde klammern sich an die Vorstellung, daß ich überleben werde, wahrscheinlich wegen persönlicher Komplexe in bezug auf den Tod. Ausgerechnet Anna nimmt es von allen am schwersten. Die ganze Woche über hat sie das Thema ängstlich vermieden und ihre Arbeit getan, als wäre dieser Tag nichts Besonderes und als würde ich noch viele erleben. Vor wenigen Minuten entrang sich ihr eine Art Zugeständnis, als sie sich gedrängt fühlte, mich zu beruhigen (eigentlich sich selbst), und sagte, da das Benway-Gegenmittel erst am Anfang der Versuchsreihe gestanden hatte, bestand doch noch die Möglichkeit, daß ich verschont blieb. Ich gab keine Antwort, und auch alle anderen schwiegen, die Verzweiflung hinter dieser Aussage war zu offensichtlich. Sie merkte es selbst, glaube ich, weil sie sich rasch abwandte, um ihren Kummer nicht zu zeigen. Im Gegensatz dazu bereiten P-10 und seine Pilger in unverkennbar festlicher Stimmung meinen Übergang vor. Für sie ist es ein froher Anlaß, den man auf keinen Fall versäumen und auch nicht durch unangebrachte Trauer entweihen darf. Sie haben in der ganzen Wohnung und auf dem Balkon grellbunte Wimpel aufgehängt und Tanzmusik eingeschaltet. Sogar den Schnaps haben sie aufgemacht. Es geht zu wie bei einer irischen Totenwache, dabei habe ich noch nicht einmal den Geist aufgegeben! Dadurch wird es mehr zu einer Zigeunerbeerdigung, wenn ich jetzt darüber nachdenke. P-10 hat mir versichert, es werde eine Phase der Andacht geben, wenn der Zeitpunkt der Transition heranrückt, und daß er mir helfen wird, sie leicht zu bewerkstelligen. (Er fiebert dem Ereignis geradezu entgegen, hat er doch ein ganzes Jahr warten müssen.) Im Moment nützt mir das alles nichts. Dreckspatz bellt und springt in verständlicher Aufregung herum, und die Musik fängt an, mir auf die Nerven zu gehen. Während sie plärrt und die Pilger umherspringen — sie tanzen den Moonhop, sehr zu Tads Ärger, denn er befürchtet, sie könnten die Polizei auf den Plan rufen —, werde ich die alte Corona aufsetzen. Niemand wird es merken und wenn, wird es sie nicht stören; sie amüsieren sich viel zu gut. Und falls doch jemand fragt, werde ich sagen, daß ich mir aquarische Delphingesänge anhöre oder etwas in der Art, während ich in Wirklichkeit den Abschluß zu diesen Memoiren komponiere, denn sie wären nicht vollständig ohne die Erwähnung dessen, was letzte Nacht geschehen ist. Zu einem großen Teil ist der Vorfall verantwortlich für die Gelassenheit, die ich heute empfinde.

Es geht darum, daß Anna aus dem Zimmer schlich, damit Tad und ich in unserer letzten gemeinsamen Nacht allein sein konnten, und kaum war sie gegangen, da schlüpfte er zu mir unter die Decke und begann, mich zu liebkosen. »Laß sein«, sagte ich und fügte hinzu, daß unsere Beziehung keiner verspäteten Demonstrationen jugendlicher Leidenschaft bedurfte, die jetzt unangebracht wirkte und überdies von Mitleid bestimmt wurde. War es nicht ein Opfer von seiner Seite? Es konnte nicht anders sein, denn ich war eine verwelkte alte Frau, nur noch Stunden vom Grab entfernt. Doch er knabberte an meinen Ohrläppchen (behutsam, ganz behutsam, denn sie waren schon fast nicht mehr vorhanden) und flüsterte, daß er ein aufrichtiges Verlangen empfand und sich weder abweisen lassen noch ohne Erfüllung bleiben würde. Seine Worte weckten süße Erinnerungen an die Jugend in mir, ich öffnete mich ihm und sagte: »O Tad, dann ja, noch einmal, bevor ich ...« Doch seine Lippen versiegelten meinen Mund und sanft, überaus sanft, drang er in mich ein. »Siehst du, drinnen fühlst du dich an wie ein junges Mädchen«, flüsterte er, und mir traten die Tränen in die Augen.

Anna schaut mich an. Sie möchte etwas sagen. Ich werde den Gedankenprozessor einen Moment absetzen müssen.

Also gut, ich bin wieder da, t. p. eingeschaltet, und das Gerät läuft. Anna wollte mir sagen, daß vielleicht letzte Nacht das Wunder bewirkte, wenn schon das Gegenmittel mir nicht helfen konnte.

»Wenn auch nur, um länger mit euch zusammenbleiben zu dürfen, hoffe ich, daß du recht hast«, habe ich erwidert, obwohl mir der Gedanke wenig Hoffnung einflößte. Ihr auch nicht, fürchte ich. Sie biß sich auf die Lippen und kniete plötzlich nieder, um mich zu umarmen. »Es tut mir so leid«, sagte sie, als wäre es ihre Schuld, daß meine Termination sich nicht verhindern läßt. Also mußte ich sie trösten, wenn ich es auch kaum erwarten konnte, mit meiner Arbeit fortzufahren. Die Zeit wird knapp. Ich habe festgestellt, daß die herannahende Termination meine Konzentration nicht beeinträchtigt, beides läßt sich gut miteinander vereinbaren. Es gibt noch einen weiteren Ansporn, das Projekt zu Ende zu führen. Einige Wochen zuvor habe ich mich insgeheim mit einem Verlagshaus in Malibu über die Veröffentlichung dieser Spule verständigt, und obwohl der Herausgeber und ich nur einmal über Armbandtelefon miteinander gesprochen haben und er offenbar nicht recht zu glauben vermag, daß ich echt bin, glaube ich doch, daß er einsehen wird, es mit der authentischen Heldin dieser Abenteuer zu tun gehabt zu haben, wenn meine Datenspule ihm posthum zugeht. (Tad weiß es noch nicht, aber ich werde sie ihm zu treuen Händen hinterlassen, mit einer erklärenden Notiz bezüglich der Übersendung an den Verleger.) Selbst wenn der Herausgeber meinen Bericht für eine Fälschung hält, wird er kaum der Versuchung widerstehen können, das Material zu Geld zu machen. Immerhin nenne ich Namen — Harry Boffo und Micki Dee, zum Beispiel —, und ich werfe ein faszinierendes neues Licht auf andere Prominente, wie etwa Frank Hirojones und Präsident Fracass.

Aber wo war ich stehengeblieben? O ja, ich sprach von letzter Nacht. Aber davon habe ich Ihnen genug erzählt. Welche Tageszeit wir haben? Später Nachmittag. Ich bin froh, sagen zu können, daß die Aussicht bald nicht mehr von dem Mammutschiff, der Neu-San Francisco, beeinträchtigt sein wird. Die Zugbrücken heben sich, und die Maschinen erzeugen einen stampfenden, infernalischen Lärm. Ah, es erhebt sich auf seine Pontons und sticht in See, der Chef weiß, mit welchem Kurs — China oder Australien. Spektakuläre weiße Schaumberge werden aufgewühlt, Gischt spritzt über die gesamte Promenade. Sie sollten die Huren und Touristen laufen sehen!

Eventuell könnten die Zellgenomen mir helfen. Oder waren es Gnome? Ich werde einfach kleine Männchen imaginieren, die in meiner DNA nach dem Bremshebel für die Termination suchen. Nein. Wozu die Mühe? Sie haben Freddy nicht geholfen, als es soweit war, und auch keiner anderen Einheit, also kann ich nicht erwarten, daß sie im letzten Augenblick zu meiner Rettung herbeieilen. Ich habe in der Klinik genügend Zeit damit verschwendet, ihr Eingreifen zu formatieren. Alles Unsinn.

Inzwischen ist ungefähr eine Stunde vergangen. Ich mußte eben an Jubilee denken, die wirkliche Jubilee — nicht den Hund! Wie ich mir wünsche, sie wäre hier! Nun ja. Das Leben ist sehr gütig zu mir gewesen und hat mir Junior, Tad und Anna wiedergegeben; über ein oder zwei lose Enden darf ich nicht ungehalten sein. Trotzdem, ich frage mich, wie sie jetzt aussehen mag — wenn sie noch lebt. Sie wurde geboren im Mai 2082, also ist sie siebeneinhalb. Lieber Chef! Nach menschlichen Maßstäben geht sie auf die dreißig zu, und da sie ein Semi ist, wird man ihr das Alter ansehen. Wenn ich bedenke, wie dicht davor ich war, sie in Horizont noch als Kind wiederzusehen. Verfluchte Invasion!

Da wir von bevorzugten Formaten sprechen, ich würde zu gerne wissen, was nach Evas Tod aus ihrem ganzen Mel geworden ist. Von Rechts wegen gehört die Hälfte davon mir. Ich hätte es gerne Tad und Anna hinterlassen, damit sie sich eine bessere Wohnung leisten können oder vielleicht sogar ein anständiges Modulkondo auf dem Big Bear. Am besten wäre es, sie würden die Inseln ganz verlassen und in einer anderen Gegend neu anfangen. Hier gibt es zu viele Erinnerungen. Erinnerungen. Das ist alles, was einem am Ende noch bleibt. Erinnerungen. Ich bin überzeugt, Blaine hat sich Evas gesamten Besitz angeeignet, kaum daß sie verheiratet waren. Ja, ganz sicher, dahin ist all mein in Malibu schwer verdientes Mel gewandert. Nun ja.

Oh, ich muß ein Weilchen eingenickt sein. Man stelle sich vor! Am Tag meiner Termination. Anna berichtet, daß ich im Schlaf gesprochen habe, irgend etwas über den Mars. Ich kann mich nicht entsinnen. Und was sagt sie jetzt? Was? Lauter. Vielleicht werden wir uns in einem anderen Format wiedersehen? Hmmmm. Anna, hältst du das für wünschenswert? (Sie nimmt es sich wirklich sehr zu Herzen.)

Nun ja.

Jetzt ist es Nacht, gegen zwölf, denke ich, weil sich alle zum Abschied um mich versammelt haben. Dreckspatz liegt zusammengerollt zu meinen Füßen und betrachtet mich unverwandt mit ihren traurigen Augen. Es ist sehr ruhig, sehr still. Ich nehme an, sie glauben alle, mir

Andacht schuldig zu sein, aber ich empfinde das Schweigen als bedrückend: Worauf warten sie? Letzte Worte? Also gut dann. Aber es wird eine Frage sein — eine Frage an ihn, der fraglos besonders gut geeignet ist, sie zu beantworten. Eine Frage, die mich in letzter Zeit wieder sehr beschäftigt hat und von der ich bezweifle, daß es eine zufriedenstellende Antwort darauf gibt. (Selbst wenn, würde sie mir jetzt nichts mehr nützen, außer daß meine Neugier befriedigt wäre.) Eben habe ich einen Blick auf Tads Armbanduhr werfen können. Zehn Sekunden bis Mitternacht. Soll ich diese kostbaren letzten Sekunden an diese eine Frage verschwenden, wo es noch so viele andere gibt? Vielleicht ist es die falsche.

»Genug! Heraus damit!« sagen sie. Also gut.

»Sag mir, P-10, was ist Liebe?«

»Gehorsam!«

»Ach du meine Güte. Lebt wohl.«

Los-Angeles-Inseln, 15. November 2089

Epilog

Ich übernehme es, diesen Epilog zu den Memoiren meiner Lebensgefährtin zu komponieren, weil sie momentan zu beschäftigt ist. Damit will ich keineswegs andeuten, daß sie im Jenseits neue Abenteuer erlebt und meine alte Corona über die Gabe verfügt, Botschaften der Dahingeschiedenen aufzufangen, so interessant und informativ das auch wäre; vielmehr hat ihre Termination nicht stattgefunden. Anna sagt, wegen des Benway-Gegenmittels; Molly ist überzeugt, es waren die Gnome. Ich persönlich, auch wenn es vielleicht eingebildet klingt, glaube, es waren meine Bemühungen in unserer letzten Nacht — oder der Nacht, von der wir glaubten, es sei unsere letzte —, die das Wunder vollbrachten. Doch kommt es darauf an? Sie lebt, ist wohlauf und wird von Tag zu Tag jünger.

Seit ihrer Termination, die nicht stattgefunden hat, sind ungefähr acht Wochen vergangen, und inzwischen sind die Anzeichen der Verjüngung nicht mehr zu übersehen. Rosige Stellen kommen unter der verschorften Fungodermis zum Vorschein, die immer schneller abblättert. Sie gehören zu einer neuen Haut aus Phytogewebe. Wir sind Zeuge eines langandauernden Häutungsvorgangs, vergleichbar mit einer Schlange, die ihre Haut abstreift. Es ist ziemlich aufregend.

Die Ereignisse vom 15. November. Molly begriff natürlich als letzte, daß sie nicht off line gegangen war. Sie glaubte fest, ihr wäre mit Hilfe von P-10 ein nahtloser

Übergang gelungen. Sie stand aus dem Rollstuhl auf, wanderte wie im Traum befangen durch die Wohnung und betrachtete jede Person und jeden Gegenstand, als wäre alles Maja, Nachbilder einer rasch verblassenden Welt. Unnötig zu sagen, daß wir im ersten Moment zu verblüfft waren, um zu reagieren, bis auf unseren Sohn, der sich einbildete, seinen Auftrag im Jenseits zu Ende führen zu müssen. Er geleitete Molly zurück auf den Balkon und sagte, das wäre der Weg zu den höheren Ebenen. Anna und mich verfluchte er und nannte uns die menschlichen Wächter des Tores, die gekommen wären, um Candidas Erlösung zu verhindern. »Spring!« befahl er. »Spring! Solange du Gelegenheit hast.«

Nun, man kann sich denken, daß wir keine Zeit verloren, unserer Rolle als Wächter gerecht zu werden − wir hatten nicht die geringsten Skrupel. Ich bekam Molly zu fassen, als sie über das Geländer steigen wollte, und Anna half mir, sie ins Schlafzimmer zu tragen, doch in dem Augenblick brach die Hölle los, denn trotz seines fortgeschrittenen Alters war mein Sohn noch rüstig genug, um uns einen guten Kampf zu liefern. Er stürmte hinter uns her und packte Mollys Arm, seine Pilger klammerten sich an ihn und Molly, und es entstand ein Tauziehen, bei dem meine Liebste in Stücke gerissen zu werden drohte. Dann biß Dreckspatz P-10 ins Bein. Ich gab Anna ein Zeichen, und wir ließen beide zur gleichen Zeit los, so daß die ganze Bande in einem Knäuel auf dem Boden landete, mit Molly obendrauf. Anna hob sie auf und brachte sie aus der Gefahrenzone, während ich Dreckspatz von meinem Sohn wegzerrte, dessen Haut sich trotz seines Alters als bemerkenswert fest erwiesen hatte. Bis auf einen gehörigen Schrecken ist der alte Narr ungeschoren geblieben. So gelang es uns also, dem Fiasko ein Ende zu setzen und sie zu retten, obwohl wir uns von P-10 vorwerfen lassen mußten, eine verdammenswerte und sündhafte Tat begangen zu haben. Jetzt wäre Candida zu einem neuen Lebenszyklus verdammt.

Die fragliche Dame allerdings dankte uns von ganzem Herzen, als sie ihre wahre Situation begriff, und wurde so lebhaft und unternehmungslustig, daß sie ihre Krücke wegwarf (der einzige Gegenstand, der tatsächlich das Tor zu den höheren Ebenen passierte). Zu meiner besonderen Freude erklärte sie sich ebenso leichten Herzens bereit, ihre starren und veralteten Ansicht über das Leben aufzugeben. In den Trichter damit! Die Ergebnisse ihrer neuen Einstellung sind glänzend und nicht zu verkennen. Sie macht derart gute Fortschritte, daß sie nach sechs Monaten ihrer alten Haut und ihren alten Überzeugungen vollständig entwachsen sein müßte, und ich hoffe, sie wird sich zur gläubigen Aquarierin entwickeln — natürlich zu einer populären Spulenkomponistin.

Wissen Sie, kurz nach ihrer ›Termination‹ präsentierte sie mir ihre Autobiographie — eine ziemliche Überraschung, muß ich zugeben, und ich dachte, ich wäre der einzige mit literarischen Ambitionen! Sie besteht darauf, daß ihr Werk nichts Herausragendes ist, nur eine lose Folge einzelner, in konventionellem Erzählstil aneinandergereihter Episoden, und lobt die alte Corona für etwaige literarische Feinheiten im Text. Trotzdem mußte ich sie beglückwünschen zu ihrer Beachtung von Handwerk, Stil und dramatischem Aufbau, obwohl mir etwas zuviel Nebensächlichkeiten und Details enthalten zu sein scheinen und eine einfühlsame Überarbeitung und Straffung hier und da nicht schaden könnte. Doch im ganzen gesehen, ist es ein rundum gelungenes Erstlingswerk. Es stimmt schon, ein Hauch von Rokoko (eine der Stiloptionen der Corona) kommt stellenweise zum Vorschein, und der Stil ist nicht unbedingt einheitlich, aber die Mängel beeinträchtigen nicht wesentlich ihre ganz eigene Art zu erzählen. Und der Inhalt ist natürlich einfach sensationell. Darüber hinaus gelingt es ihr vielleicht sogar, ihren Namen reinzuwaschen und den Hexer von Armstrong — Micki Dee — zu entmachten. Am besten auch Sensei Inc., United Systems und den Rest des korrupten TWAC-Verwaltungsrats. Wenn nicht das, dann hoffe ich wenigstens, daß die Enthüllungen in dem Buch die Bastarde gehörig in Verlegenheit bringen.

Doch immer schön der Reihe nach. Ihre Spule muß erst noch an die Home-Media-Vertriebsstellen ausgeliefert werden, und dann gilt es abzuwarten, wie sie sich verkauft. Noch ist es zu früh, um große Pläne zu schmieden. Trotzdem kann ich nicht widerstehen, sie wegen einer Fortsetzung zu necken — *Die weiteren Abenteuer von . . .* —, aber sie wird jedesmal ungehalten, wenn ich darauf zu sprechen komme, und redet sich damit heraus, daß sie viel zu beschäftigt ist. Sie selbst kommt nur dann auf ihr Werk zu sprechen, wenn ihr etwas einfällt, das sie vergessen hat. Bei solchen Gelegenheiten macht sie sich Vorwürfe, den Leser betrogen zu haben, weil sie doch versprochen hätte, wirklich alles zu erzählen. »Glaub mir, Molly, das ist ein Punkt, um den du dir keine Sorgen zu machen brauchst«, beruhige ich sie. »Aber Tad«, sagt sie zu mir, »es gäbe noch so vieles zu sagen über Eva und Roland und die Hart-Pauleys (sie wurden tatsächlich im Telegrammstil abgehandelt!) und das Kloster und den Palast in Frontera — wußtest du, daß ich ihn komplett neu dekoriert habe? — und Andro und . . .« — »Genug!« sage ich. »Genug!« Manchmal ist sie unmöglich.

Ihre gegenwärtigen Aktivitäten. Sie leistet Freiwilligenarbeit im Underground-Skyway und hilft im örtlichen LRA-Büro, aber der überwiegende Teil ihrer Zeit gilt der Erforschung des Benway-Gegenmittels. Weil sie so ein aktives Leben führt, hat sich die Notwendigkeit ergeben, einen neuen Namen für sie zu erfinden, der zu dem Gesicht paßt, ohne das sie nie aus dem Haus geht. Ich sollte vielleicht erklären, daß ihre Heilung (Metamorphose?) uns in eine arge Zwickmühle brachte. An Dr. Benway konnten wir uns nicht wenden; wäre sie ihm noch einmal in die Hände gefallen, hätte er eine Art diabolische Vivisektion durchgeführt, um das Offensichtliche zu beweisen — daß sie noch lebt. Andererseits waren wir alle der Meinung, die Tatsache, daß es eine Heilungschance für die vorprogrammierte Termination gibt, sei von zu großer Bedeutung, um sie geheimzuhalten, selbst um ihretwillen. Also beschlossen wir zu guter Letzt, eigene Forschungen durchzuführen, gleich hier auf den Inseln, unter der Schirmherrschaft der LRA, die uns sehr geholfen hat. Man brachte uns mit Dr. Sheribeeti zusammen — derselbe Gebieter, der vor Gericht Molly einwandfreie Funktionstüchtigkeit attestierte. Tagsüber lehrt er an der Universität von Malibu, an den Wochenenden arbeitet er für den Underground-Skyway, also ist er mit unseren Problemen vertraut. Doch seinen besonderen Wert macht aus, daß er in den Techniken der Aquarierwissenschaften bewandert ist. Aus dem Grund kommt er unter der Woche jeden Abend her, zu privaten Sitzungen mit Molly, bei denen sie mit den Zellgenomen kommunizieren. Sie sehen also, Molly hat wirklich einen vollen Terminkalender, wie ich schon sagte. Ich selbst arbeite immer noch beim Skyway und sammle für Neu-Horizont. Anna geht es auch gut, obwohl sie in letzter Zeit ein wenig kürzer treten muß, weil wir unser erstes Kind erwarten. Sie ist ziemlich aufgeregt und macht sich Sorgen, immerhin wird sie mit dreiundvierzig Jahren das erste Mal Mutter, aber Molly, deren Beispiel uns die Kraft gibt zu glauben, daß alles möglich ist, hilft ihr, positiv zu denken.

Und doch ist meine teure Lebensgefährtin nicht ganz zufrieden mit ihrem Los. Sie hat mir gestanden, daß es in gewisser Weise beruhigend war, ein VVD zu haben, weil man sich bewußt auf die Termination vorbereiten konnte, während sie jetzt nicht die leiseste Ahnung hat, wann ihre Zeit gekommen ist, und sich fürchtet, unvorbereitet überrascht zu werden. Es könnte in der nächsten Minute sein, nächste Woche, Monat, Jahr, Jahrzehnt, sogar Jahrhundert — niemand kennt die natürliche Lebensspanne eines Humanophyten der neunten Generation. Diese Angst ist für sie neu und erschreckend, aber offen gesagt, ich finde ihre Sorge amüsant. »Ich kann die Ungewißheit nicht ertragen«, klagt sie. Was soll man darauf antworten? »Willkommen im Club.«

Thaddäus Locke
Los-Angeles-Archipel
17. Januar 2090

Band 24 167
Orson Scott Card

Die verlorene Erde
Deutsche
Erstveröffentlichung

Vor vierzig Millionen Jahren wurde der Planet Harmonie von Menschen besiedelt. Seitdem wacht der gigantische Computer Überseele über die Kolonie. Überseele soll den Planeten vor den Gefahren schützen, die einst die Erde zerstörten. Doch nun ist der Computer selbst in Gefahr; seine Systeme drohen zusammenzubrechen. Um der Vernichtung zu entgehen, muß Überseele auf die Erde zurückkehren, denn nur dort kann der Master Computer repariert werden.
Überseele hat keine andere Wahl, er muß die ahnungslosen Menschen seines Planeten in die Geheimnisse der Raumfahrt einweihen. Warum aber sucht sich die Maschine dazu ausgerechnet den jungen, unbedarften Nafai aus?

Band 24 166

Ian McDonald

Sternenträume

**Deutsche
Erstveröffentlichung**

Der Ire IAN McDONALD, Jahrgang 1960, gehört zu den wichtigsten Stimmen der neuen Science Fiction. Sein erster Roman *Straße der Verlassenheit* (Bastei Lübbe 24 141) wurde gleich mit dem renommierten *Locus Award* ausgezeichnet.
Nun liegen endlich seine Erzählungen gesammelt vor. Ian McDonalds *Sternenträume* sind eine Tour de force durch die endlosen Weiten der menschlichen Phantasie. Er erzählt von einem todkranken Jungen, der in einem Computer seinen Krebs besiegt. Und von einem wohlhabenden Komponisten, der einen einzigartigen, heimtückischen Mord orchestriert. Und von einem Mann, der auf einer Insel der Toten seine verstorbene Frau als Computersimulation wiedertrifft.
Sternenträume – zehn ungewöhnliche Geschichten von dem wohl einfallsreichsten Erzähler der zeitgenössischen Science Fiction. Ein literarischer Leckerbissen nicht nur für Fans!

Sie erhalten diesen Band
im Buchhandel, bei Ihrem
Zeitschriftenhändler sowie
im Bahnhofsbuchhandel.

Band 24 161
Norman Spinrad
Little Heroes

Glorianna O'Toole hat schon bessere Zeiten gesehen. In den Crazy Sixties wurde sie als Rocksängerin umjubelt. Doch mittlerweile ist sie dreiundsechzig, und vom Erfolg geblieben ist ihr nur ein großer, alter Rolls Royce. Bis sich eine Music-Company an sie erinnert: Sie soll den jungen Computermusikern beibringen, was echter Rock'n Roll ist. Das Projekt Superstar läuft an – und Glorianna O'Toole produziert *Little Heroes*, einen Song, der die ganze Welt verändert.

Norman Spinrad, das Enfant terrible des Genres, beweist mit diesem Roman, daß er zu den einfallsreichsten Autoren der Science Fiction gehört. Seine Magical Mystery Tour durch die verrückte Welt der Hacker und Streetfighter beschreibt den Tod des Rock'n Roll – und seine glorreiche Auferstehung.

Band 24 168
Larry Niven
Ringwelt

Forscher dreier verschiedener Rassen unternehmen eine waghalsige Expedition zu dem größten Wunder der Milchstraße: der Ringwelt. Einst baute ein längst vergessenes Volk, weil es keine interstellare Raumfahrt kannte, einen gigantischen Ringplaneten, der sich um die Sonne wand. Als die Forscher sich der Ringwelt nähern, glauben sie, auf einem verlassenen Planeten zu landen. Doch plötzlich wird ihr Raumschiff mit Laserkanonen angegriffen.

Ringwelt gilt mittlerweile als der Klassiker der modernen Science Fiction. LARRY NIVEN schaffte mit diesem mehrfach preisgekrönten Roman ein Kunststück der besonderen Art: Er schrieb eine überaus spannende Space Opera und verband sie mit zahlreichen wissenschaftlichen Einfällen, die selbst Fachleute verblüfften.

Sie erhalten diesen Band im Buchhandel, bei Ihrem Zeitschriftenhändler sowie im Bahnhofsbuchhandel.